KB246528

2026

한신대 논술고사

기출문제 + 실전문제

통합본

한신대 논술고사

기출문제+실전문제
[통합본]

인쇄일 2025년 10월 1일 초판 1쇄 인쇄
발행일 2025년 10월 5일 초판 1쇄 발행
등 록 제17-269호
판 권 시스컴 2025
발행처 시스컴 출판사
발행인 송인식
지은이 타임논술연구소

ISBN 979-11-6941-696-2 13800
정 가 20,000원

주소 서울시 금천구 가산디지털1로 225, 514호(가산포휴) | **홈페이지** www.siscom.co.kr
E-mail siscombooks@naver.com | **전화** 02)866-9311 | **Fax** 02)866-9312

이 책의 무단 복제, 복사, 전재 행위는 저작권법에 저촉됩니다. 파본은 구입처에서 교환하실 수 있습니다.
발간 이후 발견된 정오 사항은 나두공 홈페이지 도서 정오표에서 알려드립니다(나두공 홈페이지→자격증→도서정오표).

머리말

그동안 내신 모의고사 3등급 이하의 학생들이 대학에 입학하기 위한 도구로써 활용했던 대입적성검사가 폐지되고 가칭 약술형 논술고사가 새로운 대안으로 떠올랐다. 약술형 논술고사는 400~1,000자의 서술을 요구하는 상위권 대학의 작문형 논술고사가 아니라, 한두 어절이나 30~40자 이내의 한 문장 또는 빈칸 채우기 등의 단답형 논술고사이다.

약술형 논술고사는 학생들의 시험 준비부담을 덜기 위해 고교 교과과정 내에서 또는 EBS 수능연계 교재를 중심으로 출제되므로, 학생들은 별도의 사교육 부담 없이 학교 수업과 정기고사의 단답형 주관식 시험을 충실하게 준비하고, 아울러 EBS 연계 교재를 꼼꼼히 학습한다면 좋은 성과를 얻을 수 있다.

본 도서는 약술형 논술고사를 통해 대학 입학의 관문을 두드리는 학생들에게 각 대학에서 시행하는 약술형 논술고사의 출제경향과 문제흐름을 익힐 수 있도록 다음과 같은 특징들을 갖고 출간되었다.

시험장에서 바로 볼 수 있는 핵심이론

실전문제를 풀기에 앞서 각 과목별 핵심이 되는 기본 이론이나 공식들만 간추려 수록함으로써, 시험장에서 꼭 필요한 필수 이론과 공식을 암기할 수 있도록 하였다.

해당 단원을 총괄하는 대표문제

해당 단원을 가장 대표하는 예시문제를 엄선하여 모범답안, 바른해설, 채점기준에서부터 예상 소요 시간과 배점에 이르기까지 해당 대표문제에 대한 총괄적인 문항 내용을 직관적으로 파악할 수 있게 하였다.

기출유형과 100% 똑 닮은 실전문제

각 대학별 약술형 논술 유형을 철저히 분석하여 실제 시험과 문제 스타일이나 출제방식이 똑 닮은 싱크로율 100%의 실전문제를 수록하였다.

실제 시험 유형을 대비한 최신 기출문제

각 대학에서 시행한 최신 기출문제를 수록하여 학생들이 각 대학들의 논술시험 특징을 파악하고 엉뚱한 시험 범위와 잘못된 공부 방법으로 시간을 낭비하지 않도록 유도하였다.

부디 이 책이 학생들의 대학 진학에 조금이나마 도움이 되길 바라며, 아울러 수험생들의 충실한 길잡이가 되기를 기원한다.

2026학년도 약술형 논술대학

※ 전형일정 및 입시요강 등은 학교 측의 입장에 따라 변경 가능하므로, 추후 공지되는 변경사항을 각 대학교 홈페이지에서 반드시 확인하시기 바랍니다.

[전형기초]

대학	모집인원	시험과목	시간	문항수	전형방법	수능 최저
가천대	1,009명 (의예6명)	국어+수학	80분	인문: 국어9+수학6 자연: 국어6+수학9	논술100	○
강남대 [신설]	359명	국어+수학	60분	인문: 국어8+수학2 공학: 국어3+수학7 자유전공: 국어5+수학5	학생20+논술80	X
고려대 (세종)	318명	인문: 국어+사탐 자연: 수학(미적분)	120분	인문: 통합국어2 자연: 수학6	논술100	○
국민대 [신설]	226명	국어+수학 (자연: 미적분)	90분	인문: 국어8+수학2 자연: 국어2+수학8	논술100	○
삼육대	154명	국어+수학	80분	인문: 국어9+수학6 자연: 국어6+수학9	논술100	○
상명대	101명	국어+수학	60분	인문: 국어8+수학2 자연: 국어2+수학8	학생10+논술90	X
서경대	204명	국어+수학	60분	공통: 국어4+수학4	학생10+논술90	X
수원대	441명	국어+수학	80분	인문: 국어10+수학5 자연: 국어5+수학10	학생40+논술60	X
신한대	166명	국어+수학	80분	인문: 국어9+수학6 자연: 국어6+수학9	학생10+논술90	X
을지대	251명	국어+수학	70분	공통: 국어7+수학7	학생20+논술80	X
한국공학대	280명	수학1+수학2	80분	수학9	학생20+논술80	X
한국 기술교대	150명	수학1+수학2	80분	수학10	논술100	X
한국외대 (글로벌)	162명	수학1+수학2	90분	자연: 수학7	논술100	○
한신대	261명	국어+수학	80분	인문: 국어10+수학5 자연: 국어5+수학10	학생40+논술60	X
홍익대 (세종)	120명	수학1+수학2	70분	수학7	학생10+논술90	○

2026학년도 한신대 논술전형

[전형일정]

구분	일시		비고
원서접수	2025. 9. 8.(월) 10:00 ~ 12(금) 18:00까지		• 본교 입학안내 홈페이지 '인터넷 원서접수' • 진학어플라이(www.jinhakapply.com)
시험일	2025. 11. 30(일)	오전(10:00)	• 인문계열
		오후(14:30)	• 자연계열
합격자 발표	2025. 12. 12(금) 10:00		본교 입학안내 홈페이지 (http://ent.hs.ac.kr)

[논술고사 특징]

- 한신대학교 논술고사는 별도의 사교육 없이도 준비가 가능한 문제로 구성되어 평소 학교 교육을 충실히 받고 대학수학능력시험을 성실하게 준비한 학생이라면 부담 없이 도전할 수 있는 전형이다.
- 학교 수업을 충실히 이수한 학생이라면 누구나 쉽게 도전할 수 있도록 쉬운 논술, 약식 논술 형태로 출제되어 여타 논술고사와는 다른 기회를 제공할 것이다.
- 교과서 및 EBS수능특강, 수능완성 등의 EBS 수능 연계 교재가 중심이 되어 학교 정기고사의 서술 · 논술형 문항 난이도로 출제될 예정이다.

[첨부서류 제출방법 및 유의사항]

- 제출서류는 원서접수 사이트 또는 입학안내 홈페이지에서 첨부 서류양식을 다운로드 받아 작성하여 등기우편으로 제출한다.
  ※ 우편 발송 시 주소란은 원서접수 사이트에서 '서류제출 우편봉투 표지'를 출력하여 부착하고 등기번호는 반드시 보관한다.
- 전형료 결제(입금) 후에는 입학원서의 내용 수정 및 접수 취소가 불가능하므로 신중히 작성하여야 한다.
- 성명, 주민등록번호는 기본증명서 또는 주민등록등본에 기재된 것과 동일하여야 한다.
  단, 기본증명서상의 이름이나 주민등록번호가 학교생활기록부와 다를 경우, 이를 증명할 수 있는 서류를 제출하여야 한다.
- 인터넷으로 입력한 사항이 사실과 달라 발생한 불이익에 대하여는 본교에서 책임지지 않는다.
- 수험표를 분실하였을 경우 원서접수 사이트에 접속하여 수험표 출력화면에서 재출력이 가능하다.
- 전형료 결제(입금) 후에만 수험번호가 부여되며 접수가 완료된다.

[입학원서 접수절차]

1단계 : 사이트 접속 및 회원가입		2단계 : 입학원서 작성 및 접수	
사이트 접속	• 진학어플라이 (www.jinhakapply.com)	원서 작성	• 지원사항, 지원자정보, 학력사항 등 모든 사항들을 정확하게 입력 • 접수 마감시간까지 입력을 완료하고 저장을 해야만 접수가 가능하며, 저장하지 않았을 경우 접수가 불가능함
▼		▼	
회원 가입	• 입학원서 접수 사이트에 회원으로 가입 • 반드시 지원자 본인의 정보를 이용하여 가입 (보호자명으로 가입될 경우 접수 취소됨)	원서 확인	• 작성한 입학원서의 내용을 정확히 확인 • 인터넷으로 접수한 원서는 원본으로 인정함
▼		▼	
유의 사항 확인	• 메인 화면에 있는 접수대학 명단에서 한신대학교 선택 • 필수확인사항을 꼼꼼하게 확인	결제 방법 선택	• 입학원서 접수사이트별 결제 방법 중에서 본인이 선택한 방법으로 전자결제 진행(결제 후에는 취소 불가) • 결제(접수 완료) 후 수험표를 반드시 출력하여 확인
▼		▼	
동의 여부 확인	• 개인정보 제공동의 여부 확인 • 학교생활기록부 자료 온라인 제공 동의 (미동의시 학교생활기록부 별도 제출) • 본인 확인 여부	전형료 결제	• 전형료 결제(입학원서 접수 사이트별 결제 방법에 따름) • 전형료 결제 후 수험번호를 부여받으면 입력사항 수정 및 취소 절대 불가
		▼	
		수험표 출력	• 수험표 출력 후 본인 소지 • 제출서류(각 전형유형별 모집요강 참조)는 접수완료 후 2025. 9. 24(수) 17:00까지 방문 및 등기우편으로 제출함 〈해당자에 한하며, 미제출자는 불합격 처리함〉

※ 기타 인터넷 접수에 관한 유의사항 및 자세한 내용은 인터넷 접수 대행사 홈페이지를 참조한다.

[모집단위 및 모집인원]

계열	모집단위	모집인원	계열	모집단위	모집인원
인문	자유전공학부	30		공공인재빅데이터융합학	7
	한국어문학	6		경영학	17
	철학	6		미디어영상광고홍보학	6
	한국사학	7		사회학	6
	문예창작학	6		사회복지학	5
	독일어문화학	6		재활상담학	6
	영미문화학	7		심리 · 아동학	6
	중국어문화콘텐츠학	7		금융공학	10
	디지털영상문화콘텐츠학	4		빅데이터융합학	10
	일본학	7		AI · SW학	65
	동아시아통상학	7		AI시스템반도체학	12
	경제금융학	12	합계		261
	국제관계학	6			

[지원자격]

고등학교 졸업(예정)자 또는 법령에 의하여 동등 학력이 있다고 인정된 자

[제출서류]

2025. 9. 24.(수) 17:00까지 [2025. 8. 13 이후 발급분만 인정]

구분	구분	최저학력기준
공통서류	• 학생부 온라인 제공 동의자 • 검정고시 온라인 제공 동의자	– 없음
	• 학생부 온라인 제공 미동의자 및 불가자	– 학교생활기록부
	• 검정고시 대입전형자료 온라인 제공 미동의자 및 불가자	– 검정고시 합격증명서 및 성적증명서 – (시 · 도 교육청 및 각급 학교 발급)
	• 외국고교 졸업(예정)자	– 외국 고등학교 졸업(예정)증명서 및 성적증명서 원본 1부 (아포스티유 또는 재외공관영사확인서 제출) – 외국 고등학교 졸업(예정)증명서 및 성적증명서 공증된 국문 번역본 1부 (단, 영어는 번역본 제출 불필요)

[전형방법]

사정방법	전형요소 및 반영비율				모집인원유동제 적용여부	수능 최저학력기준
	구분	논술	학생부(교과)	합계		
일괄합산	비율	80%	20%	100%	적용	없음
	배점	800점	200점	1,000점		

[논술고사 안내]

1) 평가 방법

구분	반영 비율	영역별 문항수		배점	고사 시간	총점	답안지 형식
		국어	수학				
인문계열	80%	10	5	각 문항 8점	80분	120점+680점(기본점수) = 총 800점	노트 형식의 답안지 작성
자연계열	80%	5	10				

2) 출제범위 및 평가기준

구분	출제범위	평가기준
국어	문학, 독서	• 제시문의 핵심 내용을 정확하게 이해한 표현 • 문항에서 요구하는 조건에 충실한 서술
수학	수학Ⅰ, 수학Ⅱ	• 문제에 필요한 개념과 원리에 대한 정확한 서술 • 정확한 용어, 기호를 사용한 표현

3) 논술고사일정

• 일시 : 2025. 11. 30(일)

구분	오전(10:00~11:20)	오후(14:30~15:50)
모집단위	자유전공학부, 한국어문학, 철학, 한국사학, 문예창작학, 독일어문화학, 영미문화학, 중국어문화콘텐츠학, 디지털영상문화콘텐츠학, 일본학, 동아시아통상학, 경제금융학, 국제관계학, 공공인재빅데이터융합학, 경영학, 미디어영상광고홍보학, 사회학, 사회복지학, 재활상담학, 심리 · 아동학	금융공학, 빅데이터융합학, AI · SW학, AI시스템반도체학

• 논술고사 시간 및 장소 확인 : 2025. 11. 10(월) ~ 11. 30(일) (본교 입학안내 홈페이지)

• 준비물 : 수험표, 신분증(사진부착)

4) 유의사항

• 논술고사를 위한 예비소집은 수험생의 불편을 줄이기 위해 실시하지 않는다.
• 논술고사 시간은 모집단위별로 정해지므로 지원자 전원은 논술고사 확인기간동안 자신에게 배정된 고사시간 및 고사실을 확인하여 응시에 착오가 없도록 한다.
• 고사실에서의 전자기기(휴대전화, 스마트워치 등) 반입을 금지한다.
• 답안 작성을 위한 흑색필기구 및 컴퓨터용 사인펜을 준비하며, 답안 수정이 불가하므로, 화이트나 수정테이프 등은 지참하지 않는다.

※ 개인 신체조건이나 의료상 휴대가 필요한 물품은 매 교시 감독관의 사전 점검을 거쳐 휴대가 가능하다. (예: 돋보기)
※ 논술고사 결시자, 고사 부정행위자는 불학격 처리한다.
※ 논술가이드북 및 모의논술문제는 본 대학 입학안내 홈페이지 자료실을 참조한다.

[합격자 선발 기준]

• 최초합격자는 모집인원의 100%를 전형총점의 성적순으로 선발하며, 예비합격자는 최초합격자 발표시 예비합격순위와 함께 발표한다.
• 전형유형별 지원자격 미달자(학생부 성적의 반영과목수가 부족한 자 또는 반영과목 석차등급 산출이 불가능한 자 포함)와 지원서류 미제출자는 불합격 처리한다.
• 면접 · 실기 · 논술고사 결시자(부분결시자 포함), 면접고사 시 기본점수 이하의 점수(F=0점)를 받은 자, 각 고사 부정행위자는 불합격 처리한다.
• 특수체육학 기초체력 실기고사에서 실격 처리된 종목의 점수는 최저점으로 처리한다.
• 입학성적이 현저하게 저조하여 대학수학능력이 불충분하다고 판단이 되는 경우 지원자가 모집인원에 미달된 경우라도 선발하지 않을 수 있다.
• 수시모집에서 미등록으로 인해 모집인원이 미달될 경우, 정시모집 일반학생전형으로 이월하여 선발한다.

[합격자 등록 방법]

• 등록 기간 : 2025. 12. 15(월) ~ 17(수)
• 등록 방법 : 〈온라인 문서등록〉을 통한 등록
  ※ 온라인 문서등록이란? 별도 예치금 납부 없이 온라인으로 등록의사를 확인함을 의미함
• 수시모집에 합격한 자는 반드시 하나의 대학에만 등록해야 하며, 이를 위반했을 경우 합격 또는 입학을 취소한다.

1단계		2단계		3단계
본교 입학안내 홈페이지 (http://ent.hs.ac.kr) 합격자 조회 후 "온라인 문서등록" 버튼 클릭	▶	본인 인증 등 안내에 따라 반드시 최종 완료까지 절차 진행	▶	최종 완료 후 온라인 문서등록 확인증 출력 후 보관

- 온라인 문서등록을 완료하지 않으면 등록을 포기하는 것으로 간주한다.
- "수시 합격자 온라인 문서등록"을 완료하더라도 등록금 납부 기간[2026. 2. 3(화) ~ 5(목)]에 등록금을 납부하지 않으면 '합격 후 등록 포기자'로 처리하니 반드시 해당 기간에 등록을 완료하기 바란다.

[미등록충원 유의사항]

- 최초합격자 등록 마감 이후, 미등록자 및 등록취소로 인해 결원이 발생할 경우에는 모집단위별로 예비합격 후보순위에 의해 성적 순으로 충원합격자를 선발한다.
- 수험생은 충원합격 기간 중 항시 연락이 가능하도록 하고, 입학원서 작성 시 자택 전화번호와 연락 가능한 전화번호를 모두 기재해야 한다.
- 만약 유선을 통한 충원합격자 개별 통보시, 대학의 노력에도 불구하고 연락이 되지 않는 수험생(3회 통화시까지 연락이 안 되는 자, 연락처 오기 포함)은 불합격 처리되며 이에 대한 귀책사유는 수험생 본인에게 있다.
- 수시모집 예비 합격 순위를 부여받은 자들은 부여받은 순위를 포기할 수 없으며, 충원 합격할 경우 정시모집 및 추가모집에 지원할 수 없다.

[논술전형 동점자 처리기준]

① 논술평가 우수자
② 국어교과+영어교과+수학교과 우수자
③ 사회교과+과학교과 우수자

2026 올풀 한신대 논술고사를 효율적으로 학습하기 위한

Study plan

영역				날짜	시간
PART 1 국어 영역	Ⅰ. 문학		핵심이론		
			실전문제		
	Ⅱ. 독서		핵심이론		
			실전문제		
PART 2 수학 영역	수학 Ⅰ	Ⅰ. 지수함수와 로그함수	핵심이론		
			실전문제		
		Ⅱ. 삼각함수	핵심이론		
			실전문제		
		Ⅲ. 수열	핵심이론		
			실전문제		
	수학 Ⅱ	Ⅳ. 함수의 극한과 연속	핵심이론		
			실전문제		
		Ⅴ. 다항함수의 미분법	핵심이론		
			실전문제		
		Ⅵ. 다항함수의 적분법	핵심이론		
			실전문제		
PART 3 기출 문제	2025학년도		기출문제		
			모의고사		
	2024학년도		기출문제		
			모의고사		

구성과 특징

핵심 이론

시험장에서 바로 볼 수 있는 핵심이론

실전문제를 풀기에 앞서 각 과목별 핵심이 되는 기본 이론이나 공식들만 간추려 수록함으로써, 시험장에서 꼭 필요한 필수 이론과 공식을 암기할 수 있도록 하였다.

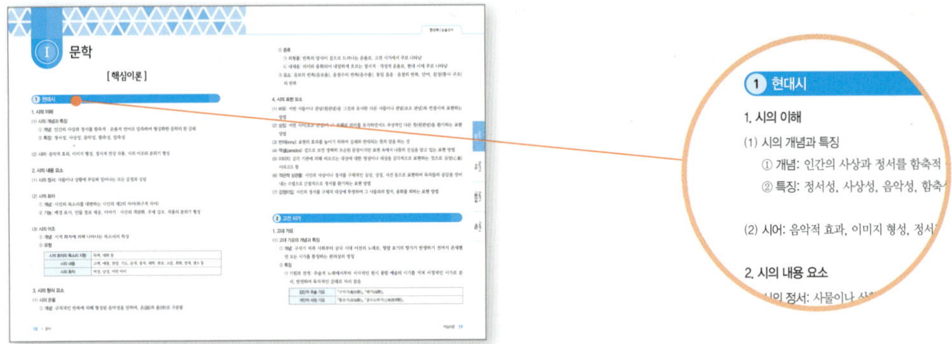

실전문제

기출유형과 100% 똑 닮은 실전문제

각 대학별 약술형 논술 유형을 철저히 분석하여 실제 시험과 문제 스타일이나 출제방식이 똑 닮은 싱크로율 100%의 실전문제를 수록하였다.

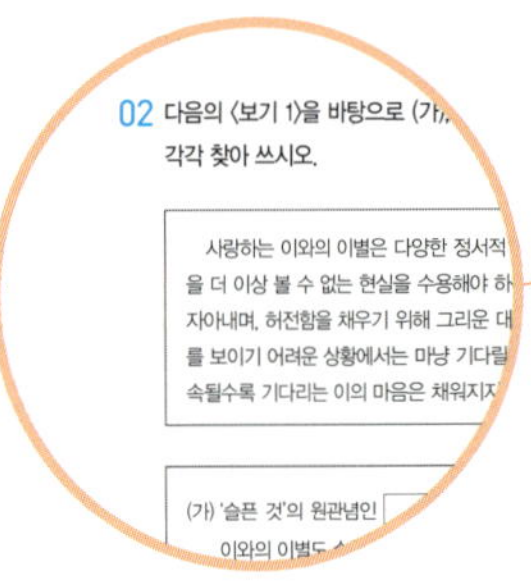

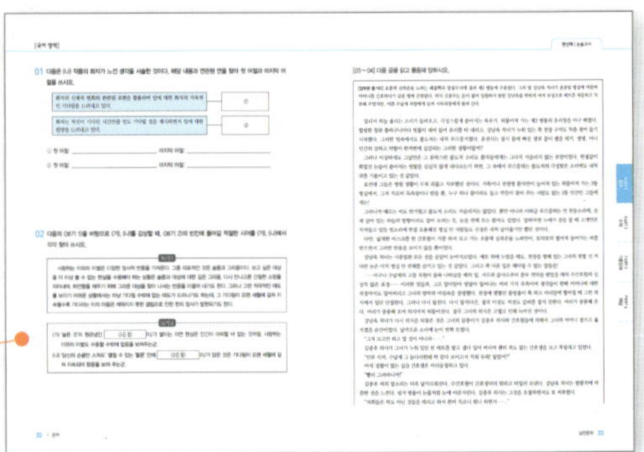

대표문제 해당 단원을 총괄하는 대표문제

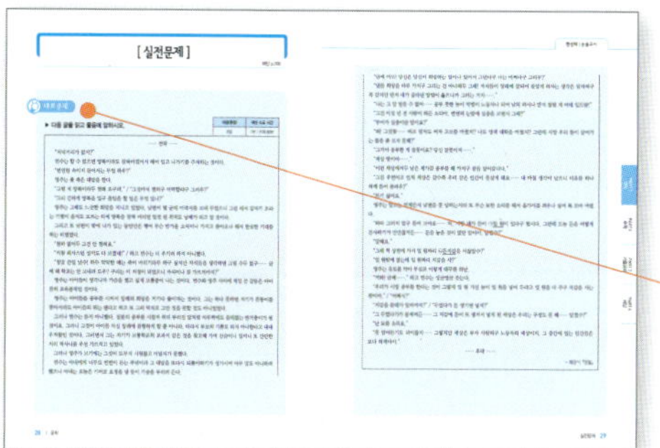

해당 단원을 가장 대표하는 예시문제를 엄선하여 모범답안, 바른해설, 채점기준에서부터 예상 소요 시간과 배점에 이르기까지 해당 대표문제에 대한 총괄적인 문항 내용을 직관적으로 파악할 수 있게 하였다.

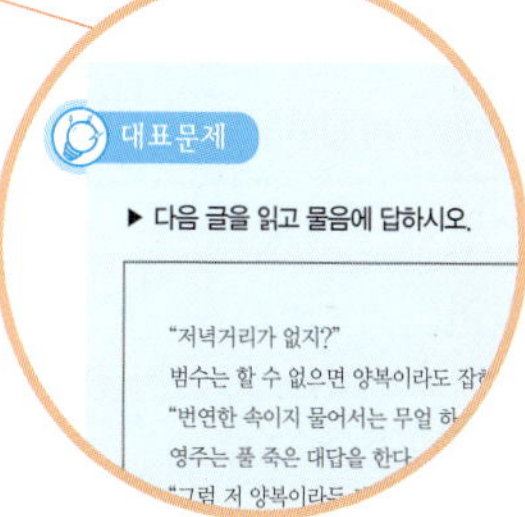

기출문제 실제 시험 유형을 대비한 모의 또는 기출문제

각 대학에서 시행한 모의 또는 기출문제를 수록하여 학생들이 각 대학들의 논술시험 특징을 파악하고 엉뚱한 시험범위와 잘못된 공부 방법으로 시간을 낭비하지 않도록 유도하였다.

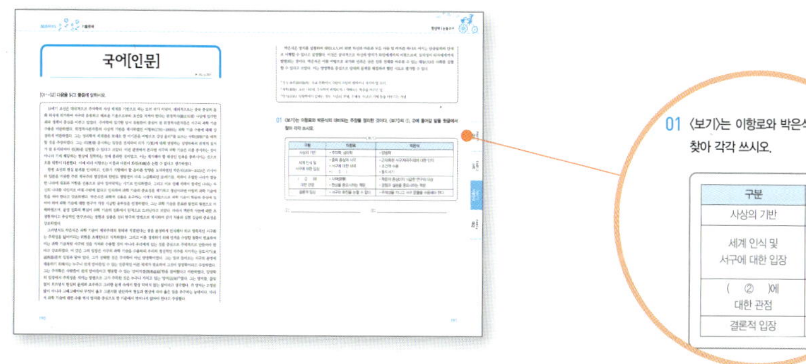

합격을
기원합니다

CONTENTS

시스컴은
여러분을
응원합니다

PART 1

Ⅰ. 문학

Ⅱ. 독서

문학

[핵심이론]

1 현대시

1. 시의 이해

(1) 시의 개념과 특징

① 개념: 인간의 사상과 정서를 함축적 · 운율적 언어로 압축하여 형상화한 문학의 한 갈래

② 특징: 정서성, 사상성, 음악성, 함축성, 압축성

(2) 시어: 음악적 효과, 이미지 형성, 정서적 연상 작용, 시의 어조와 분위기 형성

2. 시의 내용 요소

(1) 시의 정서: 사물이나 상황에 부딪혀 일어나는 모든 감정과 상념

(2) 시적 화자

① 개념: 시인의 목소리를 대변하는 시인의 제2의 자아(허구적 자아)

② 기능: 배경 묘사, 인물 정보 제공, 이야기 · 사건의 객관화, 주제 강조, 작품의 분위기 형성

(3) 시의 어조

① 개념: 시적 화자에 의해 나타나는 목소리의 특성

② 유형

시적 화자의 목소리 지향	독백, 대화 등
시의 내용	고백, 애원, 찬양, 기도, 분개, 풍자, 해학, 관조, 교훈, 회화, 염세, 냉소 등
시의 화자	여성, 남성, 어린 아이

3. 시의 형식 요소

(1) 시의 운율

① 개념: 규칙적인 반복에 의해 형성된 음악성을 말하며, 운(韻)과 율(律)로 구분됨

② 종류

㉠ 외형률: 반복의 양식이 겉으로 드러나는 운율로, 고전 시가에서 주로 나타남

㉡ 내재율: 의미와 융화되어 내밀하게 흐르는 정서적 · 개성적 운율로, 현대 시에 주로 나타남

③ 요소: 음보의 반복(음보율), 음절수의 반복(음수율), 동일 음운 · 음절의 반복, 단어, 문장(통사 구조)의 반복

4. 시의 표현 요소

(1) 비유: 어떤 사물이나 관념(원관념)을 그것과 유사한 다른 사물이나 관념(보조 관념)과 연결시켜 표현하는 방법

(2) 상징: 어떤 시어(보조 관념)가 그 자체의 의미를 유지하면서도 추상적인 다른 뜻(원관념)을 환기하는 표현 방법

(3) 반어(irony): 표현의 효과를 높이기 위하여 실제와 반대되는 뜻의 말을 하는 것

(4) 역설(paradox): 겉으로 보면 명백히 모순된 문장이지만 표현 속에서 나름의 진실을 담고 있는 표현 방법

(5) 이미지: 감각 기관에 의해 떠오르는 대상에 대한 영상이나 대상을 감각적으로 표현하는 것으로 심상(心象)이라고도 함

(6) 객관적 상관물: 시인의 사상이나 정서를 구체적인 심상, 상징, 사건 등으로 표현하여 독자들의 공감을 얻어내는 수법으로 간접적으로 정서를 환기하는 표현 방법

(7) 감정이입: 시인의 정서를 구체적 대상에 투영하여 그 사물과의 합치, 융화를 꾀하는 표현 방법

2 고전 시가

1. 고대 가요

(1) 고대 가요의 개념과 특징

① 개념: 구석기 씨족 사회부터 삼국 시대 이전의 노래로, 향찰 표기의 향가가 발생하기 전까지 존재했던 모든 시가를 통칭하는 편의상의 명칭

② 특징

㉠ 기원과 전개: 주술적 노래에서부터 서사적인 원시 종합 예술의 시기를 거쳐 서정적인 시가로 분리, 발전하여 독자적인 갈래로 자리 잡음

집단적 주술 가요	「구지가(龜旨歌)」, 「해가(海歌)」
개인적 서정 가요	「황조가(黃鳥歌)」, 「공무도하가(公無渡河歌)」

㉡ 문자 없이 구전되다가 한자의 습득과 더불어 한역으로 전해짐
㉢ 배경 설화와 함께 전해짐

(2) 주요 작품: 공무도하가(公無渡河歌), 구지가(龜旨歌), 황조가(黃鳥歌), 정읍사(井邑詞)

2. 향가

(1) 향가의 개념과 특징
① 개념: 신라 때부터 고려 초기까지 존재했던 정형시가를 의미하며, 넓은 의미로는 중국 한시에 대한 우리나라의 노래를 의미함
② 특징
㉠ 표기: 한자의 음과 뜻을 빌려 순 우리말을 국어의 어순대로 적은 향찰(鄕札)로 표기
㉡ 형식: 4구체, 8구체, 10구체

(2) 주요 작품

4구체	「서동요(書童謠)」, 「풍요(風謠)」, 「헌화가(獻花歌)」, 「도솔가(兜率歌)」
8구체	「모죽지랑가(慕竹旨郎歌)」, 「처용가(處容歌)」
10구체	「혜성가(彗星歌)」, 「원왕생가(願往生歌)」, 「원가(怨歌)」, 「제망매가(祭亡妹歌)」, 「안민가(安民歌)」, 「찬기파랑가(讚耆婆郎歌)」

3. 고려 가요

(1) 고려 가요의 개념과 특징
① 개념: 고려 때 서민, 평민들이 부르던 민요를 궁중에서 일부 개편하여 궁중 속악으로 부른 노래가사로, 경기체가를 제외한 고려 가요를 말하는데, 향가계 가요까지도 포함된다.
② 특징
㉠ 형식

구조	분절체(=분연체, 연장체) 구조가 많음
후렴구	각 연마다 후렴구가 붙음(후렴구는 일정하지 않음)
운율	3 · 3 · 2조 또는 3 · 3 · 4조의 3음보 운율을 지님

㉡ 내용: 남녀 간의 애정, 자연에 대한 예찬, 이별에 대한 아쉬움 등

(2) 주요 작품: 동동(動動), 정석가(鄭石歌), 처용가(處容歌), 청산별곡(靑山別曲), 서경별곡(西京別曲), 가시리, 쌍화점(雙花店), 만전춘(滿殿春), 사모곡(思母曲), 상저가(相杵歌), 유구곡(維鳩曲)

4. 경기체가

(1) 개념: 고려 중엽 이후 대두되기 시작한 신흥 사대부에 의해 향유된 시가로, 노래 말미에 반드시 '위~경긔 엇더하니잇고'라는 후렴구가 붙음

(2) 특징

① 형식

형식	몇 개의 연이 중첩되어 한 작품을 이루는 연장(聯章) 형식
구조	분절 구조로 각 장은 4구의 전대절(前大節)과 2구의 후소절(後小節)로 나누어짐
운율	전 3구는 3 · 3 · 4조, 4 · 4 · 4조 등으로 이루어진 3음보이며, 후 3구는 4 · 4 · 4 · 4조로 4음보인 경우가 많음

② 내용: 귀족들의 멋과 풍류, 사물이나 경치, 학식과 체험 등을 주로 노래하였으며, 고답적 · 퇴폐적 · 도피적 성격의 내용이 대부분임

(3) 주요 작품: 한림별곡(翰林別曲), 관동별곡(關東別曲), 죽계별곡(竹溪別曲)

5. 시조

(1) 시조의 개념과 형식

① 개념: 고려 말에서 조선 초에 이르는 기간에 정제되어, 조선 시대와 개화기를 거쳐 현재에 이르기까지 생명력을 유지해 온 서정 시가

② 형식

평시조	3장 6구 45자 내외의 기본 형태를 가진 시조
엇시조	초장 또는 종장 중 어느 한 장이 긴 중형 시조
사설시조	3장의 의미 단락만 유지되고, 3장 중 2장 이상이 길어져 파격을 이룬 시조
연시조	2수 이상의 시조를 거듭하여 한 편의 작품을 이룬 시조

(2) 주요 작품

① 조선 전기: 맹사성 「강호사시사」, 이현보 「어부사」 · 「농암가」, 이황 「도산십이곡」, 이이 「고산구곡가」, 정철 「훈민가」 · 「장진주사」 등

② 조선 후기: 박인로 「오륜가」 · 「조홍시가」, 윤선도 「견회요」 · 「어부사시사」, 안민영 「오륜가」, 작자미상 「창 내고쟈 창 내고쟈」 · 「귀또리 져 귀또리」 등

6. 가사

(1) 가사의 개념과 특징

① 개념: 고려 말에 경기체가가 쇠퇴하면서 나타난 시가 문학으로, 조선조(朝鮮朝)에 들어와 본격적으로 전개되면서 사대부들에게 널리 향유되었던 4음보의 운문 장르

② 특징

㉠ 형식: 보통 3 · 4조, 4 · 4조의 4음보 연속체로 구성(한 행의 길이는 제한이 없음)

㉡ 내용: 강호한정, 연주충군, 사대부 여인의 신세 한탄 등

(2) 주요 작품: 「누항사(陋巷詞)」, 「속미인곡(續美人曲)」, 「일동장유가(日東壯遊歌)」, 「농가월령가(農家月令歌)」, 「규원가(閨怨歌)」

3 소설

1. 소설의 이해

(1) 소설의 개념과 특징

① 개념: 현실 세계에 있을 법한 일을 작가의 상상력에 의해 창조해 낸 허구의 이야기로, 인물이나 사건의 전개를 통일성 있게 구성하여 인생의 진리를 표현하려는 산문 문학

현실 세계 ⇨ 모방(창조) ⇨ 허구의 세계

② 특징: 허구성, 개연성, 진실성, 모방성, 서사성, 산문성

(2) 소설의 요소

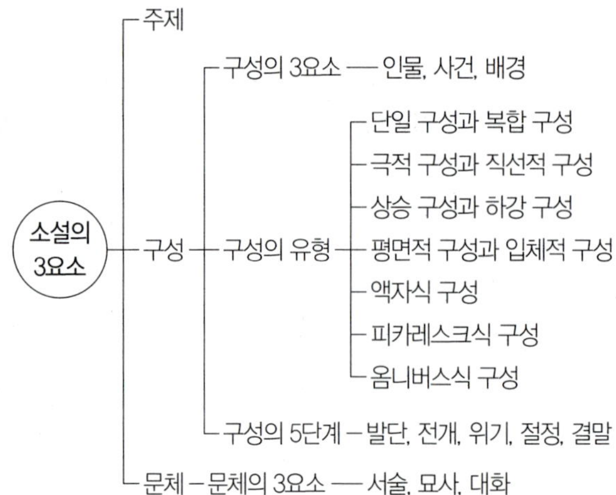

2. 주제

(1) 개념: 작가가 작품을 통해서 전달하고자 하는 말(작품 속 중심 사상)

(2) 표현 방법

① 작품 속에서 직접 제시 ㉮고전 소설, 신경향파 소설, 카프 소설

② 갈등 구조와 해소를 통해 제시 ㉮하근찬「수난 이대」, 윤흥길「장마」

③ 상징적 사물에 의해 제시 ㉮이상「날개」, 이범선「오발탄」

④ 작중 인물의 대화를 통해 제시 ㉮김승옥「서울, 1964년 겨울」, 이태준「해방전후」

3. 구성

(1) 개념: 주제를 효과적으로 표현하기 위해 일정한 형식과 작가의 미적 안목에 의해 통일성 있게 구성하는 것

(2) 구성의 단계

발단	이야기가 시작되는 부분으로 인물과 배경이 처음으로 제시되고, 주제와 사건의 실마리가 암시되는 단계
전개	사건이 구체적으로 전개되면서 갈등이 표면화되는 단계
위기	새로운 사건이 발생하기도 하고, 갈등이 고조되고 심화되는 단계
절정	갈등이 최고조에 이르고, 사건 해결의 분기점이 되는 단계
결말	갈등과 위기가 해소되고, 등장인물의 운명이 분명해지는 단계

4. 인물

(1) 개념: 소설에서 행위나 사건을 수행하는 주체

(2) 인물의 성격 제시 방법

직접적 제시(분석적, 논평적 제시)	간접적 제시(극적, 장면적 제시)
말하기(telling), 설명적	보여주기(showing), 묘사적
인물의 성격이나 특성을 서사, 서술을 사용하여 설명함	인물의 성격이나 특성을 행동, 대화, 장면의 묘사를 통해 보여줌
서술이 간단하고 시간이 절약됨	구체적이고 감각적인 묘사로 독자의 상상적 참여가 가능함
구체성을 잃고 추상적 설명으로 흐르기 쉬운 단점이 있음	표현상의 제약이 있음

5. 갈등(사건)

(1) 개념: 등장인물이 겪게 되는 대립적 관계로서, 한 인물의 내부적 혼란이나 그를 둘러싼 외적인 요소 간의 대립

(2) 갈등의 양상

내적 갈등	개인 내부의 심리적 모순에 의한 내적 갈등	
외적 갈등	개인과 개인	주인공과 그와 대립하는 인물 간의 갈등
	개인과 사회	개인과 개인이 속해 있는 사회적 환경과의 갈등
	개인과 운명	개인과 인간의 조건과의 대결에서 오는 갈등

6. 시점과 거리

(1) **시점의 개념**: 서술의 진행 양상을 바라보는 서술자의 각도와 위치를 말하며, 서술자의 위치나 태도에 따라 시점은 달라짐

(2) 시점의 종류

① **1인칭 주인공 시점**: 주인공이 자기 자신의 이야기를 하는 시점

② **1인칭 관찰자 시점**: '나'가 관찰자의 입장에서 주인공에 대해 이야기하는 시점

③ **전지적 작가 시점**: 작가(서술자)가 전지전능한 위치에서 인물의 심리나 행동을 분석하여 서술하는 시점

④ **작가 관찰자 시점**: 서술자가 외부 관찰자의 입장에서 이야기를 서술하는 시점

4 기타 문학의 갈래

1. 수필

(1) **수필의 개념** : 인생이나 자연의 모든 사물에서 보고, 듣고, 느낀 것이나 경험한 것을 형식과 내용상의 제한을 받지 않고 붓 가는 대로 쓴 글

(2) 수필의 종류

① **경수필** : 일정한 격식 없이 개인적 체험과 감상을 자유롭게 표현한 수필로 주관적, 정서적, 자기 고백적이며 신변잡기적인 성격이 담김

② **중수필** : 일정한 격식과 목적, 주제 등을 구비하고 어떠한 현상을 표현한 수필로 형식적이고 객관적

이며 내용이 무겁고, 논증, 설명 등의 서술 방식을 사용

③ **서정적 수필** : 일상생활이나 자연에서 느낀 정서나 감정을 솔직하게 주관적으로 표현한 수필

④ **교훈적 수필** : 인생이나 자연에 대한 지은이의 체험이나 사색을 담은 교훈적 내용의 수필

2. 희곡

(1) 희곡의 정의와 특성

① **희곡의 정의** : 희곡은 공연을 목적으로 하는 연극의 대본, 등장인물들의 행동이나 대화를 기본 수단으로 하여 관객들을 대상으로 표현하는 예술 작품

② **희곡의 특성**

㉠ 무대 상연을 전제로 한 문학 : 공연을 목적으로 창작되었기 때문에 여러 가지 제약(시간, 장소, 등장인물의 수)이 따름

㉡ 대립과 갈등의 문학 : 희곡은 인물의 성격과 의지가 빚어내는 극적 대립과 갈등을 주된 내용으로 함

㉢ 현재형의 문학 : 모든 사건을 무대 위에서 배우의 행동을 통해 지금 눈앞에 일어나는 사건으로 현재화하여 표현함

(2) 희곡의 구성 요소와 단계

① **희곡의 구성 요소**

㉠ 해설 : 막이 오르기 전에 필요한 무대 장치, 인물, 배경(때, 곳) 등을 설명한 글로, '전치 지시문'이라고도 함

㉡ 대사 : 등장인물이 하는 말로, 인물의 생각, 성격, 사건의 상황을 드러냄

㉢ 지문 : 배경, 효과, 등장인물의 행동(동작이나 표정, 심리) 등을 지시하고 설명하는 글로, '바탕글'이라고도 함

㉣ 인물 : 희곡 속의 인물은 의지적, 개성적, 전형적 성격을 나타내며 주동 인물과 반동 인물의 갈등이 명확히 부각됨

② **희곡의 구성 단계**

㉠ 발단 : 시간적, 공간적 배경과 인물이 제시되고 극적 행동이 시작됨

㉡ 전개 : 주동 인물과 반동 인물 사이의 갈등과 대결이 점차 격렬해지며, 중심 사건과 부수적 사건이 교차되어 흥분과 긴장이 고조

㉢ 절정 : 주동 세력과 반동 세력 간의 대결이 최고조에 이름

㉣ 반전 : 서로 대결하던 두 세력 중 뜻하지 않은 쪽으로 대세가 기울어지는 단계로, 결말을 향하여 급속히 치닫는 부분

㉤ 대단원 : 사건과 갈등의 종결이 이루어져 사건 전체의 해결을 매듭짓는 단계

TIP
〈희곡의 구성단위〉
• 막(幕, act) : 휘장을 올리고 내리는 데서 유래된 것으로, 극의 길이와 행위를 구분
• 장(場, scene) : 배경이 바뀌면서, 등장인물이 입장하고 퇴장하는 것으로 구분되는 단위

(3) 희곡의 갈래

① **희극(喜劇)** : 명랑하고 경쾌한 분위기 속에 인간성의 결점이나 사회적 병폐를 드러내어 비판하며, 주인공의 행복이나 성공을 주요 내용으로 삼는 것으로, 대개 행복한 결말로 끝남
② **비극(悲劇)** : 주인공이 실패와 좌절을 겪고 불행한 상태로 타락하는 결말을 보여 주는 극
③ **희비극(喜悲劇)** : 비극과 희극이 혼합된 형태의 극으로 불행한 사건이 전개되다가 나중에는 상황이 전환되어 행복한 결말을 얻게 되는 구성 방식
④ **단막극** : 한 개의 막으로 이루어진 극

(4) 희곡의 제약

① 희곡은 무대 상연을 전제로 하기 때문에 시간적, 공간적 제약을 받음
② 등장인물 수가 한정
③ 인물의 직접적 제시가 불가능, 대사와 행동만으로 인물의 삶을 드러냄
④ 장면 전환의 제약을 받음
⑤ 서술자의 개입 불가능, 직접적인 묘사나 해설, 인물 제시가 어려움
⑥ 내면 심리의 묘사나 정신적 측면의 전달이 어려움

3. 시나리오(Scenario)

(1) 시나리오의 정의와 특징

① **시나리오의 정의** : 영화나 드라마 촬영을 위해 쓴 글(대본)을 말하며, 장면의 순서, 배우의 대사와 동작 등을 전문 용어를 사용하여 기록
② **시나리오의 특징**
㉠ 등장인물의 행동과 장면의 제약 : 예정된 시간에 상영될 수 있도록 해야 함
㉡ 장면 변화와 다양성 : 장면이 시간이나 공간의 제약 없이 자유자재로 설정
㉢ 영화의 기술에 의한 문학 : 배우의 연기를 촬영해야 하므로, 영화와 관련된 기술 및 지식을 염두에 두고 써야 함

(2) 시나리오의 갈래

① 창작(original) 시나리오 : 처음부터 영화 촬영을 목적으로 쓴 시나리오

② 각색(脚色) 시나리오 : 소설, 희곡, 수필 등을 시나리오로 바꾸어 쓴 것

③ 레제(lese) 시나리오 : 상영이 목적이 아닌 읽기 위한 시나리오

(3) 시나리오와 희곡의 공통점

① 극적인 사건을 대사와 지문으로 제시

② 종합 예술의 대본, 즉 다른 예술을 전제로 함

③ 문학 작품으로 작품의 길이에 어느 정도 제한을 받음

④ 직접적인 심리 묘사가 불가능

[실전문제]

해답 p.268

▶ **다음 글을 읽고 물음에 답하시오.**

배점(총점)	예상 소요 시간
8점	4분 / 전체 80분

…… 전략 ……

"저녁거리가 없지?"

범수는 할 수 없으면 양복이라도 잡혀야겠어서 떼어 입고 나가기를 주저하는 것이다.

"번연한 속이지 물어서는 무얼 하우?"

영주는 풀 죽은 대답을 한다.

"그럼 저 양복이라두 잽혀 오구려." / "그것마저 잽히구 어떡할랴구 그러우?"

"그리 긴하게 양복을 입구 출입을 헐 일은 무엇 있나?"

영주는 그래도 느긋한 희망을 지니고 있었다. 남편이 몇 군데 이력서를 보내 두었으니 그런 데서 갑자기 오라는 기별이 올지도 모르는 터에 양복을 잡혀 버리면 일껏 된 취직도 낭패가 되고 말 것이다.

그리고 또 남편이 밖에 나가 있는 동안만은 행여 무슨 반가운 소식이나 가지고 돌아오나 해서 한심한 기대를 하는 터였었다.

"천하 없어두 그건 안 잽혀요."

"거참 괘사스런 성미도 다 보겠네!" / 하고 범수는 더 우기려 하지 아니했다.

"정말 큰일 났수! 하두 막막한 때는 죽어 바리기라두 하구 싶지만 자식들을 생각하면 그럴 수두 없구…… 글쎄 왜 학교는 안 보내려 드우? 구리는 이 지경이 되었으니 자식이나 잘 가르켜야지?"

영주는 아이들이 생각나자 가슴을 찢고 싶게 보풀증이 나는 것이다. 범수와 영주 사이에 제일 큰 갈등은 아이들의 교육문제인 것이다.

영주는 아이들을 공부를 시켜서 장래의 희망을 거기다 붙이자는 것이다. 그는 하다 못하면 자기가 몸뚱이를 팔아서라도 아이들의 뒤는 댄다고 하고 또 그의 악지로 그만 짓을 못할 것도 아니었었다.

그러나 범수는 듣지 아니했다. 섣불리 공부를 시켰자 허리 부러진 말처럼 아무짝에도 쓸데없는 반거충이가 될 것이요. 그러니 그것이 아이들 자신 장래에 불행하게 할 뿐 아니라, 따라서 부모의 기쁨도 되지 아니한다고 내내 우겨왔던 것이다. 그러면서 그는 자기가 보통학교의 교과서 같은 것을 참고해 가며 산술이니 일어니 또 간단한 지리 역사니를 우선 가르치고 있었다.

그러나 영주가 보기에는 그것이 도무지 시원찮고 미덥지가 못했다.

범수는 아내에게 너무도 번번이 듣는 푸념이라 그 대답을 또다시 되풀이하기가 성가시어 아무 말도 아니하려 했으나 아내는 오늘은 기어코 요정을 낼 듯이 기승을 부리려 든다.

"글쎄 여보! 당신은 당신이 희망하는 일이나 있어서 그런다구 나는 어쩌라구 그리우?"

"낸들 희망을 따루 가지구 그리는 건 아니래두 그래! 자식들이 장래에 잘되어 잘살게 하자는 생각은 임자허구 꼭 같지만 단지 내가 골라낸 방법이 옳으니까 그러는 거지……."

"나는 그 말 믿을 수 없어…… 공부 못한 놈이 막벌이 노동자나 되어 남의 하시나 받지 잘될 게 어데 있드람!"

"그건 이십 년 전 사람이 하든 소리야. 번연히 눈앞에 실증을 보면서 그래?"

"무어가 실증이란 말이요?"

"허! 그것참…… 여보 임자도 여자 고보를 마쳤지? 나도 명색 대학을 마쳤지? 그런데 시방 우리 둘이 살어가는 꼴을 좀 보지 못해?"

"그거야 공부한 게 잘못이요? 당신 잘못이지……."

"세상 탓이야……."

"이런 세상에서두 남은 제가끔 공부를 해 가지구 잘들 살어갑디다."

"그건 우연이고 인제 세상은 갈수록 우리 같은 인간이 못살게 돼요…… 내 마침 생각이 났으니 비유를 하나 허깨 들어 볼려우?"

"듣기 싫여요."

영주는 말로는 언제든지 남편을 못 당하는지라 또 무슨 묘한 소리를 해서 올가미를 씌우나 싶어 톡 꼬아 버렸다.

"하따 그러지 말구 들어 보아요…… 자, 시방 내가 돈이 ㉠일 원이 있다구 헙시다. 그런데 드놈 돈을 어떻게 건사하기가 만만찮거든…… 돈을 놓을 것이 없단 말이야, 알겠수?"

"말해요."

"그래 척 상점에 가서 일 원짜리 ㉡돈지갑을 사잖았수?"

"일 원밖에 없는데 일 원짜리 지갑을 사?"

영주는 유도를 박아 무심코 이렇게 대꾸를 하낟.

"거봐! 글쎄……." 하고 범수는 싱글벙글 웃는다.

"우리가 시방 공부를 한다는 것이 그렇게 일 원 가진 놈이 일 원을 넣어 두랴고 일 원을 다 주구 지갑을 사는 셈이야." / "어째서?"

"지갑을 쓸데가 있어야지?" / "두었다가 돈 생기면 넣지?"

"그 두었다가가 문제여든…… 그 지갑에 돈이 또 생겨서 넣게 될 세상은 우리는 구경도 못 해…… 알겠수?"

"난 모를 소리요."

"못 알아듣기도 괴이찮지…… 그렇지만 세상은 부자 사람허구 노동자의 세상이지, 그 중간에 있는 인간들은 모다 허깨비야."

…… 후략 ……

– 채만식, 「명일」

PART 1 국어
PART 2 수학
PART 3 기출문제
PART 4 해답

[예시문제]

윗글의 내용을 바탕으로 하여 범수가 비유한 ㉠과 ㉡의 원관념 해당하는 단어를 각각 쓰시오.

보기

㉠ 일 원	㉡ 돈지갑

모범답안 ㉠ 경제력 또는 돈
㉡ 교육 또는 공부

바른해설 이 문항은 작품의 내용을 통해서 인물의 가치관과 현실인식을 파악할 수 있는지를 묻는 것이다. 작품에서 식민지 시기 차별을 받았던 조선인들의 모습이 확인된다. 특히 무기력한 존재가 되었음을 자각하는 실업지식인 범수와 일말의 희망을 품고 있는 영주 부부의 대화에서 이들 부부의 각각의 지향을 확인할 수 있다. 범수는 일 원밖에 없고 돈이 더 생길 수 없는 상황에서 지갑을 사 보아야 그 지갑이 쓸모 없게 될 것이라고 말하고 있다. 이는 돈을 들여 자식들을 교육해야 한다는 영주의 주장이 쓸모없는 것이라는 생각이 존재한다. 일 원은 현재의 경제력, 지갑은 미래를 위한 교육을 의미한다.

채점기준

답안	배점
㉠ 경제력 또는 돈	4점
㉡ 교육 또는 공부	4점
– 범수의 비유에서 일 원은 현재의 경제력, 지갑은 미래를 위한 교육을 의미함. – ㉠, ㉡를 각각 4점으로 배점함. 모두 정답이면 8점. – ㉠에 올 수 있는 답안은 경제력임. 제시된 지문에 '돈'이 명시되어 있으므로 이 역시 정답으로 인정(4점) – ㉡의 정답은 '교육'임. 제시된 지문에 빈번히 등장하는 '공부'를 답안으로 작성한 경우도 정답으로 인정(4점)	공통사항

[01～02] 다음 글을 읽고 물음에 답하시오.

(가)

순이가 떠난다는 아침에 말 못 할 마음으로 함박눈이 내려, 슬픈 것처럼 창밖에 아득히 깔린 지도 위에 덮인다. 방 안을 돌아다보아야 아무도 없다. 벽과 천장이 하얗다. 방 안에까지 눈이 내리는 것일까, 정말 너는 잃어버린 역사(歷史)처럼 홀홀이 가는 것이냐, 떠나기 전에 일러둘 말이 있던 것을 편지를 써서도 네가 가는 곳을 몰라 어느 거리, 어느 마을, 어느 지붕 밑, 너는 내 마음속에만 남아 있는 것이냐, 네 쪼그만 발자국을 눈이 자꾸 내려 덮여 따라갈 수도 없다. 눈이 녹으면 남은 발자국 자리마다 꽃이 피리니 꽃 사이로 발자국을 찾아 나서면 일 년 열두 달 하냥 내 마음에는 눈이 내리리라.

– 윤동주, 「눈 오는 지도(地圖)」

(나)

당신의 손끝만 스쳐도 소리 없이 열릴 돌문이 있습니다. 뭇사람이 조바심치나 굳이 닫힌 이 돌문 안에는, 석벽 난간(石壁欄干) 열두 층계 위에 검푸른 이끼가 앉았습니다.

당신이 오시는 날까지는, 길이 꺼지지 않을 촛불 한 자루도 간직하였습니다. 이는 당신의 그리운 얼굴이 이 희미한 불 앞에 어리울 때까지는, 천년(千年)이 지나도 눈감지 않을 저의 슬픈 영혼의 모습입니다.

길숨한 속눈썹에 항시 어리운 이 두어 방울 이슬은 무엇입니까? 당신이 남긴 푸른 도포 자락으로 이 눈물을 씻으랍니까.

두 볼은 옛날 그대로 복사꽃 빛이지만, 한숨에 절로 입술이 푸르러 감을 어찌합니까.

몇만 리 굽이치는 강물을 건너와 당신의 따슨 손길이 저의 목덜미를 어루만질 때, 그때야 저는 자취도 없이 한 줌 티끌로 사라지겠습니다. 어두운 밤하늘 허공 중천(虛空中天)에 바람처럼 사라지는 저의 옷자락은, 눈물 어린 눈이 아니고는 보이지 못하오리다.

여기 돌문이 있습니다. 원한도 사무칠 양이면 지극한 정성에 열리지 않는 돌문이 있습니다. 당신이 오셔서 다시 천년(千年)토록 앉아 기다리라고, 슬픈 비바람에 낡아 가는 돌문이 있습니다.

– 조지훈, 「석문」

01 다음은 (나) 작품의 화자가 느낀 생각을 서술한 것이다. 해당 내용과 연관된 연을 찾아 첫 어절과 마지막 어절을 쓰시오.

화자의 신체적 변화와 관련된 표현을 활용하여 임에 대한 화자의 지속적인 기다림을 드러내고 있다.	①
화자는 자신이 기다린 시간만큼 임도 기다릴 것을 제시하면서 임에 대한 원망을 드러내고 있다.	②

① 첫 어절: ______________, 마지막 어절: ______________

② 첫 어절: ______________, 마지막 어절: ______________

02 다음의 〈보기 1〉을 바탕으로 (가), (나)를 감상할 때, 〈보기 2〉의 빈칸에 들어갈 적절한 시어를 (가), (나)에서 각각 찾아 쓰시오.

보기 1

사랑하는 이와의 이별은 다양한 정서적 반응을 가져온다. 그중 대표적인 것은 슬픔과 그리움이다. 보고 싶은 대상을 더 이상 볼 수 없는 현실을 수용해야 하는 상황은 슬픔과 대상에 대한 깊은 그리움, 다시 만나고픈 간절한 소망을 자아내며, 허전함을 채우기 위해 그리운 대상을 찾아 나서는 반응을 이끌어 내기도 한다. 그러나 그런 적극적인 태도를 보이기 어려운 상황에서는 마냥 기다릴 수밖에 없는 태도가 드러나기도 하는데, 그 기다림이 오랜 세월에 걸쳐 지속될수록 기다리는 이의 마음은 채워지지 못한 결핍으로 인한 한의 정서가 발현되기도 한다.

보기 2

(가) '슬픈 것'의 원관념인 [(3음절)]이/가 쌓이는 자연 현상은 인간이 어찌할 바 없는 것처럼, 사랑하는 이와의 이별도 수용할 수밖에 없음을 보여주는군.

(나) '당신의 손끝만 스쳐도' 열릴 수 있는 '돌문' 안에 [(2음절)]이/가 앉은 것은 기다림이 오랜 세월에 걸쳐 지속되어 왔음을 보여 주는군.

[03～04] 다음 글을 읽고 물음에 답하시오.

[앞부분 줄거리] 오롱댁 심작은둘 노파는 폐결핵과 장질부사에 걸려 제3 병동에 수용된다. 그의 딸 강남옥 처녀가 온종일 병실에 머물며 어머니를 간호하다가 같은 병에 감염된다. 의사 김종우는 돈이 없어 입원하지 못한 강남옥을 딱하게 여겨 무상으로 매트를 제공하고 치료해 주었지만, 이를 수납계 직원에게 들켜 서무과장에게 불려 간다.

멀리서 하늘 울리는 소리가 들려오고, 극성스럽게 쏟아지는 폭우가, 허물어져 가는 제3 병동의 유리창을 마구 때렸다. 헐렁한 창문 틈바구니마다 빗물이 새어 들어 유리를 타 내리고, 강남옥 처녀가 누워 있는 쪽 천장 구석도 차츰 젖어 들기 시작했다. 그러한 빗속에서도 불도저는 내처 부르릉거렸다. 운전사는 필시 물에 빠진 생쥐 꼴이 됐을 테지. 명령, 아니 인간의 강하고 약함이 한꺼번에 실감되는 그러한 경황이랄까?

그러나 이상하게도 그날만은 그 둔탁스런 불도저 소리도 환자들에게는 그다지 거슬리지 않는 모양이었다. 한결같이 희멀건 눈들이 쏟아지는 빗발을 심심치 않게 내다보는가 하면, 그 속에서 부르릉대는 불도저의 극성맞은 소리에도 내처 귀를 기울이고 있는 것 같았다.

요컨대 그들은 병원 생활이 무척 괴롭고 지루했던 것이다. 가뜩이나 전염병 환자만이 늘어져 있는 허물어져 가는 3등 병실에서, 그저 치료비 독촉장이나 받을 뿐, 누구 하나 꽃이라도 들고 깍듯이 찾아 주는 사람도 없는 3등 인간인 그들에게는!

그러니까 때로는 비도 반가웠고 불도저 소리도 거슬리지는 않았다. 뿐만 아니라 이따금 우르릉하는 먼 천둥소리에, 숫제 살아 있는 하늘의 방향이라도 잡아 보려는 듯, 눈을 번쩍 뜨는 환자도 있었다. 말하자면 누에가 잠을 잘 때 고개만은 치켜들고 있듯 빗소리에 한결 조용해진 병실 안 사람들도 신경은 내처 날카롭기만 했던 것이다.

다만, 넓적한 마스크를 한 간호원이 가끔 와서 보고 가는 오롱댁 심작은둘 노파만이, 또닥또닥 떨어져 들어가는 피를 받으면서 그러한 반응을 보이지 않을 뿐이었다.

강남옥 처녀는 시종일관 모든 것을 샅샅이 눈여겨보았다. 매트 위에 누었을 때도, 천장을 향해 있는 그녀의 핏발 선 커다란 눈은 마치 병실 안 전체를 삼키고 있는 것 같았다. 그리고 꽉 다문 입은 헤아릴 수 없는 말들을!

……더구나 수납계의 고참 직원이 불쑥 나타났을 때의 일, 서무과 급사로부터 출두 연락을 받았을 때의 수간호원의 심상치 않은 표정…… 이러한 것들과, 그로 말미암아 덩달아 일어나는 여러 가지 추측이며 생각들이 한때 어머니에 대한 걱정까지도 밀어버리고 그녀의 망막과 머릿속을 점령했다. 천장에 맺혔던 물방울이 툭 하고 머리맡에 떨어질 때 그런 의식에서 일단 단절된다. 그러나 다시 덮친다. 다시 덮치다간, 결국 이것도 저것도 갈피를 잡지 못한다. 머리가 몽롱해 온다. 머리가 몽롱해 오며 의식마저 허물어진다. 결국 그녀의 의식은 고열로 인해 녹아진 것이다.

강남옥 처녀가 다시 의식을 되찾은 것은 그녀의 몸뚱이가 김종우 의사와 간호원들에 의해서 그녀의 어머니 곁으로 옮겨졌을 순간이었다. 날카로운 소리에 눈이 번쩍 뜨였다.

"그저 보고만 하고 말 것이 아니라……."

김종우 의사가 그녀가 누워 있던 빈 매트를 발로 냅다 밀어 버리며 괜히 죄도 없는 간호생을 보고 투덜대고 있었다.

"인부 시켜, 수납계 그 늙다리한테 딱 갖다 보이고서 치워 두래! 알았어?"

아직 경험이 없는 실습 간호생은 어리둥절하고 있다.

"빨리 그러라니까!"

김종우 씨의 말소리는 더욱 날카로워진다. 수간호원이 간호생더러 뭐라고 타일러 보낸다. 강남옥 처녀는 팔꿈치에 따끔한 것을 느낀다. 링거 방울이 눈물처럼 눈에 아른거린다. 김종우 의사는 그것을 조절하면서도 또 씨부렸다.

"저희들은 턱도 아닌 것들을 데리고 와서 관비 치료니 뭐니 하면서……."

"그러기 말예요."

수간호원이 맞장구를 치듯 받는다.

"그 말을 듣고 화를 내는 원장님도 원장님이지 뭐예요."

좁은 병상 위에서 한쪽은 피 주사를, 한쪽은 링거 – 다행히 몸피가 여윈 3등 인간이라 좋았다.

그러나 그와 같은 구차스런 꼬락서니도 오래가지는 못했다. 이튿날 저녁 오롱댁 심작은둘 노파의 몸뚱이는 드디어 병상에서 내려졌다. 뻗어진 것이다.

오롱댁 심작은둘 노파의 시체는 사흘 동안이나 시체 안치소에 놓여 있었다.

병원에서는 사람이 죽더라도 입원비를 다 내지 않으면 시체를 간대로*내주지 않는다. '누님 전 상서라…….' 하고 보내준 외삼촌의 돈도 벌써 다 써 버리고 밀린 약값만 해도 수월찮았거니와 설사 그런 걸 다 무사히 치른다 하더라도, 강남옥 처녀 혼자로서는 어찌할 도리가 없었다.

(중략)

바깥은 여전히 빗소리다. 불도저 소리도 여전히 멀리서 부르릉거렸다. 허물어져 가는 제3 병동의 한 귀퉁이라도 무너뜨리려는지 우지끈하는 소리가 한 번 들렸다. 다행히 시체 안치소의 유리창만은 흔들리지 않았다. 그러나 이럴 때 누가 문틈으로라도 엿보았더라면, 죽어 있는 시체보다 을씨년스럽게 울어 대는 처녀의 모습에 더욱 질렸을 것이다.

이젠 간호원들도 그녀의 열을 재러 오지 않았다. 의사들도 나타나지 않았다. 아무도 그녀의 울음을 방해할 사람은 없었다.

[A]

이슥고, 널빤지로 된 문짝에서 인기척이 나더니 아까 그 인부 두 사람이 다시 나타났다. 약간 주기가 있는 듯한 얼굴들로서 손에 무언가 들고 있었다.

"처녀가 혼자서 울고 있는 걸 보니…."

위로차 온 모양이다.

"그양 올 수도 없고, 암매[아마] 향불도 미처 못 구했지 싶어서……."

그들은 어머니의 시체에 매달려 있는 강남옥 처녀를 떼 놓듯이 하고 향을 피워 주었다. 한 사람은 축 늘어진 포켓 속에서 조그만 초까지 꺼내어 촛불까지 밝혀 주었다. 손등에는 빗물들이 번질거리고 있었다. 그들에 대한 흔감한* 정까지 겹쳤음인지 강남옥 처녀의 울음소리는 더욱 구슬퍼졌다.

나이 늙수그레한 인부 한 사람은 병원 구내에 살았던 모양으로 아침 일찍 부인을 시켜 죽까지 한 그릇 치면하게* 갖다주었다. 우격*에 못 이겨 그걸 받아 마시는 강남옥 처녀의 눈에서는 눈물이 샘솟듯 했다. 죽 위에 사뭇 떨어졌다. 3등 인간도 끝내 외롭지는 않았던 것이다.

– 김정한, 「제3 병동」

***간대로**: 그리 쉽사리.
***흔감한**: 기쁘게 여기어 감동한.
***치면하게**: 그릇 속의 내용물이 거의 가장자리까지 차 있게.
***우격**: 억지로 우김.

03 [A]에서 이야기 밖 서술자가 상황과 인물에 대한 비판적 인식과 연민 등 서술자의 주관적 인식을 드러내고 있는 표현을 찾아 한 문장으로 쓰시오.

[A] ⇒ ______________________________

04 〈보기 1〉을 바탕으로 위 작품을 감상할 때, 〈보기 2〉의 빈칸에 들어갈 말을 〈보기 1〉에서 찾아 쓰시오.

보기 1

「제3 병동」은 근대화 시기에 물질만능주의 풍조가 팽배해짐에 따라 병원에서 환자가 이윤 추구를 위한 도구로 전락한 모습을 그리고 있다. 이 작품에는 의료 행위를 통해 질병의 고통과 죽음의 슬픔에서 인간을 구제한다는 병원의 본질적 목적이 상실된 채, 경제적 동기와 이윤을 우선시하는 곳으로 변질된 근대화된 의료 기관이 등장한다. 작가는 이러한 인간 소외 현상이 나타나는 모습을 통해 근대화의 흐름에 비판을 제기하면서도, 타인을 위한 배려와 따뜻한 인정을 베푸는 인물들을 통해 인간 소외를 극복할 휴머니즘의 가능성도 제시한다.

보기 2

- '김종우 의사'는 '수납계의 고참 직원'을 비판하며 '강남옥 처녀'를 치료해 준다는 점에서, (①)을/를 실천하는 인물이라고 볼 수 있다.
- '인부 두 사람'은 '강남옥 처녀'에게 도움을 준다는 점에서, 타인을 향한 배려와 따뜻한 인정을 베푸는 모습을 통해 (②) 현상을 극복할 가능성을 보여준다고 볼 수 있다.

① ______________________ ② ______________________

PART 1 국어
PART 2 수학
PART 3 기출문제
PART 4 해답

[05～06] 다음 글을 읽고 물음에 답하시오.

박생은 예전부터 늘 불교나 무속 신앙, 귀신 이야기의 의심을 품어 왔으나 확고한 생각을 가지지는 못했다. 그러다가 『중용(中庸)』*의 가르침에 비추어 보고, 『주역(周易)』의 「계사전」*을 자세히 살핀 뒤 자신의 생각이 틀리지 않았음을 자부하게 되었다. 그럼에도 박생은 사람됨이 순박하고 중후한 까닭에 승려들과도 교유를 끊지 않아, 한유가 사귀었던 태전이나 유종원이 사귀었던 손 상인 같은* 승려 두세 사람을 가까이했다. 승려들 역시 선비와 교유하기를 혜원이 종병과 뇌차종을 사귀고 지둔이 왕탄지와 사안을 사귀듯이* 하여 박생과 막역한 친구가 되었다.

하루는 박생이 승려에게 천당과 지옥에 관한 이야기를 듣고는 다시 의심스러운 마음이 들어 말했다.

"천지(天地)는 하나의 음양(陰陽)일 따름이오. 그러니 천지 밖에 또 다른 천지가 있을 리 있겠소? 필시 허튼 얘기일 거요."

승려에게 묻자 그쪽 역시 속 시원한 대답을 못 한 채 죄를 짓거나 덕을 쌓으면 각각 그에 따른 보답이 있다는 말로 대꾸할 뿐이었다. 박생은 그 말을 전혀 받아들일 수 없었다.

박생은 일찍이 「일리론(一理論)」*이라는 글을 지어 스스로를 경계하며 이단의 가르침에 흔들리지 않고자 했다.

[중략 부분 줄거리] 이단설을 부정하던 박생은 어느 날 『주역』을 읽다가 잠이 들어 남쪽 염부주(炎浮洲)에 가게 되고, 그곳의 임금인 염마(談摩)왕을 만나 공자와 석가, 귀신에 관한 설 등에 대해 대화를 나눈다. 박생이 천당과 지옥이 있는지 물으며, 죽은 사람의 천도(薦度)를 위한 재(齋)에 대해 말하자 염마왕은 거짓되고 망령된 일이라며 놀란다.

"사람이 죽으면 정기(精氣)가 흩어져 혼(魂)은 하늘로 올라가고 백(魄)은 땅속으로 내려가 모두 근원으로 돌아가게 되어 있소. 그러니 어찌 혼백이 저승에 머물 수 있겠소? 물론 원한을 품은 혼령이나 비명횡사한 귀신이 제명에 못 죽어 자신의 기운을 펴지 못하고, 모래밭 싸움터에서 슬피 울거나 원한 품은 집에서 절절히 우는 일이 간혹 있기는 하오. 이들 혼령이나 귀신은 무당에게 깃들어 억울한 사연을 호소하기도 하고, 사람에게 의지해서 원망을 하소연하기도 하오. 그러나 비록 일시적으로 정신이 흩어지지 않았다 해도 결국에는 무(無)로 귀결되고 마니, 죽은 사람이 형체를 빌려 저승에 가고 또 거기서 형벌을 받는 일이 어찌 일어날 수 있겠소? 이런 일은 사물의 이치를 깊이 탐구하는 군자라면 마땅히 헤아려 알 수 있는 것이오.

부처에게 재를 올리고 시왕(十王)*에게 제사를 지내는 일 같은 것은 더욱 말도 안 되는 얘기요. '재'라는 건 맑고 깨끗함을 이르는 말이요. '왕'이라는 건 존엄함을 일컫는 말이오. 왕이 수레를 요구하고 금을 요구한 일은 『춘추』에서 비난받은 바 있거니와*, 재를 올리며 금과 비단을 쓴 일은 한나라와 위나라 시대에 시작되었소. 생각해 보시오. 맑고 깨끗한 신이 속세 인간의 공양을 받을 리 있겠소? 존엄한 왕이 죄인의 뇌물을 받을 리 있겠소? 저승의 귀신이 인간 세상에서 저지른 죄를 용서해 줄 수 있겠소? 이런 일 또한 사물의 궁극적인 이치를 탐구하는 선비라면 마땅히 헤아려 알 수 있는 것이오."

박생이 또 물었다.

"윤회가 그치지 않아 이승에서 죽은 뒤 저승에서 산다는 말에 대해 여쭈어볼 수 있겠습니까?

왕이 대답했다.

"정령이 흩어지지 않는다면 윤회가 있을 듯도 하오. 하지만 오랜 시간이 지나면 결국 정령도 흩어져 사라지고 마오."

박생이 물었다.

"임금께서는 어떻게 이런 이역(異域) 땅에서 왕이 되셨습니까?"

왕이 대답했다.

"나는 세상에 있을 때 임금께 충성을 다하여 온 힘을 다해 도적을 토벌했는데, 그때 이렇게 맹세한 일이 있소.

'내가 죽으면 귀신이 되어서라도 도적을 모두 죽이리라!'

죽어서도 내 소원이 다 이루어지지 않았고 충성스러운 마음도 사라지지 않았기에, 이런 흉악한 땅에서 임금 노릇을 하게 된 것이오. 지금 이 땅에 살며 나를 우러르는 자들은 모두 전생에 임금이나 부모를 죽이는 등 온갖 간사하고 흉악한 짓을 벌인 무리들이라오. 이들은 이곳에 살며 나의 통제를 받아 그릇된 마음을 바로잡으려 하고 있고, 정직하고 사심 없는 사람이 아니면 이 땅에서는 하루도 임금 노릇을 할 수 없소.

그대는 정직하고 뜻이 고상하여 인간 세상에 있으면서 남의 위세에 굴하지 않는 진정한 달인이라고 들었소. 그럼에도 세상에 뜻을 한번 펼쳐 보이지 못했으니, 그야말로 천하의 보배로운 옥이 황야에 버려지고 연못 깊이 가라앉아 있는 것과 같은 신세구려. ㉠훌륭한 장인을 만나기 전에야 누가 천하의 보물을 알아볼 수 있겠소? 참으로 안타깝소!

나 역시 운수가 다해서 곧 이 세상을 뜰 운명이고, 그대 또한 타고난 수명이 이미 다해서 땅에 묻히게 되리니, 이 나라의 임금이 될 사람이 그대 말고는 누가 있겠소?"

[A] 그렇게 말하고는 잔치를 열어 흥겹게 즐겼다. 그러던 중에 왕이 박생에게 삼한(三韓)의 역대 왕조가 흥하고 망한 이유를 물었다. 박생이 역대 왕조의 흥망사를 하나하나 진술하다가 고려가 창업하게 된 연유를 언급하기에 이르자, 왕이 거듭 탄식하며 이렇게 말했다.

"나라를 가진 자는 폭력으로 백성을 위협해서는 안 되오. 백성이 비록 두려워하여 명령에 따르는 듯 보이지만 속으로는 반역할 마음을 품어 시간이 흐르면 결국 큰 재앙이 일어나게 될 것이오. 덕 있는 자는 힘으로 군주의 자리에 나아가지 않소. 하늘이 비록 자상한 말로 사람을 깨우치지는 않지만 시종일관 일을 통해 보여 주거늘, 이를 보면 하늘의 명(命)이 엄하다는 걸 알 수 있소.

무릇 나라는 백성의 것이요, 명은 하늘이 내리는 것이오. 천명이 이미 임금에게서 떠나고 민심이 이미 임금에게서 떠나간다면, 비록 몸을 보전하고자 한들 어찌 보존할 수 있겠소?"

또 박생이 역대 제왕들이 이교(異敎)*를 숭상하다가 재앙을 당하기에 이른 일을 말하자, 왕은 이마를 찌푸리며 말했다.

"백성이 태평가를 부르는데도 홍수가 나고 가뭄이 드는 것은 하늘이 임금에게 언행을 삼가라고 거듭 경고하는 것이요, 백성의 원성이 드높은데도 상서로운 징조가 보이는 것은 요괴가 임금에게 아첨하여 더욱 방종하도록 만드는 것이라오. 역대 제왕들이 상서로운 징조를 보던 날에 백성이 편안하였소, 울부짖으며 원망하였소?"

– 김시습, 「남염부주지」

***「중용」, 「주역」의 「계사전」**: 유학의 경전을 이름. 「중용」은 사서(四書)의 하나. 「주역」은 오경(五經)의 하나로, 「계사전」은 「주역」의 원리를 포괄적으로 설명해 놓은 글.

***한유가 사귀였던 ~ 손 상인 같은**: 한유와 유종원은 당나라의 문장가를, 태전과 손은 이들과 가까이 사귄 고승(高僧)을 말함. '상인'은 승려를 일컫는 말임.

***혜원이 종병과 ~ 사안을 사귀듯이**: 혜원과 지둔은 동진(東晋)의 이름난 고승을, 종병 · 뇌차종 · 왕탄자 · 사안은 이들과 가까이 사귄 이름난 문사(文士)를 말함.

***「일리론」**: 천하의 이치는 하나임을 밝히는 글.

***시왕**: 죽은 사람이 생전에 지은 죄를 심판한다는 저승에 있는 열 명의 왕.

***왕이 수레를 ~ 비난받은 바 있거니와**: 유학 오경의 하나인 「춘추」에 왕이 대부를 시켜 수레와 금, 즉 뇌물을 요구했다는 내용이 나옴.

***이교**: 주장이 다른 학설. 여기에서는 불교를 가리킴.

05 위 작품을 이해할 때, ㉠에서 다음이 의미하는 인물이 누구인지 쓰시오.

보기

천하의 보물	훌륭한 장인
(①)	(②)

06 위 작품의 시대적 배경을 고려할 때, 작가가 조선 세조의 왕위 찬탈을 비판한 내용을 [A]에서 찾아 한 문장으로 서술하시오.

[07～08] 다음 글을 읽고 물음에 답하시오.

어제 우연히 책 정리를 하다 보니 낯익은 배경을 두르고 윤정이의 어깨에 팔을 걸뜨린 채 다정스레 찍은 사진이 발등에 떨어졌다. 둘은 너무나도 환히 웃고 있었다. 특히 이마가 초가집 지붕 선처럼 푸근하고 서늘했던 그녀. 우리에게도 이렇게 환한 웃음이 깃들인 적이 있었던가. 그는 갑자기 콧마루가 시큰해져 왔다. 둘 뒤에 이파리 무성한 갈매나무가 눈에 띄었던 것이다. 그 갈매나무만 아니었다면 두현이 불현듯 출판사에 지독한 몸살이라는 전화를 넣고 이렇듯 '아름다운 지옥'을 향해 실성한 사내처럼 마음만 급해 허둥지둥 비바람 부는 들판을 가로질러 가고 있진 않았을 것이다.

갈매나무는 두현의 기억이 미칠 수 있는 어린 시절부터 내면에 자리 잡아 온 움직일 수 없는 한 풍경이었다. 어릴 적 한때 할머니의 손에서 자란 두현이도 그 갈매나무와 더불어 컸다. 할머니집 안마당에 어른 키의 갑절만큼 자라 있던 그 늙은 나무는 노년 들어 홀로 대청마루에 나앉는 일이 잦았던 할머니에게는 무언의 친구이기도 했을 터였다.

가지 끝에 뾰족뾰족한 가시를 달고 있는 그 갈매나무는 두현에겐 지옥이자 천당이었다. 갈매나무 아래서 윤정이와 사진을 찍고 난 다음 그녀와 가진 첫 입맞춤이 천당에 대한 기억에 해당한다면 아내가 됐던 윤정이와 이 년이 채 안 돼 헤어지기로 동의한 다음 이혼 서류에 마지막으로 도장을 찍고 내려가 찾아본 할머니집 앞의 갈매나무는 바로 캄캄한 지옥이었다.

현아 니 맴이 많이 아프제…….

두현은 두렵고 송구스런 마음 때문에 엎드려 드린 큰절을 차마 일으키지 못하고 등짝을 들썩거리며 흐느꼈다. 그 격정의 잔등을 삭정이처럼 야윈 할머니의 손길이 잔잔히 더듬고 지나갔다.

할머니…… 이 매욱한* 손자가 세상에 다시없는 불효를 저지르고 이렇게 찾아뵈었으니 이 일을 어쩌면 좋습니까? 호되게 꾸짖어 주세요, 부디!

꾸짖긴 눌로? 어림도 없지러. 니가 아프면 낼로(나를) 찾아와야지 그럼 눌로(누구를) 찾아…… 옹냐 잘 왔네라. 에구 불쌍한 내 새끼야, 니 맴 할미가 알제 하모 하모…….

부엌 문짝에 옆 이마를 기대어 집게손가락으로 눈가를 꾹꾹 찍어 누르고 섰던 작은숙모한테 더운밥을 지어 내오도록 한 할머니는 그가 물에 만 밥그릇을 앞에 두고 천근만근으로 무거워진 깔깔한 밥술을 놀리는 걸 지켜보다가 숙모의 부축을 받아 갈매나무 아래 평상에 나앉으셨다. 그러고는 등을 돌린 채 눈물을 지으셨다. 두현은 밥이 아니라 눈물을 떠 넣고 씹었다.

지집한테 찔리운 까시는 오래가는 벱인디…….

할머니가 갈매나무 우듬지께를 망연자실한 눈길로 쳐다보시며 중얼거렸다. 그러자 그도 어릴 적 겁도 없이 갈매나무에 오르려다 가시에 찔려 떨어졌던 기억이 났던 것이다. 아마 할머니도 그때 기억 때문에 더 북받치시는 것일지도 모를 일이었다. 눈물이 그렁그렁한 어린 손자의 손바닥에 깊숙이 박힌 가시를 입김을 몇 번이고 호호 불어 가면서 빼 주실 때 해 주던 할머니의 말씀이 새삼 엊그제 일인 양 생생할 뿐이었다.

까시 아프제? 앞으로두 세상의 숱해 많은 까시가 널 괴롭힐지도 모르제. 그래도 사내니깐 울지는 말그래이. 그럴수록 더 독한 까시를 가슴속에 품어야 하니라. 알긋제?

야아…… 할무이.

세상의 독한 가시를 이기라는 그 말씀은 삼 년 전 늦깎이 시인으로 등단한 그가 여태껏 시의 화두로 삼아 온 것이었다.

[중략 부분 줄거리] 두현이 찾아간 '아름다운 지옥'은 이제 찻집이 아닌 오리탕 전문점으로 바뀌어 있었고, 두현은 그 식당의 여주인과 이야기를 나눈다.

아내가 가고 없는 그 신혼방에서 두현은 한사코 자신에게서 달아나려는 어떤 아이에 대한 꿈을 서너 번 꾸었다. 힐끗 뒤를 돌아다보는 꿈속의 작은 아이는 그를 닮아 보일 때도 있었고 얼굴이 하얗게 지워져서 나타날 때도 있었다. 아주 무서운 꿈이었다.

꿈자리에서 깨어날 때마다 그는 눈물이 핑 돌아 낯선 곳에서 잠이 설깬 아이처럼 훌쩍거리곤 했다.

그래서요?

그래서 그렇다는 말이죠.

에이, 시시해. 그럼 전 부인은 진짜 유학을 갔어요?

아직까지 한 번도 못 만났으니 그럴 가능성도 있을 겁니다.

그럼 요즘도 아이 꿈을 꾸세요?

아뇨. 요즘은 한 나무에 대한 꿈을 꾸는 편이죠.

나무요?

나뭅니다. 아주 헌걸차고 씩씩한 녀석이죠. 바로 수칼매나무입니다. 갈매나무가 암수딴그루 나무인 건 아시죠?

암수딴그루라뇨?

왜, 은행나무처럼 암수가 따로 있다 이겁니다. 제가 여태껏 보아 온 건 모두 암그루였죠. 아직 수그루를 한 번도 보지 못했죠.

아마 어느 깊은 계곡 어디에선가 뿌리를 박고 홀로 눈보라와 찬비와 거친 바람을 맞으며 추운 계절을 꿋꿋이 견디며 힘차게 수액을 높은 우듬지 위로 뽑아 올리는 자태를 간직한 수그루를 알아보게 될 겁니다. 그런 날이 꼭 올 겁니다. 제 꿈이 그렇거든요. 그놈을 봤어요. 한 번도 아니고, 두 번도 아니고…… 몹시 앓을 땐 내가 직접 그 수갈매나무가 되는 꿈을 꿔요. 아주 편안한 나무가 되는 꿈을 꿔요.

– 김소진, 「갈매나무를 찾아서」

*매욱한: 하는 짓이나 됨됨이가 어리석고 둔한.

07 위 작품의 핵심 소재인 갈매나무의 역설적 성격을 비유적으로 표현한 말을 제시문에서 찾아 2어절로 제시하시오.

08 위 작품에서 촉각적인 표현을 활용하여 상대를 위로하고자 하는 인물의 마음을 보여주는 문장을 찾아 첫 어절과 마지막 어절을 적으시오.

첫 어절: ______________________, 마지막 어절: ______________________

[09～10] 다음 글을 읽고 물음에 답하시오.

건의서 내용을 소상히 밝힐 만큼 우 하사의 동기생들은 친절하지 않았다. 다만 도장을 지참하고 일렬로 주욱 늘어서게 한 다음 이렇게 말하는 것이었다.

"뒈지기 전에 불쌍헌 놈 호강이나 시키자구!"

그러나 우리는 우리가 찍는 도장이 장차 무엇에 소용될 것인지를 곧 알았고, 각자가 도장으로 확인해 준 내용의 엄청남에 경악을 금할 수 없었다. 우 하사의 동기생들은 술을 진탕 마시고는 비틀걸음으로 각 내무반을 돌면서 엉엉 소리 내어 울다가 우 하사의 이름을 부르다가 했다. 누구도 그들의 서슬을 꺾을 수는 없었다. 그들이 보이는 광란에 가까운 전우애는 누가 만약 입바른 소리라도 할라치면 당장에 때려죽일 것 같은 기세였으며, 그들의

[A] 눈물겨운 노력이 대대 분위기를 점점 최면시켜 진실과 허위의 구분을 애매하게 만들어 놓았다. 목석이 아닌 이상 그것은 감동하지 않고는 못 배기는 신들린 상태였다. 우리 주위에 그런 인물이 있었던가 새삼스레 돌아다보아질 정도였다. 심지어는 건의서 상으로 우 하사에 의해 구출된 것으로 지목된 세 명의 사병마저도 정말 자기를 구한 것이 우 하사 그 사람인 줄로 믿어 버릴 정도였다. 우리는 모두 합심해서 하나의 미담을 엮어 내었고, 그 미담 속에서 우 하사는 하루가 다르게 완벽한 영웅의 모습을 갖추어 나갔다.

대대장 또한 마찬가지였다. 전체 사병의 귀감이 될 영웅적인 하사관 한 명쯤 자기 휘하에 두었대서 조금도 손해날 일은 아니었다. 대대장의 확인을 거쳐 단본부에 제출된 우리들의 진정 내용은 일차로 단장을 감동시켰다. 그는 자기 권한으로 할 수 있는 모든 조처를 취했다. 우선 빈사의 하사관을 장교 병동에 입실시킨 다음 민간인 연고자가 영내에 거주하면서 간호에 임하도록 했다. 훈장은 시간이 걸리는 거니까 먼저 비행단 이름으로 표창장을 수여함으로써 아쉬운 대로 성의를 표시했다. 그리고 각 언론 기관에 연락하여 일단의 기자들을 초청해서 취재를 하도록 했다.

(중략)

회견은 예정된 순서에 따라 톱니바퀴가 물리듯 한 치의 오차도 없이 정연하게 진행되었다. 육하원칙에 의해서 각자가 겪은 일들을 진술하는데, 누구를 막론하고 결정적인 순간에 가서는 한 개인의 경험을 떠나 우 하사의 행위와 교묘하게 결부시키는 화법들을 썼다. 기자들은 열심히들 기록을 하고 사진을 찍었다. 누가 봐도 결과는 만족할 만한 것임이 거의 확실해진 순간이었다.

"혼자서 간호를 전담하다시피 해 오셨다죠?"

여태껏 한쪽 구석지에 우두커니 앉아만 있던 신 하사에게 일제히 시선이 집중되었다.

"연일 수고가 많으시겠군요. 어때요, 신 하사가 보는 우 하사의 인간 됨됨이랄까 병상에서 있었던 일화 같은 걸 소개해 주실까요?"

자리나 메우는 역할이라면 몰라도 직접 입을 열어 뭔가를 조리 있게 설명해야 할 사람치고는 분명히 자격 미달이었다. 신 하사를 그런 자리에 끌어들인 그 자체가 애당초 잘못된 배역임이 뒤늦게 드러나기 시작했다. 신 하사는 꿀 먹은 벙어리였다.

"어떻습니까, 평소의 그답게 투병 생활도 영웅적입니까?"

"……."

"사고 당시 격납고 안에서 우 하사를 본 적이 있습니까?"

기자들은 쉽게 포기하지 않았다. 신 하사가 맡은 몫을 기어코 감당하게 만들 작정으로 그들은 번갈아 가며 질문을 던져 말문을 열게 하려 했다.

"예."

하고 마침내 신 하사의 입에서 대답이 떨어졌다.

"그때 우 하사가 뭘 어떻게 하고 있던가요?"

"불에 타고 있었습니다."

신 하사가 입을 열었을 때 깜짝 반가워하는 표정이던 기자들은 이 예상 밖의 답변에 점잖지 못하게 웃음을 터뜨렸다. 이때부터 그들은 신 하사를 노골적으로 깔아 보기 시작했다.

"그가 불에 탔다는 건 우리도 압니다. 내가 묻고 싶은 건 그냥 불에 타기만 했냐는 겁니다."

"예."

회견장이 소란해졌다. 여기저기에서 웅성거리는 소리가 들렸다.

"좀 더 자세히 말씀해 주실까요? 불이 붙기 전에 우 하사는 무슨 일을 했습니까? 그리고 불이 붙은 다음에 어떻게 행동했습니까?"

아아, 가엾은 신 하사…….

"작업이 거의 끝나 가던 참이었습니다. 우 하사는 작업복이 기름투성이였습니다. 펑 소리가 나더니 눈앞이 캄캄해졌다가 훤해졌습니다. 정신을 차리고 보니 우 하사가 불덩이가 되어서 훌쩍훌쩍 뛰고 있었습니다. 너무 갑자기 당한 일이라서 무슨 영문인지……."

그날 오후에는 누구나 다 그렇게 당했다. 일과가 끝나 갈 무렵에 격납고 안에 있었던 사람들의 공통된 이야기가 그랬다. 펑 하고 터지는 폭발음이 울림과 동시에 졸지에 주위가 불바다로 변하더라는 것이었다. 때마침 운 좋게 격납고 밖에 있다가 사고를 목격하게 된 사람들의 얘기는 격납고 안에 있던 사람들이 얼이 빠져 가지고 불길 속을 우왕좌왕하는 것도 무리가 아니었음을 뒷받침해 주었다. 순간적이었다는 것이다. 훈련 비행기 한 대가 착륙 자세를 잡은 채 내려오고 있었는데 그간 뜨고 내리는 비행기를 숱하게 보아 왔지만 불길한 예감과 함께 유독 그것만은 눈길을 끌더라는 것이다. 똑바로 자기를 겨냥하듯이 눈 깜짝할 사이에 접근해 오는 걸 보니 조종사가 낙하산 탈출할 때 조종석 덮개가 벗겨져 나가면서 꼬리 날개를 자른 흔적이 얼핏 눈에 띄었고, 그것은 바람을 가르는 쇳소리를 거느리면서 활공 비행으로 내려오다가는 활주로를 멀리 벗어나 퍼런 스파크를 튀기면서 용하게 주기장(駐機場) 빈터에 접지한 다음 휑하게 개방된 격납고 문 안으로 마치 골인하듯이 곧장 뛰어들더라는 것이다.

"신 하사가 목격한 것은 아마 쓰러지기 직전의 마지막 광경이었을 겁니다. 자아, 그럼 이것으로 회견을 모두 마치겠습니다."

사회를 보던 정훈 장교가 서둘러 질문을 마감해 버렸다. 이렇게 해서 모처럼 마련한 기자 회견의 자리는 더 이상의 불상사 없이 끝마칠 수 있었다.

회견이 끝난 그 직후부터 신 하사는 몹시 바쁜 몸이 되었다. 여기저기 오라는 데는 많은데 몸뚱이는 하나여서 그야말로 오줌 싸고 뒷 볼 틈조차 없어 보였다. 회견석상에서의 신 하사의 마지막 언급이 그만 단장과 대대장의 비위를 상하게 만들었던 것이다. 일단 그 양반들의 비위를 건드려 놓은 이상 신 하사가 온전치 못할 것임을 상상하기는 어렵지 않았다.

– 윤흥길, 「빙청과 심홍」

09 위 작품의 작가가 '신 하사'를 통해 고발하고자 한 것이 무엇인지 적으시오.

10 다음의 〈보기〉에서 ⓐ의 결과물을 보여주는 문장을 [A]에서 찾아 첫 어절과 마지막 어절을 적으시오.

보기

이러한 경향은 때로 ⓐ'집단 극화' 현상을 일으키기도 한다. 집단 극화란 집단의 의사 결정이 구성원 개개인의 평균치보다 극단으로 치우치게 되는 현상으로, 집단 내에서 추진되는 특정한 의견에 사람들이 휩쓸리게 되는 것을 말한다. 때로는 마치 집단 최면에 걸린 듯 많은 사람이 집단이 지시하는 데에 따라 행동하여 진실과 허위의 구분이 애매해지기도 한다. 이러한 경우 군중은 진실을 갈망하지 않게 되며 그들은 자신들의 마음에 들지 않는 증거 앞에서는 얼굴을 돌리고, 자신들의 마음을 끄는 오류를 따르게 된다.

첫 어절: ______________________, 마지막 어절: ______________________

[11～12] 다음 글을 읽고 물음에 답하시오.

창밖에 밤비가 속살거려
육첩방(六疊房)은 남의 나라,

시인이란 슬픈 천명(天命)인 줄 알면서도
한 줄 시를 적어 볼까,

땀내와 사랑내 포근히 품긴
보내 주신 학비 봉투를 받아

대학 노-트를 끼고
늙은 교수의 강의 들으러 간다.

생각해 보면 어린 때 동무를
하나, 둘, 죄다 잃어버리고
나는 무얼 바라
나는 다만, 홀로 침전(沈澱)하는 것일까?

인생은 살기 어렵다는데
시가 이렇게 쉽게 씌어지는 것은
부끄러운 일이다.

육첩방은 남의 나라
창밖에 밤비가 속살거리는데,
등불을 밝혀 어둠을 조금 내몰고,
시대처럼 올 아침을 기다리는 최후의 나,

㉠나는 ㉡나에게 작은 손을 내밀어
눈물과 위안으로 잡는 최초의 악수.

– 윤동주, 「쉽게 씌어진 시」

11 다음의 〈보기〉는 위 작품에서 시적 화자의 정서와 태도의 변화 추이를 나타낸 것이다. 빈칸을 대표하는 중심어를 사용하여 다음과 같이 정리하여 제시하시오.

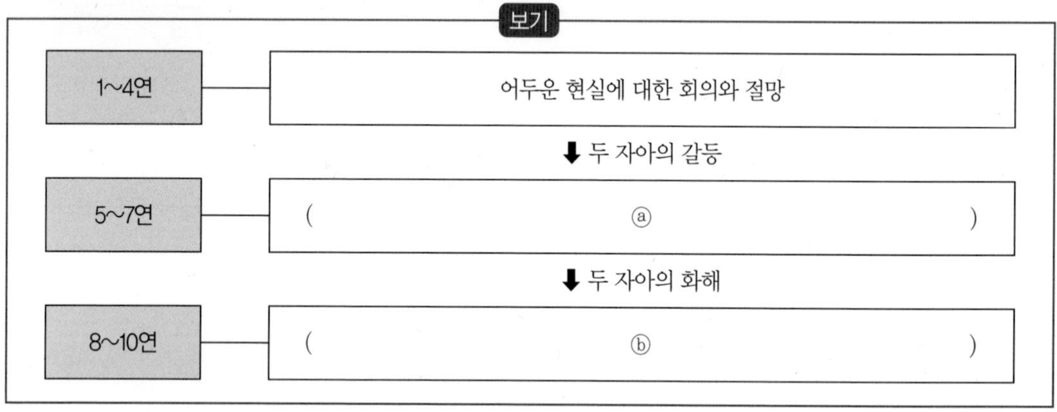

12 위 작품의 마지막 10연에서 ㉠의 '나'와 ㉡의 '나'가 의미하는 바가 무엇인지 각각 2어절로 쓰시오.

㉠ ____________________

㉡ ____________________

[13~14] 다음 글을 읽고 물음에 답하시오.

[앞부분의 줄거리] 선옥이 부인 이 씨를 오해하여 집을 나가자 선옥의 팔촌인 형옥은 재산을 차지하기 위해 가짜 선옥을 데리고 와 진짜 행세를 하게 한다. 그런데 선옥의 부인 이 씨만이 가짜 선옥이 자신의 남편이 아니라는 점을 알아채고, 다른 가족은 이 사실을 눈치채지 못한다. 임금은 진 어사에게 이 사건을 해결하라고 명하고, 진 어사는 진짜 선옥을 찾아내어 집으로 데려온다.

이 씨가 고하였다.

"부부가 비록 이성지친(二姓之親)이오나 또한 오륜의 한 가지이라. 이러므로 공자가 가라사대, '군자지도(君子之道)가 조단호부부(造端乎夫婦)*'라 하였사오니, 부부지도가 또한 중대할지라. 부부의 정은 부자의 정을 따르지 못하겠거니와 그 외양의 현저한 면목이야 길 가는 사람일지라도 알아볼 것인데, 삼종지도(三從之道)를 지키는 여자가 어찌 그 장부를 모르리까? 이제 저놈이 분명 부군이 아니나 시부모와 친척이 모두 가부(家父)라 하니, 미망인은 고독단신이라 아무리 바른 대로 하오나 깨닫지 못할 뿐이 아니라, 도리어 미망인을 심병이라 하고 시가에 내쳤나이다. 미망인의 깊은 마음은 하늘이 세상을 굽어보시니 다른 간사한 실상은 발명(發明)치 못하겠사오며, 이제 죽기를 두렵거든 마음을 고치라 하시니 알지 못하겠나이다. 대인이 조정의 명망이 어떠하시며, 금일 소임이 존위가 어떠한 지위여서 살기를 탐하여 의로움을 잊는 사람이 되라고 시골의 어리석은 백성을 가리치시니이까? 옛 말씀에 하였으되, '만승지군*은 빼앗기 쉬우나 필부필부(匹夫匹婦)*의 뜻은 빼앗지 못한다.' 하였으니, 이제 왕명으로 죽이시면 진실로 달게 여기는 바이노나, 다만 부군을 만나지 못하고 죽사오면 미망인의 원혼은 구휼할 것이 없을 것이요. 일후에 부군이 비록 돌아와도 진위를 분변할 자가 없사오니 가부의 신세가 마침내 걸인을 면치 못할지라."

라고 하고 죽기를 재촉하였다. 어사가 크게 노하여,

"네 일개 요망한 여자가 심성이 교악(狡惡)하여 아래로 김씨 문중의 천륜을 의혹케 하고, 위로 천청(天聽)을 경동(驚動)케 하여 조정과 영읍이 분란케 되었으매, 벌써 거리에 머리를 달아 여러 백성을 징계할 것이로되, 성상의 호생지덕(好生之德)*으로 나를 보내셔서 십분 자세히 살피라 하시어, 내 여러 고을에서부터 너의 요사스럽고 바르지 못한 심정을 이미 알았으나 성상의 관인대도(寬仁大度)*를 본받아 형장을 쓰지 아니하고 좋은 말로 자식같이 타일렀으니, 사람이 목석이 아니거늘 일향 고집하여 조정 명관(命官)을 무단히 면박하며 난언패설(亂言悖說)*로 송정(訟庭)*에 발악함이 가하겠는가?"

하고 종인을 꾸짖어,

"이 씨를 형추(刑推)* 거행하라."

하였다. 선옥이 소리를 크게 하여 나졸을 불러,

"병자 이 씨를 형추하라."

하니, 나졸들이 미처 거행치 못하여, 문득 이 씨가 가마 속에서 크게 외쳐 이르기를

"어사는 왕인(王人)*이라, 이 곧 백성의 부모요, 상하 관속은 모두 나의 집 하인이라."

하고 가마의 주렴을 떨치고 바로 청상(廳上)에 올라 어사의 종인을 붙들고,

'장부가 어디에 갔다가 이제야 왔나뇨?"

하며 인하여 혼절하니, 통판이 딸아이의 혼절함을 보고 대경실색(大驚失色)하여 약을 갈아 입에 넣고 사지를 만지며 부르짖었다. 낭자가 겨우 정신을 수습하여 눈을 들어 보니 부군이 또한 기절해 있었다. 부친으로 더불어 구료(救療)*하니, 대청 위아래에서 보는 자가 놀라 괴이하게 여기지 않은 자가 없었고 처사의 부부와 송정에 있던 자가 그 곡절을 알지 못하고 여러 사람이 서로 보아 어떻게 할 바를 깨닫지 못하며, 가짜 선옥과 형옥은 낯이 흙빛이 되어 떨기를 마지 아니하더라.

이때 어사가 광경을 보니 이 씨의 절개도 갸륵하거니와 그 선옥의 진위를 아는 지혜를 마음으로 더욱 탄복하고 몸소 창밖에 나아와 이 씨와 선옥을 데리고 들어와 즉시 이 씨로 수양딸을 정하였다. 이 씨가 부녀의 예로 뵈니 어사도 선옥과 이 씨를 가까이 앉히고 이 씨더러 물었다.

"여아는 어찌 가부의 진가를 알았느뇨?"

이 씨가 대답하였다.

"가부의 앞니에는 참깨만 한 푸른 점이 있사오매 이로써 안 것이요, 다른 데는 저놈과 추호도 차이가 없도소이다."

어사가 그 영민함을 차탄하고 선옥에게 일러,

"너의 가처가 나의 여아가 되었으니 너는 곧 나의 사위라. 너희 둘이 이제 만났으니 각각 정회도 펴려니와 우선 네가 절에서 떠난 연고를 자세히 하여 피차 의혹되는 마음이 없게 하라."

라고 하니, 선옥이 주저하고 즉시 말을 못 하였다. 낭자가 말하였다.

"장부가 할 말이면 반드시 실상으로 할 것이거늘 어찌 이같이 수삽(羞澀)*하십니까?"

선옥이 그제야 낭자를 향하여 말하였다.

"내 모년 모월 모일 야(夜)에 중의 의관을 바꾸어 입고 내려와 그대의 처소에 이르러 보니 그대 ⓐ어떤 의관한 남자와 더불어 기롱(譏弄)하는 그림자가 창밖에 비쳤으매, 매우 분노하여 들어가 그대와 그놈을 모두 죽이고자 하다가 도로 생각하니, '만일 그러하면 누명(陋名)이 나타나 나의 집안의 명성이 더러워질 것이라. 차라리 내 스스로 죽어 통한한 모양을 아니 보리라.' 하고 강변에 나아가 굴원을 찾고자 하다가 차마 물에 들지 못하고 도로 절을 향하여 오다가 또 생각하니, '내 만일 집으로 돌아가면 그 분한 심사를 항상 풀지 아니할지라. 이러할진댄 어찌 실가(室家)의 즐거움이 있으리오? 차라리 내 몸을 숨겨 세상을 하직하고 세월을 보내리라.' 하여 그길로 운산을 바라보고 창망히 내달려 우연히 함경도 단천 땅에 이르러 상원암이라 하는 절에 들어가 수운 대사의 상좌(上佐)가 되었으나, 대인을 만나 종적을 숨기지 못하고 이제 이같이 만났으니 알지 못하겠도다. 그때 그 사람이 어떠한 사람이더뇨?"

낭자가 눈물을 흘려 의상을 적시며 이르기를,

"장부가 이렇게 나의 마음을 모르나뇨? 이같이 의심할진댄 어찌 그때 바로 들어와 한을 풀지 아니하였나뇨? 그때 그 사람은 지금 송정에 있으매 장부가 보고자 하나이까?"

하고 시비 옥란을 부르니 마루 아래에 이르렀다. 낭자가 가리켜 말하기를,

"이 곧 그때의 의관한 남자라."

하니 선옥이 물었다.

"여자가 어찌 의관이 있으리오?"

낭자가 대답하였다.

"첩에게 묻지 말고 옥란에게 물어보소서."

하니, 선옥이 옥란에게 물었다.

"네가 육 년 전 모월 모일 야(夜)에 어떤 의관을 입었더뇨?"

옥란이 반나절이나 생각하더니 고하였다.

"소비(小婢)가 그때 아이 적이라, 낭자가 공자의 도복을 지으시매 앞뒤 수품과 같이 장단이 맞는가 시험코자 하여 소비에게 입히시고 두루 보실 제, 소비가 어리고 지각이 없어 공자가 절에서 보낸 갓이 벽에 있거늘 장난으로 내려 쓰고 웃으며 낭자께 여쭈되, '소비가 공자와 어떠하나이까?'하니, 낭자가 또한 웃으시고 꾸짖어 바삐 벗으라고 하기로 즉시 벗어 도로 걸었사오니 이 밖에는 의관을 입은 적이 없사옵니다."

라고 하였다. 선옥이 듣기를 다하고 자기의 지혜가 없음과, 빙설 같은 이 씨를 의혹하던 일과, 이 씨의 중간 축출하던 일을 일일이 생각하니 후회막급이라.

– 작자 미상, 「화산봉중기」

*군자지도가 조단호부부: 군자의 도는 부부 관계에서부터 시작된다.
*만승지군: 만승지국의 임금이라는 뜻으로, 천자나 황제를 이르는 말
*필부필부: 평범한 남녀
*호생지덕: 사형에 처할 죄인을 특사하여 살려 주는 제왕의 덕
*관인대도: 너그럽고 어진 큰 도
*난언패설: 어지럽고 사나운 말
*송정: 송사를 처리하던 법정
*형추: 죄인의 정강이를 때리며 캐묻던 일
*왕인: 왕명에 의해 내려온 관원
*구료: 가난한 병자를 구원하여 치료해 줌
*수삽: 몹시 부끄러워 우물쭈물함

13 위의 작품에서 이씨가 진짜 선옥과 가짜 선옥을 구별할 수 있었던 결정적 단서를 4어절로 제시하시오.

결정적 단서 ⇒ ______________________________

14 위의 작품에서 밑줄 친 ⓐ의 '어떤 의관한 남자'는 누구인지 그 신분과 이름을 제시하시오.

ⓐ '어떤 의관한 남자' ⇒ ______________________________

[15~16] 다음 글을 읽고 물음에 답하시오.

(가)

전강(前腔)	ᄃᆞᆯ하 노피곰 도ᄃᆞ샤
	어긔야 머리곰 비취오시라
	어긔야 어강됴리
소엽(小葉)	아으 다롱디리
후강(後腔)	전(全) 져재 녀러신고요
	어긔야 즌 ᄃᆡ를 드ᄃᆡ욜셰라
	어긔야 어강됴리
과편(過編)	어느이다 노코시라
금선조(金善調)	어긔야 ㉠내 가논 ᄃᆡ 졈그ᄅᆞᆯ셰라
	어긔야 어강됴리
소엽(小葉)	아으 다롱디리

– 어느 행상인의 아내, 「정읍사」

(나)

가시리 가시리잇고 나ᄂᆞᆫ
ᄇᆞ리고 가시리잇고 나ᄂᆞᆫ
위 증즐가 대평셩ᄃᆡ(太平聖代)

날러는 엇디 살라 ᄒᆞ고
ᄇᆞ리고 가시리잇고 나ᄂᆞᆫ
위 증즐가 대평셩ᄃᆡ(太平聖代)

잡ᄉᆞ와 두어리마ᄂᆞᄂᆞᆫ
선ᄒᆞ면 아니 올셰라
위 증즐가 대평셩ᄃᆡ(太平聖代)

셜온 님 보내ᄋᆞᆸ노니 나ᄂᆞᆫ
가시ᄂᆞᆫ ᄃᆞᆺ 도셔 오쇼셔 나ᄂᆞᆫ
위 증즐가 대평셩ᄃᆡ(太平聖代)

– 작자 미상, 「가시리」

(다)

월하노인을 통하여 저승에 하소연해
내세에는 내가 아내 되고 그대가 남편 되어,
나는 죽고 그대는 천 리 밖에 살아서,

그대에게 이 슬픔을 알게 했으면.
요장월로소명부(聊將月老訴冥府)
내세부처역지위(來世夫妻易地爲)
아사군생천리외(我死君生千里外)
사군지유차심비(使君知有此心悲)

– 김정희, 「배소만처상」

15 (가) 작품에서 밑줄 친 ㉠은 발화의 주체를 누구로 보느냐에 따라 그 해석을 달리 할 수 있다. 발화의 주체가 다음과 같을 때, 〈보기〉의 빈칸에 들어갈 해석 내용을 각각 20자 이내로 진술하시오.

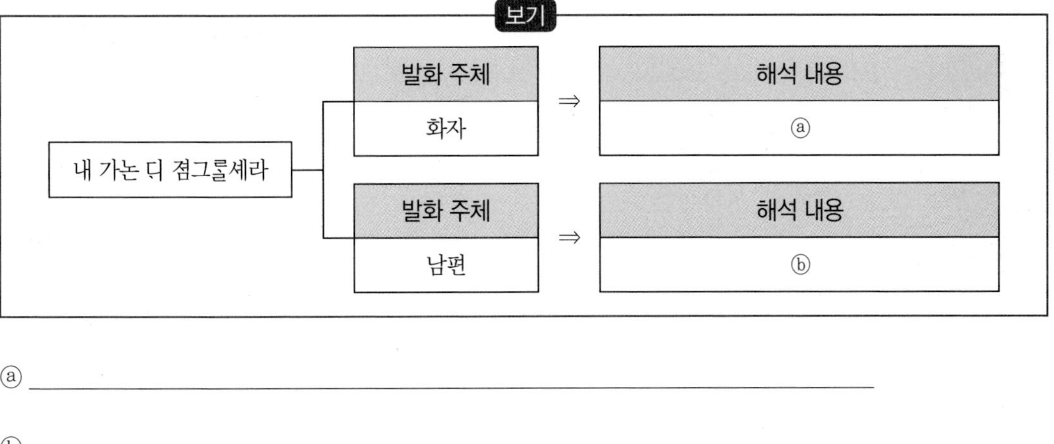

ⓐ ______________________________

ⓑ ______________________________

16 후렴구에 대한 〈보기〉의 설명 중 밑줄 친 부분에 해당하는 작품을 찾아 그 후렴구를 제시하시오.

보기

고전 시가에서 일정한 간격을 두고 반복되어 나타나며 조흥(助興), 강조, 감탄 등의 기능을 하는 말이나 소리를 여음(餘音)이라 하고, 여음 중에서 노래 곡조 끝에 붙여서 같은 가락으로 되풀이하여 부르는 구절을 후렴구(後斂句)라 한다. 후렴구 중에는 해석이 가능한 것도 있지만, 작품의 주제나 분위기와 일치하지 않는 경우도 있다. 이를 통해 <u>해당 작품이 구전되다가 궁중의 악곡으로 수용되었다고 추정되기도 한다.</u> 한시에서는 음악적 미감을 살리기 위해 일정한 자리에 규칙적으로 운자를 넣는 압운법(押韻法)을 사용한다.

[후렴구] ⇒ ______________________________

[17~18] 다음 글을 읽고 물음에 답하시오.

내 내장 속에서 아무런 소리도 들리지 않는다고 했어요. 먼 바람 소리 같은 것만 쇄쇄 메아리친다고 했어요. 손가락 끝으로 청진기를 두들기며 그 늙은 의사가 중얼거리는 것을 들었어요. 청진기를 탁자에 올려놓은 의사는 초음파 검사기의 흑백 모니터를 틀었어요. 누워 있는 내 배에 희고 차가운 유액을 바르고는, 막대기처럼 생긴 차가운 기구로 명치에서 아랫배까지 살갗을 차근차근 문질러 내려갔어요. 그것을 통해서 내장들의 모습이 모니터에 나타나는 모양이었어요.

노말인데.

쯧, 하고 입맛을 다시며 의사가 중얼거렸지요.

지금 보이는 게 위장인데……. 아무 이상 없어요.

모든 것이 '노말'이라고 그분을 말했어요.

위, 간, 자궁, 콩팥 모두 정상인데.

그것들이 모두 서서히 사라지고 있는 것을 그는 왜 보지 못했을까요. 휴지를 몇 장 뽑아 유액을 대충 닦아 주더니, 일어나려고 하는 나에게 다시 누워 보라고 하고는 별반 아프지 않은 배 이곳저곳을 꾹꾹 누르기만 했어요. 아파? 하고 대뜸 반말로 묻는 그의 안경 쓴 얼굴을 쏘아보며 나는 연신 고개를 흔들었어요.

여기도 괜찮고?

여기도 안 아프고?

안 아파요.

주사를 맞고 돌아오는 길에 다시 토악질을 했어요. 지하철 구내의 차가운 타일 벽에 등을 대고 쪼그려 앉았어요. 통증이 멈추기를 기다리며 숫자를 세었어요. 마음을 편하게 가지라고 그 의사가 말했거든요. 모든 것이 마음 탓이라고 스님 같은 말을 했어요. 마음을 편하게, 마음을 평화롭게, 하나, 둘, 셋, 넷, 토하고 싶을 때는 숫자를 세면서, 한없이 평화롭게……. 기어이 눈물이 솟구칠 때까지 통증은 멈추지 않았고, 거푸 위액을 게워 낸 뒤 엉덩이를 깔고 주저앉았어요. 흔들리는 지상이 제발, 멈추어 주기를 기다렸어요.

그것은 얼마나 먼 날의 일이었을까요.

어머니, 자꾸만 같은 꿈을 꾸어요. ⓐ내 키가 마루나무만큼 드높게 자라나는 꿈을요. 베란다 천장을 뚫고 윗집 베란다를 지나, 십오 층, 십육 층을 지나 옥상 위까지 콘크리트와 철근을 뚫고 막 뻗어 올라가는 거예요. 아아, 그 생장점 끝에서 흰 애벌레 같은 꽃이 꼬물꼬물 피어나는 거예요. 터질 듯 팽팽한 물관 가득 맑은 물을 퍼 올리며, 온 가지를 힘껏 벌리고 가슴으로 하늘을 밀어 올리는 거예요. 그렇게 이 집을 떠나는 거예요. 어머니, 밤마다 꿈을 꾸어요.

하루가 다르게 추워지고 있어요. 오늘도 세상의 땅에는 얼마나 많은 잎사귀가 떨어졌는지, 얼마나 많은 풀벌레가 죽어갔는지, 얼마나 많은 뱀이 허물을 벗었고 어떤 개구리들은 일찌감치 겨울잠에 들었는지요.

자꾸만 어머니 스웨터 생각이 나요. 어머니 살냄새가 잘 기억나지 않아요. 그이더러 그 옷으로 내 몸을 덮어 달라고 말하고 싶지만 말할 길이 없어요. 어쩌면 좋을까요. 그이는 말라 가는 나를 보면서 울기도 하고, 화를 내기도 해요. 아시지요, 그이한테 가족은 나뿐이었어요. 그이가 부어 주는 약수에 따뜻한 눈물이 섞이는 것을 느낄 수 있어요. 불끈 쥔 주먹이 겨냥할 곳 없이 허공을 휘저어 대는 것을 느낄 수 있어요.

어머니, 무서워요. 내 사지를 떨구어야 해요. 이 화분은 너무 좁고 딱딱해요. 뻗어 나간 뿌리 끝이 아파요. 어머니, 겨울이 오기 전에 나는 죽어요. 이제 다시는 이 세상에 피어나지 못 하겠지요.

[뒷부분의 줄거리] 남편은 나무가 된 아내를 화분에 옮겨 심는다. 하지만 겨울이 다가와 나무는 결국 시들어 버리고 마지막으로 열매를 남긴다. 남편은 아내가 남긴 열매를 화분에 심으며, '봄이 오면 아내가 다시 돋아날까.'라고 생각해 본다.

– 한강, 「내 여자의 열매」

17 위 작품의 ⓐ에서 아내가 꾼 '꿈'에 담긴 의미를 25자 이내로 진술하시오.

ⓐ 아내가 꾼 '꿈' ⇒ ______________________________

18 다음의 〈보기〉에서 설명하는 이 작품의 핵심 소재를 3어절로 쓰시오.

보기

새롭게 돋아날 수 있도록 하는 존재로, 생태계의 순환적 삶을 이어가는 고리를 상징한다.

〈핵심 소재〉 ⇒ ______________________

[19~20] 다음 글을 읽고 물음에 답하시오.

"대개 만물의 경중을 알고자 할진대 저울만 같음이 없고, 송사의 곡직을 알진대 양언(兩言)을 들음만 같음이 없나니, 일편의 말만 듣고 선불선을 가벼이 판결치 못할지라. 소진(蘇秦)의 말로써 진나라를 배반함이 어찌 옳다 하며 장의(張儀)의 말로써 진나라를 섬김이 어찌 그르다 하리오. 소장(訴狀) 양인의 말을 같이 들은 연후에야 종횡을 쾌히 결단하리니, 다람쥐는 우선 옥으로 내리고 서대쥐를 즉각 착래(捉來)하여 상대한 연후에 가히 백변하리라."

한번 제사하매 오소리와 너구리 두 형졸로 하여금 서대쥐를 빨리 잡아 대령하라 분부하니 두 짐승이 청령하고 나올새 오소리가 너구리더러 일러 왈,

"내 들으니 서대쥐 재물이 많으므로 심히 교만하매 우리 매양 괴악히 알아 벼르던 바이러니, 오늘 우리에게 걸렸는지라. 이 놈을 잡아 우리를 괄시하던 일을 설분하고 또 소송당한 놈이 피차 예물 바치는 전례는 위에서도 아는 바라. 수백 냥이 아니면 결단코 놓지 말자."

하고 둘이 서로 약속을 정하고, 호호탕탕한 기분을 발호하고 예기(銳氣)는 맹렬하여 바로 구궁산 팔괘동에 이르러 토굴 밖에서 여성대호(厲聲大呼)하여 가로되,

"서대쥐 정소(呈訴)를 만나매 백호산군의 명을 받아 패자(牌子)를 가지고 잡으러 왔나니 서대쥐는 빨리 나오고 지체 말라."

독촉이 성화 같은지라. 비복들이 이 말을 듣고 혼백이 비월하여 급급히 들어가서 서대쥐께 연유를 고할새 서대쥐 호흡이 천촉하고 한출첨배(汗出沾背)*하는지라. 모든 쥐들이 이를 보고 눈을 둥글고 뒤 귀 발록발록하여 황황망조(遑遑罔措)하거늘 서대쥐 왈,

"너희들은 놀라지 말라. 옛말에 일렀으되 칼이 비록 비수라도 죄 없는 사람은 해치지 못한다 하였으니 우리 본디 죄를 범한 바 없는지라 무엇이 두려우리오."

(중략)

'이번 송사도 신과 다람쥐 사이에 무도함이 아니라 책재원수(責在元帥)*라. 산군의 교화가 이르지 못함이요 덕이 무왕을 효측하지 못함이라. 신은 구궁산에 거한 지 수년에 조상이 전하온 재물이 수천 금에 지나고 겸하여 요사이 당천자 사급*하옵신 율목이 사만여 주에 지나오니 항상 마음에 과복함을 염려하는 바요. 상하 권솔이 매양 무슨 볼일이 있어도 출필곡 반필면 하옵거늘 노복종이라도 하일에 무엇이 부족하여 타인의 양미를 엿보아 도적을 하오리까. 다람쥐는 수십 세를 내려오며 빈한한 것은 천산만학이 중소공지(衆所共知)*요, 성품이 본래 장구지계하는 원려(遠慮)가 없고 다만 고식지계(姑息之計)*로 어제 거두어 오늘 살고 금일 취하여 내일 지내오며, 또한 가중이 본디 적막하여 훼장삼척(喙長三尺)*에 사벽이 매어늘, 무엇이 넉넉하여 도둑맞을 수십 양미를 어느 겨를에 저축하오리까. 다람쥐가 거년에 애연한 사정을 신더러 말하옵기에 생률백자 일이 석을 주어 구활하온 후 금년 신정에 다시 나와 두 번 와 사정하오나 마침 신의 집에 용도가 많아서 그 청을 들어주지 못하였더니, 그로 활원하와 보은함은 생각지 않고 이같이 소송을 제기하기에 이르니 어찌 억울치 않사오리까. 증공의 글에 일렀으되 도적이 증거를 밝혀야 도적에게도 도리어 복을 주게 된다고 하였으며, 옛날 한 태조는 진나라를 멸하고 함양에 들어가 포로와 더불어 삼정법(三章法)을 언약할 제 살인자는 사(死)하고 상인자와 도적은 죄로 다스리기로 국법을 밝혔사오니, 원컨대 산군은 진상을 명찰하신 후에 만일 신이 도적에 나타나는 형상이 분명하올진대 쾌히 신을 명정기죄(明正基罪)*하와 일후 다른 짐승으로 하여금 징계하시고, 산군도 덕화를 멀리 베푸지 못하사 교화 널리 흐르지 못하므로 이런 송사가 생기는 것이오면, 스스로 탄식만 하옵시고 신등의 쟁송함을 그르다 마옵소서.'

백호산군이 서대쥐의 소지를 본 후 말이 없더니, 이윽고 제사를 불렀다.

– 작자 미상, 「서동지전」

*한출첨배: 몹시 부끄럽거나 무서워서 흐르는 땀이 등을 적심
*책재원수: 가장 높은 지위에 있는 사람에게 책임이 있음
*사급: 나라나 관청에서 금품을 내려 줌
*중소공지: 뭇사람들이 모두 아는 일
*고식지계: 우선 당장 편한 것만을 택하는 꾀나 방법
*훼장삼척: 허물이 드러나서 숨기어 감출 수가 없음
*명정기죄: 명백하게 그 죄명을 집어냄

19 위의 작품에서 글의 문맥상 지배층에 대한 비판적 인식을 드러낸 한자성어(한자 제외)를 찾아 제시하시오.

20 위 작품은 쥐를 의인화환 우화 소설로 '서대쥐'와 '다람쥐'의 대립을 통해 향촌 사회의 갈등을 드러내고 있다. 여기서 '서대쥐'와 '다람쥐'는 조선 후기의 어떤 계층을 각각 형상화 한 것인지 3어절로 제시하시오.

ⓐ 서대쥐 ⇒ ____________________

ⓑ 다람쥐 ⇒ ____________________

[21～22] 다음 글을 읽고 물음에 답하시오.

오늘 저녁 이 좁다란 방의 흰 바람벽에
어쩐지 쓸쓸한 것만이 오고 간다
이 ㉠흰 바람벽에
희미한 십오 촉(十五燭) 전등이 지치운 불빛을 내어 던지고
때글은 다 낡은 무명 샤쯔가 어두운 그림자를 쉬이고
그리고 또 달디단 따끈한 감주나 한잔 먹고 싶다고 생각하는 내 가지가지 외로운 생각이 헤매인다
그런데 이것은 또 어인 일인가
이 흰 바람벽에
내 가난한 늙은 어머니가 있다
내 가난한 늙은 어머니가
이렇게 시퍼러둥둥하니 추운 날인데 차디찬 물에 손을 담그고 무이며 배추를 씻고 있다
또 내 사랑하는 사람이 있다
내 사랑하는 어여쁜 사람이
어늬 먼 앒대 조용한 개포가의 나즈막한 집에서
그의 지아비와 마조 앉어 대구국을 끓여 놓고 저녁을 먹는다
벌써 어린것도 생겨서 옆에 끼고 저녁을 먹는다
그런데 또 이즈막하야 어늬 사이엔가
이 흰 바람벽엔
내 쓸쓸한 얼골을 쳐다보며
이러한 글자들이 지나간다
– 나는 이 세상에서 가난하고 외롭고 높고 쓸쓸하니 살아가도록 태어났다
그리고 이 세상을 살어가는데
내 가슴은 너무도 많이 뜨거운 것으로 호젓한 것으로 사랑으로 슬픔으로 가득찬다
그리고 이번에는 나를 위로하는 듯이 나를 울력하는 듯이
눈질을 하며 주먹질을 하며 이런 글자들이 지나간다
– 하눌이 이 세상을 내일 적에 그가 가장 귀해하고 사랑하는 것들은 모두
가난하고 외롭고 높고 쓸쓸하니 그리고 언제나 넘치는 사랑과 슬픔 속에 살도록 만드신 것이다.
초생달과 바구지꽃과 짝새와 당나귀가 그러하듯이
그리고 또 '프랑시쓰 쨈'과 도연명(陶淵明)과 '라이넬 마리아 릴케'가 그러하듯이

– 백석, 「흰 바람벽이 있어」

21 아래의 〈보기〉에서 위 작품의 ㉠과 유사한 기능을 하는 시적 매개물을 찾아 그 공통점을 15자 이내의 한 문장으로 진술하시오.

보기

새벽 시내 버스는
차창에 웬 찬란한 치장을 하고 달린다
엄동 혹한일수록
선연히 피는 성에꽃
어제 이 버스를 탔던 처녀 총각 아이 어른
미용사 외판원 파출부 실업자의 입김과 숨결이
간밤에 은밀히 만나 피워 낸
번뜩이는 기막힌 아름다움
나는 무슨 전람회에 온 듯
자리를 옮겨 다니며 보고
다시 꽃이파리 하나, 섬세하고도
차가운 아름다움에 취한다
어느 누구의 막막한 한숨이던가
어떤 더운 가슴이 토해 낸 정열의 숨결이던가
일 없이 정성스레 입김으로 손가락으로
성에꽃 한 잎 지우고
이마를 대고 본다
덜컹거리는 창에 어리는 푸석한 얼굴
오랫동안 함께 길을 걸었으나
지금은 면회마저 금지된 친구여.

– 최두석, 「성에꽃」

ⓐ 시적 매개물: ______________________

ⓑ 공통점: ______________________

22 위 작품에서 화자의 태도가 변하며 시상이 전환되는 시행(詩行)을 찾아 쓰시오.

[23~24] 다음 글을 읽고 물음에 답하시오.

[앞부분의 줄거리] 제대 후 취업 준비를 하던 '나'는 명동에서 포병 부대 상관이었던 제대군인 포대령을 우연히 만나 함께 생활을 하게 된다. 제대 후에도 현실을 전시 상황으로 인식하는 포대령은 집 주변 채석장의 다이너마이트 폭음을 전장의 대포 소리로 인식했다. 장난감 야포를 쓰다듬으며 '나'를 관측병으로 대하는 포대령과의 생활은 군대 생활의 연장선상에 있다. 어느 날 포대령은 '나'의 긴 머리를 보고 이발을 하라고 명령한다. '나'는 제대를 하였다는 이유로 이를 거부한다. 포대령은 이런 '나'의 태도를 항명으로 간주한다.

내심 걷잡을 수 없는 분노와 멸시의 조소를 그에게 보내고 있던 나의 가슴속에서 뭉클뭉클 솟는 게 있었다. 포대령의 진지한 시선은 상관으로서의 위엄을 과시하는 게 아니었고 뭔가 애절한 하소와 동감의 요구를 절실하게 절규하고 있는 것이었다.

포대령의 분노는 곧 인정의 황막한 단절 속에다 끈을 대고 있었다. 그것은 ㉠그가 설정한 가정 세계에다 절대적인 자위로 뿌리를 박고 있는 것이었다.

그래서 군대 사회에 대한 끈질긴 집념이 그의 생명을 유지시키는 한 지극한 우연에서 얻어진 하찮은 나나 채석장의 폭음 따위도 그에게 있어서는 필연 이상의 가치를 갖는 것이었다.

나는 아무 말 없이 이발소로 향했고 지켜 서선 나의 거동을 살피는 포대령에게 후회 없는 동정을 쏟았었다.

그날 이후 포대령과의 생활에 어떤 변혁을 바랐던 나의 기대는 역시 무너지고 말았다. 그는 조금도 변함없는 방법 속에서 나를 필요로 할 뿐이었다.

이 시간이면 어떻든 어정거려야 하는 약속된 곡예가 메스꺼웁다 못해 따분했다. 조금 지나면 곤드레만드레 취한 포대령이 나타날 것이고 나는 거수경례로 그의 귀대를 환영해야 했다. 좀 더 진지한 거수경례는 없는 것일까. 강요에 의해서 어쩔 수 없이 이행되는 나의 충성은 그때마다 더한 망집의 고뇌 속으로 그를 몰아넣는 것인 줄도 모른다.

사실 요즈음 들어 나의 고민은 좀 더 인간적인 것으로 발전한 셈이었다. 장바구니를 들고 가파른 산길을 오르내릴 때나 개울가에서 세탁을 하고 있을 때, '식모 아줌마'라고 놀려대는 동네 꼬마들의 합창에 감당할 수 없도록 치솟던 분노 따위의 수치감은, 이제 포대령과의 과감한 인간적 재기를 갈구하는 집요한 관심으로 변한 것이다.

"시시하게 뒈졌을래면 벌써 백 번은 더 뒈졌디! 수의 입구서라므니 시시하게 관 속에나 자빠져야 하는 죽엄이래면 수턴 번두 뒈졌데서! 쌰– 나의 끝장은 전사야 전사! 온 몸뚱이가 박살나서라므니 형체가 없어두 조국이 태극기 한 장만 덮어 주면 되는 거야! 그카면 김달봉인 천국에 가는 게지 뭐 바랠 게 또 이서?"

하루에도 몇 번씩 포대령은 이랬다.

'포대령이여 궐기합시다요! 그 용기로 좀, 달리 살아 봅시다요!'

힘껏 쥐어 보는 주먹 안으로 질긴 땀이 솟는데 귀청이 떨어질 정도로 크나큰 고함이 터졌다.

"임마! 보초병 태도가 뭬 그래? 새끼이 형편없구나 이거–"

벌써 숫구멍 골막하게 취기가 오른 포대령이 들고 있던 나무 막대기로 나의 가슴을 꾹 찔러 댔다. 이마가 아플 정도로 나의 거수경례는 충성의 숨 가쁜 반사 작용을 했다.

"수고하십니다! 하루 종일 아무 일도 없었습니다. 이상 무우!"

"뭬라구? 수고? 우하하하–"

갑자기 실성한 사람처럼 연신 대소하던 포대령이 고개를 설레설레 내젓더니만 이내 표독스러운 눈빛으로 나를 흘겼다.

"새끼! 이거 뭐 도통 쑥밭이라니끼니! 임마, 여기가 신병 훈련소인 줄 아니? 그따위 서툰 보고가 어디서? 넌 하사야 하사. 군대 밥 그만큼 처먹었으면 임마 포성이 울리는 전선하구 후방 훈련소하군 구별해야 될 께 아니가서? 응? 어드래?"

"……."

"대답해 보라우! 빨리 임마!"

"전 여기가 전선이 아니라구 생각합니다! 금호동입니다!"

"뭬라구? 이 새끼 벌통이 나야 알갓나 이거……. 왜 전선이 아니야? 포성이 터디구 가차 없는 포격이 진지를 후리는데 두 새깨야 전선이 아니면 뭬란 말이야? 너 영창 보내야 알갓니 엉?"

"그건…… 그건 포성도 포격도 아니고 채석장 다이너마이트 폭음입니다. 연대장님!"

(중략)

사실 제일로 궁금했던 일이었다. 그러나 이런 경우 바싹 대드는 걸 포대령은 제일 질색으로 여긴다는 상식을 알고 있는 이상 하는 수 없이 엉뚱한 뒤덜미부터 만져 봐야 했다.

"월남하실 때 부인과 이별하셨나요? 아니면……."

"아니면 뭬야? 우하하하–우하하하–새끼 갈데없이 유행가 짓누나. 임마 뒈져라 뒈져! 그런 해골루 관측 도오타! 너 같은 가이새끼 전선 관측시켰다간 포대 쑥밭 되기 망덩이디! 우하하하–곡조 좀 붙여 보라우. 그 유행가에 말야. 하하하–"

포대령은 미친 듯 껄껄 웃어 대고 나선 하늘을 보고 반듯이 누워 버렸다. 그의 가슴이 깊은숨을 몰아쉬었다.

[A] "낙동강 전투 때여서. 워커가 적의 낙동강 도하는 절대 불가능하구 아군 저지선은 철통 같다구 떵떵거리였디……. 야음을 타서 적의 이 개 대대의 특공대 병력이 도강에 성공했디. 그때만 해두 다부동 부락민들은 태평이었대서. 적의 공격이란 거의 산발적인 기총 공격이었구 다부동은 국련군 엄호하에 있었으니까니……. 기런데 도강한 괴뢰군들이 국련군 저지선을 돌파해서라므니 아군의 후방 다부동에 돌출한 게야. 적은 계속 도하해 와서. 전선이 이동되는 날엔 마지막이디. 위기여서. 보병이 도하해 오는 적을 공격하며 저지선을 정리하는 동안 드디어 포대가 불을 뿜어 대서. 다부동은 쑥밭 됐구 돌출한 적의 선발대는 전멸돼서. …… 다부동은 쑥밭 만들던 내 얼굴은 땀인디 눈물인디 웬통 물끼루 떳대서. 왜냐구? ……. 더위 때문이었됐나? …… 글쎄……."

포대령은 느질거리는 눈빛으로 나를 올려다보고 나선 눈을 감았다.

"…… 그때 다부동엔…… 다부동엔…… 다부동엔 만삭이 다 된 내 애미나이가 있었대서! 끝이었디……. 김달봉이는 포병이 먼저였어! 한 애미나이의 시나이보단 분명 포병이 먼저였디!"

포대령은 어떤 감당할 수 없는 동요에 몸을 떨었다. 몇 번이고 마당을 뱅글뱅글 돌아 댔다.

나의 가슴속에서 뭔가 솟아오르는 게 있었다. 체증 같은 것이었다. 그것은 지극한 공감과 애착이 억류될 때 어쩔 수 없이 체념되어야 하는 관심의 여력처럼 무거운 것이었다.

연신 엎치락뒤치락거리고 있는 포대령에게 나는 다가갔다. 그리고 그의 손목을 잡았다.

"연대장님! 들어가셔서 주무십쇼! 감기드십니다!"

– 천승세, 「포대령」

23 위 작품의 내용을 바탕으로 ㉠의 이유를 진술하고자 한다. 〈보기〉의 단어를 모두 활용하여 아래의 빈칸을 40자 이내로 완성하시오.

보기

사명감, 죄책감, 심리적

포대령이 현실을 인정하지 못하고 그가 설정한 가정 세계에 머물고 있는 이유는
(　　　　　　　　　　　　　　　　　　　　　　　　　　).

24 다음의 〈보기〉를 바탕으로 위의 작품을 감상할 때, 〈보기〉의 밑줄 친 부분에 해당하는 '나'의 행위를 위 작품의 [A]에서 찾아 진술하시오.

보기

풍자는 희화화된 대상에 대한 비판적 태도를 환기하여, 그 대상을 격하시키려는 의도를 갖는다. 따라서 비판 주체는 우위에 선 관점에서 비판 대상을 파악하고자 한다. 이는 비판적 주체가 비판 대상에 의해 벌어지는 우스꽝스러운 행위나 비판 대상이 오인하고 있는 상황 인식을 바로잡으려는 의도를 갖기 때문이다. 그런데 「포대령」에서는 이러한 풍자의 의미가 변주된다. 비판 주체가 스스로를 무기력한 현실에서 벗어나지 못하는 반성 대상으로 인식하기 때문이다. 또한 <u>비판 주체가 비판 대상에 대해 점차 연민의 감정을 갖게 됨으로써, 비판 주체와 대상의 위상에 변화를 유발한다.</u>

[25～26] 다음 글을 읽고 물음에 답하시오.

태풍에 쓰러진 나무를 고쳐 심고
각목으로 버팀목을 세웠습니다
산 나무가 죽은 나무에 기대어 섰습니다

그렇듯 얼마간 죽음에 빚진 채 삶은
싹이 트고 다시
잔뿌리를 내립니다

꽃을 피우고 꽃잎 몇 개
뿌려 주기도 하지만
버팀목은 이윽고 삭아 없어지고
큰바람 불어와도 나무는 넘지 않습니다
이제는
사라진 것이 나무를 버티고 있기 때문입니다

내가 허위허위 길 가다가
만져 보면 죽은 ⓐ아버지가 버팀목으로 만져지고
사라진 이웃들도 만져집니다

언젠가 누군가의 버팀목이 되기 위하여
나는 싹 틔우고 꽃 피우며
살아가는지도 모릅니다

– 복효근, 「버팀목에 대하여」

25 다음의 〈보기〉는 위 시에 대한 시상의 전개 방식을 설명한 것이다. 20어절로 빈칸을 채워 완성하시오.

보기

위의 작품에서 화자는 자신이 관찰한 '버팀목'과 '산 나무'의 관계로부터 '아버지', '이웃들'과 자신의 관계를 연상시키는 (   )을/를 통해 다른 이의 버팀목이 되는 삶의 가치를 드러내고 있다.

26 위 작품의 ⓐ와 〈보기〉의 '아버지'를 통해 각 화자가 공통적으로 말하고자 하는 가치를 한 단어를 쓰시오.

보기

그런데 어머님,
오늘은 영하의 한강교를 지나면서 문득
나를 품에 안고 추위를 막아 주던
예닐곱 살 적 그 겨울밤의 아버지가
이승의 물로 화신(化身)해 있음을 보았습니다.
품 안에 부드럽고 여린 물살을 무사히 흘러
바다로 가라고
꽝 꽝 얼어붙은 잔등으로 혹한을 막으며
하얗게 얼음으로 엎드려 있던 아버지,
아버지, 아버지…….

– 이수익, 「결빙의 아버지」 중에서

'아버지' ⇒ ______________________

Ⅱ 독서

[핵심이론]

1 독서의 본질

1. 독서의 준비

(1) 독서의 목적에 따라 글을 선택하는 방법

목적	글의 선택 방법
학업 독서	나에게 필요한 분야의 지식을 잘 정리한 책을 찾아서 정독함
교양 독서	나에게 필요한 교양이 무엇인지 생각하고 나서 읽을 만한 책을 찾음
문제 해결 독서	당면한 문제에 대해 분석하고 해결책을 제시한 책을 찾음
여가 독서	나의 흥미와 관심을 생각하여 책을 찾음
타인과의 관계 유지를 위한 독서	사람들의 공통적인 관심사를 생각하여 책을 찾음

(2) 독서 수준에 맞는 글을 선택하는 방법

① 표지를 통해 책의 성격에 대한 단서 찾기

② 목차와 서문을 통해 책에서 다룬 내용의 범위 확인하기

③ 본문을 보고 나의 지식이나 어휘력으로 이해할 수 있을지 짐작하기

(3) 가치 있는 글을 선택하는 방법

① 다른 사람이 쓴 서평 등을 참고하여 책 선택하기

② 여러 세대를 거치면서 검증되어 '고전'으로 인정된 책 선택하기

③ 권장 도서나 추천 도서로 선정된 책 선택하기

2. 주제 통합적 읽기

(1) 개념: 같은 화제를 다룬 여러 글을 읽고 비판적 · 통합적으로 이해하여 의미를 재구성하는 활동

(2) 필요성

① 다양하고 폭넓은 관점으로 주제를 바라볼 수 있음

② 주관적이고 비판적인 시각으로 다른 사람의 글을 읽을 수 있음
③ 인간과 세계를 폭넓게 이해하는 능력을 기를 수 있음
④ 문제 상황을 창의적으로 해결할 수 있는 능력을 기를 수 있음

(3) 과정

읽기의 목적 구체화하기
⇩
읽기 목적에 맞는 글 찾기
⇩
글의 분야, 글쓴이의 관점, 형식이 다른 글을 서로 비교하며 읽기
⇩
글의 주장을 비판적으로 검토하고 유용한 정보 추려 내기
⇩
자신의 관점에 따라 정보를 가려내어 화제에 대한 자신의 견해 정리하기(재구성하기)

2 독서의 방법

1. 사실적 읽기

(1) 개념: 글에 드러난 정보를 확인하면서 읽는 활동으로, 글을 이해하기 위한 가장 기본적인 읽기 방법

(2) 방법
① 제목을 주의 깊게 살펴보고 내용을 요약하기
② 글의 종류와 그에 따른 글 전체의 논리를 살펴 글의 구조를 파악하기
③ 글의 화제나 내용, 글의 전개 방식을 알려 주는 담화 표지 등을 살펴 글의 전개 방식을 파악하기

2. 추론적 읽기

(1) 개념: 글에 드러난 내용 이외의 것들을 추측하며 읽는 활동

(2) 방법
① 배경지식, 담화 표지, 글의 문맥 등을 종합적으로 활용하여 생략되거나 암시된 정보를 추론하기

② 글의 종류, 글 전체의 내용과 글의 맥락을 고려하여 글쓴이의 의도나 목적을 추론하기
③ 글쓴이의 입장, 글의 예상 독자, 글의 화제나 대상을 대하는 글쓴이의 태도 등을 종합하여 숨겨진 주제를 추론하기

3. 비판적 읽기

(1) **개념**: 글의 내용과 표현 방법, 글쓴이의 관점, 글의 배경이 되는 사회 · 문화적 이념 들을 판단하며 읽는 활동

(2) **방법**
① 글쓴이의 관점이 타당한지, 내용이 논리적으로 타당한지, 정확하고 믿을 만한지, 공정한지, 자료가 적합한지 등을 판단하기
② 글에 쓰인 표현 방법이 적절하고 효과적인지 판단하기
③ 글에 숨겨진 의도, 글에 전제되거나 글쓴이가 의도적으로 반영한 사회 · 문화적 이념을 판단하기

4. 감상적 읽기

(1) **개념**: 글에 대해 정서적으로 반응하며 읽는 활동

(2) **방법**
① 공감하거나 감동을 느낀 부분의 의미를 생각하기
② 글에서 깨달음과 즐거움을 얻기
③ 글의 내용을 자신에게 맞게 수용하기

5. 창의적 읽기

(1) **개념**: 글의 내용과 글쓴이의 생각에 독자 자신의 지식과 경험을 더해 새로운 의미를 만들어 내는 활동

(2) **방법**
① 문제 해결에 도움이 되는 글을 찾아 읽기
② 문제와 관련된 글쓴이의 생각을 평가하고 이에 대한 대안을 찾으며 능동적으로 읽기

3 독서의 분야

1. 인문 · 예술 분야의 글 읽기

(1) 글의 특성

① **인문 분야**: 인간 존재에 대해 철학적으로 탐구하고, 인간의 삶을 기록하기 위한 인간의 지적 활동이 축적된 글

예 문학, 역사, 철학, 언어, 종교, 심리 등에 관한 글

② **예술 분야**: 인간의 상상력과 기술을 발휘해 아름다움을 표현하려는 활동 및 그 결과로 만들어진 작품에 대한 설명, 예술이 탄생한 배경과 창작된 과정 등을 다룬 글

예 예술 철학, 미학 등 예술론 일반에 대한 글, 작품론, 작가론, 음악, 미술, 연극, 영화, 무용, 건축, 사진, 공예 등

(2) 글을 읽는 방법

① 인문 분야와 예술 분야에 대한 배경지식을 활용하며 읽기

② 인문학적 세계관과 인간에 대한 글쓴이의 성찰을 비판적으로 이해하며 읽기

③ 예술과 삶의 문제를 대하는 인간의 태도를 비판적 시각에서 읽기

2. 사회 · 문화 분야의 글 읽기

(1) 글의 특성

① **사회 분야**: 정치, 경제, 언론, 법률, 국제 관계, 교육 분야를 다룬 글

② **문화 분야**: 의식주, 언어, 풍습, 종교, 학문 분야를 다룬 글

(2) 글을 읽는 방법

① 글에 담긴 사회적 요구와 신념을 비판적으로 파악하며 읽기

② 사회적 현상의 특성을 이해하며 읽기

③ 역사적 인물과 사건의 사회 · 문화적 맥락을 비판적으로 이해하며 읽기

3. 과학 · 기술 분야의 글 읽기

(1) 글의 특성

① **과학 분야**

㉠ 자연 현상이나 물리적 세계를 대상으로 하며, 대상의 구조나 변화의 원리를 보편적 인과 법칙에 의해 서술함

㉡ 객관적 자료에 근거한 과학적 사실이나 법칙을 제시함

㉢ 자연 과학에 관한 글뿐 아니라 과학에 관한 일반적인 글도 포함함

② 기술 분야

㉠ 과학 이론을 실제로 적용하여 자연과 사물 등을 인간 생활에 유용하도록 가공한 다양한 기술에 관해 서술함

㉡ 기술 공학적 원리나 법칙을 탐구하고 설명함

(2) 글을 읽는 방법

① 과학 용어나 개념을 명확하게 이해하며 읽기

② 지식과 정보의 객관성을 파악하며 읽기

③ 논거의 입증 과정을 파악하고 논거의 타당성을 판단하며 읽기

④ 과학적 원리의 응용과 한계를 파악하며 읽기

4. 시대의 특성을 고려한 글 읽기

(1) 글쓰기 관습의 변화

① 세로쓰기 → 가로쓰기

② 한문 또는 한문과 한글의 병기 → 한글 표기

(2) 글 읽기 방법

① 글이 생산된 당대의 글쓰기 관습이나 독서 문화를 고려하며 읽기

② 글쓴이의 상황이나 당시의 사회 · 문화적 맥락을 고려하며 읽기

③ 자신의 필요나 상황에 맞추어 글의 의미를 재구성하며 읽기

5. 지역의 특성을 고려한 글 읽기

(1) 필요성

① 인간과 세계의 다양성에 대한 이해의 폭을 넓힐 수 있다.

② 다른 지역의 사회 · 문화가 갖는 특수성을 알 수 있다.

③ 다른 지역과 비교하여 우리 사회와 문화의 고유한 가치, 한 인간으로서 자신에 대한 이해를 높일 수 있다.

(2) 글 읽기 방법

① 글이 쓰인 당시 그 지역을 지배한 가치관과 문화를 고려하며 읽기

② 글이 지역의 가치관이나 문화에 끼친 영향을 생각하며 읽기
③ 지역적으로 편중되지 않도록 세계와 국내 여러 지역의 문화를 다룬 글을 두루 읽기
④ 각 지역의 문화적 특성을 존중하는 문화 상대주의적 관점을 지니고 읽기

6. 매체의 특성을 이용한 글 읽기

(1) 독서 환경의 변화

① 정보 통신 기술의 발달로 다양한 읽기 매체(스마트폰, 태블릿 컴퓨터, 전자책 단말기 등)가 생겨남
② 인터넷을 통해 사람들이 지식과 정보의 구성에 직접 참여하고, 손쉽게 자료를 복제하고 전송할 수 있게 됨

(2) 글 읽기 방법

① 매체의 유형과 특성을 고려하여 매체 자료를 읽기
② 매체 자료의 타당성, 신뢰성, 공정성 등을 평가하며 비판적으로 읽기
③ 다양한 매체에서 필요한 정보를 수집하여 활용할 수 있도록 능동적이고 주체적으로 읽기

4 독서의 태도

1. 지속적인 독서 활동

(1) 효과

① 지식과 정보를 얻어 시대의 변화에 대응할 수 있음
② 자기 분야의 전문가로 성장할 수 있음
ⓒ 독서 문화를 향유하고 건전한 독서 문화 형성에 이바지할 수 있음

(2) 실천

① 독서에 대한 흥미와 관심을 유지함
② 자발적인 독서 태도를 지님
③ 자신의 독서 이력을 관리함

2. 독서를 통해 타인과 교류하는 방법

① 자신의 관심사에 맞는 다양한 독서 활동 찾기
② 독서 활동에 능동적으로 참여하기
③ 독서 활동의 경험을 공유하고 확산하기

[실전문제]

해답 p.275

▶ 다음 글을 읽고 물음에 답하시오.

배점(총점)	예상 소요 시간
8점	4분 / 전체 80분

작품을 전시회에 출품하는 게 아니라 잡지에 기고하는 화가들이 있다. '개념 미술가'라 불리는 이들이 그들이다. '개념 미술'이라는 말을 처음 사용한 사람은 헨리 플린트인데, 그는 개념 미술이 언어와 아주 밀접한 관계가 있다는 점을 들어 개념 미술을 언어를 재료로 하는 미술 형식이라고 말하였다. 이와 같이 개념 미술에서는 작품이 지닌 물질성이 중요하지 않다.

예술의 물질성에 대해 견해를 밝힌 사람들 가운데 헤겔의 의견에 따르면, 예술은 필연적으로 물질성에서 정신성으로 이행한다. 고대 오리엔트의 예술을 대표한 것은 피라미드나 스핑크스와 같은 거대한 건축물이었다. 이때 정신은 아직 육중한 물질에 눌려 있었다. 이어서 등장한 그리스 예술에서 주도적 역할을 맡은 장르는 조각이었다. 헤겔은 예술의 본질이 정신적 이념을 감각적 물질로 구현하는 데 있다고 주장했다. 이 때문에 그는 정신과 물질 어느 쪽에도 치우치지 않고 적절히 조화를 이룬 그리스 조각에서 예술이 정점에 도달했다고 보았다.

이후 정신은 더 성장하여 서서히 물질을 압도하기 시작한다. 르네상스 예술을 주도한 장르는 회화였다. 회화는 개별 사물이나 표상에서 공통된 속성이나 관계를 뽑아내는 정신적 과정을 통해 현실의 한 차원을 접어 3차원의 공간을 2차원의 평면으로 환원시킨다는 점에서 조각보다 더 정신적이다. 또한 회화의 재료인 물감 역시 조각에 사용되는 육중한 돌에 비해 물질성이 한결 약하다. 17세기에는 음악이 예술을 주도하는 역할을 이어받게 된다. 음악의 재료인 소리에는 거의 물질성이 없다. 19세기 이후의 주도적 장르는 시였다. 이제 예술은 마침내 물질성을 완전히 벗고 학문과 똑같은 재료, 즉 개념을 사용하게 된다. 다 자란 정신에게 예술의 물질성은 그저 거추장스러운 옷일 뿐이다. 이 지점에서 헤겔은 예술의 종언을 선언한다. 절대정신이 물질적 매체를 통해 표현되는 시대는 지났다는 것이다. 예술이 종언을 고했다는 그의 예언은 빗나갔을지 몰라도, 20세기 예술의 경향을 보건대, 적어도 예술이 물질을 벗고 정신으로 상승하리라는 그의 지적은 적중했다고 할 수 있다.

본격적인 의미에서 최초의 개념 미술가는 멜 보크너였다. 1966년 그는 동료 작가들의 드로잉과 작업 구상을 담은 종이를 여러 번 복사하여 네 권의 파일 노트에 끼워 조각의 받침대 위에 올려놓았다. 거기에는 솔 르윗과 댄 플래빈의 작업 스케치, 그들의 작품에 대한 자세한 설명을 담은 송장[1], 존 케이지가 작곡한 악보가 포함되어 있었다. 파일의 첫 장은 화랑의 도면, 마지막 장은 복사기의 조립 도면이었다. 이 전시회를 찾은 관객들은 작품을 보는 게 아니라 파일을 넘겨 가며 읽어야 했다. 이렇게 작업 구상을 담은 종이, 작업 스케치, 작품에 대한 설명을 담은 송장 등이 예술이 될 때, 미술은 문학에 가까워진다.

솔 르윗에 따르면 개념 미술에서는 생각이나 관념이 작품의 가장 중요한 측면이 된다. 예술가가 예술에 개념적 형식을 사용한다는 것은 곧 모든 계획과 결정이 미리 만들어지고 실행은 요식 행위가 된다는 것을 의미한다. 실제로 솔 르윗은 그의 작품 '벽 드로잉'의 실행을 고용된 인부들에게 위탁했다. 그는 벽 드로잉을 제작하기 위한 지침을 고용된 인부들에게 주었을 뿐이다. 이렇듯 개념 미술에서는 시각화되지 않는 생각이나 관념도 완성된 산물 못지않은 작품이다.

개념 미술은 일반적으로 네 가지 형식을 선호한다. 첫째는 '레디메이드'로, 이를테면 마르셀 뒤샹의 변기처럼 일상의 사물을 예술로 선언하는 것이다. 둘째는 '개입'으로, 오브제[2]나 이미지를 엉뚱하거나 다른 맥락에 옮겨 놓는 것이다. 예를 들어 다니엘 뷔랑은 모든 곳을 미술관으로 만들기 위해 줄무늬가 그려진 간판을 짊어지고 파리의 거리를 활보했다. 셋째는 '자료화'이다. 자료화는 작품을 구상할 때에 실제 작품이 모두 기록, 지도, 차트 그리고 사진 등을 바탕으로 이루어지는 것을 말한다. 위에서 언급한 보크너의 작업 스케치 전시가 여기에 속한다. 넷째는 개념 미술의 가장 보편적인 형식으로, '언어'를 사용하는 것이다. 독일의 작가 한네 다르보벤은 숫자와 글자, 낙서를 계열적으로 늘어놓음으로써 회화가 글쓰기라는 관념을 표현했다.

1) 송장: 상품을 멀리 떨어진 곳으로 발송할 때 짐을 받을 사람에게 보내는 상품의 명세서.
2) 오브제: 예술에서 작품에 쓴 일상생활 용품이나 자연물.

[예시문제]

〈보기〉는 신문 기사를 요약한 것이다. 조 모씨는 대법원에서 최종적으로 무죄 판결을 받았다. 윗글에서 조 모씨가 무죄 판결을 받은 이유의 근거가 되는 문장을 찾아 첫 어절과 마지막 어절을 순서대로 쓰시오.

보기

2016년 5월 17일 춘천지검은 가수 겸 방송인 조 모씨(71)의 그림을 거래한 갤러리 3곳과 소속사 등 4곳을 지난 16일 압수 수색했다. 조 모씨의 '화투' 그림이 대작(代作)이라는 의혹이 제기됐기 때문이다.

춘천지검이 압수수색을 한 이유는 속초에 사는 화가 A(60)씨가 자신을 조 모씨의 대작 화가라고 나서면서부터다. A씨는 한 매체와 인터뷰를 통해 2009년부터 최근까지 조 모씨에게 300점의 작품을 그려 주었고, 조 모씨가 자신의 작품을 받아 약간의 덧칠과 사인을 한 후 팔았다고 주장했다. 다만 A씨는 조 모씨에게 받은 아이디어로 작품을 그렸다고 밝혔다.

조 모씨는 1970년대부터 '화투' 연작을 통해 화가로도 주목받았다.

첫 어절: ______________________　　　마지막 어절: ______________________

모범답안 이렇듯, 작품이다

바른해설 이 글은 개념 미술의 특성과 형식을 설명하고 그 의의를 서술하고 있다. 개념 미술은 작업 구상을 담은 종이, 작업 스케치, 작품에 대한 설명을 담은 송장 등과 같이 언어를 재료로 하는 미술 형식이라고 할 수 있다. 따라서 개념 미술에서는 형식화, 시각화되지 않은 생각이나 관념도 완성된 사물 못지않은 작품일뿐더러, 실제 작품이 만들어지는 실행은 예술창작에 있어서 그다지 중요하지 않은 부차적 행위로 간주된다. 이러한 개념 미술은 언어를 비롯한 비물질성을 지닌 생각이나 관념도 예술이 될 수 있다는 새로운 인식을 통해 예술의 영역을 확대하고 있다.

한편 〈보기〉에 주어진 신문기사는 자신의 아이디어를 대작 작가를 통해 실현한 조 모씨의 '화투 그림 대작 사건'을 다루고 있다. 조 모씨에게 주어진 혐의는 다른 사람이 그린 그림을 자신의 이름으로 판매한 사기죄였다. 그러나 대작 작가의 진술처럼 '화투' 그림의 아이디어와 구상은 조 모씨에게서 나왔다.

개념 미술에 따르면 형식화, 시각화되지 않은 생각이나 관념도 예술이 될 수 있다. 따라서 조 모씨의 '화투' 그림은 이미 구상과 아이디어만으로도 작품이 되고, 그 실행은 솔 르윗의 경우처럼 누구에게 맡기든 큰 의미가 없다. 이처럼 개념 미술은 구체적으로 실재하는 작품이라는 전통적 인식에서 벗어나 있다. 따라서 개념 미술의 핵심 논리에 따르면, 조 모씨의 '화투 그림 대작 사건'의 무죄 판결은 자연스러운 결과인 셈이다.

채점기준

답안	배점
이렇듯, 작품이다	8점
1. '이렇듯'과 '작품이다'가 순서대로 정확하게 기술된 경우에만 정답(8점)으로 인정한다. 2. 개념 미술의 핵심 논리는 아니지만, 아래의 세 문장은 개념 미술에 있어서 실행이 갖는 부차적 의미를 서술하고 있으므로, 조 모씨의 사건과 연결된다. 따라서 절반의 점수(4점)를 부여한다. 1) 예술가가, 의미한다 2) 실제로, 위탁했다 3) 그는, 뿐이다	공통사항

[01～02] 다음 글을 읽고 물음에 답하시오.

(가) 아리스토텔레스는 범주론에서 세상에 존재하는 대상의 존재론적 지위에 대해 논하며, 존재하는 대상의 본질을 10개의 범주로 설명하고자 하였다. 아리스토텔레스가 제시한 범주는 실체(무엇임), 성질(어떠함), 양(얼마임), 관계, 장소(어디), 때(언제), 위치(자세), 소유(가짐), 능동(함), 수동(겪음)이다. 세부적 차이에도 불구하고 중세 시대 서양의 실재론자들은 대체로 범주론에서 제시한 10가지 범주가 존재론적으로 영혼 외부에 존재하는 대상을 뜻하는 실재를 반영한다고 보았다. 그리고 이 실재는 언어에 의해 반영된다고 간주하였다. 즉 10가지 범주는 '언어의 구분'임과 동시에 '실재의 구분'이며, 범주에 대한 고민은 실재에 대한 고민이 된다.

중세 시대의 실재론자였던 버얼리는 아리스토텔레스의 10가지 범주 중에서 '실체', '성질', '양'만을 '절대적 범주'로 인정하였다. 이 3개의 범주만이 존재하는 대상에 의해 독자적인 의미를 지닐 뿐이며, 남은 7개의 범주는 '절대적 범주'로 환원된다고 보았다. 버얼리는 실재의 다의성을 인정하며 실재를 '스스로 존재하는 것'과 '다른 것에 의하여 존재하는 것'으로 나누었다. 전자는 '실체'라 하고 이는 존재하는 것이 하나의 무엇으로 있는 것으로, 특정 개체를 지칭한다. 후자는 '우유(偶有)' 즉 우연한 존재이며 이는 실체에 의존한다. 우유는 여러 조건에 의해 변화하지만, 실체의 본질을 바꾸지는 못한다. 우유에 영향을 미치는 조건은 실체 외부의 조건과 실체 내부의 조건으로 구분된다. 실체 외부의 조건은 실체와 관계없이 존재하는 보편적 본성처럼 보일 수 있지만, 존재하는 대상에 의해 독자적인 의미를 지니는 것은 아니다. 실체 내부의 조건에는 다른 실체와의 관계를 통해 결정되는 '상대적으로 내재하는 것'과 개별 실체의 독자적인 특성으로 결정되는 '절대적으로 내재하는 것'이 있다. '절대적으로 내재하는 것'은 '무엇임'과 관련된 '성질'의 범주에 속하는 것과 '무엇임'을 이루는 것과 관련된 '양'의 범주에 속하는 것으로 나뉜다. 결국 존재하는 대상에 의해 독자적인 의미를 지니게 되는 '절대적 범주'는 '실체', '성질', '양'만 남는다.

버얼리에 따르면 '성질'과 '양'의 결합으로 형성된 실재는 '우유에 의한 순수한 집합체'로, 이는 아직 단일성을 지닌 개별적 실체로 볼 수 없다. 버얼리는 개별적 실체를 지탱하는 영혼 외부의 보편인 '공통 본성'의 존재가 단일성을 형성하고 유지해 준다고 보았다. '이순신'이라는 실재는 개별적 성질과 개별적 양의 합성이다. 하지만 실체적 공통 본성인 '인간성'에 의하여 '이순신'은 인간으로서의 정체성과 개별적인 실체로서의 존재를 지탱해 간다. 즉 어떤 우유적 집합체를 하나의 고유한 본질을 가진 개별적 실체로 지탱하게 하는 것은 보편적 실체 혹은 실체적 공통 본성인 것이다.

(나) 오컴은 버얼리와 달리 특정한 범주로 제한될 수 없는 초월 범주인 실재는 다의어가 아니라, 일의어로 서술된다고 보았다. 물론 이것이 서로 다른 범주가 동일한 특성을 가지며 존재한다고 말하는 것은 아니다. 단지 언어적으로는 하나의 의미만을 소유한다는 것이다. 오컴에게 있어 영혼 외부의 범주는 '개별적 실체'와 '개별적 성질'뿐이다. 버얼리와 같이 하나의 존재로 단일성을 유지하게 해 주는 실체적 공통 본성은 오컴에게는 없다. 오컴에게 피조물은 철저하게 '개체적 실체'다. 10가지 범주가 존재론적으로 영혼 외부에 독립해 존재한다는 실재론자들의 견해를 그는 결코 수긍할 수 없었다.

오컴은 실재론자들이 긍정한 실체적 공통 본성을 부정했다. 그러한 보편이 영혼 외부에 존재한다면, 동시에 여러 곳에 존재하는 보편적 실체가 있어야 한다. 또 동시에 여러 곳에 있는 개별적 실체 가운데 서로 다른 여러 개별적 실체들과 함께 하나의 모습으로 존재해야 한다. 오컴은 '이순신'이라는 개별적 실체의 본질을 결정하는 공통 본성이 '이순신'이라는 개별적 실체로부터 존재론적으로 구분되어 존재한다는 것도 혹은 그 개별적 실체의 외부에 존재한다는 것도 모두 합리적이지 않다고 보았다. '이순신'이라는 하나의 '개체'와 그의 공통 본성, 즉 본질의 영역인 '보편'이 서로 구분되어 있다면 결과적으로 '이순신'은 두 부분의 결합체로 있어야 하기 때문이다. 오컴에게 '보편'은 영혼 내부의 개념일 뿐이다. 말 그대로 여럿에 대하여 서술되는 술어, 즉 언어일 뿐이다. "'이황'과 '이이'는 '비슷한 인간'이다."라고 할 때, '비슷한'이라는 것은 영혼 외부에 독립적으로 존재하지 않는다. 언어적으로 '관계의 범주' 속에 존재하지만 영혼 외부에 실재하는 것이 아니다. 그러나 영혼 외부의 공통 본성은 필요하지 않다.

오컴은 하나의 의미만을 지닌 일의어를 기본으로 파생어를 파악하며 명제를 이해하고자 했다. "소크라테스는 철학자이다."와 "플라톤은 철학자이다."에서 '철학자'는 일의어적 술어이다. '철학자'란 개념은 영혼 외부에 존재하는 보편을 반영하는 것이 아니다. 여럿을 두고 영혼 내부에 생긴 유사한 경험에 근거한 '지향' 혹은 '개념'이다. 이러한 지향은 일의어로 여럿에 대하여 서술된다. 즉 명제 가운데 동일한 대상을 지칭할 수 있다. 오컴에 따르면, '소크라테스'와 '플라톤'이라는 개별적 실체 가운데 '철학자'라는 보편이 있는 것이 아니다. 앞에 제시된 명제에서 주어에 해당하는 명사인 '소크라테스'와 '플라톤'이 영혼 내부에 주어진 개념이면서 일의어적 술어인 '철학자'를 지칭하고 있기 때문에 앞서 말한 명제는 참된 명제가 된다. ㉠<u>'철학자'라는 독립적인 실체가 영혼 외부에 있지 않아도 이 명제가 참임을 설명할 수 있다.</u>

01 **다음의 〈보기〉는 (가), (나)를 읽고 각 철학자의 생각을 이해한 것이다. 빈칸에 들어갈 적절한 철학자를 제시문에서 찾아 차례대로 쓰시오.**

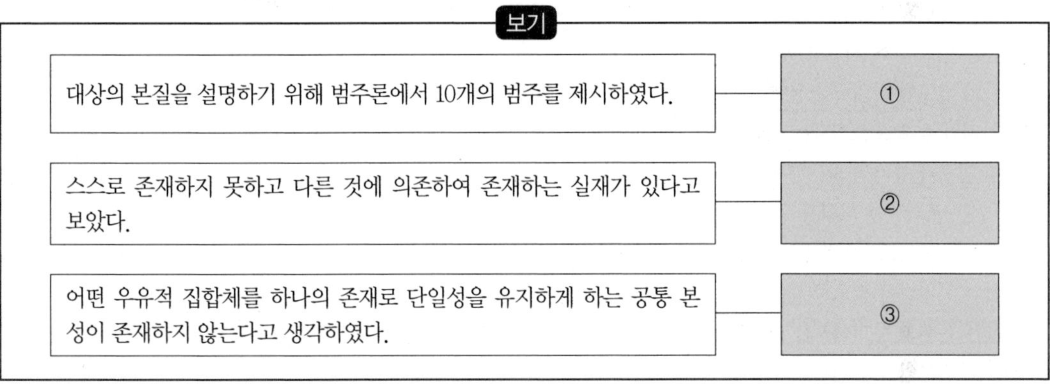

보기
대상의 본질을 설명하기 위해 범주론에서 10개의 범주를 제시하였다.
①
스스로 존재하지 못하고 다른 것에 의존하여 존재하는 실재가 있다고 보았다.
②
어떤 우유적 집합체를 하나의 존재로 단일성을 유지하게 하는 공통 본성이 존재하지 않는다고 생각하였다.
③

02 **다음은 제시문 (나)를 이해하고 ㉠의 이유를 설명한 것이다. 주어진 〈조건〉에 따라 빈칸을 한 문장으로 채우시오.**

'보편'이(가) ______________________________

조건

– 마지막 어절은 '때문이다'로 끝날 것
– 25자 이내로 쓸 것(띄어쓰기 제외)

[03～04] 다음 글을 읽고 물음에 답하시오.

(가) 생태계에서 포식자란 잡아먹는 생물을, 피식자란 먹히는 생물을 의미한다. 이 둘의 관계를, 피식자 개체군의 밀도와 개체당 포식률의 관계로 설명하기 위해 '기능 반응 모형'이 등장했다. 피식자 개체군의 밀도는 단위 면적당 피식자의 수이고, 개체당 포식률은 단위 시간당 한 포식자에게 소비된 피식자의 수이다. 두 관계를 그래프로 표현하면 〈그림〉과 같이 유형화되며 각각 ⓐ유형 I, II, III 기능 반응이라 부른다.

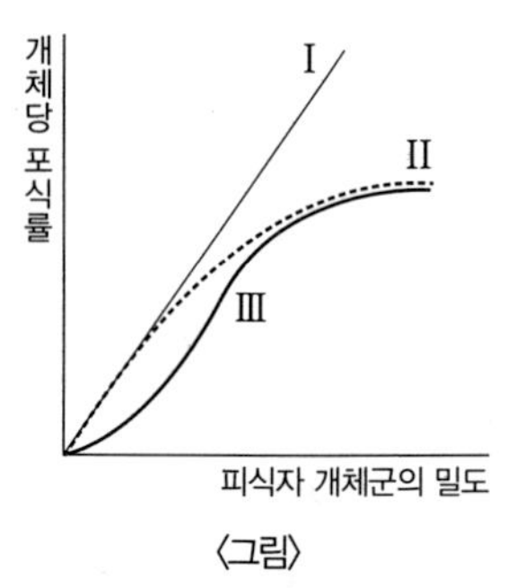

〈그림〉

이 모형에서는 '총시간'과 '포식 효율'이라는 개념이 사용된다. 총시간은 포식자가 먹이 획득에 소비하는 시간으로 '탐색 시간'과 '처리 시간'의 합이다. 탐색 시간은 피식자를 찾는 데 걸리는 시간이고, 처리 시간은 발견한 피식자를 쫓아가 잡아먹고 소화시키는 데 걸리는 시간이다. 포식 효율은 개체당 포식률을 피식자 개체군의 밀도로 나눈 값으로, 유형에 따라 포식 효율의 특징은 서로 다르다.

플랑크톤을 먹는 고래처럼, 여과 기관으로 흘러 들어가는 일정량의 물에서 피식자를 추출해 섭취하는 포식자에게는 유형 I 기능 반응이 나타난다. 이 기능 반응에서는, 포식자가 자신이 발견한 피식자를 쫓아가서 잡아먹지 않으므로 처리 시간은 없고 탐색 시간만 있으며, 피식자를 통해 포만감을 느낄 수도 없다고 여긴다. 따라서 개체당 포식률이 피식자 개체군의 밀도에 비례하여 선형적으로 증가하는 그래프로 표현된다.

하지만 실제로 포식자는 포만감을 느껴 섭식을 중단하므로 생물 대부분은 유형 II 기능 반응을 따른다. 즉 피식자 개체군의 밀도가 증가할 때, 개체당 포식률은 초기에는 함께 증가하다가 어느 시점부터는 개체당 포식률의 증가율이 감소한다. 이는 포획되는 피식자 수가 증가하면서 탐색 시간은 0에 가까워지고 처리 시간에 대부분을 소비하기 때문이다.

유형 III 기능 반응에서는 피식자 개체군의 밀도가 증가할 때 개체당 포식률이 초기에는 낮고 어느 시점부터 급격히 증가하다가 일정한 값으로 수렴한다. 그 원인으로는 피식자에게 은신처가 있는 지역인 경우 피식자 개체군의 밀도가 낮을 때에는 은신처가 피식자를 보호하는 역할을 하겠지만 밀도가 높을 때는 그 역할에 한계가 있기 때문일 수 있다. 다른 원인으로는 포식자가 선호해 오던 피식자의 수가 줄어 선호도는 상대적으로 낮지만 수가 풍부한 다른 피식자로 주의를 돌리는 현상인 '전환' 때문일 수 있다. 또는 지금까지는 먹이로 삼지 않았던 피식자를 우연한 기회로 먹어 본 뒤에는 해당 개체를 피식자로 인식하게 되는 경우인 포식자의 '탐색상(探索像)'도 한 가지 원인이 될 수 있다.

(나) 생물은 먹이 획득에 소비되는 시간 외에 배우자 탐색, 새끼 보육 등에도 시간을 쓴다. 따라서 학자들은 포식자가 포식 활동에 관한 시간을 효율적으로 쓰려는 경향이 있다고 보고, 이를 설명하기 위해 '최적 먹이 획득 모형'을 생각해 냈다. 이 모형에서는 포식자가 섭취를 통해 단위 시간당 획득한 에너지를 수익성으로 정의하고, 포식자는 최대의 수익성 획득을 목표로 삼는다고 가정한다. 이 모형에서도 먹이 획득에 소비하는 총시간은 기능 반응 모형과 같이 탐색 시간(t_s)과 처리 시간(t_h)의 합으로 보며, 각 시간에 대한 정의도 기능 반응 모형과 동일하게 사용된다.

포식자가 피식자 P1과 P2를 동시에 만났으며, 두 피식자를 통해 각각 E1, E2의 에너지를 획득할 수 있고 처리 시간은 t_{h1}, t_{h2}라고 가정하자. 각 피식자의 수익성은 $E1/t_{h1}$, $E2/t_{h2}$인데 이 식은 피식자를 통해 획득할 수 있는 에너지를 처리 시간으로 나눈 것이며, 이미 찾은 피식자이므로 탐색 시간은 이 식에서 사용되지 않는다. 만약 P1의 수익성이 P2의 수익성보다 크면, 최적 먹이 획득 모형에서는 포식자가 P1을 먹을 것으로 예상한다.

그런데 포식자가 P1을 찾는 동안 P2를 먼저 발견했다고 하자. 이때 포식자가 P2를 먹을지, P1을 계속 찾을 것인지는 P1에 대한 탐색 시간(t_{s1})에 달려 있다. P2를 소비할 때 수익성은 $E2/t_{h2}$이다. 그리고 대안으로 P1을 계속 탐색해 포획 및 섭취할 때의 수익성은 $E1/(t_{h1}+t_{s1})$인데, 이 식은 피식자를 통해 획득할 수 있는 에너지를 처리 시간과 탐색 시간의 합으로 나눈 것이다.

이 모형은 피식자 선택 양상을 수치로 나타냄으로써 서식지 선택이나 이주 형태를 연구하는 분야에 이론적 틀을 제공했다. 하지만 일부 학자들은 피식자의 선택에는 다양한 요인들이 관여하므로 포식자가 수익성이 낮은 먹이를 찾기도 한다고 주장한다. 예를 들어 포식자가 먹이를 찾는 동안 다른 천적에게 포식될 위험을 피하기 위한 요인이 있다.

03 〈보기〉의 질문에 적절한 '기능 반응 유형'을 (가)의 ⓐ에서 골라 차례대로 쓰시오.

보기

〈질문〉	〈기능 반응 유형〉
피식자 개체군의 밀도가 증가함에 따라 포식 효율이 일정한 값으로 유지되는 유형은?	①
포식자의 처리 시간이 일정하다고 가정할 때, 피식자 개체군의 밀도가 줄어들면 포식자가 먹이 획득에 소비하는 총시간이 증가하는 유형은?	②

04 (나)의 '최적 먹이 획득 모형'을 바탕으로 다음의 '선생님'과 '학생'의 대화를 이해할 때, 빈칸에 들어갈 곤충을 차례대로 쓰시오.

선생님

아래에는 제비의 먹이에 대해 조사한 표와 두 가지 상황이 제시되어 있습니다. 세 종류의 먹이가 모두 서식하는 A 지역과 달리, B 지역에서는 잠자리는 서식하지 않는다고 할 때, 제비는 어떤 것을 먹을지 상황별로 예상해 봅시다.

먹이	개체당 획득 에너지(kJ)	처리 시간(초)
잠자리	80	10
딱정벌레	90	15
매미	55	5

[상황 1] A 지역에서 제비는 세 종류의 먹이를 동시에 만났다.

[상황 2] B 지역에서 제비는 잠자리를 찾는 동안 딱정벌레를 먼저 발견했다. 이때 제비가 잠자리를 찾기 위해서는 10초의 탐색 시간이 필요하다.

학 생

[상황 1]에서는 (①)을, [상황 2]에서는 (②)를 먹을 것으로 예상됩니다.

[05～06] 다음 글을 읽고 물음에 답하시오.

주식회사의 인수란, 인수 회사가 인수 대상 주식회사의 경영권을 확보하는 것이다. 경영권 확보는 전원이 이사로 구성된, 회사의 업무 집행 기관인 이사회를 확보함으로써 가능하다. 이사회를 확보하려면 전체 이사 중 과반수를 인수 회사에 우호적인 이들로 구성해야 한다. 이사는 주주를 대신하여 경영상의 의사결정을 내리는 사람으로, 이사의 선임이나 이사의 급여에 관한 사항은 주주 총회의 안건으로 상정된다. 주주 총회는 회사의 주주가 의결권을 행사할 수 있는 최고 의결 기관이다. 의결권이란 안건을 의결할 수 있는 권리이며, 상법 369조 1항에는 주식 1주마다 1개의 의결권을 가진다고 규정되어 있다. 그리고 안건을 가결하는 데 필요한 최소한의 찬성 수를 의결 정족수라 한다.

의결 정족수는 출석한 주주의 의결권의 과반수와, 발행 주식 총수의 4분의 1 이상의 수를 모두 충족하는 수로 산정한다. 출석한 주주의 의결권의 합이 40만 개이고, 발행 주식 총수가 100만 개를 넘는 수와, 발행 주식 총수의 4분의 1인 25만 주 이상을 모두 충족하는 25만 주가 의결 정족수이다. 단, 산정 과정에서 출석한 이사가 보유한 주식은 해당 이사의 선임에 대한 의결 시에는 출석한 주주의 의결권에 산입하지만, 해당 이사의 급여에 대한 의결 시에는 산입하지 않는다. 또한 회사가 가진 자기 주식인 자사주는 모든 의결에서 발행 주식 총수 및 출석한 주주의 의결권에 산입하지 않는다.

인수 회사가 인수 대상 회사 이사회의 동의 없이 경영권을 획득하려는 것을 적대적 인수라 한다. 이러한 목적으로 은밀히 주식 매수가 이루어지는 것을 막기 위해 '자본 시장법'에는 주식 대량 보유 보고 제도가 있다. 이 제도에 따르면 투자자가 특정 회사의 발행 주식 총수의 5% 이상을 보유하게 되면 그 지분율과, '일반 투자' 또는 '경영 참가'라는 보유 목적을 금융 당국에 보고해야 한다. 금융 당국은 보고를 받은 내용을 즉시 공시하여 누구나 이 사실을 확인할 수 있게 하며, 매수된 회사에 별도로 통지하지는 않는다. 세 가지 유형의 보고가 있는데, '신규 보고'란 어떤 보유 목적이든 보유한 지분율이 5% 이상이 되면 해야 하는 보고이고, '변동 보고'란 기존에 보고한 지분율과 비교하여 1%p* 이상의 차이가 생긴 경우에 해야 하는 보고이며, '변경 보고'란 보유 목적을 바꾸려고 할 때 해야 하는 보고이다.

적대적 인수에 맞서기 위한 ⓐ<u>경영권 방어 수단</u>을 각국의 기업들도 고안해 왔다. 차등 의결권은 주식을 장기간 보유한 주주에게 더 많은 의결권을 부여하여 경영권을 안정적으로 유지하는 방법이다. 초다수 결의제는 인수 승인을 위한 주주 찬성률을 높게 설정하여 인수가 가결되기 어렵게 한다. 독약 조항은 적대적 인수가 발생한 경우, 인수 대상 회사가 추가로 주식을 발행한 후 인수자를 제외한 기존 주주들만 그 주식을 낮은 가격으로 매입할 권한을 부여하는 방법이다. 황금 낙하산은 인수 대상 회사의 이사가 적대적 인수로 인하여 임기 전에 사임하게 되면, 거액의 퇴직금을 인수 회사가 그에게 지급하도록 고용 계약에 미리 기재해 두는 방법이다. 시차 임기제는 이사들의 임기가 한꺼번에 만료되지 않고, 시차를 두어 만료되도록 이사를 선임해 두는 방법이다. 이렇게 고안된 방어 수단 중에는 국내법상 위배 소지가 있어 도입 여부에 논란이 있는 것도 있다.

한편 방어 수단의 필요성에 대해서도 의견이 대립한다. 방어 수단이 필요하다고 보는 관점에서는, 장기적인 경영권 확보가 전제되지 않으면 이사회는 회사의 가치를 높이기 위한 의사 결정을 일관되게 추진하기 어렵다고 주장한다. 또한 적대적 인수가 시도되더라도 인수 대상 회사의 이사회는 인수 회사 이사회를 상대로 방어 수단을 통해 회사의 매력을 높여 더 나은 인수 조건을 끌어낼 수 있어서, 상대측의 인수 시도가 무산되더라도 인수 대상 회사의 주가는 이전보다 높아져 있는 경우가 많다고 본다.

방어 수단이 필요하지 않다고 보는 관점에서는, 방어 수단으로 인해 경영권 교체가 어려워지면 오히려 그 수단이 인수 대상 회사의 이사회를 현 상황에 안주하게 하는 동기로 작용한다고 주장한다. 그러한 이사회는 새로운 시장은 개척하지 않는 방향으로 경영상 의사 결정을 내릴 가능성이 높아 회사의 가치는 점차 하락할 가능성이 크다. 그리고 이러한 영향이 주가에도 반영되어 인수 대상 회사의 주식을 보유한 주주에게는 불리한 결과를 초래한다고 본다.

*%p: 퍼센트포인트. 백분율로 나타낸 수치가 이전 수치에 비해 증가하거나 감소한 양.

05 제시문의 내용을 바탕으로 〈보기〉를 이해할 때, ⓐ 중 빈칸에 들어갈 적절한 '경영권 방어 수단'을 제시하시오.

보기

- [①] 을/를 도입하면 적대적 인수를 하는 과정에서 인수 회사가 지불해야 하는 인수 비용을 증가시킬 수 있다.
- [②] 은/는 인수 대상 회사의 이사가 자신의 임기 중에 스스로 사임을 하지 않아야 경영권의 방어에 효과적이다.
- 인수 회사가 인수 대상 회사의 주식을 일정 비율 매입한 상태에서 [③] 이/가 발동되면 인수 회사가 보유한 인수 대상 회사의 지분율은 낮아질 수 있다.

06 제시문의 내용을 바탕으로 다음의 〈보기〉를 이해할 때, 〈질문〉에 맞는 〈답변〉을 쓰시오.

보기 1

A	B	C	D	자사주	미참석	발행 주식 총수
17	15	23	10	25	10	100

A, B, C, D는 주주 총회에 참석하고 A와 C는 이사이다. 주주 총회에서는 'A의 이사 재선임 안건'과 'C의 급여 인상 안건'을 각각 '안건 1'과 '안건 2'로 하여 의결하려고 한다.

〈질문〉	〈답변〉	
의결 정족수를 계산할 때, 발행 주식 총수에 산입하지 않는 주식 수는?	[안건 1]	①
	[안건 2]	②
의결 정족수를 계산할 때, 출석한 주주의 의결권에 산입해야 하는 주식 수는?	[안건 1]	③
	[안건 2]	④

[07～08] 다음 글을 읽고 물음에 답하시오.

브레이크는 주행 중인 자동차를 감속 또는 정지시키거나 주차 상태를 유지하기 위해 사용되는 핵심적인 장치이다. 자동차의 운동 에너지는 브레이크의 마찰력을 이용하여 열에너지 형태로 대기 중에 방출된다. 브레이크는 자동차의 속도를 0으로 만들어 자동차를 정지시키거나, 자동차의 속도를 줄이는 감속 작용과 긴 경사로를 내려갈 때의 연속적인 제동 작용을 수행해야 한다. 또한 평지나 경사로에서 주차할 때 자동차를 오랫동안 고정시켜야 한다.

브레이크는 운전자가 브레이크 페달을 밟는 힘을 유압을 통해 증대시켜 각 바퀴에 전달하고 그 힘으로 마찰력을 발생시켜 제동 작용을 하는 유압식이 가장 많이 쓰인다. 유압식 브레이크는 파스칼의 원리를 이용한다.

파스칼의 원리란 밀폐된 용기에 담긴 유체에 압력을 가하게 되면 가한 압력과 같은 크기의 압력이 방향에 상관없이 용기 안의 모든 임의의 지점에 전달된다는 것이다. 예를 들어 유체가 담겨 있고, 연결관으로 연결되어 있는 두 개의 실린더에 단면적이 같은 피스톤 A와 B가 하나씩 있다고 하자. 이때 피스톤 A에 힘을 가하면 발생한 압력과 같은 크기의 압력이 실린더 내의 유체에 가해지므로 피스톤 B도 피스톤 A가 받았던 힘과 같은 힘을 받게 될 것이다. 그런데 만약 피스톤 A와 피스톤 B의 단면적이 다르다면 어떤 일이 발생할까? 압력이란 단위 면적에 작용하고 있는 힘이다. 그래서 우리는 압력을 표현할 때 힘을 단위 면적으로 나눈 값으로 나타낸다. 따라서 밀폐된 용기 안의 모든 임의의 지점에 동일한 압력이 작용할 때, 피스톤의 단위 면적이 다르다면 각 피스톤에 작용하는 힘 또한 달라질 수밖에 없을 것이다. 이러한 점에 착안하면 피스톤의 단면적 비율에 따라 작은 힘을 가하더라도 큰 힘을 얻을 수 있게 된다.

이처럼 유압식은 파스칼의 원리를 활용하여 제동력을 모든 바퀴에 전달할 수 있으며, 페달을 밟는 힘이 작아도 되는 이점이 있다. 브레이크 페달을 밟게 되면 그 힘이 마스터 실린더의 피스톤을 거쳐 실린더 내의 밀폐된 브레이크 오일에 즉시 전달되고, 압력이 형성되어 브레이크 패드를 누르면서 제동이 이루어진다. 유압식 브레이크를 구성하는 장치에는 브레이크 페달, 마스터 실린더, 휠 실린더 등이 있다. 이 중 마스터 실린더는 운전자가 브레이크 페달을 밟았을 때 제동 기구를 작동시킬 수 있도록 유압을 발생시키는 핵심적인 장치로, 마스터 실린더의 내부는 피스톤, 피스톤 컵과 필러 디스크, 복원 스프링 등으로 구성되어 있다. 마스터 실린더는 각각의 피스톤을 가진 두 개의 마스터 실린더를 직렬로 연결하여 하나에 문제가 발생하더라도 다른 쪽에서 안전하게 작동할 수 있도록 고안된 탠덤 마스터 실린더 가 널리 사용된다.

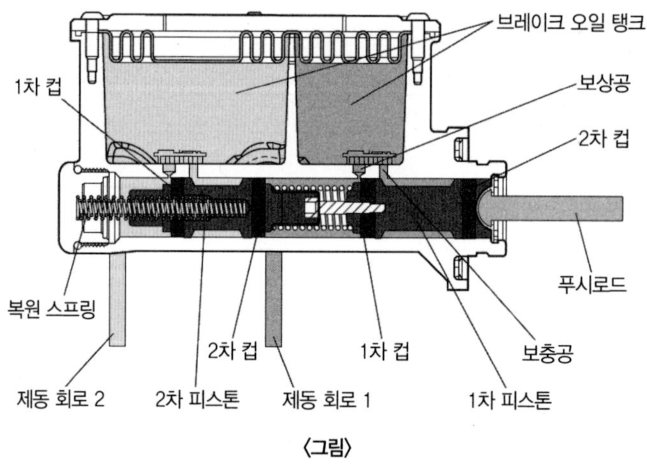

〈그림〉

〈그림〉과 같이 운전자의 제동력이 전달되는 순서에 따라, 즉 피스톤을 미는 역할을 하는 푸시로드에 가까운 쪽 피스톤을 1차 피스톤, 안쪽에 있는 피스톤을 2차 피스톤이라 한다. 각각의 피스톤에 설치된 고무로 된 컵들은 피스톤과는 반대로 푸시로드와 가까운 것이 2차 컵, 스프링과 가까운 것이 1차 컵이며, 〈그림〉에서 보이지는 않지만 1차 컵 뒤에는 필러 디스크가 붙어 있다. ㉠<u>각 1차 컵들은 브레이크 작동 전에는 각각 브레이크 오일 탱크와 연결된 구멍인 보상공을 막지 않아야 한다</u>. 각 피스톤과 연결된 두 개의 압력실은 모두 각각의 보상공을 통해 브레이크 오일 탱크와 연결되어 있으며 오일이 들어 있다. 또한 각 압력실과 연결된 각 제동 회로에도 브레이크 오일이 들어 있다.

브레이크 페달을 밟으면 푸시로드가 먼저 1차 피스톤을 밀게 된다. 그러면 1차 피스톤의 스프링이 압착되면서, 1차 피스톤의 운동을 2차 피스톤에 전달한다. 따라서 두 개의 피스톤 각각에 설치된 1차 컵들은 각각의 보상공을 막고 지나며 압력실을 밀폐시키고 이때 1차 컵 뒤에 붙어 있는 필러 디스크는 1차 컵이 피스톤 쪽에 있는 보충공 쪽으로 밀리는 것을 막는 역할을 한다. 한편 2차 컵은 형성된 유압의 누설을 방지하는 역할을 한다. 이렇게 압력실의 밀폐를 통해 유압이 형성되면 두 개의 제동 회로에 있던 브레이크 오일에도 동시에 제동 압력이 형성되며 제동 작용이 일어나게 된다. 이후 페달에서 발을 떼면 스프링은 피스톤을 초기 위치로 급속히 복귀시키는데 그 과정에서 1차 컵은 휘어지고, 1차 컵 뒤쪽에 설치된 필러 디스크도 약간 휘어지면서 틈이 생기고, 오일이 압력실 쪽으로 유입되면서 피스톤도 원래 위치로 돌아오게 되어 브레이크가 풀리게 된다.

한편 휠 실린더는 유압이 작용했을 때 마스터 실린더에서 발생된 유압을 통해 실제 제동 작용을 수행하여 제동 작용에 관여한다. 이 외에도 제동을 위한 여러 장치들의 협업이 달리는 자동차를 안전하게 멈출 수 있도록 하는 유압식 브레이크의 작동을 돕는다.

07 텐덤 마스터 실린더에 대한 제시문의 설명과 〈그림〉을 참조하여, 다음 〈보기〉의 빈칸에 '1차' 또는 '2차'를 구분하여 적으시오.

보기

- 브레이크가 작동할 때, (ⓐ) 컵은 유압의 누설을 방지하고, 필러 디스크는 (ⓑ) 컵이 보충공 쪽으로 밀리는 것을 방지한다.
- 마스터 실린더의 (ⓒ) 컵은 파스칼의 원리가 작용할 수 있는 밀폐 상태를 유지하는 데 기여한다.
- 브레이크 작동 과정에서 제동 회로 1에 문제가 발생하더라도, 다른 장치들이 정상적으로 작동한다면 (ⓓ) 피스톤 쪽에서 형성된 압력을 통해 브레이크가 작동한다.

08 ㉠의 이유를 다음과 같이 추론할 때, 빈칸에 들어갈 말을 25자 이내로 적으시오.

보상공을 막고 있으면, ______________________________.

[09～10] 다음 글을 읽고 물음에 답하시오.

산업 사회가 등장하면서 대중이 출현하고, 그들의 문화가 평준화되는 경향은 많은 학자의 관심을 끌었다. 획일적인 문화를 가진 대중이 주도하는 대중 사회를 분석하는 사회학자들은 현대 사회 대부분의 개인들이 서로 비슷하고 균등할 뿐만 아니라 개개인의 특성을 보여 주지 못한다고 보았다. 이런 관점은 특히 미국 문화에 대한 분석에 주로 적용되었다.

미국의 사회학자 데이비드 리스먼은 대중 사회의 이중성을 분석하였다. 그에 따르면, 현대 미국 사회는 경쟁과 개인의 성취를 지나치게 강조하는 개인주의적이고 자유로운 경쟁 사회가 되었다. 하지만 그 사회는 자신만의 개성을 가진 개인들의 사회가 아니라 권력을 가진 소수에 의해 좌우되는 사회이다. 개인은 스스로 판단하는 대신 고도로 발전한 매체에 의해 조종당한다. 대다수의 미국인이 자신보다 우월하다고 생각하는 타인을 추종하고, 권력과 매체가 조작한 행위 유형을 모방한다. 즉 미국인은 철저하게 고립된 고독한 개인으로 변한 동시에 유사한 생활 방식과 개성을 상실한 가치관을 추구하는 거대한 군중이 되었다는 것이다. 리스먼은 이러한 특성을 타인 지향적 사회라는 개념으로 설명한다.

리스먼은 인구의 증가 및 감소 경향에 따라 사회 전반의 특성이 달라지며, 그에 따라 인간의 행동에 영향을 미치는 요인이 달라진다고 보았다. 그는 우선 출생률과 사망률이 모두 높아 인구수의 변동이 크지 않은 사회를 전통 지향적 사회라고 명명하였다. 그러면서 전통 지향적 사회에서는 관습, 의식, 종교 등이 구성원들의 사회화에 중요한 역할을 하며, 구성원들은 일반적으로 자신을 하나의 독립적인 존재라고 생각하지 않으므로 사회 규범을 준수하지 않을 경우 느끼게 될 '수치심'에 의해 행동이 통제된다고 설명하였다. 한편 보건 위생의 발달, 원활해진 식량 공급, 농사법의 개량 등으로 인구의 증가 현상을 보이는 사회를 내면 지향적 사회라고 명명하였다. 이러한 사회는 개인의 이동성 급증, 자본의 축적, 끊임없는 경제 확장 등의 현상을 보이며 개인에게 선택의 자유를 부여한다. 이러한 자유로 인해 개인의 내면적 사고가 행동의 지침이 되며, 사람들은 내면화된 규범을 준수하지 않을 때 느끼는 '죄의식'에 따라 행동을 통제한다.

현대 사회로 접어들면서 사회 구성원의 생활 양식과 가치관이 대가족보다는 핵가족을 지향하게 되고, 출생률과 사망률이 더불어 계속 감소하는 경향을 보이게 되었다. 리스먼은 이러한 사회에 있어서는 타인 지향적 성격이 중요한 의미를 지니게 된다고 보았다. 그에 따르면 현대 사회에서는 노동 시간이 단축되고 생활 수준이 높아지면서 사람들이 여가와 소비 생활에 많은 시간을 소요하게 된다. 이러한 사회에서는 근면이라는 가치의 중요성이 감소하고, 타인과의 타협이 중요해진다. 타인과의 접촉 기회가 늘어나면서 기존의 관습과 전통은 약해지고 접촉하는 타인의 태도와 반응이 중요한 의미를 가지게 된다는 것이다. 이러한 사회에서는 인간 행동의 지침이 가까운 동료들의 반응에 좌우된다. 끊임없이 타인이 보내는 신호에 세세하게 주의를 기울이면서 사람들은 공동체나 조직으로부터 소외될지도 모른다는 불안감의 영향을 받게 된다.

리스먼은 타인 지향적 사회의 모순을 극복하기 위해서는 자율형 인간이 되어야 한다고 강조하였다. 전통 지향형, 내면 지향형, 타인 지향형의 유형이 역사적 단계와 함께 나타난 사회적 유형이기는 하지만, 이 세 가지 유형은 어느 시대에든 나타날 수 있다. 리스먼은 적응형, 무규제형, 자율형의 인간 유형이 있다고 주장하였는데, 이때 적응형은 세 가지 사회적 성격의 전형적인 모습을 보여 주는 유형을, 무규제형은 사회적 성격에서 벗어나는 모습을 보여 주는 유형을 가리킨다. 한편 자율형은 사회에 적응할 능력이 있으면서도 적응 여부에 대한 선택의 자유를 가지는 유형을 가리킨다. 그는 인간은 제각기 다른 존재임에도 서로 똑같아지기 위해 사회적 자유와 개인적 자율성을 상실하고 있다고 지적하면서, 집단의 가치 체계로부터 자유로워짐으로써 자신의 능력을 키우고 자율성에 이르는 길을 개척해 나갈 수 있다고 강조한다.

09 **제시문의 주제를 다음과 같이 서술할 때, 빈칸에 들어갈 말을 제시문에서 찾아 적으시오.**

주제	리스먼이 주장한 현대 사회의 (　　ⓐ　　) 성격과 (　　ⓑ　　) 인간의 중요성

ⓐ ______________________　　ⓑ ______________________

10 **제시문에서 리스먼이 분석한 대중 사회의 이중성에 대한 핵심 내용을 정리하여 한 문장으로 제시하시오.**

이중성 ⇒ ____

[11～12] 다음 글을 읽고 물음에 답하시오.

최근 5세대 통신 기술, 자율 주행 차 등의 신기술에 밀리미터파가 사용되면서 그에 대한 관심이 커지고 있다. 밀리미터파는 30~300기가헤르츠(GHz) 주파수 대역의 전파를 가리킨다. 주파수는 전파가 공간을 이동할 때 1초 동안에 진동하는 횟수인데, 1초 동안에 한 번 진동하면 1헤르츠(Hz), 1천 번 진동하면 1킬로헤르츠(KHz), 100만 번 진동하면 1메가헤르츠(MHz), 10억 번 진동하면 1기가헤르츠라고 한다. 즉 밀리미터파는 1초 동안에 300억 번 이상 진동하는 전파인 것이다. '밀리미터파'라는 이름은 파장의 길이가 1~10밀리미터(mm)에 불과한 까닭에 붙여졌으며 '극단적으로 높은 주파수'라고도 불린다. 밀리미터파는 적외선이나 가시광선에 비해 파장이 길지만 휴대 전화나 무선 통신 시스템에 사용되는 마이크로파보다 파장이 짧다.

처음 밀리미터파를 실험한 사람은 보스이다. 생물학자이면서 물리학자였던 그는 1895년에 가시광선과 자외선 등 빛의 굴절과 회절, 편파에 관한 실험을 했다. 이 과정에서 그가 독자적으로 개발한, 일종의 밀리미터파 신호 발생 장치인 반도체 크리스털을 이용하여 밀리미터파를 약 1.61킬로미터 정도 떨어진 곳까지 보낼 수 있었다.

밀리미터파는 주파수가 매우 높다. 주파수가 높으면 진동 횟수가 많은 것인데, 그러면 전파의 파장이 짧다. 주파수와 파장은 반비례 관계인 것이다. 파장이 짧아질수록 전파의 직진성이 커지며, 전파의 직진성이 커지면 장애물에 부딪쳤을 때 반사되어 나가려는 성질이 강해진다.

다음 사진은 밀리미터파보다 파장이 짧은 빛의 직진성을 확인할 수 있는 실험의 예들이다. 먼저 한 개의 전구에서 나온 빛이 한 개의 삼각형 구멍이 뚫린 판을 통과한 것을 보자. 스크린에 한 개의 삼각형 모양이 밝게 나타난다. 다음으로 두 개의 전구를 밝혀 한 개의 삼각형 구멍이 뚫린 판을 통과한 것을 보자. 이 경우에 스크린에 나타나는 밝은 삼각형은 하나가 아니라 둘이 된다. 이것은 빛이 서로 중첩되지 않고 직진하고 있음을 보여 준다.

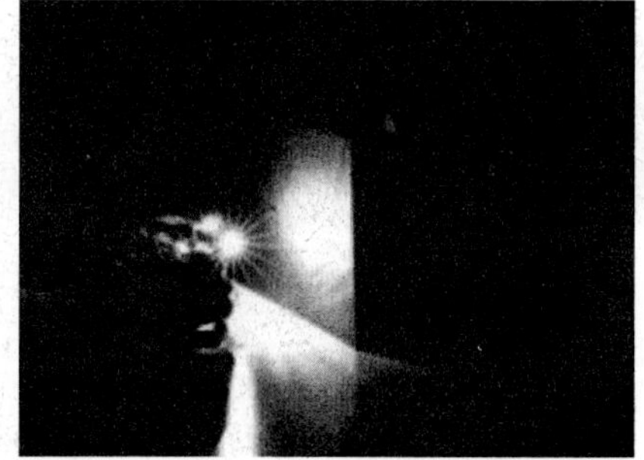

▲ 빛의 직진성 실험 (1)

다음의 사진에서처럼 다양한 빛깔의 광원이 여러 개 있음에도 빛깔들이 바닥에서 서로 중첩되지 않고 고유한 모양으로 나타나는 것도 빛의 직진성 때문으로, 파장이 짧아서 나타나는 현상이다. 파장이 길어질수록 직진성은 약해지고, 신호의 빔 폭이 넓어지면서 바닥에 형성되는 모양은 서로 중첩되어 고유의 형상을 잃어버리게 된다.

▲ 빛의 직진성 실험 (2)

밀리미터파는 파장의 길이가 빛보다는 길지만, 다른 전파에 비해 매우 짧기 때문에 직진성이 강하다. 제2차 세계 대전에 주로 사용된 마이크로파 신호인 20기가헤르츠 대역의 레이더는 신호의 빔 폭이 넓어서 적에게 노출되는 문제가 있었다. 그래서 크기는 같되 빔 폭이 더 좁은 레이더가 필요했다. 이 요구는 밀리미터파에 관한 보스의 실험 결과를 실제로 사용한 계기가 되었다. 신호의 직진성이 마이크로파 대역의 레이더에 비해 큰 밀리미터파 레이더를 사용한 것인데, 이것이 밀리미터파의 첫 번째 응용 사례이다. 이후에 밀리미터파는 군사용 레이더 개발에 많이 응용되었다.

파장이 짧아 진동수가 많은 전파일수록 공기 중의 산소나 수증기 등에 부딪히면서 에너지 감쇠율이 높아진다. 이것은 늦가을 맑은 날과 안개 낀 날의 빛의 세기가 확연히 다른 점을 생각해 보면 쉽게 이해할 수 있다. 밀리미터파도 예외는 아니다. 비가 오거나 안개 낀 날이면 밀리미터파를 이용한 통신 시스템의 성능이 크게 떨어진다. 이와 같은 현상이 일어나는 까닭은 산소에 의해 신호의 크기가 줄어들기 때문이다. 비와 안개의 주성분은 물이고, 물에는 산소 분자가 들어 있다. 비오는 날이나 안개 낀 날에는 통신 시스템의 성능이 현저히 떨어지는데, 이것은 밀리미터파를 포함한 전자파 신호가 물이나 안개, 구름 등 산소 분자가 있는 매질을 통과할 때 일부 신호가 산소에 흡수되기 때문이다. 이때 흡수된 전자파는 열로 변해 사라지고 나머지 전자파만 목적지에 도달하게 되어 신호의 크기가 크게 줄어드는 것이다.

11 **다음의 〈보기〉는 밀리미터파의 특성을 그 성질에 따라 연결한 것이다. 제시문의 내용을 바탕으로 알맞은 성질을 고르시오.**

보기

주파수가 매우 ⓐ(높다 / 낮다)

⬇

진동 횟수가 ⓑ(많다 / 적다)

⬇

전파의 파장이 ⓒ(길다 / 짧다)

⬇

전파의 직진성이 ⓓ(크다 / 작다)

⬇

장애물에 부딪쳤을 때 반사되어 나가려는 성질이 ⓔ(강하다 / 약하다)

12 제시문의 내용을 바탕으로 다음 〈보기〉의 빈칸에 들어갈 내용을 2어절로 완성하시오.

보기

비가 오거나 안개 낀 날이면 밀리미터파를 이용한 통신 시스템의 성능이 크게 떨어지는 까닭은 산소에 의해 신호의 크기가 줄어들기 때문이다. 이것은 파장이 짧아 진동수가 많은 전파일수록 공기 중의 산소나 수증기 등에 부딪히면서 (   )이/가 높아지기 때문이다.

[13~14] 다음 글을 읽고 물음에 답하시오.

공공성은 공동체 구성원들의 더불어 사는 삶과 번영을 유지하기 위해 마련된 공적 영역과 구성원 개인의 자율, 권리를 보장하기 위해 마련된 사적 영역의 관계에 따라 그 위상이 달라지게 된다. 이 때문에 공공성 담론은 기본적으로 공적 영역과 사적 영역의 성격과 그 범위 그리고 관계에 초점을 맞춘다. 공공성에 대한 담론은 역사적으로, 사회적으로 다르게 전개되어 왔다.

서양의 전통적 사상에서는 공적 영역과 사적 영역의 경계를 명백히 구분한다. 이러한 구분은 고대 그리스의 폴리스 공동체에서도 있었다. 고대 그리스 사회에서의 공적 영역은 인격적으로 성숙한 '시민'만이 참여할 수 있었고, 이들이 서로의 의견을 자유롭게 교환하는 영역으로 인식되었다. 기원전 5세기 그리스의 지도자인 페리클레스는 시민의 자유를 존중하고 사회의 공공선을 추구하는 공적 영역에 참여하는 것이 인간적 가치를 실현하는 것이라 하였다. 반면 가계로 대표되는 사적 영역은 공적인 영역에 비해 상대적으로 인정받지 못했기 때문에 '시민'의 자격을 갖추지 못한 사람들이 담당하였으며 생산적 활동이 이루어지는 노동의 영역으로 인식되었다. 이처럼 고대 그리스 사회에서는 공적 영역이 사적 영역보다 상대적으로 우월한 지위를 가졌으며 정당화된 영역으로 여겨졌다. 공적 영역과 사적 영역의 관계에서 공적 영역의 우월성이 인정받는 경향은 고대 그리스 시대를 넘어 중세에서도 유지된다. 중세 사회에서도 공적인 영역에 참여하는 것은 영예로운 일이자 개인의 권리와 자유를 지키는 것으로 인식되어 공공성의 가치가 강조되었다.

하지만 중세에서 근대로 전환되면서 공적 영역을 우월한 것으로 보던 관점이 변화하였다. 근대에도 공적 영역과 사적 영역은 엄밀히 구분되었으나 ㉠근대의 자유주의자들은 개인을 신과 국가로부터의 속박에서 벗어난 자유로운 존재이자, 자신의 이성을 활용하여 자신의 삶을 개척하고 살아갈 수 있는 존재로 인식하기 시작하였다. 근대에 형성되기 시작한 자본주의 체제로 인해 이윤 추구는 중요하고 정당한 행위로 인정되기 시작하였다. 이윤 추구를 위해서는 사적 권리의 보장이 필수적이었고, 이를 위해 사적 영역이 정당화되고 확장되는 현상이 나타났다. 즉 근대 사회에서 공적 영역은 개인의 사적 영역에서의 자유로운 활동을 위한 권리를 보호하는 역할을 수행하는 영역에 한정된다. 오히려 개인의 자유와 권리를 강조하는 근대 자유주의자들은 공적 영역에 의한 사적 영역의 침범을 경계하였고, 개인의 자유와 권리 강화를 외치며 공적 영역의 역할을 최소화하는 것이 바람직하다고 보았다. 이러한 자유주의의 논리에 따르면, 공공성은 강화되어야 하는 가치가 아니라 약화되어야 하는 가치가 되어 버린다.

공적 영역과 사적 영역의 대립적 관계의 근저에는 정당성의 문제가 있다. 다시 말해 공적 영역과 사적 영역의 구분은 '어떤 영역이 더 좋은 영역이며, 가치 있는 영역인가'와 같은 가치의 문제와 연결이 된다. 이러한 대립적 관계가 공적 영역과 사적 영역의 성격 및 범위에 영향을 끼쳐 사회나 시대에 따라 공공성의 위상이 다르게 평가되어 온 것이다.

13 **위 제시문의 논지를 각 문단별 중심어를 통해 다음과 같이 정리할 때, 빈칸에 들어갈 말을 완성하시오.**

[1문단] 공공성 논의의 기본 초점이 되는 ______ⓐ______

[2문단] 공적 영역과 사적 영역의 관계에 대한 ______ⓑ______

[3문단] 공적 영역과 사적 영역의 관계에 대한 ______ⓒ______

[4문단] 공적 영역과 사적 영역의 ______ⓓ______

14 **㉠의 관점에서 공공성에 대한 인식의 변화를 설명하고자 한다. 〈보기〉의 단어를 선택적으로 활용하여 아래의 빈칸을 25자 이내로 완성하시오.**

보기

사적 영역, 공적 영역, 최소화 (2가지 선택)

근대 자유주의자들은 (   )

[15~16] 다음 글을 읽고 물음에 답하시오.

(가) '핵자기 공명'은 자기장 속에 놓인 시료의 원자핵이 특정 주파수의 전자기파와 공명하는 현상이다. 핵자기 공명으로 시료를 검사할 경우에 검사 과정에서 시료의 손상을 주지 않고, 한 번 검사한 시료라도 다시 검사가 가능하다. 이러한 장점 때문에 핵자기 공명을 활용한 기술은 의학 또는 화학 분야에서도 사용되고 있다. 이때 공명의 대상이 되는 원자핵으로 질량수 1인 수소가 많이 활용되지만, 필요에 따라서는 질량수 13인 탄소를 사용하기도 한다.

(나) 수소가 공명하는 원리는 다음과 같다. 수소 원자핵은 회전을 하는데 이를 핵의 스핀이라고 한다. 외부 자기장이 없을 때 스핀은 무질서하게 배향*하고 각각의 핵이 가진 에너지도 같다. 공명 장치의 내부에 있는 초저온의 자석으로 강한 자기장을 만들어 시료에 가하면, 〈그림 1〉과 같이 스핀은 외부 자기장의 방향과 같은 정방향이거나 반대인 역방향으로 배향된다. 정방향의 핵은 에너지가 낮아지고 역방향의 핵은 에너지가 높아지는데, 이 에너지 차이만큼 외부에서 전자기파로 에너지를 가하면 이를 흡수한 정방향의 스핀이 역방향으로 변한다. 이러한 변화를 공명이라고 하고 가해 준 전자기파의 주파수를 공명 주파수라고 한다. 공명 상태에서 전자기파를 끊으면 핵은 원상태로 돌아가면서 에너지를 방출하는데 이를 공명 신호라고 한다.

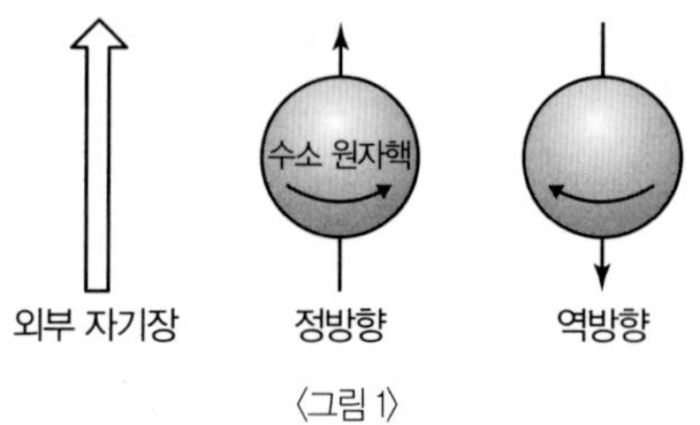

〈그림 1〉

(다) 핵자기 공명은 의학 분야에서 인체 내의 조직을 관찰하기 위해 '자기 공명 영상 장치(MRI)'에 사용되고 있다. 인체 내부에는 많은 양의 물(H_2O)을 포함하고 있다. 이 장치는 H_2O의 수소를 공명시켜 인체 내부를 화면에 밝기의 정도로 나타낸다. 사람은 세포 조직마다 지방과 물을 함유하는 고유한 비율이 있다. MRI에서는 이를 'T1 강조 영상'과 'T2 강조 영상'으로 나타내는데, 두 영상 모두 신호 강도가 높은 부위일수록 하얗게, 신호 강도가 낮은 부위일수록 어둡게 나타낸다. T1 강조 영상에서는 지방의 비율이 높을수록, T2 강조 영상에서는 물의 비율이 높을수록 신호 강도가 높다. 이때 뼈는 두 강조 영상 모두에서 가장 어둡게 나타나 검은색으로 보인다. 세포 조직에 종양이 발생한 경우, 종양은 정상적인 세포 조직보다도 물을 많이 함유하고 있기 때문에 영상에 색의 밝기가 다르게 나타난다. 이로 인해 방사선을 이용하는 두 기기인 '엑스레이'와 '컴퓨터 단층 촬영(CT)'으로도 진단하기 어려운 것들까지 진단할 수 있다.

(라) 핵자기 공명은 화학 분야에서 화합물의 결합 구조를 알아내기 위해 '핵자기 공명 분광법(NMR 분광법)'에 사용되고 있다. 이 기법은 공명 과정에서 나타나는 '화학적 이동'을 이용한다. 화학적 이동이란 같은 외부 자기장을 가해도 수소가 다른 원소와 결합하고 있으면, 수소의 결합 환경에 따라 수소 원자핵의 공명 주파수가 약간 달라지는 현상이다. NMR분광법에서는 화학적 이동을 스펙트럼으로 나타낸다.

(마) 〈그림 2〉는 매톡시아세토나이트릴(CH_3OCH_2CN)의 스펙트럼이다. C, H, N, O가 이 시료를 이루고 있으며, 결합 환경이 다른 수소는 두 가지로 CH_3O의 수소와 CH_2CN의 수소가 있다. 수평축은 화학적 이동을 ppm*이라는 단위로 나타내는데, 결합 환경이 같다면 수소 원자핵들은 항상 같은 위치에서 봉우리가 나타난다. 그래서 위치가 다른 봉우리는 결합 환경이 같지 않은 수소들이 몇 종류인지를 보여 준다. 결합 환경에 의해 높은 공명 주파수를 갖는 수소일수록 봉우리는 결합 환경이 같지 않은 수소들이 몇 종류인지를 보여 준다. 결합 환경에 의해 높은 공명 주파수를 갖는 수소일

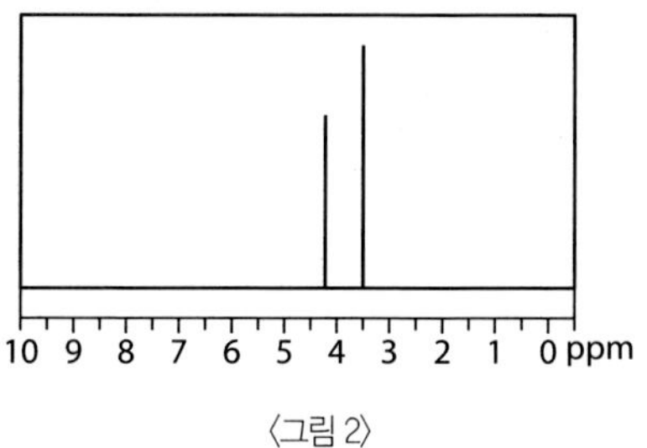

〈그림 2〉

수록 봉우리는 왼쪽에 위치한다. 이미 많은 연구를 통해 수소의 결합 환경에 대응하는 ppm값들은 알려져 있는데 통상 0에서 10ppm 사이의 값을 가진다. 또한 스펙트럼에서 봉우리의 높이는 공명 신호의 세기를 나타내는데, 수소 원자핵의 개수가 많을수록 봉우리는 높게 나타난다. 그래서 스펙트럼에 나타난 ppm과 봉우리의 높이를 통해 시료의 구조를 알아낼 수 있게 된다.

*배향(配享): 어떤 결정의 축과 그 계의 기본축 사이의 각도 관계
*ppm: 백만 분의 1을 나타내는 단위

15 위 제시문의 논지를 각 단락별 중심어를 통해 다음과 같이 정리하여 제시하시오.

(가) 핵자기 공명의 개요

(나) ______________________

(다) ______________________

(라) ______________________

(마) ______________________

16 다음의 〈관찰〉 조건을 바탕으로 환자의 복부를 '자기 공명 영상 장치(MRI)'로 촬영했을 때, 아래와 같은 〈결과〉가 도출되었다. 제시문의 내용을 바탕으로 그 원인을 진술하시오.

관찰

[조건 1] 환자의 복부를 촬영하니, 화면을 통해 세포 조직 중 정상적인 조직 P, Q, R와 종양이 관찰되었다.
[조건 2] P, Q, R, 종양은 모두 물과 지방만으로 구성되었고, 각각의 세포 조직이 포함하고 있는 물의 비율은 30%, 20%, 10%, 50%로 알려져 있다.

결과

[조건 1] 환자의 복부를 촬영하니, 화면을 통해 세포 조직 중 정상적인 조직 P, Q, R와 종양이 관찰되었다.
[조건 2] P, Q, R, 종양은 모두 물과 지방만으로 구성되었고, 각각의 세포 조직이 포함하고 있는 물의 비율은 30%, 20%, 10%, 50%로 알려져 있다.

[원인 1] T1 강조 영상에서는 __________ ⓐ __________

[원인 2] T2 강조 영상에서는 __________ ⓑ __________

[17～18] 다음 글을 읽고 물음에 답하시오.

혁신 클럽에서 포그는 우연히 세계 일주와 관련된 논증에 휩쓸리고, 결국 80일 안에 세계 일주를 할 수 있는지를 두고 2만 파운드(오늘날 돈으로 환산하면 약 20억 원)를 건 내기를 하게 된다. 포그는 자신의 주장을 입증하기 위해 바로 그날 저녁, 고용한 지 반나절도 안 된 하인 파스파르투와 함께 런던에서 출발한다.

포그의 세계 일주는 순조롭게 진행되는 듯했다. 계획보다 이틀이나 빨리 인도 뭄바이에 도착한 것이다. 그러나 곧바로 첫 번째 위기에 처한다. 영국 신문에서는 인도 횡단 철도가 완전히 개통되었다고 보도했었는데, 실제로는 약 80km 구간에 철길이 놓여 있지 않았다.

일정을 지키기 위해 대체 교통수단을 찾던 포그와 파스파르투는 한 인도인에게 코끼리를 빌려 여정을 재촉하려 한다. 그러나 코끼리 주인은 시간당 40파운드라는 금액을 제시해도 꿈쩍도 하지 않는다. 그러자 포그는 1,000파운드를 주고 코끼리를 아예 사겠다고 제안한다. 포그 일행과 동행한 영국 육국 준장은 코끼리 주인이 값을 더 올리기 전에 신중히 고민하라고 충고한다.

그럼에도 불구하고 포그는 자신에게 가장 중요한 것은 2만 파운드를 건 내기이고, 내기에서 이기려면 코끼리가 꼭 필요하기 때문에 제값의 스무 배를 주고서라도 코끼리를 반드시 살 것이라고 대답한다.

포그 일행은 오랜 흥정 끝에 얻은 2,000파운드짜리 코끼리를 타고, 인도의 밀림을 헤쳐 나간다. 그러던 중 일행은 브라만교도들에게 화형을 당할 위험에 처한 아우다 부인을 만나게 된다. 끊어진 철길 때문에 이미 많은 시간을 허비했음에도 불구하고 포그 일행은 그녀를 구한다. 그리고 아우다 부인은 자신의 목숨을 구해 준 포그의 호의에 감동하여 그와 동행하기로 한다.

포그 일행은 인도를 떠난 이후에도 갖가지 난관에 부딪힌다. 홍콩에 도착한 포그 일행은 일본 요코하마로 이동하여 태평양 횡단선을 탈 계획이었지만, 배를 놓치고 만다. 포그는 하루에 100파운드를 주는 조건으로 수로 안내선을 빌려 상하이로 향했고, 가까스로 태평양을 건너는 배에 올라탄다. 우여곡절 끝에 미국에 도착한 포그 일행은 대륙 횡단 열차를 탄다. 그러던 중 인디언들의 공격을 받아 갈아타야 할 기차를 놓치자 썰매를 빌리고, 썰매에 돛을 달아 개조하여 달린 끝에 결국 다른 열차로 갈아탄다. 하지만 그런 노력에도 불구하고 45분 차이로 대서양 횡단 기선을 놓치고 만다. 포그는 항구를 둘러보다 프랑스 보르드까지 가는 화물선 '앙리에타호'를 발견한다.

'앙리에타호'의 선장은 태워 달라는 포그 일행의 요구를 계속 거절하지만, 1인당 2,000파운드의 돈을 제시하여 결국 승낙한다. 대서양 항해를 하던 도중 연료가 떨어지자, 포그는 만든 지 20년 된 5만 달러짜리 배 '앙리에타호'를 6만 달러의 거금을 주고 산다. 그런 후에 배의 나무로 된 부분을 연료로 사용하며 항해를 마친다. 이처럼 온갖 수단을 동원해 영국에 도착한 그는 약속된 시간 바로 직전에 기적적으로 혁신 클럽 홀에 들어선다.

포그는 세계 일주를 떠나기에 앞서 상세한 계획표를 작성했지만, 곳곳에서 예기치 못한 위기에 처한다. 그럴 때마다 그는 대체 교통수단을 가진 이들에게 상품이 시장에서 그때그때 실제 거래되는 시장 가격보다 훨씬 높은 가격을 지불하며 여행을 지속해 나간다. 내기에서 이겨야만 하는 포그로서는 시장 가격보다 훨씬 높은 가격을 지불하는 것이 전혀 아깝지 않았던 것이다. 이를 경제학 용어를 사용하여 표현하면 '포그의 교통수단에 대한 지불 용의 가격은 다른 일반 여행객들보다 매우 높은 수준'이라고 말할 수 있다. 여기에서 지불 용의 가격이란 소비자가 상품 구입을 위해 지불하겠다고 마음먹은 금액 중 가장 높은 가격을 말한다.

위기 상황에서 포그는 과감하게 높은 가격을 제시하여 문제를 해결했지만 그가 항상 높은 가격을 지불했던 것은 아니다. 일정에 차질이 없을 때는 당연히 다른 일반 여행객들과 같은 가격을 내고 교통수단을 이용했다. 즉, 포그는 굉장히 높은 지불 용의 가격을 가지고 있음에도 남들과 같은 가격을 지불하여 큰 소비자 잉여를 누린 것이다.

17 포그가 80일간의 세계 일주 여행 당시 각 위기 상황마다 대체한 교통수단을 제시하시오.

위기 상황	대체 교통 수단
인도 횡단 철도가 완전히 개통되지 않음	ⓐ

위기 상황	대체 교통 수단
홍콩에서 일본 요코하마로 가는 배를 놓침	ⓑ

위기 상황	대체 교통 수단
인디언의 공격을 받아 갈아타야 할 열차를 놓침	ⓒ

위기 상황	대체 교통 수단
45분 차이로 대서양 횡단 기선을 놓침	ⓓ

18 다음의 〈보기〉에 들어갈 말을 윗글에서 찾아 문장을 완성하시오.

보기

우체국에서 파는 우표는 누구에게나 동일한 가격에 판매된다. 하지만 소비자에 따라 우푯값 몇백 원을 아까워하기도 하고, 수백만 원 혹은 수천만 원을 주고서라도 우표를 사려고 한다. 이러한 차이는 소비자들마다 우푯값에 대한 [(3어절)]이/가 다르기 때문이다.

[19～20] 다음 글을 읽고 물음에 답하시오.

선박이 항해할 때 일반적으로 선체는 조파 저항, 마찰 저항, 조와 저항이라는 세 종류의 저항이 작용하여 운항 효율에 영향을 준다. 항해하는 선박을 상공에서 보면 선체 측면에서 비스듬하게 나가는 물결과 선미(船尾)에서 선박의 진행 방향과 거의 수직으로 나가는 물결이 있다는 것을 알 수 있다. 물결은 선박이 물의 표면을 밀어내면서 진행하기 때문에 생기는 것으로 선박의 운항에 저항으로 작용한다. 이와 같이 유체 속을 운동하는 물체가 파동을 일으킴으로써 받는 저항이 조파 저항이다. 그러므로 물결을 크게 만드는 선박일수록 조파 저항을 더 크게 받는다. 선박의 운항 속도를 높이면 조파 저항은 점점 커지는데, 처음에는 조파 저항이 속도의 제곱에 비례해서 증가하지만 어느 정도 속도가 빨라지면 제곱값보다 더 크게 증가한다. 이 속도에서는 아무리 엔진의 추진력을 높여도 속도 변화가 거의 없는 상태가 되는데, 이를 '조파 저항의 벽'이라 부른다.

그러면 조파 저항은 어떻게 줄일 수 있을까? 선박을 가늘고 길게 만들면 조파 저항은 감소한다. 칼처럼 날카로운 형태를 가진 선박은 수면을 달려도 물결을 거의 만들지 않아 조파 저항이 작다. 그러나 앞뒤로 가늘고 긴 모양에는 한계가 존재한다. 지나치게 가늘고 길면 선박의 복원력*이 감소해서 선박이 쉽게 뒤집힌다. 한편 선박의 속도 증가에 따라 조파 저항은 커졌다 작아졌다 하면서 전반적으로 증가한다. 선수(船首) 부근에서 발생하는 물결과 선미 부근에서 발생하는 물결이 서로 간섭을 일으키기 때문이다. 이처럼 물결이 간섭하는 원리를 이용해 조파 저항을 줄이는 장치가 수면 아래 공처럼 튀어나온 구상 선수이다. 구상 선수에서 만드는 물결과 선수부에서 만들어진 물결이 서로 상쇄되어 조파 저항을 줄일 수 있다. 구상 선수는 수면 위에 어느 정도 돌출되거나 수면에 가까워야 큰 물결을 발생시켜 운항 효율이 높아지지만, ㉠<u>저속 운항 시에는 이렇게 설계된 구상 선수가 오히려 운항 효율을 떨어뜨리는 역효과가 발생한다.</u> 따라서 저속 운항하는 선박의 구상 선수는 고속 운항 시에 비해 그 크기를 줄이고 수면에 더욱 잠기도록 설계한다.

선체의 표면에 작용하는 마찰 저항은 유체가 가진 점성 때문에 발생한다. 기름처럼 끈적거리는 유체는 점성이 크고, 공기는 비교적 점성이 작다. 물도 유체로 점성이 있는데, 그 속에서 물체가 이동하면 물체 표면을 따라 물체의 진행을 방해하는 힘이 작용한다. 공기가 물 위에 있는 선체에 작용하는 마찰 저항도 있지만 대부분의 마찰 저항은 물속에 잠겨 있는 선체에 의해 발생한다. 이때 물속에 잠긴 선체에 작용하는 마찰 저항은 선체 속도의 제곱과 물속에 잠기는 선체 표면적에 각각 비례한다. 따라서 선박의 운항 속도가 감소하면 조파 저항과 마찰 저항이 모두 줄어들지만, 선박의 운항 속도가 느릴수록 선박에 작용하는 전체 저항에서 마찰 저항이 차지하는 비중은 증가한다. 그러므로 속도를 줄이지 않고 마찰 저항을 줄이기 위해서는 물속에 잠기는 선체의 표면적을 줄여야 한다.

유체의 점성 때문에 발생하는 저항에는 조와 저항도 있다. 선체 표면 근처에는 점성 때문에 선박의 움직임을 따라 같이 움직이는 얇은 물의 막이 만들어진다. 이것을 경계층이라 부르는데, 선수에서는 경계층이 얇지만 선미로 갈수록 점점 두껍게 변해서 대형 선박의 선미에서는 1~2m 정도 두께까지 커진다. 경계층이 선체 표면에서 떨어지면 큰 소용돌이를 만드는데, 이러한 현상을 박리라 부른다. 경계층이 두꺼워지다가 결국 박리되어 소용돌이를 방출하면 이것이 저항으로 작용한다. 이와 같이 선체의 모양이 갑자기 달라지는 선미 부분에서 선체 부근의 물입자와 선체에서 멀리 떨어진 물 입자 사이의 속도 차이로 인해 물의 입자가 유선으로 흐르지 못하고 흩어지게 되면서 선체의 운항 방향에 역류하여 소용돌이가 발생할 때 나타나는 저항이 조와 저항이다. 박리는 선미가 둥글면 특히 강하게 발생하므로, 원기둥이나 구처럼 박리가 발생하기 쉬운 형태의 선미 뒤쪽에서는 큰 소용돌이가 형성된다. 또한 선박의 운항 속도가 빠를수록 소용돌이가 생기는 정도가 커지게 된다. 박리가 발생하지 않게 선미를 매끈하게 만든 형태가 유선형이다. 이는 유체의 저항을 최소화하기 위하여 앞부분을 곡선으로 만들고, 뒤쪽으로 갈수록 뾰족해지게 만든 형태이다.

***복원력(復原力)**: 평형을 유지하던 선박 따위가 외부의 힘을 받아서 기울어졌을 때, 중력과 부력 따위의 외부 힘이 우세하게 작용하여 물체를 본디의 상태로 되돌리는 힘

19 **제시문의 내용을 바탕으로 ㉠의 이유를 진술하고자 한다. 〈보기〉의 단어를 모두 활용하여 아래의 빈칸을 35자 이내로 완성하시오.**

보기

구상 선수, 표면적, 마찰 저항

구상 선수가 발생시킨 물결이 상쇄되지 않아 조파 저항으로 작용할 뿐 아니라

( ).

20 **〈보기 2〉는 〈보기 1〉의 '컨테이너 운반선'의 운항 속도가 2배로 증가했을 때의 상황을 제시문의 내용을 바탕으로 추론한 것이다. 빈칸에 알맞은 선택지를 고르시오.**

보기 1

A 해운 회사는 평소 운항 시에 비해 무게는 절반 정도이지만 운송 기간은 절반으로 단축해야 하는 긴급 화물을 선적한 컨테이너 운반선을 운항하려 한다. A 사는 운항 기간을 단축하기 위해 운항 속도를 평소에 비해 2배로 높이기로 했으며, 배의 안정을 위해 평형수*를 배에 주입할지 여부를 논의 중이다.

(단, 해당 컨테이너 운반선에는 평소 운항 속도에 적합한 구상 선수가 설치돼 있다. 또한 선체의 무게가 절반으로 감소하면 물속에 잠긴 선체의 표면적도 50% 감소한다고 가정한다. 공기에 의한 저항 등 언급한 조건 외의 다른 조건은 고려하지 않는다고 가정한다.)

*평형수(平衡水): 선박에 짐을 싣고 내리는 과정에서 또는 공선(空船) 상태에서 선박의 균형을 잡기 위해 선박 아래에 채우거나 배출하는 바닷물

보기 2

- 만약 평소에 비해 줄어든 선적의 무게와 같은 양의 평형수를 주입하다면, 전체 저항에서 마찰 저항이 차지하는 비중은 평소에 비해 ⓐ(늘어난다 / 줄어든다).
- 만약 평소에 비해 줄어든 선적의 무게보다 적은 양의 평형수를 주입한다면, 물속에 잠긴 선체의 표면적이 줄어들어 평소에 비해 마찰 저항은 ⓑ(증가한다 / 감소한다).
- 만약 평소에 비해 줄어든 선적의 무게보다 많은 양의 평형수를 주입한다면, 구상 선수가 평소보다 물속에 깊이 잠겨 조파 저항의 영향력이 더 ⓒ(증가한다 / 감소한다).

PART 1 국어

PART 2 수학

PART 3 기출문제

PART 4 해답

[21～22] 다음 글을 읽고 물음에 답하시오.

편의점의 또 한 가지 차별성은 매장의 디자인에도 있다. 우선 조명이 환하다. 천장을 잘 보라. 형광등이 빼곡하게 걸려 있고 대낮에도 환하게 켜져 있어 그 어느 공간보다도 밝다. 밤이 되면 그 밝음은 일종의 화려함으로도 느껴진다. 우리는 편의점에 들어설 때 다소 신선하고 활기찬 시공간을 경험한다. 이렇게 빛의 밝기를 높이는 것은 소비 욕구를 자극하는 고전적인 수법으로 백화점의 진열장에서 그 극치를 이루지만, 편의점은 그러한 비일상성을 일상 가까이에 끌어들인 것이라고 할 수 있다. 물건을 진열하는 데도 불빛이 어떤 각도로 반사되어야 소비자에게 부담되지 않으면서 구매 욕구를 불러일으킬지를 면밀하게 계산하여 조명과 선반의 위치를 규격화해 놓고 있다.

그렇듯 밝은 실내 분위기는 진열된 상품들을 빛나게 할 뿐 아니라, 드나드는 이들을 안심시키는 효과도 있다. 여성들도 심야에 아무런 망설임 없이 편의점에 들어갈 수 있고, 낯선 손님들이 옆에 있어도 신경을 쓰지 않는 것은 구석구석을 환하게 비추는 불빛 덕분이다. 그리고 투명 유리를 통해 바깥에서 내부를 훤히 들여다볼 수 있어 더욱 안심된다. 또한, 도난 방지용으로 설치된 볼록 거울을 통해 계산대 직원의 시선이 매장 내에 두루 미칠 수 있는 구조도 고객을 안심시킨다. 흥미로운 것은 그 밝은 불빛이 매장 바깥으로도 뻗어 나가 어두운 도시에 오아시스와 같은 역할을 한다는 점이다. 이는 지역의 치안에 도움이 된다. 실제로 일본의 어떤 편의점에는 '아이들과 여성의 110번(한국의 112번) 점포'라는 안내문이 창문에 붙어 있고 천장이나 간판 옆에 경광등을 설치하여 비상시에 사이렌을 울린다. 위험에 처하거나 다급한 일이 있을 때 누구든지 편의점에 도움을 청할 수 있어, 말하자면 파출소의 역할까지 겸하는 셈이다.

편의점은 도시 문화의 산물이다. 도시인, 특히 젊은이들의 인간관계 감각과 잘 맞아떨어진다. 구멍가게의 경우 주인이 늘 지키고 앉아 있다가 들어오는 손님들을 맞이한다. 따라서 무엇을 살 것인지 확실하게 정하고 들어가야 한다. 그러나 편의점의 경우 점원은 출입할 때 간단한 인사만 건넬 뿐 손님이 말을 걸기 전에는 입을 열지도 않을뿐더러 시선도 건네지 않는다. 그 '무관심'의 배려가 손님의 기분을 홀가분하게 만들어 준다. 그래서 특별히 살 물건이 없어도 부담 없이 들어가 둘러볼 수 있다. 그런 점에서 ㉠<u>편의점은 인간관계의 번거로움을 꺼리는 도시인들에게 잘 어울리는 상업 공간</u>이다. 대형 할인점이 백화점보다 매력적인 것 가운데 하나도 점원이 '귀찮게' 굴지 않는다는 점이 아닐까. 그러므로 익명의 고객들이 대거 드나드는 편의점에 단골이 생기기는 매우 어려울 것이다.

편의점은 24시간 열어 놓고 있어야 하기에 주인들은 자기가 계산대를 지키기보다는 아리바이트 점원을 세우는 경우가 훨씬 많다. 그런데 흥미로운 점은 그 점원들이 고객을 대하는 태도나 방식이 어느 편의점이든 똑같고 표준화되어 있다는 것이다. 이는 편의점뿐 아니라 즉석 식품점도 마찬가지로, 사회학자 조지 리처는 즉석 식품점을 '각본에 의한 고객과의 상호 작용', '예측 가능한 종업원의 행동' 등의 개념으로 분석하고 있다. 글쓴이는 햄버거 가게에서 종업원들이 고객을 대하는 규칙이 매우 세밀하게 짜여 있고, 그 편안한 의례와 각본 때문에 손님들이 즉석 식품점에 매료된다고 보고 있다. 종업원이 누구든 그 외모, 말씨, 감정 등을 예측할 수 있기에 고객들은 편안하게 음식을 주문하고 구매할 수 있다. 깔끔한 인간관계 그 자체다. 그리고 그러한 효율적인 소통이 짧은 시간에 많은 손님을 접대할 수 있도록 해 준다. 즉석 식품점의 그러한 속성을 편의점도 거의 그대로 지니고 있다.

그런데 주인과 고객 사이에 인간관계가 형성되지 않는 편의점은 역설적으로 고객에 대한 정보를 매우 상세하게 입수한다. 소비자들은 잘 모르지만, 일부 편의점에서 점원들은 물건값을 계산할 때마다 구매자의 성별과 연령대를 계산기에 붙어 있는 버튼으로 입력한다. 그 정보는 곧바로 본사로 송출된다. 또 한 가지로 편의점 천장에 붙어 있는 시시 티브이(CCTV)가 있는데 그 용도는 도난 방지만이 아니다. 연령대와 성별에 따라서 어느 가게에 오래 머물러 있는지를 분석하려는 목적도 있다. 녹화된 화면은 주기적으로 본사로 보내져 분석된다. 어떤 편의점에서는 삼각 김밥 진열대에 초소형 카메라를 설치해 손님들의 구매 행태를 기록한다. 먼저 살 물건의 종류를 정한 뒤에 선택하는지, 이것저것 들어 보며 살펴 가면서 고르는지, 유통 기한까지 확인하는지, 한 번에 평균 몇 개를 구매하는지 등을 통계 처리하는 것이다. 그렇듯 정교하게 파악된 자료는 본사의 영업 전략에 활용된다. 편의점이 급성장해 온 이면에는 이렇듯 치밀한 정보 시스템이 가동되고 있다.

21 제시문의 ㉠에서 볼 수 있는 손님에 대한 편의점 점원의 응대 전략을 제시문에서 찾아 2어절로 쓰시오.

22 편의점의 차별화된 매장 디자인을 위해 설치된 물품 세 가지를 위의 제시문에서 찾아 제시하시오.

ⓐ ______________________

ⓑ ______________________

ⓒ ______________________

[23～24] 다음 글을 읽고 물음에 답하시오.

조선의 성리학자들은 음악의 예술성과 교화성(敎化性)에 주목하여, 치세(治世)의 수단으로서 음악의 의미와 가치를 강조하였다. 치세의 도구로서 음악이 올바른 역할을 하기 위해서는 음악과 관련된 제반 요소를 정비하는 것이 중요하였다. 특히 조선의 성리학자들은 악곡(樂曲) 작곡 및 악기 제작의 기본 척도이며 악기의 음질을 결정하는 데 핵심적 요소가 되는 율관(律管) 제작법에 많은 관심을 쏟았다. 율관은 전통 음악에 쓰이는 기본음을 낼 수 있는 죽관(竹管)으로서 음을 조율하는 도구이다. 조선의 성리학자들은 음(音)의 기본이 되는 소리를 황종(黃鐘)이라 부르고 황종의 음(音)을 낼 수 있는 황종 율관을 만들기 위하여 많은 관심과 노력을 기울였다. 황종 율관의 길이와 부피의 수치가 사회적 도량형(度量衡)의 기준도 되었기 때문에 황종 율관의 표준 규격을 정하는 것은 매우 중요하였다.

황종 율관의 규격을 정하는 방법은 다양하였는데, 그중 기장법이 널리 사용되었다. 기장법은 곡식인 기장의 길이로 율관의 규격을 정하는 방법인데, 기장을 세로로 쌓아 만든 것을 ⓐ종서척(縱黍尺), 기장을 가로로 쌓아 만든 것을 ⓑ횡서척(橫黍尺)이라고 한다. 종서척은 기장의 길이가 긴 세로 방향으로 늘어놓은 기장알 1개의 길이를 1분(分)으로, 9개로 늘어놓은 9분을 1촌(寸)으로, 9촌을 1척(尺)으로 삼았다. 횡서척은 기장의 길이가 짧은 가로 방향으로 늘어놓은 기장알 1개의 길이를 1분으로, 10개를 늘어놓은 10분을 1촌으로, 10촌을 1척으로 삼았다. 두 방법은 늘어놓는 방법에 따라 기장 낱알의 길이에서는 차이가 나지만 황종 율관의 전체 길이로 삼은 1척의 길이는 결과적으로 같았다. 한편 황종 율관에 기장 1,200알을 담으면 율관이 가득 찬다고 보아 그 부피로 정하였다.

조선의 성리학자들은 황종 율관의 수치를 정하기 위해 『한서(漢書)』「율력지(律曆志)」의 수치를 활용하였다. 이 책에서는 황종 율관의 길이를 9촌으로 제시하고 있다. 이때 황종 율관의 길이로 제시한 9촌은 기장알 90개를 늘어놓은 길이이다. 즉 90분을 9촌으로 삼아 황종 율관의 길이로 제시하였다. 이는 종서척과 횡서척에 근거한 단위 개념들이 혼재된 것으로 조선의 성리학자들은 수의 철학적 의미에 기반하여 『한서(漢書)』「율력지(律曆志)」에 제시된 황종 율관의 수치를 이해하고자 하였다. 성리학에서는 천지의 수가 1에서 시작하여 10에서 끝난다고 보았다. 이중 1, 3, 5, 7, 9는 양(陽)의 수, 2, 4, 6, 8, 10은 음(陰)의 수라 하였으며, '9'를 양수(陽數)의 완성으로 보았고 '10'을 음수(陰數)의 완성으로 보았다. 조선의 성리학자들은 황종이 음악의 시작점이 되는 소리임과 동시에 음악의 기준이 되는 소리이기 때문에 황종을 양의 기를 가진 완성된 소리라 생각하였다. 이 점에 주목하여 그들은 9라는 숫자가 가진 철학적 의미를 토대로 이와 같은 황종 율관의 수치가 결정된 것이라 보았다.

[A] 조선 시대의 음악은 한 옥타브* 내의 음이 12음으로 구성되었으며 각 음 사이는 반음 정도의 차이가 있었다. 이 음들은 황종 율관과 그것을 기준으로 만들어진 11개의 율관에서 산출된다. 11개의 율관은 삼분손익법(三分損益法)을 사용해 황종 율관의 길이를 짧게 해 만들었는데, 율관의 길이가 짧을수록 음은 높아진다. 삼분손익법은 삼분손일법(三分損一法)과 삼분익일법(三分益一法)을 교대로 사용하여 율관의 길이를 산정한다. 우선 삼분손일법은 한 율관의 길이를 3등분 한 뒤, 그 1/3을 제거하고 남은 2/3만으로 다음의 율관의 길이를 산정하는 것이다. 그리고 삼분익일법은 3등분 한 율관의 1/3을 본래의 율관에 더하여 다음 율관의 길이를 구하는 것이다. 가령, 황종 율관에서 1/3을 뺀 관의 길이로 임종 율관을 구하고, 임종 율관에서 1/3을 더한 관의 길이로 태주 율관을 구한다. 삼분손익법으로 율관을 만들면 임종 · 태주 · 남려 · 고선 · 응종 · 유빈 · 대려 · 이칙 · 협종 · 무역 · 중려 율관 순이 된다. 그런

데 대려 · 협종 · 중려 율관의 길이가 너무 짧아 이들 율관에서 나오는 소리는 황종보다 한 옥타브 위에 있는 음이 된다. 그래서 이 세 율관의 길이만 본래 길이보다 두 배로 늘려서 만들어 황종 음과 같은 옥타브 내의 음이 되도록 율관의 길이를 조절하였다. 이에 따라 율관의 길이가 긴 것에서 짧은 순으로 12음을 배열하면, 황종 · 대려 · 태주 · 협종 · 고선 · 중려 · 유빈 · 임종 · 이칙 · 남려 · 무역 · 응종의 순이 된다. 이 음들은 양의 소리인 '율(律)'과 음의 소리인 '려(呂)'가 번갈아 구성되어 ⓒ12율려(律呂)라고 불렸다.

한편 실학자 홍대용은 기장의 규격으로 기준을 삼는 율관 제작 방법의 부정확성을 지적하며 양금(洋琴)의 사용을 주장하였다. 황종 율관의 길이와 부피는 기장의 낱알 수로 정해졌다. 하지만 기장의 낱알 자체의 크기와 길이가 각각 다르기 때문에 황종 율관의 길이와 부피 역시 고정적일 수 없어 기준음이 고정되지 않는 문제점이 있었다. 이러한 문제점을 극복하기 위한 대안으로 홍대용은 양금을 새로운 음의 조율 도구로 제시하였다. 그는 양금이 명주실로 된 다른 현악기와는 달리 주석과 철의 합금으로 된 쇠줄을 사용하고 있어 조현(調絃)*이 편리하다는 점과 줄의 굵기가 균일하다는 점을 강조하고 있다. 여기서 줄의 굵기가 균일하다는 것은 크기가 일정하지 않은 기장을 사용하여 율관을 만들었던 기존 방법에 대한 대안으로 제시할 수 있는 중요한 부분이라 할 수 있다.

***옥타브**: 어떤 음에서 완전 8도의 거리에 있는 음. 또는 그 거리.
***조현**: 현악기의 음을 표준음에 맞추어 고름.

23 기장알의 낱알 수가 257개라고 할 때, ⓐ와 ⓑ의 방법에 따라 척(尺) · 촌(寸) · 분(分)의 단위를 사용하여 그 길이를 각각 표현하시오.

ⓐ 종서척: ______________________

ⓑ 횡서척: ______________________

24 다음의 〈보기〉는 [A]의 내용을 바탕으로 율관의 길이를 구하는 방법을 도식화한 것이다. ⓒ의 12율려(律呂)에 따라 〈보기〉의 율관들을 '율(律)'과 '려(呂)'로 구별하시오.

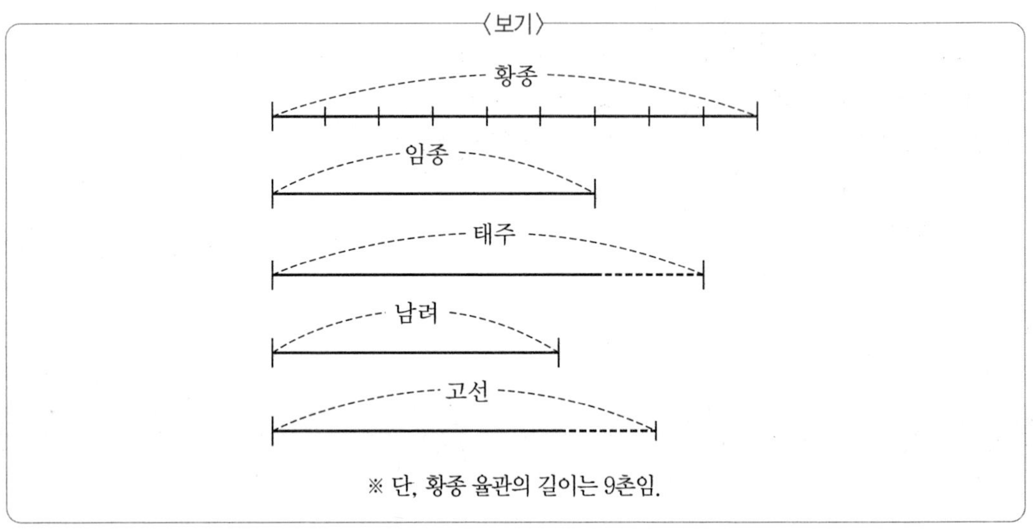

ⓐ 율(律) ⇒ ______________________________

ⓑ 려(呂) ⇒ ______________________________

[25~26] 다음 글을 읽고 물음에 답하시오.

순자는 본성대로 가면 결과가 악이고 본성을 거스르는 의지적 실천대로 가면 선이기 때문에 성은 악이고 위는 선이라고 합니다. 순자가 인간의 본성을 악하다고 보았다고 해서 본성대로 살자고 한 것은 아닙니다. 그에게는 의지적 실천을 통해 본성이 가져올 악한 결과를 어떻게 변화시켜 나갈 것인가가 문제였습니다. 따라서 순자의 철학은 '위'에 그 가치가 있으며, 그런 점에서 순자의 철학은 의지에 기초한 실천 철학이라고 할 수 있습니다.

순자는, 인간의 본성을 착하다고 한 맹자의 주장은 본성을 제대로 알지 못한 것이라고 비판합니다. ㉠<u>사람의 타고난 본성과 후천적인 의지에 따른 노력을 구분하지 못한 것</u>이라는 지적입니다. 그리고 맹자의 말대로 본성이 본래 착한 것이라면, 현실의 인간은 대부분 태어나면서 바로 자신의 착한 본성을 잃어버리게 되는 셈이라고 비판합니다. 또 인간이 본래 착한 존재라면 애초부터 훌륭한 임금이나 좋은 제도 따위는 필요가 없다고도 했습니다.

맹자는 모든 인간의 본성이 착하다고 하면서도 실제적인 강조점은 군자에게 두었습니다. 인간의 본성에 생리적인 면이 있음을 인정하면서도, 그러한 생리적인 면이 본성인 사람들은 소인이고, 군자는 도덕성만이 본성이라고 하였습니다. 맹자는 사실상 군자의 도덕성만을 인정한 것이며, 일반 백성들에 대해서는 도덕성에 근거한 군자의 교화를 받아들일 수 있는 정도의 자질만을 인정한 셈입니다. 그렇다면 순자는 어떨까요? 순자가 본래부터 악하다고 한 본성은 누구의 본성을 가리킬까요?

순자는 어떤 사람인가를 구분하지 않고 모든 사람의 본성이 악하다고 합니다. 가장 훌륭한 사람의 표본이었던 요순의 본성과 가장 악한 사람이 표본이었던 걸 임금이나 도척의 본성이 같다고 보았습니다. 순자가 같다고 본 본성은 당연히 생리적 · 감각적인 본성입니다. 그렇다면 도덕성은 본성 자체에서 나오는 것이 아니므로 현실에서 이루어지는 노력의 결과인 셈입니다.

25 **다음의 〈보기〉는 신문 기사에서 '의인'의 행동을 순자와 맹자의 관점에서 비교하여 설명한 것이다. 제시문의 내용을 바탕으로 빈칸에 들어갈 말을 각각 2어절로 쓰시오.**

의인은 아래층에서 화재가 난 것을 감지하자마자 119에 신고하고 본능적으로 건물 밖으로 탈출했다. 하지는 그는 곧 연기가 자욱한 건물로 다시 뛰어 들어갔다. 잠든 이웃을 깨우기 위해서였다. 뜨거운 불길을 헤치고 층층마다 문을 두드리고 초인종을 누르며 주민들을 깨워 대피시켰다. 폐회로 텔레비전을 확인한 결과, 그는 불길이 치솟는 건물 안을 들어갔다 나오기를 세 번이나 반복했다. 그 덕분에 이웃 20가구 주민들은 모두 목숨을 건졌다.

– OO일보

보기

순자의 관점에서 '의인'의 행동은 (ⓐ)이/가 반영된 후천적 노력의 결과이고, 맹자의 관점에서 '의인'의 행동은 (ⓑ)이/가 발현된 것으로 군자의 교화를 받아들인 결과이다.

ⓐ ______________________ ⓑ ______________________

26 순자가 맹자의 주장을 ㉠과 같이 비판한 이유를 다음의 〈조건〉에 따라 서술하시오.

조건

- 40자 이내로 쓸 것
- '~때문이다'로 끝날 것
- '악, 본성, 도덕성, 노력'이라는 단어를 포함시킬 것

PART 

수학

[수학 I]

Ⅰ. 지수함수와 로그함수

Ⅱ. 삼각함수

Ⅲ. 수열

[수학 II]

Ⅳ. 함수의 극한과 연속

Ⅴ. 다항함수의 미분법

Ⅵ. 다항함수의 적분법

수학 I

지수함수와 로그함수

[핵심이론]

1 거듭제곱근

(1) 실수인 거듭제곱근

① a가 실수이고 n이 2 이상의 자연수일 때 a의 n제곱근 중 실수인 것

	$a>0$	$a=0$	$a<0$
n이 짝수	$\sqrt[n]{a}>0,\ -\sqrt[n]{a}<0$	$\sqrt[n]{0}=0$	없다
n이 홀수	$\sqrt[n]{a}>0$	$\sqrt[n]{0}=0$	$\sqrt[n]{a}<0$

② a의 n제곱근 중 실수인 것은 방정식 $x^n=a$의 실근이므로, 함수 $y=x^n$의 그래프와 직선 $y=a$의 교점의 x좌표와 같다.

(2) 거듭제곱근의 성질

$a>0$, $b>0$이고 m, n이 2 이상의 자연수 일 때

① $(\sqrt[n]{a})^n=a$

② $\sqrt[n]{a}\sqrt[n]{b}=\sqrt[n]{ab}$

③ $\dfrac{\sqrt[n]{a}}{\sqrt[n]{b}}=\sqrt[n]{\dfrac{a}{b}}$

④ $(\sqrt[n]{a})^m=\sqrt[n]{a^m}$

⑤ $\sqrt[m]{\sqrt[n]{a}}=\sqrt[mn]{a}=\sqrt[n]{\sqrt[m]{a}}$

⑥ $\sqrt[np]{a^{mp}}=\sqrt[n]{a^m}$ (단, p는 자연수)

2 지수의 확장

(1) 지수가 정수인 경우

① $a\neq0$이고 n이 양의 정수일 때

㉠ $a^0=1$

㉡ $a^{-n}=\dfrac{1}{a^n}$

② $a\neq0$, $b\neq0$이고 m, n이 정수일 때

㉠ $a^m a^n=a^{m+n}$

㉡ $a^m\div a^n=a^{m-n}$

㉢ $(a^m)^n=a^{mn}$

㉣ $(ab)^n=a^n b^n$

(2) 지수가 유리수와 실수인 경우

① $a>0$이고 m이 정수, n이 2 이상의 정수일 때

㉠ $a^{\frac{1}{n}}=\sqrt[n]{a}$ ㉡ $a^{\frac{m}{n}}=\sqrt[n]{a^m}$

② $a>0$, $b>0$이고 r, s가 유리수일 때

㉠ $a^r a^s=a^{r+s}$ ㉡ $a^r \div a^s=a^{r-s}$

㉢ $(a^r)^s=a^{rs}$ ㉣ $(ab)^r=a^r b^r$

③ $a>0$, $b>0$이고 x, y가 실수 일 때

㉠ $a^x a^y=a^{x+y}$ ㉡ $a^x \div a^y=a^{x-y}$

㉢ $(a^x)^y=a^{xy}$ ㉣ $(ab)^x=a^x b^x$

3 로그

(1) 로그의 정의와 조건

① 정의

$a>0$, $a\neq1$, $N>0$일 때, $a^x=N \Longleftrightarrow x=\log_a N$

② 조건

$\log_a N$이 정의되려면 밑 a는 $a>0$, $a\neq1$이고 진수 N은 $N>0$이어야 한다.

(2) 로그의 성질

$a>0$, $a\neq1$이고 $M>0$, $N>0$일 때

① $\log_a 1=0$, $\log_a a=1$ ② $\log_a MN=\log_a M+\log_a N$

③ $\log_a \frac{M}{N}=\log_a M-\log_a N$ ④ $\log_a M^k=k\log_a M$ (단, k는 실수)

(3) 로그의 밑의 변환

① $a>0$, $a\neq1$, $b>0$, $c>0$, $c\neq1$일 때

$\log_a b=\frac{\log_c b}{\log_c a}$

② 로그 밑의 변환 활용: $a>0$, $a\neq1$, $b>0$일 때

㉠ $\log_a b=\frac{1}{\log_b a}$ (단, $b\neq1$)

㉡ $\log_a b\times\log_b c=\log_a c$ (단, $b\neq1$, $c>0$)

③ $\log_{a^m} b^n = \dfrac{n}{m}\log_a b$ (단, m, n은 실수이고, $m \neq 0$이다.)

④ $a^{\log_b c} = c^{\log_b a}$ (단, $b \neq 1$, $c > 0$)

4 지수함수

(1) 지수함수의 뜻과 그래프

① 지수함수의 뜻

$y = a^x$ ($a > 0$, $a \neq 1$) $\Rightarrow$ a를 밑으로 하는 지수함수

② 지수함수의 그래프

㉠ $a > 1$일 때

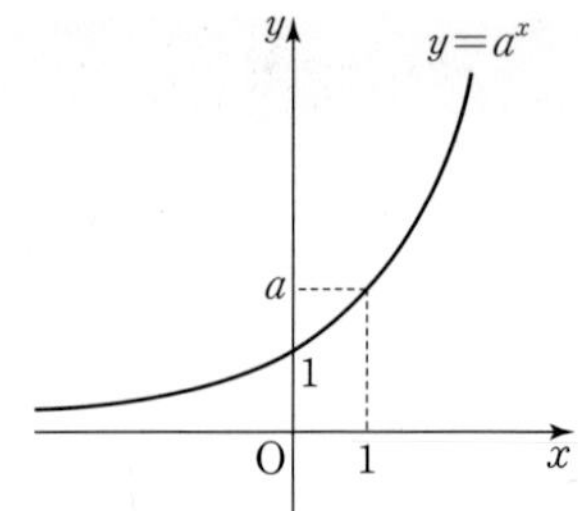

㉡ $0 < a < 1$일 때

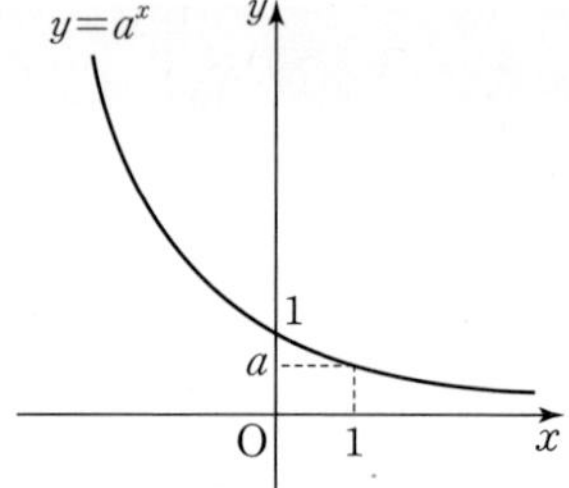

(2) 지수함수의 성질

① $a > 1$일 때 x의 값이 증가하면 y의 값도 증가하고, $0 < a < 1$일 때 x의 값이 증가하면 y의 값은 감소한다.

② 함수 $y = a^x$의 그래프는 점 $(0, 1)$을 지나고, 점근선은 x축(직선 $y = 0$)이다.

③ 함수 $y = a^x$의 그래프와 함수 $y = \left(\dfrac{1}{a}\right)^x$의 그래프는 y축에 대하여 서로 대칭이다.

④ 함수 $y = a^{x-m} + n$의 그래프는 함수 $y = a^x$의 그래프를 x축의 방향으로 m만큼, y축의 방향으로 n만큼 평행이동한 것이다.

(3) 지수함수의 활용

① $a > 0$, $a \neq 1$일 때, $a^{f(x)} = a^{g(x)} \Longleftrightarrow f(x) = g(x)$

② $a > 1$일 때, $a^{f(x)} < a^{g(x)} \Longleftrightarrow f(x) < g(x)$

③ $0 < a < 1$일 때, $a^{f(x)} < a^{g(x)} \Longleftrightarrow f(x) > g(x)$

5 로그함수

(1) 로그함수의 뜻과 그래프

① 로그함수의 뜻

$y=\log_a x$ $(a>0,\ a\neq1)$ $\Rightarrow$ a를 밑으로 하는 로그함수

② 지수함수와 로그함수의 관계

역함수 관계: $y=a^x$ $(a>0,\ a\neq1)$ $\Longleftrightarrow$ $y=\log_a x$ $(a>0,\ a\neq1)$

③ 로그함수의 그래프

㉠ $a>1$일 때

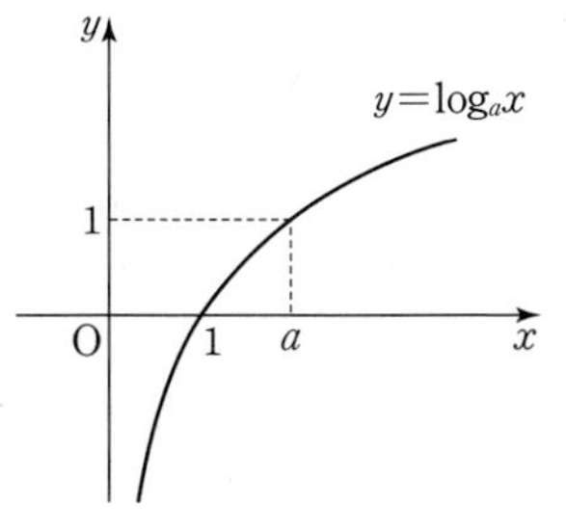

㉡ $0<a<1$일 때

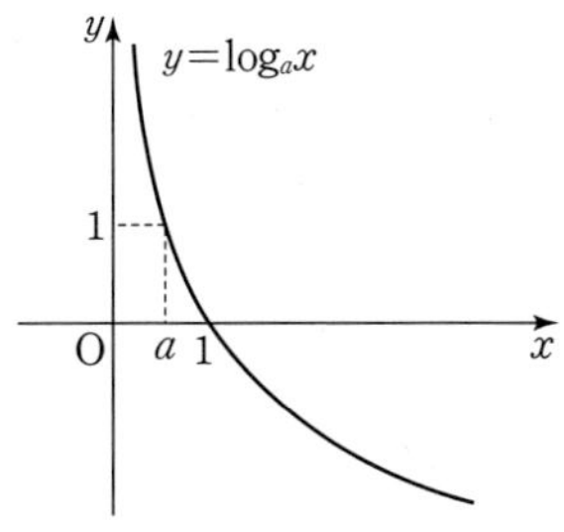

(2) 로그함수의 성질

① $a>1$일 때 x의 값이 증가하면 y의 값도 증가하고, $0<a<1$일 때 x의 값이 증가하면 y의 값은 감소한다.

② 함수 $y=\log_a x$의 그래프는 점 $(0,\ 1)$을 지나고, 점근선은 y축(직선 $x=0$)이다.

③ 함수 $y=\log_a x$의 그래프와 함수 $y=\log_{\frac{1}{a}} x$의 그래프는 x축에 대하여 대칭이다.

④ 함수 $y=\log_a(x-m)+n$의 그래프는 함수 $y=\log_a x$의 그래프를 x축의 방향으로 m만큼, y축의 방향으로 n만큼 평행이동한 것이다.

(3) 로그함수의 활용

① $a>0,\ a\neq1$일 때, $\log_a f(x)=\log_a g(x) \Longleftrightarrow f(x)=g(x),\ f(x)>0,\ g(x)>0$

② $a>1$일 때, $\log_a f(x)<\log_a g(x) \Longleftrightarrow 0<f(x)<g(x)$

③ $0<a<1$일 때, $\log_a f(x)<\log_a g(x) \Longleftrightarrow f(x)>g(x)>0$

[실전문제]

해답 p.282

배점(총점)	예상 소요 시간
8점	4분 / 전체 80분

▶ **$2\le n\le 100$인 자연수 n에 대하여**
$(\sqrt[5]{5^3})^{\frac{1}{2}}$이 어떤 자연수의 n제곱근이 되도록 하는 n의 개수를 구하는 과정을 논술하시오.

모범답안 $(\sqrt[5]{5^3})^{\frac{1}{2}}=\left((5^3)^{\frac{1}{5}}\right)^{\frac{1}{2}}=5^{\frac{3}{10}}$

$\left(5^{\frac{3}{10}}\right)^n=5^{\frac{3n}{10}}$이 자연수

$\frac{3n}{10}=0$ 또는 자연수

n은 10의 배수

$2\le n\le 100$이므로 $n=10, 20, 30, \cdots, 100$

n의 개수는 10개

채점기준

답안	배점
$(\sqrt[5]{5^3})^{\frac{1}{2}}=\left((5^3)^{\frac{1}{5}}\right)^{\frac{1}{2}}=5^{\frac{3}{10}}$	2점
$\frac{3n}{10}=0$ 또는 자연수	2점
n은 10의 배수	2점
n의 개수는 10개	2점

01 등식 $5^x \div 5^{\frac{4}{x}} = 1$을 만족시키는 0이 아닌 모든 실수 x의 값의 합을 구하는 과정을 서술하시오.

02 $\log_2 60 + \log_{\frac{1}{4}} 36 - \dfrac{1}{\log_{25} 4}$의 값을 구하는 과정을 서술하시오.

03 곡선 $y=2^{x-3}+a$와 직선 $y=1$이 만나는 점의 x좌표가 5일 때, 곡선 $y=2^{x-3}+a$가 y축과 만나는 점의 y좌표를 구하는 과정을 서술하시오. (단, a는 상수이다.)

04 방정식 $\log_2(x^2-9)-\log_2(x+3)=\log_{\sqrt{2}}(x-5)$를 만족시키는 실수 x의 값을 구하는 과정을 서술하시오.

05 그림과 같이 두 함수

$f(x)=\left(\frac{1}{2}\right)^x+a,\ g(x)=-\log_2(x-b)$

에 대하여 직선 $x=1$과 함수 $y=f(x)$의 그래프는 한 점 P에서 만나고, 직선 $x=k$와 함수 $y=g(x)$의 그래프가 만나도록 하는 모든 실수 k의 값의 범위는 $k>1$이다. 함수 $y=g(x)$의 그래프 위의 점 Q와 점 $A(1,\ 1)$에 대하여 삼각형 PAQ가 $\angle\mathrm{PAQ}=\frac{\pi}{2}$인 직각이등변삼각형일 때,

$\frac{a+b}{2}$의 값을 구하는 과정을 서술하시오.

(단, a, b는 상수이고, $a>\frac{1}{2}$이다.)

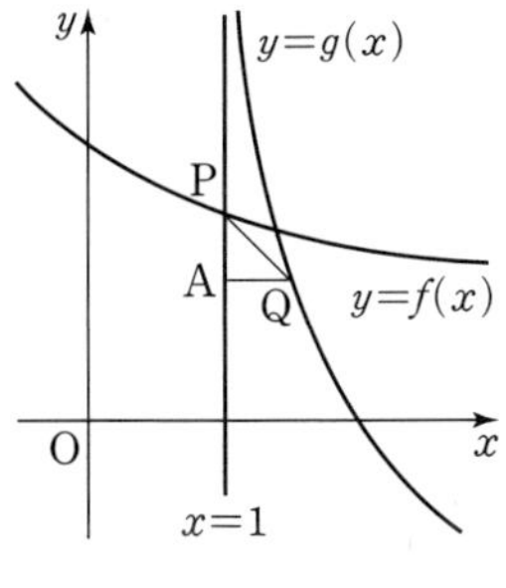

06 $2^{\frac{4}{3}}\times 6^{\frac{2}{3}}=\sqrt[3]{2^p\times 3^q}$일 때,

$p\times q$의 값을 구하는 과정을 서술하시오.

(단, p, q는 자연수이다.)

07 $\log_3 6 \times \log_4 81 - \dfrac{1}{\log_3 2} = k$일 때,
$k = \log_2 b$의 식으로 표현된다.
b의 값을 구하는 과정을 서술하시오.
(단, k는 상수이다.)

08 방정식 $2 \times 9^x + 63 = (3^x + 6)^2$을 만족시키는 모든 실수 x의 값의 곱을 구하는 과정을 서술하시오.

09 점근선이 $x=-3$인 곡선 $y=\log_3(ax+b)$가 두 점 $(0, 2)$, $(2, k)$를 지날 때, k의 값을 구하는 과정을 서술하시오. (단, a, b는 상수이다.)

10 곡선 $y=\log_2(x-1)-1$과 기울기가 -1인 직선 l이 점 $(5, 1)$에서 만난다. 직선 l과 곡선 $y=2^x$이 점 (a, b)에서 만날 때, $\frac{2a}{b}$의 값을 구하는 과정을 서술하시오.

11 두 양수 a, b에 대하여

$a^{b^2+\frac{a}{b}}=2^{\frac{1}{b}}$, $a^{\frac{1}{b}}=4^{b^2-\frac{a}{b}}$일 때, $2(b^6-a^2)$의 값을 구하는 과정을 서술하시오. (단, $a\neq1$)

12 $\{x|1\leq x\leq 100\}$을 정의역으로 갖는 함수

$y=x^{\log 2}\times 2^{\log x}-3\times x^{\log 2}+13\times 2^{\log\frac{1}{100}}$의 최댓값을 M, 최솟값을 m이라 할 때, M과 m을 구하고 $M+m$의 값을 구하는 과정을 서술하시오.

13 $\log_3 \frac{5}{8} + \log_3 \frac{36}{6} - \log_3 \frac{1}{6}$의 값을 구하는 과정을 서술하시오.

14 x가 실수이고 $\frac{3^x - 3^{-x}}{3^x + 3^{-x}} = \frac{1}{3}$일 때 $\frac{3^x + 3^{-x}}{27^x + 27^{-x}}$의 값을 구하는 과정을 서술하시오.

15 실수 에 대하여 두 집합 A, B를

$A=\{x|x^2+ax-6=0,\ x$는 양의 실수$\}$

$B=\{y|\log_5 y\times\log_y 7=\log_5 7,\ y$는 실수$\}$

라 하자. 집합 A가 집합 B의 부분집합이 아닐 때, a의 값을 구하는 과정을 서술하시오.

16 다음 부등식

$\log_2|x-3|<3$

을 만족시키는 정수 x의 개수를 구하는 과정을 서술하시오. (단, $x\neq3$)

17 $1<a<b$인 두 실수 a, b에 대하여

$\frac{2a}{\log_a b}=\frac{b}{4\log_b a}=\frac{2a+b}{5}$가 성립할 때,

$15\log_a b$의 값을 구하는 과정을 서술하시오.

18 곡선 $y=2^{x+5}$을 x축의 방향으로 a만큼 평행이동한 곡선을 나타내는 함수를 $y=f(x)$라 하고, 곡선 $y=\left(\frac{1}{2}\right)^{x+7}$을 x축의 방향으로 a^2만큼 평행이동한 후 y축에 대하여 대칭이동한 곡선을 나타내는 함수를 $y=g(x)$라 하자. 모든 실수 x에 대하여 $f(x)=g(x)$일 때, a의 값을 구하는 과정을 서술하시오. (단, $a<0$)

19 함수 $f(x)=\log_2(x-3)$의 역함수를 $g(x)$라 할 때, 방정식 $\{g(x)-5\}\times\{g(x)-1\}=60$을 만족시키는 x값은 k이다. 이때 $g(k-2)$의 값을 구하는 과정을 서술하시오.

20 $9\le x\le 81$에서 $\log_3 x+\dfrac{4}{\log_3 x}-\log_x y=2$를 만족시키는 y의 최댓값을 M, 최솟값을 m이라 할 때 $\dfrac{M}{3^4 m}$의 값을 구하는 과정을 서술하시오.

Ⅱ 삼각함수

[핵심이론]

1 일반각과 호도법

(1) 일반각

시초선 OX와 동경 OP로 주어진 ∠XOP에 대하여 동경 OP가 나타내는 한 각의 크기를 $\alpha°$라 할 때, ∠XOP의 크기를 다음과 같이 나타내고, 이것을 동경 OP가 나타내는 일반각이라고 한다.

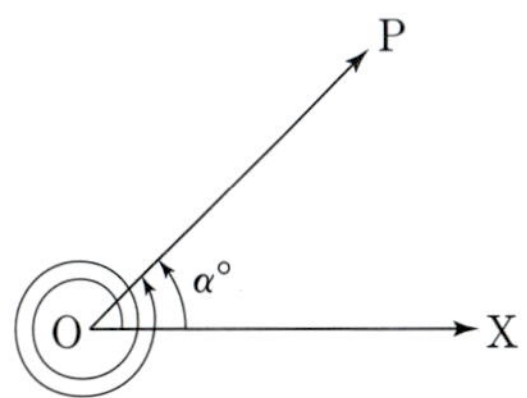

일반각: $360° \times n + \alpha°$ (n은 정수)

(2) 호도법

반지름의 길이와 호의 길이가 같을 때, 부채꼴의 중심각의 크기를 1라디안(rad)이라 한다.

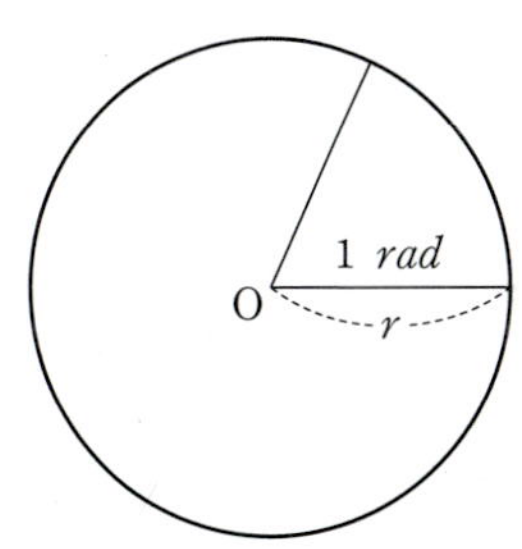

① $1(\text{라디안})=\dfrac{180°}{\pi}$

② $1°=\dfrac{\pi}{180°}(\text{라디안})$

(3) 부채꼴의 호의 길이와 넓이

반지름의 길이가 r, 중심각의 크기가 θ(라디안)인 부채꼴에서 호의 길이를 l, 넓이를 S라하면

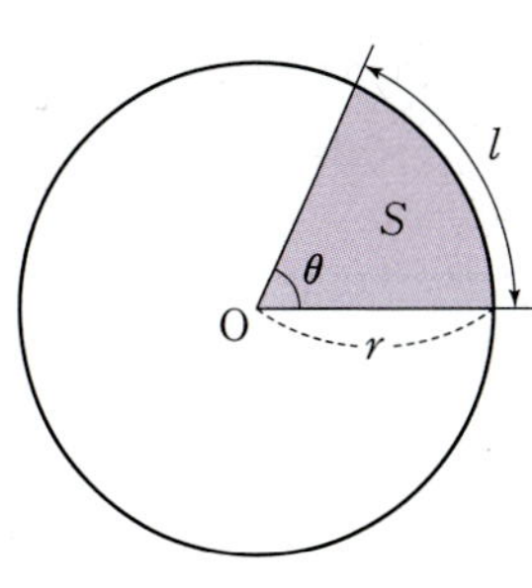

① $l=r\theta$

② $S=\dfrac{1}{2}r^2\theta=\dfrac{1}{2}rl$

2 삼각함수의 정의 및 관계

(1) 삼각함수의 정의

좌표평면에서 중심이 원점 O이고 반지름의 길이가 r인 원 위의 한 점을 $\mathrm{P}(x, y)$라 하고, x축의 양의 방향을 시초선으로 하는 동경 OP가 나타내는 각의 크기를 θ라 할 때, θ에 대한 삼각함수를 다음과 같이 정의한다.

$$\sin\theta=\frac{y}{r},\ \cos\theta=\frac{x}{r},\ \tan\theta=\frac{y}{x}\ (x\neq 0)$$

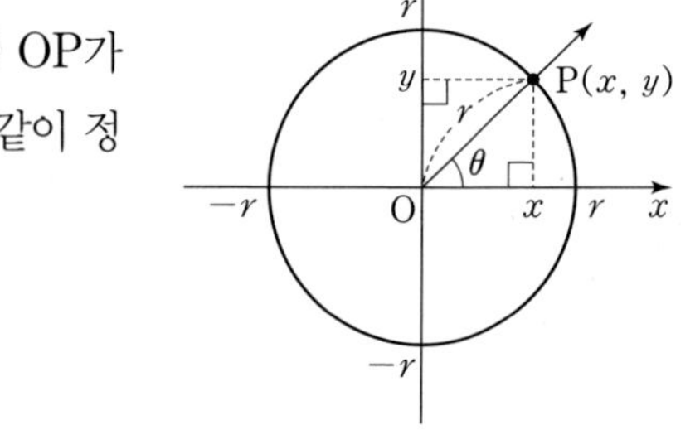

(2) 삼각함수의 부호

사분면	x, y 부호	$\sin\theta$	$\cos\theta$	$\tan\theta$
제 1 사분면	$x>0$, $y>0$	$+$	$+$	$+$
제 2 사분면	$x<0$, $y>0$	$+$	$-$	$-$
제 3 사분면	$x<0$, $y<0$	$-$	$-$	$+$
제 4 사분면	$x>0$, $y<0$	$-$	$+$	$-$

(3) 삼각함수 사이의 관계

① $\tan\theta=\dfrac{\sin\theta}{\cos\theta}$ ② $\sin^2\theta+\cos^2\theta=1$ ③ $1+\tan^2\theta=\dfrac{1}{\cos^2\theta}$

(4) 특수각의 삼각비

구분	$0°$	$30°$	$45°$	$60°$	$90°$
$\sin\theta$	0	$\frac{1}{2}$	$\frac{1}{\sqrt{2}}$	$\frac{\sqrt{3}}{2}$	1
$\cos\theta$	1	$\frac{\sqrt{3}}{2}$	$\frac{1}{\sqrt{2}}$	$\frac{1}{2}$	0
$\tan\theta$	0	$\frac{1}{\sqrt{3}}$	1	$\sqrt{3}$	∞

3 삼각함수의 그래프

(1) $y=\sin x$

① 정의역은 실수 전체의 집합이고, 치역은 $\{y|-1\leq y\leq 1\}$이다.

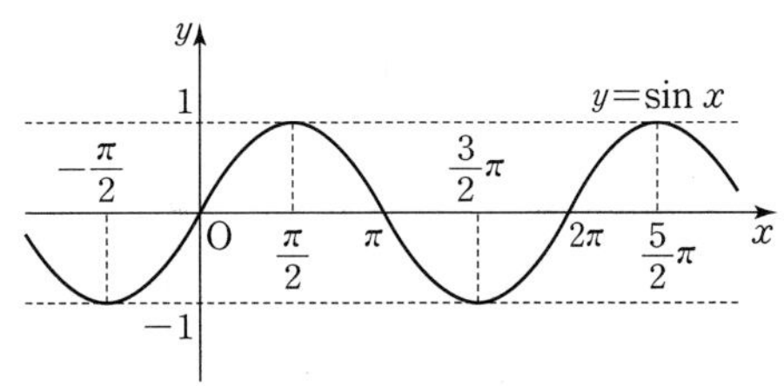

② 모든 실수 x에 대하여 $\sin(-x)=-\sin x$이다. 즉, 그래프는 원점에 대하여 대칭이다.

③ 모든 실수 x에 대하여 $\sin(2n\pi+x)=\sin x$ (n은 정수)이고, 주기가 2π인 주기함수이다.

(2) $y=\cos x$

① 정의역은 실수 전체의 집합이고, 치역은 $\{y|-1\leq y\leq 1\}$이다.

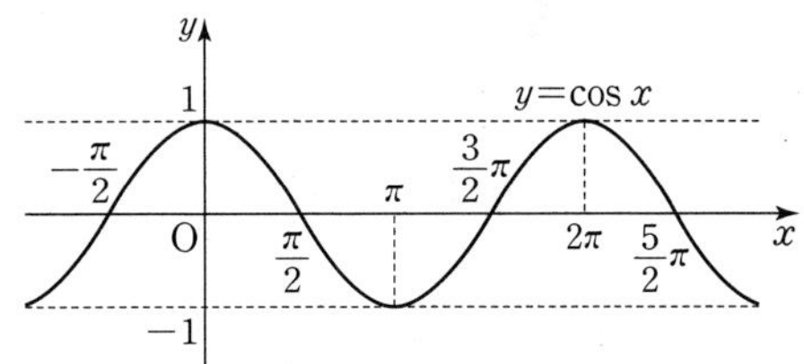

② 모든 실수 x에 대하여 $\cos(-x)=\cos x$이다. 즉, 그래프는 y축에 대하여 대칭이다.

③ 모든 실수 x에 대하여 $\cos(2n\pi+x)=\cos x$ (n은 정수)이고, 주기가 2π인 주기함수이다.

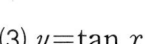

(3) $y=\tan x$

① 정의역은 $x\neq n\pi+\frac{\pi}{2}$ (n은 정수)인 실수 전체의 집합이고, 치역은 실수 전체의 집합이다.

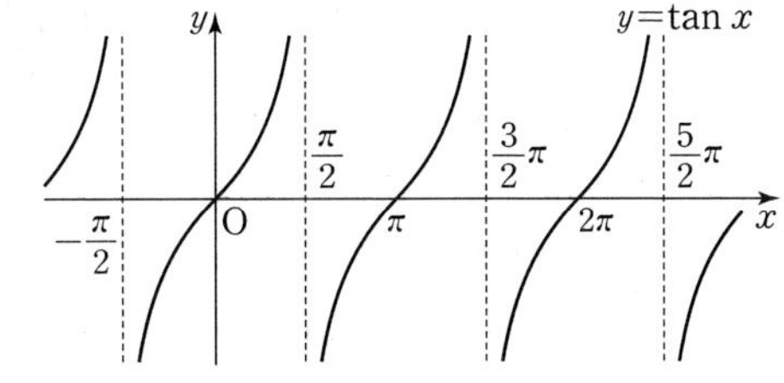

② 정의역에 속하는 모든 실수 x에 대하여 $\tan(-x)=-\tan x$이다. 즉, 그래프는 원점에 대하여 대칭이다.

③ 모든 실수 x에 대하여 $\tan(n\pi+x)=\tan x$ (n은 정수)이고, 주기가 π인 주기함수이다.

④ 그래프의 점근선은 직선 $x=n\pi+\frac{\pi}{2}$ (n은 정수)이다.

4 삼각함수의 성질 및 활용

(1) 삼각함수의 성질

① $2n\pi+\theta$의 삼각함수 (단, n은 정수)

㉠ $\sin(2n\pi+\theta)=\sin\theta$ ㉡ $\cos(2n\pi+\theta)=\cos\theta$ ㉢ $\tan(2n\pi+\theta)=\tan\theta$

② $-\theta$의 삼각함수

㉠ $\sin(-\theta)=-\sin\theta$ ㉡ $\cos(-\theta)=\cos\theta$ ㉢ $\tan(-\theta)=-\tan\theta$

③ $\pi+\theta$의 삼각함수

㉠ $\sin(\pi+\theta)=-\sin\theta$ ㉡ $\cos(\pi+\theta)=-\cos\theta$ ㉢ $\tan(\pi+\theta)=\tan\theta$

④ $\frac{\pi}{2}+\theta$의 삼각함수

㉠ $\sin\left(\frac{\pi}{2}+\theta\right)=\cos\theta$ ㉡ $\cos\left(\frac{\pi}{2}+\theta\right)=-\sin\theta$ ㉢ $\tan\left(\frac{\pi}{2}+\theta\right)=-\frac{1}{\tan\theta}$

(2) 삼각함수의 활용

① 방정식에의 활용

방정식 $2\sin x=1$, $2\cos x=-1$, $1+\tan x=0$과 같이 각의 크기가 미지수인 삼각함수를 포함한 방정식은 삼각함수의 그래프를 이용하여 다음과 같이 풀 수 있다.

㉠ 주어진 방정식을 $\sin x=k$($\cos x=k$, $\tan x=k$)의 꼴로 변형

㉡ 주어진 범위에서 함수 $y=\sin x$($y=\cos x$, $y=\tan x$)의 그래프와 직선 $y=k$의 교점의 x좌표를 찾아서 해를 구함

② 부등식에의 활용

부등식 $2\sin x>1$, $2\cos x<-1$, $1-\tan x>0$과 같이 각의 크기가 미지수인 삼각함수를 포함한 부등식은 삼각함수의 그래프를 이용하여 다음과 같이 풀 수 있다.

㉠ 주어진 부등식을 $\sin x>k$($\cos x<k$, $\tan x<k$)의 꼴로 변형

㉡ 주어진 범위에서 함수 $y=\sin x$($y=\cos x$, $y=\tan x$)의 그래프와 직선 $y=k$의 교점의 x좌표를 구함

㉢ 함수 $y=\sin x$($y=\cos x$, $y=\tan x$)의 그래프가 직선 $y=k$보다 위쪽(또는 아래쪽)에 있는 x값의 범위를 찾아서 해를 구함

5 사인 및 코사인 법칙

(1) 사인법칙

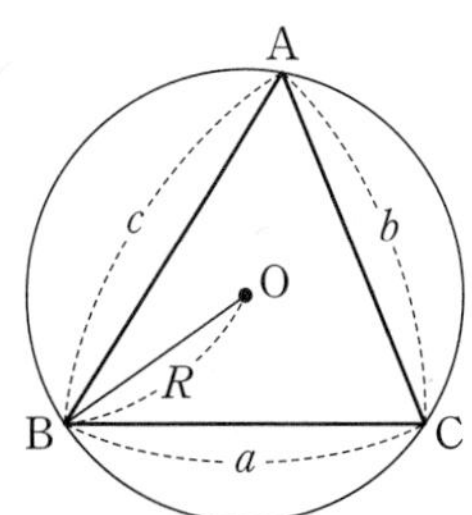

① $\triangle$ABC의 외접원의 반지름의 길이를 R이라 하면

$$\frac{a}{\sin \mathrm{A}}=\frac{b}{\sin \mathrm{B}}=\frac{c}{\sin \mathrm{C}}=2\mathrm{R}$$

② 사인법칙의 변형

① $a=2\mathrm{R}\sin \mathrm{A},\ b=2\mathrm{R}\sin \mathrm{B},\ c=2\mathrm{R}\sin \mathrm{C}$

② $\sin \mathrm{B}=\frac{a}{2\mathrm{R}},\ \sin \mathrm{B}=\frac{b}{2\mathrm{R}},\ \sin \mathrm{C}=\frac{c}{2\mathrm{R}}$

③ $a : b : c=\sin \mathrm{A} : \sin \mathrm{B} : \sin \mathrm{C}$

(2) 코사인법칙

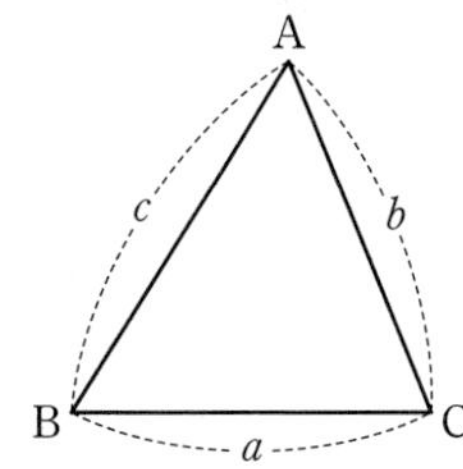

① $a^2=b^2+c^2-2bc\cos \mathrm{A} \Rightarrow \cos \mathrm{A}=\frac{b^2+c^2-a^2}{2bc}$

② $b^2=c^2+a^2-2ca\cos \mathrm{B} \Rightarrow \cos \mathrm{B}=\frac{c^2+a^2-b^2}{2ca}$

③ $c^2=a^2+b^2-2ab\cos \mathrm{C} \Rightarrow \cos \mathrm{C}=\frac{a^2+b^2-c^2}{2ab}$

6 삼각형의 넓이

(1) 두 변의 길이와 끼인각의 크기가 주어진 삼각형의 넓이

$$S=\frac{1}{2}ab\sin \mathrm{C}=\frac{1}{2}ac\sin \mathrm{B}=\frac{1}{2}bc\sin \mathrm{A}$$

(2) 내접원의 반지름의 길이(r)이 주어진 삼각형의 넓이

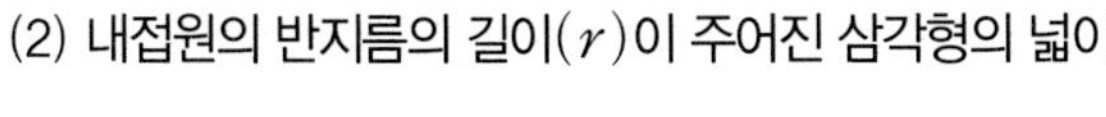

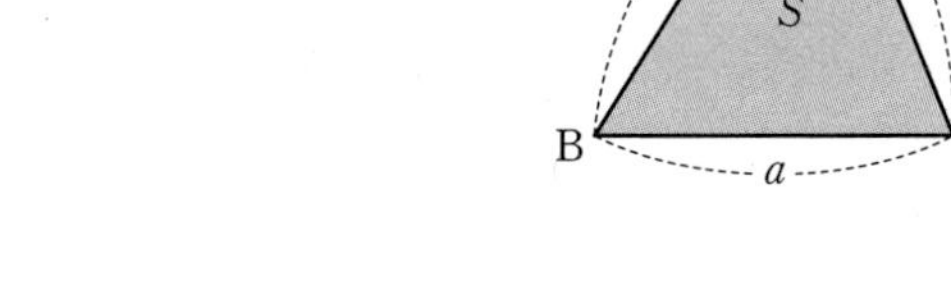

$$S=rs\left(\text{단, } s=\frac{a+b+c}{2}\right)$$

(3) 사각형의 넓이

① 평행사변형의 넓이 $S=xy\sin\theta$

② 사각형의 넓이 $S=\frac{1}{2}xy\sin\theta$

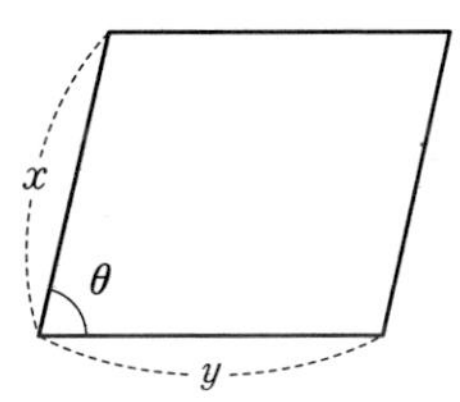

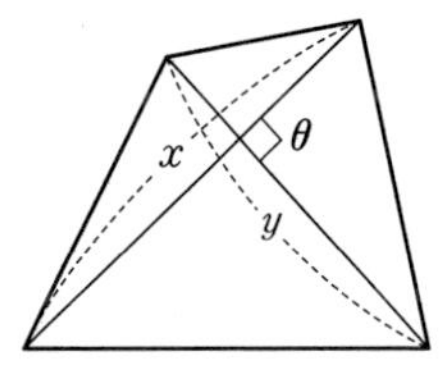

[실전문제]

해답 p.285

배점(총점)	예상 소요 시간
8점	5분 / 전체 80분

▶ 삼각형 ABC에서 $\overline{AB}=4$, $\overline{AC}=3$이다.
삼각형 ABC의 넓이가 5일 때, $\tan A$의 값을 구하는 과정을 서술하시오.
$\left(단, \frac{\pi}{2}<\angle A<\pi\right)$

모범답안 삼각형 ABC의 넓이를 S라고 하면

$S=\frac{1}{2}\overline{AB}\times\overline{AC}\sin A=5$

$\frac{1}{2}\times4\times3\times\sin A=5 \quad \therefore \sin A=\frac{5}{6}$

$\cos^2 A=1-\frac{25}{36}=\frac{11}{36}$이고

$\frac{\pi}{2}<\angle A<\pi$이므로 $\cos A=-\frac{\sqrt{11}}{6}$

$\therefore \tan A=\frac{\sin A}{\cos A}=-\frac{5\sqrt{11}}{11}$

채점기준

답안	배점
$\sin A=\frac{5}{6}$	4점
$\tan A=-\frac{5\sqrt{11}}{11}$ $\left(또는 \tan A=-\frac{5}{\sqrt{11}}\right)$	4점

01 반지름의 길이가 a이고 중심각의 크기가 $\frac{\pi}{3}$인 부채꼴의 넓이가 $\frac{2}{3}\pi$이다. a의 값을 구하는 과정을 서술하시오.

02 $\sin\theta=\frac{1}{2}$일 때, $\cos^2\theta$의 값을 구하는 과정을 서술하시오.

03 두 함수

$f(x)=a\sin bx+1$, $g(x)=|\cos 2x|$에 대하여 함수 $f(x)$의 최댓값과 최솟값의 차가 10이고, 함수 $f(x)$의 주기와 함수 $g(x)$의 주기가 같을 때, $a+b$의 최댓값을 구하는 과정을 서술하시오.

(단, a, b는 0이 아닌 상수이다.)

04 함수 $f(x)=a\sin\pi x+b$의 최댓값이 3이고 $f\left(\frac{1}{6}\right)=1$일 때, $a+b$의 값을 구하는 과정을 서술하시오.

(단, a, b는 상수이고, $a>0$이다.)

05 삼각형 ABC가 다음 조건을 만족시킨다.

> (가) $\sin^2 A = \sin^2 B + \sin^2 C$
> (나) $\sin B = 2\sin C$

$\overline{BC} = \sqrt{5}$일 때, 선분 $\overline{CA}$의 길이를 구하는 과정을 서술하시오.

06 그림과 같이 중심각의 크기가 $\frac{4}{25}\pi$이고 호의 길이가 $\frac{8}{5}\pi$인 부채꼴 OAB가 있다. 선분 OB를 3:2로 내분하는 점을 C라 할 때, 부채꼴 OAB의 넓이와 부채꼴 OCD의 넓이가 같게 되도록 부채꼴 OCD를 그린다. 부채꼴 OCD의 호 CD의 길이가 $\frac{q}{p}\pi$일 때, $p \times q$의 값을 구하는 과정을 서술하시오.
(단, p와 q는 서로소인 자연수이다.)

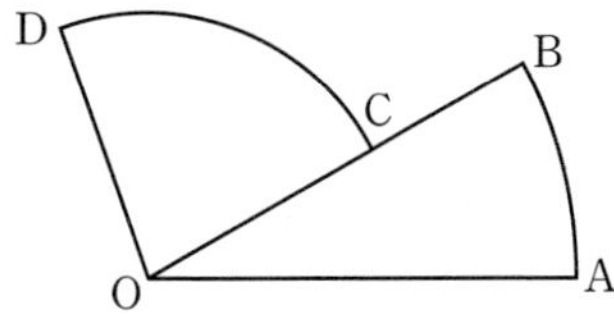

07 $\frac{3}{2}\pi < \theta < 2\pi$인 θ에 대하여 $\sin\theta = -\frac{\sqrt{7}}{4}$일 때, $\frac{4\cos\theta}{1-\cos\theta}$의 값을 구하는 과정을 서술하시오.

08 $\tan\theta < 0$이고 $\cos\left(\frac{\pi}{2}+\theta\right) = \frac{\sqrt{5}}{3}$일 때, $\cos\theta$의 값을 구하는 과정을 서술하시오.

09 두 상수 a, b에 대하여 함수 $f(x)=a\sin\frac{x}{2}+b$의 최솟값이 -1이고 $f\left(\frac{\pi}{3}\right)=5$일 때, $\frac{ab}{2}$의 값을 구하는 과정을 서술하시오. (단, $a>0$)

10 반지름의 길이가 11인 원에 내접하는 삼각형 ABC에서 $\cos A=\frac{\sqrt{7}}{4}$일 때, 선분 BC의 길이를 구하는 과정을 서술하시오.

11 $\triangle ABC$에 외접하는 외접원의 반지름의 길이가 $3\sqrt{2}$이고 $\angle B+\angle C=150^\circ$일 때 선분 BC의 길이를 구하는 과정을 서술하시오.

12 부채꼴의 넓이가 16일 때, 그 둘레가 최댓값이 되도록 하는 반지름의 길이를 구하는 과정을 서술하시오.

13 $0< \theta <2\pi$에서
함수 $f(\theta)=\dfrac{3}{4-3\sin^2\theta}-4\sin^2\theta$의
최솟값을 구하는 과정을 서술하시오.

14 θ가 제4사분면의 각일 때,
$\sin^2\theta-|\sin\theta|<\cos^2\theta$를 만족하는 θ의 범위를 구하는 과정을 서술하시오.

15 함수 $f(x)=a\sin bx+c$의 주기가 π이고 최댓값이 2이다. $f\left(\frac{\pi}{6}\right)=\sqrt{3}$의 값을 가질 때 $f\left(\frac{\pi}{8}\right)$의 값을 구하는 과정을 서술하시오.
(단, $a>0$, $b>0$)

16 $\triangle$ABC의 두 변 AB, BC 위의 점 D와 E를 이은 $\overline{\mathrm{DE}}$가 $\triangle$ABC의 넓이를 이등분한다. 이때 $\overline{\mathrm{BD}}\times\overline{\mathrm{BE}}$의 값을 구하는 과정을 서술하시오.
(단, $\overline{\mathrm{AB}}=4$, $\overline{\mathrm{BC}}=6$)

17 $0 \le x < \pi$에서 x에 대한 방정식 $\cos x = x^2 + k$가 실근을 갖도록 하는 k값의 범위를 구하는 과정을 서술하시오.

18 오른쪽 그림과 같이 중심각의 크기가 $60°$인 부채꼴 OAB가 있다. 점 A에서 $\overline{OB}$에 내린 수선의 발을 P라고 할 때, $\overline{AP} = \sqrt{3}$이다. 이때 색칠한 부분의 넓이를 구하는 과정을 서술하시오.

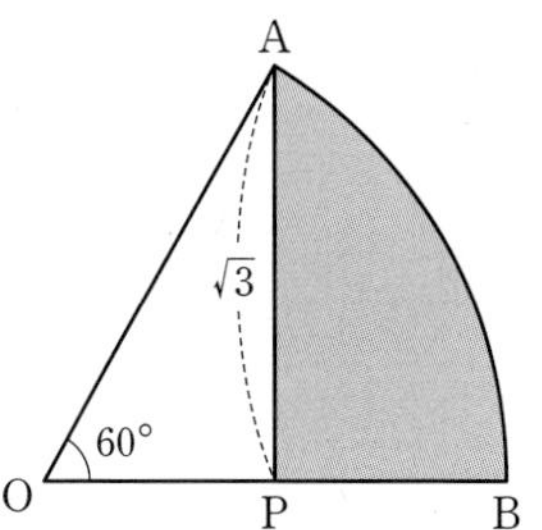

19 이차방정식 $x^2-2kx+2k=0$의 두 근이 각각 $\sin\theta$, $\cos\theta$일 때, 모든 상수 k값의 합을 구하는 과정을 서술하시오.

20 $\angle A=\angle C$인 이등변삼각형 $\triangle ABC$에서 $\angle B=2\angle A$일 때, $\frac{a}{b}$의 값을 구하는 과정을 서술하시오.

수열

[핵심이론]

1 1. 등차수열

(1) 일반항 및 등차중항

① 일반항

첫째항이 a, 공차가 d인 등차수열 $\{a_n\}$의 일반항 a_n은

$a_n=a+(n-1)d$ (단, $n=1, 2, 3, \cdots$)

② 등차중항

세수 a, b, c가 이 순서대로 등차수열을 이룰 때, b를 a와 c의 등차중항이라고 한다.

$b-a=c-b$이므로 $b=\dfrac{a+c}{2}$

(2) 등차수열의 합

등차수열의 첫째항부터 제n항까지의 합 S_n은 다음과 같다.

① 첫째항이 a, 제n항이 l일 때: $S_n=\dfrac{n(a+l)}{2}$

② 첫째항이 a, 공차가 d일 때: $S_n=\dfrac{n\{2a+(n-1)d\}}{2}$

2 등비수열

(1) 일반항 및 등비중항

① 일반항

첫째항이 a, 공비가 $r(r\neq0)$인 등비수열 $\{a_n\}$의 일반항 a_n은

$a_n=ar^{n-1}$ (단, $n=1, 2, 3, \cdots$)

② 등비중항

0이 아닌 세수 a, b, c가 이 순서대로 등비수열을 이룰 때, b를 a와 c의 등비중항이라고 한다.

$\dfrac{b}{a}=\dfrac{c}{b}$이므로 $b^2=ac$

(2) 등비수열의 합

첫째항이 a, 공비가 $r(r\neq0)$인 등비수열의 첫째항부터 제n항까지의 합 S_n은 다음과 같다.

① $r=1$일 때: $S_n=na$

② $r\neq1$일 때: $S_n=\dfrac{a(r^n-1)}{r-1}=\dfrac{a(1-r^n)}{1-r}$

(3) 수열의 합과 일반항 사이의 관계

수열 $\{a_n\}$의 첫째항부터 제 n항까지의 합을 S_n이라 하면

$a_1=S_1,\ a_n=S_n-S_{n-1}\ (n\geq2)$

3 수열의 합

(1) 정의

수열 $\{a_n\}$의 첫째항부터 n번째 항까지의 합

$\sum_{k=1}^{n}a_k=S_n=a_1+a_2+a_3+\cdots+a_n$

(2) 성질

① $\sum_{k=1}^{n}(a_k+b_k)=\sum_{k=1}^{n}a_k+\sum_{k=1}^{n}b_k$

② $\sum_{k=1}^{n}(a_k-b_k)=\sum_{k=1}^{n}a_k-\sum_{k=1}^{n}b_k$

③ $\sum_{k=1}^{n}ca_k=c\sum_{k=1}^{n}a_k$ (단, c는 상수)

④ $\sum_{k=1}^{n}c=cn$ (단, c는 상수)

(3) 여러 가지 수열의 합

① 자연수의 합

㉠ $\sum_{k=1}^{n}k=1+2+3+\cdots+n=\dfrac{n(n+1)}{2}$

㉡ $\sum_{k=1}^{n}k^2=1^2+2^2+3^2+\cdots+n^2=\dfrac{n(n+1)(2n+1)}{6}$

㉢ $\sum_{k=1}^{n}k^3=1^3+2^3+3^3+\cdots+n^3=\left\{\dfrac{n(n+1)}{2}\right\}^2$

② 분수 꼴인 수열의 합

① $\sum_{k=1}^{n}\dfrac{1}{k(k+a)}=\sum_{k=1}^{n}\dfrac{1}{a}\left(\dfrac{1}{k}-\dfrac{1}{k+a}\right)$

② $\sum_{k=1}^{n}\dfrac{1}{(k+a)(k+b)}=\dfrac{1}{b-a}\sum_{k=1}^{n}\left(\dfrac{1}{k+a}-\dfrac{1}{k+b}\right)$ (단, $a\neq b$)

③ 무리식으로 나타내어진 수열의 합

㉠ $\sum_{k=1}^{n}\frac{1}{\sqrt{k+a}+\sqrt{k}}=\frac{1}{a}\sum_{k=1}^{n}(\sqrt{k+a}-\sqrt{k})$ (단, $a\neq0$)

㉡ $\sum_{k=1}^{n}\frac{1}{\sqrt{k+a}+\sqrt{k+b}}=\frac{1}{a-b}\sum_{k=1}^{n}(\sqrt{k+a}-\sqrt{k+b})$ (단, $a\neq b$)

4 수학적 귀납법

(1) 귀납적 정의

① **수열**: $\{a_n\}$을 첫째항 a_1, 서로 이웃하는 a_n과 a_{n+1} 사이의 관계식으로 정의하는 것

② **등차수열**: $a_{n+1}-a_n=d$(일정), $2a_{n+1}=a_n+a_{n+2}$

③ **등비수열**: $a_{n+1}\div a_n=r$(일정), $(a_{n+1})^2=a_n\times a_{n+2}$

(2) 수학적 귀납법

자연수 n과 관련된 어떤 명제 $p(n)$이 모든 자여수에 대하여 성립한다는 것을 증명하려면 다음 두 가지를 보이면 된다.

① $n=1$일 때: 명제 $p(n)$이 성립한다.

② $n=k$일 때: 명제 $p(n)$이 성립함을 가정하면, $n=k+1$일 때에도 명제 $p(n)$이 성립한다.

[실전문제]

해답 p.288

배점(총점)	예상 소요 시간
8점	4분 / 전체 80분

▶ **첫째항이 1인 등차수열 $\{a_n\}$에서 $\sum_{n=1}^{10} a_n=100$일 때, a_{2025}의 값을 구하는 과정을 서술하시오.**

모범답안 공차를 d라 하면 $n=10$, $a=1$이므로

$$\sum_{n=1}^{10} a_n=\frac{n\{2a+(n-1)d\}}{2}=\frac{10(2+9d)}{2}=100$$

$2+9d=20$, 즉 $d=2$

따라서 $a_{2025}=1+2024d=4049$

채점기준

답안	배점
공차를 d라 하면 $n=10$, $a=1$이므로 $\sum_{n=1}^{10} a_n=\frac{n\{2a+(n-1)d\}}{2}=\frac{10(2+9d)}{2}=100$ $2+9d=20$, 즉 $d=2$	4점
$a_{2025}=1+2024d=4049$	4점

01 등차수열 $\{a_n\}$에 대하여 $a_1=-1$, $a_2=3$일 때, 수열 $\{a_n\}$의 첫째항부터 제7항까지의 합을 구하는 과정을 서술하시오.

02 모든 항이 양수인 등비수열 $\{a_n\}$에 대하여 $a_2=\frac{1}{4}$, $a_3+a_4=5$일 때, a_7의 값을 구하는 과정을 서술하시오.

03 첫째항이 a이고 공비가 $\frac{1}{2}$인 등비수열의 첫째항부터 제n항까지의 합을 S_n이라 할 때, $S_4=3$이다.
a의 값을 구하는 과정을 서술하시오.

04 두 수열 $\{a_n\}$, $\{b_n\}$에 대하여 $\sum_{k=1}^{10} 3a_k=15$, $\sum_{k=1}^{10}(a_k+2b_k)=21$일 때, $\sum_{k=1}^{10}(b_k+1)$의 값을 구하는 과정을 서술하시오.

05 수열 $\{a_n\}$에 대하여

$\sum_{k=1}^{10}\{5a_k-k(k-3)\}=0$일 때,

$\sum_{k=1}^{10}a_k$의 값을 구하는 과정을 서술하시오.

06 첫째항이 3이고 공차가 2인 등차수열 $\{a_n\}$에 대하여 $b_n=a_{2n-1}+a_{2n}$이라 하자.

수열 $\{b_n\}$의 첫째항부터 제n항까지의 합을 S_n이라 할 때, S_6의 값을 구하는 과정을 서술하시오.

07 모든 항이 실수인 등비수열 $\{a_n\}$에 대하여
$a_3-a_1=4$, $a_7-a_5=36$일 때,
a_7의 값을 구하는 과정을 서술하시오.

08 0이 아닌 두 실수 a, b가 다음 조건을 만족시킬 때, $a+b$의 값을 구하는 과정을 서술하시오.

(가) 세 수 a, $a+b$, ab는 이 순서대로 등차수열을 이룬다.
(나) 세 수 a^2, ab, $2b$는 이 순서대로 등비수열을 이룬다.

09 자연수 n에 대하여 x에 대한 이차방정식
$nx^2-(n^2-12n)x-8=0$의
두 근의 합을 a_n, 두 근의 곱을 b_n이라 할 때,
$\sum_{k=1}^{16} \frac{a_k}{b_k}$의 값을 구하는 과정을 서술하시오.

10 모든 항이 양수인 수열 $\{a_n\}$은 $a_1=2$이고,
모든 자연수 n에 대하여
$\log_2 a_n \times \log_2 a_{n+1} = 2n-1$을 만족시킬 때,
$5\log_2 \frac{a_5}{a_2}$의 값을 구하는 과정을 서술하시오.

11 수열 $\{a_n\}$의 일반항이 $a_n=\frac{n^2+n}{n^2+n+1}$일 때, $\sum_{k=1}^{10}\frac{11}{a_k}$의 값을 구하는 과정을 서술하시오.

12 등차수열 $\{a_n\}$에 대하여

$a_1+a_2+a_3+\cdots+a_{10}=100$,

$a_1+a_2+a_3+a_4+a_5$

$=2(a_6+a_7+a_8+a_9+a_{10})$일 때,

a_7의 값을 구하는 과정을 서술하시오.

13 이차방정식 $x^2-kx+5=0$의 두 근 α, $\beta(\alpha<\beta)$에 대해서 α, $\beta-\alpha$, β가 이 순서로 등비수열을 이룰 때, 양수 k의 값을 구하는 과정을 서술하시오.

14 등차수열 $\{a_n\}$에서 $a_3=-2$, $a_9=22$일 때, $|a_1|+|a_2|+|a_3|+\cdots+|a_{10}|$의 값을 구하는 과정을 서술하시오.

15 수열 $\{a_n\}$이 $a_1=2$일 때,
$a_{n+1}+2a_n=3a_n+2$를 만족한다.
a_{15}의 값을 구하는 과정을 서술하시오.

16 서로 다른 세 수 a, b, 2가 차례대로 등차수열을 이루고, 세 수 2, a, b가 차례대로 등비수열을 이룬다고 한다. $2ab$의 값을 구하는 과정을 서술하시오.

17 수열 $\{a_n\}$의 일반항이

$a_n=\dfrac{n(n-1)}{3\{1^2+2^2+3^2+\cdots+(n-1)^2\}}$일 때

$\sum_{k=1}^{10}\dfrac{1}{a_k}$의 값을 구하는 과정을 서술하시오.

18 다음 수열의 첫째항부터 제10항까지의 합을 구하는 과정을 서술하시오.

$\dfrac{1}{2}, \dfrac{1}{2+4}, \dfrac{1}{2+4+6}, \dfrac{1}{2+4+6+8}, \cdots$

19 공차가 d_1, d_2인 두 등차수열 $\{a_n\}$, $\{b_n\}$의 첫째항부터 제 n항까지의 합을 각각 S_n, T_n이라 할 때, 다음의 두 조건을 만족한다.

> $S_nT_n=1^3+2^3+3^3+\cdots+(n-1)^3+n^3$
> $a_n=4n$

이때 b_8의 값을 구하는 과정을 서술하시오.

20 수열 $\{a_n\}$이 $a_1=\frac{1}{2}$이고 다음 조건을 만족한다.

$$a_{n+1}\begin{cases} 2a_n & (a_n\le 1) \\ a_n-\frac{3}{2} & (a_n>1) \end{cases}$$

이때 a_9+a_{14}의 값을 구하는 과정을 서술하시오.

수학 Ⅱ

Ⅳ 함수의 극한과 연속

[핵심이론]

1 함수의 극한

(1) 함수의 수렴과 발산

① 함수의 수렴

함수 $f(x)$에서 x가 a가 아닌 값이면서 a에 한없이 가까워질 때, $f(x)$의 값이 일정한 값 α에 한없이 가까워지면 함수 $f(x)$는 α에 수렴한다고 하며, α를 $x \to a$일 때의 $f(x)$의 극한이라고 한다.

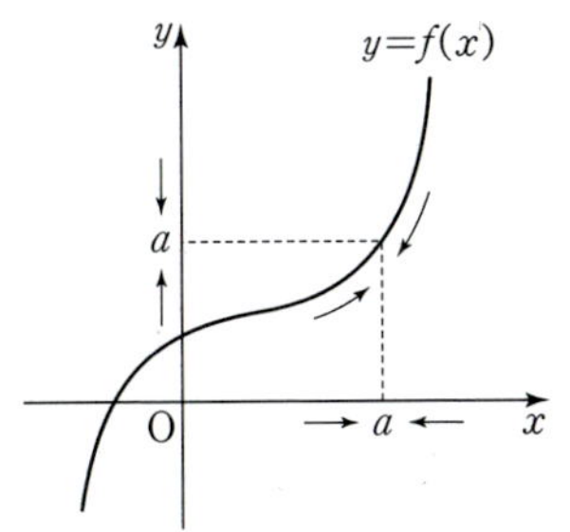

$\lim_{x \to a} f(x) = \alpha$ 또는 $x \to a$일 때, $f(x) \to \alpha$

② 함수의 발산

함수 $f(x)$에서 x가 a가 아닌 값이면서 a에 한없이 가까워질 때, $f(x)$의 값이 한없이 커지거나 작아지면 $f(x)$는 양의 무한대 또는 음의 무한대로 발산한다고 한다.

$\lim_{x \to a} f(x) = \infty(-\infty)$ 또는 $x \to a$일 때, $f(x) \to \infty(-\infty)$

(2) 함수의 좌극한과 우극한

① 함수의 좌극한

함수 $f(x)$에서 x가 a보다 작으면서 a에 한없이 가까워질 때, $f(x)$가 일정한 값 α에 한없이 가까워지면 α를 $x=a$에서 함수 $f(x)$의 좌극한값이라고 한다.

$\lim_{x \to a-} f(x) = \alpha$ 또는 $x \to a-$일 때, $f(x) \to \alpha$

② 함수의 우극한

함수 $f(x)$에서 x가 a보다 크면서 a에 한없이 가까워질 때, $f(x)$가 일정한 값 α에 한없이 가까워지면 α를 $x=a$에서 함수 $f(x)$의 우극한값이라고 한다.

$\lim_{x \to a+} f(x) = \alpha$ 또는 $x \to a+$일 때, $f(x) \to \alpha$

③ 극한값의 존재

좌극한값과 우극한값이 같을 때, 극한값이 존재한다고 한다.

$$\lim_{x \to a-} f(x) = \lim_{x \to a+} f(x) = \alpha \text{ 일 때, } \lim_{x \to a} f(x) \to \alpha$$

(3) 함수의 극한에 대한 성질

① 기본 성질

두 함수 $f(x)$, $g(x)$에 대하여 $\lim_{x \to a} f(x) = \alpha$, $\lim_{x \to a} g(x) = \beta$ (α, β는 실수)일 때

㉠ $\lim_{x \to a} \{cf(x)\} = c\lim_{x \to a} f(x) = c\alpha$ (단, c는 상수)

㉡ $\lim_{x \to a} \{f(x)+g(x)\} = \lim_{x \to a} f(x) + \lim_{x \to a} g(x) = \alpha + \beta$

㉢ $\lim_{x \to a} \{f(x)-g(x)\} = \lim_{x \to a} f(x) - \lim_{x \to a} g(x) = \alpha - \beta$

㉣ $\lim_{x \to a} \{f(x)g(x)\} = \lim_{x \to a} f(x) \times \lim_{x \to a} g(x) = \alpha\beta$

㉤ $\lim_{x \to a} \frac{f(x)}{g(x)} = \frac{\lim_{x \to a} f(x)}{\lim_{x \to a} g(x)} = \frac{\alpha}{\beta}$ (단, $\beta \neq 0$)

② 함수의 극한과 부등식

㉠ $f(x) \leq g(x)$이면 $\lim_{x \to a} f(x) \leq \lim_{x \to a} g(x)$

㉡ $f(x) \leq h(x) \leq g(x)$이고 $\lim_{x \to a} f(x) = \lim_{x \to a} g(x) = \alpha$이면 $\lim_{x \to a} h(x) = \alpha$

(4) 미정계수의 결정

두 함수 $f(x)$, $g(x)$에 대하여 다음 성질을 이용하여 미정계수를 결정할 수 있다.

① $\lim_{x \to a} \frac{f(x)}{g(x)} = \alpha$ (α는 실수)이고 $\lim_{x \to a} g(x) = 0$이면 $\lim_{x \to a} f(x) = 0$이다.

② $\lim_{x \to a} \frac{f(x)}{g(x)} = \alpha$ ($\alpha \neq 0$인 실수)이고 $\lim_{x \to a} f(x) = 0$이면 $\lim_{x \to a} g(x) = 0$이다.

2 함수의 연속

(1) 연속과 불연속

① 함수의 연속

함수 $f(x)$가 실수 a에 대하여 다음의 세 조건을 만족시킬 때, 함수 $f(x)$는 $x=a$에서 연속이라고 한다.

$$\begin{cases} \text{함수 } f(x)\text{가 } x=a\text{에서 정의되어 있다.} \\ \lim_{x\to a} f(x)\text{가 존재한다.} \\ \lim_{x\to a} f(x)=f(a)\text{이다.} \end{cases}$$

② 함수의 불연속

함수 $f(x)$가 위의 세 조건 중 하나라도 만족하지 않을 때, $f(x)$는 $x=a$에서 불연속이라고 한다.

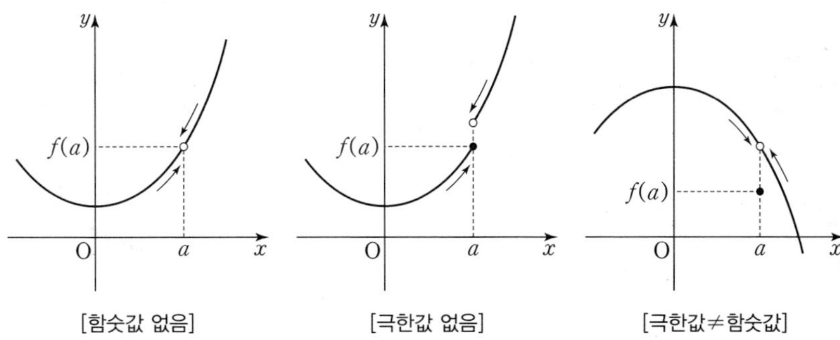

(2) 연속함수의 성질

함수 $f(x)$, $g(x)$가 $x=a$에서 연속이면 다음 함수도 $x=a$에서 연속이다.

① $cf(x)$ (단, c는 상수)　② $f(x)\pm g(x)$

③ $f(x)g(x)$　④ $\dfrac{f(x)}{g(x)}$ (단, $g(x)\neq 0$)

(3) 최대 · 최소 정리

함수 $f(x)$가 닫힌구간 $[a, b]$에서 연속이면 함수 $f(x)$는 이 구간에서 반드시 최댓값과 최솟값을 갖는다.

(4) 사잇값 정리

① 함수 $f(x)$가 닫힌구간 $[a, b]$에서 연속이고 $f(a)\neq f(b)$이면 $f(a)$와 $f(b)$ 사이의 임의의 값 k에 대하여 $f(c)=k$가 열린구간 (a, b)에 적어도 하나 존재한다.

② 함수 $f(x)$가 닫힌구간 $[a, b]$에서 연속이고 $f(a)$와 $f(b)$의 부호가 서로 다르면 $f(c)=0$인 c가 열린구간 (a, b)에 적어도 하나 존재한다.

[실전문제]

해답 p.291

배점(총점)	예상 소요 시간
8점	4분 / 전체 80분

▶ **함수**

$$f(x)=\begin{cases} \dfrac{x^3-1}{ax^2-a} & (x>1) \\ \dfrac{3}{8} & (x\le 1) \end{cases}$$ 이

$x=1$에서 연속이 되도록 하는 양수 a의 값을 구하는 과정을 서술하시오.

모범답안 $\lim_{x\to 1-}f(x)=\lim_{x\to 1+}f(x)=f(1)$이어야 하고

$\lim_{x\to 1+}f(x)=\lim_{x\to 1+}\dfrac{x^3-1}{a(x^2-1)}=\lim_{x\to 1+}\dfrac{x^2+x+1}{a(x+1)}=\dfrac{3}{2a}$이므로

$\dfrac{3}{2a}=\dfrac{3}{8}$

즉, $a=4$

채점기준

답안	배점
$\lim_{x\to 1+}f(x)=\dfrac{3}{2a}$를 구하면	4점
식 $\dfrac{3}{2a}=\dfrac{3}{8}$을 세우면	2점
$a=4$를 구하면	2점

01 함수 $y=f(x)$의 그래프가 그림과 같다.

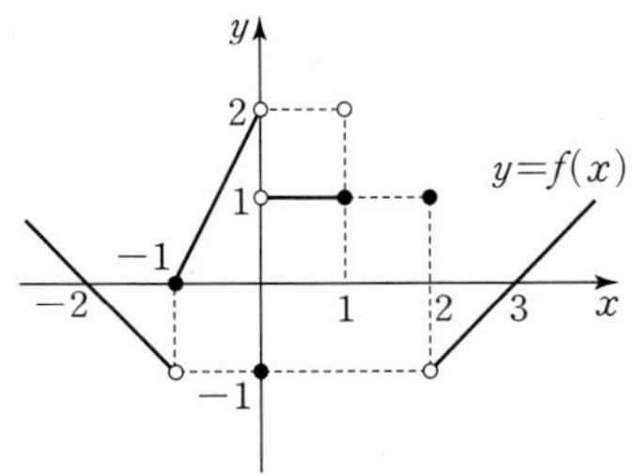

$f(2)-\frac{1}{3}\lim_{x\to 1+}f(x)f(-x)$의 값을 구하는 과정을 서술하시오.

02 함수 $f(x)$가

$\lim_{x\to 2}xf(x)=\frac{4}{9}$를 만족시킬 때,

$\lim_{x\to 2}(2x^2+1)f(x)$의 값을 구하는 과정을 서술하시오.

03 $\lim_{x \to 3} \frac{x^2-9}{x^2-x-6}$의 값을 구하는 과정을 서술하시오.

04 두 상수 a, b에 대하여
$\lim_{x \to -2} \frac{\sqrt{2x+a}+b}{x+2}=\frac{1}{2}$일 때,
$a-b$의 값을 구하는 과정을 서술하시오.

05 다항함수 $f(x)$가 모든 실수 x에 대하여 $f(x)=x^3-3x+2\lim_{t\to1}f(t)$를 만족시킬 때, $f(-1)$의 값을 구하는 과정을 서술하시오.

06 $\lim_{x\to0}\frac{6x-x^2}{\sqrt{1+x}-\sqrt{1-x}}$의 값을 구하는 과정을 서술하시오.

07 모든 양의 실수 x에 대하여 함수 $f(x)$가
$\frac{x^2-2}{9x} \le f(x) \le \frac{x^2+2}{9x}$를 만족시킬 때,
$\lim_{x\to\infty}\frac{3f(x)}{x}$의 값을 구하는 과정을 서술하시오.

08 두 다항함수 $f(x)$, $g(x)$가 다음 조건을 만족시킨다.

(가) $\lim_{x\to1-}f(x)+\lim_{x\to1+}2f(x)=6$
(나) $\lim_{x\to1}\{f(x)g(x)+2xf(x)\}=10$

$\lim_{x\to1}\{5f(x)-3g(x)\}$의 값을 구하는 과정을 서술하시오.

09 함수

$$f(x)=\begin{cases} \dfrac{\sqrt{x^2+8}-3}{x-1} & (x\neq 1) \\ a & (x=1) \end{cases}$$ 이

$x=1$에서 연속일 때, 상수 a의 값을 구하는 과정을 서술하시오.

10 두 함수 $f(x)=x^5+x^4+3x^3+3$, $g(x)=x^4+2x^3-x+k$에 대하여 방정식 $f(x)-g(x)=0$은 실수 k의 값에 관계없이 오직 하나의 실근을 갖는다. 이 실근이 열린구간 $(1,\ 2)$에 속하도록 하는 정수 k의 개수를 구하는 과정을 서술하시오.

11 $\lim_{x \to 2}\frac{\sqrt{2x^2+1}-3}{mx+n}=\frac{4}{3}$일 때, $m+n$의 값을 구하는 과정을 서술하시오.

12 두 다항함수 $f(x)$, $g(x)$가 모든 실수 x에 대하여

$-2x^2+5 \le f(x)+g(x) \le -4x+7$을 만족시키고,

$\lim_{x \to 1}\frac{2f(x)+g(x)}{f(x)+2g(x)}=8$일 때,

$\lim_{x \to 1}\{f(x)-2g(x)\}$의 값을 구하는 과정을 서술하시오.

13 두 함수 $f(x)$, $g(x)$에 대하여

$\lim_{x\to\infty} f(x)=\infty$, $\lim_{x\to\infty}\{2f(x)-3g(x)\}=8$

이다. 이때, $\lim_{x\to\infty}\left\{\frac{f(x)+3g(x)}{f(x)}\right\}$의 값을 구하는 과정을 서술하시오.

14 두 상수 a, b에 대하여

$\lim_{x\to 2}\frac{2-\sqrt{ax+b}}{x^2-2x}=1$일 때, $b-a$의 값을 구하는 과정을 서술하시오.

15 다항함수 $f(x)$가 다음의 두 조건을 만족한다.

> (가) $\lim_{x\to\infty}\frac{f(x)-x^3}{x^2}=1$
> (나) $f(x)=-f(-x)$

다항함수 $f(x)$의 식을 구하는 과정을 서술하시오.

16 두 양수 a, b에 대하여 함수 $f(x)$가

$$f(x)=\begin{cases} x+a & (x<-1) \\ x & (-1\le x<3) \\ bx-2 & (x\ge 3) \end{cases}$$ 이다.

함수 $|f(x)|$가 실수 전체의 집합에서 연속일 때, $a-b$의 값을 구하는 과정을 서술하시오.

17 다항함수 $f(x)$가 다음의 두 조건을 만족한다.

(가) $\lim_{x \to 0} \frac{f(x)}{x} = 5$

(나) $\lim_{x \to 5} \frac{f(x)}{(x-5)} = 10$

이때 $\lim_{x \to 5} \frac{f(f(x))}{x(x-5)}$의 값을 구하는 과정을 서술하시오.

18 연속함수 $f(x)$가 다음과 같다.

$$f(x) = \begin{cases} a(x-4)^2 + b & (0 \leq x < 4) \\ 3x-2 & (4 \leq x < 8) \end{cases}$$

(단, a, b는 상수)

모든 실수 x에 대하여 $f(x+8) = f(x)$일 때, $f(11)$의 값을 구하는 과정을 서술하시오.

19 다항함수 $g(x)$에 대하여 극한값

$\lim_{x\to1}\frac{g(x)-2x}{x-1}$가 존재한다. 다항함수

$f(x)$가 $f(x)+x-1=(x-1)g(x)$

를 만족할 때, $\lim_{x\to1}\frac{f(x)g(x)}{x^2-1}$의 값을

구하는 과정을 서술하시오.

20 다항함수 $f(x)$, $g(x)$에 대하여

$\lim_{x\to0}\frac{f(x)}{x}=7$, $\lim_{x\to1}\frac{g(x)}{x-1}=11$일 때,

$\lim_{x\to2}\frac{f(x-2)+g(3-x)}{x^2-4}$의 값을 구하는 과정을 서술하시오.

다항함수의 미분법

[핵심이론]

1 1. 평균변화율

(1) 정의

함수 $y=f(x)$에서 x의 값이 a에서 b까지 변할 때, 함수 $y=f(x)$의 평균변화율은

$\dfrac{\Delta y}{\Delta x}=\dfrac{f(b)-f(a)}{b-a}=\dfrac{f(a+\Delta x)-f(a)}{\Delta x}$ (단, $\Delta x=b-a$)

(2) 기하학적 의미

함수 $y=f(x)$에서 x의 값이 a에서 b까지 변할 때, 함수 $y=f(x)$의 평균변화율은 곡선 $y=f(x)$ 위의 두 점 $\mathrm{P}(a, f(a))$, $\mathrm{Q}(b, f(b))$를 지나는 곡선 PQ의 기울기를 나타낸다.

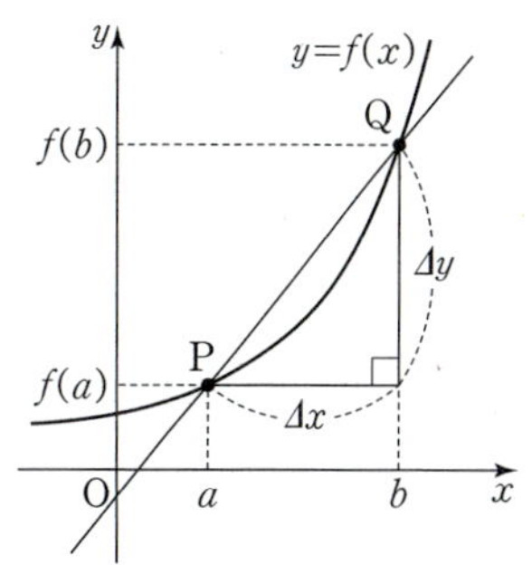

2 미분계수

(1) 정의

함수 $y=f(x)$의 $x=a$에서의 미분계수 $f'(a)$는

$$f'(a)=\lim_{\Delta x \to 0}\frac{\Delta y}{\Delta x}=\lim_{\Delta x \to 0}\frac{f(a+\Delta x)-f(a)}{\Delta x}=\lim_{x \to a}\frac{f(x)-f(a)}{x-a}$$

(2) 기하학적 의미

함수 $y=f(x)$의 $x=a$에서의 미분계수 $f'(a)$는 곡선 $y=f(x)$ 위의 점 $\mathrm{P}(a, f(a))$에서의 접선의 기울기를 나타낸다.

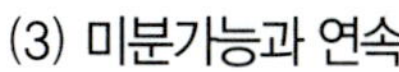
(3) 미분가능과 연속

① 함수 $f(x)$에 대하여 $x=a$에서의 미분계수 $f'(a)$가 존재할 때, 함수 $f(x)$는 $x=a$에서 미분가능하다고 한다.

② 함수 $f(x)$가 어떤 열린구간에 속하는 모든 x에서 미분가능할 때,

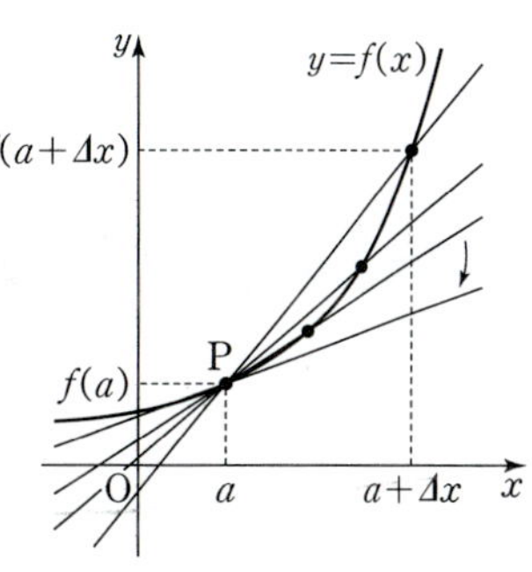

함수 $f(x)$는 그 구간에서 미분가능하다고 한다. 또한 함수 $f(x)$가 정의역에 속하는 모든 x에서 미분가능할 때, 함수 $f(x)$를 미분가능한 함수라고 한다.

③ 함수 $f(x)$가 $x=a$에서 미분가능하면 함수 $f(x)$는 $x=a$에서 연속이다. 그러나 일반적으로 그 역은 성립하지 않는다.

3 도함수

(1) 정의

함수 $y=f(x)$가 정의역 임의의 원소 x에서 미분가능할 때, 정의역 임의의 원소에 대하여 미분계수 $f'(x)$를 대응시키는 함수를 $y=f(x)$의 도함수라 하고 $f'(x)$로 나타낸다.

$$f'(x)=\lim_{\Delta x \to 0}\frac{\Delta y}{\Delta x}=\lim_{\Delta x \to 0}\frac{f(x+\Delta x)-f(x)}{\Delta x}$$

(2) 기하학적 의미

$y=f(x)$의 도함수 $f'(x)$는 함수 $y=f(x)$의 그래프 위의 임의의 점 $(x, f(x))$에서의 접선의 기울기와 같다.

(3) 미분법 공식

$f(x)$, $g(x)$가 미분가능할 때,

① $y=c$ (단, c는 상수)이면 $y'=0$

② $y=x^n$이면 $y'=nx^{n-1}$

③ $y=cf(x)$ (단, c는 상수)이면 $y'=cf'(x)$

④ $y=f(x)\pm g(x)$이면 $y'=f'(x)\pm g'(x)$

⑤ $y=f(x)\cdot g(x)$이면 $y'=f'(x)g(x)+f(x)g'(x)$

⑥ $y=\{f(x)\}^n$이면 $y'=n\{f(x)\}^{n-1}f'(x)$

4 도함수의 활용

(1) 접선의 방정식

① 접점 $(a, f(a))$에서 접선의 방정식

곡선 $y=f(x)$ 위의 점 $(a, f(a))$에서 접선의 방정식은

$y-f(a)=f'(a)(x-a)$

② 접점 $(a, f(a))$에서의 법선이 방정식

곡선 $y=f(x)$ 위의 점 $(a, f(a))$에서 접선에 수직인 법선의 방정식은

$y-f(a)=\dfrac{1}{f'(a)}(x-a)$

③ 기울기가 m인 접선의 방정식

㉠ $f'(a)=m$에서 접점의 x, y 좌표를 구한다.

㉡ $y-f(a)=m(x-a)$에 대입한다.

④ 곡선 밖의 한 점 (x_1, y_1)에서 그은 접선의 방정식

① 접점의 좌표를 $(a, f(a))$로 놓는다.

② $y-f(a)=f'(a)(x-a)$에 점 (x_1, y_1)을 대입하여 a를 구한다.

(2) 평균값의 정리

함수 $f(x)$가 닫힌구간 $[a, b]$에서 연속이고, 열린구간 (a, b)에서 미분가능하면 $\dfrac{f(b)-f(a)}{b-a}=f'(c)$ (단, $a<c<b$)를 만족시키는 c가 열린구간 (a, b)에 적어도 하나 존재한다.

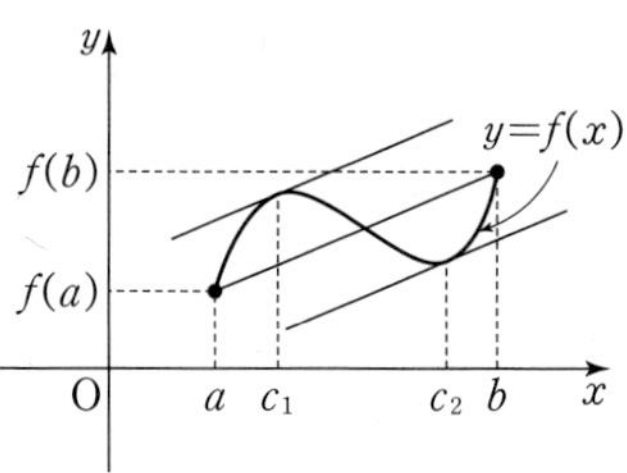

(3) 함수의 증가와 감소

① 함수 $f(x)$가 미분가능한 구간의 모든 실수 x에 대하여

㉠ $f'(x)>0$이면 $f(x)$는 이 구간에서 증가한다.

㉡ $f'(x)<0$이면 $f(x)$는 이 구간에서 감소한다.

② 함수 $f(x)$가 어떤 미분가능하고

㉠ $f(x)$가 증가하면 그 구간 모든 실수 x에 대하여 $f'(x)\geq 0$이다.

㉡ $f(x)$가 감소하면 그 구간 모든 실수 x에 대하여 $f'(x)\leq 0$이다.

(4) 함수의 극대와 극소

① 정의

함수 $y=f(x)$가 $x=a$에서 연속이고 x가 $x=a$를 지날 때

㉠ $f(x)$가 증가 상태에서 감소 상태로 변하면, $f(x)$는 $x=a$에서 극대라 하고 $f(a)$를 극댓값이라고 한다.

㉡ $f(x)$가 감소 상태에서 증가 상태로 변하면, $f(x)$는 $x=a$에서 극소라 하고 $f(a)$를 극솟값이라고 한다.

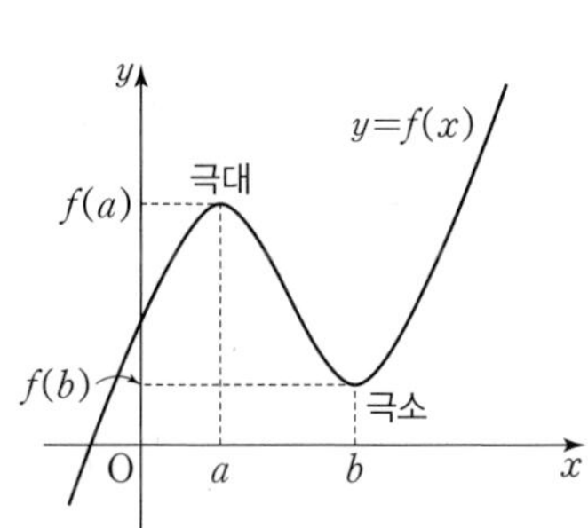

② 극값과 미분계수

$x=a$에서 미분가능한 함수 $f(x)$에 대하여

㉠ $x=a$에서 극값을 가지면 $f'(a)=0$이다.

㉡ $x=a$에서 극값 b를 가지면 $f'(a)=0$, $f(a)=b$이다.

(5) 함수의 최댓값과 최솟값

닫힌구간 $[a, b]$에서 연속인 함수 $y=f(x)$의 최댓값, 최솟값을 구할 때

① 열린구간 (a, b)에서의 모든 극값을 구한다.

② 닫힌구간 $[a, b]$의 양 끝점에서 함숫값 $f(a)$, $f(b)$를 구한다.

③ 위에서 구한 극값과 함숫값 $f(a)$, $f(b)$ 중에서 최대인 것이 최댓값, 최소인 것이 최솟값이다.

(6) 방정식의 근과 도함수

① 방정식 $f(x)=0$의 실근의 개수

함수 $y=f(x)$의 그래프와 x축과의 교점의 개수와 같다.

② $f(x)=g(x)$의 실근의 개수

함수 $y=f(x)$의 그래프와 $y=g(x)$의 그래프의 교점의 개수와 같다.

③ 삼차방정식의 실근의 개수

삼차함수 $f(x)$가 $x=\alpha$, $x=\beta$에서 극값을 가질 때, 삼차방정식 $f(x)=0$의 실근의 개수는 다음과 같다.

㉠ $f(\alpha)f(\beta)<0$이면 서로 다른 세 실근을 갖는다.

㉡ $f(\alpha)f(\beta)=0$이면 중근과 다른 한 실근을 갖는다.

㉢ $f(\alpha)f(\beta)>0$이면 한 실근과 서로 다른 두 허근을 갖는다.

(7) 속도와 가속도

수직선 위를 움직이는 점 P의 시간 t에서의 위치 x가 $x=f(t)$로 주어질 때, t에서의 속도와 가속도는 다음과 같다.

① 속도: 위치의 시간에 대한 변화율

$$v=\frac{dx}{dt}=\lim_{\Delta t\to 0}\frac{f(t+\Delta t)-f(t)}{\Delta t}=f'(t)$$

② 가속도: 속도의 시간에 대한 변화율

$$v=\frac{dv}{dt}=\lim_{\Delta t\to 0}\frac{v(t+\Delta t)-v(t)}{\Delta t}=v'(t)$$

[실전문제]

해답 p.295

대표문제

배점(총점)	예상 소요 시간
8점	5분 / 전체 80분

▶ 다항함수 $f(x)$가 모든 실수 x에 대하여

$\lim_{h \to 0} \frac{f(x-2h)-f(x)}{h}=4x^2+ax$를 만족시킨다.

$f'(1)=0$이고 $f(3)=-8$일 때,

함수 $f(x)$를 구하는 과정을 서술하시오. (단, a는 상수)

모범답안 $\lim_{h \to 0} \frac{f(x-2h)-f(x)}{h}=4x^2+ax$에서

$\lim_{h \to 0} \frac{f(x-2h)-f(x)}{h}=\lim_{h \to 0} \left\{ \frac{f(x-2h)-f(x)}{-2h} \times (-2) \right\}$

즉, $-2f'(x)=4x^2+ax$

$f'(x)=-2x^2-\frac{a}{2}x$

$f'(1)=-2-\frac{a}{2}=0$이므로 $a=-4$

$f'(x)=-2x^2+2x$

따라서 $f(x)=-\frac{2}{3}x^3+x^2+C$라 놓으면

$f(3)=-18+9+C=-8$에서 $C=1$

따라서 $f(x)=-\frac{2}{3}x^3+x^2+1$

채점기준

답안	배점
식 $-2f'(x)=4x^2+ax$를 구하면	4점
$a=-4$를 구하면	2점
$f(x)=-\frac{2}{3}x^3+x^2+1$을 구하면	2점

01 함수 $f(x)=2x^3-4x^2+3ax-1$이 $\lim_{h\to 0}\frac{f(1+h)-f(1)}{h}=2$를 만족시킬 때, 상수 a의 값을 구하는 과정을 서술하시오.

02 함수 $f(x)=-x^3+ax^2+6x-3$이 $x=-1$에서 극소일 때, 함수 $f(x)$의 극댓값을 구하는 과정을 서술하시오. (단, a는 상수이다.)

03 자연수 n에 대하여 x에 대한 방정식 $x^3-3x^2+6-n=0$의 서로 다른 실근의 개수를 a_n이라 하자. $\sum_{k=1}^{9} a_k$의 값을 구하는 과정을 서술하시오.

04 두 함수 $f(x)=4x^3+3x^2$, $g(x)=x^4-5x^2+a$가 있다. 모든 실수 x에 대하여 부등식 $f(x) \le g(x)$가 항상 성립하도록 하는 실수 a의 최솟값을 구하는 과정을 서술하시오.

05 수직선 위를 움직이는 점 P의 시각 $t(t\geq 0)$에서의 위치 x가 $x=t^3-2t^2-3t$이다.
$t>0$에서 점 P가 원점을 지나는 시각이 $t=t_1$일 때, 시각 $t=t_1$에서의 점 P의 속도를 구하는 과정을 서술하시오.

06 다항함수 $f(x)$에 대하여 $f(3)=3$이고 $\lim_{h\to 0}\frac{\{f(3+h)\}^2-\{f(3)\}^2}{2h}=15$일 때, $f'(3)$의 값을 구하는 과정을 서술하시오.

07 다항함수 $f(x)$가

$\lim_{x\to 1}\frac{f(x)-2}{x-1}=3$을 만족시킨다.

함수 $g(x)$가 $g(x)=(3x^2+2)f(x)$일 때, $g'(1)-g(1)$의 값을 구하는 과정을 서술하시오.

08 함수 $f(x)=x^3+ax^2-(a^2-8a)x+3$이 실수 전체의 집합에서 증가하도록 하는 실수 a의 최댓값을 구하는 과정을 서술하시오.

09 닫힌구간 $[0, 4]$에서 함수
$f(x)=2x^3-3x^2-12x+a$의 최솟값이 -18이고 최댓값이 M일 때, $M-2a$의 값을 구하는 과정을 서술하시오. (단, a는 상수이다.)

10 수직선 위를 움직이는 점 P의 시각 $t(t\geq 0)$에서의 위치 x가
$x=-\frac{1}{3}t^3+3t^2+k$ (k는 상수)이다.
점 P의 가속도가 0일 때 점 P의 위치는 30이다. k의 값을 구하는 과정을 서술하시오.

11 다항식 x^5-x^2+x+2를 $(x+1)^2$으로 나누었을 때, 그 나머지를 구하는 과정을 서술하시오.

12 곡선 $y=(x-1)^3+1$ 위의 점 $(2,\ 2)$에서의 접선과 x축과 y축으로 둘러싸인 부분의 넓이는 $\frac{p}{q}$이다. 이때 $p+q$의 값을 구하는 과정을 서술하시오. (단, p, q는 서로소이다.)

13 삼차함수 $f(x)$에 대하여 곡선 $y=f(x)$ 위의 점 $(0, 0)$에서의 접선과 곡선 $y=xf(x)$ 위의 점 $(1, 2)$에서의 접선이 일치할 때, $f'(-1)$의 값을 구하는 과정을 서술하시오.

14 다항함수 $f(x)$는 모든 실수 x, y에 대하여 $f(x+y)=f(x)+f(y)+6xy$를 만족한다. $f'(0)=3$일 때, $f'(4)$의 값을 구하는 과정을 서술하시오.

15 최고차항의 계수가 1인 사차함수 $f(x)$가 모든 실수 x에 대하여 $f(-x)=f(x)$를 만족시키고, 함수 $f(x)$가 $x=-1$에서 극솟값 3을 가질 때, 함수 $f(x)$의 극댓값을 구하는 과정을 서술하시오.

16 닫힌구간 $[-2, 2]$에서 함수 $f(x)=\frac{1}{3}x^3+x^2-3x+1$의 최댓값과 최솟값을 각각 M, m이라 할 때, $3M-6m$의 값을 구하는 과정을 서술하시오.

17 수직선 위를 움직이는 두 점 P, Q의 시각 $t(t\geq 0)$에서의 위치 $\mathrm{P}(x_1)$, $\mathrm{Q}(x_2)$가
$\mathrm{P}(x_1)=4t^3-3t^2$,
$\mathrm{Q}(x_2)=2t^3+3t^2-36t$이다.
두 점 P, Q가 서로 다른 방향으로 움직이는 시각 t의 범위가 $a<t<b$일 때, p의 최솟값을 m, q의 최댓값을 M이라 하자.
이때 $M+m$의 값을 구하는 과정을 서술하시오.

18 다항함수 $f(x)$와 미분가능한 함수 $g(x)$가 모든 실수 x에 대하여
$(x^2-9)g(x)=f(x)-9$를 만족한다. 함수 $h(x)=f(x)g(x)$에 대하여 $f'(3)=3$, $h'(3)=9$일 때, $g'(3)$을 구하는 과정을 서술하시오.

19 두 점 $A(2, 0)$, $B(8, 0)$에 대하여 점 P가 포물선 $f(x)=x^2+1$ 위를 움직일 때, $\overline{AP}^2+\overline{BP}^2$의 최솟값을 구하는 과정을 서술하시오.

20 서로 다른 두 양의 정수 a, b에 대하여 함수 $f(x)=(2x-a)(2x-b)$에서 x의 값이 a에서 b까지 변할 때의 평균변화율을 $M(a, b)$라 하자. 이때, $M(a, b)<9$를 만족시키는 모든 순서쌍 (a, b)의 개수를 구하는 과정을 서술하시오.

다항함수의 적분법

[핵심이론]

1 부정적분

(1) 정의와 표현

① 정의

함수 $f(x)$에 대하여 $F'(x)=f(x)$를 만족시키는 함수 $F(x)$를 $f(x)$의 부정적분이라 하고, $f(x)$의 부정적분을 구하는 것을 $f(x)$를 적분한다고 한다.

② 표현

함수 $f(x)$의 부정적분을 $F(x)$라 하면

$$\int f(x)dx=F(x)+C \text{ (단, } C\text{는 적분상수)}$$

(2) 부정적분과 미분의 관계

함수 $f(x)$의 부정적분은 미분의 역이다.

① $\int\left\{\frac{d}{dx}f(x)\right\}dx=f(x)+C$

② $\frac{d}{dx}\left\{\int f(x)dx\right\}=f(x)$

(3) 부정적분의 공식

① $\int kdx=kx+C$ (단, k는 상수)

② $\int x^n dx=\frac{1}{n+1}x^{n+1}+C$ (단, $n\neq-1$)

③ $\int kf(x)dx=k\int f(x)dx$ (단, k는 상수)

④ $\int(f(x)+g(x))dx=\int f(x)dx+\int g(x)dx$

⑤ $\int(f(x)-g(x))dx=\int f(x)dx-\int g(x)dx$

2 정적분

(1) 정의와 표현

① 정의

함수 $y=f(x)$의 닫힌구간 $[a, b]$에서 연속일 때, 함수 $y=f(x)$의 부정적분 중 하나를 $F(x)$라 하면 $F(b)-F(a)$를 구하는 것을 함수 $f(x)$를 a에서 b까지 적분한다고 한다.

② 표현

닫힌구간 $[a, b]$에서 연속인 함수 $f(x)$의 부정적분이 $F(x)$이면

$$\int_a^b f(x)dx=\Big[f(x)\Big]_a^b=F(b)-F(a)$$

(2) 정적분과 미분의 관계

① $\dfrac{d}{dx}\displaystyle\int_a^x f(t)dt=f(x)$

② $\dfrac{d}{dx}\displaystyle\int_x^{x+a} f(t)dt=f(x+a)-f(x)$

③ $\displaystyle\lim_{x\to a}\frac{1}{x-a}\int_a^x f(t)dt=f(a)$

④ $\displaystyle\lim_{x\to 0}\frac{1}{x}\int_x^{x+a} f(t)dt=f(a)$

(3) 정적분의 공식

① $\displaystyle\int_a^a f(x)dx=0$

② $\displaystyle\int_a^b f(x)dx=-\int_b^a f(x)dx$

③ $\displaystyle\int_a^b kf(x)dx=k\int_a^b f(x)dx$ (단, k는 상수)

④ $\displaystyle\int_a^b \{f(x)\pm g(x)\}dx=\int_a^b f(x)dx\pm\int_a^b g(x)dx$

⑤ $\displaystyle\int_a^b f(x)dx=\int_a^c f(x)dx+\int_c^b f(x)dx$

(4) 우함수와 기함수의 정적분

① 우함수의 정적분

$f(x)$가 y축에 대하여 대칭인 함수(우함수)인 경우 연속인 함수 $f(x)$가 모든 실수 x에 대하여 $f(-x)=f(x)$이면

$$\int_{-a}^a f(x)dx=2\int_0^a f(x)dx$$

② 기함수의 정적분

$f(x)$가 원점에 대하여 대칭인 함수(기함수)인 경우 연속인 함수 $f(x)$가 모든 실수 x에 대하여

$f(-x)=-f(x)$이면

$$\int_{-a}^{a} f(x)dx=0$$

3 정적분의 활용

(1) 곡선과 x축 사이의 넓이

함수 $f(x)$가 닫힌구간 $[a, b]$에서 연속일 때, 곡선 $y=f(x)$와 x축 및 두 직선 $x=a$, $x=b$로 둘러싸인 부분의 넓이 S는

$$S=\int_{a}^{b} |f(x)|dx$$

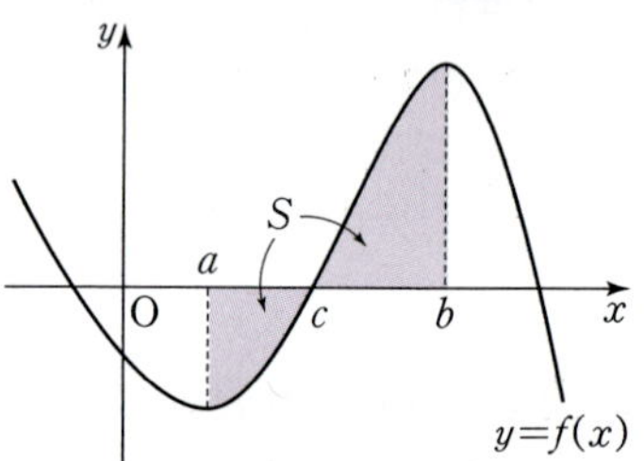

(2) 두 곡선 사이의 넓이

닫힌구간 $[a, b]$에서 연속인 두 곡선 $y=f(x)$, $y=g(x)$와 두 직선 $x=a$, $x=b$로 둘러싸인 도형의 넓이 S는

$$S=\int_{a}^{b} |f(x)-g(x)|dx$$

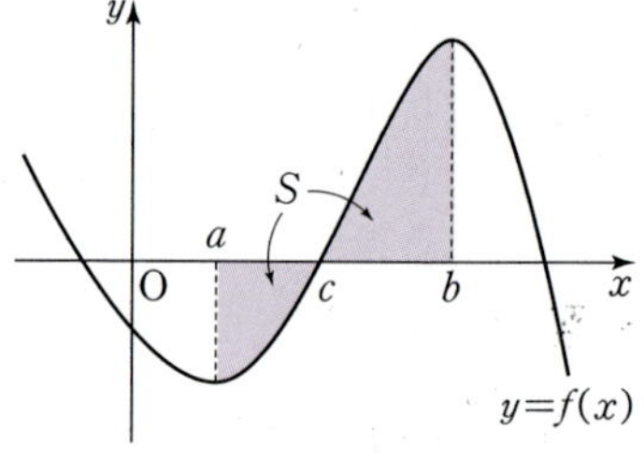

(3) 서로 역함수인 두 곡선 사이의 넓이

함수 $f(x)$, $g(x)$가 서로 역함수이고 곡선의 교점의 x좌표가 a, b일 때

$$S=\int_{a}^{b} |f(x)-g(x)|dx=2\int_{a}^{b} |f(x)-x|dx=2\int_{a}^{b} |g(x)-x|dx$$

(4) 수직선 위를 움직이는 점의 위치와 거리

① **수직선 위를 움직이는 점의 위치:** 수직선 위를 움직이는 점 P의 시각 t에서의 속도가 $v(t)$이고, 시각 t_0에서의 위치가 x_0이면

㉠ 시각 t에서의 점 P의 위치: $x_0+\int v(t)dt$

㉡ 시각 $t=a$에서 $t=b$까지 점 P의 위치 변화량: $\int_{a}^{b} v(t)dt$

② **수직선 위를 움직이는 점의 실제 이동거리:** 수직선 위를 움직이는 점 P의 시각 t에서의 속도가 $v(t)$이고 시각 $t=a$에서 $t=b$까지의 실제 이동 거리

$$\int_{a}^{b} |v(t)|dt$$

[실전문제]

해답 p.298

대표문제

배점(총점)	예상 소요 시간
8점	8분 / 전체 80분

▶ **다항함수 $f(x)$가 $\int_0^2 (2x-1)f(x)dx+\int_0^2 (x^2-x+1)f'(x)dx=0$을 만족시킬 때, $\frac{f(0)}{f(2)}$의 값을 구하는 과정을 서술하시오.**

(단, $f(2)\neq0$)

모범답안 $\frac{d}{dx}\{(x^2-x+1)f(x)\}=(2x-1)f(x)+(x^2-x+1)f'(x)$이므로

$\int_0^2 \frac{d}{dx}\{(x^2-x+1)f(x)\}dx=0$

(또는 $[(x^2-x+1)f(x)]_0^2=0$)

$[(x^2-x+1)f(x)]_0^2=3f(2)-f(0)=0$이고

$f(2)\neq0$이므로 $\frac{f(0)}{f(2)}=3$

채점기준

답안	배점
$\int_0^2 \frac{d}{dx}\{(x^2-x+1)f(x)\}dx=0$ (또는 $[(x^2-x+1)f(x)]_0^2=0$)	4점
$\frac{f(0)}{f(2)}=3$	4점

PART 1 국어

PART 2 수학

PART 3 기출문제

PART 4 해답

01 $\int_0^3 |3x(x-1)|\,dx$의 값을 구하는 과정을 서술하시오.

02 최고차항의 계수가 양수인 삼차함수 $f(x)$의 도함수 $y=f'(x)$의 그래프가 그림과 같고, $f'(1)=f'(2)=0$이다.

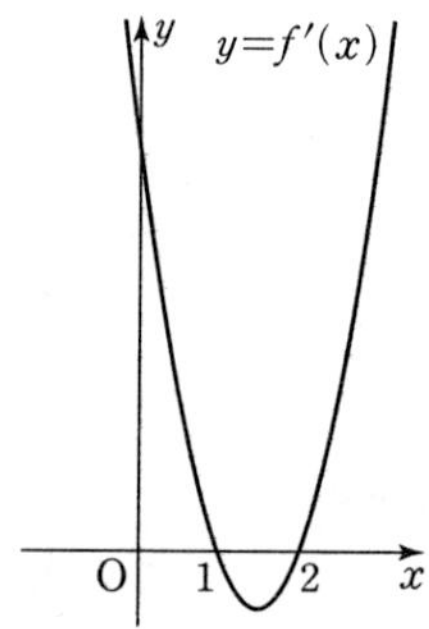

$\int_0^3 |f'(x)|\,dx=f(3)-f(0)+4$일 때, $\dfrac{f(2)-f(1)}{2}$의 값을 구하는 과정을 서술하시오.

03 함수 $f(x)$가 모든 실수 x에 대하여

$f(x)=3x^2+x\int_0^2 f(t)dt$를 만족시킬 때,

$f(3)$의 값을 구하는 과정을 서술하시오.

04 함수 $f(x)=x^3+x^2$에 대하여 점 $(0, -3)$에서 곡선 $y=f(x)$에 그은 접선의 방정식을 $y=g(x)$라 하자. 곡선 $y=f(x)$와 직선 $y=g(x)$로 둘러싸인 부분의 넓이를 구하는 과정을 서술하시오.

05 실수 전체의 집합에서 연속인 함수 $f(x)$가 모든 실수 x에 대하여 $f(x+3)=f(x)$를 만족시킨다.

$\int_{-1}^{1} f(x)dx=1$, $\int_{1}^{4}\{f(x)+1\}dx=7$일 때,

$\int_{1}^{8}\{f(x)+2\}dx$의 값을 구하는 과정을 서술하시오.

06 함수 $f(x)$가

$f(x)=\int(5x-k)dx-\int(x+k)dx$이고

$f(1)=0$, $f'(1)=2$일 때, $f(3)$의 값을 구하는 과정을 서술하시오. (단, k는 상수이다.)

07 함수 $f(x)=2x^2+6ax+10$에 대하여 $\int_0^1 \{f(x)+x^2\}dx=f(2)$가 성립할 때, 상수 a의 값을 구하는 과정을 서술하시오.

08 함수 $f(x)=\int_0^x (3t^2+a)dt$에 대하여 $\lim_{x \to 1} \frac{f(x)-3}{x^2-1}=b$일 때, $a \times b$의 값을 구하는 과정을 서술하시오. (단, a, b는 상수이다.)

09 양수 a에 대하여 함수 $f(x)=x^3-ax$의 그래프와 x축으로 둘러싸인 부분의 넓이가 18일 때, $f(-2)$의 값을 구하는 과정을 서술하시오.

10 실수 전체의 집합에서 연속인 함수 $f(x)$가 다음 조건을 만족시킨다.

(가) 두 상수 a, b에 대하여

$$f(x)=\begin{cases} x+3 & (-3<x<0) \\ x^2+ax+b & (0\le x\le 3) \end{cases}$$

(나) 모든 실수 x에 대하여 $f(x-3)=f(x+3)$이다.

$\int_{-33}^{-29} f(x)dx-\int_{57}^{60} f(x)dx$의 값을 구하는 과정을 서술하시오.

11 다음의 그림과 같이 곡선 $y=ax^2(x\geq 0)$과 y축 및 직선 $y=4$로 둘러싸인 도형의 넓이를 곡선 $y=x^2(x\geq 0)$이 이등분한다. 이때 양수 a의 값을 구하는 과정을 서술하시오.

(단, $0<a<1$)

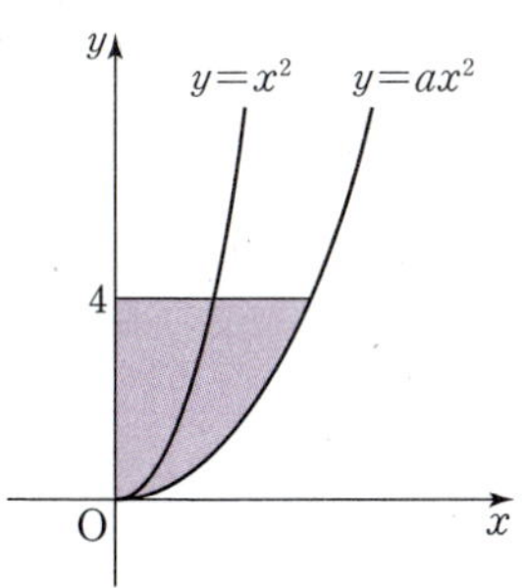

12 아래 그림과 같이 곡선 $y=-x^2+4x$와 직선 $y=3x$로 둘러싸인 도형의 넓이를 S_1, 곡선 $y=-x^2+4x$와 x축 및 직선 $y=3x$로 둘러싸인 도형의 넓이를 S_2라 하자. 이때 $\frac{S_1}{S_2}$의 값을 구하는 과정을 서술하시오.

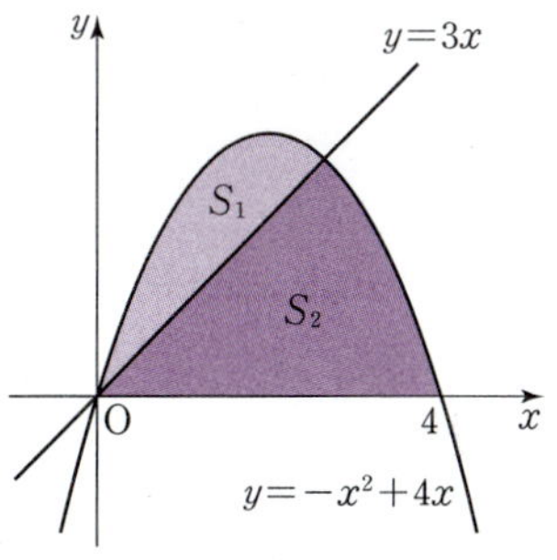

13 다항함수 $f(x)$가 모든 실수 x에 대하여 $f'(x)=3x^2+x\int_0^2 f(t)dt$를 만족시키고 $f(2)=f'(2)$일 때, $f(-1)$의 값을 구하는 과정을 서술하시오.

14 함수 $f(x)=x^2+3$의 역함수는 $g(x)$이다. 이때 $\int_0^2 f(x)dx+\int_3^7 g(x)dx$의 값을 구하는 과정을 서술하시오.

15 함수 $F(x)=x^2+ax+1$은 함수 $f(x)$의 한 부정적분이고, 함수 $G(x)$는 함수 $3xf(x)$의 한 부정적분이다. $f(0)=2$이고 $G(0)=1$일 때, $G(x)$의 식을 구하는 과정을 서술하시오.

16 삼차함수 $f(x)$가 다음 세 조건을 만족한다.

(가) $\int_{-1}^{1} f(x)dx=\int_{-1}^{0} f(x)dx=\int_{0}^{1} f(x)dx$

(나) $\int_{1}^{2} f(x)dx=3$

(다) $f(0)=0$

이때, $f(-1)$의 값을 구하는 과정을 서술하시오.

17 $\lim_{x \to k} \frac{1}{(x+k)(x-k)} \int_{k^2}^{x^2} (3t^2-17t)dt$
$=-10$
을 만족하는 모든 실수 k의 값의 곱을 구하는 과정을 서술하시오.

18 수직선 위를 움직이는 점 P의 시각 $t(t \geq 0)$에서의 속도 $v(t)$가 $v(t)=t^2-kt$이다. 시각 $t=0$에서의 점 P의 위치와 시각 $t=3$에서의 점 P의 위치가 서로 같을 때, 점 P가 시각 $t=0$에서 $t=3$까지 움직인 거리를 구하는 과정을 서술하시오. (단, k는 상수이다.)

19 함수 $f(x)=x^2+ax+b$가 다음의 두 조건을 만족한다.

> (가) $\displaystyle\lim_{x\to1}\frac{\int_1^x f(t)dt}{x-1}=1$
>
> (나) $\displaystyle\int_0^1 f(x)dx=0$

위의 두 조건에 따라 실수 a, b의 곱을 구하는 과정을 서술하시오.

20 함수 $f(x)=x^3-2x^2+2x$의 역함수를 $g(x)$라 할 때, 두 곡선 $y=f(x)$, $y=g(x)$로 둘러싸인 도형의 넓이를 구하는 과정을 서술하시오.

PART 3

기출문제

2025학년도

한신대 논술 기출문제

국어[인문] 수학[인문]
국어[자연] 수학[자연]

국어[인문]

▶ 해답 p.303

[01～02] 다음을 읽고 물음에 답하시오.

19세기 조선은 대내적으로 주자학의 사상 체계를 기반으로 하는 도덕 국가 이념이, 대외적으로는 중국 중심의 문화 의식에 의거하여 서구의 음침하고 해로운 기운으로부터 조선을 지켜야 한다는 위정척사(衛正斥邪) 사상에 입각한 쇄국 정책이 중심을 이루고 있었다. 주자학에 입각한 당시 유림들이 중심이 된 위정척사론자들은 서구의 과학 기술 수용을 비판하였다. 위정척사론자들의 사상적 기반을 제시하였던 이항로(1792～1868)는 과학 기술 수용에 대해 강경하게 비판하였다. 그는 성리학적 세계관을 토대로 한 이기론을 바탕으로 강상 윤리*를 모르는 사학(邪學)*을 배척할 것을 주장하였다. 그는 리(理)를 중시하는 입장을 견지하여 리가 기(氣)에 대해 명령하는 상명하복의 위계적 질서가 잘 유지되어야 선(善)을 실현할 수 있다고 보았다. 이런 관점에서 본다면 서구의 과학 기술은 리를 중시하는 것이 아니라 기에 해당하는 현상에 천착하는 것에 불과한 것이었고, 이는 제거해야 할 대상인 인욕을 충족시키는 것으로 흐를 위험이 다분했다. 이에 따라 이항로는 이들과 더불어 화친(和親)을 논할 수 없다고 생각하였다.

한편 조선의 현실 문제를 인식하고, 인류가 지향해야 할 올바른 방향을 모색하였던 박은식(1859～1925)은 러시아와 일본을 비롯한 주위 제국주의 열강들의 한반도 쟁탈전이 더욱 노골화되던 20세기를, 세력이 우월한 나라가 열등한 나라에 대포와 거함을 선봉으로 삼아 밀어닥치는 시기로 인식하였다. 그리고 이로 인해 세력이 열세인 나라는 자신의 나라를 식민지로 바칠 수밖에 없다고 인식하여 과학 기술의 중요성을 제기하고 청년이라면 마땅히 과학 기술에 힘을 써야 한다고 강조하였다. 박은식은 과학적 실용을 요구하는 시대가 되었으므로 과학 기술이 학문의 중심에 있어야 하며 과학 기술에 대한 연구가 가장 시급한 공부임을 인정하였다. 그는 과학 기술을 풍요와 발전의 원천으로 이해하였으며, 문명 진화의 핵심이 과학 기술의 진화에서 단적으로 드러난다고 보았다. 따라서 객관적 사물에 대한 초경험적이고 추상적인 연구보다는 경험과 실증을 진리 탐구의 방법으로 제시하여 감각 작용과 실험 실습의 중요성을 강조하였다.

그러면서도 박은식은 과학 기술이 제국주의의 침략과 직결된다는 점을 분명하게 인식해야 하고 맹목적인 서구화는 주체성을 잃어버리는 위험을 초래한다고 지적하였다. 그리고 이를 경계하기 위해 인격을 수양할 철학이 필요하며 이는 과학 기술처럼 서구의 것을 가져와 수용할 것이 아니라 우리에게 있는 것을 중심으로 주체적으로 만들어야 한다고 강조하였다. 이 같은 그의 입장은 서구의 과학 기술을 수용하되 우리의 정신적인 지주를 지키자는 동도서기(東道西器)론적 입장과 닿아 있다. 그가 선택한 것은 주자학이 아닌 양명학이었다. 그는 밀려 들어오는 서구의 문명에 대응하기 위해서는 누구나 쉽게 받아들일 수 있는 민중적인 이론 체계가 필요하며 그것이 양명학이라고 주장하였다. 그는 주자학은 사람들이 쉽게 받아들이고 행동할 수 있는 '간이직절(簡易直截)'함을 결여했다고 비판하였다. 양명학의 입장에서 주체성을 지키는 방편으로 그가 주목한 것은 누구나 가지고 있는 '양지(良知)'*였다. 그는 양지를, 끊임없이 흐르면서 현실의 문제와 조우하고 그러한 문제 속에서 항상 막히지 않는 앎이라고 생각했다. 즉 양지는 고정된 앎이 아니라 그때그때마다 무엇이 옳고 그른지를 판단하여 현실과 현상에 따라 옳은 일을 추구하는 능력이다. 따라서 과학 기술에 대한 수용 역시 양지를 중심으로 한 기준에서 벗어나지 않아야 한다고 주장했다.

박은식은 양지를 실현하여 대인(大人)이 되면 자신의 마음과 모든 사물 및 타자를 하나로 여기는 만물일체의 단계로 이행할 수 있다고 설명했다. 이것은 궁극적으로 자신의 양지가 타인에게까지 미침으로써, 도덕성이 타자에게까지 발현되는 것이다. 박은식은 이를 바탕으로 국가와 민족은 물론 인류 전체를 아우를 수 있는 대동(大同) 사회를 실현할 수 있다고 보았다. 이는 양명학을 중심으로 당대의 문제를 해결하려 했던 시도로 평가할 수 있다.

*강상 윤리(綱常倫理): 유교 문화에서 사람이 마땅히 행하거나 지켜야 할 도리.
*사학(邪學): 조선 시대에, 주자학에 반대되거나 위배되는 학문을 이르던 말.
*양지(良知): 양명학에서 말하는 정신, 마음의 본체, 주체성, 타고난 지혜 등을 아우르는 개념.

01 〈보기〉는 이항로와 박은식의 대비되는 주장을 정리한 것이다. 〈보기〉의 ①, ②에 들어갈 말을 윗글에서 찾아 각각 쓰시오.

〈보기〉

구분	이항로	박은식
사상의 기반	• 주자학, 성리학	• 양명학
세계 인식 및 서구에 대한 입장	• 중화 중심의 사유 • 서구에 대한 쇄국 • (①)	• 근대화된 서구(제국주의)에 대한 인지 • 조건적 수용 • 동도서기
(②)에 대한 관점	• 사학(邪學) • 현상을 중요시하는 학문	• 학문의 중심이자 시급한 연구의 대상 • 경험과 실증을 중요시하는 학문
결론적 입장	• 서구와 화친을 논할 수 없다.	• 주체성을 지니고 서구 문물을 수용해야 한다.

①: ____________________ ②: ____________________

02 〈보기〉는 박은식과 관련된 기록이다. 〈보기〉의 ①에 대한 박은식의 직접적인 비판이 무엇인지 윗글에서 찾아 15자 이내로 쓰시오(단, 띄어쓰기로 인한 빈칸은 글자 수에 포함시키지 않음).

〈보기〉

박은식은 청년기에 주자(朱子)를 큰 스승이자 성인(聖人)으로 생각해 그의 학문적 세계를 따라 수학하였다. 그러나 박은식은 후에 애국계몽운동을 전개하면서, 학문적 방향을 바꾸어 양명학을 수용하였다. 그러면서 조국의 현실에 대해 다음과 같은 말을 하기도 했다. "세계의 바람과 조수는 이같이 흘러넘치고 학계의 빛나는 흐름이 저같이 발달하는데, ①옛 학문을 지키는 것을 숭상하여 새로운 변화를 막고 거부하더니, 마침내 결과가 여기에 이르렀다. 이는 그 해로움이 진시황(秦始皇)의 분서갱유(焚書坑儒)보다 더욱 심하다. '학술로써 천하를 죽였다.'라는 육상산(陸象山)의 말이 바로 이를 뜻함이 아니겠는가?"

____

[03～04] 다음 글을 읽고 물음에 답하시오.

조선의 궁중에서 거행하던 의식에는 정재*가 수반되어야 했는데, 조선의 개국 초에는 의식에 걸맞는 정재가 제대로 마련되어 있지 않았다. 세종 대왕이 이를 정비하는 과정에서 제작한 정재 중 하나가 〈봉래의〉이다. 〈봉래의〉는 조선조 최대의 가 · 무 · 악이 어우러진 종합 예술 작품으로, 「용비어천가」의 일부 장을 노랫말로 삼아 관현악에 맞추어 노래를 부르며 춤을 추는 구성이었다.

〈봉래의〉는 '전인자', '여민락', 치화평, '취풍형', '후인자'로 구성되어 있다. 전인자는 〈봉래의〉의 시작을 알리고 후인자는 〈봉래의〉의 마침을 알리는 관현악곡이다. 〈봉래의〉의 핵심이 되는 부분은 여민락, 치화평, 취풍형인데, 각각 서두, 본론, 돌장의 세 부분으로 나뉜다. 이 세 악곡은 여민락, 취화평, 취풍형의 순서대로 연행되며, 좌우로 배열된 악공 및 의물*을 든 사람, 그리고 연향에 참여한 모든 기녀가 「용비어천가」를 부르고 무용수들도 춤을 추면서 노래를 불렀다.

〈봉래의〉의 노랫말인 「용비어천가」는 모두 125장으로 이루어진 서사시로, 처음부터 궁중 연향에 사용할 것을 염두에 두고 제작되었다. 「용비어천가」의 내용은 조상의 업적 가운데 포괄적이고 핵심적인 사항만을 부각하여 조선 왕조 창업의 당위성을 제시한 1~16장, 왕조 창업이 마땅하다는 내용을 구체적으로 예시한 17~109장, 후대 왕이 지켜야 할 도리를 담고 있는 110~125장으로 구분할 수 있다. 「용비어천가」 125장 전체를 한자리에서 연주하기 어렵다는 제약 때문에 〈봉래의〉에서는 이 중 일부 악장만 선택하여 여민락, 치화평, 취풍형에 사용하였는데, 치화평과 취풍형에서는 국문 가사로, 여민락에서는 한문 가사로 불렀다. 각 악곡의 서두는 춤 없이 노래만 부르고, 본론은 무용수들이 각각 대형을 갖추고 춤을 추며 노래 부르고, 돌장에서는 무용수들이 춤을 추던 대형에서 다음 대형으로 이동하며 춤을 추고 노래를 불렀다.

〈봉래의〉의 춤은 여민락, 치화평, 취풍형에 따라 한 가지 대형으로 춘다. 여민락은 대형을 형성하여 2명이 마주 보며 춤을 추고, 치화평은 동서남북에 무용수 2명이 각각 서 있고 무용수 2명이 차례로 돌아가며 북쪽에서 춤을 추고, 취풍형은 2명이 마주 보며 북쪽에서 남쪽으로 늘어선 대형을 형성하여 춤을 춘다. 여민락, 치화평, 취풍형 모두 각각의 대형에서 무용수들이 북쪽을 향하여 춤추는 북향무, 서로 마주 보고 춤추는 대무, 서로 등을 향해 서서 춤추는 배무 등의 춤을 공통으로 추고, 각 대형으로의 전환은 무용수 전원이 원을 그리며 돌면서 춤추는 회무로 한다.

세종 대왕은 〈봉래의〉에 자신의 정치적 염원과 예술적 이상을 담았다. 「용비어천가」는 조선이 천명으로 건국되었으며 영속되어야 할 당위성을 지니고 있다는 점을 널리 알리기 위해 만들어졌다. 세종 대왕은 그 주제를 후대의 임금을 비롯해 백성들에게 널리 알리기 위해 가 · 무 · 악이 어우러진 〈봉래의〉를 제작한 것이다. 이렇게 만들어진 〈봉래의〉는 공사(公私) 연향, 조참*, 출궁이나 환궁할 때, 왕이 중국 황제의 조서나 칙서를 받으러 가고 올 때 등에 연행되었는데, 이때 여민락, 치화평, 취풍형 중 일부만 연행되기도 하였다. 세종 대왕 이후에도 〈봉래의〉는 궁중의 의례에서 연행되다가 중단되었고, 근대에 이르러 복원되었다.

*정재: 고려와 조선의 궁중에서 공연되었던 기악, 노래, 춤이 어우러진 종합 예술.

*의물: 의식에서 상하를 구별하고, 위엄을 드러내기 위해 쓰는 여러 가지 물건을 이르던 말.

*조참: 중앙에 있는 문무백관이 한 달에 네 번 정전(正殿)에 모여 임금에게 문안을 드리고 정사(政事)를 아뢰던 일.

03 **윗글의 내용을 〈보기〉와 같이 도식화했을 때, ①에 해당하는 〈봉래의〉의 세부 구성과, ②에 해당하는 춤이 무엇인지 윗글에서 단어를 찾아 각각 쓰시오.**

〈보기〉

연행 순서		여민락	치화평	취풍형
세부 구성	서두	춤 없이 노래만 부름.		
	본론	무용수들이 대형을 갖추고 춤을 추며 노래를 부름.		
	(①)	무용수들이 다음 대형으로 바꾸면서 춤을 추며 노래를 부름.		
춤 대형		▷ ◁ ▷ ◁ ▷ ◁ ▷ ◁ ②	▷ ◁ 舞 舞 舞 舞 舞 舞 ②	▷ ◁ ▷ ◁ ▷ ◁ ▷ ◁
「용비어천가」의 노랫말		한문	국문	

*▷◁: 무용수 2명이 마주 보고 서 있는 것을 의미함.

*舞: 무용수.

①: ______________________ ②: ______________________

04 〈봉래의〉와 「용비어천가」의 관계를 고려할 때, 「용비어천가」의 주제적 특성을 설명한 문장을 윗글에서 찾아 첫 어절과 끝 어절을 각각 쓰시오.

첫 어절: ______________________________, 끝 어절: ______________________________

[05～06] 다음을 읽고 물음에 답하시오.

흔히 애덤 스미스를 국가 권력의 간섭을 최소한으로 제한하고, 사유 재산과 기업의 자유를 옹호하는 자유방임론자라고 하나 그는 결코 당대의 현실을 있는 그대로 받아들이고 무조건 이를 찬미하는 소극적 자유방임론자가 아니었다. 공정성을 담보한 규율과 질서가 없는 상태에서는 아무도 자유로울 수 없기 때문이다. 그는 이러한 질서의 내용으로 독점의 철폐와 경쟁의 확립을 들었다. 그는 현실을 그대로 두면 독점과 노사 간 교섭력의 차이 등이 발생할 수 있음을 항상 경계하였고, 독점을 줄이고 노사 간 교섭을 균등하게 하여 경쟁적 시장조건, 즉 자유방임 정책이 성공할 수 있는 조건을 만들 것을 강조하였다. 애덤 스미스는 이러한 조건의 성립을 전제로 능동적이고 적극적인 자유방임을 주장하였다. 그의 이러한 태도는 당시의 노동 시장에 대한 그의 견해에도 잘 나타난다.

애덤 스미스의 노동 시장론은 노동 시장이 경쟁적 시장이 되기 어렵다는 사실에 대한 인식에서 출발한다. 그는 「국부론」에서 노동 시장에서 노사 간 교섭상 지위에는 구조적으로 비대등성이 있음을 지적한다. 노동 시장이 경쟁 시장이 되기 위해서는 노사 간의 교섭상 지위가 대등해야 한다. 그런데 실제로는 사용자의 단결이 노동자의 단결보다 쉽기 때문에 교섭상 지위의 비대등성이 커져 노동 시장이 경쟁적 시장이 되지 못한다. 그리고 경쟁 시장이 정상적으로 기능하지 않기 때문에 노동 조건이 열악해지는 것이다. 교섭상 지위의 비대등성이 존재하는 경우 이것을 극복하기 위한 노동자의 단결은 노동 시장의 경쟁성을 높이는 역할을 한다. 결국 애덤 스미스의 관점에서 볼 때 산업화 초기 단계에서는 노동자의 단결을 위한 노동조합의 역할이 경쟁 촉진적인 면이 있었다.

산업화 초기 무제한적 노동 공급의 단계에서는 과잉 노동력이 존재하기 때문에 임금의 수준은 최저 생계비 수준을 벗어나기 힘들었다. 이 시기에는 노동자의 생존권을 보장하고 양질의 노동력을 확보하기 위해서 노동법이 필요했다. 애덤 스미스는 노동 시장에서 나타나는 교섭상 지위의 구조적 비대등성은 노동자들이 단결하여도 완전히 해결하기 어렵다는 점을 지적하면서, 경제 성장을 통한 노동 수요의 지속적 확대에서 그 답을 찾고 있다. 산업화가 이루어지면서 국민 경제가 대량 생산, 대량 유통, 대량 소비의 단계로 들어가면 노동력의 확보를 목적으로 한 노동법의 시대는 끝나게 되고, 노동 시장에도 변화가 나타나게 된다. 산업 생산에 비해 노동 공급이 제한적이기 때문에 노동 시장의 여건이 사용자에게만 유리하게 작용하지는 않게 된 것이다. 노동자들 사이의 구직 경쟁 못지않게 사용자들 간의 구인 경쟁이 나타남으로써, 즉 ㉠<u>무제한적 노동 공급의 단계에서 벗어나 제한적 노동 공급의 단계로 넘어감으로써</u>, 노사 간의 교섭력이 대등해지기 시작했다. 또한 제한적 노동 공급의 단계에서는 임금의 변화율이 노동 공급량의 변화율보다 더 커지게 되어 임금 탄력성에도 변화가 생기게 되었다. 노동 공급의 임금 탄력성이란 노동 공급량의 변화율을 임금의 변화율로 나눈 것이다. 보통 이 값이 0에서 1 사이일 때는 비탄력적이라고 하고, 1보다 크면 탄력적이라고 한다. 탄력성이 무한대인 상태는 완전 탄력적이라고 한다.

05 **윗글의 내용을 바탕으로 애덤 스미스의 견해를 〈보기〉와 같이 정리할 때, ①, ②에 들어갈 말을 윗글에서 찾아 각각 쓰시오.**

〈보기〉

애덤 스미스는 노사 간 교섭력의 균등함이 자유방임 정책이 성공하기 위한 전제 조건이라는 점을 강조하였다. 노사 간 교섭 지위에는 구조적 (①)이/가 존재했다. 따라서 대등하지 못한 관계를 대등한 관계로 전환해야 하는데, 이 과정에서 노동자의 단결이 무엇보다도 중요하다고 보았다. 그러나 노동자가 단결한다고 해서 관계가 바뀌는 것은 아니다. 노동자의 교섭권이 고용자의 교섭권과 대등해지기 위해서는 노동을 필요로 하는 시장이 계속해서 커져야 한다. 그러기 위해서는 산업화와 관련하여 대량 생산, 대량 유통, 대량 소비 등을 포괄하는 (②)이/가 뒷받침되어야 한다.

①: ________________ ②: ________________

06 **윗글 ㉠의 결과로 노동자와 사용자의 교섭에서 '① 노동자의 지위'와 '② 임금 탄력성'은 어떻게 변화할 수 있는지를 각각 〈보기 1〉, 〈보기 2〉에서 찾아 쓰시오.**

〈보기 1〉

낮아진다, 변화 없다, 높아진다

〈보기 2〉

완전 탄력적이 된다, 탄력적이 된다, 비탄력적이 된다

① 노동자의 지위: ________________

② 임금 탄력성: ________________

[07～09] 다음 글을 읽고 물음에 답하시오.

(가)

4 · 19가 나던 해 세밑* / 우리는 오후 다섯 시에 만나
반갑게 악수를 나누고 / 불도 없이 차가운 방에 앉아
하얀 입김 뿜으며 / 열띤 토론을 벌였다
어리석게도 우리는 무엇인가를 / 정치와는 전혀 관계없는 무엇인가를
위해서 살리라 믿었던 것이다 / 결론 없는 모임을 끝낸 밤
혜화동 로터리에서 대포*를 마시며 / 사랑과 아르바이트와 병역 문제 때문에
우리는 때 묻지 않은 고민을 했고 / 아무도 귀 기울이지 않는 노래를
누구도 흉내 낼 수 없는 노래를 / 저마다 목청껏 불렀다
돈을 받지 않고 부르는 노래는 / 겨울밤 하늘로 올라가
별똥별이 되어 떨어졌다 / 그로부터 18년 오랜만에
우리는 모두 무엇인가 되어 / 혁명이 두려운 기성세대가 되어
넥타이를 매고 다시 모였다 / 회비를 만 원씩 걷고
처자식들의 안부를 나누고 / 월급이 얼마인가 서로 물었다
치솟는 물가를 걱정하며 / 즐겁게 세상을 개탄하고
익숙하게 목소리를 낮추어 / 떠도는 이야기를 주고받았다
모두가 살기 위해 살고 있었다 / 아무도 이젠 노래를 부르지 않았다
적잖은 술과 비싼 안주를 남긴 채 / 우리는 달라진 전화번호를 적고 헤어졌다
몇이서는 포커를 하러 갔고 / 몇이서는 춤을 추러 갔고
몇이서는 허전하게 동숭동 길을 걸었다 / 돌돌 말은 달력을 소중하게 옆에 끼고
오랜 방황 끝에 되돌아온 곳 / 우리의 옛사랑이 피 흘린 곳에
낯선 건물들 수상하게 들어섰고 / <u>㉠플라타너스 가로수들은 여전히 제자리에 서서</u>
아직도 남아 있는 몇 개의 마른 잎 흔들며 / 우리의 고개를 떨구게 했다
부끄럽지 않은가 / 부끄럽지 않은가
바람의 속삭임 귓전으로 흘리며 / 우리는 짐짓 중년기의 건강을 이야기했고
또 한 발짝 깊숙이 늪으로 발을 옮겼다

– 김광규, 「희미한 옛사랑의 그림자」

*세밑: 한 해의 마지막 때.
*대포: 술을 별 안주 없이 큰 그릇으로 마시는 일.

(나)

1964년 겨울을 서울에서 지냈던 사람이라면 누구나 알 수 있겠지만, 밤이 되면 거리에 나타나는 선술집—오뎅과 군참새와 세 가지 종류의 술 등을 팔고 있고, 얼어붙은 거리를 휩쓸며 부는 차가운 바람이 펄럭거리게 하는 포장을 들치고 안으로 들어서게 되어 있고, 그 안에 들어서면 카바이드 불의 길쭉한 불꽃이 바람에 흔들리고 있고, 염색한 군용 잠바를 입고 있는 중년 사내가 술을 따르고 안주를 구워 주고 있는 그러한 선술집에서, 그날 밤, 우리 세 사람은 우연히 만났다. 우리 세 사람이란 나와 도수 높은 안경을 쓴 안(安)이라는 대학원 학생과

정체는 알 수 없지만, 요컨대 가난뱅이라는 것만은 분명하여 그의 정체를 알고 싶다는 생각은 조금도 나지 않는 서른대여섯 살짜리 사내를 말한다.

먼저 말을 주고받게 된 것은 나와 대학원생이었는데, 뭐 그렇고 그런 자기소개가 서로 끝났을 때는 나는 그가 안씨라는 성을 가진 스물다섯 살짜리 대한민국 청년, 대학 구경을 해 보지 못한 나로서는 상상이 되지 않는 전공을 가진 대학원생, 부잣집 장남이라는 걸 알았고, 그는 내가 스물다섯 살짜리 시골 출신, 고등학교는 나오고 육군 사관 학교를 지원했다가 실패하고 나서 군대에 갔다가 임질에 한 번 걸려 본 적이 있고 지금은 구청 병사계(兵事係)에서 일하고 있다는 것을 아마 알았을 것이다.

[A] 자기소개들은 끝났지만 그러고 나서는 서로 할 얘기가 없었다. 잠시 동안은 조용히 술만 마셨는데 나는 새카맣게 구워진 군참새를 집을 때 할 말이 생겼기 때문에 마음속으로 군참새에게 감사하고 나서 얘기를 시작했다.

"안 형, 파리를 사랑하십니까?"

"아니오, 아직까진……." 그가 말했다. "김 형은 파리를 사랑하세요?"

"예."라고 나는 대답했다. "날 수 있으니까요. 아닙니다. 날 수 있는 것으로서 동시에 내 손에 붙잡힐 수 있는 것이니까요. 날 수 있는 것으로서 손안에 잡아 본 적이 있으세요?"

"가만 계셔 보세요." 그는 안경 속에서 나를 멀거니 바라보며 잠시 동안 표정을 꼼지락거리고 있었다. 그리고 말했다. "없어요, 나도 파리밖에는……."

낮엔 이상스럽게도 날씨가 따뜻했기 때문에 길은 얼음이 녹아서 흙물로 가득했었는데 밤이 되면서부터 다시 기온이 내려가고 흙물은 우리의 발밑에서 다시 얼어붙기 시작했다. 소가죽으로 지어진 내 검정 구두는 얼고 있는 땅바닥에서 올라오고 있는 찬 기운을 충분히 막아 내지 못하고 있었다. 사실 이런 술집이란, 집으로 돌아가는 길에 잠깐 한잔하고 싶은 생각이 든 사람이나 들어올 데지, 마시면서 곁에 선 사람과 무슨 얘기를 주고받을 만한 데는 되지 못하는 곳이다. 그런 생각이 문득 들었지만 그 안경잡이가 때마침 나에게 기특한 질문을 했기 때문에 나는 '이놈 그럴듯하다'고 생각되어 추위 때문에 저려 드는 내 발바닥에게 조금만 참으라고 부탁했다.

[중략 부분 줄거리] 아무런 의미가 없는 대화를 주고받던 '나'와 안은 외교원* 일을 하는 사내를 만난다. 사내는 '나'와 안에게 자신과 함께 있어 주기를 청하고, 세 사람은 중국집으로 자리를 옮겨 대화를 나눈다.

"아내의 시체를 병원에 팔았습니다. 할 수 없었습니다. 난 서적 월부 판매 외교원에 지나지 않습니다. 할 수 없었습니다. 돈 사천 원을 주더군요. 난 두 분을 만나기 얼마 전까지도 세브란스 병원 울타리 곁에 서 있었습니다. 아내가 누워 있을 시체실이 있는 건물을 알아보려고 했습니다만 어딘지 알 수 없었습니다. 그냥 울타리 곁에 앉아서 병원의 큰 굴뚝에서 나오는 희끄무레한 연기만 바라보고 있었습니다. 아내는 어떻게 될까요, 학생들이 해부 실습하느라고 톱으로 머리를 가르고 칼로 배를 찢고 한다는데 정말 그러겠지요?"

우리는 입을 다물고 있을 수밖에 없었다. 사환이 단무지와 파가 담긴 접시를 갖다 놓고 나갔다.

"기분 나쁜 얘길 해서 미안합니다. 다만 누구에게라도 얘기하지 않고서는 견딜 수 없었습니다. 한 가지만 의논해 보고 싶은데, 이 돈을 어떻게 하면 좋을까요? 저는 오늘 저녁에 다 써 버리고 싶은데요."

"쓰십시오." 안이 얼른 대답했다.

"이 돈이 다 없어질 때까지 함께 있어 주시겠어요?" 사내가 말했다. 우리는 얼른 대답하지 못했다. "함께 있어 주십시오." 사내가 말했다. 우리는 승낙했다.

"멋있게 한번 써 봅시다."라고 사내는 우리와 만난 후 처음으로 웃으면서 그러나 여전히 힘없는 음성으로 말했다.

중국집에서 거리로 나왔을 때는 우리는 모두 취해 있었고, 돈은 천 원이 없어졌고 사내는 한쪽 눈으로는 울고 다른 쪽 눈으로는 웃고 있었고, 안은 도망갈 궁리를 하기에도 지쳐 버렸다고 내게 말하고 있었고, 나는 "악센트 찍는 문제를 모두 틀려 버렸단 말야, 악센트 말야."라고 중얼거리고 있었고, 거리는 영화 광고에서 본 식민지의 거리처럼 춥고 한산했고, 그러나 여전히 소주 광고는 부지런히, 약 광고는 게으름을 피우며 반짝이고 있었고, 전봇대의 아가씨는 '그저 그래요.'라고 웃고 있었다.

– 김승옥, 「서울 1964년 겨울」

*외교원(外交員): 은행이나 회사에서 교섭이나 권유, 선전, 판매를 위하여 고객을 방문하는 일이 주된 업무인 사원.

07 윗글 (가)의 ㉠에 제시된 '여전히 제자리에 서 있는 플라타너스 가로수들'은 시적 화자가 현재의 삶을 반성하는 계기로 작용한다. 윗글 (가)의 시적 상황을 고려하여 그 이유를 10자 이내로 쓰시오(단, 띄어쓰기로 인한 빈칸은 글자 수에 포함시키지 않음).

____

08 〈보기 1〉은 윗글 (가)에 등장한 시어들이고, 〈보기 2〉는 윗글 (나)를 해설하고 있는 글이다. 〈보기 2〉의 ①의 모습을 가장 상징적으로 보여 주는 단어 하나를 윗글 (가)의 내용을 바탕으로 〈보기 1〉에서 찾아 쓰시오.

〈보기 1〉

겨울밤, 별똥별, 기성세대, 넥타이, 월급, 포커, 달력, 늪

〈보기 2〉

이 작품은 4 · 19 혁명의 실패와 5 · 16 군사 정변 후 정치적, 사회적 부조리가 팽배한 시기를 배경으로 하고 있다. 4 · 19 정신을 좌절시킨 군사 정부는 굴욕적인 외교를 거듭했고, 이에 항의하는 민주 인사들을 억압하였다. 또한 급격히 진행된 근대화, 산업화, 도시화는 당대 시민들의 심리적 방황과 인간적 연대감의 상실을 초래하였다. 이와 같은 암울한 현실에서 사람들은 패배 의식, 무력감에 빠져 사회에 대한 짙은 회의를 나타냈다. 이는 ①타인에 대한 무관심이 팽배해지면서 내면적 교감이나 연대에 대한 당대의 시대적 요구가 외면당하는 결과를 초래하였다.

____

09 **〈보기〉는 윗글 (나)에 대한 설명이다. 〈보기〉의 ①을 윗글 (나)의 [A]에서 찾아 첫 어절과 끝 어절을 각각 쓰시오.**

〈보기〉

김승옥의 소설에서 확인되는 사물 주어 구문들과, 특정 단어나 구절로 이어지는 문장의 연쇄 그리고 ①의인이나 활유를 활용해 자신의 몸을 타자화하는 문장들은, 단지 수사적 차원에 머무는 것이 아니라, 자기 자신으로부터조차 소외되는 현대 개인의 모습, 나아가 개인 간의 단절과 의사소통의 불능이라는 소설적 주제와도 연결된다.

첫 어절: ______________________________, 끝 어절: ______________________________

수학[인문]

▶ 해답 p.306

10 함수 $y=\log_{\frac{1}{4}}x$의 그래프를 x축에 대하여 대칭이동한 후, x축의 방향으로 2만큼, y축의 방향으로 1만큼 평행이동시킨 그래프가 점 $(a, 2)$를 지날 때, 상수 a의 값을 구하는 과정을 서술하시오.

11 $\int_0^3 x|x-2|dx$의 값을 구하는 과정을 서술하시오.

12 함수

$$f(x)=\begin{cases} \dfrac{x^3-1}{ax^2-a} & (x>1) \\ \dfrac{3}{8} & (x\le 1) \end{cases}$$ 이

$x=1$에서 연속이 되도록 하는 양수 a의 값을 구하는 과정을 서술하시오.

13 삼차함수 $f(x)=ax^3+3x^2+3ax+1$이 실수 전체의 집합에서 증가하도록 하는 실수 a의 최솟값을 구하는 과정을 서술하시오.

14 수열 $\{a_n\}$이 모든 자연수 n에 대하여
$a_n+a_{n+8}=5$를 만족시킨다.
$\sum_{n=1}^{4} a_{2n}=1$일 때, $\sum_{n=1}^{36} a_{2n}$의 값을 구하는 과정을 서술하시오.

15 $-2\leq x\leq 4$일 때,
방정식 $|\sin\pi x|^2-\cos^2\pi x=0$의 모든 근의 합을 구하는 과정을 서술하시오.

국어[자연]

▶ 해답 p.308

[01～02] 다음을 읽고 물음에 답하시오.

타인으로부터 예금 계좌 대여나 예금 인출 심부름 제안을 받게 된 경우, 각별한 주의가 필요하다. 보이스 피싱 범죄에 연루될 수 있기 때문이다. 보이스 피싱 범죄에서는 대개 타인 명의의 예금 계좌를 사용하여 피해자로부터 송금을 받아 돈을 가로채는데 이때 타인 명의 예금 계좌를 사용하는 방식에는 여러 가지가 있다. 보이스 피싱 범죄자를 '갑(甲)', 피해자를 '을(乙)'이라고 하고, '을'이 돈을 입금하는 계좌의 명의인을 '병(丙)'이라고 가정할 때, 첫 번째 방법은 '갑'이 '병' 몰래 '병' 명의의 예금 계좌를 개설하여 사용하는 것이고, 두 번째 방법은 ㉠'병'이 개설한 예금 계좌를 '갑'이 빌려서 사용하는 예금 계좌 대여이다. '병'이 자신의 예금 통장과 도장을 '갑'에게 넘겨주고 비밀번호를 알려 주면 예금 계좌 대여로 인정된다. 세 번째 방법은 '병'이 '갑'의 부탁을 받고 '병' 자신의 예금 통장에서 예금을 인출해서 '갑'에게 전달해 주는 것이다. 이들 중 첫 번째 경우에는 '병'이 처벌될 가능성이 없지만 두 번째 경우와 세 번째 경우에는 '병'도 처벌될 가능성이 있다.

어떤 행위가 처벌 대상이 되려면 반드시 그 행위가 '구성 요건'에 해당해야 하는데, 구성 요건이란 범죄에 해당하는 행위의 구체적인 내용을 법률로 미리 정해 둔 것을 뜻한다. 처벌 대상 행위는 미리 법률로 정해져야 하며 이것을 '죄형 법정주의'라고 한다. 보이스 피싱 범죄에서 피해자를 속여서 돈을 가로채는 행위는 형법에 규정된 사기죄의 구성 요건에 해당한다. 그러나 예금 계좌의 대여나 개설과 관련한 구성 요건은 금융 실명제법에 규정되어 있다. 금융 실명제법에 의하면 타인 명의로 예금 계좌를 개설하여 사용하는 행위 자체가 범죄의 구성 요건으로 규정되어 있다. 금융 실명제법의 목적을 달성하려면 예금 계좌의 명의인과 실제로 그 예금 계좌를 사용하여 금융 거래를 하는 사람이 일치하게 할 필요가 있기 때문이다. 같은 맥락에서 예금 계좌의 대여, 즉 '병'이 자신의 명의로 개설한 예금 계좌를 '갑'에게 빌려주어 '갑'이 사용하게 하는 것도 독립된 구성 요건으로 규정되어 있다.

이와 달리 예금 계좌의 명의인이 타인의 부탁을 받고 스스로 금융 거래를 하는 것은 금융 실명제법에 규정된 범죄의 구성 요건에 해당하지는 않는다. 그렇지만 이런 행위가 타인의 범죄 행위에 가담한 것이면 범죄 행위가 될 수도 있다. 형법에는 타인에게 범죄 행위를 하라고 부추긴 교사범이나 타인의 범죄 행위를 도와준 방조범을 처벌 대상으로 규정한 조문이 있기 때문이다. 이때 교사범과 방조범을 통틀어 공범이라고 하고, 교사범이 부추긴 범죄나 방조범이 도와준 범죄를 저지른 자를 정범이라고 한다. 범죄 중에는 성질상 적어도 두 사람을 필요로 하는 것도 있다. 이러한 범죄 유형 가운데 하나가 필요적 공범이다. 이 경우 범죄에 가담한 사람들은 모두 그 범죄의 정범으로 처벌된다. 예를 들어 뇌물 수수 범죄에서는 뇌물을 준 사람과 뇌물을 받은 사람, 적어도 두 사람이 있어야만 성립할 수 있으므로 필요적 공범에 해당하고, 그 두 사람은 모두 정범으로 처벌된다.

교사범은 범죄가 발생하도록 원인을 제공했으므로 이미 범죄 행위를 하기로 결심한 정범을 도와준 것에 불과한 방조범보다 더 나쁘다. 따라서 교사범은 정범과 같은 형벌을 받는 데 비해 방조범은 정범보다 가벼운 형벌을 받는다. 방조범이 성립하려면, 정범의 범죄 실행이라는 요건 이외에도, 방조 행위와 방조의 고의라는 요건이 모두 충족되어야 한다. 첫 번째 요건인 '방조 행위'는 정범이 범죄 행위를 하기 쉽게 해 주는 모든 행위를 가리킨다. 범행 도구를 제공하는 등의 물질적 방조뿐 아니라 이미 범행을 결심한 정범을 격려하는 정신적 방조도 여기에 해당한다. 두 번째 요건인 '방조의 고의'는 두 가지 고의로 구성된다. 우선 정범이 저지르려고 하는 범죄 행위 자체에 대한 고의인 정범에 대한 고의가 인정되어야 하고, 방조범 자신이 하고 있는 행위가 정범의 범죄 실행을 돕는 행위라는 것에 대한 고의도 인정되어야 한다.

01 〈보기〉는 윗글의 ㉠에 대한 설명이다. 〈보기〉의 ①, ②에 들어갈 말을 윗글에서 찾아 각각 쓰시오(①은 다섯 음절, ②는 여섯 음절로 쓸 것).

〈보기〉

㉠은 '갑'이 '병'에게서 '병'의 예금 계좌를 빌려 사용한 경우이므로 예금 계좌 대여 범죄에 해당한다. 예금계좌 대여 범죄는 최소 두 명, 즉 계좌를 대여해 준 자와 대여받은 자가 존재하여야만 성립하므로 (①)에 해당하고, '병'은 정범으로 처벌받는다. 이때 '병'은 예금 계좌의 명의인과 예금 계좌의 사용자가 달라지게 하는 행위를 하였으므로 법률 중에서 (②)에 규정된 범죄 행위를 하였다는 점에서 처벌될 수 있다.

①: ______________ ②: ______________

02 〈보기〉는 어느 마을에서 일어난 절도 사건에 대한 설명이다. 〈보기〉의 ①, ②에 들어갈 말을 윗글에서 찾아 각각 쓰시오.

〈보기〉

어느 마을의 곡식 창고에 돈이 될 만한 곡식이 가득 있는 것을 안 A는 B에게 이 정보를 주고 곡식 창고를 털도록 지시했다. A의 말을 들은 B는 곡식 창고를 털기로 결심하고, C의 도움을 얻어 곡식을 운반할 트럭을 구했다. 범행 당일 B는 곡식 창고의 곡식을 모두 훔치는 데 성공했다.

이 사건에서 B는 정범이고 A와 C는 공범인데, A는 B에게 절도를 부추긴 (①)이고, C는 B에게 절도한 곡식의 운반에 필요한 트럭을 제공하여 (②) 방조를 한 방조범이다.

①: ______________ ②: ______________

[03~04] 다음 글을 읽고 물음에 답하시오.

(가)

남세균은 조류 중 지구상에 최초로 존재하였으며, 약 35억 년 전의 지층에서 화석으로 발견되었다. 남세균은 지구에서 햇빛을 이용하여 물과 이산화 탄소를 산소와 영양분으로 만든 광합성 생물로, 산소가 거의 없던 과거 지구의 대기는 남세균으로 인해 산소의 농도가 증가하게 되었다. 남세균으로 만들어진 산소는 지구 대기 중에서 태양에서 오는 자외선과 만나 오존을 형성하였고, 이렇게 만들어진 오존은 20~25km 상공에서 오존층을 형성하였다. 오존이 자외선을 흡수하면 산소 원자를 방출하는데, 산소 원자는 다른 산소 분자와 결합하면서 열을 방출한다. 즉 지구 대기 상층부에 형성된 오존층은 지구에 존재하는 생명체에게 해로울 수 있는 자외선을 흡수하는 동시에 지구 온도를 조절하는 기능을 한다. 결국 남세균으로 인해 과거 지구 대기에 산소가 생겨나면서 산소가 필요한 호기성 생물이 탄생할 수 있었고, 오존층이 형성되어 지표면에 닿는 자외선이 약해지면서 물속이 아닌 육지에서도 생명체가 살아가는 것이 가능하게 되었다.

남세균은 지구상에서 오래전부터 존재한 만큼 환경 변화에 뛰어난 적응력을 가지고 있다. 일부 남세균은 대기 중의 질소를 유기 질소로 전환하여 저장하는 질소 고정 능력이 있어, 양분이 되는 질소가 부족한 환경에서도 생존할 수 있다. 또한 생존에 불리한 환경에서는 포자를 형성해 물속 퇴적층에 가라앉아 있다가, 생존에 좋은 환경이 되면 다시 포자가 발아하여 성장하기도 한다. 남세균은 세포 내에 공기 주머니를 갖고 있어 상하로 수직 이동을 하는데, 이를 통해 성장에 필요한 햇빛이나 양분이 많은 곳으로 이동한다.

(나)

녹조 현상은 강이나 호수에 남세균이 과다하게 발생하여 물의 색깔이 짙은 녹색으로 변하는 현상이다. 남세균의 발생에 영향을 미치는 요인에는 영양물질과 수온 및 일사량, 물의 흐름이 있다.

도심에서 나오는 하수, 각종 농축산 시설 등에서 배출하는 폐수, 비가 올 때 빗물과 함께 흘러내리는 비료 등에는 질소나 인과 같은 여러 영양물질이 들어 있다. 이런 영양물질은 남세균의 증식에 필수적이며, 남세균이 영양물질을 이용하여 대량으로 증식하게 되면 녹조 현상이 발생한다.

수온은 남세균의 성장을 좌우하는 요인이며, 햇빛은 남세균의 광합성을 위해 필수적 요소이다. 녹조 현상의 원인이 되는 남세균은 20~30℃의 수온에서 가장 왕성하게 성장하며, 햇빛을 많이 받을수록 잘 자란다. 우리나라에서는 일반적으로 수온이 높아지고 일사량이 증가하는 여름철에 남세균이 성장하기 좋은 환경이 만들어진다.

또한 물의 흐름이 약하거나 정체되어 있으면 남세균이 더 많이 증식할 수 있다. 물의 흐름이 빠르면 물 표면에 떠다니는 남세균이 하류로 쓸려 내려가기 때문에 한곳에서 대량으로 증식하기 어렵다. 수심이 깊고 흐름이 정체된 강이나 호수에서는 여름철에 성층 현상이 나타난다. 성층 현상이란 따뜻하고 밀도가 낮은 물이 위에 놓이고 차갑고 밀도가 높은 물이 아래에 놓여 밀도 차에 의해 수층이 분리되어 물이 수직으로 잘 이동하지 않는 현상을 말한다. 성층 현상이 일어나 물이 잘 섞이지 않으면 수면의 온도가 더욱 올라가게 되어 남세균이 성장하기 더 좋은 여건이 만들어진다.

남세균은 수생태계에서 생산자의 역할을 하지만, 남세균이 과다하게 증식하여 녹조 현상이 일어나면 수생태계에 나쁜 영향을 미친다. 남세균이 과다하게 증식하면 물속으로 들어가는 햇빛을 차단하여 물속의 수생 식물이 광합성을 하지 못하게 만든다. 이로 인해 물속의 생물들이 산소 부족으로 폐사하기도 하고, 폐사한 생물들이 부패하면서 악취와 독소가 발생해 수생태계가 점점 파괴된다.

03 〈보기〉는 남세균에 대한 설명이다. 〈보기〉의 ①, ②에 들어갈 단어를 윗글 (가)에서 찾아 각각 쓰시오.

〈보기〉

지구의 대기에 산소의 농도를 증가시킨 남세균은 호기성 생물을 탄생시켰다. 또한 남세균으로 인해 지구의 대기에 (　①　)이/가 형성되어 지표면에 닿는 자외선이 약해지면서 수중뿐 아니라 육지에서도 생명체가 살아가는 것이 가능하게 되었다. 한편 남세균은 질소 고정 능력을 통해 질소가 부족한 환경에서도 살아남을 수 있고, 생존에 필요한 환경이 악화될 경우 (　②　)을/를 형성하였다가 환경이 좋아지면 다시 성장할 수 있으며, 공기 주머니를 통해 수직 이동을 하는 등 환경 변화에 뛰어난 적응력을 가지고 있다.

①: ________________　　②: ________________

04 윗글 (나)의 내용을 바탕으로 〈보기 1〉의 환경에 대해 〈보기 2〉와 같이 가정하였을 때, 〈보기 2〉의 ①, ②에 들어갈 단어를 윗글 (나)에서 찾아 각각 쓰시오.

〈보기 1〉

- A 강 주변에는 인구 밀집 지역이 없으며, 폐수 처리 시설이 미흡한 다수의 축산 시설이 자리 잡고 있다.
- B 호수 인근에는 과수 농원이 많아, 비가 오면 땅에 있는 질소나 인 등의 비료 성분이 B 호수로 유입된다.

〈보기 2〉

- A 강 주변에 있는 축산 시설의 폐수 처리 장치를 개선한다면, 남세균이 발생할 가능성이 줄어들 것이다.
- 수심이 깊은 A 강 하류에 댐을 만든다면, 날씨가 더운 계절에 (　①　) 현상이 발생하여 남세균이 잘 성장할 것이다.
- B 호수에 비가 내린 뒤에도 물의 온도, 물의 흐름 등 다른 조건이 동일하다면, (　②　) 현상의 발생 가능성이 증가할 것이다.

①: ________________　　②: ________________

[05~06] 다음을 읽고 물음에 답하시오.

민도식이 나서서 험악해진 분위기를 간신히 가라앉혔다.

"준비 위원회를 구성하고 회의를 소집한 건 처음부터 요식 행위에 지나지 않았던 거야. 경영자 독단으로 처리하지 않고 사원들의 의사를 물어서 전폭적인 지지를 얻어 가지고 결정했다는 인상을 대내외에 풍길 필요가 있었던 거야. 이제 길은 두 가지뿐야. 나머지 절반을 찾아서 마저 몸에 꿰든가, 아니면 기왕 우리 몸에 입혀진 절반을 아예 벗어 버리든가 각자가 알아서 결정할 일이야. 저기 좀 보라고. 저 사람이 아까부터 우릴 비웃고 있어. 제복 얘기 앞으로는 그만하기로 하지."

생산부 공원 복장을 한 사내가 엇비뚜름한 자세로 이쪽을 돌아다보며 야릇한 웃음을 입가에 물고 있었다. 그를 보더니 장상태가 화를 벌컥 내면서 큰 소리로 미스 윤을 불렀다.

"이봐, 저기 앉은 저 사람 내가 좀 보잔다구 전해!"

눈이 휘둥그레진 미스 윤이 종종걸음으로 그에게 다가가기 전에 그쪽에서 자진해서 먼저 일어섰다.

그가 충분히 알아들을 수 있을 정도로 장의 목소리가 컸던 것이다.

"저를 부르셨습니까?"

여전히 웃음기를 입에 문 얼굴이 장을 정면으로 상대했다.

"당신 뭐야? 뭔데 어제부터 남의 얘길 엿듣고 비웃지, 비웃길?"

"비웃음으로 보셨다면 용서하십쇼. 엿듣고 싶은 생각은 없었습니다. 가만히 앉아 있어도 들릴 정도로 선생님들 말소리가 컸습니다. 말씀 내용이 동림 산업에 계신 분들 같아서 저도 모르게 관심이 컸나 봅니다."

"오오라, 그러고 보니 당신도 동림 가족의 일원이 분명하군. 부서가 어디야?"

"생산부 제1 공장입니다. 거기서 잡역부로 근무하고 있습니다."

[A] "이름은?" / "권입니다."

"이름이 권이다? 그럼 성까지 아주 짝을 채워 보게." / "성이 권입니다."

만만한 상대를 만난 장은 권 씨를 노리갯감으로 삼아 화풀이할 작정임을 분명히 하면서 동료들에게 은밀히 눈짓을 보냈다. 함께 놀이에 끼어들라는 뜻일 것이다. 그러나 도식이 보기엔 첫눈에 결코 만만한 상대가 아니었다. 그는 참을성 좋게 여전히 웃고 있었다. 그것은 생산부 공원들이 본사의 사무직을 대할 때 일반적으로 갖는 비굴한 표정이 아니었다. 그렇다고 적대감도 아닌 그것은 일종의 자신감의 표현임이 분명했다. 두툼한 입술과 커다란 눈이 얼핏 눈에 띄는 특징이었다. 장상태하고 비교해서 둘이 서로 어금어금할* 정도로 작은 체구였다. 실제 나이는 장보다 두세 살쯤 위일 것 같은데 적어도 이삼십 년은 더 세상을 살아 냈을 법한 관록 같은 게 엿보이는 얼굴이었고, 그것이 교양이라는 것하고도 연결되어 잡역부라던 자기소개가 아무래도 믿어지지 않는 그런 사람이었다.

"짝을 채우기 싫다 이거지? 좋았어. 그런데 자네가 하는 잡역일하고 무슨 상관이 있어서 우리 얘기에 이틀 동안이나 관심을 갖지?"

"물론 상관은 없습니다. 그렇지만 한쪽에선 작업 중에 팔이 뭉텅 잘려져 나간 사람이 있고 그 팔값을 찾아 주려고 투쟁하는 사람들이 있는 반면에 다른 한쪽에선 몸에 걸치는 옷 때문에 거기에 자기 인생을 걸려는 분들도 계시구나 하는 생각이 들어서 그냥 지나칠 수가 없었습니다."

그 순간 장상태의 얼굴색이 하얗게 질리는 것 같았다. 장이 어물거리는 사이에 우기환이 나섰다.

우 역시 장처럼 권 씨의 나이를 전혀 셈해 주지 않는 말투였다.

"팔도 중요하지만 그에 못지않게 옷도 중요해. 옷을 지키려는 건 다시 말해서 팔을 찾으려는 거나 마찬가지 일이야. 팔이 옷에 우선한다 생각하고 우릴 비웃었다면 당신은 분명히 덜떨어진 사람이야."

"그래서 다방에 앉아서 투쟁을 하신다 이런 말씀이지?"

우의 응원에 힘입어 전열을 가다듬고 난 장이 입꼬리를 비틀면서 이렇게 말했다.

"제가 드리고 싶은 말씀이 바로 그겁니다. 옷도 중요하고 팔도 중요하다는 말씀에 전적으로 동감입니다. 그렇기 때문에 팔을 찾으려는 사람이라고 함부로 대하는 자세만큼은 삼가해 주셨으면 합니다. 선생님들한테 팔이 있듯이 옷은 우리들도 필요하니까요. 이제 또 들어가 봐야죠."

팔과 옷을 한참 주고받던 권 씨가 장과 우를 향해 차례로 목례를 보낸 다음 핑하니 다방을 나가 버렸다.

[중략 부분 줄거리] 회사 창업 기념일 행사를 앞두고 모든 직원들의 제복을 맞추기 위한 절차가 진행되지만, 민도식과 우기환 둘은 이를 거부하기로 의기투합한다. 이에 두 사람은 사장과 면담을 하게 되는데, 사장은 두 사람을 다독이면서 회사의 뜻에 따라 줄 것을 요구한다.

사장실로 들어서기 무섭게 권 씨는 민도식을 향해 눈자위를 하얗게 부릅떠 보였다. 우기환의 돌연한 행동에 초벌 놀랐던 도식은 권 씨의 험악한 표정에 재벌 놀라면서 엉거주춤 궁둥이를 들었다. 빨리 자리를 비켜 달라는 권 씨의 무언의 협박이 빗발치고 있었다.

"죄송해요, 사장님. 한사코 안 된다는데두 부득부득 우기면서 이 사람이……."

뒤쫓아 들어온 여비서를 손짓으로 내보낸 다음 사장이 말했다. / "어서 오게, 권 군."

자기보다 더 ㉠사정이 절박한 사람을 위해서 민도식은 사장실에서 물러나지 않을 수 없었다.

"잘 생각해서 스스로 결정을 내리도록 하게."

도어가 채 닫히기 전에 사장의 껄껄한 목소리가 도식의 등 뒤에 따라붙는다.

"장 선생 집에 전화 걸었더니 부인이 받데요. 새로 맞춘 유니폼 입구 아침 일찍 출근했다구요."

아내의 바가지 긁는 소리로 창업 기념일의 아침은 시작되었다. 체육 대회가 열리는 제1 공장까지 가자면 다른 날보다 더 일찍 나서야 되는데도 여전히 밍기적거리고만 있는 남편 곁에서 아내는 시종 근심스런 눈초리를 거두지 않았다. 제복 때문에 총각 사원 하나가 사표를 던졌다는 소문을 아내는 믿지 않았다. 사표를 제출한 게 아니라 강제로 모가지가 잘린 거라고 굳게 믿었다.

[B] "까짓것 난 필요 없어. 거기 아니면 밥 빌어먹을 데 없는 줄 알아? 세상엔 아직도 유니폼 안 입는 회사가 수두룩하단 말야!"

거듭되는 재촉에 이렇게 큰소리로 대거리는 했지만 결국 민도식은 뒤늦게나마 집을 나서고 말았다. 시내를 멀리 벗어나서 교외에 널찍하게 자리 잡은 제1 공장 앞에 당도했을 때는 벌써 개회식이 시작된 뒤였다. 공장 정문 철책 너머로 검정 곤색 일색의 운동장을 넘어다보는 순간 민도식은 갑자기 숨이 턱 막혀 옴을 느꼈다. 새로 맞춘 제복으로 단장한 남녀 전 사원이 각 부서별로 군대처럼 질서정연하게 도열해 서서 연단에 선 지휘자의 손끝을 우러러보며 사가(社歌)를 제창하기 직전의 예비 운동으로 목청을 가다듬는 헛기침들을 하고 있었다. 이윽고 공장 일대를 한바탕 들었다 놓는 우렁찬 노래가 터지기 시작했다. 노래 부르는 사원들 모두가 작당해서 지각한 사람을 야유하는 듯한 기분이 들었다. 검정 곤색의 제복들이 일치단결해 가지고 사복 차림으로 꽁무니에 따라붙으려는 유일한 사람을 완강히 거부하는 듯한 기분에 사로잡혔다. 세상 전체가 온통 제복투성이인 가운데

저 혼자만 외돌토리로 떨어져 있는 셈이었다. 자기 한 사람쯤 불참한다 해도 아무렇지도 않게 체육 대회 개회식은 진행될 수 있다는 사실이 민도식을 무척 화나면서도 그지없이 외롭게 만들었다. 정문으로 들어서지도 못하고 그렇다고 뒤돌아서서 나오지도 못한 채 그는 일단 멈춘 자리에 붙박여 버린 듯 언제까지고 움직일 줄을 몰랐다.

– 윤흥길, 「날개 또는 수갑」

*어금어금하다: 표준어로는 '어금버금하다'. 서로 엇비슷하여 정도나 수준에 큰 차이가 없다.

05 윗글의 ㉠에 나타난 '절박한 사정'의 구체적인 내용을 윗글의 [A]에 근거해서 10자 이내로 쓰시오(단, 띄어쓰기로 인한 빈칸은 글자 수에 포함시키지 않음).

____

06 〈보기〉는 윗글에 대한 설명이다. 〈보기〉의 ①, ②에 들어갈 단어를 윗글의 [B]에서 찾아 각각 쓰시오.

〈보기〉

1970년대 국가 권력은 국가 발전의 명목으로 시민의 자유를 억압하며 개인의 희생, 규율과 복종을 강요했다. 이 과정에서 국가 권력은 정치적 정당성을 가장하여 국민을 획일화시키면서 통제하기 위한 각종 의례나 행사의 시행, 장발이나 미니스커트 단속, '공연 활동 정화'를 위한 공연윤리위원회 설치 등과 같은 다양한 제도를 동원하였다. 이런 제도적 장치들은 개인의 자율성을 억압하는 것은 물론, 국가 권력에 의한 개인의 통제를 합리화하는 수단이 되었다. 소설은 제목을 통해 (　①　)을/를 '날개'에, (　②　)을/를 '수갑'에 비유하면서 1970년대의 현실을 우회적으로 비판하고 있다.

①: ______________　　②: ______________

수학[자연]

▶ 해답 p.310

07 $\log_9 a + \log_9 b = \frac{7}{2}$을 만족시키는 두 자연수 a, b의 모든 순서쌍 (a, b)의 개수를 구하는 과정을 서술하시오.

08 $\lim_{x \to 3} \frac{\sqrt{2x-a}-x}{x-3} = b$일 때, 두 상수 a, b의 값을 구하는 과정을 서술하시오.

09 등차수열 $\{a_n\}$이 $a_1=36$이고
$|a_{10}|=|a_{28}|$일 때,
$a_m=-10$을 만족시키는 자연수 m의 값을 구하는 과정을 서술하시오.

10 0이 아닌 정수 a에 대하여 함수 $f(x)$가 다음과 같다.

$$f(x)=\begin{cases} x & (x>0) \\ x+a & (x\le 0) \end{cases}$$

함수 $g(x)=\{f(x)-1\}\{f(x)+2\}$가 $x=0$에서 연속일 때, a의 값을 구하는 과정을 서술하시오.

11 다항함수 $f(x)$가 모든 실수 x에 대하여

$$\lim_{h\to 0}\frac{f(x-2h)-f(x)}{h}=4x^2+ax$$를

만족시킨다.

$f'(1)=0$이고 $f(3)=-8$일 때,

함수 $f(x)$를 구하는 과정을 서술하시오.

(단, a는 상수)

12 그림과 같이 $\overline{AB}=4$, $\overline{AD}=5$, $\overline{BD}=\overline{BC}=6$인 사다리꼴 ABCD가 있다.

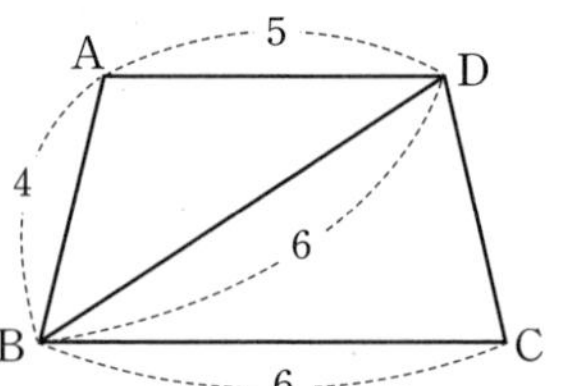

다음은 사다리꼴 ABCD의 넓이를 구하는 과정이다. (가), (나), (다), (라), (마)에 들어갈 가장 알맞은 수를 구하시오.

> 삼각형 ABD에서 $\angle ADB=\theta$라 하면, 삼각형 ABD에서 코사인법칙에 의하여
> $\cos\theta=$ (가) 이므로,
> $\sin\theta=$ (나) 이다.
> 따라서 삼각형 ABD의 넓이는 (다) 이다.
> 사각형 ABCD가 사다리꼴이므로
> $\angle DBC=\theta$이고 삼각형 BCD의 넓이는
> (라) 이다.
> 따라서 사다리꼴 ABCD의 넓이는 (마) 이다.

13 다항함수 $f(x)$가 모든 실수 x에 대하여 $\int_{1}^{x} tf(t)dt = x^3 + ax^2 + bx$를 만족시킬 때, $f(b)$의 값을 구하는 과정을 서술하시오. (단, a, b는 상수이다.)

14 최고차항의 계수가 1인 삼차함수 $f(x)$가 다음 조건을 만족시킨다.

> (가) $f(-1)=0$이고 함수 $|f(x)|$는 $x=\alpha\,(\alpha \neq -1)$에서만 미분가능하지 않다. (단, α는 상수)
> (나) 함수 $f(x)$의 극솟값은 -4이다.

함수 $f(x)$를 구하는 과정을 서술하시오.

15 함수 $f(x)=x^3+x-1$의 역함수를 $g(x)$라 하자.
두 곡선 $y=f(x)$, $y=g(x)$와 두 직선 $x=-1$, $y=-1$로 둘러싸인 부분의 넓이를 구하는 과정을 서술하시오.

2025학년도

한신대 논술 모의고사

국어

수학

국어

▶ 해답 p.314

[01～02] 다음 글을 읽고 물음에 답하시오.

동양의 전통적인 역사 편찬 관행은 한 왕조가 멸망하면 다음에 세워진 왕조가 이전 왕조의 역사를 편찬하는 것이었다. 중국에서는 이런 관행이 일찍부터 이루어졌으며, 우리나라에서도 고려 제4대 왕인 광종 대에 이러한 역사 편찬 관행에 따라 고구려, 백제, 신라 삼국의 역사서가 편찬되었다. 이 역사서를 김부식의 『삼국사기』와 구별하기 위해 『구삼국사』라고 부른다. 『삼국사기』는 고려 제17대 왕이었던 인종이 김부식에게 삼국 시대의 역사를 다시 편찬하게 해서 만들어진 역사서이다. 김부식은 『구삼국사』를 기본 자료로 삼고, 중국 측 자료와 국내의 새로운 자료로 내용을 보완하여 『삼국사기』를 편찬하였다. 김부식이 기존의 역사서가 있는 상황에서 새로운 역사서를 편찬한 것은 고려의 대내외적 상황과 연관 지어 이해해 볼 수 있다.

대외적 상황으로는 중국 송나라에서 『신당서(新唐書)』가 편찬된 것이다. 이 역사서는 역사 편찬 관행에 따라 편찬된 역사서인 『구당서(舊唐書)』를 새로 편찬한 것이었는데, 이것이 하나의 선례가 되어 『삼국사기』 편찬이 이루어질 수 있었다. 특히 『신당서』는 고문(古文)체로 서술되어, 사륙변려문체로 서술되었던 기존의 역사서와는 차이가 있었다. 공자와 맹자가 쓴 문체인 고문체는 비슷한 의미를 가지는 글자의 중복 사용을 엄격히 피하기 때문에 논리적으로 내용을 서술하기에 적합하며 문장이 간결했다. 사륙변려문체는 문장이 장중하고 화려했다. 김부식은 당, 송 대에 일어난 고문체 부활 운동의 풍조에 따라 고문체의 수용을 주장했고, 역사의 기록도 고문체의 문장으로 서술되어야 한다는 생각을 했던 것으로 보인다. 이는 김부식이 『삼국사기』를 인종에게 바치면서 올린 「진삼국사기표」에서 확인할 수 있다. 여기서 그는 『구삼국사』로 추정되는 『고기』의 기록이 거칠고 졸렬하다고 하여 『고기』의 문체가 가지는 문제점을 지적했는데, 『삼국사기』가 고문체로 서술된 것은 문체에 대한 그의 생각과 지적이 반영된 것으로 볼 수 있다.

대내적 상황으로는 고려의 정치 체제와 정치적 상황이다. 고려는 유교 사상을 바탕으로 왕을 정점으로 하는 통치 체제를 구축하고 유지했었다. 하지만 인종 재위 기간에 왕위를 찬탈하려는 이자겸의 난으로 정치 기강은 어지러워졌고, 풍수지리설에 의거하여 서경 천도를 주장했던 묘청 세력과 이에 반대하는 정치 세력 간의 다툼으로 묘청의 난까지 일어나면서 고려의 정치 체제가 흔들렸다. 이 두 개의 정변을 경험한 김부식을 합리적이면서 도덕성을 추구하는 유교적 역사관에 바탕을 두고 『삼국사기』를 편찬하였다. 유교적 역사관의 합리적 성격은 증거문헌에 의거하여 사실적으로 역사적 사건을 기록하며 신화적 요소들을 배제하는 탈신화성을 추구하는 것이고, 도덕적 성격은 역사적 사실을 통해 인의예지와 같은 유교적 윤리와 교훈을 얻는 것이었다. 결국 『삼국사기』의 편찬은 고려의 정치 체제를 유교 사상에 따라 다시 정비하여 당대의 정치 체제가 유지되기를 의도한 것이었다.

『삼국사기』 편찬에 대한 그의 의도는 사론(史論)과, 자연에서 일어나는 기이한 현상이나 가뭄과 같은 재이에 대한 기록에서 엿볼 수 있다. 사론은 특정 사실에 대한 편찬자의 적극적인 가치 평가가 담겨 있는 글로, 『삼국사기』에는 왕에 관한 정치 일반을 다루는 기록인 본기(本紀)와 삼국의 왕을 제외한 인물들에 대한 기록인 열전(列傳) 속에 있다. 『삼국사기』의 사론은 유교 경전에 준거하여 실천적인 의미를 지니고 있다는 점에서 권계의 의미가 담겨 있다고 볼 수 있다. 한편 재이에 대한 기록은 천문지나 오행지에 별도로 정리한 중국의 경우와 달리 『삼국사기』 본기에 담겨 있다.

본기에 재이가 기록된 것은 김부식이 유교 사상의 여러 입장 중 천인감응설을 적극적으로 반영한 결과이다. 천인감응설은 기루 등 자연 현상을 포함한 하늘과 인가 사회의 일은 불가분의 관계에 있고, 이러한 점에서 군주의 올바르지 않은 행위에 따라 하늘은 재이를 통해 경고한다고 본다. 따라서 『삼국사기』 편찬의 정치적 의도를 고려하면 김부식에게 재이는 중요할 수밖에 없었다.

김부식은 「진삼국사기표」에서 인종 대의 지식인 계층이 중국 역사에는 해박한 삼국의 역사에 대해서는 그 전말을 알지 못한다고 지적하였다. 따라서 『삼국사기』 편찬은 이런 당대 지식인들에게 삼국의 역사를 읽도록 만들었다. 『삼국사기』를 읽은 지식인 중에는 『삼국사기』의 사료 수집이 주로 관청이나 정부의 자료를 중심으로 했기 때문에 사료 수집이 부족하다는 인식을 가진 사람도 있었고, 이규보와 같이 삼국의 역사를 재인식하는 사람도 생겨났다. 이로 인해 『삼국사기』 이후에 편찬된 역사서는 『삼국사기』가 마련한 역사 인식의 바탕 위에서 그것을 보완하거나 극복하려는 내용으로 기술되었다.

01 『삼국사기』의 문체가 지니는 특징이 무엇인지 윗글에서 찾아 쓰시오.

02 〈보기〉의 내용과 대비되는 김부식의 사관은 무엇인지 두 어절로 쓰시오.

〈보기〉

이규보는 「동명왕편 서」에서 "동명왕의 일은 변화의 신이함으로 여러 사람의 눈을 현혹한 것이 아니고 나라를 창시한 신성한 사적이니, 이를 기술하지 않으면 후인들이 장차 어떻게 보겠는가."라고 했으며 동명왕 이야기를 '성(聖)'이며 '신(神)'이라고 했다. 이는 신화에 나오는 신화적 요소 안에는 거룩함과 신령함이 있기 때문에 신화를 세상에 전해야 하는 역사로 인식해야 한다는 이규보의 생각을 보여주는 것이라고 할 수 있다.

[03～04] 다음 글을 읽고 물음에 답하시오.

…… 전략 ……

"저녁거리가 없지?"

범수는 할 수 없으면 양복이라도 잡혀야겠어서 떼어 입고 나가기를 주저하는 것이다.

"번연한 속이지 물어서는 무얼 하우?"

영주는 풀 죽은 대답을 한다.

"그럼 저 양복이라두 잽혀 오구려." / "그것마저 잽히구 어떡할랴구 그러우?"

"그리 긴하게 양복을 입구 출입을 헐 일은 무엇 있나?"

영주는 그래도 느긋한 희망을 지니고 있었다. 남편이 몇 군데 이력서를 보내 두었으니 그런 데서 갑자기 오라는 기별이 올지도 모르는 터에 양복을 잡혀 버리면 일껏 된 취직도 낭패가 되고 말 것이다.

그리고 또 남편이 밖에 나가 있는 동안만은 행여 무슨 반가운 소식이나 가지고 돌아오나 해서 한심한 기대를 하는 터였었다.

"천하 없어두 그건 안 잽혀요."

"거참 괘사스런 성미도 다 보겠네!" / 하고 범수는 더 우기려 하지 아니했다.

"정말 큰일 났수! 하두 막막한 때는 죽어 바리기라두 하구 싶지만 자식들을 생각하면 그럴 수두 없구…… 글쎄 왜 학교는 안 보내려 드우? 구리는 이 지경이 되었으니 자식이나 잘 가르켜야지?"

영주는 아이들이 생각나자 가슴을 찢고 싶게 보풀증이 나는 것이다. 범수와 영주 사이에 제일 큰 갈등은 아이들의 교육문제인 것이다.

영주는 아이들을 공부를 시켜서 장래의 희망을 거기다 붙이자는 것이다. 그는 하다 못하면 자기가 몸뚱이를 팔아서라도 아이들의 뒤는 댄다고 하고 또 그의 악지로 그만 짓을 못할 것도 아니었었다.

그러나 범수는 듣지 아니했다. 섣불리 공부를 시켰자 허리 부러진 말처럼 아무짝에도 쓸데없는 반거충이가 될 것이요. 그러니 그것이 아이들 자신 장래에 불행하게 할 뿐 아니라, 따라서 부모의 기쁨도 되지 아니한다고 내내 우겨 왔던 것이다. 그러면서 그는 자기가 보통학교의 교과서 같은 것을 참고해 가며 산술이니 일어니 또 간단한 지리 역사니를 우선 가르치고 있었다.

그러나 영주가 보기에는 그것이 도무지 시원찮고 미덥지가 못했다.

범수는 아내에게 너무도 번번이 듣는 푸념이라 그 대답을 또다시 되풀이하기가 성가시어 아무 말도 아니하려 했으나 아내는 오늘은 기어코 요정을 낼 듯이 기승을 부리려 든다.

"글쎄 여보! 당신은 당신이 희망하는 일이나 있어서 그런다구 나는 어쩌라구 그리우?"

"낸들 희망을 따루 가지구 그리는 건 아니래두 그래! 자식들이 장래에 잘되어 잘살게 하자는 생각은 임자허구 꼭 같지만 단지 내가 골라낸 방법이 옳으니까 그러는 거지……."

"나는 그 말 믿을 수 없어…… 공부 못한 놈이 막벌이 노동자나 되어 남의 하시나 받지 잘될 게 어데 있드람!"

"그건 이십 년 전 사람이 하든 소리야. 번연히 눈앞에 실증을 보면서 그래?"

"무어가 실증이란 말이요?"

"허! 그것참…… 여보 임자도 여자 고보를 마쳤지? 나도 명색 대학을 마쳤지? 그런데 시방 우리 둘이 살어가는 꼴을 좀 보지 못해?"

"그거야 공부한 게 잘못이요? 당신 잘못이지……."

"세상 탓이야……."

"이런 세상에서두 남은 제가끔 공부를 해 가지구 잘들 살어갑디다."

"그건 우연이고 인제 세상은 갈수록 우리 같은 인간이 못살게 돼요…… 내 마침 생각이 났으니 비유를 하나 허깨 들어 볼려우?"

"듣기 싫여요."

영주는 말로는 언제든지 남편을 못 당하는지라 또 무슨 묘한 소리를 해서 올가미를 씌우나 싶어 톡 꼬아 버렸다.

"하따 그러지 말구 들어 보아요…… 자, 시방 내가 돈이 ㉠일 원이 있다구 헙시다. 그런데 드놈 돈을 어떻게 건사하기가 만만찮거든…… 돈을 놓을 것이 없단 말이야, 알겠수?"

"말해요."

"그래 척 상점에 가서 일 원짜리 ㉡돈지갑을 사잖았수?"

"일 원밖에 없는데 일 원짜리 지갑을 사?"

영주는 유도를 박아 무심코 이렇게 대꾸를 하낟.

"거봐! 글쎄……." 하고 범수는 싱글벙글 웃는다.

"우리가 시방 공부를 한다는 것이 그렇게 일 원 가진 놈이 일 원을 넣어 두랴고 일 원을 다 주구 지갑을 사는 셈이야." / "어째서?"

"지갑을 쓸데가 있어야지?" / "두었다가 돈 생기면 넣지?"

"그 두었다가가 문제여든…… 그 지갑에 돈이 또 생겨서 넣게 될 세상은 우리는 구경도 못 해…… 알겠수?"

"난 모를 소리요."

"못 알아듣기도 괴이찮지…… 그렇지만 세상은 부자 사람허구 노동자의 세상이지, 그 중간에 있는 인간들은 모다 허깨비야."

…… 후략 ……

– 채만식, 『명일』

03 윗글의 내용을 바탕으로 하여 범수가 비유한 ㉠과 ㉡의 원관념 해당하는 단어를 각각 쓰시오.

〈보기〉

㉠ 일 원	㉡ 돈지갑

PART 1 국어

PART 2 수학

PART 3 기출문제

PART 4 해답

04 〈보기〉와 같이 윗글의 배경을 이해할 때, 범수가 자기와 같은 실업지식인 계층을 자조적으로 표현한 대상을 윗글에서 찾아 쓰시오.

〈보기〉

1920년대 이후 일제는 조선인을 포섭하기 위하여 교육을 장려하였지만 조선인들은 교육의 과정에서 수많은 차별과 불평등을 경험해야 했고 그 과정을 거쳐 고등교육까지 받은 경우에도 교육 수준에 부합하는 일자리를 구하기는 극히 어려웠다. 범수가 취직할 것이라는 기대를 버리고 스스로 자조하게 된 이유도 이러한 시대적 맥락에서 찾을 수 있다.

수학

▶ 해답 p.315

01 두 실수 a, b가 $3^{a+b}=4$, $2^{a-b}=7$을 만족시킬 때, $3^{a^2-b^2}$의 값을 구하는 과정을 서술하시오.

02 첫째항이 1인 등차수열 $\{a_n\}$에서 $\sum_{n=1}^{10} a_n=100$일 때, a_{2025}의 값을 구하는 과정을 서술하시오.

03 함수 $f(x)$가 모든 실수 x에 대하여

$$\frac{3x-7}{x^2+7}<\frac{f(x)}{2x^2+1}<\frac{3x}{x^2+3}$$를 만족시킨다.

다음은 $\lim_{x\to\infty}\frac{4x+2f(x)}{8x-f(x)}$의 값을 구하는 과정이다. 아래의 (가), (나)에 들어갈 가장 적절한 상수를 구하시오.

> 양수 x에 대하여
>
> $\frac{(3x-7)(2x^2+1)}{x(x^2+7)}<\frac{f(x)}{x}$
>
> $<\frac{3x(2x^2+1)}{x(x^2+3)}$이다.
>
> $\lim_{x\to\infty}\frac{(3x-7)(2x^2+1)}{x(x^2+7)}=$ (가) ,
>
> $\lim_{x\to\infty}\frac{3x(2x^2+1)}{x(x^2+3)}=$ (가) 이므로
>
> 함수의 극한의 대소 관계에 의하여
>
> $\lim_{x\to\infty}\frac{f(x)}{x}=$ (가) 이다.
>
> 따라서 $\lim_{x\to\infty}\frac{4x+2f(x)}{8x-f(x)}=$ (나) 이다.

04 삼차함수 $f(x)$가 다음 조건을 만족시킬 때, 곡선 $y=f(x)$와 x축으로 둘러싸인 부분의 넓이를 구하는 과정을 서술하시오.

> (가) $f(x)$의 최고차항의 계수는 -1이다.
>
> (나) 방정식 $f(x)=0$을 만족시키는 실수 x의 값은 0, 1, 2이다.

2024학년도

한신대 논술 기출문제

국어[인문] 수학[인문]

국어[자연] 수학[자연]

국어[인문]

▶ 해답 p.317

[01～02] 다음을 읽고 물음에 답하시오.

신화학자인 캠벨은 융의 관점을 도입하여 수많은 신화들에 대해서 연구하였다. 융은 무의식의 영역을 개인 무의식과 집단 무의식으로 나누었다. 전자는 후천적이며 개인의 체험이 쌓여 있는 곳으로 꿈과 관련된 영역이고, 후자는 선천적으로 주어진 인류의 보편적 지층(地層)으로 신화적인 원형 이미지들로 이루어진 영역이다. 캠벨은 인간의 일생이 서로 유사한 과정으로 진행되며 이 과정의 오랜 반복에서 이루어진 것을 집단 무의식으로 보고 이것이 신화의 보편 구조로 승화되었다고 생각했다. 이러한 전제에서 그는 신화 전체에 적용될 수 있는 동질적이고 보편적인 기본 구조가 인간의 성장과 발전을 상징하는 통과 의례의 구조에 있다고 보았다. 이에 따라 신화의 핵심은 고통과 시련 속에서도 인간으로 살아가는 힘을 주는 '재생의 삶'을 가르쳐 주는 데 있으며, "신화는 어느 곳에서 채집된 것이든 그 다양한 의상 아래로는 똑같은 얼굴"을 하고 있다고 주장하였다. 그리고 그는 이 '똑같은 얼굴'을 '원질 신화'라고 하였다.

캠벨은 통과 의례를 '분리–입문–회귀'의 과정으로 보았다. 그가 말한 원질 신화는 이 과정을 기본 구조로 가지고 있는데, 그는 신화에 따라 이 세 단계 중의 어떤 과정은 생략되기도 하고 또 어떤 과정의 내용들은 보다 복잡하고 세밀하게 서술되기도 하지만, 신화들의 영웅이 겪는 모험의 표준 궤도는 대개 이 구조를 기본으로 하는 확대판으로 보았다. 따라서 원질 신화는 바로 신화 속 영웅의 삶에서 나타난다. 영웅은 삶의 세계에서 초자연적인 경이의 세계로 떠나고 여기에서 엄청난 세력과 만나 승리를 거둬서, 동료들에게 이익을 줄 수 있는 힘을 가지고 현실 세계로 돌아오기 때문이다.

원질 신화에서 영웅의 삶은 '출발', '입문', '귀환'의 순차적 흐름을 보이며 이 흐름은 통과 의례의 '분리–입문–회귀'의 과정에 대응된다. 각 단계에서는 기본적인 이야기의 요소들이 있다. 출발 단계에서 영웅은 어떤 존재를 만나고 그 존재로부터 영웅으로서의 소명을 전해 듣는다. 이를 통해 영웅은 자아를 각성하고 새로운 세계로 나아갈 준비를 하거나, 그 소명을 거부하여 가족을 잃는 것과 같은 희생을 치르기도 한다. 어떤 경우이든 영웅은 낯선 세계로 떠나게 된다.

입문 단계는 낯선 세계에서 귀환하기 전까지의 과정이다. 이 세계에서 영웅이 겪는 첫 번째 시련은 어떤 공간에 갇히는 것이다. 이는 낡은 자기가 죽어야 새로운 자기로 태어날 수 있다는 의미를 드러내는 것이다. 이후 영웅은 혼자 또는 조력자의 도움을 받아 온갖 난관이 기다리고 있는 모험을 시작한다. 예를 들면 보기만 해도 사람을 돌로 만드는 메두사를 처치하는 일, 머리를 자르면 그곳에서 두 개의 머리가 솟아 나오는 아홉 머리의 뱀 히드라를 죽이는 일 등등……. 영웅이 물리치는 (㉠)들은 인간 내부의 비합리적인 야만성을 상징한다. 이 과정에서 조력자는 대체로 (㉡)의 모습으로 나타나는데, 이는 인생에서 일정한 모험을 거친 사람들, 즉 삶을 살아 낸 사람들이야말로 조력자로서의 능력을 가지게 된다는 인류의 보편적 발상이 반영된 결과로 볼 수 있다. 온갖 장애물을 극복한 영웅이 마지막으로 치르는 과정은 여신과의 결혼이다. 여신은 모성성과 악마성을 동시에 포함한 존재로 영웅을 구원하기도 하고 파멸로 이끌기도 하는데, 여신이 숱한 성취와 위험이 동시에 도사리고 있는 삶을 상징하기 때문이다. 한편 영웅과 여신의 결혼은 영웅이 이제 온전히 삶의 전체성을 이해할 정도로 성숙한 자아로 성장했다는 것으로, 이것은 출발 단계의 세계에 있는 사람들을 돕고 이롭게 할 수 있을 정도의 존재로 성장했다는 사실을 의미한다.

하지만 영웅이 이와 같은 존재가 되었어도 귀환 단계에서는 입문 단계 이전의 세계로 귀환하는 모험을 치러야 한다. 이때 영웅은 귀환의 책임을 회피하는 경우도 많다. 그런 영웅은 불로불사 여신의 축복받은 섬에 아예 눌러앉아 버린 것으로 전해진다. 그렇지 않을 경우 영웅은 귀환을 방해하는 적대 세력에 맞서게 된다. 영웅은 이 세력을 물리치거나 따돌려서 출발 단계의 세계로 귀환하게 되는데, 이 과정에서 외부의 조력을 받기도 한다. 외부의 조력은 출발 단계의 세계 자체가 영웅의 귀환을 고대하기 때문에 전혀 이상하지 않다. 귀환 관문의 통과는 낯선 세계에서 변화한 영웅이 그 변화를 출발 단계의 세계에 적용하는 과정이라는 점에서 영웅은 처음에 자기가 떠났던 세계와 시련을 주었던 낯선 세계를 통합할 수 있는 힘을 가지게 되고, 출발 단계의 세계를 새로운 질서의 세계로 변화시킨다.

원질 신화의 이와 같은 서사 구조는 '출발 단계의 세계'와 '입문 단계의 세계'의 대립 구조, '출발'과 '귀환'의 대립 구조와 같이 이항 대립 구조 속에서 나타난다. 영웅은 이러한 이항 대립 구조를 갖고 있는 서사 속에서 이 대립을 통일시킨다. 이와 같은 이항 대립 구도의 서사 구조는 대중문화 영역에도 큰 영향을 미치게 되어 할리우드를 비롯한 문화 콘텐츠계는 원질 신화의 서사 구조를 적극 활용하고 있다.

01 윗글의 ㉠과 ㉡에 들어갈 알맞은 단어를 각각 쓰시오.

㉠: ______________________ ㉡: ______________________

02 〈보기〉의 내용을 참고로 하여 윗글을 이해할 때, '영웅의 귀환 단계'의 의미를 10자 이내로 쓰시오(단, 띄어쓰기로 인한 빈칸은 글자 수에 포함시키지 않음).

〈보기〉

이집트 신화에서 호루스와 세스는 서로 투쟁하는 적대적 신이다. 세스는 호루스에 의해 영속적으로 지배되지만 결코 파괴되지 않는다. 이 둘은 투쟁 과정에서 상처를 입지만 결국에는 화해가 이루어진다. 이집트 신화 연구자들은 이 대립 쌍을 우주 안의 모든 갈등의 신화적 상징으로 설명한다. 그러나 캠벨은 갈등하는 대립 쌍의 의미에서 더 나아가 화해의 의미에 주목한다. 그에 의하면 "호루스와 세스는 일시성의 불가피한 변증법 — 여기에서는 모든 것이 쌍으로 나타난다—을 신화적으로 표상하면서 영원한 갈등 관계에 있다. 그러나 시간과 공간의 베일을 넘어선 영원성의 영역에서는 이중성이 사라지며 그것이 하나가 된다. 죽음과 삶이 하나이며, 모든 것이 평화이다." 시공의 베일을 넘어선 비가시적 세계에서는 죽음이 곧 삶이고 삶이 곧 죽음이다. 다시 말해서 대립물이 서로 꼬리를 물며 합일되어 있는 세계, 영원한 존재의 평화가 깃들어 있는 세계이다. 캠벨은 호루스와 세스의 갈등이 화해로 이어지는 신화적 상징을, 이러한 비밀스러운 지식을 알려주는 "존재의 신비"의 메타포로 읽는다.

____

[03～04] 다음 글을 읽고 물음에 답하시오.

‘신(新)박물관학’이라는 용어가 알려지게 된 것은 피터 버고의 『신박물관학』이라는 저서에 의해서이다. 이 책에서 버고는 박물관학이 박물관 전문가들에게 특화된 영역이라는 인식을 넘어, 박물관학의 대상이 사람들의 관심사 전반으로 확대될 수 있음을 강조하였다. 특히 버고는 박물관의 행정, 관리, 운영과 관련된 방법론에 집중하고 연구하는 학문을 ‘구(舊)박물관학’이라고 일컫고, 구박물관학에서는 박물관의 목적에 대해 관심을 두지 않는다는 점을 비판하면서 박물관의 목적에 대해 근본적으로 재검토하는 학문으로서 ‘신박물관학’을 주창한다. 박물관에 있는 전시품을 보존하거나 관리하는데 주력하는 것이 아니라, 박물관의 사회 · 문화적 역할을 연구하는 데 집중하자는 것이다.

버고로 대표되는 신박물관학의 주창자들은 박물관 르네상스, 즉 박물관 건설 붐을 통해 박물관이 전시품 보존의 목적을 수행하는 특수 시설이라는 제한된 의미에 머물지 않고 사회 변동에 따라 변화하는 취향과 가치를 담아내는 문화 기관으로서의 가치를 지니고 있음이 드러난다고 보았다. 예를 들어, 1980년대의 영국의 박물관은 대형 쇼핑몰이나 놀이공원과 경쟁하면서 수익성이 높은 전시를 개최하고 박물관 안에 상점을 들이는 등 변화를 도모하였다. 구박물관학자들은 박물관이 쇼핑몰이나 놀이공원처럼 여겨진다는 것은 박물관이 표방하는 고급문화의 가치를 파괴하는 것이라며 극렬하게 비판했지만, 신박물관학자들은 박물관의 관람객을 소비자로 간주하는 상업화 경향은 사회 변동에 따른 자연스러운 흐름으로서, 박물관을 배타적인 고급문화의 공간이 아니라 대중적으로 접근할 수 있는 공간으로 만들었다는 점에서 의미가 있다고 하였다. 또한 이러한 변화는 신박물관학자들에게 박물관이 ‘사회적 은유’라는 사실을 입증하는 근거로 여겨진다.

신박물관학자들은 더 이상 박물관에는 구박물관학자들이 기대하고 상상하는 표준화되고 전형적인 관람객은 존재하지 않는다고 하면서, 지금까지 박물관을 지탱해 온 가치 체계의 해체를 주장하였다. 박물관을 기득권층의 의례와 가치를 교육하는 기능을 하는 기관, 몇몇 연구자들과 컬렉터들을 위한 보관 창고로 인식하면서 전시품의 보존이나 관리 등 박물관의 방법론에 집중하는 구박물관학을 변화해야 할 대상으로서 규정한 것이다. 나아가 신박물관학자들은 구박물관학자들의 박물관에 대한 고정 관념을 극복하고 박물관의 사회 · 문화적 역할을 연구하는 근본적인 박물관학을 마련할 것을 강조하였다. 박물관을 연구하는 학자들은 박물관이 사회 변동을 담아내는 방식에 관심을 가지고 박물관에서 가시화되거나 전시되는 부분만이 아니라 박물관에 관련된 역학 관계, 즉 박물관의 운영 주체나 박물관의 관람객 등에 대해 분석함으로써 박물관의 사회 · 문화적 역할을 제고하는 데 힘써야 한다는 것이다.

이를 위해 신박물관학자들은 우선 누가 박물관을 통제하고 있는지, 그들이 어떤 이데올로기를 가지고 박물관을 운영하는지 관심을 가지는 일이 필요하다고 강조하였다. 그러면서 특권 계층의 사적 컬렉션이 공공 박물관으로 전환되어 기득권층의 의례와 가치를 답습하게 하는 사례를 언급하였다. ‘박물관의 전시품은 스스로 말해야 한다’라는 말은 특정한 가치와 이데올로기를 배제하고 사회 · 문화를 객관적으로 비추어 주는 거울이라는 박물관의 역할을 강조하는 신박물관학자들의 시각을 잘 보여 준다. 한편 신박물관학자들은 박물관과 관람객 사이에 개방적이고 상호적인 관계 형성을 위해서 큐레이터의 역할 변화를 강조하기도 하였다. 즉 큐레이터가 특권 계층이나 기득권층을 위한 전시 기획 전문가에서 벗어나 박물관을 가능한 한 많은 사람들이 접할 수 있는 문화 기관으로 만드는 사람이 되어야 한다고 하였다. 또한 박물관 외부에 있는 수많은 사람들이 박물관 내에서 사회 · 문화를 보여 주는 ‘저자’로서 발언할 수 있도록 하여, 박물관을 소수의 기득권층이 아닌 다수의 대중들에게 돌려주어야 한다고 하였다. 이는 박물관을 사회 구성원 모두의 대화 공간으로 변모시켜 다원적이고 차별화된 발언들이 그 안에서 조화를 이루며 공존하게 하자는 말로 평가된다.

03 〈보기〉는 윗글을 바탕으로 구박물관학자와 신박물관학자의 견해를 정리한 것이다. 〈보기〉의 ①, ②에 들어갈 알맞은 말을 윗글에서 찾아 각각 쓰시오.

〈보기〉

	구박물관학자	신박물관학자
박물관의 주체	전문가의 영역	(①)의 영역
박물관에 대한 인식	고급문화의 향유 공간이자 특권 계층, 기득권층의 의례와 가치를 교육하는 공간	변화하는 사회 모습을 담는 복합 문화적 공간
박물관학의 목적	박물관의 행정, 운영, 전시품의 보존 및 관리	박물관의 (②)에 대한 연구로 확장

①: ______________ ②: ______________

04 〈보기〉에 나타난 주장과 정면으로 대치되는 신박물관학자들의 견해가 드러난 문장을 윗글에서 찾아 첫 어절과 마지막 어절을 각각 쓰시오.

〈보기〉

'픽처레스크(Picturesque)'는 '그림과 같은', '그림이 될 만한'이라는 뜻으로, 실제 자연 풍경보다 더 자연인 것처럼 보이는 풍경화의 효과를 가리키는 말이다. 그런데 풍경화가 어원적으로 틀(frame)을 의미하며 풍경화 속에는 이미 자연을 구획 짓는 인공성이 내재해 있고 풍경화 속의 자연은 인간의 시각에 의해 재단된 것이라는 점이 강조되면서, 픽처레스크는 재현된 자연이 실제 자연을 바라보는 틀과 준거(reference)로 작용하는 것을 가리키게 되었다. 박물관에 대해 연구하는 몇몇 학자들은 박물관 안에 놓여 있는 전시물이란 누군가에 의해 선택된 것으로서, 풍경화 속의 풍경과 같이 픽처레스크를 일으킬 수밖에 없다고 말한다. 박물관은 여전히 '헤게모니적 의례가 집행되는 극장'이라는 것이다.

첫 어절: ______________, 마지막 어절: ______________

[05~06] 다음을 읽고 물음에 답하시오.

미국의 클레멘트 그린버그는 모더니즘 미술에 대한 강력한 이론을 제시한 미술 평론가이다. 그는 사회와 미학에 대한 자신의 관점을 근간으로 하여 자신의 관점에 부합하는 미술가나 미술 운동을 이론적으로 지지함으로써 1940년대에서 1960년대에 걸쳐 미술가들의 작업에 큰 영향을 주었다.

그린버그는 1930년대 후반 스탈린과 히틀러와 같은 독재 정권에 의해 유럽 문명이 붕괴되는 것을 목격하고 당시 사회와 문화에 대해 위기의식을 느꼈다. 더불어 그는 근대 산업 사회에서 도시의 대중이 문화를 오락으로만 여기고 있는데 자본가들이 자신의 이익을 위해 이러한 문화를 양산하고 있다고 지적하였다. 그는 이러한 문화적 위기 속에서 지속적인 변화와 진보를 고집하는 것이 혁명적인 것이라고 말하며, 아방가르드를 적극적으로 옹호하였다. 아방가르드는 본래 적군의 상황을 알아보기 위해 목숨을 걸고 적진으로 가장 먼저 뛰어드는 선발대를 지칭하는 말인데, 미술사에서 아방가르드는 사회나 정치와 거리를 두고 심미적 표현의 절대적 자유를 추구하는 미술적 경향을 일컫는다. 그린버그는 사회와 정치에 대한 철학을 드러낸다는 것은 현실과 관련된다는 것이기 때문에 혁명적이지 않고, 아방가르드는 현실과 거리를 두면서 변화와 진보를 지향하기 때문에 '미술을 위한 미술'로서 가치 있다고 하였다. 여기서 그린버그가 말하는 '미술을 위한 미술'이란 미술가가 미술만의 독자적 매체를 기법적으로 어떻게 다루는가에 관심을 두는 것이다.

그린버그에 따르면, 미술을 위한 미술의 궁극적인 형태는 순수 추상 미술이다. 그는 순수한 미술만이 문화의 질을 유지하고 문화를 진보할 수 있게 한다고 하면서, 회화의 독자적인 효과를 위해 회화 고유의 매체로 돌아가야 한다고 강조하였다. 그의 관점에서 회화만이 가지는 매체의 성격은 캔버스의 네모 형태와 회화 면(面)의 평면성이다. 그는 회화의 매체적 성격에 충실하기 위해서는 우선 원근법을 없애야 한다고 하였다. 과거에 원근법을 적용시켜 화면에 구축한 회화적 깊이를 얄팍하게 압축시켜 실제 캔버스의 표면과 만나는 것처럼 평면의 2차원적 성격을 강조해야 한다는 것이다. 또한 명도 차이를 통해 대상의 입체감을 표현하는 명암법을 배제함으로써 회화의 평면성을 부각했다. 그리고 그는 회화 안에 담겨 있는 문학적인 요소들을 배제하여야 한다고 하였다. 회화에 문학에서나 다루어질 법한 요소를 활용하는 것은 미술이 문학적 관습에 얽매여 있음을 증명하는 것으로서 변화나 진보와 거리가 멀다는 것이다. 그는 현실과 무관하게 회화의 매체적 성격을 극대화하는 순수 추상 미술만이 문화를 진보시킬 수 있다고 말했다. 또한 그는 "순수 추상 미술의 우월성에 대해서는 역사적으로 증명될 것이라는 설명 외에 다른 설명을 할 수 없다"라고 하였는데, 이는 순수 추상 미술에 대한 그의 확신을 잘 보여 준다.

이러한 그린버그의 이론은 그린버그가 가장 만족할 만한 미학적 근거를 제공했다고 인정한 칸트의 형식주의와 맥이 닿아 있다. 칸트는 『판단력 비판』에서 순수한 미적 판단이란 본질적으로 그 내용이 도덕적, 윤리적인지와는 별개로 작품의 형식적 성격에서 나온다고 하면서 미술의 독자적 성격을 인정하였다. 칸트는 내용의 영역과 형식의 영역은 다르고 형식은 그 자체로 독자적이고 비타협적이기 때문에 내용과 무관하게 미적 판단의 대상이 될 수 있다고 하였다. 칸트의 이러한 주장을 토대로 그린버그는 형식을 통해 작품의 미적 측면이 드러나는 것임을 강조하였는데, 혹자들은 순수 추상 미술에는 형식만 있고 내용은 없는 것이 아니냐고 지적하기도 하였다. 이에 대해 그린버그는 순수 추상 미술 작품에서 내용은 형태, 색채 등과 결합하여 작품의 형식으로 남아 있으며, 주제란 문학적인 요소에 해당하기 때문에 배제되어 있는 것이라고 설명하였다. 그는 아무것도 재현하지 않은 거대한 색면을 제시한 뉴먼과 로스코의 작품을 내용이 형식에 녹아든 작품으로서 극찬하고, 사실주의 미술, 민속 미술, 일화적 미술 등의 장르는 감상자에게 회화의 본질을 이해할 수 있는 어렵고 복잡한 과정, 즉 회화의 매체적 성격에 집중하는 과정을 요구하지 않는다는 점에서 부정적 평가를 내릴 수밖에 없다고 하였다. 또한 캔버스 위에 페인트를 붓거나 떨어뜨리는 드리핑 기법을 구사한 잭슨 폴록을 마네에서부터 시작된 화면의 평면성을 강조하는 모더니즘의 후계자로 일컬었다.

그린버그는 자신만의 독자적인 시각을 통해 여러 미술 작품에 대해 평론했는데, 그는 미술 평론의 대상은 미적 문제만으로 한정되어야 하며 미술 평론에 주관적인 감정이 끼어 들어갈 자리는 없다고 강조하였다. 그린버그의 이러한 관점은 당대 미술계의 지배적 서사로 인정될 만큼 학자들에게 높은 평가를 받았다. 미술관이나 미술 잡지에서도 그린버그의 형식주의 이론을 옹호하였고, 그린버그적 모더니즘이라는 주제로 전시가 열리는 일도 잦았다. 그러나 그린버그가 한 시대에는 단 하나의 올바른 양식만이 있는 것처럼 생각하여 형식주의적 규범에 맞지 않는 미술을 폄하하고 있다는 비판 역시 거셌다. ㉠그린버그는 미술의 역사적 진행 과정에 관심을 가지면서 마네, 인상주의, 구성주의, 추상 표현주의로 이어지는 단선적인 역사의 진보를 믿고 순수 추상 미술의 역사적 필연성을 주장하였는데, 그 주장에 따르면 상징주의, 미래주의, 다다, 초현실주의는 들어갈 자리가 없다는 것이다. 또한 그의 이론은 미술 감상에서 중요한 감정의 문제, 관람자의 반응이나 심리적인 효과를 간과하였다는 비판에서도 자유로울 수 없었다.

05 윗글을 바탕으로 회화의 독자성과 순수성을 추구하기 위한 방법으로 그린버그가 제안한 세 가지 전략을 쓰시오(단, 윗글에 쓰인 어휘만 사용할 것).

________________, ________________, ________________

06 윗글의 ㉠과 〈보기〉를 통하여 그린버그가 바라본 근현대 미술의 역사적 진행 과정을 알 수 있다. 그 핵심 내용을 '(①)(으)로부터 (②)(으)로의 변화'라고 요약했을 때, ①, ②에 들어갈 알맞은 단어를 〈보기〉에서 찾아 각각 쓰시오.

〈보기〉

그림이 2차원의 평면에 그려지는 것이라는 사실의 확인에는 전문적인 지식이 필요하지 않다. 바탕으로 종이를 쓰건, 천을 쓰건, 나무를 쓰건, 그림의 표면(Picture surface)이 모두 2차원임은 상식인 것이다. 그러나 르네상스 이후의 전통적인 회화는 그것이 보여주는 깊은 공간감과 실물 같은 형태감을 통해 이 상식을 망각하게 한다. 즉 그림의 물리적 평면성은 부정되었는데, 사실은 '불투명한' 것인 그림의 표면이 마치 '투명한' 유리창인 것처럼 가정되었던 것이다. 물리적 평면성을 부정한 전통 회화의 바탕에는 특정한 그림 개념이 자리하고 있었다. 묘사되는 내용이 어떤 것이든간에, 즉 그림의 소재가 천상에 속하든 지상에 속하든, 또는 과거에 속하든 현재에 속하든, 그림이란 2차원의 표면에 3차원의 환영을 '실물처럼' 또 '입체적으로' 구축하는 일이라는 생각, 환영주의(Illusionism)가 그것이다.

이렇게 부정되었던 물리적 평면성이 시인되면서 그림의 전통적 개념인 환영주의가 부정되기 시작하는 것, 또한 물리적 평면성이 극대화됨으로써 환영주의가 완전히 제거되고, 그림의 개념적 평면성이 완전하게 실현되는 것, 이것이 그린버그가 인정한 미술 역사의 진보이다. 즉, 회화의 역사는 점증하는 물리적 평면성이 그림의 개념을 바꾸어간 역사라고 할 수 있다.

①: ________________ ②: ________________

[07～09] 다음 글을 읽고 물음에 답하시오.

(가)

어머니는 말을 둥글게 하는 버릇이 있다

오느냐 가느냐라는 말이 어머니의 입을 거치면 옹가 강가가 되고 자느냐 사느냐라는 말은 장가 상가가 된다 나무의 잎도 그저 푸른 것만은 아니어서 밤낭구 잎은 푸르딩딩해지고 밭에서 일 하는 사람을 보면 일 항가 댕가 하기에 장가 가는가라는 말은 장가 강가가 되고 애기 낳는가라는 말은 아 낭가가 된다

강가 낭가 당가 랑가 망가가 수시로 사용되는 어머니의 말에는
한사코 ㅇ이 다른 것들을 떠받들고 있다

남한테 해꼬지* 한 번 안 하고 살았다는 어머니
일생을 흙 속에서 산,

무장* ㉠허리가 굽어져 한쪽만 뚫린 동그라미 꼴이 된 몸으로
어머니는 아직도 당신이 가진 것을 퍼 주신다
머리가 발에 닿아 둥글어질 때까지
C자의 열린 구멍에서는 살리는 것들이 쏟아질 것이다

우리들의 받침인 어머니
어머니는 한사코
오손도순* 살어라이 당부를 한다

어머니는 모든 것을 둥글게 하는 버릇이 있다

– 이대흠, 「동그라미」

*해꼬지: 표준어로는 '해코지'.
*무장: '점점 더, 갈수록 더'라는 뜻의 방언.
*오손도순: 표준어로는 '오순도순' 또는 '오손도손'.

(나)

"그래 내 돈을 곱게 먹겠는가 생각을 해 보렴. 매달린 식솔은 많구 병들어 누운 늙은 영감의 약값이라두 뜯어 쓰려구, 이렇게 쩔쩔거리구 다니는, 이년의 돈을 먹겠다는 너 같은 의리가 없는 년은 욕을 좀 단단히 봬야 정신이 날 거다마는, 제 사정 보아서 싼 변리*에 좋은 자국을 지시해 바친 밖에! 그것두 마다니, 남의 돈 생으루 먹자는 도둑년 같은 배짱 아니구 뭐냐?"

오고 가는 사람이 우중우중 서며 구경났다고 바라보는데, 원체 히스테리증이 있는 줄은 짐작하지마는, 창피한 줄도 모르고 기가 나서 대든다. 히스테리는 고사하고, 이것도 빚쟁이의 돈 받는 상투 수단인가 싶었다.

"누가 안 갚는대나? 돈두 중하지만 이게 무슨 꼬락서니냔 말이야."

정례 어머니는 그래도 달래서 뒷골목으로 끌고 들어가려 하였다.

"난 돈밖에 몰라. 내일모레면 거리에 나앉게 된 년이 체면은 뭐고, 우정은 다 뭐냐? 어쨌든 내 돈만 내놓으면 이러니저러니 너 같은 장래 대신 부인께 나 같은 년이야 감히 말이냐 붙여 보려 들겠다던!"

하고 허청 나오는 코웃음을 친다. 구경꾼은 자꾸 꾀어드는데, 정례 모친은 생전 처음 당하는 이런 봉욕에 눈앞이 아찔하여지고 가슴이 꾹 메어 올랐으나, 언제까지 이러고 섰다가는 예서 더 무슨 창피한 꼴을 볼까 무서워서 선뜻 몸을 빼쳐 옆의 골로 줄달음질을 쳐 들어갔다. 뒤에서 발소리가 없으니 옥임이는 저대로 간 모양이다. 정례 모친은 눈물이 핑 돌았다.

스물예닐곱까지 동경 바닥에서 신여성 운동이네, 연애네, 어쩌네 하고 멋대로 놀다가, 지금 영감의 후실로 들어앉아서, 세상 고생을 알까, 아이를 한번 낳아 보았을까, 사십 전의 젊은 한때를 도지사 대감의 실내 마님으로 떠받들려 제멋대로 호강도 하여 본 옥임이다. 지금도 어디가 사십이 훨씬 넘은 중늙은이로 보이랴. 머리를 곱게 지지고 엷은 얼굴 단장에, 번질거리는 미국제 핸드백을 착 끼고 나선 맵시가 어느 댁 유한마담이지, 설마 일할, 일할 오푼으로 아귀다툼을 하고 어려운 예전 동무를 쫓아다니며 울리는 고리대금업자로야 누가 짐작이나 할까. 해방이 되자, 고리대금이 전당국 대신으로 터놓고 하는 큰 생화*가 되었지마는, 옥임이는 반민자(反民者)의 아내가 되리라는 것을 도리어 간판으로 내세우고 부라퀴*같이 덤빈 것이다. 증경* 도지사요, 전쟁 말기에는 무슨 군수품 회사의 취체역*인가 감사역을 지냈으니 반민법*이 국회에서 통과되는 날이면, 중풍을 삼년째나 누웠는 영감이, 어서 돌아가 주기나 하기 전에야 으레 걸리고 말 것이요, 걸리는 날이면 떠메어다가 징역은 시키지 않을지 모르되, 지니고 있는 집간이며 땅섬지기나마 몰수를 당할 것이니, 비록 자신은 없을망정 자기는 자기대로 살길을 차려야 하겠다고 나선 길이 이 길이었다. 상하 식솔을 혼자 떠맡고 영감의 약값을 제 손으로 벌어야 될 가련한 신세같이 우는 소리를 하지마는 그래야 남의 욕을 덜 먹는 발뺌이 되는 것이다.

옥임이는 정례 모친이 혼쭐이 나서 달아나는 꼴을 그것 보라는 듯이 곁눈으로 흘겨보고 입귀를 샐룩하여 비웃으며, 버젓이 사람 틈을 헤치고 종로 편으로 내려갔다. 의기양양할 것도 없지마는, 가슴속이 후련하니 머릿속이고 가슴속이고 무언지 뭉치고 비비 꼬이고 하던 것이 확 풀어져 스러지고 회가 제대로 도는 것 같아서 기분이 시원하다. 그러나 그 뭉치고 비비 꼬인 것이라는 것이 반드시 정례 어머니에게 대한 악감정은 아니었다. 옥임이가 그 오랜 동무에게 이렇다 할 감정이 있을 까닭은 없었다. 다만 아무리 요새 돈이라도 이십여만 원이라는 대금을 받아 내려면은 한번 혼을 단단히 내고 제독을 주어야* 하겠다고 벼르기는 하였지마는, 얼떨결에 나온다는 말이 젊은 서방을 둔 떠세*냐 무어냐고 한 것은 구석 없는 말이었고 지금 생각하니 우스웠다. 그러나 자기보다도 훨씬 늙어 보이고 살림에 찌든 정례 모친에게는 과분한 남편이라는 생각은 늘하던 옥임이기는 하였다. 남의 남편을 보고 부럽다거나 샘이 나거나 하는 그런 몰상식한 옥임이도 아니지마는 자식도 없이 군식구들만 들썩거리는 집에 들어가서 몸도 제대로 가누지 못하는 늙은 영감의 방을 들여다보면 공연히 짜증이 나고, 정례 어머니가 자식들을 공부시키느라고 어려운 살림에 얽매고 고생하나, 자기보다 팔자가 좋다는 생각도 나는 것이었다. 내년이면 공과 대학을 나오는 맏아들에, 중학교에 다니는, 어머니보다도 키가 큰 둘째 아들이 있고, 딸은 지금이라도 사위를 보게 다 길러 놓았고, 남편은 번둥번둥 놀며 마누라가 조리차*를 하는 용돈이나 받아 쓰고, 자동차로 땅때기는 까불었을망정 신수가 멀쩡한 호남자가 무슨 정당이라나 하는 곳의 조직부장이니 훈련부장이니 하고 돌아다니니, 때를 만나면 아닌게 아니라 장래 대신이 되지 말라는 법도 없을 것이다. 팔구 삭 동안 장사를 하느라고 매일 들러보면, 젊은 영감을 등이라도 두드리고 머리를 쓰다듬어 줄 듯이 지성으로 고이는 꼴이란 아닌게 아니라 옆에서 보기에도 부러운 생각이 들 때가 없지 않았지마는, 결혼들을 처음 했을 예전 시절이나, 도지사 관사에 들어서 드날릴 때에야 어디 존재나 있던 위인들인가? 그것이 처지가 뒤바뀌어서 관 속에 한 발을 들여 놓은 영감이나마 반민자로 지목이 가다니, 이런 것 저런 것을 생각하면 쭉쭉 뽑아놓은 자식들과, 한참 활동적인 허위대* 좋은 남편에 둘러싸여 재미있고 기운차게 사는 양이 역시 부럽고, 저희만 잘 된다는 것에 시기도 나는 것이었다. 보기 좋게 이년저년을 붙이며 한바탕 해대고 나서 속이 후련한 것도 그러한 은연 중의 시기였고, 공연한 자기 화풀이었는지 모른다.

– 염상섭, 「두 파산」

*변리: 남에게 돈을 빌려 쓴 대가로 치르는 일정한 비율의 돈. 이자.
*생화: 장사를 함.
*부라퀴: 언행이나 일처리가 빈틈이 없고 옹골차며 다부진 사람.
*증경: 일찍이 어떤 일을 함. 전임(前任).
*취체역: 예전에, 주식회사의 이사(理事)를 이르던 말.
*반민법: 반민족 행위 처벌법. 일제 강점기 당시 일본에 협력한 친일파의 행위를 반민족 행위로 규정하고 처벌하기 위해 제정한 법률.
*제독을 주다: 상대편의 기운을 꺾어서 감히 다른 마음을 먹지 못하게 하다.
*떠세: 돈이나 세력을 믿고 잘난 체하고 억지를 쓰는 짓.
*조리차: 알뜰하게 아껴 쓰는 일.
*허위대: 표준어로는 '허우대'. 보기 좋게 큰 몸집.

07 〈보기〉는 윗글의 (가)를 해설하고 있는 글이다. 〈보기〉의 ①에 공통으로 들어갈 알맞은 두 음절의 말을 쓰시오.

〈보기〉

이 시는 시의 제목이기도 한 '동그라미'가 어머니의 생의 여러 국면에 일관되게 나타나고 있다는 점에서 특징적이다. 첫째는 어머니의 말투. 어머니의 말에서는 수시로 이응 받침이 사용되고 있는데 그 부드러운 이응 소리는 어머니의 모나지 않은 삶을 드러내면서 어머니의 평생의 일터를 채우고 있는 흙의 부드러움으로 이어진다. 그 이응 자의 모습이 바로 동그라미 아닌가? 다음은 흙 속에서 살아온 어머니의 굽어져만 가는 허리. 알파벳 C 자로도 표현되는 어머니의 허리는 한쪽이 뚫린 동그라미의 모습으로 표상된다. 그런데 왜 한쪽이 뚫려 있을까? 그 "열린 구멍"으로 어머니는 "당신이 가진 것"을 "퍼 주시"기 때문이다. 그 다음은 "오손도순 살"라는 어머니의 당부. 오순도순 산다는 것은 서로가 두루두루 사이좋게 지내는 것이니 바로 (①)한 삶을 당부하고 있는 것이다. '(①)'(이)라는 말에는 말 자체에 '동그라미'가 들어 있지 않은가? 이와 같이, 말에서 몸 혹은 삶으로, 나아가 미래에의 당부로 점층적으로 이어지는 시상의 심화는, "'말'을 둥글게 하는 버릇"으로 시작하여 "'모든 것'을 둥글게 하는 버릇"으로 끝맺는 구조와 대응하고 있다.

①: ______________________________

08 〈보기〉는 윗글의 (나)를 해설하고 있는 글이다. 〈보기〉의 ①, ②에 들어갈 알맞은 단어를 각각 쓰시오(두 단어 모두 '구체적'과 같이 '-적'으로 끝나는 세 음절의 단어).

〈보기〉

1949년 8월에 발표된 이 소설은 해방 후의 혼란스러운 시대를 살아가는 인간 군상의 대표적인 두 유형을 잘 보여 주고 있다. '옥임'이 시대 변화에 따라 재빨리 적응해 가며 배금주의적 사고 방식에 빠져 인간의 기본적인 윤리와 도덕을 내팽개친 유형의 대표 인물이라면, '정례 모친'은 성실하게 살아가려고 노력하지만 시대의 흐름에 올라탄 약삭빠른 인물들에게 패배하는 유형의 대표 인물이다. 소설 제목의 '파산'은 사전적으로는 채무자가 그 빚을 완전히 갚을 수 없는 상태에 빠졌을 경우에 진행되는 일련의 조치를 가리키는 법률적인 용어로 여기서는 비유적으로 사용된 것이다. 이 용어를 빌려 표현하자면 '두 파산'은 옥임의 (①) 파산과 정례 모친의 (②) 파산을 함께 가리키는 것이라 할 수 있다. 그리고 이 '두 파산'을 낳은 당시 현실의 황폐함과 모순을 여실히 입증하고 있는 것이다.

①: ______________________ ②: ______________________

09 윗글의 (가)의 ㉠에 담긴 '어머니'의 마음씨에 가장 가까운 태도를 나타내는 명사를 윗글의 (나)에서 찾아 쓰시오.

____

수학[인문]

▶ 해답 p.320

10 $\sum_{k=1}^{N} k^2 = \sum_{k=1}^{N} 3k$일 때, 자연수 N의 값을 구하는 과정을 서술하시오.

11 정의역이 $\{x \mid -1 \leq x \leq 1\}$인 함수 $f(x) = \left(\frac{1}{2}\right)^{2x-3} - a$의 최댓값이 b이고 최솟값이 1일 때, $a-b$의 값을 구하는 과정을 서술하시오. (단, a, b는 상수)

12 함수

$$f(x)=\begin{cases} -3ax+a^2 & (x<2) \\ 2x-a & (x\geq 2) \end{cases}$$가

실수 전체의 집합에서 연속이 되도록 하는 모든 실수 a의 값의 합을 구하는 과정을 서술하시오.

13 삼각형 ABC에서 $\overline{AB}=4$, $\overline{AC}=3$이다. 삼각형 ABC의 넓이가 5일 때, $\tan A$의 값을 구하는 과정을 서술하시오. $\left(\text{단, } \frac{\pi}{2}<\angle A<\pi\right)$

14 함수 $f(x)=-x^3+x^2-2ax+3$이 일대일함수일 때, 실수 a의 최솟값을 구하는 과정을 서술하시오.

15 다항함수 $f(x)$가 $\int_0^2 (2x-1)f(x)dx + \int_0^2 (x^2-x+1)f'(x)dx=0$을 만족시킬 때,
$\frac{f(0)}{f(2)}$의 값을 구하는 과정을 서술하시오.
(단, $f(2)\neq 0$)

국어[자연]

▶ 해답 p.322

[01～02] 다음을 읽고 물음에 답하시오.

19세기 말에는 공공 기관에서의 의사 결정을 분석하기 위해 조직을 하나의 유기체로 보는 기능주의 이론이 주로 활용되었다. 하지만 기능주의로는 공공 기관을 제대로 설명할 수 없다는 비판이 대두하면서 공공 기관에서 일하는 공무원인 관료의 행동 동기를 분석하려는 시도가 이루어지기 시작했다. 베버는 관료가 주어진 정치적 목표를 최대한 달성하고자 하며, 사익이 아닌 공익을 추구한다고 가정하였다. 또한 관료는 정책을 형성하는 과정에서 완전히 배제되고, 오직 정치인의 결정을 충실히 집행하는 역할을 한다고 보았다. 따라서 그는 관료 개인의 특성은 정책의 실현에 큰 영향을 미치지 않는다고 여기고 제도의 효율성을 높이는 것에 초점을 두었다. 하지만 관료의 특성에 따라 정책의 실현 여부가 달라지기도 하고, 하급자가 상급자에게 무조건 복종하지 않는다는 점에서 그의 이론은 비판을 받았다.

이러한 비판 속에 공공 부문에서의 의사 결정을 분석하기 위해 경제학적 방법을 적용한 공공 선택론이 대두하기 시작했다. 공공 선택론은 관료를 공공재와 행정 서비스를 능동적으로 공급하는 존재이자 개인적 이익을 추구하고 자신의 효용을 극대화하려는 존재로 간주한다. 그리고 의사 결정의 주체는 집단이 아니라 개인이라고 여긴다. 공공 선택론은 관료와 정치인 사이에는 일종의 교환 관계가 형성되고 교환의 매개체는 예산이라고 가정하였다. 관료는 공공재와 행정 서비스를 공급하는 공급자이고, 국민을 대표하는 정치인은 이에 대한 수요자라고 볼 수 있는데, 공공 선택론자들은 관료가 일련의 활동과 예상 결과를 정치인에게 공급하고, 정치인은 서비스 공급의 대가로 예산을 지급하는 시장이 형성된다고 보았다. 공공 선택론을 바탕으로 관료의 행동 동기를 분석한 대표적인 학자로 니스카넨과 던리비가 있다.

니스카넨은 시장에서의 협상에서 관료가 유리한 위치를 차지한다고 보았다. 그는 마치 독점 기업처럼 관료가 공공재와 행정 서비스의 가격과 수량을 모두 결정할 수 있다고 보았는데, 이 원인을 정보의 비대칭성에서 찾았다. 관료는 경험을 바탕으로 정치인들이 서비스 공급의 대가로 어느 정도까지 예산을 지급할 용의가 있는지 알고 있지만, 선거로 인해 자주 교체되는 정치인들은 공공재나 행정 서비스 생산의 최소 비용에 대한 정보를 얻기 어렵다. 따라서 정치인은 이러한 정보를 관료에게 의존하게 된다. 니스카넨은 관료가 이러한 지위를 이용하여 자신의 부서 예산을 극대화하기 위해 노력한다고 보았다. 그는 관료가 예산을 극대화하려는 동기를 합리성과 생존이라는 측면에서 설명하였다. 관료 역시 사익을 추구하는 인간이므로 효용을 최대화하는 것이 합리적이다. 효용의 결정 요인은 소득이라는 금전적 요소와 명성, 부서 관리의 용이성 등 비금전적 요소를 합친 것인데, 일반적으로 예산 규모가 커질수록 두 요소는 모두 커진다. 따라서 관료의 입장에서는 예산을 극대화하는 것이 합리적이다. 또한 관료는 직원 충원, 복지 등을 원하는 조직원으로부터 예산 획득에 대한 압박을 받는데 이에 부응하지 못하는 관료는 조직에서 도태하게 된다. 니스카넨은 이러한 이유로 관료가 소속 부서의 예산을 극대화하고자 노력하는데, 이로 인해 공공재가 과잉 생산되어 자원 배분의 비효율성이 나타난다고 보았다.

던리비는 니스카넨이 관료나 기관을 지나치게 일반화하고, 관료 행동의 동기를 예산에서만 찾았다고 비판하며 예산 극대화와 관련된 여러 요소 간의 상관관계를 설명하였다. 그는 기관의 유형에 따라 관료의 예산 극대화 추구 정도가 달라진다고 보았는데, 예를 들어 영리 활동을 하는 거래 기관의 관료는 예산 확보의 동기가 강하지만, 하위 조직의 자금 사용 및 집행 방식을 감독하는 통제 기관의 관료는 하위 조직의 성과에 따른 책임을 지므로 예산 확보의 동기가 약하다고 보았다. 또한 그는 관료의 지위에 따라 예산 극대화의 동기는 물론이고, 극대화하기를 원하는 예산의 유형도 다르다고 보았다. 일반적으로 예산이 늘면 직업 안정성이 증대되어 비상근직 등을 포함한 하위 관료의 효용이 커지지만, 고위 관료는 회의 참석, 예산 증가를 위한 증거 제시 등 예산 확보를 위한 노력에 비해 상대적으로 얻는 효용이 작다. 따라서 고위 관료들은 하위 관료에 비해 상대적으로 예산 극대화에 소극적이라고 보았다. 한편 예산에는 기관 자체의 운영비로서 관료의 수급과 직접적으로 관련이 있는 핵심 예산, 해당 기관이 민간 부문에 쓰는 지출액과 핵심 예산을 합친 관청 예산 등이 있다. 던리비는 하위 관료의 효용은 직위의 수, 직업의 안정성과 관련이 깊고, 고위 관료의 효용은 부서의 위신, 민간의 고객과의 관계 형성 등과 관련이 깊기 때문에 하위 관료는 핵심 예산을, 고위 관료는 관청 예산을 극대화하려 한다고 보았다.

던리비는 고위 관료가 예산 극대화의 동기를 갖는 것은 맞지만, 고위 관료의 효용에 더 큰 영향을 미치는 것은 소속 부처의 최적화라고 보았다. 부처의 최적화는 부처의 크기, 직무 관련 권한 등과 관련이 있다. 그는 고위 관료가 관리 회피 성향을 갖고 있어 많은 부하 직원을 통솔하기보다 소수의 유능한 직원들과 근무하기를 원하고, 자신의 재량으로 정책을 통제할 수 있는 권한을 확대하는 방향으로 내부 구조를 개편하려 한다고 보았다.

실제로 관료들이 선택을 내리는 과정에는 많은 요소가 작용하기 때문에 선택을 일반화할 수는 없다. 하지만 그 동기를 추적하려는 노력을 통해 관료들이 조직의 하위 구성 요소로서 기능한다고 본 기능주의 이론에서는 설명할 수 없었던 많은 부분을 설명할 수 있게 되었다.

01 윗글의 내용을 〈보기〉와 같이 정리할 때, 〈보기〉의 ①, ②에 들어갈 알맞은 말을 윗글에서 찾아 그대로 각각 쓰시오.

〈보기〉

공공 기관에서의 의사 결정에 대하여 종래의 기능주의 이론이 비판받으면서 베버는 관료의 역할에 주목하였다. 그러나 베버는 관료가 공익을 추구하고 수동적인 존재에 머무른다고 보아 정작 관료보다는 제도의 효율성을 높이는 것이 중요하다는 결론을 내렸다. 하지만 공공 선택론자들은 베버의 견해에 이의를 제기하면서 관료가 개인적 이익을 추구하는 능동적 존재라고 분석하였다. 특히 니스카넨은 관료가 예산의 극대화를 통하여 개인적 이익을 추구하며, (①)(으)로 인하여 정치인에 대하여 주도성을 가질 수 있다고 보았다. 다만, 관료가 예산을 극대화하고자 하는 경향은 (②)(이)라는 역설적 상황을 초래할 수 있다고 언급하였다. 한편, 던리비는 관료의 행동 동기에는 여러 요소가 개입하기 때문에 예산의 극대화만으로 설명할 수는 없다고 보았다는 점에서 니스카넨과 구별된다.

①: ______________ ②: ______________

02 **윗글에 나타난 던리비의 관점에서 보았을 때, 〈보기〉에 제시된 A~D 가운데 예산을 확보하고 극대화하는 데 가장 적극적일 것이라고 예상되는 사람과 가장 소극적일 것이라고 예상되는 사람을 순서대로 쓰시오.**

〈보기〉

A는 시민들에게 서비스를 제공하고 이를 통해 수익을 창출하는 기관에 근무하고 있는 고위 관료이고, B는 A와 같은 기관의 하위 관료이다. C는 하부 조직들의 자금 사용을 감독하는 기관에 근무하는 고위 관료이고, D는 C와 같은 기관의 하위 관료이다.

[03~04] 다음 글을 읽고 물음에 답하시오.

화학전지란 화학 반응으로 전기를 발생시키는 장치로, 우리가 일상에서 자주 사용하는 건전지는 화학전지의 한 종류이다. 건전지를 사용할 때 양극과 음극을 올바르게 맞추어 사용해야 한다. 이는 화학전지의 전극은 전자를 얻는 환원이 일어나는 쪽이 양극, 전자를 잃는 산화가 일어나는 쪽이 음극이며 전자가 음극에서 양극으로 이동하기 때문이다.

화학전지의 양극과 음극은 전극을 구성하는 금속의 이온화 경향에 따라 결정된다. 이온화 경향이란 금속이 용액 속에서 전자를 잃고 양이온이 되기 '쉬운' 정도를 뜻한다. 따라서 이온화 경향이 큰 금속은 전기가 잘 통하는 전해질 용액에 쉽게 녹아서 양이온이 된다. 묽은 황산 수용액에 구리판과 아연판을 넣어 전극으로 삼으면 화학전지가 된다. 아연은 구리보다 이온화 경향이 크기 때문에 아연판 표면의 아연 원자는 양이온이 되고 아연 원자에서 떨어져 나온 전자들은 도선을 따라 구리판으로 이동한다. 전류는 전자와 반대 방향으로 흐르므로 구리판이 양극, 아연판이 음극이 된다. 만약 아연판을 은판으로 바꾸고, 황산 용액을 염화나트륨 수용액으로 바꾼 후 구리판과 은판을 도선으로 연결하면, 구리판이 음극이 되고 은판이 양극이 된다. 이는 (㉠) 때문이다. 이처럼 화학전지에서 양극과 음극은 두 금속의 이온화 경향의 상대적 크기에 따라 결정된다.

금속의 이온화 경향은 반응열의 크기로 비교할 수 있다. 이를 이해하려면 금속에서 원자 하나가 떨어져 나와 수화(水化) 이온이 될 때까지의 과정을 알아야 한다. 일반적으로 금속은 많은 금속 원자들이 결합된 결정 구조를 이루고 있다. 금속은 주로 전자를 잃어서 양이온이 되는데 금속 원자 하나가 결정에서 떨어져 나와야 개별 이온이 될 수 있다. 예를 들어 전해질 용액에 담겨 있는 아연 금속(Zn)에서 원자 하나가 떨어져 나오고, 이 아연 금속 원자가 전자 두 개를 잃어서 아연 이온(Zn^{2+})이 된다. 이 반응은 에너지를 필요로 하므로 아연 금속에서는 열을 흡수하는 반응이 나타난다. 이렇게 화학 반응이 일어날 때 열을 흡수하는 반응을 흡열 반응이라고 한다. 이후 아연 이온은 전해질 용액 안에서 수화된다. 이 반응에서는 에너지를 방출하는 반응이 나타나는데, 이렇게 열을 방출하는 반응을 발열 반응이라고 한다.

금속의 이온화 경향에서 반응열은 일정한 온도에서 화학 반응이 일어날 때 흡수되거나 방출되는 열의 양으로 결정된다. 따라서 반응열로 이온화 경향을 비교할 때에는 흡열 반응에서의 열과 발열 반응에서의 열을 합한 값으로 비교한다. 반응열은 부호를 붙여 표시하는데, 일반적으로 발열 반응이 일어날 때의 열은 양으로, 흡열 반응이 일어날 때의 열은 음으로 표시한다. 이온화 경향의 정도는 반응열의 값이 클수록 커지기 때문에 이온화 경향의 정도는 발열 반응에서의 열의 크기, 흡열 반응에서의 열의 크기와 관련되어 있음을 알 수 있다. 이온화 경향의 크기를 기준으로 금속 원소를 나열한 것을 이온화 서열이라고 한다. 이온화 서열을 보면 화학전지에서 어떤 금속이 양극이 되고 어떤 금속이 음극이 될지를 쉽게 알 수 있다.

03 **윗글의 흐름에 따라 ㉠에 알맞은 내용을 쓰되, '이온화 경향'이란 말을 넣어 15자 이내로 쓰시오(단, 띄어쓰기로 인한 빈칸은 글자 수에 포함시키지 않음).**

㉠: ____________________

04 **'이온화 서열'을 중심으로 윗글의 내용을 〈보기 1〉과 같이 정리할 때, 〈보기 1〉의 ①, ②에 들어갈 알맞은 단어를 〈보기 2〉에서 찾아 각각 쓰시오.**

〈보기 1〉

이온화 현상이 일어날 때 일정한 온도에서 반응열의 값은 이온화 서열의 앞쪽에 있는 금속일수록 크다. 두 가지 금속이 담겨 있는 용액 속에서 이온화 현상이 일어날 때 이온화 서열에서 앞쪽에 있는 금속 원소에서는 (　①　)이/가 일어나며, 두 금속을 도선으로 연결하면 이온화 서열에서 앞쪽에 있는 금속이 (　②　)이/가 된다.

〈보기 2〉

양극, 음극, 전자, 원자핵, 산화, 환원, 방출, 수용

①: ____________　　②: ____________

[05~06] 다음을 읽고 물음에 답하시오.

초시는 이날 저녁에 박희완 영감에게서 들은 이야기를 딸에게 하였다. 실패는 했을지라도 그래도 십수 년을 상업계에서 논 안 초시라 출자를 권유하는 수작만은 딸이 듣기에도 딴 사람인 듯 놀라웠다. 딸은 즉석에서는 가부를 말하지 않았으나 그의 머릿속에서도 이내 잊혀지지는 않았던지 다음 날 아침에는, 딸 편이 먼저 이 이야기를 다시 꺼내었고, 초시가 박희완 영감에게 묻던 이상으로 시시콜콜히 캐어물었다. 그러면 초시는 또 박희완 영감 이상으로 손가락으로 가리키듯, 소상히 설명하였고 일 년 안에 청장*을 하더라도 최소한도로 오십 배 이상의 순이익이 날 것이라 장담 장담하였다.

딸은 솔깃했다. 사흘 안에 연구소 집을 어느 신탁 회사에 넣고 삼천 원을 돌리기로 하였다. 초시는 금시발복이나 된 듯 뛰고 싶게 기뻤다.

“서 참의 이놈, 날 은근히 멸시했것다. 내 굳이 널 시켜 네 집보다 난 집을 살 테다. 네깟 놈이 천생 가쾌*지 별거나…….”

그러나 신탁 회사에서 돈이 되는 날은 웬 처음 보는 청년 하나가 초시의 앞을 가리며 나타났다. 그는 딸의 청년이었다. 딸은 아버지의 손에 단 일 전도 넣지 않았고 꼭 그 청년이 나서 돈을 쓰며 처리하게 하였다. 처음에는 팩 나오는 노염을 참을 수가 없었으나 며칠 밤을 지내고 나니, 적어도 삼천 원의 순이익이 오륙만 원은 될 것이라 만 원 하나야 어디로 가랴 하는 타협이 생기어서 안 초시는 으실으실 그, 이를테면 사위 녀석 격인 청년의 뒤를 따라나섰다.

일 년이 지났다.

모두 꿈이었다. 꿈이라도 너무 악한 꿈이었다. 삼천 원어치 땅을 사 놓고 날마다 신문을 훑어보며 수소문을 하여도 거기는 축항이 된단 말이 신문에도, 소문에도 나지 않았다. 용당포와 다사도에는 땅값이 삼십 배가 올랐느니 오십 배가 올랐느니 하고 졸부들이 생겼다는 소문이 있어도 여기는 감감소식일 뿐 아니라 나중에, 역시, 이것도 박희완 영감을 통해 알고 보니 그 관변 모 씨에게 박희완 영감부터 속아 떨어진 것이었다. 축항 후보지로 측량까지 하기는 하였으나 무슨 결점으로인지 중지되고 마는 바람에 너무 기민하게 거기다 땅을 샀던, 그 모 씨가 그 땅 처치에 곤란하여 꾸민 연극이었다.

돈을 쓸 때는 일 원짜리 한 장 만져도 못 봤지만 벼락은 초시에게 떨어졌다. 서너 끼씩 굶어도 밥 먹을 정신이 나지도 않았거니와 밥을 먹으러 들어갈 수도 없었다.

㉠<u>“재물이란 친자 간의 의리도 배추 밑 도리듯 하는 건가?”</u>

탄식할 뿐이었다.

[중략 부분 줄거리] 서 참의가 실의에 빠진 안 초시를 위로하지만 결국 안 초시가 죽음을 택하고 만 것을 발견한다.

파출소로 갈까 하다 그래도 자식한테 먼저 알려야겠다 하고 말만 듣던 그 안경화 무용 연구소를 찾아가서 안경화를 데리고 왔다. 딸이 한참 울고 난 뒤다.

“관청에 어서 알려야지?” / “아니야요 아스세요.”

딸은 펄쩍 뛰었다.

“아스라니?” / “저…….”

“저라니?” / “제 명예도 좀…….”

하고 그는 애원하였다.

"명예? 안 될 말이지, 명옐 생각하는 사람이 애빌 저 모양으루 세상 떠나게 해?" / "……."

안경화는 엎드려 다시 울었다. 그러다가 나가려는 서 참의의 다리를 끌어안고 놓지 않았다. 그리고

"절 살려 주세요."

소리를 몇 번이나 거듭하였다.

"그럼, 비밀은 내가 지킬 테니 나 하자는 대루 할까?" / "네."

서 참의는 다시 앉았다.

"부친 위해 보험 든 거 있지?" / "네, 간이 보험이야요."

"무슨 보험이던…… 얼마나 타게 되누?" / "사백팔십 원요."

"부친 위해 들었으니 부친 위해 다 써야지?" / "그럼요."

"에헴 그럼…… 돌아간 이가 늘 속사쓸 입구퍼 했어. 상등 털 사쓰를 사다 입히구 그 우에 진견으로 수의일습 구색 마쳐 짓게 허구…… 선산이 있나 묻힐 데가?" / "웬걸요 없어요."

"그럼 공동묘지라도 특등지루 널찍하게 사구…… 장례식을 장하게 해야 말이지 초라하게 해 버리면 내가 그저 안 있을 게야. 알아들어?" / "네에."

하고 안경화는 그제야 핸드백을 열고 눈물 젖은 얼굴을 닦았다.

*

안 초시의 소위 영결식이 그 딸의 연구소 마당에서 열리었다.

서 참의와 박희완 영감은 술이 거나하게 취해 갔다. 박희완 영감이 무얼 잡혀서 가져왔다는 부의 이 원을 서 참의가

"장례비가 넉넉하니 자네 돈 그 계집애 줄 거 없네."

하고 우선 술집에 들러 거나하게 곱빼기들을 한 것이다.

영결식장에는 제법 반반한 조객들이 모여들었다. 예복을 차리고 온 사람도 두엇 있었다. 모두 고인을 알아 온 것이 아니요, 무용가 안경화를 보아 온 사람들 같았다. 그중에는, 고인의 슬픔을 알아 우는 사람인지, 덩달아 기분으로 우는 사람인지 울음을 삼키느라고 끽끽 하는 사람도 있었다. 안경화도 제법 눈이 젖어 가지고 신식 상복이라나 공단 같은 새까만 양복으로 관 앞에 나와 향불을 놓고 절하였다. 그 뒤를 따라 한 이십 명 관 앞에 와 꾸벅거리었다. 그리고 무어라고 지껄이고 나가는 사람도 있었다.

그들의 분향이 거의 끝난 듯하였을 때

"에헴."

하고 얼굴이 시뻘건 서 참의도 한마디 없을 수 없다는 듯이 나섰다. 향을 한 움큼이나 집어 놓아 연기가 시커멓게 올려 솟더니 불이 일어났다. 후 후 불어 불을 끄고, 수염을 한 번 쓰다듬고 절을 했다. 그리고 다시

"헴……."

하더니 조사(弔辭)를 하였다.

"나 서 참일세 알겠나? 흥…… 자네 참 호살세 호사야…… 잘 죽었으니 자네 살았으문 이만 호살 해 보겠나? 인전 안경다리 고칠 걱정두 없구…… 아무턴지……."

하는데 박희완 영감이 들어서더니

"이 사람 취했네그려."

하며 서 참의를 밀어냈다.

박희완 영감도 가슴이 답답하였다. 분향을 하고 무슨 소리를 한마디 했으면 속이 후련히 트일 것 같아서 잠깐 멈칫하고 서 있어 보았으나

"으흐흙……."

하고 울음이 먼저 터져 그만 나오고 말았다.

– 이태준, 「복덕방」

*청장(淸帳): 장부(帳簿)를 청산한다는 뜻으로, 빚 따위를 깨끗이 갚음을 이르는 말.

*가쾌(家儈): 집 흥정 붙이는 일을 업으로 삼는 사람.

05 〈보기〉는 안 초시가 자살한 이유에 대한 설명이다. 윗글의 ㉠을 바탕으로 〈보기〉의 ①에 들어갈 안 초시가 자살한 이면적 이유를 10자 이내로 쓰시오(단, 띄어쓰기로 인한 빈칸은 글자 수에 포함시키지 않음).

〈보기〉

안 초시의 자살의 표면적 이유	안 초시의 자살의 이면적 이유
부동산 투자의 실패	①

06 〈보기〉는 문학의 표현 기법 중 하나인 반어에 대한 설명이다. 이를 참고하여 윗글의 등장인물의 대화 중, 반어가 가장 잘 드러난 말을 한 사람이 누구인지 쓰시오.

〈보기〉

반어는 전달의 효과를 높이기 위하여, 뜻하는 것과는 반대로 표현하는 방법이다. 문맥을 통하여 청자나 독자가 본래의 의도를 충분히 이해할 수 있는 상황과 조건 아래에서 사용하는 것이므로 오히려 의미를 강조하는 효과를 거둔다.

수학[자연]

▶ 해답 p.324

07 100 이하의 자연수 a에 대하여 $\left(a^{\frac{1}{6}}\right)^{\frac{3}{2}}$의 값이 자연수가 되도록 하는 모든 a의 값을 구하는 과정을 서술하시오.

08 $\log_{x-1}(-x^2+3x+10)$이 정의되기 위한 모든 정수 x의 값을 구하는 과정을 서술하시오.

09 $\pi < \theta < \frac{3}{2}\pi$인 θ에 대하여

$\frac{\sin\theta}{1-\sin\theta} - \frac{\sin\theta}{1+\sin\theta} = 2$일 때, θ의 값을 구하는 과정을 서술하시오.

10 이차함수 $f(x) = x^2 + 4x - 3$에 대하여 함수 $\frac{f(x)-x^2}{f(x)-k}$이 실수 전체의 집합에서 연속이 되도록 하는 정수 k의 최댓값을 구하는 과정을 서술하시오.

11 함수 $f(x)$가 모든 실수 x에 대하여

$\frac{3x-7}{x^2+7}<\frac{f(x)}{2x^2+1}<\frac{3x}{x^2+3}$를

만족시킨다.

다음은 $\lim_{x\to\infty}\frac{4x+2f(x)}{8x-f(x)}$의 값을 구하는 과정이다.

아래의 (가), (나)에 들어갈 가장 적절한 상수를 구하시오.

> 양수 x에 대하여
>
> $\frac{(3x-7)(2x^2+1)}{x(x^2+7)}<\frac{f(x)}{x}$
>
> $<\frac{3x(2x^2+1)}{x(x^2+3)}$이다.
>
> $\lim_{x\to\infty}\frac{(3x-7)(2x^2+1)}{x(x^2+7)}=$ (가) ,
>
> $\lim_{x\to\infty}\frac{3x(2x^2+1)}{x(x^2+3)}=$ (가) 이므로
>
> 함수의 극한의 대소 관계에 의하여
>
> $\lim_{x\to\infty}\frac{f(x)}{x}=$ (가) 이다.
>
> 따라서 $\lim_{x\to\infty}\frac{4x+2f(x)}{8x-f(x)}=$ (나) 이다.

12 수직선 위를 움직이는 점 P의 시각 $t(t\geq0)$에서의 위치 $x(t)$가

$x(t)=-\frac{1}{3}t^3+t^2+k$이다.

점 P의 가속도가 0일 때, 점의 위치는 $\frac{11}{3}$이다. k의 값을 구하는 과정을 서술하시오. (단, k는 상수)

13 $\int_0^2 |2x-1|dx$의 값을 구하는 과정을 서술하시오.

14 세 수 ${}_{23}C_r$, ${}_{23}C_{r+1}$, ${}_{23}C_{r+2}$가 이 순서대로 등차수열이 되도록 하는 모든 자연수 r의 값을 구하는 과정을 서술하시오.

$\left(\text{단, } {}_nC_r=\dfrac{n!}{r!(n-r)!},\ 0\leq r\leq n\right)$

15 수열 $\{a_n\}$은 $a_1=1$, $a_2=3$이고 2 이상의 모든 자연수 n에 대하여
$a_{n+1} : a_n = S_n : S_{n-1}$을 만족시킨다.
$a_{100}=3\times 2^N$으로 표현될 때
자연수 N의 값을 구하는 과정을 서술하시오.
(단, S_n은 수열 $\{a_n\}$의 첫째항부터 제n항까지의 합이다.)

2024학년도

한신대 논술 모의고사

국어[인문] 수학[인문]

국어[자연] 수학[자연]

국어[인문]

▶ 해답 p.327

[01～02] 다음 글을 읽고 물음에 답하시오.

작품을 전시회에 출품하는 게 아니라 잡지에 기고하는 화가들이 있다. '개념 미술가'라 불리는 이들이 그들이다. '개념 미술'이라는 말을 처음 사용한 사람은 헨리 플린트인데, 그는 개념 미술이 언어와 아주 밀접한 관계가 있다는 점을 들어 개념 미술을 언어를 재료로 하는 미술 형식이라고 말하였다. 이와 같이 개념 미술에서는 작품이 지닌 물질성이 중요하지 않다.

예술의 물질성에 대해 견해를 밝힌 사람들 가운데 헤겔의 의견에 따르면, 예술은 필연적으로 물질성에서 정신성으로 이행한다. 고대 오리엔트의 예술을 대표한 것은 피라미드나 스핑크스와 같은 거대한 건축물이었다. 이때 정신은 아직 육중한 물질에 눌려 있었다. 이어서 등장한 그리스 예술에서 주도적 역할을 맡은 장르는 조각이었다. 헤겔은 예술의 본질이 정신적 이념을 감각적 물질로 구현하는 데 있다고 주장했다. 이 때문에 그는 정신과 물질 어느 쪽에도 치우치지 않고 적절히 조화를 이룬 그리스 조각에서 예술이 정점에 도달했다고 보았다.

이후 정신은 더 성장하여 서서히 물질을 압도하기 시작한다. 르네상스 예술을 주도한 장르는 회화였다. 회화는 개별 사물이나 표상에서 공통된 속성이나 관계를 뽑아내는 정신적 과정을 통해 현실의 한 차원을 접어 3차원의 공간을 2차원의 평면으로 환원시킨다는 점에서 조각보다 더 정신적이다. 또한 회화의 재료인 물감 역시 조각에 사용되는 육중한 돌에 비해 물질성이 한결 약하다. 17세기에는 음악이 예술을 주도하는 역할을 이어받게 된다. 음악의 재료인 소리에는 거의 물질성이 없다. 19세기 이후의 주도적 장르는 시였다. 이제 예술은 마침내 물질성을 완전히 벗고 학문과 똑같은 재료, 즉 개념을 사용하게 된다. 다 자란 정신에게 예술의 물질성은 그저 거추장스러운 옷일 뿐이다. 이 지점에서 헤겔은 예술의 종언을 선언한다. 절대정신이 물질적 매체를 통해 표현되는 시대는 지났다는 것이다. 예술이 종언을 고했다는 그의 예언은 빗나갔을지 몰라도, 20세기 예술의 경향을 보건대, 적어도 예술이 물질을 벗고 정신으로 상승하리라는 그의 지적은 적중했다고 할 수 있다.

본격적인 의미에서 최초의 개념 미술가는 멜 보크너였다. 1966년 그는 동료 작가들의 드로잉과 작업 구상을 담은 종이를 여러 번 복사하여 네 권의 파일 노트에 끼워 조각의 받침대 위에 올려놓았다. 거기에는 솔 르윗과 댄 플래빈의 작업 스케치, 그들의 작품에 대한 자세한 설명을 담은 송장[1], 존 케이지가 작곡한 악보가 포함되어 있었다. 파일의 첫 장은 화랑의 도면, 마지막 장은 복사기의 조립 도면이었다. 이 전시회를 찾은 관객들은 작품을 보는 게 아니라 파일을 넘겨 가며 읽어야 했다. 이렇게 작업 구상을 담은 종이, 작업 스케치, 작품에 대한 설명을 담은 송장 등이 예술이 될 때, 미술은 문학에 가까워진다.

솔 르윗에 따르면 개념 미술에서는 생각이나 관념이 작품의 가장 중요한 측면이 된다. 예술가가 예술에 개념적 형식을 사용한다는 것은 곧 모든 계획과 결정이 미리 만들어지고 실행은 요식 행위가 된다는 것을 의미한다. 실제로 솔 르윗은 그의 작품 '벽 드로잉'의 실행을 고용된 인부들에게 위탁했다. 그는 벽 드로잉을 제작하기 위한 지침을 고용된 인부들에게 주었을 뿐이다. 이렇듯 개념 미술에서는 시각화되지 않는 생각이나 관념도 완성된 산물 못지않은 작품이다.

개념 미술은 일반적으로 네 가지 형식을 선호한다. 첫째는 '레디메이드'로, 이를테면 마르셀 뒤샹의 변기처럼 일상의 사물을 예술로 선언하는 것이다. 둘째는 '개입'으로, 오브제[2]나 이미지를 엉뚱하거나 다른 맥락에 옮겨 놓는 것이다. 예를 들어 다니엘 뷔랑은 모든 곳을 미술관으로 만들기 위해 줄무늬가 그려진 간판을 짊어지고 파리의 거리를 활보했다. 셋째는 '자료화'이다. 자료화는 작품을 구상할 때에 실제 작품이 모두 기록, 지도, 차트 그리고 사진 등을 바탕으로 이루어지는 것을 말한다. 위에서 언급한 보크너의 작업 스케치 전시가 여기에 속한다. 넷째는 개념 미술의 가장 보편적인 형식으로, '언어'를 사용하는 것이다. 독일의 작가 한네 다르보벤은 숫자와 글자, 낙서를 계열적으로 늘어놓음으로써 회화가 글쓰기라는 관념을 표현했다.

1) 송장: 상품을 멀리 떨어진 곳으로 발송할 때 짐을 받을 사람에게 보내는 상품의 명세서.

2) 오브제: 예술에서 작품에 쓴 일상생활 용품이나 자연물.

01 **〈보기〉는 신문 기사를 요약한 것이다. 조 모씨는 대법원에서 최종적으로 무죄 판결을 받았다. 윗글에서 조 모씨가 무죄 판결을 받은 이유의 근거가 되는 문장을 찾아 첫 어절과 마지막 어절을 순서대로 쓰시오.**

〈보기〉

2016년 5월 17일 춘천지검은 가수 겸 방송인 조 모씨(71)의 그림을 거래한 갤러리 3곳과 소속사 등 4곳을 지난 16일 압수 수색했다. 조 모씨의 '화투' 그림이 대작(代作)이라는 의혹이 제기됐기 때문이다.

춘천지검이 압수수색을 한 이유는 속초에 사는 화가 A(60)씨가 자신을 조 모씨의 대작 화가라고 나서면서부터다. A씨는 한 매체와 인터뷰를 통해 2009년부터 최근까지 조 모씨에게 300점의 작품을 그려 주었고, 조 모씨가 자신의 작품을 받아 약간의 덧칠과 사인을 한 후 팔았다고 주장했다. 다만 A씨는 조 모씨에게 받은 아이디어로 작품을 그렸다고 밝혔다.

조 모씨는 1970년대부터 '화투' 연작을 통해 화가로도 주목받았다.

첫 어절: ____________________, 마지막 어절: ____________________

02 〈보기〉는 헤겔의 미학 이론에 대한 설명이다. ㉠, ㉡, ㉢을 대표하는 예술 장르를 윗글에서 찾아 각각 반드시 순서대로 하나씩만 쓰시오.

〈보기〉

헤겔은 『미학 강의』에서 세 가지 예술 형식을 제시하는데, ㉠상징적 예술 형식, ㉡고전적 예술 형식, ㉢낭만적 예술 형식이 그것이다. 헤겔은 세 가지 예술 형식을 예술의 고유한 본질에 입각하여 구분한다. 헤겔에 의하면 예술에서 개념이나 내용은 예술이 표현하려고 하는 내적인 면, 즉 사상이나 이념에 해당하고, 이에 비해 실재나 형식은 개념이나 내용을 외적으로 표현하는 데 필요한 소재나 표현하는 과정으로서 '감각적이고 형상적인 형태화'에 해당한다.

상징적 예술 형식의 일차적 특징은 내용과 형식이 서로 부적합하다는 점이다. 상징적 예술 형식은 '참다운 내용'과 '참다운 형식'이 아직 발견되지 않은 상태라서, 내용은 '추상적이고 모호하며' 형식은 '직접적이며 자연적인 형태'의 단계에 머문다.

이에 비해 고전적 예술 형식에서는 표현되어야 할 내용과 표현된 형식이 완전하게 일치함으로써 '아름다움의 이념상'이 온전히 실현된다. 여기서는 '표현'과 '표현되어야 하는 바'가 다르지 않고, '개념과 실재'가 서로 속으로 온전히 스며들어 감으로써 '감각적 이념상'을 만들어낸다.

낭만적 예술 형식은 고전적 예술 형식이 성취한 아름다움과 예술의 완성된 상태가 해체되는 과정을 보여준다. 낭만적 예술 형식에서는 주관과 내면의 측면이 우세해짐으로써, 실재의 측면, 즉 소재의 측면은 상대적으로 경시된다. 즉 내용을 어떻게 감각적으로 형태화할 것인가는 낭만적 예술 형식 내에서는 더 이상 중요한 문제가 아니다.

㉠: ____________ ㉡: ____________ ㉢: ____________

[03～04] 다음 글을 읽고 물음에 답하시오.

난로를 차지하고 둘러서서 한동안은 모두들 입을 봉하고 있다. 저마다 실망한 기색이다. 대학생은 아까처럼 창을 내다보고 있고 미친 여자는 의자에 멀뚱하게 앉아 있다. 조금 있으려니, 문이 열리며 역장이 바께쓰를 들고 나타난다. 바께스 속엔 톱밥이 가득 들어 있다.

"추위에 고생하십니다요."

농부가 얼른 인사를 차린다. 그에겐 제복을 입은 사람은 무조건 존경의 대상이 된다.

"뭘요. 그나저나 이거 죄송합니다. 기차가 자꾸 늦어지는군요."

눈이 오니까 그렇겠지라우, 하고 너그러운 소리를 농부가 또 덧붙인다.

역장은 난로 뚜껑을 열고 안을 살펴본다. 생각보다 톱밥이 꽤 남았다. 바께쓰를 기울여 톱밥을 반쯤 쏟아 넣은 다음 바께쓰는 다시 바닥에 내려놓는다. 역장은 돌아가지 않고 함께 이야기를 주고받기 시작한다. 그도 역시 무료했으리라.

눈 얘기, 지난 농사와 물가에 관한 얘기, 얼마 전 새로 갈린 면장과 멀잖아 읍내에 생기게 된다는 종합병원 이야기에 이르기까지 화제는 이어진다. 처음엔 역장과 농부가 주연이지만 차츰 여자들도 끼어들게 된다. 그들 중 음울한 표정의 젊은 사내만이 끝내 입을 열지 않은 채로이다.

역장이 나타나는 바람에 자리가 더욱 좁아졌으므로, 중년 사내는 난로 가까이 놓아둔 자신의 작은 보퉁이를 한켠으로 치워놓는다. 보퉁이엔 한 두름의 굴비, 그리고 낡고 때묻은 내복 따위같은 사내의 옷가지가 들어 있을 뿐이다. 그것은 사내가 벽돌담 저쪽의 세상에서 가지고 나온 유일한 재산이다.

"선생은 향촌리에 사시우?"

늙은 역장이 곁의 중년 사내에게 묻는다.

"아, 아닙니다."

"그래요. 근데 무슨 일로……"

"누굴 찾아왔다가 그만 못 만나고 가는 길입지요."

"누굴 찾으시는데요. 어디 말씀해 보구려. 이 근처 삼십 리 안팎에 있는 동네라면 내가 얼추 다 아니까요. 허허."

"아, 아닙니다. 제가 주소를 잘못 알았었나 봅니다."

오, 그래요. 역장은 사내가 뭔가 말하기를 꺼려한다는 느낌을 받았으므로 더 캐묻지 않는다.

톱밥 난로의 열기가 점점 강하게 퍼져 오르고 있다. 역장은 난로의 뚜껑을 닫고 나서 '한산도'를 꺼내 사내와 농부에게 권한다. 그들은 담배를 피우기 시작한다.

사내는 기차를 타기 전, 서울역 앞에서 그 굴비 한 두름을 샀었다. 언젠가 감방에서 허씨가 흰 쌀밥에 잘 구운 굴비를 먹고 싶다고 말한 적이 있었기 때문인지도 모른다. 비록 허씨 자신은 먹을 수 없겠지만, 홀로 산다는 허씨의 칠순 노모에게 빈손으로 찾아갈 수는 없을 것이라는 생각에 역 광장의 행상꾼에게서 한 두름을 샀다. 그리고 밤 내내 완행 열차를 타고 이날 새벽 사평역에서 내려 허씨가 일러준 대로 그 조그마한 산골 마을을 찾아들었던 것이다.

하지만 허씨의 노모는 이미 만날 수가 없었다. 죽어 묻힌 지가 오 년도 넘었다고 했다. 노모가 죽은 이듬해, 허씨의 형도 식솔들을 데리고 훌훌 마을을 떴고, 그 후 그들의 소식은 영영 끊어졌다는 거였다.

그 말을 전해 듣는 순간 사내는 사지의 힘이 일시에 빠져나가는 듯한 허탈감을 맛보았다. 어느덧 초로에 접어든 허씨의 쓸쓸한 모습이 눈앞에 선히 떠올랐다. 노모의 죽음조차 모르고 비좁은 벽돌담 안에 갇힌 채 다만 다른 사람들의 것일 따름인 그 숱한 계절들을 맞고 보내다가, 어느 날인가는 푸른 옷에 싸여 죽음을 맞아야 할 한 늙고 병든 무기수의 얼굴이 사내의 발길을 차마 돌릴 수 없도록 만드는 거였다. 등뒤에 두고 돌아서려니, 사내는 그 마을이 바로 자기의 고향인 듯한 느낌이 들었다. 그의 고향은 본디 이북이었지만 피난통에 가족들과 헤어져 집도 부모도 없이 떠돌아다니며 커 왔던 것이었다.

하염없이 눈송이만 펑펑 쏟아지는 산길을 걸어 나오며 사내는 자꾸만 발을 헛디뎠다. 문득 되돌아보면 멀리 산골 초가의 굴뚝에선 저녁 짓는 연기가 은은히 피어오르고 있었다. 눈 내리는 산자락에 고요히 묻혀 가는 저녁 무렵의 산골 풍경은 눈물겹도록 평화스러워 보였다.

(중략)

대학생은 방금 눈앞에 나타났다가 사라진 열차의 불빛이 아직 자신의 망막에 남아 있는 듯한 느낌이다. 그것은 어느 찰나에 피어올랐다가 소리 없이 스러져 버린 눈물겨운 아름다움 같은 거였다고 청년은 생각한다. 어디일까. 단풍잎 같은 차창들을 달고 밤열차는 또 어디로 흘러가고 있는 것일까. 그것이 마지막 가 닿는 곳은 어디쯤일까. 그런 뜻 없는 질문을 홀로 던지며 청년은 깊숙이 가라앉은 시선을 창 밖 어둠을 향해 던지고 있다.

사람들은 누구도 (㉠). 대합실 벽에 붙은 시계가 도착시간을 한 시간 반이나 넘긴 채 꾸준히 재깍거리고 있었지만 누구 하나 눈여겨보는 사람은 없다. 창밖엔 싸륵싸륵 송이송이 쌓여가고 유리창마다 흰 보라빛 성에가 톱밥 난로의 불빛을 은은하게 되비추어 내고 있을 뿐.

사람들은 약속이나 한 듯 (㉡). 어쩌면 그들은 열차를 기다리고 있다는 사실조차 망각하고 있는 것인지도 모른다. 중년 사내는 담배를 입에 문 채 성냥불을 당기려다 말고 멍하니 난로의 불빛을 들여다보고 있다. 노인을 안고 있는 농부도, 대학생도, 쭈그려 앉은 아낙네들도, 서울 여자도, 머플러를 쓴 춘심이도 저마다의 손바닥들을 불빛 속에 적셔두고 망연한 시선을 난로 위에 모은 채 모두들 (㉢). 저만치 홀로 떨어져 앉아 있는 미친 여자도 지금은 석고상으로 고요히 정지해 있다. 이따금 노인의 기침소리가 났고, 난로 속에서 톱밥이 톡톡 튀어올랐다.

"흐유, ㉣산다는 게 대체 뭣이간디……"

불현듯 누군가 나직이 내뱉았다.

그러자 사람들은 그 말꼬리를 붙잡고 저마다 곰곰히 생각해 보기 시작한다. 정말이지 산다는 게 도대체 무엇일까……

– 임철우, 「사평역」에서

03 위 작품의 시간적 · 공간적 배경과 그것이 작품의 내용에 미치는 효과를 정리해 보면 〈보기〉와 같다.

〈보기〉

구분	작품 속 구체적 배경	효과
시간적 배경	눈 내리는 겨울 밤	외부를 향한 시선을 차단하기 때문에 적극적인 움직임이나 타인과의 소통을 가로막고 내면을 응시하게 함.
공간적 배경	작은 기차역 대합실	낯선 사람들이 모이는 곳으로서 타인과의 소통이 활발하지 않으며, 또한 삶의 경로가 바뀌는 곳으로서 자신의 지나온 길과 갈길을 생각하게 함.

따라서 ㉣과 같은 말이 나오게 되는 것은 자연스러운 일이다.
이러한 점들을 생각하여 ㉠~㉢에 공통적으로 들어갈 내용을 10자 이내의 문장으로 쓰시오.(띄어쓰기로 인한 빈칸은 글자 수에서 제외함)

04 위 작품은 ㉣에 대한 답을 주지는 않는다. 그러나 다른 사람들과 함께 세상을 살아가면서 갖추어야 할 인생의 덕목이 무엇인지는 이미 소설 내용이 잘 보여주고 있다. 아래 〈보기〉는 이와 관련 있는 속담들이다. 〈보기〉의 괄호 속에도 들어가는, 이 덕목이 무엇인지 2음절의 단어로 쓰시오.

〈보기〉

- (　　　)도 품앗이라.
- 귀신은 경문에 막히고 사람은 (　　　)에 막힌다.
- 도둑놈도 (　　　)은/는 있다.
- 머리 위의 강권은 받아 넘겨도 옆구리 (　　　)은/는 물리치지 못한다.
- 세상은 각박해도 (　　　)은/는 후덥다.

수학[인문]

▶ 해답 p.329

01 $2 \le n \le 100$인 자연수 n에 대하여 $(\sqrt[5]{5^3})^{\frac{1}{2}}$이 어떤 자연수의 n제곱근이 되도록 하는 n의 개수를 구하는 과정을 논술하시오.

02 등차수열 $\{a_n\}$에 대하여 $a_{14}=13$일 때,
$(a_4+a_5+a_6+\cdots+a_{13})$
$-(a_1+a_2+a_3+a_4+a_5)$의 값을 구하는 과정을 논술하시오.

03 함수 $f(x)=\begin{cases} x^2+ax & (x\le 2) \\ 2x+2a & (x>2) \end{cases}$이

$x=2$에서 미분가능할 때,

상수 a를 구하는 과정을 논술하시오.

04 두 함수 $F(x)$, $G(x)$가 모두 다항함수

$f(x)$의 부정적분이고

$F(x)=x^3-6x^2+1$,

$F(2)-G(2)=7$을 만족할 때,

$G(f'(2))$의 값을 구하는 아래 과정을 참고

하여 빈 칸 [ ]을 가장 적절하게 채우시오.

> $F(x)$, $G(x)$가 모두 $f(x)$의 부정적분이므로
> $G(x)=F(x)+C$ (C는 상수)로
> 놓을 수 있다.
> $F(2)-G(2)=7$이므로 $C=$ [(가)]이 되고,
> $G(x)=x^3-6x^2+$ [(나)]이 된다.
> 또한
> $f(x)=F'(x)$이므로 $f(x)=3x^2-12x$이고,
> $f'(x)=6x-12$이 된다.
> 따라서 $G(f'(2))=$ [(다)]이다.

국어[자연]

▶ 해답 p.330

[01～02] 다음 글을 읽고 물음에 답하시오.

주식회사는 현재 자본주의 사회에서 회사의 대표적인 유형이다. 주식회사를 설립할 때는 주식을 발행하여 사업에 필요한 돈을 마련하는데, 이때 회사의 정관*에 발행 예정인 주식의 총수를 기재해야 한다. 이를 '수권 자본'이라고 하며 처음에는 수권 자본 내에서 주식의 일부만을 발행하고 나머지는 회사 설립 이후 필요에 따라 발행할 수도 있다. 이렇게 실제 발행한 주식의 수와 주식의 액면가*를 곱한 것을 '자본금'이라고 한다. 예를 들어 액면가가 1천 원인 주식을 1만 주 발행하면 자본금은 1천만 원이 되는 것이다. 하지만 주식회사에서 초기의 자본금만으로 사업을 하는 것은 아니다. 회사를 경영하면서 더 많은 돈이 필요하게 될 수 있는데 이럴 때에는 금융 기관에서 대출을 받거나 회사의 이름으로 채권을 발행할 수 있다. 하지만 대출이나 채권은 원금 상환과 이자 지급의 의무가 발생하고 장기적으로는 회사에 부담이 될 가능성이 존재한다. 따라서 이런 방법들 외에 더 많이 쓰이는 방법은 주식을 새로 발행하여 자본금을 늘리는 증자이다.

증자에는 두 가지 방식이 있는데, 먼저 주식을 발행할 때 주주들에게 대가를 받는 '유상 증자'가 있다. 유상 증자는 새롭게 발행하는 주식의 가격을 어떻게 정하느냐에 따라 액면 발행과 시가 발행으로 나눌 수 있다. 액면 발행은 주식의 액면 가격 그대로 발행하는 것이고, 시가 발행은 현재 주식 시장에서 거래되고 있는 가격을 기준으로 하여 발행 가격을 정하는 방법이다. 액면 발행은 새로운 주식을 발행할 때 주식의 액면 가격보다 시장 가격이 더 높을 경우 주주들은 새로운 주식을 시장에 매도하여 수익을 얻을 수 있다. 반면 시가 발행은 액면 가격과 시장 가격의 차액이 주주의 수익으로 가는 것이 아니라 회사의 자본 잉여금으로 적립되기 때문에 회사가 이를 다양하게 활용할 수 있다는 장점이 있다. 그래서 대부분의 회사들은 후자의 방법을 택하고 있다. 하지만 유상 증자를 하는 경우주 식의 총수가 늘어나기 때문에 주식의 가격이 하락하게 되므로 시가 발행을 하는 경우 현재의 시장 가격보다 할인된 가격으로 주식을 발행하게 된다. 이때 회사는 기존의 주식 수, 새로 발행하는 주식 수, 현재의 시장 가격 등을 고려하여 할인 폭을 정한다.

유상 증자는 회사가 발행한 주식을 누군가가 사는 것이기 때문에 대출을 받거나 채권을 발행할 때와는 달리 원금을 상환하거나 이자를 지급할 필요가 없다. 새로 발행한 주식의 수에 비례해서 자본금이 늘어나고, 시가 발행을 한 경우 액면 가격과시 장 가격의 차이만큼의 이익을 얻을 수도 있기 때문에 전체적인 재무 구조 개선에도 도움이 된다. 또한 정관에 기재된 수권 자본 내에서는 일반적으로 이사회의 의결만으로도 유상 증자를 실행할 수 있어서 절차상으로도 간편하다는 장점이 있다. 하지만 계속 유상 증자를 실시한다는 것은 회사의 재무 구조가 불안정하다는 것을 의미하기 때문에 반복적인 유상 증자는 주가의 하락으로 이어지며, 장기적으로 기업 가치의 하락을 유발할 수도 있다.

한편, 증자의 다른 방식으로 주식을 발행하지만 이를 주주들에게 대가 없이 나누어 주는 '무상 증자'가 있다. 무상 증자도 유상 증자와 마찬가지로 새로운 주식이 발행되는 것이기 때문에 자본금의 총액은 증가한다. 하지만 주주들에게 주식이 무상으로 제공되기 때문에 회사에 실제로 돈이 들어오지는 않는다. 그렇다면 어떻게 자본금이 늘어나는 것일까? 회사의 자산은 자기 자본과 부채로 조달되는데, 자기 자본은 자본금과 잉여금 등으로 구성된다. 잉여금에는 자본금을 바탕으로 사업을 해서 얻은 이익인 이익 잉여금과 시장의 현재 주가가 액면가보다 높을 때 주식을 새로 발행하여 발행 가격과 액면가의 차이만큼 얻게 된 이익인 자본 잉여금 등이 있다. 무상 증자는 이러한 잉여금을 자본금으로 이동시키는 것이다. 잉여금 중 일부에 해당하는 금액만큼의 주식을 발행한 후, 기존의 주주들이 보유한 주식의 비율에 따라 주식을 나누어 주기 때문에 무상 증자를 하면 잉여금은 줄어들고 자본금은 늘어난다.

무상 증자는 회계상으로는 자본금이 증가하지만 기존 자산 내의 숫자가 이동한 것일 뿐, 실제로 회사가 보유한 자산이 늘어나는 것은 아니다. 기존의 주주는 새로운 주식을 받을 수 있기 때문에 보유한 주식의 수는 늘어나지만 시장 전체의 주식 수가 늘어난 만큼 주당 가격은 떨어지게 되므로 주주들 각자가 보유한 주식의 전체 가치는 달라지지 않는다. 하지만 무상 증자를 실시한다는 것은 (㉮).

*정관: 법인의 목적, 조직, 업무 집행 따위에 관한 근본 규칙, 또는 그것을 적은 문서.

*액면가: 화폐나 유가 증권 따위의 표면에 적힌 가격

01 윗글의 내용에 비추어 볼 때, 아래 괄호 속 ㉠~㉣ 에 들어갈 가장 적당한 말을 〈보기〉에서 골라 써보시오

주식회사의 자산은 자기 자본과 부채로 구성되고 자기 자본은 자본금과 잉여금 등으로 구성된다. 유상 증자는 주주들에게 대가를 받고 주식을 발행하여 (㉠)을/를 키우는 것이다. 무상 증자는 (㉡)을/를 자본금으로 이동하면서 그만큼 주식을 발행하는 것이다. 유상 증자에서는 자산의 (㉢)을/를 가져오고 무상 증자에서는 자본금의 (㉣)이/가 나타난다.

〈보기〉

감소, 대출금, 동결, 배당금, 액면가, 잉여금, 자본금, 주식, 증가, 차입금

02 글 전체의 내용 전개 구조로 미루어 볼 때 ㉮에 들어갈 문장을 60자 내외로 쓰되, 문장 속에 '잉여금', '재무 구조', '투자 심리'의 세 어구가 들어가도록 하시오.

[03～04] 다음 글을 읽고 물음에 답하시오.

(가)

껍데기는 가라.
사월도 알맹이만 남고 / 껍데기는 가라.

껍데기는 가라.
㉠동학년 곰나루의, 그 아우성만 살고 / 껍데기는 가라.

그리하여, 다시 / 껍데기는 가라.
이곳에선, 두 가슴과 그곳까지 내논
아사달 아사녀가 / 중립(中立)의 초례청 앞에 서서
부끄럼 빛내며 / 맞절할지니

껍데기는 가라. / 한라에서 백두까지
향그러운 흙 가슴만 남고 / 그, 모오든 쇠붙이는 가라.

– 신동엽, 「껍데기는 가라」

(나)

"십 년은 더 늙은 것 같네. 그간 고생 몹시 했지? 학교에서 문 열구 나오는 자넬, 자네루 알아 못 보았었네. 어쩌면 그렇게 훈장 티가 꼭 뱄나?"

"일 년 못 돼 훈장 티가 배어 뵌다면야 슬픈 일이네마는…… 알아 못 보긴 자넨 게 아니라 내였네. 상큼한 콧날과 움푹 팬 눈이 자네 얼굴의 특징이었었는데, 콧날은 없어지고 눈마저 변했더면 통 알아 못 볼 뻔했네."

"……."

"그렇게 변한 자네의 삼 년이 알고프네. 6 · 25 나던 때, 신문사서 갈라진 게 마지막이 아닌가?"

"그랬던가? 내 얘긴 차차 하고 자네 지낸 일 들어 보세."

그러는데 요리가 들리어 들어왔다.

"자, 들게."

흰 알잔에 따른 빼주가 쿡 코를 찌른다. 둘은 함께 들어 조금씩 마시었다. 조운의 젓가락은 해삼 요리에 먼저 갔다. 호르몬제라고 중국 요리를 먹을 때마다 죄 없는 화젯거리가 되는 음식이다.

석은 문득 그것을 생각하고 빙그레 웃음을 띠는데, 조운은 큰 놈 한 개를 집어 입에 넣고 씹으면서,

"삼 년 동안 나는 타락했네."

하였다.

"타락이라니? 난 자네의 세계가 넓어지고 커졌으리라 기대하고 있는 판인데……."

조운은 얼굴에 또 복잡한 표정이 서리더니, 잔에 술을 부어서 먼저 들이마시고 빈 잔을 석에게 건넸다.

잔은 왔다 갔다 하였다.

석은 얼굴이 화끈해지면서 거나해 간다. 한 달 만에 접구하는 것이라 좋은 안주에 술맛을 한결 돋우었다.

말하기 꼭 좋았다.

"나는 이를테면 넓은 데서 좁은 구멍으로 기어 들어가 옴짝달싹 못 하고 기진맥진하고 있는 터이지마는, 자네야 넓은 세계에 활활 날아다니는 셈 아닌가? 작품 세계가 커지고 힘차리라고, 오늘 자네를 대할 때부터 그런 기대를 가지고 있었네."

"작품?"

"그래!"

잠깐 머리를 푹 숙이었다가 조운은 갑자기 일어나더니, 벗어 못에 걸어 놓았던 외투 안주머니에서 종이에 싼 것을 끄집어냈다.

"이걸 보게."

내미는 종이 꾸러미를 펴 보고 석은 어리둥절하지 않을 수 없었다.

"이건 뭔가?"

거기에는 새것인 검정 넥타이 위에 흰 봉투가 놓여 있는 것이 나타났다.

봉투에는 '조운 선생님'이라고 틀림없는 여자의 글씨가 단정하게 씌어 있었다.

어안이 벙벙해 앉았는 석에게, 조운은 편지를 집어 알맹이를 내어 주었다.

"읽어 보게."

"읽어두 괜찮은가?"

"읽게."

펴 보니 간단한 문면이었다.

선생님 호의는 뼈에 사무치오나 제가 취할 길은 이미 작정되었습니다. 그사이 저는 선생님 몰래 간호장교 시험에 지원했습니다. 시험은 월요일 대구에서 치르나, 준비 때문에 지금 떠납니다…….

그때 그 넥타이는 집과 함께 재가 되었습니다. 이것은 그 대신입니다. 선생님은 역시 검정 넥타이를 매셔야 격에 어울립니다. 안녕히.

㉡미이 올림

"미이?"

석은,

"그 미이인가?"

하고 가볍게 놀라면서 물었다.

"그렇네."

미이는 조운을 따라다니던, 석도 잘 아는 문학소녀였다.

[중략 부분의 줄거리] 미이는 부유한 집안에서 자란 명랑한 문학소녀였으나, 전쟁 중 집안이 몰락하자 부산으로 피란을 와서 취직 자리를 구하던 중 우연히 조운을 만나게 된다. 조운은 미이의 딱한 사정을 듣고 그녀를 도울 방법을 궁리해 본다.

나는 다방을 하나 차려 줄 것에 생각이 미치었네. 이것이면 내 힘으로 자금 유통도 되고, 미이의 명랑성도 센스도 살릴 수 있고, 수입면도 문제없다고 생각했네. 이 계획을 말했더니, 처음에는 그럴싸하게 듣고, 얼굴에 희망의 불그레한 홍조까지 떠올리던 미이였으나, 다음 날 오 일간의 생각할 여유를 달라는 것이었었네. 더 생각할 여지도 없는 일일 터인데 망설이는 것이 수상쩍었으나, 그러마 하고 나는 동아극장 옆에 있는 마침 물려주겠다는 다방 하나를 넘겨 맡기로 이야기가 다 되었었네. 그 닷새 되는 날이 오늘이고, 정한 시각에 연락 장소인 다방엘 갔더니, 레지가 내민 것이 종이 꾸러미였었네. 펴 보고 놀라지 않을 수 없었네. 다른 길과 달라 간호 장교이고 보니, 생활 방편을 위한 것이 아님이 대뜸 짐작이 갔고, 더욱 나의 뒤통수를 때린 것이 검정 넥타이였었네. 그러면 미이가 첫날 다방에서 '사명 운운'했던 것은 그 길을 말함이었던가? 나는 부끄럽기 짝이 없었네. 검정 넥타이를 들고 나는 비로소 삼 년 동안 내가 정신적으로 타락의 길을 걷고 있었다는 것을 뼈아프게 느끼었네. 미이가 말하는 그 사명을 찾는 길, 사명을 다하는 일을 나는 사변이라는 외적인 격동 때문에 포기하고 만 것일세. 가장 잘 생각하는 체하던 나는 가장 바보같이 생각했고, 부박하다고 세상을 모른다고 여기었던 미이는 사변에서 키워졌고 굳세어졌고, 올바른 사람이 된 것일세. 이렇게 생각하자 나는 천야만야한 낭떠러지를 굴러떨어지는 듯했네. 구르면서 걷어잡으려고 한 것이 친구의 구원이었네. 자네를 찾은 것은 이 때문일세…….

조운의 긴 이야기를 듣고 난 석은, 여기 올 때까지 그렇게 호기심을 끌었고 기대의 대상이 되었던 그에게는 이젠 아무런 흥미도 가지지 않았다. 더욱이 그의 고민 같은 것은 문제도 아니었다.

석의 뇌와 마음은 강렬한 미이의 인상으로 꽉 차 있었다.

그리고 미이가 조운의 마음에 던져 준 충격 이상의 충격을 석도 받지 않을 수 없었다.

안주가 좋아서만이 아니었다. 그 강렬한 배갈도 석을 취하게 하지 못했다.

역시 마음이 미이로 말미암아 팽팽 차 있었기 때문이었다.

조운의 차로 집에 돌아와서도 석은 큰소리를 탕탕 치거나 울거나 하지 않았다. 얌전하게 자리에 들어가 가족들을 들볶지 않았다.

그의 엄숙한 태도에 가족들은 또 술을 먹었다고 잔소리를 할 수 없었다.

자리에 드러누워 그는 생각하였다.

'조운의 말대로 조운은 사변의 압력으로 그의 사명을 포기했고, 사변을 통하여 미이는 용감하게 시대적 요구에 응할 수 있는 사람으로 변하였다. 그러면 나는?'

눈을 감았다 뜨며 석은 중얼거렸다.

"㉢사명을 포기치도 그것에 충실치도 못하고 말라 가는 나는? 나도 사변이 빚어낸 한 타입이라고 할까?"

– 안수길, 「제3인간형」 에서

03 ㉡의 '미이'가 ㉠의 '동학년 곰나루' 현장에 있었다면 어떠한 태도를 보여주었을지 〈보기〉에 맞추어 써 보시오.

〈보기〉

1) 20±5자 길이의 한 문장으로 쓴다.
2) 문장 속에 '죽음', '사명' 두 단어가 들어가야 한다.
3) 1894년 11월 공주 우금치 전투에서 동학 농민군은 관군과 일본군의 연합군에 대패하여 수많은 전사자를 내고 더 이상의 진격이 불가능하게 되었다.

04 '알맹이만 남고 껍데기는 가라'고 말하는 (가)의 화자가 ⓒ의 '석'의 삶의 자세에 대하여 어떻게 비판하고 제언하였을지 〈보기〉에 따라 써보시오.

〈보기〉

1) 30±10자 길이의 한 문장으로 쓴다.
2) 문장 속에 '중간'이라는 단어와 '시대적 요구'라는 어구가 들어가야 한다.

수학[자연]

▶ 해답 p.332

05 로그함수 $y=\log_a x+m$의 그래프와 그 역함수의 그래프가 두 점에서 만난다.
두 교점의 x좌표가 각각 1, 3일 때, a와 m의 값을 구하는 아래 과정을 참고하여 빈칸을 가장 적절하게 채우시오. (단, $a>0$, $a\neq1$)

(1) 로그함수 $y=\log_a x+m$과 그 역함수의 그래프의 교점은 직선 [(1)]와 $y=\log_a x+m$의 그래프의 교점과 같다.
(2) 문제의 조건을 이용하면
[(2)] $=\log_a 1+m$에서
$m=$ [(3)]
(3) 또 [(4)] $=\log_a 3+m$에서
$a=$ [(5)]

06 그림과 같이 정사각형 ABCD에 대하여 세 모서리 BC, CD, AD를 1:3으로 내분하는 점을 각각 P, Q, R이라 하자.
$\angle PQR=\theta$라 할 때, $\cos\theta$의 값을 구하는 과정을 서술하시오.

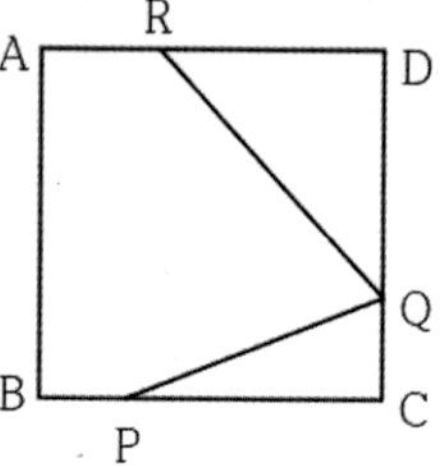

07 함수 $f(x)=x^3-9x^2+24x-17$에 대하여 방정식 $|f(x)|=n$ (n은 자연수)의 서로 다른 실근의 개수를 a_n이라 할 때, $\sum_{k=1}^{100} a_k$의 값을 구하는 과정을 서술하시오.

08 다항함수 $f(x)$는 다음 조건을 모두 만족시킨다.

> (가) 모든 실수 x에 대하여 $f'(x)>0$
> (나) $\lim_{x\to 1} f(x)=0$
> (다) $\int_{-3}^{4} f(x)dx=8$,
> $\int_{-3}^{4} |f(x)|dx=12$

이때 $\int_{1}^{4} f(x)dx$의 값을 구하는 과정을 서술하시오.

PART 4

해답

1. 국어
2. 수학
3. 기출

국어

Ⅰ. 문학

[01~02]

(가) 윤동주, 「눈 오는 지도」

갈래	산문시, 서정시	특징	• '눈'이라는 대상을 통해 다양한 감정을 표현함 • 문장 부호인 '쉼표(,)'를 활용하여 운율을 형성함
성격	연시적, 애상적		
어조	안타까움, 그리움		
제재	순이와의 이별		
주제	이별의 안타까움과 재회에의 의지		

(나) 조지훈, 「석문」

갈래	현대시, 서정시, 산문시	특징	• '돌문'을 중심으로 기다림의 공간성과 시간성을 상징적으로 형상화함 • 촛불, 이슬, 옷자락 등 감정이 이입된 상징적 시어로 정서를 암시함 • '당신'을 향한 2인칭 화법으로 독백적 어조의 절실한 정서를 전달함
성격	상징적, 사색적, 고백적, 비극적		
표현	나르시시즘적 고독, 독백적 어조, 담화체적인 말걸기 방식		
주제	버림받은 여인의 기다림과 한		

01 [모범답안]

① 두, 어찌합니까

② 여기, 있습니다

[바른해설]

① 4연에서 '두 볼은 옛날 그대로 복사꽃 빛이지만, 한숨에 절로 입술이 푸르러 감을 어찌합니까.'라는 신체적 변화와 관련된 표현을 활용하여, 임을 지속적으로 기다리고 있음을 드러내고 있다.

② 6연에서 '천년'이라는 화자가 기다린 시간을 제시하며 '당신'도 그만큼 기다림의 시간을 가지도록 하겠다는 화자의 마음이 드러난다. 이는 화자가 임에 대한 한과 원망의 마음을 드러낸 것이라 볼 수 있다.

[채점기준]

답안	배점	예상 소요 시간
① 두, 어찌합니까	4점	4분 / 전체 80분
② 여기, 있습니다	4점	

02 [모범답안]

(가) 함박눈

(나) 이끼

[바른해설]

① 〈보기 1〉에서는 보고 싶은 대상을 볼 수 없는 현실을 수용해야 하는 상황이 있음을 설명한다. (가)에서는 겨울에 내리는 '함박눈'이 '순이'의 '발자국'을 덮는 자연 현상을 통해 이별의 상황을 수용할 수밖에 없음을 보여 주고 있다.

② (나)에서 '이끼'는 사람의 손길이 오랜 시간 닿지 않은 것을 표현한 것으로, '돌문 안'에 있는 층계 위에 이끼가 앉은 것은 '돌문 안'에 오랜 시간 동안 기다리는 사람이 오지 않고 있음을 드러낸 것이며, 이는 〈보기 1〉의 기다림이 지속되는 상황과 연관된다.

[채점기준]

답안	배점	예상 소요 시간
(가) 함박눈	4점	4분 / 전체 80분
(나) 이끼	4점	

[03~04]

갈래	현대 소설, 사회 소설, 사실주의 소설	특징	• 병원이라는 공간을 통해 사회적 모순과 인간 소외 문제를 드러냄 • '3등 병동', '3등 인간'이라는 표현으로 하층민의 비참한 현실을 상징함 • 비극적 현실 속에서도 인간 본연의 따뜻함을 보여 주는 휴머니즘적 시각 강조
성격	비판적, 휴머니즘적, 현실 고발적		
배경	시간 – 1960년대 / 공간 – 도시 외곽의 허물어져 가는 대학병원 제3 병동		
시점	전지적 작가 시점		
주제	근대화의 흐름 속에서 소외된 가난한 자의 삶의 애환		

03 [모범답안]

3등 인간도 끝내 외롭지 않았던 것이다.

[바른해설]

[A]에서 '3등 인간도 끝내 외롭지 않았던 것이다.'라는 진술은 가난한 이들을 3등 인간으로 분류하는 현실의 천박한 세태에 대한 비판적 인식과 병문안을 오는 이가 없는 그들의 소외된 처지에 대한 연민 등을 드러내고 있다. 따라서 작중 상황과 인물에 대한 서술자의 주관적 인식과 판단이 드러나 있다.

[채점기준]

답안	배점	예상 소요 시간
3등 인간도 끝내 외롭지 않았던 것이다.	8점	5분 / 전체 80분

04 [모범답안]

① 휴머니즘

② 인간 소외

[바른해설]

① 수납계의 고참 직원이 나타난 뒤 김종우 의사는 서무과 급사로부터 출두 연락을 받아 불려 갔다. 서무과에서 돌아온 김종우 의사는 강남옥 처녀에게 무료로 매트를 제공하면서 강남옥 처녀를 오롱댁 심작은둘 노파의 병상으로 옮겨 같이 치료해 주었다. 즉 돈을 내지 않은 환자를 치료해 주는 것을 반대하는 수납계의 고참 직원은 이윤 추구를 목적으로 하는 근대 병원의 논리를 형상화하는 존재이다. 반면, 수납계의 고참 직원을 비판하며 돈을 내지 않은 강남옥 처녀를 치료해 주려는 김종우 의사는 타인을 위한 인정을 베푸는 인물로 '휴머니즘'을 실천하는 인물이다.

② 인부들은 시체 안치소에 있는 강남옥 처녀의 어머니 시체에 향을 피워 주거나 강남옥 처녀가 먹을 수 있도록 죽을 제공하였다. 따라서 인부 두 사람은 타인을 위한 배려와 따뜻한 인정을 베푼다는 점에서 '인간 소외' 현상을 극복할 가능성을 드러내는 인물이다.

[채점기준]

답안	배점	예상 소요 시간
① 휴머니즘	4점	4분 / 전체 80분
② 인간 소외	4점	

[05~06]

갈래	한문 소설, 단편 소설, 몽유 소설, 전기 소설	특징	• '현실–꿈–현실'의 몽유 구조 • 인물들 간의 토론을 통해 이야기가 전개됨 • 남자 주인공만 등장함 • 작가의 종교관, 국가관, 세계관이 잘 드러남
성격	환상적, 전기적		
배경	시기 : 조선 세조 장소 : 경북 경주		
시점	전지적 작가 시점		
주제	유교 이념을 기반으로 한 왕도 정치의 사상		

05 [모범답안]

① 박생

② 염마왕

[바른해설]

㉠에서 '천하의 보물'은 '박생'을, '훌륭한 장인'은 그의 훌륭함을 알아본 '염마왕'을 빗댄 것이다. 즉, ㉠은 인간 세상에서 '박생'의 뛰어난 능력을 알아본 사람이 없어서 그 뜻을 펼치지 못한 것에 대한 '염마왕'의 안타까움을 드러낸 것이다.

[채점기준]

답안	배점	예상 소요 시간
① 박생	4점	4분 / 전체 80분
② 염마왕	4점	

06 [모범답안]

덕 있는 자는 힘으로 군주의 자리에 나아가지 않소.

[바른해설]

위 작품의 시대적 배경은 단종을 폐위시키고 왕위를 찬탈한 조선 세조 때로, 박생과 염마왕의 대화를 통해 세조의 왕위 찬탈을 풍자하고 있다. 염마왕은 '덕 있는 자는 힘으로 군주의 자리에 나아가지 않소.'라고 말하며 덕망 없이 권력을 강탈하여 왕위에 오른 세조를 비난하는 태도를 보이고 있다.

[채점기준]

답안	배점	예상 소요 시간
덕 있는 자는 힘으로 군주의 자리에 나아가지 않소.	8점	5분 / 전체 80분

[07~08]

갈래	현대 소설, 단편 소설	특징	• 백석의 시 「남신 의주 유동 박시 봉방」과 상호 텍스트성을 가짐 • 이중적 의미를 지닌 소재(갈매나무)를 사용함 • 인물의 대사에 인용 기호를 사용하지 않음
성격	회상적, 상징적		
배경	시간: 서른 즈음 공간: 서울 근교의 찻집		
시점	전지적 작가 시점		
주제	삶의 의지를 회복하고자 하는 열망		

07 [모범답안]

아름다운 지옥

[바른해설]

이 작품의 핵심 소재인 갈매나무는 아름다운 기억과 지옥 같은 기억을 동시에 떠올리게 만드는 역설적인 성격을 띠는데, 이를 통해 작가는 우리의 삶을 '아름다운 지옥'이라는 찻집의 이름에 비유하여 본래 역설적인 것임을 독자에게 전달하고 있다.

[채점기준]

답안	배점	예상 소요 시간
아름다운 지옥	8점	3분 / 전체 80분

08 [모범답안]

그, 지나갔다

[바른해설]

두현을 위로하는 할머니의 손길을 '그 격정의 잔등을 삭정이처럼 야윈 할머니의 손길이 잔잔히 더듬고 지나갔다.'고 표현함으로써, 손자를 위로하고자 하는 할머니의 마음을 촉각적인 표현을 활용하여 보여주고 있다.

[채점기준]

답안	배점	예상 소요 시간
그	4점	4분 / 전체 80분
지나갔다	4점	

[09~10]

갈래	현대 소설	특징	• 작품 속의 1인칭 서술자를 통해 사건과 그에 대한 내면 서술자의 내면을 전달함 • 제목을 통해 겉과 속이 다른 수박처럼 표면에 드러난 진실이 다른 사회를 상징함 • 개인의 이익을 위해 진실을 왜곡하고 조작하는 군대 조직의 형태를 고발함
성격	사실적, 비판적, 회상적		
시점	1인칭 관찰자 시점		
주제	진실을 조작하고 왜곡하는 폭력적 조직의 형태 고발		

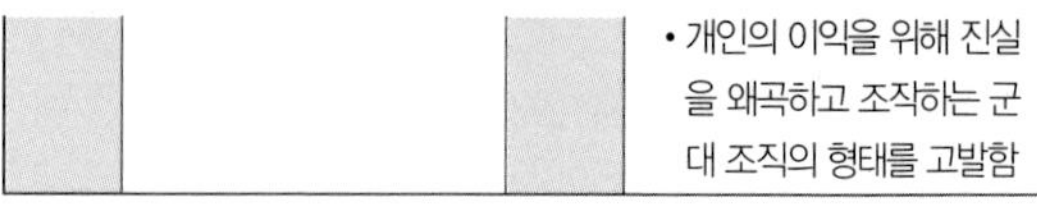

09 [모범답안]

진실을 조작하고 왜곡하는 집단의 행태

[바른해설]

이 작품은 우 하사를 영웅화하려는 집단적 시도에서 벗어난 신 하사의 행동을 통해 거짓과 진실의 의미를 묻고 있다. 즉, 작가는 신 하사를 통해 '진실을 조작하고 왜곡하는 집단의 행태'를 고발하고 있다.

[채점기준]

답안	배점	예상 소요 시간
진실을 조작하고 왜곡하는 집단의 행태	8점	4분 / 전체 80분

10 [모범답안]

우리는, 나갔다

[바른해설]

[A]의 마지막 문장인 '우리는 ~ 나갔다.'에서 부대원들이 모두 합심해서 하나의 미담, 즉 우 하사의 영웅담을 조작하는 데 동참했다는 것은 부대원들 모두가 집단 내에서 추진된 특정 의견에 휩쓸리게 된 것을 보여 주는 것으로, ⓐ의 '집단 극화'의 결과물이라고 할 수 있다.

[채점기준]

답안	배점	예상 소요 시간
우리는	4점	4분 / 전체 80분
나갔다	4점	

[11~12]

갈래	자유시, 서정시	특징	• 밝음과 어둠의 이미지를 대립시켜 부정적 현실과 극복 의지를 드러냄 • 현실적 자아와 내면적 자아의 대립과 화해를 통해 시상을 전개함
성격	반성적, 저항적		
제재	일본에서의 유학 생활과 시가 쉽게 쓰이는 것에 대한 부끄러움		
주제	어두운 현실을 살아가는 지식인의 자기 성찰과 현실 극복 의지		

11 [모범답안]

ⓐ 반성적 자기 성찰과 부끄러움

ⓑ 미래에 대한 희망과 현실 극복 의지

[바른해설]

ⓐ 5~7연에서는 무기력하고 소극적인 삶에 대한 '반성적 자기 성찰'과 일제 강점기의 암담한 현실 속에서도 시가 쉽게 씌어지는 것에 대한 '부끄러움'을 드러내고 있다.

ⓑ 8~10연에서는 조국의 광복이라는 '미래에 대한 희망'과 내면적 자아와 현실적 자아의 화해를 통한 '현실 극복 의지'를 드러내고 있다.

[채점기준]

답안	배점	예상 소요 시간
ⓐ 반성적 자기 성찰과 부끄러움	4점	4분 / 전체 80분
ⓑ 미래에 대한 희망과 현실 극복 의지	4점	

12 [모범답안]

㉠ 내면적 자아 / ㉡ 현실적 자아

[바른해설]

위 작품의 마지막 10연에서 ㉠의 '나'는 '내면적 자아'를, ㉡의 '나'는 '현실적 자아'를 나타낸다. 위 작품은 화자가 자아 성찰을 통해 무기력한 삶을 반성하고 현실을 극복하려는 의지와 희망적인 미래에 대한 확신을 드러낸다. 이 과정에서 현실에 안주하고 있는 '현실적 자아'와 자아 성찰을 통해 성숙한 '내면적 자아' 사이의 갈등은 해소되고 두 자아는 화해를 이루게 된다.

[13~14]

갈래	송사소설, 가문소설, 영웅소설	특징	• 송사(訟事)를 모티브로 함 • 당대의 사회 상황이나 생활상, 가치관 등을 재판이라는 틀을 바탕으로 효과적으로 드러냄 • 전기적 요소가 배제되어 있으며 사건과 인물에서 현실감을 느낄 수 있음
성격	전기적, 비현실적, 영웅적		
시점	전지적 작가 시점		
주제	부인의 지조와 절개를 통한 남편의 진위 확인		

13 [모범답안]

참깨만 한 푸른 점

[바른해설]

위의 작품에서 어사가 "여아는 어찌 가부의 진가를 알았느뇨?"라는 질문에 이 씨가 "가부의 앞니에는 참깨만 한 푸른 점이 있사오매 이로써 안 것이요, 다른 데는 저놈과 추호도 차이가 없도소이다."라고 말한 대목에서 이씨가 진짜 선옥과 가짜 선옥을 구별할 수 있었던 결정적 단서는 '참깨만 한 푸른 점'이었음을 알 수 있다.

[채점기준]

답안	배점	예상 소요 시간
참깨만 한 푸른 점	8점	3분 / 전체 80분

14 [모범답안]

시비 옥란

[바른해설]

위 작품의 주인공인 선옥이 집을 나가게 된 이유는 이 씨 부인의 처소에 갔을 때 그녀가 '어떤 의관한 남자'와 더불어 기롱하는 그림자를 보았기 때문이다. 그러나 그것은 사소한 오해였으며, '어떤 의관한 남자'는 '시비 옥란'이 임이 밝혀진다.

[채점기준]

답안	배점	예상 소요 시간
시비 옥란	8점	3분 / 전체 80분

[15~16]

(가) 어느 행상인의 아내, 『정읍사』

갈래	고대 가요, 망부가	특징	• 현존하는 유일한 백제 가요 • 운율을 맞추기 위해 조흥구와 후렴구를 삽입 • 여성 화자의 기다림과 간절함이 잘 드러남 • 자연물에 위탁하여 남편의 안녕을 기원함
성격	서정적, 여성적, 기원적, 민요적		
주제	남편의 무사 귀환을 바라는 마음		

(나) 작자 미상, 『가시리』

갈래	고려 가요	특징	• 화자의 정서 변화에 따라 시상 전개 • 우리 민족의 전통적 정서인 '이별의 정한'을 잘 나타냄 • 시구를 반복하여 화자의 정서를 강조함
성격	서정적, 애상적, 여성적		
주제	이별의 슬픔		

(다) 김정희, 『배소만처상』

갈래	한시	특징	• 지극한 슬픔을 절제된 언어를 통해 담담하게 표현 • 죽은 아내로 인한 슬픔을 표현하는 대표적인 '도망시(悼亡詩)'임
성격	애상적		
주제	아내와 사별한 슬픔		

15 [모범답안]

ⓐ 화자가 남편을 마중하는 길이 저물 것을 염려한다.
ⓑ 남편이 행상을 다니는 길이 저물 것을 염려한다.

[바른해설]

ⓐ 작품 (가)에서 ㉠의 발화 주체를 '화자'로 본다면, 화자가 남편을 마중하는 길이 저물 것을 염려하는 심정을 표현한 것으로 이해할 수 있다.
ⓑ 작품 (가)에서 ㉠의 발화 주체를 '남편'으로 본다면, 남편의 말을 인용하여 남편이 행상을 다니는 길이 저물 것을 염려하는 심정을 표현한 것으로 이해할 수 있다.

[채점기준]

답안	배점	예상 소요 시간
ⓐ 화자가 남편을 마중하는 길이 저물 것을 염려한다.	4점	4분 / 전체 80분
ⓑ 남편이 행상을 다니는 길이 저물 것을 염려한다.	4점	

16 [모범답안]

위 증즐가 대평셩ᄃᆡ

[바른해설]

작품 (나)의 후렴구인 '위 증즐가 대평셩ᄃᆡ'는 임과의 이별의 슬픔을 노래한 (나)의 의미나 비극적 분위기와는 다르게 태평성대를 기원하는 내용이다. 이는 후렴구에 대한 〈보기〉의 설명 중 '해당 작품이 구전되다가 궁중의 악곡으로 수용되었다고 추정되기도 한다.'는 내용을 반영한 것이라 볼 수 있다.

[채점기준]

답안	배점	예상 소요 시간
위 증즐가 대평셩ᄃᆡ	8점	2분 / 전체 80분

[17~18]

갈래	현대 소설, 단편 소설	특징	• 어머니를 청자로 설정하여 생명의 근원인 모성(母性)을 환기함 • 주인공이 식물이 되어 가는 과정에서 생태학적 세계관을 드러냄 • 나무로 변하는 주인공의 상태를 다양한 감각적 이미지로 형상화함
성격	생태적, 환상적, 회상적		
배경	• 시간: 1990년대 • 공간: 서울		
주제	도시 문명의 황폐함을 비판하고, 자연 순환적 생명성을 소망함		

17 [모범답안]

도시 문명의 황폐함과 비정함을 극복하고 싶은 소망

[바른해설]

아내가 꾼 '꿈'은 콘크리트와 철근을 뚫고 미루나무만큼 드높게 자라는 것으로, 현대 도시 문명의 황폐함과 비정함을 극복하고 싶은 소망을 나타낸다.

[채점기준]

답안	배점	예상 소요 시간
현대 도시 문명의 황폐함과 비정함을 극복하고 싶은 소망	8점	5분 / 전체 80분

18 [모범답안]

아내가 남긴 열매

[바른해설]

[뒷부분의 줄거리]에서 나무로 변해 버린 아내는 결국 겨울이 다가와 열매를 남기고 시들어 버린다. 하지만 열매 속에는 씨가 있으므로 봄이 오면 다시 새 생명이 이어질 수 있는 실마리가 된다. 이런 의미에서 '아내가 남긴 열매'는 새롭게 돋아날 수 있도록 하는 존재로, 생태계의 순환적 삶을 이어가는 고리를 상징한다고 볼 수 있다.

[19~20]

갈래	우화 소설, 송사 소설, 풍자 소설	특징	• 동물을 의인화하여 권선징악의 주제를 형상화함 • 인물의 성격을 대립시켜 주제 의식을 효과적으로 드러냄 • 중국 고사를 통해 인물의 생각을 간접적으로 드러냄 • 순행적 구성으로 사건을 전개함
성격	우의적, 교훈적, 풍자적		
배경	• 시간: 중국 당나라 때 • 공간: 중국 옹주땅 구궁산 토굴		
시점	전지적 작가 시점		
주제	백은망덕한 인간에 대한 경계와 봉건적 체제에 대한 비판		

19 [모범답안]

책재원수

[바른해설]

서대쥐는 억울한 송사가 발생한 것에 대해 '이번 송사도 신과 다람쥐 사이에 무도함이 아니라 책재원수(責在元帥)라.'라고 말한 부분에서 백호산군에게 책임이 있음을 지적하고 있다. 여기서 '책재원수(責在元帥)'는 가장 높은 지위에 있는 사람에게 책임이 있음을 뜻하는 한자성어로, 지배층에 대한 비판적 인식을 드러내고 있다고 볼 수 있다.

[채점기준]

답안	배점	예상 소요 시간
책재원수	8점	5분 / 전체 80분

20 [모범답안]

ⓐ 신흥 상공인 계층

ⓑ 몰락한 양반 계층

[바른해설]

ⓐ 서대쥐는 긍정적이고 근대 지향적 인물로, 조선 후기의 부농인 '신흥 상공인 계층'을 형상화하였다.

ⓑ 다람쥐는 부정적이고 봉건적인 인물로, 조선 후기 빈농인 '몰락한 양반 계층'을 형상화하였다.

[채점기준]

답안	배점	예상 소요 시간
ⓐ 신흥 상공인 계층	4점	4분 / 전체 80분
ⓑ 몰락한 양반 계층	4점	

[21~22]

<table>
<tr><td>갈래</td><td>자유시, 서정시</td><td rowspan="4">특징</td><td rowspan="4">• 화자의 내면 풍경과 삶에 대한 성찰을 형상화함
• 화자의 의식의 흐름에 따라 시상을 전개함
• 감각적 이미지를 활용하여 화자의 내면을 구체적으로 그려 냄
• 동일하거나 유사한 문장 구조를 통해 리듬감을 살림</td></tr>
<tr><td>성격</td><td>회고적, 성찰적, 의지적</td></tr>
<tr><td>제재</td><td>타향에서의 곤궁한 삶</td></tr>
<tr><td>주제</td><td>외롭고 고달픈 삶 속에서도 고결함을 잊지 않으려는 삶의 자세</td></tr>
</table>

21 [모범답안]

ⓐ 차창

ⓑ 화자의 정서를 끌어내고 있다.

[바른해설]

위 작품의 ㉠'흰 바람벽'과 〈보기〉의 '차창'은 모두 화자의 정서를 끌어내는 시적 매개물이다. ㉠의 '흰 바람벽'은 화자의 내면을 영화의 스크린처럼 비추고 사색과 성찰을 통해 자신의 삶의 의미를 되돌아보는 계기를 마련해 준다. 〈보기〉의 '차창'은 그곳에 어린 성에꽃을 보고 암울한 시대 상황 속에서 살아가는 서민들의 모습을 투영한다.

[채점기준]

답안	배점	예상 소요 시간
ⓐ 차창	4점	5분 / 전체 80분
ⓑ 화자의 정서를 끌어내고 있다.	4점	

22 [모범답안]

그런데 또 이즈막하야 어늬 사이엔가

[바른해설]

처음에 화자는 흰 바람벽을 통해 자신의 어려운 처지와 주변 사람들의 삶을 떠올리며 애상에 잠기다가 '그런데 또 이즈막하야 어늬 사이엔가'에서 시상이 전환되며 화자의 태도가 바뀐다. 이후 화자는 흰 바람벽에 지나가는 글자들을 보며 자신이 하늘의 은총을 받은 존재임을 인식하고 현재의 가난과 외로움, 슬픔을 극복하려는 다짐을 한다.

[채점기준]

답안	배점	예상 소요 시간
그런데 또 이즈막하야 어늬 사이엔가	8점	5분 / 전체 80분

[23~24]

<table>
<tr><td>갈래</td><td>현대 소설, 전후 소설</td><td rowspan="4">특징</td><td rowspan="4">• 현실을 자의적으로 해석하는 포대령이라는 인물을 통해 전쟁의 상처를 형상화함
• 서술자인 '나'의 시선으로 포대령을 바라보는 방식으로 서술하여 독자들에게 주위사람의 일처럼 느껴지게 하여 공감을 얻음
• 결말 부분에서 포대령이 이상 행동을 하는 이유를 밝힘으로써 극적 반전 효과를 얻음</td></tr>
<tr><td>성격</td><td>비극적, 비판적, 연민적</td></tr>
<tr><td>제재</td><td>• 시간: 6 · 25 종전 후
• 공간: 금호동 산꼭대기</td></tr>
<tr><td>주제</td><td>전쟁 경험으로 야기된 고통스러운 삶의 형상</td></tr>
</table>

23 [모범답안]

군인으로서의 사명감과 남편으로서의 죄책감 사이에서 일어나는 심리적 고통 때문이다.

[바른해설]

위 작품의 말미에서 "…… 그때 다부동엔…… 다부동엔…… 다부동엔 만삭이 다 된 내 애미나이가 있었대서! 끝이었디……

김달봉이는 포병이 먼저였어! 한 애미나이의 시나이보단 분명 포병이 먼저였다!"라는 말을 통해 포대령이 현실을 인정하지 못하고 그가 설정한 가정 세계에 머물고 있는 이유가 군인으로서의 사명감과 남편으로서의 죄책감 사이에서 일어나는 심리적 고통 때문이었음이 밝혀졌다.

[채점기준]

답안	배점	예상 소요 시간
군인으로서의 사명감과 남편으로서의 죄책감 사이에서 일어나는 심리적 고통 때문이다.	8점	5분 / 전체 80분

24 [모범답안]
포대령에게 다가가 그의 손목을 잡았다.

[바른해설]
〈보기〉에 따르면 「포대령」에서는 풍자의 의미가 변주되어 비판 주체가 비판 대상에 대해 점차 연민의 감정을 갖게 됨으로써, 비판 주체와 대상의 위상에 변화를 유발한다고 서술되어 있다. 위 작품의 [A]에서 '나'는 다부동 전투에서 아내를 잃은 포대령의 이야기를 듣고 포대령에 대한 연민의 감정을 갖게 된다. 그리고 포대령에게 다가가 그의 손목을 잡음으로써 비판 주체와 대상의 위상에 변화를 유발하고 있다.

[채점기준]

답안	배점	예상 소요 시간
포대령에게 다가가 그의 손목을 잡았다.	8점	5분 / 전체 80분

[25~26]

갈래	현대시, 자유시, 서정시	특징	• 나무와 버팀목의 관계를 통해 삶의 깨달음을 얻음 • '-ㅂ니다'의 경어체를 통해 경건한 분위기를 조성함
성격	성찰적, 긍정적		
제재	버팀목		
주제	다른 이의 버팀목이 되는 삶의 아름다움과 가치		

25 [모범답안]
유추적 사고

[바른해설]
'유추'란 같은 종류의 것 또는 비슷한 것에 기초하여 다른 사물을 미루어 추측하는 일을 말한다. 이 시에서는 '산 나무'와 '버팀목'이라는 자연물의 관계를 통해 화자와 자신에게 버팀목이 되어 준 사람이라는 인간관계를 미루어 짐작하는 '유추적 사고'가 시상의 전개 방식으로 사용되었다.

[채점기준]

답안	배점	예상 소요 시간
유추적 사고	8점	3분 / 전체 80분

26 [모범답안]
희생

[바른해설]
위 작품에서 ⓐ의 죽은 '아버지'는 나의 버팀목으로써 '희생'이라는 삶의 가치를 상징하고 있다. 또한 〈보기〉의 '아버지'도 나를 품에 안고 추위를 막아주던 바람막이로써 '희생'이라는 가치를 공통적으로 드러내고 있다.

[채점기준]

답안	배점	예상 소요 시간
희생	8점	3분 / 전체 80분

Ⅱ. 독서

[01~02]

01 [모범답안]
① 아리스토텔레스
② 버얼리
③ 오컴

[바른해설]
① (가)의 1문단에서 아리스토텔레스는 범주론에서 세상에 존재하는 대상의 존재론적 지위에 대해 논하며, 존재하는 대상의 본질을 10개의 범주로 설명하고자 하였다고 서술되어 있다.
② (가)의 2문단에서 버얼리는 실재의 다의성을 인정하며 실재를 '스스로 존재하는 것'과 '다른 것에 의하여 존재하는 것'으로 나누었다고 하였다.
③ (나)의 1문단에서 버얼리와 같이 하나의 존재로 단일성을 유지하게 해 주는 실체적 공통 본성이 오컴에게는 없다고 하였다.

[채점기준]

답안	배점	예상 소요 시간
① 아리스토텔레스	2점	5분 / 전체 80분
② 버얼리	3점	
③ 오컴	3점	

02 [모범답안]
영혼 내부에 생긴 유사한 경험에 근거하여 주어지기 때문이다.

[바른해설]
㉠은 '보편'이 공통 본성 혹은 보편이 영혼 외부에 독립적으로 존재하는 것을 반영한 것이 아니라, 여럿을 두고 영혼 내부에 생긴 유사한 경험에 근거해 주어진다고 본 것이다. 따라서 빈칸에 들어갈 말은 '영혼 내부에 생긴 유사한 경험에 근거하여 주어지기 때문이다.'가 적절하다.

[채점기준]

답안	배점	예상 소요 시간
영혼 내부에 생긴 유사한 경험에 근거하여 주어지기 때문이다.	8점	5분 / 전체 80분

[03~04]

03 [모범답안]
① 유형 Ⅰ
② 유형 Ⅲ

[바른해설]
① (가)의 2문단에서 포식 효율은 개체당 포식률을 피식자 개체군의 밀도로 나눈 값이라고 하였고, 3문단에서 유형 Ⅰ 기능 반응에서는 개체당 포식률이 피식자 개체군의 밀도에 비례하여 선형적으로 증가하는 그래프로 표현된다고 하였다. 포식 효율은 〈그림〉에서 그래프의 기울기에 해당하는데, 유형 Ⅰ 기능 반응의 기울기가 일정하므로 포식 효율이 일정한 값으로 유지되는 기능 반응 유형은 '유형 Ⅰ'이다.
② (가)의 2문단에서 총시간은 탐색 시간과 처리 시간의 합이라고 하였다. 5문단에서 유형 Ⅲ 기능 반응은 피식자 개체군의 밀도가 낮은 초기에는 개체당 포식률이 낮다고 하였는데, 이는 피식자를 발견하는 데 시간이 더 많이 걸리기 때문이다. 따라서 처리 시간은 일정하지만 탐색 시간이 증가하면 총시간이 증가하는 기능 반응 유형은 '유형 Ⅲ'이다.

[채점기준]

답안	배점	예상 소요 시간
① 유형 Ⅰ	4점	4분 / 전체 80분
② 유형 Ⅲ	4점	

04 [모범답안]
① 매미
② 딱정벌레

[바른해설]
[상황 1]: (나)의 2문단에서 포식자가 피식자 P1과 P2를 동시에 만난 경우, 각 피식자의 수익성은 피식자를 통해 획득할 수 있는 에너지를 처리 시간으로 나눈 것이라 하였다. 따라서 잠자리는 80kJ/10초=8kJ/초, 딱정벌레는 90kJ/15초=6kJ/초, 매미는 55kJ/5초=11kJ/초이다. [상황 1]에서는 세 종류의 먹이를 동시에 만난 상황이므로 수익성이 가장 높은 매미를 고를 것으로 예상된다.
[상황 2]: (나)의 3문단에서 포식자가 P1을 찾는 동안 P2를 먼저 발견한 경우, P1의 수익성은 피식자를 통해 획득할 수 있는 에너지를 처리 시간과 탐색 시간의 합으로 나눈 것이라 하였다. 즉 잠자리의 수익성은 80kJ/(10초+10초)=4kJ/초로 구하며, 이 값은 딱정벌레의 수익성인 6kJ/초보다 작다. 따라서 제비는 딱정벌레를 먹을 것으로 예상된다.

[채점기준]

답안	배점	예상 소요 시간
① 매미	4점	5분 / 전체 80분
② 딱정벌레	4점	

[05~06]

05 [모범답안]

① 황금 낙하산
② 시차 임기제
③ 독약 조항

[바른해설]

① 4문단에서 '황금 낙하산'은 인수 대상 회사의 이사가 적대적 인수로 인하여 임기 전에 사임하게 되면, 거액의 퇴직금을 인수 회사가 그에게 지급하도록 고용 계약에 미리 기재해 두는 방법이라고 하였다. 따라서 이 방법은 적대적 인수일 경우에 인수 회사가 지불해야 하는 인수 비용을 증가시켜 인수 대상 회사의 경영권 변동을 억제한다.

② 4문단에서 '시차 임기제'는 이사들의 임기가 한꺼번에 만료되지 않고, 시차를 두어 만료되도록 이사를 선임해 두는 방법이라고 하였다. 따라서 인수 대상 회사의 이사가 자신의 임기 중에 스스로 사임하지 않아야 그 회사의 이사들이 한꺼번에 임기가 만료되는 것을 막을 수 있다.

③ 4문단에서 '독약 조항'은 적대적 인수가 발생할 경우, 인수 대상 회사가 추가로 주식을 발행한 후 인수자를 제외한 기존 주주들만 그 주식을 낮은 가격으로 매입한 권한을 부여하는 방법이라고 하였다. 따라서 '독약 조항'의 발동으로 기존 주주들이 추가 주식을 매입하면, 인수 회사가 보유한 인수 대상 회사의 지분율은 낮아지게 된다.

[채점기준]

답안	배점	예상 소요 시간
① 황금 낙하산	3점	5분 / 전체 80분
② 시차 임기제	2점	
③ 독약 조항	3점	

06 [모범답안]

① 25주 / ② 25주
③ 65주 / ④ 42주

[바른해설]

① · ② 2문단에서 자사주는 모든 의결에서 발행 주식 총수 및 출석한 주주의 의결권에 산입하지 않는다고 하였다. 따라서 의결 정족수를 계산할 때 발행 주식에 산입하지 않는 주식 수는 [안건 1]과 [안건 2] 모두 자사주 25주로 같다.

③ · ④ 2문단에 따라 의결 정족수를 산정해 본다면, [안건 1]은 이사의 선임에 대한 것이어서 A가 보유한 주식도 출석한 주주의 의결권에 산입한다. 따라서 출석한 주주의 의결권에 산입해야 하는 주식은 A~D가 보유한 주식의 합인 65주이다. [안건 2]는 이사인 C의 급여에 대한 것이므로 C가 보유한 주식은 출석한 주주의 의결권에 산입하지 않는다. 따라서 A, B, D가 보유한 주식의 합이므로 42주이다.

[채점기준]

답안	배점	예상 소요 시간
① 25주	2점	5분 / 전체 80분
② 25주	2점	
③ 65주	2점	
④ 42주	2점	

[07~08]

07 [모범답안]

ⓐ 2차 / ⓑ 1차 / ⓒ 2차 / ⓓ 2차

[바른해설]

- 6문단에 따르면 1차 컵 뒤에 붙어 있는 필러 디스크는 ⓑ(1차) 컵이 피스톤 쪽에 있는 보충공 쪽으로 밀리는 것을 막는 역할을 하며, ⓐ(2차) 컵은 형성된 유압의 누설을 방지하는 역할을 한다.
- 3문단에 따르면 파스칼의 원리는 밀폐된 용기에 담긴 유체에 압력을 가할 때 작용하는 것인데, 6문단에서 2차 컵은 형성된 유압의 누설을 방지한다고 하였으므로 ⓒ(2차) 컵이 파스칼의 원리가 작용할 수 있는 밀폐 상태를 유지하는 데 기여함을 알 수 있다.
- 4문단에 따르면 탠덤 마스터 실린더는 각각의 피스톤을 가진 두 개의 마스터 실린더를 직렬로 연결하여 하나에 문제가 발생하더라도 다른 쪽에서 안전하게 작동할 수 있도록 고안된 것이라고 하였으므로 제동 회로 1에 문제가 발생하더라도, 다른 장치들이 정상적으로 작동한다면 ⓓ(2차) 피스톤 쪽에서 형성된 압력을 통해 브레이크가 작동할 수 있음을 알 수 있다.

[채점기준]

답안	배점	예상 소요 시간
ⓐ 2차	2점	4분 / 전체 80분
ⓑ 1차	2점	
ⓒ 2차	2점	
ⓓ 2차	2점	

08 [모범답안]
유압이 작용하여 브레이크가 작동할 수 있기 때문이다

[바른해설]
브레이크 페달을 밟으면 각 피스톤에 설치된 1차 컵이 각각의 보상공을 막으며 압력실을 밀폐시켜 유압을 형성한다. 즉, 보상공이 막혀 있다면 이미 유압이 발생하여 브레이크가 운전자의 의도와 관계없이 작동할 수 있다. 따라서 빈칸에 들어갈 말은 '유압이 작용하여 브레이크가 작동할 수 있기 때문이다'가 적절하다.

[채점기준]

답안	배점	예상 소요 시간
유압이 작용하여 브레이크가 작동할 수 있기 때문이다.	8점	4분 / 전체 80분

[09~10]

09 [모범답안]
ⓐ 타인 지향적
ⓑ 자율형

[바른해설]
제시문에서 미국의 사회학자 데이비드 리스먼은 현대 사회로 접어들면서 나타난 ⓐ'타인 지향적' 성격의 사회에서는 사람들이 타인의 시선, 평가에 끊임없이 주의를 기울이면서 불안에 의해 영향을 받는다고 설명하였다. 그러면서 그는 현대인들이 개인적 자율성을 상실하고 있다고 지적하고, 타인 지향적 사회의 모순을 극복하기 위해서는 ⓑ'자율형' 인간이 되어야 한다고 강조하였다.

[채점기준]

답안	배점	예상 소요 시간
ⓐ 타인 지향적	4점	4분 / 전체 80분
ⓑ 자율형	4점	

10 [모범답안]
고독한 개인으로 변한 동시에 거대한 군중이 되었다.

[바른해설]
2문단에 따르면 미국의 사회학자 데이비드 리스먼은 대중 사회의 이중성을 '미국인은 철저하게 고립된 고독한 개인으로 변한 동시에 유사한 생활 방식과 개성을 상실한 가치관을 추구하는 거대한 군중이 되었다'고 분석하였다. 따라서 이것의 핵심 내용을 정리하면 '고독한 개인으로 변한 동시에 거대한 군중이 되었다.'고 한 문장으로 제시할 수 있다.

[채점기준]

답안	배점	예상 소요 시간
고독한 개인으로 변한 동시에 거대한 군중이 되었다.	8점	5분 / 전체 80분

[11~12]

11 [모범답안]
ⓐ 높다 / ⓑ 많다
ⓒ 짧다 / ⓓ 크다
ⓔ 강하다

[바른해설]
제시문에 따르면 밀리미터파는 주파수가 매우 높다. 주파수가 높으면 진동 횟수가 많아 전파의 파장이 짧다. 파장이 짧아질수록 전파의 직진성은 커지며, 전파의 직진성이 커지면 장애물에 부딪쳤을 때 반사되어 나가려는 성질이 강해진다.

[채점기준]

답안	배점	예상 소요 시간
ⓐ 높다	2점	5분 / 전체 80분
ⓑ 많다	2점	
ⓒ 짧다	2점	
ⓓ 크다	1점	
ⓔ 강하다	1점	

12 [모범답안]
에너지 감쇠율

[바른해설]
비가 오거나 안개 낀 날이면 전자파 신호가 산소 분자가 있는 매질을 통과할 때 일부 신호가 산소에 흡수되어 열로 변해 사라지고 나머지 전자파만 목적지에 도달하여 통신 성능이 떨어지게 된다. 이것은 파장이 짧아 진동수가 많은 전파일수록 공기 중의 산소나 수증기 등에 부딪히면서 '에너지 감쇠율'이 높아지기 때문이다.

[채점기준]

답안	배점	예상 소요 시간
에너지 감쇠율	8점	5분 / 전체 80분

[13~14]

13 [모범답안]

ⓐ 공적 영역과 사적 영역의 관계
ⓑ 고대 그리스 사회와 중세 사회의 관점
ⓒ 근대 자유주의자들의 관점
ⓓ 대립적 관계와 정당성 문제

[바른해설]

ⓐ 제시문의 첫 번째 문단에서 공공성 논의의 기본 초점이 되는 공공성 담론은 '공적 영역과 사적 영역의 관계'에 따라 그 위상이 달라진다고 서술하고 있다.

ⓑ 제시문의 두 번째 문단에서는 공적 영역과 사적 영역의 관계를 '고대 그리스 사회와 중세 사회의 관점'에 따라 서술하고 있다. 고대 그리스 사회에서는 공적 영역과 사적 영역이 엄밀하게 분리되고 공적 영역이 사적 영역보다 상대적으로 우월한 지위를 가진 것으로 여겨졌으며 이러한 인식은 중세 사회까지 이어졌다.

ⓒ 제시문의 세 번째 문단에서는 공적 영역과 사적 영역의 관계를 '근대 자유주의자들의 관점'에서 서술하고 있다. 개인의 자유와 권리를 강조하는 근대 자유주의자들은 공적 영역에 의한 사적 영역의 침범을 경계하였고, 개인의 자유와 권리 강화를 외치며 공적 영역의 역할을 최소화하는 것이 바람직하다고 보았다.

ⓓ 제시문의 네 번째 문단에서는 공적 영역과 사적 영역의 '대립적 관계와 정당성 문제'에 대해 서술하고 있다. 공적 영역과 사적 영역의 대립적 관계의 근저에는 정당성의 문제가 있으며, 이러한 대립적 관계가 공적 영역과 사적 영역의 성격 및 범위에 영향을 끼쳐 사회나 시대에 따라 공공성의 위상이 다르게 평가되어 온 것이라고 설명하고 있다.

[채점기준]

답안	배점	예상 소요 시간
ⓐ 공적 영역과 사적 영역의 관계	2점	5분 / 전체 80분
ⓑ 고대 그리스 사회와 중세 사회의 관점	2점	
ⓒ 근대 자유주의자들의 관점	2점	
ⓓ 대립적 관계와 정당성 문제	2점	

14 [모범답안]

공적 영역의 역할을 최소화하는 것이 바람직하다고 보았다.

[바른해설]

고대 그리스 사회에서는 공적 영역이 사적 영역보다 상대적으로 우월한 지위를 가졌으며 정당화된 영역으로 여겨졌다. 반면에 근대 자유주의자들은 공적 영역에 의한 사적 영역의 침범을 경계하였고, 공적 영역의 역할을 최소화하는 것이 바람직하다고 보았다.

[채점기준]

답안	배점	예상 소요 시간
공적 영역의 역할을 최소화하는 것이 바람직하다고 보았다.	8점	5분 / 전체 80분

[15~16]

15 [모범답안]

(나) 수소가 공명하는 원리
(다) 자기 공명 영상 장치의 사용 목적과 원리
(라) 핵자기 공명 분광법의 사용 목적과 원리
(마) 스펙트럼을 통해 시료의 구조를 알아내는 사례

[바른해설]

(나) 단락의 서두에서 '수소가 공명하는 원리는 다음과 같다'고 설명하며 수소가 공명하는 원리에 대해 서술하고 있다.

(다) 단락에서 핵자기 공명은 의학 분야에서 인체 내의 조직을 관찰하기 위해 '자기 공명 영상 장치(MRI)'에 사용되고 있다고 설명하며 자기 공명 영상 장치의 사용 목적과 원리에 대해 서술하고 있다.

(라) 단락에서 핵자기 공명은 화학 분야에서 화합물의 결합 구조를 알아내기 위해 '핵자기 공명 분광법(NMR 분광법)'에 사용되고 있다고 설명하며 핵자기 공명 분광법의 사용 목적과 원리에 대해 서술하고 있다.

(마) 단락에서는 매톡시아세토나이트릴(CH_3OCH_2CN) 스펙트럼을 통해 시료의 구조를 알아내는 사례에 대해 서술하고 있다.

[채점기준]

답안	배점	예상 소요 시간
(나) 수소가 공명하는 원리	2점	5분 / 전체 80분
(다) 자기 공명 영상 장치의 사용 목적과 원리	2점	
(라) 핵자기 공명 분광법의 사용 목적과 원리	2점	
(마) 스펙트럼을 통해 시료의 구조를 알아내는 사례	2점	

16 [모범답안]

ⓐ 지방의 비율이 높을수록 신호 강도가 높게 나타나기 때문이다.
ⓑ 물의 비율이 높을수록 신호 강도가 높게 나타나기 때문이다.

[바른해설]

ⓐ T1 강조 영상에서는 지방의 비율이 높을수록 신호 강도가 높게 나타나므로, 지방의 비율이 가장 높은 세포 조직인 R가 가장 하얗게 나타난다.

ⓑ T2 강조 영상에서는 물의 비율이 높을수록 신호 강도가 높게 나타나므로, 물의 비율이 가장 높은 세포 조직인 종양이 가장 하얗게 나타난다.

[채점기준]

답안	배점	예상 소요 시간
ⓐ 지방의 비율이 높을수록 신호 강도가 높게 나타나기 때문이다.	4점	5분 / 전체 80분
ⓑ 물의 비율이 높을수록 신호 강도가 높게 나타나기 때문이다.	4점	

[17~18]

17 [모범답안]

ⓐ 코끼리 / ⓑ 수로 안내선

ⓒ 돛을 단 썰매 / ⓓ 화물선 앙리에타호

[바른해설]

ⓐ 영국 신문에서는 인도 횡단 철도가 완전히 개통되었다고 보도했었는데, 실제로는 약 80km 구간에 철길이 놓여 있지 않았다. 일정을 지키기 위해 대체 교통수단을 찾던 포그와 파스파르투는 한 인도인에게 코끼리를 2,000파운드를 주고 산다.

ⓑ 홍콩에 도착한 포그 일행은 일본 요코하마로 이동하여 태평양 횡단선을 탈 계획이었지만, 배를 놓치고 만다. 포그는 하루에 100파운드를 주는 조건으로 수로 안내선을 빌려 상하이로 향했고, 가까스로 태평양을 건너는 배에 올라탄다.

ⓒ 포그 일행은 인디언들의 공격을 받아 갈아타야 할 기차를 놓치자 썰매를 빌리고, 썰매에 돛을 달아 개조하여 달린 끝에 결국 다른 열차로 갈아탄다.

ⓓ 45분 차이로 대서양 횡단 기선을 놓친 포그는 1인당 2,000파운드의 돈을 제시하여 화물선 '앙리에타호'에 탑승한다. 대서양 항해를 하던 도중 연료가 떨어지자, 포그는 '앙리에타호'를 6만 달러의 거금을 주고 구매한 후 배의 나무로 된 부분을 연료로 사용하며 항해를 마친다.

[채점기준]

답안	배점	예상 소요 시간
ⓐ 코끼리	2점	5분 / 전체 80분
ⓑ 수로 안내선	2점	
ⓒ 돛을 단 썰매	2점	
ⓓ 화물선 앙리에타호	2점	

18 [모범답안]

지불 용의 가격

[바른해설]

〈보기〉에서 우푯값 몇백 원을 아까워하기도 하고, 반면에 수백만 원 또는 수천만 원을 주고서라도 우표를 사려고 하는 것은 동일한 상품이라도 소비자에 따라 '지불 용의 가격'이 다를 수 있기 때문이다. 지불 용의 가격은 소비자가 상품 구입을 위해 최대한 지불할 수 있다고 생각하는 가격을 말한다.

[채점기준]

답안	배점	예상 소요 시간
지불 용의 가격	8점	3분 / 전체 80분

[19~20]

19 [모범답안]

전체 저항 중 구상 선수의 표면적으로 인한 마찰 저항의 비중이 증가하기 때문이다.

[바른해설]

구상 선수는 선수부에서 발생한 물결을 상쇄시키는 물결을 발생시켜 조파 저항을 줄이는 장치이다. 따라서 구상 선수가 수면 위에 어느 정도 돌출되거나 수면에 가까워야 큰 물결을 발생시켜 선수부의 물결을 상쇄시키고 조파 저항을 줄여 운항 효율을 높일 수 있다. 저속 운항하는 선박의 구상 선수는 고속 운항하는 선박에 비해 크기를 줄이고 수면에 더욱 잠기도록 설계하는데, 이는 구상 선수가 일으키는 물결의 크기를 줄이는 효과로 나타날 것이다. 따라서 고속으로 운항하도록 설계된 선박을 저속으로 운행하면 구상 선수의 물결이 오히려 조파 저항을 크게 한다는 사실을 추론할 수 있다. 한편 선박의 운항 속도가 느릴수록 선박에 작용하는 전체 저항에서 마찰 저항이 차지하는 비중은 증가한다. 즉 저속 운항하는 선박은 고속 운항하는 선박에 비해 전체 저항 중 마찰 저항의 비중이 높다. 따라서 저속으로 운항하는 선박의 구상 선수의 크기를 줄이는 이유는 구상 선수의 표면적으로 인한 마찰 저항이 전체 저항 중 차지하는 비중을 줄이기 위해서임을 추론할 수 있다.

[채점기준]

답안	배점	예상 소요 시간
전체 저항 중 구상 선수의 표면적으로 인한 마찰 저항의 비중이 증가하기 때문이다.	8점	5분 / 전체 80분

20 [모범답안]

ⓐ 줄어든다

ⓑ 증가한다

ⓒ 증가한다

[바른해설]

ⓐ 만약 평소에 비해 줄어든 선박의 무게와 같은 양의 평형수를 선박에 주입한다면, 선박 전체의 무게는 변함이 없을 것이며 물속에 잠긴 선체 표면적은 이전과 동일할 것이다. 따라서 선박의 운항 속도가 2배 증가함에 따라 마찰 저항이 4배 증가하지만, 선박의 운항 속도가 빠를수록 전체 저항 중 마찰 저항이 차지하는 비중은 줄어들 것이다.

ⓑ 만약 평소에 비해 줄어든 선박의 무게보다 적은 양의 평형수를 선박에 주입한다면, 선체가 수면 위로 그만큼 뜨게 되고 물속에 잠긴 선체의 표면적이 줄어들 것이다. 하지만 선박의 운항 속도를 2배 높이면 마찰 저항이 2배 증가할 것이므로 선체에 작용하는 마찰 저항은 증가할 것이다.

ⓒ 만약 평소에 비해 줄어든 선박의 무게보다 많은 양의 평형수를 선박에 주입한다면, 이전에 비해 선박 전체의 무게가 늘어나 구상 선수가 더 깊이 물속에 잠길 것이다. 구상 선수가 수면 위로 드러나거나 수면에 가까워야 조파 저항을 줄일 수 있는데, 구상 선수가 평소보다 더 깊이 잠김에 따라 구상 선수가 발생시킨 물결에 의해 조파 저항이 상쇄되는 정도가 줄어들 것이다.

[채점기준]

답안	배점	예상 소요 시간
ⓐ 줄어든다	3점	5분 / 전체 80분
ⓑ 증가한다	2점	
ⓒ 증가한다	3점	

[21~22]

21 [모범답안]

'무관심'의 배려

[바른해설]

편의점의 경우 점원은 출입할 때 간단한 인사만 건넬 뿐 손님이 말을 걸기 전에는 입을 열지도 않을뿐더러 시선도 건네지 않는다. 그러한 '무관심'의 배려가 손님의 기분을 홀가분하게 만들기 때문에 손님은 특별히 살 물건이 없어도 부담 없이 들어가 둘러볼 수 있다. 이러한 편의점 점원의 응대 전략은 편의점이 인간관계의 번거로움을 꺼리는 도시인들에게 잘 어울리는 상업 공간으로 성장하게 만든 요인 중의 하나이다.

[채점기준]

답안	배점	예상 소요 시간
'무관심'의 배려	8점	3분 / 전체 80분

22 [모범답안]

ⓐ 환한 조명

ⓑ 투명 유리

ⓒ 볼록 거울

[바른해설]

ⓐ **환한 조명**: 환한 조명으로 인한 밝은 실내 분위기는 진열된 상품들을 빛나게 할 뿐 아니라, 드나드는 이들을 안심시키는 효과도 있다. 여성들도 심야에 아무런 망설임 없이 편의점에 들어갈 수 있고, 낯선 손님들이 옆에 있어도 신경을 쓰지 않는 것은 구석구석을 환하게 비추는 불빛 덕분이다.

ⓑ **투명 유리**: 투명 유리를 통해 바깥에서 내부를 훤히 들여다볼 수 있어 더욱 안심된다.

ⓒ **볼록 거울**: 도난 방지용으로 설치된 볼록 거울을 통해 계산대 직원의 시선이 매장 내에 두루 미칠 수 있는 구조도 고객을 안심시킨다.

[채점기준]

답안	배점	예상 소요 시간
ⓐ 환한 조명	2점	5분 / 전체 80분
ⓑ 투명 유리	2점	
ⓒ 볼록 거울	3점	

[23~24]

23 [모범답안]

ⓐ 3척 1촌 5분 / ⓑ 2척 5촌 7분

[바른해설]

ⓐ 종서척은 기장의 길이가 긴 세로 방향으로 늘어놓은 기장알 1개의 길이를 1분으로, 9개를 늘어놓은 9분을 1촌으로, 9촌을 1척으로 정한 것이다. 따라서 종서척에서 1척은 기장의 길이가 긴 세로 방향으로 기장알 81개를 늘어놓은 길이이다. 그러므로 257개의 기장알의 개수를 종서척으로 표현하면, 257개는 243개(3 × 81개) + (1 × 9개) + 5개이므로 '3척 1촌 5분'이 된다.

ⓑ 횡서척은 기장의 길이가 짧은 가로 방향으로 늘어놓은 기

장알 1개의 길이를 1분으로, 10개를 늘어놓은 10분을 1촌, 10촌을 1척으로 정한 것이다. 따라서 횡서척에서 1척은 기장의 길이가 짧은 가로 방향으로 기장알 100개를 늘어놓은 길이이다. 그러므로 257개의 기장알의 개수를 횡서척으로 표현하면, 257개는 200개(2 × 100개) + 50개(5 × 10개) + 7개이므로 '2척 5촌 7분'이 된다.

[채점기준]

답안	배점	예상 소요 시간
ⓐ 3척 1촌 5분	6점	5분 / 전체 80분
ⓑ 2척 5촌 7분	2점	

24 [모범답안]

ⓐ 황종 율관, 태주 율관, 고선 율관
ⓑ 임종 율관, 남려 율관

[바른해설]

제시문의 [A]에서 조선 시대 음악의 12음들은 양의 소리인 '율'과 음의 소리인 '려'가 번갈아 구성되어 있다고 하였다. 황종은 음의 시작점이 되는 소리임과 동시에 음의 기본이 되는 소리로서 양의 기를 가진 소리이다. 이를 바탕으로 〈보기〉에 제시된 율관의 소리를 율려로 구별하면 황종 율관과 태주 율관, 고선 율관에서 나는 소리는 양의 소리인 '율'에 해당하고, 임종 율관과 남려 율관에서 나는 소리는 음의 소리인 '려'에 해당한다.

[채점기준]

답안	배점	예상 소요 시간
ⓐ 황종 율관, 태주 율관, 고선 율관	4점	5분 / 전체 80분
ⓑ 임종 율관, 남려 율관	4점	

[25~26]

25 [모범답안]

ⓐ 의지적 실천
ⓑ 선한 본성

[바른해설]

ⓐ 순자는 모든 사람의 본성은 악하다는 전제 하에 도덕성인 본성을 '의지적 실천'을 통해 이루려는 후천적 노력의 결과로 보았다. 그러므로 순자의 관점에서 '의인'의 행동은 '의지적 실천'이 반영된 후천적 노력의 결과이다.

ⓑ 맹자는 인간의 본성은 선하다고 보고 군자의 도덕성만을 본성으로 인정하였으며, 일반 백성들은 도덕성에 근거한 군자의 교화를 받아들일 수 있는 정도의 자질만을 인정하였다. 그러므로 맹자의 관점에서 '의인'의 행동은 '선한 본성'이 발현된 것으로 군자의 교화를 받아들인 결과이다.

[채점기준]

답안	배점	예상 소요 시간
ⓐ 의지적 실천	4점	5분 / 전체 80분
ⓑ 선한 본성	4점	

26 [모범답안]

인간의 타고난 본성은 악하고, 도덕성은 현실에서 이루어지는 노력의 결과이기 때문이다.

[바른해설]

순자는 인간의 후천적인 의지에 따라 악한 본성을 거스를 수 있다고 주장하였다. 즉, 순자의 입장에서 볼 때 도덕성이 발휘된 것은 타고난 본성이 선하기 때문이 아니라 현실에서 이루려고 노력한 결과이다.

[채점기준]

답안	배점	예상 소요 시간
인간의 타고난 본성은 악하고, 도덕성은 현실에서 이루어지는 노력의 결과이기 때문이다.	8점	5분 / 전체 80분

수학

[수학 Ⅰ]

Ⅰ. 지수함수와 로그함수

01 [모범답안]

$5^x \div 5^{\frac{4}{x}} = 5^{x-\frac{4}{x}}$, $5^0=1$이므로

$x-\frac{4}{x}=0$

양변에 0이 아닌 실수 x를 곱하면

$x^2-4=0$, $(x+2)(x-2)=0$

$x=-2$ 또는 $x=2$

따라서 구하는 모든 실수 x의 값의 합은

$(-2)+2=0$

02 [모범답안]

$\log_2 60+\log_{\frac{1}{4}}36-\frac{1}{\log_{25}4}$

$=\log_2 60-\frac{1}{2}\log_2 36-\log_4 25$

$=\log_2 60-\log_2\sqrt{36}-\frac{2}{2}\log_2 5$

$=\log_2 60-\log_2 6-\log_2 5$

$=\log_2\frac{60}{6\times 5}=\log_2 2=1$

03 [모범답안]

곡선 $y=2^{x-3}+a$와 직선 $y=1$이 만나는 점의 x좌표가 5이므로

$1=2^{5-3}+a$, $a=1-2^2=-3$

따라서 곡선 $y=2^{x-3}-3$이 y축과 만나는 점의 y좌표는

$2^{0-3}-3=-\frac{23}{8}$

04 [모범답안]

로그의 진수 조건에 의하여

$x^2-9>0$, $x+3>0$, $x-5>0$이므로

$x>5$ …… ㉠

$\log_2(x^2-9)-\log_2(x+3)=\log_{\sqrt{2}}(x-5)$에서

$\log_2\frac{x^2-9}{x+3}=2\log_2(x-5)$

$\log_2(x-3)=\log_2(x-5)^2$

$x-3=(x-5)^2$

$x^2-11x+28=0$

$(x-4)(x-7)=0$

$x=4$ 또는 $x=7$

따라서 ㉠을 만족시키는 실수 x의 값은 7이다.

05 [모범답안]

직선 $x=k$와 함수 $y=g(x)$의 그래프가 만나도록 하는 모든 실수 k의 값의 범위는 $k>1$이므로

함수 $y=g(x)$의 그래프의 점근선은 직선 $x=1$이다.

즉, $b=1$

$f(1)=\frac{1}{2}+a$이므로 $P\left(1, a+\frac{1}{2}\right)$이고 $\overline{AP}=a-\frac{1}{2}$

$\angle PAQ=\frac{\pi}{2}$, $\overline{AP}=\overline{AQ}$에서

점 Q는 직선 $y=1$ 위의 점이고 $\overline{AQ}=\overline{AP}=a-\frac{1}{2}$이므로

$Q\left(a+\frac{1}{2}, 1\right)$

점 Q가 함수 $y=g(x)$의 그래프 위의 점이므로

$1=-\log_2\left(a+\frac{1}{2}-1\right)$, $\log_2\left(a-\frac{1}{2}\right)=-1$

$a-\frac{1}{2}=\frac{1}{2}$이므로 $a=1$

따라서 $\frac{a+b}{2}=\frac{1+1}{2}=1$

06 [모범답안]

$2^{\frac{4}{3}}\times 6^{\frac{2}{3}}=2^{\frac{4}{3}}\times(2\times 3)^{\frac{2}{3}}=2^{\frac{4}{3}}\times 2^{\frac{2}{3}}\times 3^{\frac{2}{3}}$

$=(2^6\times 3^2)^{\frac{1}{3}}=\sqrt[3]{2^6\times 3^2}$

따라서 $p=6$, $q=2$이므로

$p\times q=6\times 2=12$

07 [모범답안]

$\log_3 6\times\log_4 81-\frac{1}{\log_3 2}=\frac{\log 6}{\log 3}\times\frac{\log 81}{\log 4}-\log_2 3$

$=\frac{\log 6}{\log 3}\times\frac{4\log 3}{2\log 2}-\log_2 3$

$=\frac{2\log 6}{\log 2}-\log_2 3$

$=2\log_2 6-\log_2 3$

$=\log_2 36-\log_2 3$

$=\log_2 12$이므로 $k=\log_2 12$

$k=\log_2 b$의 식으로 표현되므로,

$b=12$

08 [모범답안]

$3^x=t$라 하면 $t>0$이고 $9^x=t^2$이므로

방정식 $2\times 9^x+63=(3^x+6)^2$은 $2t^2+63=(t+6)^2$,

$t^2-12t+27=0$, $(t-3)(t-9)=0$

$t=3$ 또는 $t=9$

따라서 $3^x=3$에서 $x=1$이고 $3^x=9$에서 $x=2$이므로 모든 실수 x의 값의 곱은 $1\times 2=2$

09 [모범답안]

곡선 $y=\log_3(ax+b)$가 점 $(0, 2)$를 지나므로

$2=\log_3 b$에서 $b=9$

곡선 $y=\log_3(ax+9)$의 점근선이 직선 $x=-\dfrac{9}{a}$이므로

$-\dfrac{9}{a}=-3$에서 $a=3$

따라서 주어진 곡선은 $y=\log_3(3x+9)$이고

이 곡선이 점 $(2, k)$를 지나므로

$k=\log_3(3\times 2+9)=\log_3 15=\log_3(3\times 5)=1+\log_3 5$

10 [모범답안]

곡선 $y=\log_2(x-1)-1$을 x축의 방향으로 -1만큼, y축의 방향으로 1만큼 평행이동하면 곡선 $y=\log_2 x$가 되고, 점 $(5, 1)$을 x축의 방향으로 -1만큼, y축의 방향으로 1만큼 평행이동하면 점 $(4, 2)$가 되며 이 점은 직선 l 위의 점이다.

곡선 $y=\log_2 x$와 곡선 $y=2^x$은 직선 $y=x$에 대하여 대칭이므로 직선 l과 곡선 $y=2^x$이 만나는 점의 좌표는 $(2, 4)$이다.

따라서 $a=2$, $b=4$이므로 $\dfrac{2a}{b}=\dfrac{2\times 2}{4}=1$

11 [모범답안]

$a^{b^2+\frac{a}{b}}=2^{\frac{1}{b}}$에서 $\left(a^{b^2+\frac{a}{b}}\right)^b=\left(2^{\frac{1}{b}}\right)^b$,

$a^{\left(b^2+\frac{a}{b}\right)\times b}=2^{\frac{1}{b}\times b}$

$a^{b^3+a}=2$ …… ㉠

$a^{\frac{1}{b}}=4^{b^2-\frac{a}{b}}$에서 $\left(a^{\frac{1}{b}}\right)^b=\left(4^{b^2-\frac{a}{b}}\right)^b$,

$a^{\frac{1}{b}\times b}=4^{\left(b^2-\frac{a}{b}\right)\times b}$

$a=4^{b^3-a}$ …… ㉡

㉡을 ㉠에 대입하면 $(4^{b^3-a})^{b^3+a}=2$

$4^{(b^3-a)\times(b^3+a)}=4^{b^6-a^2}=(2^2)^{b^6-a^2}=2^{2(b^6-a^2)}=2$

따라서 $2(b^6-a^2)=1$

12 [모범답안]

함수 $y=x^{\log 2}\times 2^{\log x}-3\times x^{\log 2}+13\times 2^{\log\frac{1}{100}}$을 정리하면

$x^{\log 2}\times 2^{\log x}-3\times x^{\log 2}+13\times 2^{\log\frac{1}{100}}$

$=(2^{\log x})^2-3(2^{\log x})+13\times 2^{-2}$

이때 $2^{\log x}=t$라고 하면 t값의 범위는 $1\le t\le 4$이고

함수 $y=t^2-3t+\dfrac{13}{4}=\left(t-\dfrac{3}{2}\right)^2+1$

따라서 주어진 함수는 $t=4$일 때 최댓값 $M=\dfrac{29}{4}$를 갖고,

$t=\dfrac{3}{2}$일 때 최솟값 $m=1$을 갖는다.

$\therefore M+m=\dfrac{33}{4}$

13 [모범답안]

$\log_3\dfrac{5}{8}+\log_3\dfrac{36}{5}-\log_3\dfrac{1}{6}$

$=\left(\log_3\dfrac{5}{8}+\log_3\dfrac{36}{5}\right)-\log_3\dfrac{1}{6}$

$=\log_3\left(\dfrac{5}{8}\times\dfrac{36}{5}\right)-\log_3\dfrac{1}{6}=\log_3\dfrac{9}{2}-\log_3\dfrac{1}{6}$

$=\log_3\left(\dfrac{9}{2}\times 6\right)=\log_3 27=\log_3 3^3=3$

14 [모범답안]

$\dfrac{3^x-3^{-x}}{3^x+3^{-x}}$의 분모, 분자에 3^x을 곱하면

$\dfrac{3^x(3^x-3^{-x})}{3^x(3^x+3^{-x})}=\dfrac{9^x-1}{9^x+1}=\dfrac{1}{3}$, $3\times 9^x-3=9^x+1$

$\therefore 9^x=2$

한편

$\dfrac{3^x+3^{-x}}{27^x+27^{-x}}$의 분모, 분자에 3^x을 곱하면

$\dfrac{3^x(3^x+3^{-x})}{3^x(27^x+27^{-x})}=\dfrac{9^x+1}{9^{2x}+9^{-x}}=\dfrac{2+1}{4+\frac{1}{2}}$

$\therefore \dfrac{2}{3}$

15 [모범답안]

x에 대한 이차방정식 $x^2+ax-6=0$의 판별식을 D라 하면

$D=a^2-4\times 1\times(-6)=a^2+24>0$이므로

이차방정식 $x^2+ax-6=0$은 서로 다른 두 실근을 갖는다.

두 실근을 α, $\beta(\alpha<\beta)$라 하면 이차방정식의 근과 계수의 관계에 의하여

$\alpha\beta=-6<0$이므로 $\alpha<0$, $\beta>0$이다.

그러므로 $A=\{\beta\}$

$\log_5 y$가 정의되기 위해서는

$y>0$ …… ㉠

$\log_y 7$이 정의되기 위해서는

$y>0,\ y\neq 1$ …… ㉡

$\log_5 y$와 $\log_y 7$이 정의되면

$\log_5 y \times \log_y 7 = \log_5 7$이므로

㉠, ㉡에 의하여

$B=\{y \mid y>0,\ y\neq 1,\ y$는 실수$\}$

집합 A가 집합 B의 부분집합이 아니므로 $\beta=1$

따라서 $1^2+a\times 1-6=a-5=0$이므로

$a=5$

16 [모범답안]

$\log_2|x-3|<3$에서

$|x-3|<8,\ -8<x-3<8,\ x\neq 3$이므로

$\therefore\ -5<x<3,\ 3<x<11$

따라서 이를 만족시키는 정수 x의 개수는 14개

17 [모범답안]

$\dfrac{2a}{\log_a b}=\dfrac{b}{4\log_b a}=\dfrac{2a+b}{5}=k$라고 하면

$2a=k\log_a b,\ b=4k\log_b a,\ 2a+b=5k$

따라서

$k\log_a b+4k\log_b a=5k,\ \log_a b+4\log_b a=5$

$\log_a b=t$라고 하면 $\log_b a=\dfrac{1}{t}$이므로

$t+\dfrac{4}{t}=5,\ t^2-5t+4=0,\ (t-1)(t-4)=0$

$t\neq 1$이므로 $t=4$

$\therefore\ 15\log_a b=15\times 4=60$

18 [모범답안]

곡선 $y=2^{x+5}$을 x축의 방향으로 a만큼 평행이동한 곡선은

$y=2^{(x-a)+5}=2^{x-a+5}$이므로 $f(x)=2^{x-a+5}$

곡선 $y=\left(\dfrac{1}{2}\right)^{x+7}$을 x축의 방향으로 a^2만큼 평행이동한 곡선은

$y=\left(\dfrac{1}{2}\right)^{(x-a^2)+7}=\left(\dfrac{1}{2}\right)^{x-a^2+7}$이고,

이 곡선을 y축에 대하여 대칭이동한 곡선은

$y=\left(\dfrac{1}{2}\right)^{(-x)-a^2+7}=(2^{-1})^{-x-a^2+7}=2^{x+a^2-7}$이므로

$g(x)=2^{x+a^2-7}$

모든 실수 x에 대하여 $f(x)=g(x)$이므로

$2^{x-a+5}=2^{x+a^2-7}$

$-a+5=a^2-7,\ a^2+a-12=0,$

$(a-3)(a+4)=0$

$a<0$이므로 $a=-4$

19 [모범답안]

$f(x)=\log_2(x-3)$에서 역함수 $g(x)$를 구하면

$x=\log_2(y-3),\ 2^x=y-3,\ y=2^x+3$

$\therefore\ g(x)=2^x+3$

따라서

방정식 $\{g(x)-5\}\times\{g(x)-1\}=60$에서

$\{g(k)-5\}\times\{g(k)-1\}=(2^k-2)(2^k+2)=60$이므로

$2^{2k}-4=60,\ 4^k=64$

$\therefore\ k=3$

따라서 $g(k-2)=2^{3-2}+3=5$

20 [모범답안]

$\log_x y=\dfrac{\log_3 y}{\log_3 x}$이므로

$\log_3 x+\dfrac{4}{\log_3 x}-\dfrac{\log_3 y}{\log_3 x}=2,$

$(\log_3 x)^2+4-\log_3 y=2\log_3 x$

이때 $\log_3 x=t$라고 하면 t값의 범위는 $2\leq t\leq 4$

$t^2+4-\log_3 y=2t,\ t^2-2t+4=\log_3 y$

$\log_3 y$값의 범위는 $4\leq t^2-2t+4\leq 12,\ 4\leq\log_3 y\leq 12$

$\therefore\ 3^4\leq y\leq 3^{12}$

$M=3^{12},\ m=3^4$이므로

$\dfrac{M}{3^4 m}=\dfrac{3^{12}}{3^4\times 3^4}=3^4=81$

II. 삼각함수

01 [모범답안]

a가 반지름의 길이이므로 $a>0$이고,

부채꼴의 넓이가 $\frac{2}{3}\pi$이므로

$\frac{1}{2}\times a^2\times\frac{\pi}{3}=\frac{2}{3}\pi$

$a^2\times\frac{\pi}{6}=\frac{2}{3}\pi$, $a^2=4$

$a>0$이므로 $a=2$

02 [모범답안]

$\sin^2\theta+\cos^2\theta=1$에서

$\frac{1}{4}+\cos^2\theta=1$이므로 $\cos^2\theta=1-\frac{1}{4}=\frac{3}{4}$

03 [모범답안]

함수 $f(x)$의 최댓값은 $|a|+1$이고

최솟값은 $-|a|+1$이므로

$(|a|+1)-(-|a|+1)=2|a|=10$에서

$a=-5$ 또는 $a=5$

한편, 함수 $y=\cos 2x$의 주기는 $\frac{2\pi}{2}=\pi$이므로

두 함수 $y=\cos 2x$, $y=|\cos 2x|$의 그래프는 그림과 같다.

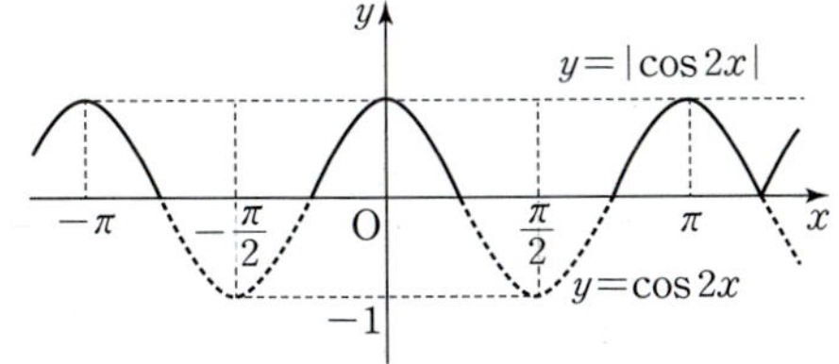

즉, 함수 $g(x)$의 주기는 $\frac{\pi}{2}$이다.

이때 함수 $f(x)=a\sin bx+1$의 주기도 $\frac{\pi}{2}$이므로

$\frac{2\pi}{|b|}=\frac{\pi}{2}$에서 $|b|=4$

$b=-4$ 또는 $b=4$

따라서 $a+b$의 최댓값은 $5+4=9$이다.

04 [모범답안]

$a>0$에서 함수 $f(x)$의 최댓값은 $a+b$이므로

$a+b=3$ …… ㉠

$f\left(\frac{1}{6}\right)=a\sin\frac{\pi}{6}+b=\frac{1}{2}a+b$에서

$\frac{1}{2}a+b=1$ …… ㉡

㉠, ㉡을 연립하여 풀면

$a=4$, $b=-1$

따라서 $a+b=4+(-1)=3$

05 [모범답안]

삼각형 ABC에서 $\overline{AB}=c$, $\overline{BC}=a$, $\overline{CA}=b$라 하고

삼각형 ABC의 외접원의 반지름의 길이를 R이라 하면

사인법칙에 의하여

$\sin A=\frac{a}{2R}$, $\sin B=\frac{b}{2R}$, $\sin C=\frac{c}{2R}$

조건 (가)에서 $\sin^2 A=\sin^2 B+\sin^2 C$이므로

$\left(\frac{a}{2R}\right)^2=\left(\frac{b}{2R}\right)^2+\left(\frac{c}{2R}\right)^2$

$a^2=b^2+c^2$ …… ㉠

조건 (나)에서 $\sin B=2\sin C$이므로

$\frac{b}{2R}=2\times\frac{c}{2R}$

$b=2c$ …… ㉡

㉡을 ㉠에 대입하면 $a^2=5c^2$

$a=\sqrt{5}$이므로 $5c^2=5$에서 $c=1$

㉡에서 $b=2$

따라서 선분 CA의 길이는 2이다.

06 [모범답안]

부채꼴 OAB의 중심각의 크기는 $\frac{4}{25}\pi$이고 호의 길이는 $\frac{8}{5}\pi$이므로

$\overline{OA}\times\frac{4}{25}\pi=\frac{8}{5}\pi$, $\overline{OA}=10$

부채꼴 OAB의 넓이는 $\frac{1}{2}\times 10^2\times\frac{4}{25}\pi=8\pi$

한편, 선분 OB를 3 : 2로 내분하는 점이 C이므로

$\overline{OC}=\frac{3}{5}\times 10=6$

부채꼴 OCD에서 $\angle COD=\theta$라 하면 부채꼴 OCD의 넓이는 $\frac{1}{2}\times 6^2\times\theta=18\theta$

부채꼴 OAB의 넓이와 부채꼴 OCD의 넓이가 같으므로

$8\pi=18\theta$에서 $\theta=\frac{4}{9}\pi$

부채꼴 OCD에서 호 CD의 길이는

$6\times\frac{4}{9}\pi=\frac{8}{3}\pi$

따라서 $p=3$, $q=8$

$p\times q=3\times 8=24$

07 [모범답안]

$\sin\theta=-\frac{\sqrt{7}}{4}$이고 $\sin^2\theta+\cos^2\theta=1$이므로

$\cos^2\theta=1-\sin^2\theta=1-\left(-\frac{\sqrt{7}}{4}\right)^2=\frac{9}{16}$

$\frac{3}{2}\pi<\theta<2\pi$일 때 $\cos\theta>0$이므로 $\cos\theta=\frac{3}{4}$

따라서 $\frac{4\cos\theta}{1-\cos\theta}=\frac{4\times\frac{3}{4}}{1-\frac{3}{4}}=12$

08 [모범답안]

$\cos\left(\frac{\pi}{2}+\theta\right)=-\sin\theta$이므로 $\cos\left(\frac{\pi}{2}+\theta\right)=\frac{\sqrt{5}}{3}$에서

$\sin\theta=-\frac{\sqrt{5}}{3}$

$\tan\theta<0$, $\sin\theta<0$이므로 θ는 제4사분면의 각이고, $\cos\theta>0$이다.

$\cos^2\theta=1-\sin^2\theta=1-\left(-\frac{\sqrt{5}}{3}\right)^2=\frac{4}{9}$에서

$\cos\theta>0$이므로 $\cos\theta=\frac{2}{3}$

09 [모범답안]

함수 $f(x)$의 최솟값이 -1이고 $a>0$이므로

$-a+b=-1$ …… ㉠

$f\left(\frac{\pi}{3}\right)=a\sin\frac{\pi}{6}+b=\frac{a}{2}+b$이므로

$\frac{a}{2}+b=5$ …… ㉡

㉡$-$㉠을 하면 $\frac{3}{2}a=6$, $a=4$

$a=4$를 ㉠에 대입하면 $-4+b=-1$, $b=3$

따라서 $\frac{ab}{2}=\frac{12}{2}=6$

10 [모범답안]

$\sin^2A=1-\cos^2A=1-\left(\frac{\sqrt{7}}{4}\right)^2=\frac{9}{16}$

이때 $0<A<\pi$이고 $\sin A>0$이므로

$\sin A=\frac{3}{4}$

삼각형 ABC의 외접원의 반지름의 길이가 11이므로

사인법칙에 의하여 $\frac{\overline{BC}}{\sin A}=2\times11$

따라서 $\overline{BC}=2\times11\times\sin A=2\times11\times\frac{3}{4}=\frac{33}{2}$

11 [모범답안]

ΔABC의 내각의 크기의 합은 180°이므로

$\angle A=180-(\angle B+\angle C)=180^\circ-150^\circ=30^\circ$

또한 외접원의 반지름의 길이가 $3\sqrt{2}$이므로 사인법칙을 이용하면

$\therefore \frac{\overline{BC}}{\sin30^\circ}=2\times3\sqrt{2}$

따라서

$\overline{BC}=2\times3\sqrt{2}\times\frac{1}{2}=3\sqrt{2}$

12 [모범답안]

부채꼴의 반지름의 길이를 r, 호의 길이를 l이라 하면 부채꼴의 넓이가 16이므로

$\therefore \frac{1}{2}rl=16$, $l=\frac{32}{r}$

이때 부채꼴의 둘레의 길이는

$\therefore 2r+l=2r+\frac{32}{r}$

산술 · 기하평균을 이용하면

$2r+\frac{32}{r}\geq2\sqrt{2r\times\frac{32}{r}}=16$

따라서 둘레의 길이가 최댓값이 되기 위해서는 $2r+\frac{32}{r}=16$, $2r=\frac{32}{r}$의 조건이 성립해야하므로 $r=4$일 때 둘레가 최댓값을 갖는다.

13 [모범답안]

$4-3\sin^2\theta=t$로 놓으면 $\sin^2\theta=\frac{4-t}{3}$

$0<\theta<2\pi$에서 $-1\leq\sin\theta\leq1$이므로 $1\leq t\leq4$

$f(\theta)=\frac{3}{t}-\frac{4(4-t)}{3}=\frac{4t}{3}+\frac{3}{t}-\frac{16}{3}$

이때 $t>0$이므로

$\frac{4t}{3}+\frac{3}{t}-\frac{16}{3}\geq2\sqrt{\frac{4t}{3}\times\frac{3}{t}}-\frac{16}{3}$

$=4-\frac{16}{3}=-\frac{4}{3}$ …… ㉠

$\frac{4t}{3}=\frac{t}{3}$에서 $t^2=\frac{9}{4}$, 즉 $t=\frac{3}{2}$이고, $1\leq\frac{3}{2}\leq4$이므로

부등식 ㉠에서 등호는 $t=\frac{3}{2}$, 즉 $\sin^2\theta=\frac{5}{6}$일 때 성립한다.

따라서 함수 $f(\theta)$는 $\sin^2\theta=\frac{5}{6}$일 때, 최솟값 $-\frac{4}{3}$를 갖는다.

14 [모범답안]

θ가 제4사분면의 각일 때, $\sin\theta<0$, $\cos\theta>0$이므로

주어진 부등식 $\sin^2\theta-|\sin\theta|<\cos^2\theta$은

$\therefore \sin^2\theta+\sin\theta<\cos^2\theta$

이때, $\sin^2\theta+\cos^2\theta=1$이므로

$\sin^2\theta+\sin\theta<1-\sin^2\theta$,

$2\sin^2\theta+\sin\theta-1=(\sin\theta+1)(2\sin\theta-1)$

$\therefore 2\sin^2\theta+\sin\theta-1<0$

$(\sin\theta+1)(2\sin\theta-1)<0$

$-1<\sin\theta<\frac{1}{2}$

따라서 θ가 제 4사분면의 각이므로 $\frac{3}{2}\pi<\theta<2\pi$

15 [모범답안]

$f(x)=a\sin bx+c$의 주기가 π, 최댓값은 2이므로

$\frac{2\pi}{|b|}=\pi$에서 $b=2$, $a+c=2$

$f\left(\frac{\pi}{6}\right)=a\sin\frac{\pi}{3}+c=\sqrt{3}$이므로

$\therefore \frac{\sqrt{3}}{2}a+c=\sqrt{3}$

$a+c=2$, $\frac{\sqrt{3}}{2}a+c=\sqrt{3}$을 연립하면

$\left(\frac{\sqrt{3}}{2}a+c\right)-(a+c)=\sqrt{3}-2$,

$\left(\frac{\sqrt{3}}{2}-1\right)a=\sqrt{3}-2$, $a=(\sqrt{3}-2)\times\left(\frac{2}{\sqrt{3}-2}\right)$

$\therefore a=2$이므로 $c=0$

따라서

$f(x)=2\sin 2x$이므로

$f\left(\frac{\pi}{8}\right)=2\sin\frac{\pi}{4}=2\times\frac{\sqrt{2}}{2}=\sqrt{2}$

16 [모범답안]

$\triangle$ABC의 넓이를 S라고 하면

$S=\frac{1}{2}\times4\times6\times\sin B=12\sin B$

한편 $\triangle$BDE의 넓이는 $\frac{1}{2}S$이므로

$\frac{1}{2}\times12\sin B=\frac{1}{2}\times\overline{BD}\times\overline{BE}\times\sin B$,

따라서 $\overline{BD}\times\overline{BE}=12$

17 [모범답안]

$0\le x<\pi$에서 x에 대한 방정식 $\cos x=x^2+k$가 실근을 갖기 위해서는 함수 $y=\cos x$와 함수 $y=x^2+k$의 그래프가 만나야 한다.

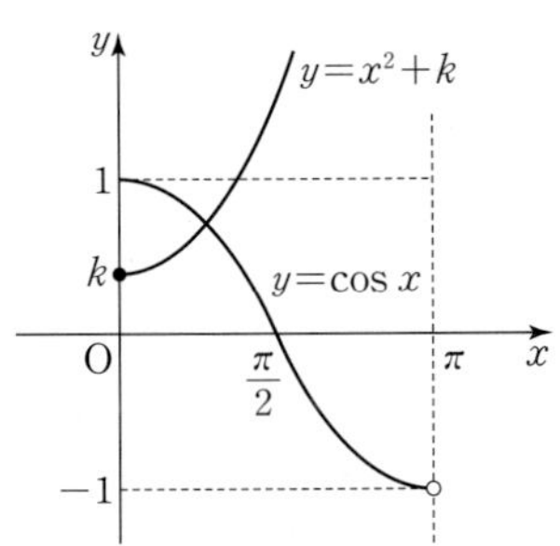

위의 그래프에서 k값은 $k\le1$의 범위이다.

또한 $x=\pi$일 때 $y>-1$의 범위에서 교점이 생김으로,

$-1<\pi^2+k$ $\therefore k>-\pi^2-1$

따라서 구하고자 하는 k의 범위는 $-\pi^2-1<k\le1$

18 [모범답안]

$\angle$AOB가 60°이므로 $\sin 60°=\frac{\sqrt{3}}{\overline{AO}}$ $\therefore \overline{AO}=2$

점 A에서 $\overline{OB}$로 내린 수선의 발이 P이므로 $\triangle$AOP는 $\angle$OPA$=90°$인 직각삼각형이다.

따라서 구하고자하는 부분의 넓이는 부채꼴의 넓이에서 $\triangle$AOP를 뺀 값이므로

부채꼴의 넓이$=\frac{1}{2}rl=\frac{1}{2}\times2\times\frac{2}{3}\pi=\frac{2\pi}{3}$.

$\triangle AOP=\frac{1}{2}\times1\times\sqrt{3}=\frac{\sqrt{3}}{2}$

따라서 색칠한 부분의 넓이는 $\frac{2\pi}{3}-\frac{\sqrt{3}}{2}$

19 [모범답안]

이차방정식 $x^2-2kx+2k=0$에서 근과 계수의 관계에 의해

$\sin\theta+\cos\theta=2k$

$\sin\theta\cos\theta=2k$

이때 $\sin\theta+\cos\theta=2k$의 양변을 제곱하면

$\therefore \sin^2\theta+\cos^2\theta+2\sin\theta\cos\theta=4k^2$

$\sin^2\theta+\cos^2\theta=1$, $\sin\theta\cos\theta=2k$를 위 식에 대입하면

$1+4k=4k^2$, $4k^2-4k-1=0$

이므로

$4k^2-4k-1=0$, $4\left(k^2-k+\frac{1}{4}\right)-\frac{1}{4}-1=0$,

$4\left(k-\frac{1}{2}\right)^2-\frac{5}{4}=0$

$\therefore k=\frac{1}{2}\pm\frac{\sqrt{5}}{4}$

따라서 모든 상수 k값의 합은 1이다.

20 [모범답안]

$\triangle$ABC에서 $180°=\angle A+\angle B+\angle C$이므로

$180°=\angle A+\angle 2A+\angle A=4\angle A$

$\therefore \angle A=45°$, $\angle B=90°$

한편 사인법칙에서

$\frac{a}{\sin A}=\frac{b}{\sin B}$이므로

$\frac{a}{b}=\frac{\sin A}{\sin B}=\frac{\frac{\sqrt{2}}{2}}{1}=\frac{\sqrt{2}}{2}$

PART1 국어

PART 2 수학

PART 3 기출문제

PART 4 해답

Ⅲ. 수열

01 [모범답안]

등차수열 $\{a_n\}$의 공차를 d라 하면 $a_2=a_1+d$이므로

$d=a_2-a_1=3-(-1)=4$

즉, 수열 $\{a_n\}$은 첫째항이 -1이고 공차가 4인 등차수열이다.

이 등차수열의 첫째항부터 제7항까지의 합은

$\frac{7\times\{2\times(-1)+(7-1)\times4\}}{2}=77$

02 [모범답안]

등비수열 $\{a_n\}$의 첫째항을 a, 공비를 r이라 하면

$a_n=ar^{n-1}$

$a_2=ar=\frac{1}{4}$ …… ㉠

$a_3+a_4=ar^2+ar^3=ar(r+r^2)=5$ …… ㉡

㉠을 ㉡에 대입하면

$\frac{1}{4}(r+r^2)=5$, $r^2+r-20=0$, $(r+5)(r-4)=0$

이때 모든 항이 양수이므로 $r>0$

따라서 $r=4$이므로

$a_7=a_2\times r^5=\frac{1}{4}\times4^5=256$

03 [모범답안]

첫째항이 a이고 공비가 $\frac{1}{2}$이므로

$$S_4=\frac{a\times\left\{1-\left(\frac{1}{2}\right)^4\right\}}{1-\frac{1}{2}}=\frac{a\times\frac{15}{16}}{\frac{1}{2}}=a\times\frac{15}{8}=3$$

따라서 $a=\frac{8}{5}$

04 [모범답안]

$\sum_{k=1}^{10}3a_k=3\sum_{k=1}^{10}a_k=15$이므로 $\sum_{k=1}^{10}a_k=5$

$\sum_{k=1}^{10}(a_k+2b_k)=\sum_{k=1}^{10}a_k+2\sum_{k=1}^{10}b_k=5+2\sum_{k=1}^{10}b_k=21$이므로

$\sum_{k=1}^{10}b_k=\frac{1}{2}\times(21-5)=8$

따라서 $\sum_{k=1}^{10}(b_k+1)=\sum_{k=1}^{10}b_k+\sum_{k=1}^{10}1=8+10=18$

05 [모범답안]

$\sum_{k=1}^{10}\{5a_k-k(k-3)\}=\sum_{k=1}^{10}(5a_k-k^2+3k)$

$=5\sum_{k=1}^{10}a_k-\sum_{k=1}^{10}k^2+3\sum_{k=1}^{10}k$

$=5\sum_{k=1}^{10}a_k-\frac{10\times11\times21}{6}+3\times\frac{10\times11}{2}$

$=5\sum_{k=1}^{10}a_k-220=0$이므로

$\sum_{k=1}^{10}a_k=\frac{1}{5}\times220=44$

06 [모범답안]

첫째항이 3이고 공차가 2인 등차수열 $\{a_n\}$의 일반항은

$a_n=3+2(n-1)=2n+1$이므로

$a_{2n-1}=2(2n-1)+1=4n-1$,

$a_{2n}=2\times2n+1=4n+1$이고

$b_n=a_{2n-1}+a_{2n}=(4n-1)+(4n+1)=8n$

따라서 수열 $\{b_n\}$은 첫째항이 $b_1=8$이고 공차가 8인 등차수열이다.

따라서 $S_6=\frac{6\times(2\times8+5\times8)}{2}=168$

07 [모범답안]

등비수열 $\{a_n\}$의 공비를 r라 하면

$a_3-a_1=4$에서

$a_1(r^2-1)=4$ …… ㉠

$a_7-a_5=36$에서

$a_5(r^2-1)=36$ …… ㉡

㉡÷㉠을 하면

$\frac{a_5}{a_1}=9$, $a_5=a_1\times9$

한편, $a_5=a_1r^4$이므로 $r^4=9$

$r^2=3$이므로 이것을 ㉠에 대입하면 $a_1=2$

따라서 $a_7=a_1\times r^6=a_1\times(r^2)^3=2\times3^3=54$

08 [모범답안]

세 수 a, $a+b$, ab가 이 순서대로 등차수열을 이루므로

$2(a+b)=a+ab$

$a+2b-ab=0$ …… ㉠

세 수 a^2, ab, $2b$가 이 순서대로 등비수열을 이루므로

$(ab)^2=a^2\times2b$

$a^2b(b-2)=0$

$a\neq0$, $b\neq0$이므로 $b=2$

$b=2$를 ㉠에 대입하면

$a+2\times2-a\times2=0$

$a=4$

따라서 $a+b=4+2=6$

09 [모범답안]

이차방정식의 근과 계수의 관계에 의하여

$a_n=\frac{n^2-12n}{n}=n-12$, $b_n=-\frac{8}{n}$

따라서

$\sum_{k=1}^{16}\frac{a_k}{b_k}=\sum_{k=1}^{16}\frac{k-12}{-\frac{8}{k}}=\sum_{k=1}^{16}\left(-\frac{k^2}{8}+\frac{3k}{2}\right)$

$=-\frac{1}{8}\sum_{k=1}^{16}k^2+\frac{3}{2}\sum_{k=1}^{16}k$

$=-\frac{1}{8}\times\frac{16\times17\times33}{6}+\frac{3}{2}\times\frac{16\times17}{2}$

$=-187+204=17$

10 [모범답안]

$a_1=2$이므로 $\log_2 2\times\log_2 a_2=1$에서

$\log_2 a_2=1$, 즉 $a_2=2$

$a_2=2$이므로 $\log_2 2\times\log_2 a_3=3$에서

$\log_2 a_3=3$, 즉 $a_3=8$

$a_3=2^3$이므로 $\log_2 2^3\times\log_2 a_4=5$에서

$\log_2 a_4=\frac{5}{3}$, 즉 $a_4=2^{\frac{5}{3}}$

$a_4=2^{\frac{5}{3}}$이므로 $\log_2 2^{\frac{5}{3}}\times\log_2 a_5=7$에서

$\log_2 a_5=\frac{21}{5}$, 즉 $a_5=2^{\frac{21}{5}}$

따라서

$5\log_2\frac{a_5}{a_2}=5\log_2\frac{2^{\frac{21}{5}}}{a_2}=5\log_2 2^{\frac{16}{5}}=5\times\frac{16}{5}=16$

11 [모범답안]

$\frac{1}{a_n}=\frac{n^2+n+1}{n^2+n}=1+\frac{1}{n^2+n}=1+\frac{1}{n(n+1)}$

$=1+\left(\frac{1}{n}-\frac{1}{n+1}\right)$

따라서

$\sum_{k=1}^{10}\frac{1}{a_k}=\sum_{k=1}^{10}\left\{1+\left(\frac{1}{k}-\frac{1}{k+1}\right)\right\}$

$=10+\left\{\left(1-\frac{1}{2}\right)+\left(\frac{1}{2}-\frac{1}{3}\right)+\cdots+\left(\frac{1}{10}-\frac{1}{11}\right)\right\}$

$=10+\left(1-\frac{1}{11}\right)=\frac{120}{11}$

$\therefore \sum_{k=1}^{10}\frac{11}{a_k}=11\sum_{k=1}^{10}\frac{1}{a_k}=11\times\frac{120}{11}=120$

12 [모범답안]

등차수열 $\{a_n\}$의 공차를 d라 하면

$a_1+a_2+a_3+\cdots+a_{10}=100$에서

$\frac{10(2a_1+9d)}{2}=100$

$2a_1+9d=20$ …… ㉠

$a_1+a_2+a_3+a_4+a_5=2(a_6+a_7+a_8+a_9+a_{10})$에서

$5a_1+10d=2(5a_1+35d)$

즉, $a_1+12d=0$에서 $a_1=-12d$

㉠에서 $2\times(-12d)+9d=20$

$d=-\frac{4}{3}$, $a_1=-12\times\left(-\frac{4}{3}\right)=16$

따라서 $a_7=a_1+6d=16+6\times\left(-\frac{4}{3}\right)=8$

13 [모범답안]

이차방정식 $x^2-kx+5=0$의 두 근이 α, β이므로 근과 계수의 관계를 이용하면

$\alpha+\beta=k$, $\alpha\beta=5$

이때 α, $\beta-\alpha$, β의 순서로 등비수열을 이루므로

$(\beta-\alpha)^2=\alpha\beta$, $(\beta+\alpha)^2=(\beta-\alpha)^2+4\alpha\beta=5\alpha\beta$

$\therefore k^2=5\times5=5^2$

따라서 $k=5$

14 [모범답안]

등차수열 $\{a_n\}$의 첫째항을 a, 공차를 d라고 하면

일반항은 $a_n=a+(n-1)d$

$a_3=a+2d=-2$, $a_9=a+8d=22$이므로

$\therefore a=-10$, $d=4$

따라서

등차수열 $\{a_n\}$은 a_4부터 양수이므로

$|a_1|+|a_2|+|a_3|+\cdots+|a_{10}|$

$=-(a_1+a_2+a_3)+(a_4+a_5+a_6+a_7+a_8+a_9+a_{10})$

$=(10+6+2)+(2+6+10+14+18+22+26)$

$=116$

15 [모범답안]

$a_{n+1}+2a_n=3a_n+2$을 정리하면

$\therefore a_{n+1}=a_n+2$

$n=1, 2, \cdots, n-1$을 차례대로 대입하면

$a_2=a_1+2$

$a_3=a_2+2$

$a_4=a_3+2$

⋮

$a_n=a_{n-1}+2$

위 식을 각 변끼리 더하면

$(a_2+a_3+a_4+\cdots+a_n)=(a_1+a_2+a_3+\cdots+a_{n-1})+2(n-1)$,

$a_n=a_1+2(n-1)$이고 $a_1=2$이므로

$\therefore a_n=2+2n-2=2n$

따라서 $a_{15}=30$

16 [모범답안]

세 수 a, b, 2가 등차수열을 이루므로 b는 a와 2의 등차중항이다.

$\therefore b=\frac{2+a}{2}$

또한

세 수 2, a, b가 등비수열을 이루므로 a는 2와 b의 등비중항이다.

$\therefore a^2=2b$

이때 위의 두 식 $2b=2+a$, $a^2=2b$를 연립하여 a에 관해 정리하면

$a^2=a+2$, $a^2-a-2=0$, $(a-2)(a+1)=0$

$\therefore a=2$ 또는 $a=-1$

그런데 $a=2$인 경우 $a=b$이므로 서로 다른 세 수 라는 조건에 어긋나므로

$a=-1$, $b=\frac{1}{2}$

$\therefore 2ab=-1$

17 [모범답안]

$a_n=\frac{n(n-1)}{3\{1^2+2^2+3^2+\cdots+(n-1)^2\}}$에서

$a_n=\frac{n(n-1)}{3\times\left\{\frac{(n-1)n(2n-1)}{6}\right\}}$

$=\frac{2n(n-1)}{(n-1)n(2n-1)}=\frac{2}{2n-1}$

따라서

$\therefore \frac{1}{a_n}=\frac{2n-1}{2}=n-\frac{1}{2}$

$\sum_{k=1}^{10}\frac{1}{a_k}=\sum_{k=1}^{10}\left(n-\frac{1}{2}\right)=\frac{10\times11}{2}-5=50$

18 [모범답안]

주어진 수열의 n번째 항을 a_n이라 하면

$a_n=\frac{1}{2+4+6+\cdots+2n}=\frac{1}{\sum_{k=1}^{n}2k}$

$\therefore a_n=\frac{1}{n(n+1)}$

따라서 주어진 수열의 첫째항부터 제10항까지의 합은

$\sum_{k=1}^{10}\frac{1}{n(n+1)}=\sum_{k=1}^{10}\left(\frac{1}{n}-\frac{1}{n+1}\right)$

$=\left(\frac{1}{1}-\frac{1}{2}\right)+\left(\frac{1}{2}-\frac{1}{3}\right)+\cdots$

$+\left(\frac{1}{10}-\frac{1}{11}\right)$

$=1-\frac{1}{11}=\frac{10}{11}$

19 [모범답안]

$S_nT_n=1^3+2^3+3^3+\cdots+(n-1)^3+n^3$에서

$S_nT_n=\sum_{k=1}^{n}k^3=\left\{\frac{n(n+1)}{2}\right\}^2$

$a_n=4n$이므로 $S_n=4\times\frac{n(n+1)}{2}=2n(n+1)$

따라서

$S_nT_n=2n(n+1)T_n=\left\{\frac{n(n+1)}{2}\right\}^2$이므로

$\therefore T_n=\frac{n(n+1)}{8}$

따라서

$b_n=T_n-T_{n-1}=\frac{n(n+1)}{8}-\frac{n(n-1)}{8}$,

$=\frac{n(n+1)}{8}-\frac{n(n-1)}{8}=\frac{2n}{8}=\frac{n}{4}$

$\therefore b_8=2$

20 [모범답안]

주어진 조건에 따라 a_1부터 차례대로 대입하면

$a_1=\frac{1}{2}$

$a_1=\frac{1}{2}\le1$이므로 $a_2=2\times\frac{1}{2}=1$

$a_2=1\le1$이므로 $a_3=2\times1=2$

$a_3=2>1$이므로 $a_4=2-\frac{3}{2}=\frac{1}{2}$

$a_4=\frac{1}{2}\le1$이므로 $a_5=2\times\frac{1}{2}=1$

⋮

따라서 $a_{3n-2}=\frac{1}{2}$, $a_{3n-1}=1$, $a_{3n}=2$의 규칙성을 보이므로

$\therefore a_9+a_{14}=2+1=3$

[수학 II]

IV. 함수의 극한과 연속

01 [모범답안]

주어진 그래프에서 $f(2)=1$, $\lim_{x\to1+}f(x)=2$

$\lim_{x\to1+}f(-x)$에서 $t=-x$라 하면

$x\to1+$일 때, $t\to-1-$이므로

$\lim_{x\to1+}f(-x)=\lim_{t\to-1-}f(t)=-1$

따라서 $f(2)-\frac{1}{3}\lim_{x\to1+}f(x)f(-x)$

$=1-\frac{1}{3}\{2\times(-1)\}=\frac{5}{3}$

02 [모범답안]

$\lim_{x\to2}xf(x)=\frac{4}{9}$이므로

$\lim_{x\to2}(2x^2+1)f(x)=\lim_{x\to2}\left\{\frac{2x^2+1}{x}\times xf(x)\right\}$

$=\lim_{x\to2}\frac{2x^2+1}{x}\times\lim_{x\to2}xf(x)$

$=\frac{9}{2}\times\frac{4}{9}=2$

03 [모범답안]

$\lim_{x\to3}\frac{x^2-9}{x^2-x-6}=\lim_{x\to3}\frac{(x-3)(x+3)}{(x+2)(x-3)}$

$=\lim_{x\to3}\frac{x+3}{x+2}=\frac{3+3}{3+2}=\frac{6}{5}$

04 [모범답안]

$\lim_{x\to-2}\frac{\sqrt{2x+a}+b}{x+2}=\frac{1}{2}$ …… ㉠

㉠에서 $x\to-2$일 때 (분모) → 0이고 극한값이 존재하므로 (분자) → 0이어야 한다.

즉, $\lim_{x\to-2}(\sqrt{2x+a}+b)=\sqrt{a-4}+b=0$에서

$b=-\sqrt{a-4}$ …… ㉡

㉡을 ㉠에 대입하면

$\lim_{x\to-2}\frac{\sqrt{2x+a}-\sqrt{a-4}}{x+2}$

$=\lim_{x\to-2}\frac{(\sqrt{2x+a}-\sqrt{a-4})(\sqrt{2x+a}+\sqrt{a-4})}{(x+2)(\sqrt{2x+a}+\sqrt{a-4})}$

$=\lim_{x\to-2}\frac{2(x+2)}{(x+2)(\sqrt{2x+a}+\sqrt{a-4})}$

$=\lim_{x\to-2}\frac{2}{(\sqrt{2x+a}+\sqrt{a-4})}$

$=\frac{2}{2\sqrt{a-4}}=\frac{1}{\sqrt{a-4}}$

즉, $\frac{1}{\sqrt{a-4}}=\frac{1}{2}$에서 $\sqrt{a-4}=2$

$a-4=4$이므로 $a=8$

㉡에서 $b=-2$

따라서 $a-b=8-(-2)=10$

05 [모범답안]

$f(x)=x^3-3x+2\lim_{t\to1}f(t)$ …… ㉠

다항함수 $f(x)$는 실수 전체의 집합에서 연속이므로

$\lim_{t\to1}f(t)=f(1)$

그러므로 ㉠에서

$f(x)=x^3-3x+2f(1)$ …… ㉡

㉡의 양변에 $x=1$을 대입하면

$f(1)=1-3+2f(1)$, $f(1)=2$

따라서 ㉠에서 $f(x)=x^3-3x+4$이므로

$f(-1)=(-1)-3(-1)+4=6$

06 [모범답안]

$\lim_{x\to0}\frac{6x-x^2}{\sqrt{1+x}-\sqrt{1-x}}$

$=\lim_{x\to0}\frac{x(6-x)(\sqrt{1+x}+\sqrt{1-x})}{(\sqrt{1+x}-\sqrt{1-x})(\sqrt{1+x}+\sqrt{1-x})}$

$=\lim_{x\to0}\frac{x(6-x)(\sqrt{1+x}+\sqrt{1-x})}{(1+x)-(1-x)}$

$=\lim_{x\to0}\frac{x(6-x)(\sqrt{1+x}+\sqrt{1-x})}{2x}$

$=\lim_{x\to0}\frac{(6-x)(\sqrt{1+x}+\sqrt{1-x})}{2}$

$=\frac{6\times(1+1)}{2}=6$

07 [모범답안]

$\frac{x^2-2}{9x}\le f(x)\le\frac{x^2+2}{9x}$에서 $x>0$이므로

$\frac{x^2-2}{3x^2}\le\frac{3f(x)}{x}\le\frac{x^2+2}{3x^2}$

이때 $\lim_{x\to\infty}\frac{x^2-2}{3x^2}=\lim_{x\to\infty}\frac{1-\frac{2}{x^2}}{3}=\frac{1}{3}$

$\lim_{x\to\infty}\frac{x^2+2}{3x^2}=\lim_{x\to\infty}\frac{1+\frac{2}{x^2}}{3}=\frac{1}{3}$

따라서 함수의 극한의 대소 관계에 의하여

$\lim_{x\to\infty}\frac{3f(x)}{x}=\frac{1}{3}$

08 [모범답안]

$f(x)$가 다항함수이므로

$\lim_{x\to 1-}f(x)=\lim_{x\to 1+}f(x)=\lim_{x\to 1}f(x)$

조건 (가)에서

$\lim_{x\to 1-}f(x)+\lim_{x\to 1+}2f(x)=\lim_{x\to 1}f(x)+2\lim_{x\to 1}f(x)$

$=3\lim_{x\to 1}f(x)=6$이므로 $\lim_{x\to 1}f(x)=2$

조건 (나)에서

$\lim_{x\to 1}\{f(x)g(x)+2xf(x)\}=\lim_{x\to 1}f(x)\{g(x)+2x\}$

$=\lim_{x\to 1}f(x)\times\{\lim_{x\to 1}g(x)+\lim_{x\to 1}2x\}$

$=2\left\{\lim_{x\to 1}g(x)+2\right\}=10$이므로 $\lim_{x\to 1}g(x)=3$

따라서

$\lim_{x\to 1}\{5f(x)-3g(x)\}=5\lim_{x\to 1}f(x)-3\lim_{x\to 1}g(x)$

$=(5\times 2)-(3\times 3)=1$

09 [모범답안]

함수 $f(x)$가 $x=1$에서 연속이므로 $\lim_{x\to 1}f(x)=f(1)$이어야 한다.

따라서

$a=\lim_{x\to 1}f(x)=\lim_{x\to 1}\frac{\sqrt{x^2+8}-3}{x-1}$

$=\lim_{x\to 1}\frac{x^2-1}{(x-1)(\sqrt{x^2+8}+3)}$

$=\lim_{x\to 1}\frac{x+1}{\sqrt{x^2+8}+3}=\frac{2}{3+3}=\frac{1}{3}$

10 [모범답안]

$h(x)=f(x)-g(x)$라 하면 방정식 $f(x)-g(x)=0$의 실근은 방정식 $h(x)=0$의 실근과 같다.

$h(x)=x^5+x^3+x-k+3$에서

$h(1)=6-k$, $h(2)=45-k$이고,

방정식 $h(x)=0$이 열린구간 $(1, 2)$에서 오직 하나의 실근을 가지려면 $h(1)h(2)<0$이어야 하므로

$(6-k)(45-k)<0$, $6<k<45$

따라서 조건을 만족시키는 정수 k의 개수는 38이다.

11 [모범답안]

$\lim_{x\to 2}\frac{\sqrt{2x^2+1}-3}{mx+n}$의 값이 0이 아닌 실수로 존재하며,

$\lim_{x\to 2}(\sqrt{2x^2+1}-3)=0$이므로

$\lim_{x\to 2}(mx+n)=0$

즉, $2m+n=0$, $n=-2m$

$\lim_{x\to 2}\frac{\sqrt{2x^2+1}-3}{mx+n}=\lim_{x\to 2}\frac{\sqrt{2x^2+1}-3}{m(x-2)}$

$=\lim_{x\to 2}\frac{(\sqrt{2x^2+1}-3)(\sqrt{2x^2+1}+3)}{m(x-2)(\sqrt{2x^2+1}+3)}$

$=\lim_{x\to 2}\frac{2x^2-8}{m(x-2)(\sqrt{2x^2+1}+3)}$

$=\lim_{x\to 2}\frac{2(x-2)(x+2)}{m(x-2)(\sqrt{2x^2+1}+3)}$

$=\lim_{x\to 2}\frac{2(x+2)}{m(\sqrt{2x^2+1}+3)}=\frac{8}{6m}$

$=\frac{4}{3m}=\frac{4}{3}$

$\therefore m=1$, $n=-2$

따라서 $m+n=-1$

12 [모범답안]

$\lim_{x\to 1}(-2x^2+5)=3$, $\lim_{x\to 1}(-4x+7)=3$이므로

함수의 극한의 대소 관계에 의하여

$\lim_{x\to 1}\{f(x)+g(x)\}=3$

$\lim_{x\to 1}f(x)=\alpha$, $\lim_{x\to 1}g(x)=\beta$라 하면

$\alpha+\beta=3$ …… ㉠

$\lim_{x\to 1}\{f(x)+2g(x)\}=\lim_{x\to 1}f(x)+2\lim_{x\to 1}g(x)$

$=\alpha+2\beta=0$이면

㉠에 의하여 $\alpha=6$, $\beta=-3$이고,

$\lim_{x\to 1}\{2f(x)+g(x)\}=2\lim_{x\to 1}f(x)+\lim_{x\to 1}g(x)$

$=2\alpha+\beta=9\neq 0$이므로

$\lim_{x\to 1}\frac{2f(x)+g(x)}{f(x)+2g(x)}=8$을 만족시킬 수 없다.

그러므로 $\lim_{x\to 1}\{f(x)+2g(x)\}\neq 0$이고

$\lim_{x\to 1}\frac{2f(x)+g(x)}{f(x)+2g(x)}=\frac{2\lim_{x\to 1}f(x)+\lim_{x\to 1}g(x)}{\lim_{x\to 1}f(x)+2\lim_{x\to 1}g(x)}$

$=\frac{2\alpha+\beta}{\alpha+2\beta}=8$ …… ㉡

㉠에서 $\beta=3-\alpha$이므로 이것을 ㉡에 대입하면

$\frac{2\alpha+(3-\alpha)}{\alpha+2(3-\alpha)}=\frac{\alpha+3}{-\alpha+6}=8$에서

$\alpha=5$이고 $\beta=-2$

따라서

$\lim_{x\to 1}\{f(x)-2g(x)\}=\lim_{x\to 1}f(x)-2\lim_{x\to 1}g(x)$

$=5-2(-2)=9$

13 [모범답안]

$\lim_{x\to\infty}f(x)=\infty$에서 $\lim_{x\to\infty}\left\{\frac{1}{f(x)}\right\}=0$

$\lim_{x\to\infty}\{2f(x)-3g(x)\}\times\lim_{x\to\infty}\left\{\frac{1}{f(x)}\right\}$

$=\lim_{x\to\infty}\left\{2-3\frac{g(x)}{f(x)}\right\}=8\times 0=0$

$\therefore \lim_{x\to\infty}\left\{\frac{g(x)}{f(x)}\right\}=\frac{2}{3}$

$$\lim_{x\to\infty}\left\{\frac{f(x)+3g(x)}{f(x)}\right\}=\lim_{x\to\infty}\frac{1+3\left\{\frac{g(x)}{f(x)}\right\}}{1}$$

$$=\frac{1+2}{1}=3$$

$\therefore \lim_{x\to\infty}\left\{\frac{f(x)+3g(x)}{f(x)}\right\}=3$

14 [모범답안]

$\lim_{x\to2}\frac{2-\sqrt{ax+b}}{x^2-2x}=1$ …… ㉠에서

$x\to2$일 때 (분모)$\to0$이고 극한값이 존재하므로 (분자)$\to0$이어야 한다.

즉, $\lim_{x\to2}(2-\sqrt{ax+b})=0$에서

$2-\sqrt{2a+b}=0$, $2a+b=4$이므로

$b=-2a+4$ …… ㉡

㉡을 ㉠에 대입하면

$$\lim_{x\to2}\frac{2-\sqrt{ax-2a+4}}{x^2-2x}$$

$$=\lim_{x\to2}\frac{(2-\sqrt{ax-2a+4})(2+\sqrt{ax-2a+4})}{(x^2-2x)(2+\sqrt{ax-2a+4})}$$

$$=\lim_{x\to2}\frac{4-(ax-2a+4)}{(x-2)(2+\sqrt{ax-2a+4})}$$

$$=\lim_{x\to2}\frac{-a(x-2)}{(x-2)(2+\sqrt{ax-2a+4})}$$

$$=\lim_{x\to2}\frac{-a}{x(2+\sqrt{ax-2a+4})}$$

$=\frac{-a}{2\times(2+2)}=-\frac{a}{8}=1$에서

$a=-8$이고, ㉡에서 $b=20$

따라서 $b-a=20-(-8)=28$

15 [모범답안]

조건 (가)의 $\lim_{x\to\infty}\frac{f(x)-x^3}{x}=1$에서 분모는 일차식이지만 극한값이 0이 아닌 상수로 수렴하므로 $\{f(x)-x^3\}$도 최고차항의 계수가 1인 일차식이다.

$\therefore f(x)-x^3=x+a$, $f(x)=x^3+x+a$

이때 조건 (나)의 $f(x)=-f(-x)$에 의하여 $f(x)$는 원점대칭이며 홀수 차항의 다항식만 존재한다.

$\therefore f(x)=x^3+x$

16 [모범답안]

함수 $|f(x)|$가 실수 전체의 집합에서 연속이므로 $x=-1$과 $x=3$에서도 연속이다.

함수 $|f(x)|$가 $x=-1$에서 연속이므로

$\lim_{x\to-1-}|f(x)|=\lim_{x\to-1+}|f(x)|=|f(-1)|$이어야 한다.

$\lim_{x\to-1-}|f(x)|=\lim_{x\to-1-}|x+a|=|-1+a|$

$\lim_{x\to-1+}|f(x)|=\lim_{x\to-1+}|x|=|-1|=1$

$|f(-1)|=|-1|=1$이므로

$|-1+a|=1$

$a>0$이므로 $a=2$

함수 $|f(x)|$가 $x=3$에서 연속이므로

$\lim_{x\to3-}|f(x)|=\lim_{x\to3+}|f(x)|=|f(3)|$이어야 한다.

이때 $\lim_{x\to3-}|f(x)|=\lim_{x\to3-}|x|=|3|=3$

$\lim_{x\to3+}|f(x)|=\lim_{x\to3+}|bx-2|=|3b-2|$

$|f(3)|=|3b-2|$이므로

$|3b-2|=3$

$b>0$이므로 $b=\frac{5}{3}$

따라서 $a-b=2-\frac{5}{3}=\frac{1}{3}$

17 [모범답안]

조건 (가)의 $\lim_{x\to0}\frac{f(x)}{x}=5$와 조건 (나)의 $\lim_{x\to5}\frac{f(x)}{(x-5)}=10$에서 (분모) $\to$ 0이므로 (분자) $\to$ 0

$\therefore f(0)=f(5)=0$

$f(x)$는 다항함수이므로 $f(x)=x(x-5)Q(x)$ (단, $Q(x)$는 다항식)

조건 (가)의 $\lim_{x\to0}\frac{f(x)}{x}=\lim_{x\to0}\frac{x(x-5)Q(x)}{x}$

$$=\lim_{x\to0}\{(x-5)Q(x)\}=-5Q(0)$$

$$=5$$

$\therefore Q(0)=-1$

조건 (나)의 $\lim_{x\to5}\frac{f(x)}{(x-5)}=\lim_{x\to5}\frac{x(x-5)Q(x)}{(x-5)}$

$$=\lim_{x\to5}\{xQ(x)\}=5Q(5)=10$$

$\therefore Q(5)=2$

한편, $f(f(x))=f(x)\{f(x)-5\}Q(f(x))$

$$=x(x-5)Q(x)\{f(x)-5\}Q(f(x))$$

$$\lim_{x\to5}\frac{f(f(x))}{x(x-5)}$$

$$=\lim_{x\to5}\frac{x(x-5)Q(x)\{f(x)-5\}Q(f(x))}{x(x-5)}$$

$$=\lim_{x\to5}Q(x)\{f(x)-5\}Q(f(x))$$

$$=Q(5)\{f(5)-5\}Q(f(5))=2(-5)(-1)=10$$

18 [모범답안]

연속함수 $f(x)$는 $x=4$에서 연속이어야 한다.

$\lim_{x\to4-}f(x)=\lim_{x\to4-}\{a(x-4)^2+b\}=b$

$\lim_{x\to4+}f(x)=\lim_{x\to4+}(3x-2)=10$

$\therefore b=10$

$f(x+8)=f(x)$에 의해 $f(0)=f(8)$

$f(0)=16a+b$, $f(8)=22$, $16a+b=16a+10=22$

$\therefore a=\frac{3}{4}$

$$f(x)=\begin{cases}\frac{3}{4}(x-4)^2+10 & (0\le x<4)\\ 3x-2 & (4\le x<8)\end{cases}$$

$f(11)=f(8+3)=f(3)=\frac{3}{4}+10=\frac{43}{4}$

19 [모범답안]

$\lim_{x\to1}\frac{g(x)-2x}{x-1}$의 값이 존재한다.

따라서 $\lim_{x\to1}\{g(x)-2x\}=0$, $g(1)=2$

$\lim_{x\to1}\frac{f(x)g(x)}{x^2-1}=\lim_{x\to1}\frac{(x-1)\{g(x)-1\}g(x)}{x^2-1}$

$\lim_{x\to1}\frac{\{g(x)-1\}g(x)}{x+1}=\frac{\{g(1)-1\}g(1)}{2}=\frac{1\times2}{2}=1$

$\therefore \lim_{x\to1}\frac{f(x)g(x)}{x^2-1}=1$

20 [모범답안]

$\lim_{x\to2}\frac{f(x-2)+g(3-x)}{x^2-4}$

$=\lim_{x\to2}\frac{f(x-2)}{(x-2)(x+2)}+\lim_{x\to2}\frac{g(3-x)}{(x-2)(x+2)}$

이때,

$\lim_{x\to2}\frac{f(x-2)}{(x-2)(x+2)}$에서 $x-2=t$로 놓고

$\lim_{x\to2}\frac{g(3-x)}{(x-2)(x+2)}$에서 $3-x=s$로 놓으면

(단, t와 s는 상수) $x\to2$일 때, $t\to0$, $s\to1$이므로

$\lim_{x\to2}\frac{f(x-2)}{(x-2)(x+2)}+\lim_{x\to2}\frac{g(3-x)}{(x-2)(x+2)}$

$=\lim_{t\to0}\frac{f(t)}{t(t+4)}+\lim_{s\to1}\frac{g(s)}{(5-s)(1-s)}$

$=\frac{1}{4}\lim_{t\to0}\frac{f(t)}{t}-\frac{1}{4}\lim_{s\to1}\frac{g(s)}{(s-1)}=\frac{7}{4}-\frac{11}{4}=-1$

V. 다항함수의 미분법

01 [모범답안]

$f(x)=2x^3-4x^2+3ax-1$에서

$f'(x)=6x^2-8x+3a$

$\lim_{h\to0}\frac{f(1+h)-f(1)}{h}=2$에서

$f'(1)=2$이므로

$f'(1)=6-8+3a=2$

따라서 $a=\frac{4}{3}$

02 [모범답안]

$f(x)=-x^3+ax^2+6x-3$에서

$f'(x)=-3x^2+2ax+6$

함수 $f(x)$가 $x=-1$에서 극소이므로 $f'(-1)=0$에서

$f'(-1)=-3-2a+6=0$, $a=\frac{3}{2}$

그러므로 $f(x)=-x^3+\frac{3}{2}x^2+6x-3$

$f'(x)=-3x^2+3x+6=-3(x^2-x-2)$

$=-3(x+1)(x-2)$

$f'(x)=0$에서 $x=-1$ 또는 $x=2$

함수 $f(x)$의 증가와 감소를 표로 나타내면 다음과 같다.

x	$\cdots$	-1	$\cdots$	2	$\cdots$
$f'(x)$	$-$	0	$+$	0	$-$
$f(x)$	↘	극소	↗	극대	↘

따라서 함수 $f(x)$는 $x=2$에서 극대이므로

함수 $f(x)$의 극댓값은

$f(2)=-8+6+12-3=7$

03 [모범답안]

$x^3-3x^2+6-n=0$에서 $x^3-3x^2+6=n$

$f(x)=x^3-3x^2+6$이라 하면

$f'(x)=3x^2-6x=3x(x-2)$

$f'(x)=0$에서 $x=0$ 또는 $x=2$

함수 $f(x)$의 증가와 감소를 표로 나타내면 다음과 같다.

x	$\cdots$	0	$\cdots$	2	$\cdots$
$f'(x)$	$+$	0	$-$	0	$+$
$f(x)$	↗	극대	↘	극소	↗

$f(0)=6$, $f(2)=2$이므로 함수 $y=f(x)$의 그래프와 직선 $y=n$은 그림과 같다.

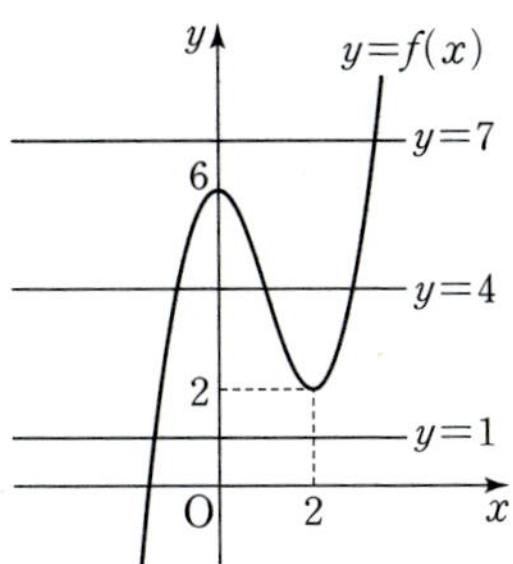

$a_1=1$, $a_2=2$, $a_3=a_4=a_5=3$, $a_6=2$,

$a_7=a_8=a_9=1$이므로

$\sum_{k=1}^{9}a_k=1+2+3\times3+2+1\times3=17$

04 [모범답안]

$h(x)=g(x)-f(x)$라 하자.

$h(x)=x^4-4x^3-8x^2+a$에서

$h'(x)=4x^3-12x^2-16x=4x(x+1)(x-4)$

$h'(x)=0$에서 $x=-1$ 또는 $x=0$ 또는 $x=4$

함수 $h(x)$의 증가와 감소를 표로 나타내면 다음과 같다.

x	$\cdots$	-1	$\cdots$	0	$\cdots$	4	$\cdots$
$h'(x)$	$-$	0	$+$	0	$-$	0	$+$
$h(x)$	↘	극소	↗	극대	↘	극소	↗

$h(-1)=a-3$, $h(4)=a-128$이고

모든 실수 x에 대하여 부등식 $f(x)\le g(x)$가 항상 성립하려면

모든 실수 x에 대하여 부등식 $h(x)\ge0$이 성립해야 하므로

$a-3\ge0$이고 $a-128\ge0$

따라서 $a\ge128$이므로 실수 a의 최솟값은 128이다.

05 [모범답안]

$x=t^3-2t^2-3t=t(t+1)(t-3)$

$t>0$에서 점 P가 원점을 지나는 시각은

$x=0$에서 $t=3$

점 P의 시각 t에서의 속도를 v라 하면

$v=\frac{dx}{dt}=3t^2-4t-3$

다라서 시각 $t=3$에서의 점 P의 속도는

$27-12-3=12$

06 [모범답안]

$\lim_{h\to0}\frac{\{f(3+h)\}^2-\{f(3)\}^2}{2h}$

$=\lim_{h\to0}\frac{\{f(3+h)-f(3)\}\{f(3+h)+f(3)\}}{2h}$

PART1 국어

PART2 수학

PART3 기출문제

PART4 해답

$=\lim_{h\to0}\left\{\frac{f(3+h)-f(3)}{h}\times\frac{f(3+h)+f(3)}{2h}\right\}$

$=f'(3)\times\frac{f(3)+f(3)}{2}=f'(3)\times f(3)$이므로

$f'(3)\times f(3)=15$

따라서 $f'(3)=\frac{15}{f(3)}=\frac{15}{3}=5$

07 [모범답안]

$\lim_{x\to1}\frac{f(x)-2}{x-1}=3$에서 $x\to1$일 때 (분모) → 0이고 극한값이 존재하므로 (분자) → 0이어야 한다.

즉, $\lim_{x\to1}\{f(x)-2\}=f(1)-2=0$이므로 $f(1)=2$

이때 $\lim_{x\to1}\frac{f(x)-2}{x-1}=\lim_{x\to1}\frac{f(x)-f(1)}{x-1}=f'(1)$이므로

$f'(1)=3$

한편, $g(x)=(3x^2+2)f(x)$에서

$g'(x)=6xf(x)+(3x^2+2)f'(x)$이므로

$g(1)=5f(1)=5\times2=10$

$g'(1)=6f(1)+5f'(1)=6\times2+5\times3=27$

따라서 $g'(1)-g(1)=27-10=17$

08 [모범답안]

$f(x)=x^3+ax^2-(a^2-8a)x+3$에서

$f'(x)=3x^2+2ax-(a^2-8a)$

함수 $f(x)$가 실수 전체의 집합에서 증가하려면 모든 실수 x에 대하여 $f'(x)\geq0$이어야 한다.

즉, 이차방정식 $f'(x)=0$의 판별식을 D라 하면

$D\leq0$이어야 하므로

$\frac{D}{4}=a^2+3(a^2-8a)\leq0$

$4a(a-6)\leq0$

$0\leq a\leq6$

따라서 구하는 실수 a의 최댓값은 6이다.

09 [모범답안]

$f(x)=2x^3-3x^2-12x+a$에서

$f'(x)=6x^2-6x-12=6(x+1)(x-2)$

$f'(x)=0$에서 $x=-1$ 또는 $x=2$이므로 닫힌구간 $[0, 4]$에서 함수 $f(x)$의 증가와 감소를 표로 나타내면 다음과 같다.

x	0	$\cdots$	2	$\cdots$	4
$f'(x)$		$-$	0	$+$	
$f(x)$	a	↘	$a-20$	↗	$a+32$

그러므로 닫힌구간 $[0, 4]$에서 함수 $f(x)$는 $x=2$일 때 최솟값 $a-20$을 갖고, $x=4$일 때 최댓값 $a+32$를 갖는다.

즉, $a-20=-18$이므로 $a=2$

이때 $M=a+32=2+32=34$

따라서 $M-2a=34-4=30$

10 [모범답안]

점 P의 시각 $t(t\geq0)$에서의 위치 x가

$x=-\frac{1}{3}t^3+3t^2+k$이므로

시각 $t(t\geq0)$에서의 속도를 v, 가속도를 a라 하면

$v=-t^2+6t$

$a=-2t+6$

점 P의 가속도가 0일 때

$-2t+6=0$에서 $t=3$이고 이때 점 P의 위치가 30이므로

$-\frac{1}{3}\times3^3+3\times3^2+k=30$

따라서 $k=30+9-27=12$

11 [모범답안]

다항식 x^5-x^2+x+2를 이차식 $(x+1)^2$으로 나누었을 때의 몫을 $Q(x)$, 나머지를 $ax+b$라 하면

$x^5-x^2+x+2=(x+1)^2Q(x)+(ax+b)$

양변에 $x=-1$을 대입하면

$-1-1-1+2=-1=-a+b,\ b-a=-1$

한편, 위식의 양변을 x에 대하여 미분하면

$5x^4-2x+1=2(x+1)Q(x)+(x+1)^2Q'(x)+a$

양변에 $x=-1$을 대입하면 $5+2+1=8=a$

$\therefore a=8,\ b=7$

따라서 나머지는 $8x+7$

12 [모범답안]

$f(x)=(x-1)^3+1$이라 하면

이때, $f'(x)=3(x-1)^2$이므로

점 $(2, 2)$에서의 접선의 기울기는 $f'(2)=3$

따라서 접선의 방정식은 $y=3(x-2)+2=3x-4$

이 접선의 x절편과 y절편은 각각 $\frac{4}{3}$, -4이므로

구하는 넓이는 $\frac{1}{2}\times\left(\frac{4}{3}\right)\times(4)=\frac{8}{3}$

따라서 $p=8,\ q=3,\ p+q=11$

13 [모범답안]

곡선 $y=f(x)$ 위의 점 $(0, 0)$에서의 접선의 기울기는 $f'(0)$이므로 접선의 방정식은

$y=f'(0)x$ ⋯⋯ ㉠

점 $(1, 2)$가 곡선 $y=xf(x)$ 위의 점이므로 $f(1)=2$

$y=xf(x)$에서 $y'=f(x)+xf'(x)$이므로

곡선 $y=xf(x)$ 위의 점 $(1, 2)$에서의 접선의 기울기는

$f(1)+f'(1)=2+f'(1)$이고

접선의 방정식은 $y-2=\{2+f'(1)\}(x-1)$,

즉 $y=\{2+f'(1)\}x-f'(1)$ …… ㉡

두 접선이 일치하므로 ㉠, ㉡에서

$f'(0)=2+f'(1)$, $-f'(1)=0$

즉, $f'(0)=2$, $f'(1)=0$

삼차함수 $f(x)$를 $f(x)=ax^3+bx^2+cx+d$ ($a\neq0$, a, b, c, d는 상수)라 하면 $f(0)=0$이므로 $d=0$

$f(1)=2$이므로 $a+b+c=2$, $c=2-a-b$

즉, $f(x)=ax^3+bx^2+(2-a-b)x$이고

$f'(x)=3ax^2+2bx+2-a-b$

이때 $f'(0)=2-a-b=2$

$b=-a$ …… ㉢

$f'(1)=0$이므로

$f'(1)=3a+2b+2-a-b=0$

$2a+b=-2$ …… ㉣

㉢을 ㉣에 대입하여 풀면 $a=-2$, $b=2$

따라서 $f'(x)=-6x^2+4x+2$이므로

$f'(-1)=-6-4+2=-8$

14 [모범답안]

$f'(0)=\lim_{h\to0}\frac{f(0+h)-f(0)}{h}=\lim_{h\to0}\frac{f(h)}{h}=3$

$f(x+y)=f(x)+f(y)+6xy$에서 $x=4$, $y=h$를 대입하면

$f(4+h)=f(4)+f(h)+24h$,

$f(4+h)-f(4)=f(h)+24h$

$$f'(4)=\lim_{h\to0}\frac{f(4+h)-f(4)}{h}=\lim_{h\to0}\frac{f(h)+24h}{h}$$
$$=\lim_{h\to0}\left(\frac{f(h)}{h}+24\right)$$
$$=f'(0)+24=3+24=27$$

15 [모범답안]

최고차항의 계수가 1인 사차함수 $f(x)$를

$f(x)=x^4+ax^3+bx^2+cx+d$ (a, b, c, d는 상수)라 하자.

$f(-x)=x^4-ax^3+bx^2-cx+d$이고

모든 실수 x에 대하여 $f(-x)=f(x)$이므로

$x^4-ax^3+bx^2-cx+d=x^4+ax^3+bx^2+cx+d$

$2ax^3+2cx=0$ …… ㉠

㉠이 x에 대한 항등식이므로 $a=0$, $c=0$

즉, $f(x)=x^4+bx^2+d$

함수 $f(x)$가 $x=-1$에서 극솟값 3을 가지므로 $f(-1)=3$, $f'(-1)=0$이다.

$f(-1)=3$에서 $1+b+d=3$

$d=2-b$ …… ㉡

$f'(x)=4x^3+2bx$이므로 $f'(-1)=0$에서 $-4-2b=0$

$b=-2$ …… ㉢

㉢을 ㉡에 대입하면

$d=2-b=2-(-2)=4$

그러므로 $f(x)=x^4-2x^2+4$, $f'(x)=4x^3-4x$

$f'(x)=0$에서 $4x^3-4x=0$

$4x(x+1)(x-1)=0$

$x=-1$ 또는 $x=0$ 또는 $x=1$

함수 $f(x)$의 증가와 감소를 표로 나타내면 다음과 같다.

x	$\cdots$	-1	$\cdots$	0	$\cdots$	1	$\cdots$
$f'(x)$	$-$	0	$+$	0	$-$	0	$+$
$f(x)$	↘	극소	↗	극대	↘	극소	↗

따라서 함수 $f(x)$는 $x=0$에서 극대이므로 함수 $f(x)$의 극댓값은 $f(0)=4$

16 [모범답안]

$f(x)=\frac{1}{3}x^3+x^2-3x+1$에서

$f'(x)=x^2+2x-3=(x+3)(x-1)$

$f'(x)=0$에서 $x=-3$ 또는 $x=1$

닫힌구간 $[-2, 2]$에서 함수 $f(x)$의 증가와 감소를 표로 나타내면 다음과 같다.

x	-2	$\cdots$	1	$\cdots$	2
$f'(x)$		$-$	0	$+$	
$f(x)$	$f(-2)$	↘	극소	↗	$f(2)$

이때 $f(-2)=-\frac{8}{3}+4+6+1=\frac{25}{3}$,

$f(1)=\frac{1}{3}+1-3+1=-\frac{2}{3}$,

$f(2)=\frac{8}{3}+4-6+1=\frac{5}{3}$를 갖고,

$x=1$일 때 최솟값 $-\frac{2}{3}$를 갖는다.

따라서 $M=\frac{25}{3}$, $m=-\frac{2}{3}$이므로

$3M-6m=3\times\frac{25}{3}-6\times\left(-\frac{2}{3}\right)=25+4=29$

17 [모범답안]

두 점 P, Q의 시각 t에서의 속도를 각각 v_1, v_2라 하면,

$v_1=12t^2-6t=6t(2t-1)$,

$v_2=6t^2+6t-36=6(t-2)(t+3)$

두 점 P, Q가 서로 다른 방향으로 움직이기 위해서는 속도의 부호가 달라야 하므로 $v_1v_2<0$의 조건을 만족시켜야 한다.

$v_1v_2=36t(2t-1)(t-2)(t+3)<0$

$t\geq0$이므로 $\frac{1}{2}<t<2$

따라서 a의 최솟값 $m=\frac{1}{2}$, b의 최댓값 $M=20$이므로

$M+m=\frac{5}{2}$

18 [모범답안]

$(x^2-9)g(x)=f(x)-9$에서 양변에 $x=3$을 대입하면

$(9-9)g(3)=f(3)-9=0$, $f(3)=9$

$(x^2-9)g(x)=f(x)-9$의 양변을 x에 대해 미분하면

$2xg(x)+(x^2-9)g'(x)=f'(x)$

위 식에 양변에 $x=3$을 대입하면

$6g(3)=f'(3)=3$, $g(3)=\frac{1}{2}$

$h(x)=f(x)g(x)$이므로

$h'(x)=f'(x)g(x)+f(x)g'(x)$

$h'(3)=f'(3)g(3)+f(3)g'(3)$

$=3\times\frac{1}{2}+9g'(3)=9$

$\therefore g'(3)=\frac{5}{6}$

19 [모범답안]

점 $\mathrm{P}(t, t^2+1)$이라 하면

$\overline{\mathrm{AP}}^2=(t-2)^2+(t^2+1)^2$

$\overline{\mathrm{BP}}^2=(t-8)^2+(t^2+1)^2$

$\overline{\mathrm{AP}}^2+\overline{\mathrm{BP}}^2=2t^4+6t^2-20t+70$

이때, $f(t)=2t^4+6t^2-20t+70$이라 하면

$f'(t)=8t^3+12t-20=(t-1)(8t^2+8t+20)$

x	$\cdots$	1	$\cdots$
$f'(t)$	$-$	0	$+$
$f(t)$	↘	58	↗

즉, $t=1$일 때, $f(t)$는 극솟값을 가지므로 최솟값은 58이다.

20 [모범답안]

평균변화율 $M(a, b)=\frac{f(b)-f(a)}{b-a}$

$f(b)=(2b-a)(2b-b)=2b^2-ab$

$f(a)=(2a-a)(2a-b)=2a^2-ab$

$M(a, b)=\frac{f(b)-f(a)}{b-a}=\frac{2(b^2-a^2)}{b-a}=2(a+b)$

$M(a, b)=2(a+b)<9$

따라서 $a+b<\frac{9}{2}$를 만족하는 순서쌍은 $(1, 2)(1, 3)(2, 1)$ $(3, 1)$으로 총 4개이다.

VI. 다항함수의 적분법

01 [모범답안]

$f(x)=|3x(x-1)|$이라 하면

$0\le x\le 1$에서

$f(x)=-3x(x-1)=-3x^2+3x$

$1\le x\le 3$에서

$f(x)=3x(x-1)=3x^2-3x$

따라서

$\int_0^3|3x(x-1)|dx$

$=\int_0^1(-3x^2+3x)dx+\int_1^3(3x^2-3x)dx$

$=\left[-x^3+\frac{3}{2}x^2\right]_0^1+\left[x^3-\frac{3}{2}x^2\right]_1^3$

$=\left(-1+\frac{3}{2}\right)+\left(27-\frac{27}{2}\right)-\left(1-\frac{3}{2}\right)=\frac{29}{2}$

02 [모범답안]

$0\le x\le 1$에서 $f'(x)\ge 0$,

$1\le x\le 2$에서 $f'(x)\le 0$,

$2\le x\le 3$에서 $f'(x)\ge 0$

이므로

$\int_0^3|f'(x)|dx$

$=\int_0^1 f'(x)dx+\int_1^2\{-f'(x)\}dx+\int_2^3 f'(x)dx$

$=[f(x)]_0^1+[-f(x)]_1^2+[f(x)]_2^3$

$=f(1)-f(0)-\{f(2)-f(1)\}+f(3)-f(2)$

$=f(3)-f(0)-2\{f(2)-f(1)\}$

$f(3)-f(0)-2\{f(2)-f(1)\}=f(3)-f(0)+4$에서

$-2\{f(2)-f(1)\}=4$, $f(2)-f(1)=-2$

따라서 $\frac{f(2)-f(1)}{2}=-1$

03 [모범답안]

$\int_0^2 f(t)dt=k$ (k는 상수)라 하면

$f(x)=3x^2+kx$이므로

$\int_0^2 f(t)dt=\int_0^2(3t^2+kt)dt$

$=\left[t^3+\frac{k}{2}t^2\right]_0^2=8+2k$

$8+2k=k$에서 $k=-8$

따라서 $f(x)=3x^2-8x$이므로

$f(3)=27-24=3$

04 [모범답안]

$f(x)=x^3+x^2$에서 $f'(x)=3x^2+2x$

접점의 좌표를 (t, t^3+t^2)이라 하면 접선의 방정식은

$y=(3t^2+2t)(x-t)+t^3+t^2$

이 접선이 점 $(0, -3)$을 지나므로

$-3=(3t^2+2t)(0-t)+t^3+t^2$

$-3=-3t^3-2t^2+t^3+t^2$

$2t^3+t^2-3=0$

$(t-1)(2t^2+3t+3)=0$

t는 실수이므로 $t=1$

따라서 점 $(0, -3)$에서 곡선 $y=f(x)$에 그은 접선의 방정식은 $y=5(x-1)+2=5x-3$이므로

$g(x)=5x-3$

한편, $f(x)=g(x)$에서

$x^3+x^2=5x-3$

$x^3+x^2-5x+3=0$

$(x-1)^2(x+3)=0$

$x=-3$ 또는 $x=1$

$-3\le x\le 1$에서 $f(x)\ge g(x)$이므로

곡선 $y=f(x)$와 직선 $y=g(x)$로 둘러싸인 부분의 넓이는

$\int_{-3}^{1}\{f(x)-g(x)\}dx=\int_{-3}^{1}(x^3+x^2-5x+3)dx$

$=\left[\frac{1}{4}x^4+\frac{1}{3}x^3-\frac{5}{2}x^2+3x\right]_{-3}^{1}$

$=\left(\frac{1}{4}+\frac{1}{3}-\frac{5}{2}+3\right)-\left(\frac{81}{4}-9-\frac{45}{2}-9\right)$

$=\frac{64}{3}$

05 [모범답안]

모든 실수 x에 대하여 $f(x+3)=f(x)$이므로

$\int_{2}^{4}f(x)dx=\int_{-1}^{1}f(x)dx$에서

$\int_{2}^{4}f(x)dx=1$ ······ ㉠

$\int_{1}^{4}\{f(x)+1\}dx=\int_{1}^{4}f(x)dx+\int_{1}^{4}1dx$

$=\int_{1}^{4}f(x)dx+[x]_1^4=\int_{1}^{4}f(x)dx+3$이므로

$\int_{1}^{4}f(x)dx+3=7$에서

$\int_{1}^{4}f(x)dx=4$ ······ ㉡

$\int_{1}^{4}f(x)dx=\int_{1}^{2}f(x)dx+\int_{2}^{4}f(x)dx$에서

㉠, ㉡에 의하여

$4=\int_{1}^{2}f(x)dx+1$

$\int_{1}^{2}f(x)dx=3$ ······ ㉢

$\int_{1}^{8}\{f(x)+2\}dx=\int_{1}^{8}f(x)dx+\int_{1}^{8}2dx$

$=\int_{1}^{8}f(x)dx+[2x]_1^8$

$=\int_{1}^{8}f(x)dx+14$ ······ ㉣

모든 실수 x에 대하여 $f(x+3)=f(x)$이므로

$\int_{1}^{8}f(x)dx=\int_{1}^{4}f(x)dx+\int_{4}^{7}f(x)dx+\int_{7}^{8}f(x)dx$

$=2\int_{1}^{4}f(x)dx+\int_{1}^{2}f(x)dx$

㉡, ㉢에 의하여

$\int_{1}^{8}f(x)dx=2\times 4+3=11$ ······ ㉤

㉤을 ㉣에 대입하면

$\int_{1}^{8}\{f(x)+2\}dx=11+14=25$

06 [모범답안]

$f(x)=\int(5x-k)dx-\int(x+k)dx$

$=\int\{(5x-k)-(x+k)\}dx$

$=\int(4x-2k)dx=2x^2-2kx+C$ (C는 적분상수)에서

$f'(x)=4x-2k$

$f'(1)=2$에서 $4-2k=2$이므로 $k=1$

$f(1)=0$에서 $2-2k+C=0$이므로 $C=0$

따라서 $f(x)=2x^2-2x$이므로

$f(3)=18-6=12$

07 [모범답안]

$\int_{0}^{1}\{f(x)+x^2\}dx=\int_{0}^{1}\{(2x^2+6ax+10)+x^2\}dx$

$=\int_{0}^{1}(3x^2+6ax+10)dx$

$=[x^3+3ax^2+10x]_0^1=3a+11$

$f(2)=12a+18$

따라서 $3a+11=12a+18$이므로 $a=-\frac{7}{9}$

08 [모범답안]

$\lim_{x\to 1}\frac{f(x)-3}{x^2-1}=b$에서 $x\to 1$일 때, 극한값이 존재하고 (분모) $\to 0$이므로 (분자) $\to 0$이어야 한다.

즉, $\lim_{x\to 1}\{f(x)-3\}=f(1)-3=0$에서 $f(1)=3$

함수 $f(x)=\int_{0}^{x}(3t^2+a)dt$의 양변에 $x=1$을 대입하면

$f(1)=\int_{0}^{1}(3t^2+a)dt=[t^3+at]_0^1=1+a=3$에서

$a=2$

$\lim_{x\to1}\frac{f(x)-3}{x^2-1}=\lim_{x\to1}\left\{\frac{1}{x+1}\times\frac{f(x)-f(1)}{x-1}\right\}$

$=\lim_{x\to1}\frac{1}{x+1}\times\lim_{x\to1}\frac{f(x)-f(1)}{x-1}=\frac{1}{2}f'(1)$

함수 $f(x)=\int_0^x(3t^2+2)dt$의 양변을 x에 대하여 미분하면

$f'(x)=3x^2+2$이므로

$\frac{1}{2}f'(1)=\frac{1}{2}\times(3+2)=\frac{5}{2}$

따라서 $b=\frac{5}{2}$이므로

$a\times b=2\times\frac{5}{2}=5$

09 [모범답안]

함수 $f(x)=x^3-ax$의 그래프와 x축의 교점의 x좌표는

$x^3-ax=0$에서 a가 양수이므로

$x(x+\sqrt{a})(x-\sqrt{a})=0$

$x=0$ 또는 $x=-\sqrt{a}$ 또는 $x=\sqrt{a}$

함수 $f(x)=x^3-ax$의 그래프는 그림과 같다.

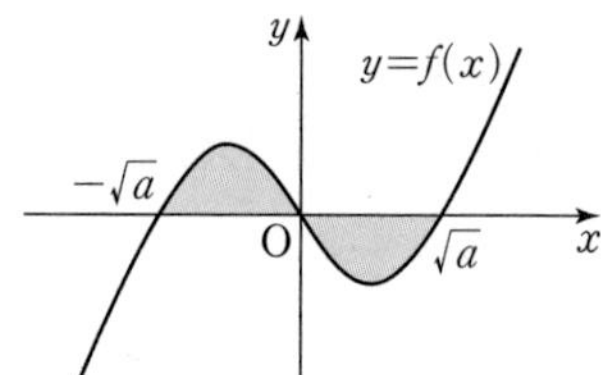

따라서 모든 실수 x에 대하여 $f(-x)=-f(x)$이므로

구하는 넓이는

$\int_{-\sqrt{a}}^{\sqrt{a}}|x^3-ax|dx=2-\int_{-\sqrt{a}}^{0}(x^3-ax)dx$

$=2\left[\frac{1}{4}x^4-\frac{a}{2}x^2\right]_{-\sqrt{a}}^{0}=2\left(-\frac{1}{4}a^2+\frac{1}{2}a^2\right)=\frac{1}{2}a^2=18$

$a^2=36$

$a>0$이므로 $a=6$

따라서 $f(x)=x^3-6x$이므로 $f(-2)=4$

10 [모범답안]

조건 (가)에서 함수 $f(x)$가 $x=0$에서 연속이므로

$\lim_{x\to0-}f(x)=\lim_{x\to0+}f(x)=f(0)$에서 $b=3$

조건(나)에서 $x=0$일 때, $f(-3)=f(3)$이고

$f(-3)=\lim_{x\to-3+}f(x)=0$이므로

$0=9+3a+b$

$b=3$이므로 $a=-4$

따라서 $f(x)=\begin{cases}x+3 & (-3<x<0)\\ x^2-4x+3 & (0\le x\le3)\end{cases}$이고

$f(x-3)=f(x+3)$에서 $f(x)=f(x+6)$

즉, $f(x)$는 주기가 6인 주기함수이므로

$\int_{-33}^{-29}f(x)dx=\int_{-3}^{1}f(x)dx$

$\int_{57}^{60}f(x)dx=\int_{-3}^{0}f(x)dx$

따라서

$\int_{-33}^{-29}f(x)dx-\int_{57}^{60}f(x)dx$

$=\int_{-3}^{1}f(x)dx-\int_{-3}^{0}f(x)dx$

$=\int_0^1f(x)dx=\int_0^1(x^2-4x+3)dx$

$=\left[\frac{1}{3}x^3-2x^2+3x\right]_0^1=\frac{1}{3}-2+3=\frac{4}{3}$

11 [모범답안]

$y=ax^2(x\ge0)$에서 $y=4$일 때 $x=\sqrt{\frac{4}{a}}$이므로

곡선 $y=ax^2(x\ge0)$과 y축 및 직선 $y=4$로 둘러싸인 도형의 넓이는

$\int_0^{\sqrt{\frac{4}{a}}}(4-ax^2)dx=\left[4x-\frac{a}{3}x^3\right]_0^{\sqrt{\frac{4}{a}}}=\frac{8}{3}\sqrt{\frac{4}{a}}$

$y=x^2(x\ge0)$에서 $y=4$일 때 $x=2$이므로

곡선 $y=x^2(x\ge0)$과 y축 및 직선 $y=4$로 둘러싸인 도형의 넓이는

$\int_0^2(4-x^2)dx=\left[4x-\frac{1}{3}x^3\right]_0^2=\frac{16}{3}$

이때 $\frac{8}{3}\times\sqrt{\frac{4}{a}}=\frac{16}{3}\times2$

$\therefore a=\frac{1}{4}$

12 [모범답안]

곡선 $y=-x^2+4x$와 직선 $y=3x$의 교점의 x좌표는

$-x^2+4x=3x$, $x^2-x=x(x-1)=0$, 즉 $x=0$ 또는 $x=1$

닫힌구간 $[0, 1]$에서 $-x^2+4x\ge3x$이므로

$S_1=\int_0^1\{(-x^2+4x)-3x\}dx=\int_0^1(-x^2+x)dx$

$=\left[-\frac{1}{3}x^3+\frac{1}{2}x^2\right]_0^1=\frac{1}{6}$

곡선 $y=-x^2+4x$와 x축의 교점의 x좌표는 $x=0$, 4

닫힌구간 $[0, 4]$에서 $-x^2+4x\ge0$

$S_2=\int_0^4(-x^2+4x)dx-S_1=\left[-\frac{1}{3}x^3+2x^2\right]_0^4-S_1$

$=\frac{32}{3}-\frac{1}{6}=\frac{21}{2}$

$\therefore \frac{S_1}{S_2}=\frac{\frac{1}{6}}{\frac{21}{2}}=\frac{1}{63}$

13 [모범답안]

$\int_0^2 f(t)dt=a$ (a는 상수)라 하면

$f'(x)=3x^2+ax$

$f(x)=\int f'(x)dx=\int(3x^2+ax)dx$

$=x^3+\frac{a}{2}x^2+C$ (단, C는 적분상수)

$f(2)=8+2a+C, f'(2)=12+2a$이고

$f(2)=f'(2)$이므로

$8+2a+C=12+2a$에서 $C=4$

$f(x)=x^3+\frac{a}{2}x^2+4$이므로

$\int_0^2\left(x^3+\frac{a}{2}x^2+4\right)dx$

$=\left[\frac{1}{4}x^4+\frac{a}{6}x^3+4x\right]_0^2=4+\frac{4}{3}a+8=\frac{4}{3}a+12=a$에서

$a=-36$

따라서 $f(x)=x^3-18x^2+4$이므로

$f(-1)=(-1)-18+4=-15$

14 [모범답안]

두 곡선 $y=f(x)$, $y=g(x)$는 서로 역함수 관계이므로 $y=x$에 대하여 대칭이다.

$f(0)=3, f(2)=7$이므로 $g(3)=0, g(7)=2$

$S_1=\int_0^2 f(x)dx, S_2=\int_3^7 g(x)dx$라고 하면

$S_1+S_2=\int_0^2 f(x)dx+\int_3^7 g(x)dx$

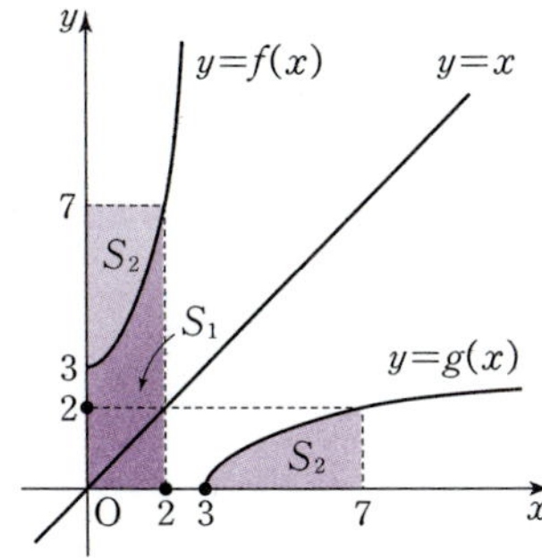

위의 그림에서

$S_1+S_2=\int_0^2 f(x)dx+\int_3^7 g(x)dx$는 가로 길이가 2이고, 세로 길이가 7인 직사각형의 넓이이다.

$\therefore S_1+S_2=\int_0^2 f(x)dx+\int_3^7 g(x)dx=7\times 2=14$

15 [모범답안]

함수 $F(x)=x^2+ax+1$가 함수 $f(x)$의 한 부정적분이므로 $F'(x)=f(x)=2x+a, f(0)=a=2$

$\therefore f(x)=2x+2$

$G(x)=\int 3xf(x)dx=\int 3x(2x+2)dx$

$=\int(6x^2+6x)dx=2x^3+3x^2+C$

(단, C는 적분상수)

이 때, $G(0)=1=C$

$\therefore C=1$

따라서 $G(x)=2x^3+3x^2+1$

16 [모범답안]

$f(x)$가 삼차함수이므로, $f(x)=ax^3+bx^2+cx+d$

($a\neq 0$ a, b, c, d는 상수)

(다) 조건에 의하여 $f(0)=0$, $d=0$ $f(x)=ax^3+bx^2+cx$

한편, (가) 조건에 의하여

$\int_{-1}^1 f(x)dx=\int_{-1}^0 f(x)dx=\int_0^1 f(x)dx$

$\int_{-1}^1 f(x)dx=\int_{-1}^0 f(x)dx=\int_0^1 f(x)dx=A$라고 하면

$\int_{-1}^1 f(x)dx=\int_{-1}^0 f(x)dx+\int_0^1 f(x)dx=A=A+A$

이므로

$A=2A, A=0$

$\therefore \int_{-1}^1 f(x)dx=0$

$\int_{-1}^1 f(x)dx=\int_{-1}^1 (ax^3+bx^2+cx)dx$

$=\left[\frac{a}{4}x^4+\frac{b}{3}x^3+\frac{c}{2}x^2\right]_{-1}^1=\frac{2b}{3}=0, b=0$

$\int_0^1 f(x)dx=\int_0^1(ax^3+cx)dx$

$=\left[\frac{a}{4}x^4+\frac{c}{2}x^2\right]_0^1=\frac{a}{4}+\frac{c}{2}=0, a=-2c$

(나) 조건에 의하여

$\int_1^2 f(x)dx=\int_1^2\left(ax^3-\frac{1}{2}ax\right)dx$

$=\left[\frac{a}{4}x^4-\frac{a}{4}x^2\right]_1^2=\frac{15a}{4}-\frac{3a}{4}=3a=3,$

$\therefore a=1, c=-\frac{1}{2}$

따라서 $f(x)=x^3-\frac{1}{2}x$이므로 $f(-1)=-1+\frac{1}{2}=-\frac{1}{2}$

17 [모범답안]

$(3t^2-17t)=f(t)$라 하고, $f(t)$의 한 부정적분을 $F(t)$라고 하면

$\lim_{x\to k}\frac{1}{(x+k)(x-k)}\int_{k^2}^{x^2}(3t^2-17t)dt$

$=\lim_{x\to k}\frac{F(x^2)-F(k^2)}{x^2-k^2}$

$x^2=u$일 때, $x\to k$이면 $u^2\to k^2$

$\lim_{u\to k^2}\frac{F(u)-F(k^2)}{u-k^2}=F'(u)=F'(k^2)$

$\therefore F'(k^2)=f(k^2)=-10$

$f(k^2)=3k^4-17k^2=-10$,

$3k^4-17k^2+10=(3k^2-2)(k^2-5)=0$이므로

$k=\pm\sqrt{\frac{2}{3}}, \pm\sqrt{5}$

따라서 모든 실수 k의 값의 곱은 $\left(-\frac{2}{3}\right)\times(-5)=\frac{10}{3}$

18 [모범답안]

시각 $t=0$에서의 점 P의 위치와 시각 $t=3$에서의 점 P의 위치가 서로 같으므로 시각 $t=0$에서 시각 $t=3$까지 점 P의 위치의 변화량이 0이다.

$\int_0^3 v(t)dt=\int_0^3(t^2-kt)dt=\left[\frac{1}{3}t^3-\frac{k}{2}t^2\right]_0^3$

$9-\frac{9}{2}k=0$에서 $k=2$

따라서 점 P가 시각 $t=0$에서 $t=3$까지 움직인 거리는

$\int_0^3|v(t)|dt$

$=\int_0^3|t^2-2t|dt$

$=\int_0^2(-t^2+2t)dt+\int_2^3(t^2-2t)dt$

$=\left[-\frac{1}{3}t^3+t^2\right]_0^2+\left[\frac{1}{3}t^3-t^2\right]_2^3$

$=\left(-\frac{8}{3}+4\right)+\left\{(9-9)-\left(\frac{8}{3}-4\right)\right\}=\frac{8}{3}$

19 [모범답안]

함수 $f(x)$의 한 부정적분을 $F(x)$라 하면

$\lim_{x\to 1}\frac{\int_1^x f(t)dt}{x-1}=\lim_{x\to 1}\frac{F(x)-F(1)}{x-1}=F'(1)$

$=f(1)=1$

$1+a+b=1$, $a+b=0$

$\int_0^1 f(x)dx=\left[\frac{1}{3}x^3+\frac{a}{2}x^2+bx\right]_0^1=\frac{1}{3}+\frac{a}{2}+b=0$

$3a+6b=-2$

$\therefore a=\frac{2}{3}, b=-\frac{2}{3}$

따라서 $ab=-\frac{4}{9}$

20 [모범답안]

곡선 $y=f(x)$와 $y=g(x)$는 직선 $y=x$에 대하여 대칭이므로 구하는 도형의 넓이는 곡선 $y=f(x)$와 직선 $y=x$로 둘러싸인 도형의 넓이의 2배와 같다.

함수 $f(x)$와 역함수 $g(x)$의 교점은

$x^3-2x^2+2x=x$, $x(x-1)^2=0$

$\therefore x=0$ 또는 $x=1$

따라서 구하는 도형의 넓이를 S라 하면

$S=2\int_0^1\{(x^3-2x^2+2x)-x\}dx$

$=2\int_0^1(x^3-2x^2+x)dx$

$=2\left[\frac{1}{4}x^4-\frac{2}{3}x^3+\frac{1}{2}x^2\right]_0^1=\frac{1}{6}$

기출

2025학년도 기출문제

국어[인문계]

01 [모범답안]

답안	배점	예상 소요 시간
① 위정척사, 위정척사론	4점	5분 / 전체 80분
② 과학, 과학기술	4점	

[바른해설]

이 구한말에서 개화기의 대표적인 사상가인 이항로와 박은식의 주장을 개략적으로 설명한 것이다. 이항로는 위정척사론자들의 사상적 기반을 제공한 학자로 주자학의 입장에서 서구에 대한 강경한 입장을 지니고 있었다. 반면 그보다 조금 늦은 시기에 등장한 박은식은 동양의 도를 지키며 서구를 수용하자는 입장을 지니고 있었다. 그는 동양의 도를 지키는 방법으로 주자학이 아닌 양명학을 수용하였고, 양명학의 주요 개념인 '양지'를 통해서 세상을 개혁할 수 있다고 주장하였다. 이 문항은 두 학자의 대비적인 입장을 논리적 흐름에 따라 이해하면서 적절한 핵심 용어를 파악하는 능력을 요구한다. 새로운 대상이자 세상을 바라보는 관점을 핵심화한 용어를 찾아내고, 또 거꾸로 구체적인 상황을 포괄할 수 있는 용어를 찾아내는 것을 문항에서 요구하였다.

[채점기준]

※ 다음 조건에 해당하는 경우: −2점

- 첫 어절과 끝 어절을 제대로 찾지 못했을 경우
- 괄호 넣기에서 앞뒤 문맥과 호응하지 못했을 경우
- 글자 수 제한을 지키지 못했을 경우
- 발문이 요구하는 2가지 조건 중 1개만 어겼을 경우
- 윗글에서 찾으라는 지시를 어겼을 경우(학생이 임의로 답안 작성)

*위의 조건들이 중복되더라고 1회만 감점(−2점)

*위의 감점 기준은 이하 문항에서 모두 동일하게 적용됨.

①, ②를 각각 4점으로 배점

① 위정척사 / 위정척사론 – 위정척사를 포괄하면 정답으로 인정

② 과학 / 과학기술 – '서구의 과학기술'과 같이 과학기술을 설명하는 것이면 정답으로 인정

– '과학기술의 ○○'과 같이 ○○에 방점이 있다면, 2점 인정

02 [모범답안]

답안	배점	예상 소요 시간
간이직절함을 결여 간이직절함을 결여함 간이직절함을 결여했다. 간이직절함을 결여했다고 비판했다. 쉽게 받아들이고 행동하기 어렵다.	8점	4분 / 전체 80분

[바른해설]

보기의 ①이 가리키는 대상은 주자학이다. 실제 박은식은 다양한 사상적 전환을 보여주는 인물이다. 이 문항의 본문에서 제시된 내용은 박은식이 이항로로 대표되는 기존의 사상가들과 달리 양명학을 택한 이유를 설명하고 있다. 그러면서 주자학이 지닌 한계를 지적 · 비판한다. 구체적으로는 4문단에서 박은식이 주체성을 지키며 서양문물을 받아들이기 위한 방법으로 양명학을 선택하며 주자학을 비판한다는 내용이 기술된다. "그는 주자학은 사람들이 쉽게 받아들이고 행동할 수 있는 '간이직절(簡易直截)'함을 결여했다고 비판하며 누구나 쉽게 실천할 수 있기 위해서는 어렵고 복잡하지 않아야 함을 강조했다."

[채점기준]

- 이 문항에서 요구한 답안은 "간이직절함을 결여했다."이다. 따라서 위와 같이 "간이직절함의 결여"라는 내용을 포괄하며 15자 이내라면 8점으로 인정한다.
- "쉽게 받아들이고 행동한다"가 간이직절함을 본문에서 풀어 설명한 내용이므로 이를 비판한 "쉽게 받아들이고 행동하기 어렵다."역시 정답으로 인정한다.
- "간이직절함의 결여"를 키워드로 삼았지만 ※에 해당하면 2점 감점.

– 그 외 주자학 일반에 대한 내용(예 '초경험적이고, 추상적이다'), 성리학의 특징을 제시한 경우는 0점 처리함.

03 [모범답안]

답안	배점	예상 소요 시간
① 돌장	4점	5분 / 전체 80분
② 회무 무용수 전원이 원을 그리며 돌면서 추는 춤(–2)	4점	

[바른해설]
이 문항은 지문을 통해 정확한 정보를 파악했는지를 묻는 것이다. 세종 대왕이 만든 정재인 〈봉래의〉는 '전인자', '여민락', 치화평, '취풍형', '후인자'로 구성되어 있고, 핵심이 되는 부분은 '여민락', 치화평, '취풍형'이다. 그리고 이 부분은 각각 한 가지 대형에서 춤을 추며 노래를 부르고 대형의 전환은 구성 중 돌장에서 이뤄지며, 그 춤은 회무로 한다는 내용이 기술되어 있다. 또한 정재에서 부르는 노래는 「용비어천가」인데 한문과 한글로 된 노랫말로 연행되다. 이 같은 내용을 시각화하여 제시한 것이 〈보기〉에 제시된 표이다. 표에 만든 빈칸에 알맞은 내용을 채워 넣는 것으로 글의 내용을 정확히 이해했는지를 확인하는 문항이다.

[채점기준]
①, ②를 각각 4점으로 배점
① 돌장 (4점)
② 회무 (4점)
회무를 설명하는 "무용수 전원이 원을 그리며 돌면서 추는"이라는 내용을 답안으로 썼다면 2점 감점(예 원을 그리는).
– 3단락의 내용에 근거할 때 ①에 들어갈 〈봉래의〉의 구성 단계는 '돌장'에 해당한다. 4장에서는 여민락, 치화평, 취풍형에서 무기(舞妓)들이 추는 여러 가지 춤에 대해 설명하는데, "각 대형으로의 전환은 무용수 전원이 원을 그리며 돌면서 춤추는 회무로 한다."고 제시되어 있다. 따라서 ②는 회무이다.
– 단어로 쓰라는 문항의 요구를 어기고 회무의 구체적인 모습을 설명한 "무용수 전원이 원을 그리며 돌면서 추는"이라는 내용을 답안으로 작성하면 2점을 감점한다.
②에 복수의 답 (예 대무, 회무)을 썼다면 오답처리.
③을 자의적으로 만들어 썼다면 해당 부분은 채점하지 않음.

04 [모범답안]

답안	배점	예상 소요 시간
「용비어천가」는, 만들어졌다	8점	4분 / 전체 80분

[바른해설]
〈봉래의〉와 「용비어천가」는 모두 세종이 만든 것이다. 세종은 국가 성립기에 공식적인 의례에서 연행될 정재가 필요하다는 문제의식에서 〈봉래의〉를 만들었고, 「용비어천가」는 조선 건국의 정당성을 노랫말로 삼는 노래이다. 또한 「용비어천가」는 악장으로 궁중에서의 연행을 목적으로 지어진 것이기도 하다. 〈봉래의〉와 「용비어천가」는 조선 왕조의 정당성과 위엄을 알린다는 공통점을 지니고 있다. 「용비어천가」의 주제는 5단락에서 "「용비어천가」는 조선이 천명으로 건국되었으며 영속되어야 할 할 당위성을 지니고 있다는 점을 널리 알리기 위해 만들어졌다."라고 「용비어천가」의 특징을 제시하고 있다.

[채점기준]
– 「용비어천가」는, 만들어졌다(8점)
"「용비어천가」는 조선이 천명으로 건국되었으며 영속되어야 할 당위성을 지니고 있다는 점을 널리 알리기 위해 만들어졌다." → 이 문장에서 첫 어절과 끝 어절 중 하나를 어기면 2점 감점.
– 「용비어천가」의, 있다(4점)
"「용비어천가」의 내용은 조상의 업적 가운데 포괄적이고 핵심적인 사항만을 부각하여 조선 왕조 창업의 당위성을 제시한 1~16장, 왕조 창업이 마땅하다는 내용을 구체적으로 예시한 17~109장, 후대 왕이 지켜야 할 도리를 담고 있는 110~125장으로 구분할 수 있다." → 이 문장에서 첫 어절과 끝 어절 중 하나를 어기면 2점 감점.
– 낫표와 문장 부호는 채점에 영향 없음.

05 [모범답안]

답안	배점	예상 소요 시간
① 비대등성	4점	5분 / 전체 80분
② 경제 성장 / 국민경제 (2점)	4점	

[바른해설]
제시된 지문은 애덤 스미스가 주장한 노동시장론에 대한 것이다. 노동시장론은 애덤 스미스가 생각한 자유방임주의의 중요한 전제가 되는 것이다. 초기 산업화 사회의 노동시장에서 사용자와 노동자가 일자리와 임금을 둘러싼 교섭을 벌일 때 구조적 비대등성이 존재할 수 있음을 언급하고 이 비대등한 관계를 비대등한 관계로 만들기 위해서는 노동자들이 단결해야 한다고 주장하였다. 노동자들의 단결을 통해서 사용자와의 교섭상의 비대등함을 일정하게 극복할 수 있을 것이라고 본 것이다. 그러나 이는 산업화의 활성화로 인한 경제 성장, 그 결과로 이뤄진 큰 노동의 시장이 필요하다고 했다. 다소 복잡하고, 난삽한 형태의 지문을 문항에 제시된 〈보기〉의 형태로 요약하고 핵심적인 개념인 구조적 비대등성과 경제 성장 등

의 키워드를 찾도록 했다.

[채점기준]

①, ②를 각각 4점으로 배점

① 비대등성 (4점)

② 경제 성장 (4점) / 국민경제 (2점)

– 이 외에는 오답으로 처리함

– 띄어쓰기는 채점과 관련 없음

06 [모범답안]

답안	배점	예상 소요 시간
① 높아진다	4점	5분 / 전체 80분
② 비탄력적이 된다 / 비탄력적 / 비탄력	4점	

[바른해설]

지문에 제시된 ㉠은 "무제한적 노동 공급의 단계에서 벗어나 제한적 노동 공급의 단계로 넘어"갔다는 것이다. 무제한적 노동 공급 단계는 일자리에 비해 노동력의 제공이 많다는 것을 의미하는 것이고, 이는 노동시장에서 사용자와 노동자 사이에서 사용자가 유리한 입장에 놓였다는 것이다. 그리고 제한적 노동 공급 단계가 되었다는 것은 일자리의 양이 많아져서 노동자들이 보다 유리한 조건으로 교섭할 수 있는 상황으로 전환되었다는 의미이다. 주어진 문장을 통해 이면적인 의미를 파악하는 능력이 요구된다. 결국 ㉠에 따르면 노동자의 교섭 상의 지위는 이전보다 높아지게 된다.

또한 노동 공급량은 거의 변화가 없고, 구인자가 많아진 노동시장에서 임금의 변화율이 커진다는 추론을 할 수 있다. 이렇게 되면 노동 공급량의 변화율을 임금의 변화율로 나누는 방식으로 산출하는 임금 탄력성은 비탄력적이 된다.

〈보기 1〉은 ①노동자의 교섭 상의 지위 변화와 관련된 세 개의 서술어, 〈보기 2〉는 ②임금 탄력성의 변화와 관련된 세 개의 서술어를 제시하여 선택하도록 하였다.

[채점기준]

①과 ②를 각각 4점으로 배점

① 높아진다 (4점)

② 비탄력적이 된다 / 비탄력적 / 비탄력 (4점)

– 둘을 섞어서 답안을 쓴 경우(예 ① 높아지고 비탄력적이 된다.)는 오답 처리함.

– 보기에서 골라 쓰지 않은 경우(예 ② 완전비탄력적)와 같은 경우 오답 처리함.

– 띄어쓰기와 문장부호는 채점과 관련 없음

07 [모범답안]

답안	배점	예상 소요 시간
변하지 않아서, 나(우리)는 변해서	8점	4분 / 전체 80분

[바른해설]

김광규의 「희미한 옛사랑의 그림자」는 1979년에 발표되었다. 이 시는 크게 과거와 현재, 두 분으로 구성되어 있다. 1960년 4·19 혁명이 일어난 해를 배경으로 열정과 이상을 지녔던 젊은 날에 대한 회고가 시의 전반부를 형성하고 있다면, 후반부는 하루하루 아무 생각 없이 다만 '살기 위해 살고 있'는 현재의 삶을 보여준다. 젊은 날의 꿈과 열정, 이상이 '별똥별'처럼 사라진 채, '기성세대'이자 소시민으로 변해버린 시적 화자가 다시 과거의 공간으로 되돌아가 여전히 변하지 않은 '플라타너스 가로수'를 보면서 이제는 현실에 안주하고 아무 고민과 생각 없이 살아가는 자신의 삶과 생활을 반성하고 성찰하고 있는 작품이다.

[채점기준]

플라타너스는 변하지 않아서 / 나(우리)는 변해서 (8점) 주체가 제시되지 않은 경우 '플라타너스'로 보고 '변하지 않아서'와 같은 경우도 정답으로 인정.

– 채점에 핵심은 '변했다/변하지 않았다'에 있는 것임.

– 그 외 '똑같다', '변모하지 않았다' 등도 정답으로 인정.

– 시에 제시된 구절을 그대로 쓴 경우 오답처리
 (예 '혁명이 두려운 기성세대가 되어', '여전히 제자리에 서서', '노래를 부르지 않았다', '혁명이 두려워졌다')

08 [모범답안]

답안	배점	예상 소요 시간
늪	8점	4분 / 전체 80분

[바른해설]

〈보기 2〉의 밑줄 친 ① 부분은 소설적 배경에 대한 설명이다. 그 시대는 인간 관계의 단절, 타인에 대한 무관심, 연대에 대한 열망의 좌절 등 암울한 현실에 대한 패배 의식이나 무력감이 팽배하였다. 이러한 시대적 상황을 (가)에서 상징적으로 보여주는 단어는 '늪'이다.

[채점기준]

이 문항의 정답은 현재라는 시점, 부정적 현실, 무기력한 주체, 비유적 표현 등의 조건을 모두 충족하는 시어여야 한다. 4점에 해당하는 단어들은 이 가운데, 두 가지를 충족한다는 점에서 부분 점수를 인정할 수 있다. 별똥별은 현재가 아니라는 점, 그리고 앞으로 사라질 젊은 날의 이상과 열정에 대한 비유라는 점에서 2점만을 인정한다.

늪 – 8점

겨울밤, 기성세대, 넥타이, 월급, 달력 – 4점
별똥별 – 2점
포커 – 0점
– 복수의 답을 작성한 경우(예 늪, 기성세대 – 배점이 높은 것을 정답으로 인정하고, 문항의 요구를 어긴 것으로 간주하여 2점 감점)

09 [모범답안]

답안	배점	예상 소요 시간
그런, 부탁했다	8점	4분 / 전체 80분

[바른해설]
어떤 대상을 직접 설명하지 않고 그와 유사한 다른 대상에 빗대어 표현하는 방법인 비유는 사물을 새롭게 바라보는 시각을 제공할 뿐 아니라, 전달하고자 하는 내용을 강조하기도 한다. 의인이나 활유는 무생물을 마치 생물처럼 표현함으로써 참신함과 새로운 관점을 독자에게 제공한다. 또한 자신의 몸을 타자화하는 소설의 독특한 문장은 '자기 소외'라는 소설적 주제와 긴밀히 연결되어 말하고자 하는 바를 한층 명료하게 만들어 준다. 이처럼 작품의 형식과 내용은 긴밀히 조응한다.

[채점기준]
이 문항은 문학의 비유 방법인 의인이나 활유를 정확히 이해하는지(4점), 그리고 형식과 내용이 긴밀히 연관되어 있음을 잘 이해하는지(4점)를 묻고 있다. 따라서 두 가지가 정확히 결합된 문장을 (나)의 A에서 찾아야 한다. 4점에 해당하는 문장은 이 가운데 전자만을 포괄하고 있다는 점에서 부분 점수만을 인정한다.

– '그런, 부탁했다' 8점
"그런 생각이 문득 들었지만 그 안경잡이가 때마침 나에게 기특한 질문을 했기 때문에 나는 '이놈 그럴듯하다'고 생각되어 추위 때문에 저려 드는 내 발바닥에게 조금만 참으라고 부탁했다." → 이 문장에서 첫 어절과 끝 어절 중 하나를 어기면 2점 감점.
(예 '내, 부탁했다', '나는, 부탁했다', '(그) 안경잡이가 부탁했다')
– '소가죽으로, 있었다' 4점
"소가죽으로 지어진 내 검정 구두는 얼고 있는 땅바닥에서 올라오고 있는 찬 기운을 충분히 막아 내지 못하고 있었다." → 이 문장에서 첫 어절과 끝 어절 중 하나를 어기면 2점 감점.
(예 '검정구두는, 있었다.')
– 낫표와 문장 부호는 채점에 영향 없음. 위 문장을 벗어나면 0점. 두 문장 이상으로 늘어져서 위 문장을 포함하면, 2점 감점

수학[인문계]

10 [바른해설]
함수 $y=\log_{\frac{1}{4}}x$의 그래프를 x축에 대하여 대칭이동한 그래프를 나타내는 함수는 $y=-\log_{\frac{1}{4}}x$이고
이 그래프를 x축의 방향으로 2만큼, y축의 방향으로 1만큼 평행이동시킨 함수는
$y=-\log_{\frac{1}{4}}(x-2)+1$ (또는 $y=\log_4(x-2)+1$)이다.
이 함수가 점 $(a, 2)$를 지나므로
$2=-\log_{\frac{1}{4}}(a-2)+1=\log_4(a-2)+1$
$\log_4(a-2)=1$, $a-2=4$이므로 $a=6$

[채점기준]

답안	배점	예상 소요 시간
$y=-\log_{\frac{1}{4}}(x-2)+1$ $=\log_4(x-2)+1$을 구하면 (또는 $y=\frac{1}{2}\log_2(x-2)+1$)	4점	5분 / 전체 80분
식 $2=-\log_{\frac{1}{4}}(a-2)+1$을 구하면 (또는 $2=\frac{1}{2}\log^2(x-2)+1$ 또는 $2=\log_4(a-2)+1$)	2점	
$a=6$을 구하면	2점	

11 [바른해설]
$$\int_0^3 x|x-2|dx=\int_0^2 -x(x-2)dx+\int_2^3 x(x-2)dx$$
$$=\int_0^2(-x^2+2x)dx+\int_2^3(x^2-2x)dx$$
$$=\left[-\frac{1}{3}x^3+x^2\right]_0^2+\left[\frac{1}{3}x^3-x^2\right]_2^3$$
$$=\left(-\frac{8}{3}+4\right)+\left(\frac{19}{3}-5\right)$$
$$=\frac{8}{3}$$

[채점기준]

답안	배점	예상 소요 시간
$\int_0^3 x\|x-2\|dx$ $=\int_0^2 -x(x-2)dx$ $+\int_2^3 x(x-2)dx$ (절대값을 나누면 2점, 구간을 나누어 계산하면 2점)	4점	4분 / 전체 80분
$=\int_0^2(-x^2+2x)dx$ $+\int_2^3(x^2-2x)dx$ $=\left[-\frac{1}{3}x^3+x^2\right]_0^2$ $+\left[\frac{1}{3}x^3-x^2\right]_2^3$ (원시함수로 적분을 올바르게 계산하면)	2점	
$\frac{8}{3}$을 구하면	2점	

12 [바른해설]

$\lim_{x\to1-} -f(x)=\lim_{x\to1+}f(x)=f(1)$이어야 하고

$\lim_{x\to1+}f(x)=\lim_{x\to1+}\frac{x^3-1}{a(x^2-1)}=\lim_{x\to1+}\frac{x^2+x+1}{a(x+1)}=\frac{3}{2a}$

이므로 $\frac{3}{2a}=\frac{3}{8}$

즉, $a=4$

[채점기준]

답안	배점	예상 소요 시간
$\lim_{x\to1+}f(x)=\frac{3}{2a}$을 구하면	4점	4분 / 전체 80분
식 $\frac{3}{2a}=\frac{3}{8}$을 세우면	2점	
$a=4$를 구하면	2점	

13 [바른해설]

함수 $f(x)=ax^3+3x^2+3ax+1$이

실수 전체의 집합에서 증가하기 위해서는 $a>0$이고

$f'(x)=3ax^2+6x+3a\geq0$이어야 하므로

2차 방정식 $3ax^2+6x+3a=0$의 판별식을 D라 하면

$\frac{D}{4}=9-9a^2\leq0$이어야 한다.

$a^2\geq1$, 즉 $a\geq1$ 또는 $a\leq-1$

그런데 $a>0$이므로

a의 최솟값은 1이다.

[채점기준]

답안	배점	예상 소요 시간
$f'(x)=3ax^2+6x+3a$ (미분을 올바르게 하면 2점)	2점	5분 / 전체 80분
$\frac{D}{4}=9-9a^2\leq0$을 구하면 (또는 $1-a^2\leq0$)	4점	
a의 최솟값 1을 구하면	2점	

14 [바른해설]

$a_2+a_{10}=5$ $a_{10}+a_{18}=5$

$a_4+a_{12}=5$ $a_{12}+a_{20}=5$ ……

$a_6+a_{14}=5$ $a_{14}+a_{22}=5$

$a_8+a_{16}=5$ $a_{16}+a_{24}=5$

각각 변끼리 더하면

$a_2+a_4+\cdots+a_{16}=20$, $a_{10}+a_{12}+\cdots+a_{24}=20$

$\sum_{n=1}^{4}a_{2n}=a_2+a_4+a_6+a_8=1$이므로

$\sum_{n=5}^{8}a_{2n}=a_{10}+a_{12}+a_{14}+a_{16}=20-1=19$

$\sum_{n=1}^{36}a_{2n}=\left(\sum_{n=1}^{4}a_{2n}+\sum_{n=5}^{8}a_{2n}\right)+\left(\sum_{n=9}^{12}a_{2n}+\sum_{n=13}^{16}a_{2n}\right)$

$+\cdots+\sum_{n=33}^{36}a_{2n}$

$=(1+19)+(1+19)+\cdots+(1+19)+1$

$=20\times4+1=81$

[채점기준]

답안	배점	예상 소요 시간
$a_2+a_4+\cdots+a_{16}=20$과 같이, 8개 항을 더하여 20이 나오면 또는 $a_{10}+a_{12}+a_{14}+a_{16}=19$와 같이, 4개 항을 더하여 19가 나오면	4점	6분 / 전체 80분
$\sum_{n=1}^{36}a_{2n}$을 4개 항들의 합 또는 8개 항들의 합으로 나누면	2점	
81이 나오면	2점	

15 [바른해설]

$\sin^2\pi x-\cos^2\pi x=\sin^2\pi x-(1-\sin^2\pi x)$

$=2\sin^2\pi x-1=0$이므로

$\sin\pi x=\pm\frac{1}{\sqrt{2}}$이고

$0\leq x\leq2$에서 근 $x=\frac{1}{4}, \frac{3}{4}, \frac{5}{4}, \frac{7}{4}$이고 근의 합은 4이다.

이와 같은 방법으로 하면, 주기가 2이므로

$2 \le x \le 4$에서 모든 근의 합은 $4+8=12$이고
$-2 \le x \le 0$에서 모든 근의 합은 $4-8=-4$이다.
그러므로 구하는 값은 12이다.

[채점기준]

답안	배점	예상 소요 시간
$\lvert\sin\pi x\rvert^2-\cos^2\pi x=0$을 $\cos^2\pi x=1-\sin^2\pi x$ (또는 $\sin^2\pi x+\cos^2\pi x=1$)을 이용하여 변형을 하면	2점	5분 / 전체 80분
$\sin\pi x=\pm\frac{1}{\sqrt{2}}$과 같은 식을 구하면	2점	
$0 \le x \le 2$에서 근 $x=\frac{1}{4}, \frac{3}{4}, \frac{5}{4}, \frac{7}{4}$ 또는 $2 \le x \le 4$에서의 근 $x=2+\frac{1}{4}, 2+\frac{3}{4}, 2+\frac{5}{4}, 2+\frac{7}{4}$을 구하면	2점	
12를 구하면	2점	

국어[자연계]

01 [모범답안]

답안	배점	예상 소요 시간
① 필요적 공범	4점	5분 / 전체 80분
② 금융 실명제법	4점	

[바른해설]

이 문항은 예금 계좌 대여 범죄가 무엇이고 범죄에 관련된 인물들의 관계가 어떻게 되는지를 이해한 상태에서, 이 범죄가 어느 유형에 속하며 어떠한 처벌을 받는지를 글의 내용을 통해 파악할 수 있는지를 묻는 문항이다. 윗글의 ㉠은 '병'이 개설한 예금 계좌를 '갑'이 빌려서 사용하는 예금 계좌 대여 범죄로, 이 예금 계좌 대여 범죄에는 계좌를 대여해 준 사람과 대여받은 사람, 두 사람이 존재하여야 한다는 것을 〈보기〉를 통해 이해할 수 있다. 그리고 윗글의 3문단에서 범죄 중에는 성질상 두 사람을 필요로 하는 범죄가 '필요적 공범'이라는 것과 이때의 두 사람은 '정범'으로 처벌된다는 내용을 이해하였다면 ①의 자리에는 '필요적 공범'이 들어간다는 것을 알 수 있다. 한편 ②는 2문단을 통해 타인의 예금 계좌를 개설하고 사용하는 것 자체가 '금융 실명제법'의 구성 요건으로 규정되어 있다는 사실을 읽고 이해하였다면 ②가 바로 '금융 실명제법'이라는 것을 도출할 수 있다.

[채점기준]

※ 다음 조건에 해당하는 경우: –2점
– 첫 어절과 끝 어절을 제대로 찾지 못했을 경우
– 괄호 넣기에서 앞뒤 문맥과 호응하지 못했을 경우
– 글자 수 제한을 지키지 못했을 경우
– 발문이 요구하는 2가지 조건 중 1개만 어겼을 경우
– 윗글에서 찾으라는 지시를 어겼을 경우(학생이 임의로 답안 작성)
*위의 조건들이 중복되더라고 1회만 감점(–2점)
*위의 감점 기준은 이하 문항에서 모두 동일하게 적용됨.

- ①, ②를 각각 4점으로 배점함.
  ① 필요적 공범: 4점 (그 외는 모두 0점)
  ② 금융 실명제법: 4점 (그 외는 모두 0점)
- 발문에 '①은 5음절, ②는 6음절'이라는 요구 사항이 있으므로 이를 준수해야 함.(미준수 시 위 조건에 따라 –2점)

02 [모범답안]

답안	배점	예상 소요 시간
① 교사범	4점	5분 / 전체 80분
② 물질적	4점	

[바른해설]

이 문항은 지문에서 설명하는 교사범, 방조범, 정범 등 범죄 관련자들의 개념을 정확히 이해하고 보조문에 새롭게 주어진 사례에 이 개념을 적용하여 정확한 어휘를 찾아 적을 수 있는지를 묻는 문항이다. 지문의 3문단의 내용을 바탕으로 할 때, 보조문에 주어진 사례에서 A는 타인의 곡식을 절도하도록 지시한 '교사범', B는 타인의 곡식을 절도한 '정범', C는 절도 행위를 도와준 '방조범'이다. 또한 4문단의 내용을 바탕으로 할 때, 방조범인 C가 도와준 행위의 형태는 B가 절도 행위를 용이하게 하는 '트럭'과 같은 물질적 도구를 제공했다는 점에서 '물질적 방조'에 해당한다. 따라서 ①의 자리에는 '교사범'을, ②의 자리에는 '물질적'을 써야 한다.

[채점기준]

- ①, ②를 각각 4점으로 배점함.
  ① 교사범: 4점 (그 외는 모두 0점)
  ② 물질적: 4점 (그 외는 모두 0점)
- 보조문의 ②의 뒤에 '방조'가 있으므로 '물질적'이 아니라 '물질적 방조'라고 '방조'까지 쓴 경우는 괄호 넣기의 문맥을 미준수한 것이므로 감점 조건에 따라 –2점

03 [모범답안]

답안	배점	예상 소요 시간
① 오존층 / 오존	4점	5분 / 전체 80분
② 포자	4점	

[바른해설]

이 문항은 남세균이 지구 생태계에 미친 영향과 남세균의 환경 변화 적응력을 서술한 지문 (가)를 읽고, 그 내용을 정리한 보조문의 빈칸에 핵심이 되는 어휘를 찾아 정확하게 적을 수 있는지를 묻는 문항이다. (가)의 1문단을 읽고 남세균으로 만들어진 산소가 오존을 형성하고 이로 인해 지구의 20~25km 상공에 '오존층'이 형성됨으로써 지표면에 닿는 자외선이 조절되는 순기능을 한 것을 알 수 있다. 따라서 지구의 대기에 형성되어 지표면에 닿는 자외선을 약해지게 만든 것을 뜻하는 보조문 ①에 들어갈 말은 '오존층'이다. 또한 남세균이 만든 산소가 자외선과 만나 오존을 형성하였고 이 오존이 모여 층을 이루어 결과적으로 오존층을 형성한 것이므로, 포괄적 의미에서 ①은 '오존'도 정답이 된다.
한편 (가)의 2문단을 읽고 남세균은 질소 고정 능력을 통한 생존, '포자' 형성을 통해 변화하는 환경에의 생존, 공기 주머니를 통해 상하 이동을 통한 이동의 용이성이라는 세 가지의 환경 변화 적응력이 있음을 알 수 있다. 따라서 남세균이 생존에 필요한 환경이 악화될 때 형성하는 것은 '포자'이므로 보조문 ②에 들어갈 말은 '포자'이다.

[채점기준]

①, ②를 각각 4점으로 배점함.
① 오존층/오존: 4점 (그 외는 모두 0점)
② 포자: 4점 (그 외는 모두 0점)

04 [모범답안]

답안	배점	예상 소요 시간
① 성층	4점	5분 / 전체 80분
② 녹조	4점	

[바른해설]

이 문항은 녹조 현상을 일으키는 남세균의 발생 요인들과 녹조 현상이 수생태계에 미치는 영향을 서술한 지문 (나)를 읽고, 보조문의 조건에 따라 남세균의 성장이 어떻게 변화하는지를 유추하는 능력을 평가하는 문항이다. (나)에서 녹조 현상을 일으키는 남세균은 영양 물질이 많고, 수온이 높으며, 일사량이 풍부하고, 물의 흐름이 약하거나 정체될 때 더 많이 증식할 수 있다고 설명하고 있다.
〈보기 2〉에 따라 만일 A 강 하류에 댐을 만든다면 A 강은 물의 흐름이 정체될 것이라는 점과, A 강은 수심이 깊다는 점, 날씨가 더운 계절, 즉 여름철이라는 점에서 지문 (나)의 4문단의 내용에 따라 '성층 현상'이 발생할 것이다. 따라서 ①의 자리에는 '성층'으로 답해야 한다.
〈보기 1〉에 따르면 B 호수는 비가 오면 질소나 인 등의 영양물질이 호수로 유입되는데, 〈보기 2〉의 상황에 따라 수온, 일사량, 물의 흐름 등 녹조 현상의 발생 조건이 유지된다면, 지문 (나)의 전체적인 내용에 따라 남세균의 발생 요인인 영양물질, 수온, 일사량, 물의 흐름이 모두 갖추어진 것이므로, B 호수에는 '녹조 현상'이 발생할 것이다. 따라서 ②의 자리에는 '녹조'로 답해야 한다.

[채점기준]

- ①, ②를 각각 4점으로 배점함.
  ① 성층: 4점 (그 외는 모두 0점)
  ② 녹조: 4점 (그 외는 모두 0점)
- 보조문의 ①과 ②의 뒤에 모두 '현상'이 적혀 있으므로 각각 '성층', '녹조'가 아니라 '성층 현상', '녹조 현상'이라고 쓴 경우는 괄호 넣기의 문맥을 미준수한 것이므로 감점 조건에 따라 –2점

05 [모범답안]

답안	배점	예상 소요 시간
'(동료가) 팔을 잃음', '동료를 위한 투쟁(싸움)'	8점	4분 / 전체 80분

[바른해설]

윤흥길의 이 작품은 「아홉 켤레의 구두로 남은 사내」, 「직선과 곡선」, 「창백한 중년」과 연결되는, '권씨(권기용)' 주인공인 연작소설이다. 이 작품은 한 회사에서 갑작스럽게 제복 제도를 도입하면서 벌어지는 일련의 사건을 통해 1970년대 개인의 자유보다 국가주의를 앞세워 국민을 통제하던 국가 권력을 우회적으로 비판하고 있다. 회사의 사무직들은 이에 맞서 불만을 토로하는데, 우연히 이 장면을 팔을 잃은 동료를 위해 고군분투하는 같은 회사의 생산부 공원인 권 씨가 바라본다. 이 문항은 이러한 사무직(민도식들)과 생산직(권 씨)의 갈등을 통하여, 생산부 직원인 권 씨가 가진 '절박한 사정'의 내용을 유추할 수 있는지를 묻고 있다.

[채점기준]

- 이 문항은 절박한 사정의 구체적인 내용을 묻고 있기 때문에 '(동료가) 팔을 잃음' 또는 '동료를 위한 투쟁(싸움)'이라는 두 가지 내용 중 반드시 어느 하나가 있어야만 8점으로 인정된다.
- '팔을 찾는다', '팔이 필요하다' 등은 팔의 절단을 구체화한 것이라 보기 어려우므로 2점만 인정함.

06 [모범답안]

답안	배점	예상 소요 시간
① 사복	4점	5분 / 전체 80분
② 제복, 유니폼	4점	

[바른해설]

이 작품은 1970년대 한국 사회의 전체주의적, 획일주의적, 국가주의적 모습을 한 회사에서 벌어진 제복을 둘러싼 구성원들의 갈등을 통해 비유적으로 보여주고 있다. 특히 제목의 제목이기도 한 「날개 또는 수갑」은 모든 사원을 통제하고자 하는 제복을 '수갑'에, 그리고 이에 반발하는 개인의 자유와 개성을 '날개'에 비유, 대비하면서 작품의 주제 의식을 선명하게 표현하고 있다.

[채점기준]

①, ②를 각각 4점으로 배점함.

① 사복(4점)

② 제복, 유니폼(4점)

- ①에 '사표'는 자유를 의미하지만, 개성이 표현되어 있지 않다는 점에서 부분 점수인 2점만 인정한다.
- ②의 경우 '사가', '노래' 역시 획일성이라는 의미가 어느 정도 인정되기 때문에 2점으로 인정한다. 참고로 사표나 사가는 상징성이 약하고, 대비되지 않는다는 점에서도 정답으로는 미흡하다.

수학[자연계]

07 [바른해설]

$\log_9 a+\log_9 b=\frac{7}{2}$에서 $\log_9 ab=\frac{7}{2}$

$ab=9^{\frac{7}{2}}=(3^2)^{\frac{7}{2}}=3^7$

따라서 조건을 만족시키는 순서쌍 (a, b)는

$(1, 3^7), (3^1, 3^6), (3^2, 3^5), \cdots, (3^6, 3^1), (3^7, 1)$이고

그 개수는 8이다.

[채점기준]

답안	배점	예상 소요 시간
$\log_9 ab=\frac{7}{2}$을 구하면	4점	4분 / 전체 80분
$ab=3^7$을 구하면	2점	
8을 구하면	2점	

08 [바른해설]

$\lim_{x\to3}\frac{\sqrt{2x-a}-x}{x-3}=b$ …… ㉠

㉠에서 $x\to3$일 때 (분모) → 0이고 극한값이 존재하므로 (분자) → 0이어야 한다.

즉, $\lim_{x\to3}\sqrt{2x-a}-x=\sqrt{6-a}-3=0$

$\sqrt{6-a}=3$에서 $a=-3$

㉠에서 $b=\lim_{x\to3}\frac{\sqrt{2x+3}-x}{x-3}$

$=\lim_{x\to3}\frac{(\sqrt{2x+3}-x)(\sqrt{2x+3}+x)}{(x-3)(\sqrt{2x+3}+x)}$

$=\lim_{x\to3}\frac{2x+3-x^2}{(x-3)(\sqrt{2x+3}+x)}$

$=\lim_{x\to3}\frac{-(x-3)(x+1)}{(x-3)(\sqrt{2x+3}+x)}$

$=\lim_{x\to3}\frac{-(x+1)}{(\sqrt{2x+3}+x)}$

$=-\frac{4}{6}=-\frac{2}{3}$

[채점기준]

답안	배점	예상 소요 시간
$6-a=3$을 구하면	2점	5분 / 전체 80분
$a=-3$을 구하면	2점	
$b=\lim_{x\to3}\frac{\sqrt{2x+3}-x}{x-3}$ $=\lim_{x\to3}\frac{(\sqrt{2x+3}-x)(\sqrt{2x+3}+x)}{(x-3)(\sqrt{2x+3}+x)}$ 을 구하면	2점	
$b=-\frac{2}{3}$를 구하면	2점	

09 [바른해설]

$a_n=36+(n-1)d$라 하자.

$a_1=36$, $|a_{10}|=|a_{28}|$이므로 $|36+9d|=|36+27d|$이고,

$36+9d=\pm(36+27d)$이다.

(i) $36+9d=36+27d$인 경우 $d=0$이 되고

$a_m=-10$을 만족시키는 m 이 존재할 수 없다.

(ii) $36+9d=-(36+27d)$인 경우 $d=-2$이고

$a_n=38-2m$이다.

$38-2m=-10$이므로 $m=24$이다.

[채점기준]

답안	배점	예상 소요 시간
식 $|36+9d|=|36+27d|$를 세우면	2점	4분 / 전체 80분
$d=-2$를 구하면	4점	
$m=24$를 구하면	2점	

10 [바른해설]

$\lim_{x\to0-}f(x)=a$, $\lim_{x\to0+}f(x)=0$

함수 $f(x)$가 $x=0$에서 연속이므로,

$\lim_{x\to0-}g(x)=\lim_{x\to0+}g(x)=g(0)$

$\lim_{x\to0-}g(x)=\lim_{x\to0-}\{f(x)-1\}\{f(x)+2\}$

$=(a-1)(a+2)$

$\lim_{x\to0+}g(x)=\lim_{x\to0+}\{f(x)-1\}\{f(x)+2\}=-2$

$(a-1)(a+2)=-2$

$a^2+a=0$이고 $a\neq0$이므로

$a=-1$

[채점기준]

답안	배점	예상 소요 시간
$\lim_{x\to0-}g(x)=(a-1)(a+2)$를 구하면	4점	4분 / 전체 80분
$\lim_{x\to0+}g(x)=-2$를 구하면	2점	
$a=-1$을 구하면	2점	

11 [바른해설]

$\lim_{h\to0}\frac{f(x-2h)-f(x)}{h}=4x^2+ax$에서

$\lim_{h\to0}\frac{f(x-2h)-f(x)}{h}$

$=\lim_{h\to0}\left\{\frac{f(x-2h)-f(x)}{-2h}\times(-2)\right\}$

즉, $-2f'(x)=4x^2+ax$

$f'(x)=-2x^2-\frac{a}{2}x$

$f'(1)=-2-\frac{a}{2}=0$이므로 $a=-4$

$f'(x)=-2x^2+2x$

따라서 $f(x)=-\frac{2}{3}x^3+x^2+C$라 놓으면

$f(3)=-18+9+C=-8$에서 $C=1$

따라서 $f(x)=-\frac{2}{3}x^3+x^2+1$

[채점기준]

답안	배점	예상 소요 시간
식 $-2f'(x)=4x^2+ax$을 구하면	4점	5분 / 전체 80분
$a=-4$를 구하면	2점	
$f(x)=-\frac{2}{3}x^3+x^2+1$를 구하면	2점	

12 [바른해설]

삼각형 ABD에서 $\angle ADB=\theta$라 하면

삼각형 ABD에서 코사인법칙에 의하여

$\cos\theta=\frac{\overline{AD}^2+\overline{BD}^2-\overline{AB}^2}{2\times\overline{AD}\times\overline{BD}}$

$=\frac{25+36-16}{2\times5\times6}=\frac{45}{60}=\frac{3}{4}$ (가)

$0<\theta<\pi$이므로 $\sin\theta=\sqrt{1-\cos^2\theta}$

$=\sqrt{1-\frac{9}{16}}=\sqrt{\frac{7}{16}}=\frac{\sqrt{7}}{4}$ (나)

삼각형 ABD의 넓이는

$\frac{1}{2}\times\overline{AD}\times\overline{BD}\times\sin\theta$

$=\frac{1}{2}\times5\times6\times\frac{\sqrt{7}}{4}=\frac{15\sqrt{7}}{4}$ (다) ...... ㉠

사각형 ABCD가 사다리꼴이므로 $\angle\mathrm{DBC}=\theta$이다.

삼각형 BCD의 넓이는

$\frac{1}{2}\times\overline{BD}\times\overline{BC}\times\sin\theta$

$=\frac{1}{2}\times6\times6\times\frac{\sqrt{7}}{4}=\frac{9\sqrt{7}}{4}$ (라) ...... ㉡

㉠, ㉡에 의해 사각형 ABCD의 넓이는

$\frac{15\sqrt{7}}{4}+\frac{9\sqrt{7}}{4}=\frac{33\sqrt{7}}{4}$ (마)

[채점기준]

답안	배점	예상 소요 시간
(가) $\frac{3}{4}$	4점	6분 / 전체 80분
(나) $\frac{\sqrt{7}}{4}$	2점	
(마) $\frac{33\sqrt{7}}{4}$	2점	

13 [바른해설]

위 조건식에서 $x=1$을 대입하면

$0=1+a+b$, $a+b=-1$이다.

위 조건식의 양변을 미분하면 $xf(x)=3x^2+2ax+b$이고

양변에 $x=0$을 대입하면 $b=0$이고 $a=-1$이다.

그러므로 $f(x)=3x-2$이고 $f(b)=f(0)=-2$이다.

[채점기준]

답안	배점	예상 소요 시간
$0=1+a+b$ 또는 $a+b=-1$	2점	4분 / 전체 80분
$xf(x)=3x^2+2ax+b$	4점	
$f(b)=f(0)=-2$	2점	

14 [바른해설]

(가) 조건에 의해 함수 $f(x)$는 $x=-1$에서 x축에 접하고 $x=a$가 근이어야 한다.

즉, $f(x)=(x+1)^2(x-a)$이다.

$f'(x)=2(x+1)(x-a)+(x+1)^2=0$

$(x+1)\{2(x-a)+x+1\}=0$

$x=-1$ 또는 $x=\frac{2a-1}{3}$이다.

함수 $f(x)$는 $x=-1$에서 극댓값을 가지므로 극솟값을 가지는 x는 $\frac{2a-1}{3}$이다.

$f\left(\frac{2a-1}{3}\right)=\left(\frac{2a-1}{3}+1\right)^2\left(\frac{2a-1}{3}-a\right)$

$=\frac{-4(a+1)^3}{27}=-4$

$(a+1)^3=27$, $a=2$

그러므로 $f(x)=(x+1)^2(x-2)$

[채점기준]

답안	배점	예상 소요 시간
$f(x)=(x+1)^2(x-a)$	4점	5분 / 전체 80분
극솟값을 가지는 x는 $\frac{2a-1}{3}$	2점	
$f(x)=(x+1)^2(x-2)$	2점	

15 [바른해설]

$f'(x)=3x^2+1>0$이므로 함수 f는 실수 전체의 집합에서 증가하고, 역함수 $g(x)$가 존재한다.

$x=x^3=x-1$에서 $x^3-1=0$이므로

$f(1)=1$이고 $g(1)=1$

즉, 교점은 $(1, 1)$

또 $f(0)=-1$이므로 $g(-1)=0$

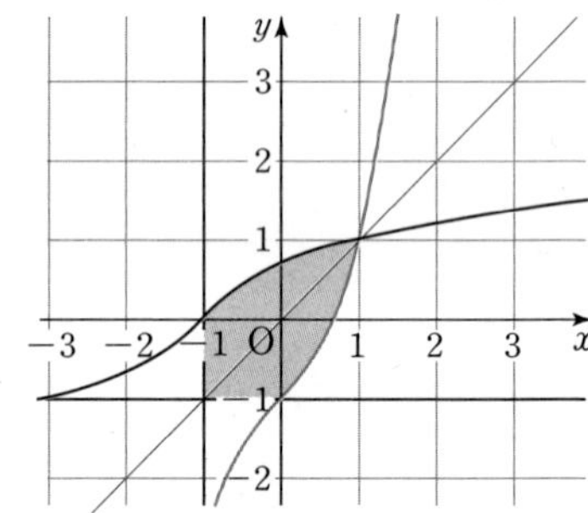

$S=1+2\int_0^1\{x-(x^3+x-1)\}dx$

$=1+2\int_0^1(-x^3+1)dx=1+2\left[-\frac{1}{4}x^4+x\right]_0^1$

$=1+2\cdot\frac{3}{4}=\frac{5}{2}$

[채점기준]

답안	배점	예상 소요 시간
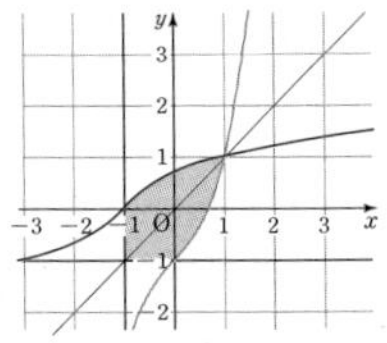 (구하는 영역을 잘 표현하면 2점 가능) 식 $S=1+2\int_{0}^{1}\{x-(x^3+x-1)\}dx$ (그래프 없이도 식을 올바르게 세우면 6점)	6점	6분 / 전체 80분
$\frac{5}{2}$를 구하면 2점	2점	

2025학년도 모의고사

국어

01 [모범답안]

답안	배점	예상 소요 시간
공자와 맹자가 쓴 문체인 고문체는 비슷한 의미를 가지는 글자의 중복 사용을 엄격히 피하기 때문에 논리적으로 내용을 서술하기에 적합하며 문장이 간결했다. 고문체는 비슷한 의미를 가지는 글자의 중복 사용을 엄격히 피하기 때문에 논리적으로 내용을 서술하기에 적합하며 문장이 간결했다.	8점	5분 / 전체 80분

[바른해설]

이 문항은 핵심적인 개념의 의미를 본문에서 찾아내는 독해력을 요구하는 것이다. 김부식은 『삼국사기』를 편찬할 때 고문체를 사용해야 한다고 생각했다. 그 이유는 고문체가 지니는 특성 때문인데, 고문체는 비슷한 의미를 가지는 글자의 중복 사용을 엄격히 피하기 때문에 논리적으로 내용을 서술하기에 적합하며 문장이 간결하다는 특징을 지니고 있다. 그렇기에 역사의 기록이 사륙변려문이 아닌 고문체로 이뤄져야 한다고 생각한 것이다.

[채점기준]

- 문제의 요구는 고문체의 특징을 지문에서 찾으라는 것임.
- 요구하는 문장은 "공자와 맹자가 쓴 문체인 고문체는 비슷한 의미를 가지는 글자의 중복 사용을 엄격히 피하기 때문에 논리적으로 내용을 서술하기에 적합하며 문장이 간결했다."임.
- 다만 고문체를 수식하기 위해 더해진 "공자와 맹자가 쓴 문체인"은 생략해도 무방. "고문체는"자체가 문장의 주어가 될 수 있기 때문.
- 부분 점수 없음.

02 [모범답안]

답안	배점	예상 소요 시간
유교적 역사관	8점	4분 / 전체 80분

[바른해설]

〈보기〉에서는 「동명왕편 서」를 통해서 이규보의 역사관을 설명하고 있다. 이규보는 동명왕의 행적을 신성한 것이라고 하여 신화를 긍정하는 태도를 보여주고 있다. 즉 신화를 세상에 전해야 한다는 것이 이규보의 역사관이다. 반면 김부식은 합리성을 추구하였다. 다시 말해 증거문헌에 의거하여 사실적으로 역사적 사건을 기록하며 신화적 요소들을 배제하는 탈신화성을 추구한 것이다. 이같은 역사인식을 유교적 역사관이라고 한다.

[채점기준]

- 이규보는 신화를 역사로 인정해야한다고 주장하고, 김부식은 합리성과 도덕성을 갖추고 역사를 살피자고 주장함.
- 본문에서 합리성과 도덕성 중요시 하는 역사인식은 '유교적 역사관'으로 명시되어 있음.
- '유교적 역사관'만을 정답으로 인정.
- 부분 점수 없음.

03 [모범답안]

답안	배점	예상 소요 시간
㉠ 경제력 또는 돈	4점	5분 / 전체 80분
㉡ 교육 또는 공부	4점	

[바른해설]

이 문항은 작품의 내용을 통해서 인물의 가치관과 현실인식을 파악할 수 있는지를 묻는 것이다. 작품에서 식민지 시기 차별을 받았던 조선인들의 모습이 확인된다. 특히 무기력한 존재가 되었음을 자각하는 실업지식인 범수와 일말의 희망을 품고 있는 영주 부부의 대화에서 이들 부부의 각각의 지향을 확인할 수 있다. 범수는 일 원밖에 없고 돈이 더 생길 수 없는 상황에서 지갑을 사 보아야 그 지갑이 쓸모 없게 될 것이라고 말하고 있다. 이는 돈을 들여 자식들을 교육해야 한다는 영주의 주장이 쓸모없는 것이라는 생각이 존재한다. 일 원은 현재의 경제력, 지갑은 미래를 위한 교육을 의미한다.

[채점기준]

- 범수의 비유에서 일 원은 현재의 경제력, 지갑은 미래를 위한 교육을 의미함.
- ㉠, ㉡를 각각 4점으로 배점함. 모두 정답이면 8점.
- ㉠에 올 수 있는 답안은 경제력임. 제시된 지문에 '돈'이 명시되어 있으므로 이 역시 정답으로 인정(4점)
- ②의 정답은 '교육'임. 제시된 지문에 빈번히 등장하는 '공부'를 답안으로 작성한 경우도 정답으로 인정(4점)

04 [모범답안]

답안	배점	예상 소요 시간
허깨비	8점	4분 / 전체 80분

[바른해설]

이 문항은 〈보기〉에 제시된 시대 상황 속에서 식민지 조선의 실업지식인의 자기 인식을 작품에서 확인하도록 요구한 것이다. 고등 교육까지 받았으나 생활고를 겪으며 일자리를 구할 희망조차 없는 현실에 대해서 범수는 희망을 지니지 않고 있다. 특히 자식을 교육시켜야 한다는 영주의 주장은 이뤄질 수 없다고 생각한다. 범수의 입장에서 이같은 현실에서 살아남을 수 있는 사람은 부자와 노동자뿐이다. 그쪽에 편입될 수 없는 자신과 같은 사람은 허깨비라고 자조한다.

[채점기준]

- 문제의 요구는 무능력한 실업지식인이 스스로를 자조적으로 비유한 대상을 지문에서 찾으라는 것임.
- 범수는 "부자 사람허구 노동자의 세상이지, 그 중간에 있는 인간들은 모다 허깨비야"라고 이야기함. 이외에 실업지식인에 대한 비유적 표현은 나타나지 않음.
- '허깨비'만을 정답으로 인정함.
- 부분점수 없음.

수학

01 [바른해설]

$3^{a^2-b^2}=3^{(a+b)(a-b)}=(3^{a+b})^{a-b}$

$=4^{a-b}=2^{2(a-b)}=(2^{a-b})^2=7^2=49$

[채점기준]

답안	배점	예상 소요 시간
$3^{a^2-b^2}=3^{(a+b)(a-b)}$ $(3^{a+b})^{a-b}=4^{a-b}$	4점	4분 / 전체 80분
$4^{a-b}=2^{2(a-b)}$ $=(2^{a-b})^2=7^2=49$	4점	

02 [바른해설]

공차를 d라 하면 $n=10$, $a=1$이므로

$\sum_{n=1}^{10} a_n=\frac{n\{2a+(n-1)d\}}{2}=\frac{10(2+9d)}{2}=100$

$2+9d=20$, 즉 $d=2$

따라서 $a_{2025}=1+2024d=4049$

[채점기준]

답안	배점	예상 소요 시간
공차를 d라 하면 $n=10$, $a=1$이므로 $\sum_{n=1}^{10} a_n=\frac{n\{2a+(n-1)d\}}{2}$ $=\frac{10(2+9d)}{2}=100$ $2+9d=20$, 즉 $d=2$	4점	4분 / 전체 80분
$a_{2025}=1+2024d=4049$	4점	

03 [바른해설]

양수 x에 대하여

$\frac{(3x-7)(2x^2+1)}{x(x^2+7)}<\frac{f(x)}{x}<\frac{3x(2x^2+1)}{x(x^2+3)}$이다.

이때

$\lim_{x\to\infty}\frac{(3x-7)(2x^2+1)}{x(x^2+7)}=6$, $\lim_{x\to\infty}\frac{3x(2x^2+1)}{x(x^2+3)}=6$

이므로 함수의 극한의 대소 관계에 의하여

$\lim_{x\to\infty}\frac{f(x)}{x}=6$이다.

따라서 $\lim_{x\to\infty}\frac{4x+2f(x)}{8x-f(x)}=\lim_{x\to\infty}\frac{4x+2\frac{f(x)}{x}}{8-\frac{f(x)}{x}}$

$=\frac{4+2\times 6}{8-6}=8$이다.

[채점기준]

답안	배점	예상 소요 시간
(가)의 정답 6	4점	4분 / 전체 80분
(나)의 정답 8	4점	

04 [바른해설]

$f(x)=-x(x-1)(x-2)=-x^3+3x^2-2x$이므로

구하는 넓이는

$\int_0^2|f(x)|dx=2\int_0^1(x^3-3x^2+2x)dx$

$=2\left[\frac{1}{4}x^4-x^3+x^2\right]_0^1=2\times\frac{1}{4}=\frac{1}{2}$

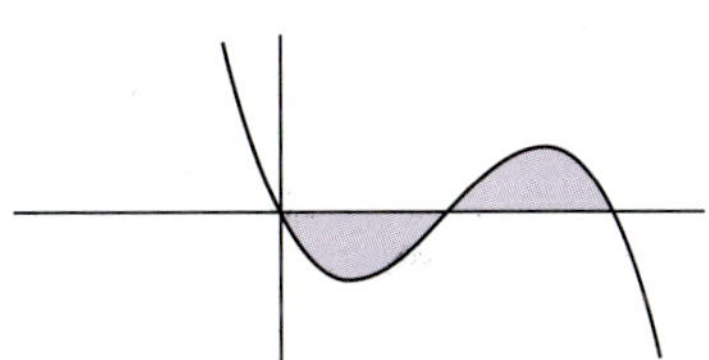

[채점기준]

답안	배점	예상 소요 시간
$f(x)=-x(x-1)(x-2)$ $=-x^3+3x^2-2x$	4점	5분 / 전체 80분
구하는 넓이는 $\int_0^2 \lvert f(x)\rvert dx$ $=2\int_0^1 (x^3-3x^2+2x)dx$ $=2\left[\frac{1}{4}x^4-x^3+x^2\right]_0^1$ $=2\times\frac{1}{4}=\frac{1}{2}$	4점	

2024학년도 기출문제

국어[인문계]

01 [모범답안]

답안	배점	예상 소요 시간
㉠ 괴물, 괴수, 몬스터	4점	4분 / 전체 80분
㉡ 노인, 노파, 늙은이, 현인, 현자, 조상, 선조, 할아버지, 할머니	4점	

[바른해설]

이 글은 캠벨이 주장한 원질 신화에 대해 설명하고 있다. 신화학자인 캠벨은 세계 여러 나라의 신화 연구를 통해 동질적이고 보편적인 기본 구조가 있다고 주장하면서 이를 원질 신화라고 하였다. 원질 신화는 통과 의례의 진행 단계인 '분리–입문–회귀'와 동일한 구조로 '출발–입문–귀환'의 순차적인 흐름을 보인다. 입문 단계에서 영웅은 낯선 세계로 들어가게 되며, 여러 가지 시련을 겪은 후에 여신과 결혼하는 과정을 치른다. 마지막 귀환 단계에서 영웅은 자신의 출발지였던 세계를 새로운 질서의 세계로 만든다.

이 문항은 글의 논리적 흐름을 이해하면서 적절한 핵심 용어를 파악하는 능력을 요구한다. 먼저 자연스러운 논지의 전개 과정에서 핵심 개념의 다양한 모습이 제시된 후, 그 개념의 정의를 내려주고 있다. 또한 개념 정의의 근거와 이유 역시 지문에 제시되어 있다. 따라서 이 문항은 전체적인 논지의 자연스러운 전개를 파악하면서 지문의 핵심 용어를 전후 맥락의 설명을 근거로 하여 정확히 추론할 수 있는지를 확인할 수 있다.

[채점기준]

㉠, ㉡을 각각 4점으로 배점

㉠ – 괴물, 괴수, 몬스터 (4점)
  – 크리쳐, 모험, 난관 (0점)

㉡ – 노인, 노파, 늙은이, 현인, 현자, 조상, 선조, 할아버지, 할머니 (4점)
  – 연장(자), 어르신 (2점)
  – 어른, (산)신령 (0점)

※ 이하 모든 문항에 대하여
  – 요구된 제한 사항(글자수, 문장, 어절, 음절 등) 준수하지 않았을 경우에 0점 처리함.
  – 맞춤법이나 어미 활용이 잘못 되었을 경우 0점 처리함.

02 [모범답안]

답안	배점	예상 소요 시간
대립의 통일	8점	6분 / 전체 80분

[바른해설]

캠벨에 의하면 마지막 귀환 단계에서 영웅은 귀환의 책임을 회피하거나, 귀환을 방해하는 세력에 맞서 승리하거나 그 세력으로부터 탈출하여 자신의 출발지였던 세계를 새로운 질서의 세계로 만든다. 이러한 영웅의 귀환의 의미는 이항 대립 구조의 통일이다.

이 문항은 다른 글과의 비교 및 검토, 추론을 통하여 두 글에서 공통적으로 제시하고 있는 개념이나 의미를 정확히 파악하는지를 검토한다. 제시된 〈보기〉의 지문은 영웅 신화에서 영웅의 귀환 단계가 가지는 본질적 의미에 대한 캠벨의 견해를 보여 준다. 그에 의하면 신화적 상징은 삶이 곧 죽음이며, 죽음이 곧 삶인 세계, 즉 대립물이 서로 꼬리를 물고 합일되어 있는 세계 인식에 다름 아니다. 따라서 이 문항은 〈보기〉에 제시된 논지의 주장을 본문에 적용하면서 글의 핵심적 내용을 정확히 추론해 내는지를 확인할 수 있다.

[채점기준]

두 개의 키워드, 키워드1과 키워드2를 설정하고 '키워드1이 키워드2로 된다'는 구조로 진술하는 것이 정답으로 8점 부여함.

– 키워드 1 : ('(이항)대립(구조)', '대립 쌍', '대립물', '대결', '갈등')
– 키워드 2 : ('통일', '통합', '합일', '지양', '화해')
– 키워드 1에 '모순'으로 답했을 경우에는 2점
– 키워드 2에 '병립'으로 답했을 경우에는 0점
  단 키워드 1, 2가 혹은 둘 중 하나가 정확히 제시되었다고 하더라도 키워드1과 키워드2의 관계(키워드1이 키워드2가 된다)에 어긋나는 경우에는 0점 처리함.

03 [모범답안]

답안	배점	예상 소요 시간
① (다수(의), 모든) 대중(들), 사람들, (박물관) 관람객, 많은/다수의/대부분의 사람(들), 일반인, 보통 사람, 사회 구성원 (모두), 모든 사회 구성원	4점	4분 / 전체 80분
② 사회 · 문화적 역할, 사회문화적 역할	4점	

[바른해설]
이 문항은 지문을 통해 파악할 수 있는 내용을 간결한 핵심어로 정리할 것을 요구하는 것이다. 신박물관학자들의 견해 속에서 구박물관학자들이 박물관을 바라보는 관점이나 박물관의 목적을 무엇에 두고 있는지를 대비적으로 확인하여 답안을 작성하여야 한다. 대표적인 신박물관학자인 버고는 구박물관학자들이 박물관을 기득권층과 같은 특정 집단과 전문가의 영역이라고 보고, 박물관의 역할은 전시품을 보존하거나 관리하는데 힘을 기울인다고 주장한다. 이와는 대조적으로 신박물관학에서는 박물관은 보다 많은 대중의 복합 문화 공간으로 인식하고, 상업성의 추구와 같은 현상도 자연스러운 것이라는 점을 역설한다. 또한 박물관의 본연의 기능은 박물관이 사회 · 문화적으로 수행해야 하는 역할 자체에 관심을 기울이는 것이라는 점을 거듭 이야기하고 있다.

[채점기준]
①, ②를 각각 4점으로 배점
① (다수(의), 모든) 대중(들), 사람들, (박물관) 관람객, 많은/다수의/대부분의 사람(들), 일반인, 보통 사람, 사회 구성원(모두), 모든 사회 구성원 (4점)
– '사람'과 같이 다수의 개념이 들어있지 않은 경우 0점
– '사람, 대중, 구성원' 등 다음에 불필요한(이미 문제에 나타나 있어서 중복되면 결과적으로 비문을 만들어내는) 조사 '–의'를 넣으면, 그리고 그 뒤를 이어 '관심사, 영역' 등을 추가하면 0점
② 사회 · 문화적 역할, 사회문화적 역할 (4점)
– '사회적 역할' 혹은 '문화적 역할'과 같이 1개만 적었을 경우 부분 점수 인정 (2점)
– 문제에 이미 있는 '박물관의'를 앞에 추가한 경우 0점
– '사회 · 문화적 역할' 다음에 '제고' 붙인 경우 0점

04 [모범답안]

답안	배점	예상 소요 시간
박물관의, 준다	8점	6분 / 전체 80분

[바른해설]
〈보기〉에서는 픽처레스크의 개념을 설명하고, 이를 박물관과 박물관의 전시물로 끌어들여 설명하고 있다. 이에 따르면 박물관의 전시물은 특정한 누군가에 의해 선택된 것으로서 이미 그 안에는 특정한 시각이나 가치, 의미 등이 담기게 된다. 결국, 특정한 가치와 이데올로기가 배제되고, 객관적인 박물관–전시는 존재할 수 없다는 지적인 셈이다. 이와 배치되는 주장이 담긴 문장을 본문에서 찾으면, "'박물관의 전시품은 스스로 말해야 한다'라는 말은 특정한 가치와 이데올로기를 배제하고 사회 · 문화를 객관적으로 비추어 주는 거울이라는 박물관의 역할을 강조하는 신박물관학자들의 시각을 잘 보여준다."가 된다. 또한 정답에 해당하는 문장을 지문에서 찾아 첫 어절과 마지막 어절을 쓰라는 문제의 요구 사항도 준수하여야 한다.

[채점기준]
박물관의, 준다(8점)
(작은)따옴표와 같은 문장 부호를 사용한 경우 채점에 영향 없음.

05 [모범답안]

답안	배점	예상 소요 시간
원근법 배제	2점	5분 / 전체 80분
명암법 배제	2점	
문학적(인) 요소 배제	4점	

[바른해설]
제시된 지문은 미국의 미술 평론가인 클레멘트 그린버그의 미술에 대한 관점을 설명하고 있다. 그린버그는 미술가는 미술만의 독자적 매체를 기법적으로 어떻게 다루는가에 관심을 두고 회화의 평면성에 충실하기 위해 회화에서 원근법이나 명암법을 배제해야 한다고 주장하였다. 또한 미술에서 형식을 강조하면서, 미술에서 주제란 문학적인 요소에 해당하기 때문에 배제해야 한다는 입장을 견지하였다. 이러한 그린버그의 관점은 당대 미술계의 지배적 서사로 인정될 만큼 높은 평가를 받았지만, 형식주의적 규범에 맞지 않은 미술은 폄하하고 관람자의 반응이나 심리적인 효과에 대해 무시하였다는 비판에 직면하기도 하였다.
이 문항은 지문에 제시된 논지의 핵심 내용을 정확히 파악할 수 있는지를 확인한다. 그린버그는 미술의 독자성과 순수성을 위해서는 미술 외적인 요소들, 즉 문학적 요소들을 미술에서 배제해야 한다고 주장한다. 또한 미술만의 고유한 매체, 즉 작품의 평면성을 강조한다. 이를 위해 평면성을 저해하는 미술의 기법들, 즉 재현의 사실성을 높이기 위해 고안된 원근법이나 명암법 역시 없애야 한다고 말한다.

[채점기준]
다음과 같이 배점한다. 양쪽의 키워드를 조합해야 각 점수를 획득할 수 있음. 총합 8점
2점 – ('원근법') + ('배제', '없애기').
2점 – ('명암법') + ('배제', '없애기').
4점 – ('문학적(인) 요소', '주제') + ('배제', '없애기')
– 원근법, 명암법, 문학적 요소를 지문에 있는 대로 풀어 써도 각각 맞는 것으로 인정함

06 [모범답안]

답안	배점	예상 소요 시간
① 3차원, 입체(성), 환영(주의)	4점	6분 / 전체 80분
② 2차원, 평면(성)	4점	

[바른해설]

제시된 〈보기〉는 그린버그가 바라본 근현대 미술의 역사 과정에 대한 설명이다. 그에 따르면 서양 미술의 역사는 르네상스 이후 현실의 사실적 재현을 위한 원근법이 발명되면서, 회화의 표면이 2차원이라는 상식이 망각되기 시작한다. 이처럼 그림이란 2차원의 표면에 3차원의 환영을 '실물처럼' 또 '입체적으로' 구축하는 환영주의의 대두는 이후 마네, 인상주의, 구성주의, 추상 표현주의로 이어지는 순수 추상 미술의 역사적 필연성에 의해 부정되면서, 그림의 개념적 평면성을 점차 실현하는 방향으로 나아간다고 그린버그는 말했다. 그리고 이러한 방향성이야말로 미술 역사의 진보라고 그는 주장했다. 이러한 방향성을 요약한다면, '환영에서 평면으로의 변화'가 될 것이다.

이 문항은 지문과 〈보기〉에 제시된 논지를 비교 검토하면서, 두 개의 글의 논리적 연결 관계를 추론하면서 핵심적인 주장을 정확하고 명확한 개념으로 제시할 수 있는지를 확인한다.

[채점기준]

①과 ②를 각각 4점으로 배점

① 3차원, 입체(성), 환영(주의) (4점)

② 2차원, 평면(성) (4점)

07 [모범답안]

답안	배점	예상 소요 시간
원만	8점	4분 / 전체 80분

[바른해설]

이대흠의 시 「동그라미」는 시 전체를 통하여 '동그라미' 이미지가 일관되고 있음이 특징적이다. '어머니'의 말투의 이응 받침, '어머니'의 동그랗게 굽은 허리, '어머니'의 원만한 삶의 당부에서 모두 '동그라미'가 나타나고 있는 것이다. '동그라미'는 모나지 않았다는 것인데, 이응 받침이 들어가는 '어머니'의 부드러운 말투는 "남한테 해끼지 한 번 안 하고 살았던" '어머니'의 삶의 자세와 연결된 것이고, 가족과 다른 사람들을 향한 헌신과 봉사의 삶이 빚어낸 '어머니'의 삶의 마모가 끝내 만들어 낸 굽은 허리로 표상되는 것이고, 다른 사람들과 맞서지 말고 두루 잘 지내라는 당부 속에 담긴 인생의 지침으로서의 원만함과 동질적인 형상(즉 원=동그라미)으로 표현된 것이다.

시 속의 '어머니'의 말투와 삶과 당부를 통하여 우리는 스스로의 삶을 성찰하고 삶의 마땅한 자세를 되돌이켜 반추해 보게 된다.

[채점기준]

'동그라미'의 형상과 의미를 담아내면서 시의 맥락 속에서의 적절함을 두루 갖춘 '원만'을 정답으로 간주하여 만점인 8점을 부여한다.

08 [모범답안]

답안	배점	예상 소요 시간
① 정신적, 혹은 성격적, 혹은 인격적, 혹은 윤리적, 혹은 도덕적, 혹은 심리적, 혹은 인성적, 혹은 인간적	4점	4분 / 전체 80분
② 물질적, 혹은 경제적, 혹은 금전적, 혹은 재정적, 혹은 재무적	4점	

[바른해설]

염상섭의 「두 파산」은 1949년에 발표되었다. 소설은 해방 직후의 혼란스러운 상황을 헤쳐나가는 인물들이 그 과정 속에서 어떤 훼손된 모습을 드러내는지 잘 보여준다. 등장인물의 타락상은 '옥임'과 '정례 모친'을 두 대표 인물을 통하여 정신적 타락과 물질적 타락이라는 유형화된 양상으로 드러난다. 이같은 소설 내외의 조응을 보여주면서 작가는 해방 직후 현실의 문제성을 노정하고 있다.

[채점기준]

①과 ②에 각각 4점씩 배점한다. 그리고 ①, ② 모두 세 음절의 '–적'으로 끝나는 다음 단어들을 정답으로 인정한다. 뜻이 통하더라도 일상적으로 통용되지 않는 개인적인 조어(예컨대 '마음적')는 인정하지 않는다.

① '정신적', '성격적', '인격적', '윤리적', '도덕적', '심리적' '인성적' '인간적' (4점)

② '물질적', '경제적', '금전적' '재정적' '재무적' (4점)

09 [모범답안]

답안	배점	예상 소요 시간
지성	8점	6분 / 전체 80분

[바른해설]

(가)의 밑줄 친 ㉠ 부분에 담겨 있는 '어머니'의 마음은 가족과 타인을 향한 노력, 배려, 헌신, 봉사이다. 그에 가장 가까운 마음씨가 드러나는 (나)의 부분은 남편을 대하는 '정례 모친'의 '지성으로 고이는' 태도이다. '지성'(至誠)은 지극한 정성을 뜻하고 '고이다'는 '봉양하다'라는 뜻이다. 문항이 요구하는 것은 명사인 만큼 '지성'을 찾으면 된다.

[채점기준]

8점을 배점하고 '지성'만을 유일한 정답으로 인정한다.

수학[인문계]

10 [바른해설]

$\sum_{k=1}^{N} k^2 = \frac{N(N+1)(2N+1)}{6}$이고

$\sum_{k=1}^{N} 3k = \frac{3N(N+1)}{2}$이므로

$\frac{N(N+1)(2N+1)}{6} = \frac{3N(N+1)}{2}$이고

$N \geq 1$이므로 $2N+1=9$이다.

따라서 자연수 $N=4$이다.

[채점기준]

답안	배점	예상 소요 시간
$\sum_{k=1}^{N} k^2 = \frac{N(N+1)(2N+1)}{6}$ 이고 $\sum_{k=1}^{N} 3k = \frac{3N(N+1)}{2}$.	4점	5분 / 전체 80분
$\frac{N(N+1)(2N+1)}{6} = \frac{3N(N+1)}{2}$이고 $N \geq 1$이므로 $2N+1=9$이다. 따라서 자연수 $N=4$이다.	4점	

11 [바른해설]

$0 < \frac{1}{2} < 1$이므로 $f(x) = \left(\frac{1}{2}\right)^{2x-3} - a$는 감소함수이고

정의역이 $\{x \mid -1 \leq x \leq 1\}$인 $f(x)$는 $x=-1$일 때 최댓값을 갖고 $x=1$일 때 최솟값을 갖는다.

$f(-1) = \left(\frac{1}{2}\right)^{-5} - a = b$이고 (또는 $2^5 - a = b$)

$f(1) = \left(\frac{1}{2}\right)^{-1} - a = 1$ (또는 $2-a=1$)

$a=1$, $b=31$

$\therefore a-b=-30$

[채점기준]

답안	배점	예상 소요 시간
$f(-1) = \left(\frac{1}{2}\right)^{-5} - a = b$ 이고 (또는 $2^5 - a = b$) $f(1) = \left(\frac{1}{2}\right)^{-1} - a = 1$ (또는 $2-a=1$)	4점	5분 / 전체 80분
$a=1$, $b=31$ $\therefore a-b=-30$	4점	

12 [바른해설]

실수 전체의 집합에서 연속이 되려면

$\lim_{x \to 2-} f(x) = \lim_{x \to 2+} f(x) = f(2)$이다.

$\lim_{x \to 2-} f(x) = -6a + a^2$, $\lim_{x \to 2+} f(x) = 4 - a = f(2)$

$\lim_{x \to 2-} f(x) = \lim_{x \to 2+} f(x)$이므로

$-6a + a^2 = 4 - a$ (또는 $a^2 - 5a - 4 = 0$)

이차방정식 $a^2 - 5a - 4 = 0$의 판별식을 D라 하면

$D = (-5)^2 - 4 \times (-4) = 41 > 0$이므로

근과 계수와의 관계에 의하여,

모든 실수 a의 값의 합은 5이다.

[채점기준]

답안	배점	예상 소요 시간
$-6a + a^2 = 4 - a$ (또는 $a^2 - 5a - 4 = 0$)	4점	5분 / 전체 80분
이차방정식 $a^2 - 5a - 4 = 0$의 판별식을 D라 하면 $D = (-5)^2 - 4 \times (-4)$ $= 25 + 16 = 41 > 0$이므로 근과 계수와의 관계에 의하여, 모든 실수 a의 값의 합은 5이다.	4점	

13 [바른해설]

삼각형 ABC의 넓이를 S라고 하면

$S = \frac{1}{2} \overline{AB} \times \overline{AC} \sin A = 5$

$\frac{1}{2} \times 4 \times 3 \times \sin A = 5$ $\therefore \sin A = \frac{5}{6}$

$\cos^2 A = 1 - \frac{25}{36} = \frac{11}{36}$이고

$\frac{\pi}{2} < \angle A < \pi$이므로 $\cos A = -\frac{\sqrt{11}}{6}$

$\therefore \tan A = \frac{\sin A}{\cos A} = -\frac{5\sqrt{11}}{11}$

[채점기준]

답안	배점	예상 소요 시간
$\sin A = \frac{5}{6}$	4점	5분 / 전체 80분
$\tan A = -\frac{5\sqrt{11}}{11}$ $\left(\text{또는 } \tan A = -\frac{5}{\sqrt{11}}\right)$	4점	

14 [바른해설]

$f(x)$가 일대일함수이므로 $f(x)$는 실수 전체에서 감소하는 함수이다.

즉, $f'(x) \le 0$이고 $f'(x) = -3x^2+2x-2a$이므로

〈풀이1〉

$3x^2-2x+2a \ge 0$이다. 판별식을 D라 하면

$\frac{D}{4}=1-6a \le 0$ (또는 $D=4-24a \le 0$)이므로

$\frac{1}{6} \le a$이다.

따라서 실수 a의 최솟값은 $\frac{1}{6}$이다.

〈풀이2〉

$3x^2-2x+2a \ge 0$이다.

$3x^2-2x+2a=3\left(x-\frac{1}{3}\right)^2+2a-\frac{1}{3} \ge 0$,

$2a-\frac{1}{3} \ge 0$이므로 $a \ge \frac{1}{6}$이다.

따라서 실수 a의 최솟값은 $\frac{1}{6}$이다.

[채점기준]

답안	배점	예상 소요 시간
$f'(x) \le 0$이고 $f'(x)=-3x^2+2x-2a$	4점	7분 / 전체 80분
〈풀이1〉 $\frac{D}{4}=1-6a \le 0$ (또는 $D=4-24a \le 0$) a의 최솟값은 $\frac{1}{6}$ 〈풀이2〉 $3x^2-2x+2a$ $=3\left(x-\frac{1}{3}\right)^2+2a-\frac{1}{3} \ge 0$ a의 최솟값은 $\frac{1}{6}$	4점	

15 [바른해설]

$\frac{d}{dx}\{(x^2-x+1)f(x)\}$

$=(2x-1)f(x)+(x^2-x+1)f'(x)$이므로

$\int_0^2 \frac{d}{dx}\{(x^2-x+1)f(x)\}dx=0$

(또는 $[(x^2-x+1)f(x)]_0^2=0$)

$[(x^2-x+1)f(x)]_0^2=3f(2)-f(0)=0$이고

$f(2) \ne 0$이므로 $\frac{f(0)}{f(2)}=3$

[채점기준]

답안	배점	예상 소요 시간
$\int_0^2 \frac{d}{dx}\{(x^2-x+1)f(x)\}dx$ $=0$ (또는 $[(x^2-x+1)f(x)]_0^2=0$)	4점	8분 / 전체 80분
$\frac{f(0)}{f(2)}=3$	4점	

국어[자연계]

01 [모범답안]

답안	배점	예상 소요 시간
① 정보의 비대칭성	4점	6분 / 전체 80분
② (공공재가 과잉 생산되어) 자원 배분의 비효율성	4점	

[바른해설]

이 문항은 공공기관에서의 의사 결정을 분석하는 이론들 속에서 대두된 몇 가지 주장을 살피고, 베버의 관료론을 비판한 니스카넨의 주장의 핵심이 무엇인지 파악했는지를 묻는 것이다. 베버는 관료가 공익을 추구한다고 전제한 뒤, 정책 형성 과정에서 배제되고 정치인의 결정을 집행하는 역할을 한다고 하였다. 즉 관료보다는 관료제를 중요하게 여긴 것이다. 이를 비판한 연구(공공 선택론)에서는 관료가 그러한 수동적 존재가 아니라는 점에 주목한다. 관료 역시 개인적 이익을 추구하고 자신의 효용을 극대화하려는 능동적인 모습을 보인다는 것이다. 특히 니스카넨은 관료가 정치인에 대해 공공재와 행정 서비스의 가격과 수량을 모두 결정할 수 있는 유리한 입장에 놓인다는 점을 강조하였다. 그리고 그 근거를 정보의 비대칭성에서 찾았다. 관료는 자신이 점한 유리한 위치를 적극 활용하여 예산의 극대화를 추구하는데 그것은 합리성과 생존 때문이라고 하였다. 니스카넨은 관료의 이 같은 특성으로 인해 공공재가 과잉 생산되어 자원 배분의 비효율성이라는 문제를 야기할 수 있다는 점도 언급하였다. 이 문항에서는 정치인에 대해 주도성을 갖게 되는 근거인 정보의 비대칭성과 예산 극대화 추구의 부작용인 자원 배분의 비효율성을 답안으로 도출하여야 한다.

[채점기준]

①, ②를 각각 4점으로 배점. 문제에 '그대로'라는 요구 사항이 있기에 이를 준수해야 함.

① 정보의 비대칭성

② (공공재가 과잉 생산되어) 자원 배분의 비효율성

02 [모범답안]

답안	배점	예상 소요 시간
B, C (순서를 반드시 지켜야 함)	8점	5분 / 전체 80분

[바른해설]

이 문항은 지문을 통해 공공기관에서의 의사 결정을 분석하는 이론들 속에서 대두된 몇 가지 주장을 살펴보고 그 가운데 던리비가 주장한 내용을 주어진 상황에 적용할 수 있는지를 확인하고자 한 것이다. 던리비는 니스카넨의 주장이 예산의 극대화라는 집중되어 있어, 관료나 기관이 지닌 다양한 점을 다루지 못했음을 비판하였다. 던리비는 기관의 유형, 관료의 지위, 예산의 종류와 관료 지위의 상관성 등을 검토하고, 고위 관료의 효용은 예산의 극대화보다는 소속 부처의 최적화와 더 관련이 깊다고 보았다. 이 과정에서 던리비는 거래 기관의 관료는 예산 확보 동기가 강하지만 통제 기관의 관료는 예산 확보의 동기가 강하다고 했다. 또 고위 관료는 하위 관료에 비해 상대적으로 예산 극대화에 소극적이라고 하였다. 이 주장에 따르면 거래 기관의 고위 관료(A), 거래 기관의 하위관료(B), 통제 기관의 고위 관료(C), 통제 기관의 하위 관료(D) 가운데 예산 확보와 극대화에 가장 적극적인 사람은 거래 기관의 하위관료(B)이고 가장 소극적인 사람은 통제 기관의 고위 관료(C)가 된다. 물론 이는 상황을 매우 단순화한 가정의 상황이기에 가능한 것이다.

[채점기준]

- 순서대로 써야 하는 두 답을 각각 4점으로 배점. 정답은 B, C. 반드시 순서를 지켜야 함.
- 앞 두 한 쪽만 맞춰도 인정하여 부분 점수 부여. 예 B, D (4점).
- A~D 네 개를 다 늘어 놓은 것은 B, C가 제 자리에 있어도 0점 처리함 (A와 D의 대소 관계는 비교 불가능하기 때문)

03 [모범답안]

답안	배점	예상 소요 시간
구리가 (은보다) 이온화 경향이 크기/강하기/높기 구리의 이온화 경향이 (은보다) 크기/강하기/높기 은이 (구리보다) 이온화 경향이 작기/약하기/낮기 은의 이온화 경향이 (구리보다) 작기/약하기/낮기	8점	4분 / 전체 80분

[바른해설]

전해질 용액 속에 두 금속을 넣었을 때 전하가 발생하는 화학전지에서 일어나는 반응은 전자의 방출과 수용이 나타나는 대표적인 산화 환원 반응이다. 두 금속 중 산화가 일어나기 쉬운, 즉 전자가 방출되기 쉬운 것을 이온화 경향이 크다고 말한다. 전류는 전자가 흐르는 방향과 역방향으로 표현되기에 산화가 일어나는 쪽이 음극이 된다.

묽은 황산 용액 속의 아연판-구리판에서는 아연판에서, 염화나트륨 용액 속의 구리판-은판에서는 구리판에서 산화가 일어난다. 즉 이온화 경향의 상대적 크기에 따라 산화가 일어나는 쪽이 결정되는 것이다. 그리고 그에 따라 극성이 상대적으로 결정된다.

이 사실을 정확히 이해하고 있는지를 확인한 위에서 글의 논지의 순차적인 전개에 따라 알맞은 내용을 추론할 수 있는가를 평가하고 있는 문항이다.

[채점기준]

- '구리, 은, 이온화 경향'과 '크다/작다'가 들어가면서 모두 같은 내용을 담고 있는 다음 네 개를 정답으로 인정하여 8점을 부여하고, 그 외의 진술은 0점으로 처리한다.
- 문맥상 'ㅇ보다'는 유추할 수 있기에 'ㅇ보다'가 없어도 정답으로 처리함.
- '강하다/약하다', '높다/낮다'도 '크다/작다'와 문맥상 의미가 상통하기에 정답으로 처리함.
- 아래가 정답으로 인정할 만한 내용들.
  "구리가 (은보다) 이온화 경향이 크기/강하기/높기"
  "구리의 이온화 경향이 (은보다) 크기/강하기/높기"
  "은이 (구리보다) 이온화 경향이 작기/약하기/낮기"
  "은의 이온화 경향이 (구리보다) 작기/약하기/낮기"

04 [모범답안]

답안	배점	예상 소요 시간
① 산화	4점	5분 / 전체 80분
② 음극	4점	

[바른해설]

이온화 서열이란 금속 원소들(과 수소)를 이온화 경향이 큰 것부터 작은 것으로 일련 배열한 것을 말한다. 보통 '(리튬, 포타슘(칼륨), 칼슘, 마그네슘)–마그네슘–(알루미늄, 아연, 철)–(니켈, 주석, 납)–(수소, 구리)–(수은, 은)–(백금, 금)'의 순서로 기술된다. 앞쪽에 있을수록 산화 환원 반응에서 산화가 일어나기 쉽고 전극에서는 음극이 된다. 이것은 또한 산화 환원 전위의 순서이기도 하고 반응열의 값의 크기의 순서이기도 하다.

[채점기준]

①에 들어갈 것은 '산화', ②에 들어갈 것은 '음극'이다.

- 둘다 올바로 기술했으면 8점.
- 어느 하나만 올바로 기술했으면 4점.
- 둘 다 잘못 선택했으면 0점.

05 [모범답안]

답안	배점	예상 소요 시간
딸과의 불화	8점	5분 / 전체 80분

[바른해설]

이 작품은 1930년대 경성을 배경으로 급변하는 사회 질서에서 소외된 세대의 좌절과 몰락, 젊은 세대의 위선적인 행태 등을 형상화한 소설이다. 작품의 제목이기도 한 '복덕방'은 안 초시와 서 참의, 박희완 등 급변하는 세태에 적응하지 못한 노인들이 모여드는 공간이다. 안 초시는 부동산 투기로 일확천금을 꿈꾸다가 몰락하는데, 이 과정에서 식민지 자본주의의 실태가 사실적으로 드러난다. 한편 무용가로 성공했으면서도 아버지를 홀대하는 안경화의 모습을 통해서는 당시 신세대들의 이해타산적 면모가 드러난다.

이 문항은 이러한 안 초시와 안경화의 갈등을 통하여 발생한 안 초시의 비극적 결말의 원인을 유추할 수 있는지를 확인한다. 즉 안 초시의 자살의 일차적 원인은 부동산 투기의 실패에 따른 좌절의 결과이기도 하지만, 소설 속의 다양한 상황들을, 예컨대 안 초시의 독백이나 안 초시의 사후에 발생한 안경화의 행동들 등등을 유추하면 그 이면에는 딸인 안경화와의 불화가 개입되어 있음을 알 수 있다.

[채점기준]

8점 – 딸과의 단절(냉대, 불화) 또는 가족공동체(가족관계, 부녀관계)의 붕괴(파탄, 단절), 친자간의 불화, 딸의 불효 등(부녀'관계'의 파탄을 표현할 경우)

4점 – 딸의 부정적인 모습만 언급하되, 안 초시와의 불화를 언급하지 않은 경우. 예 나쁜 딸

4점 – 딸에 대한 안 초시의 감정('미안함' 등)은 드러나 있지만 원인 제공자로서의 딸에 대한 언급이 없는 경우. 예 딸에 대한 미안한 감정

06 [모범답안]

답안	배점	예상 소요 시간
(서) 참의	8점	5분 / 전체 80분

[바른해설]

'반어'는 전달의 효과를 높이기 위해 말하고자 하는 의미와는 반대로 표현하는 방법이다. 예컨대 지각한 학생에게, "참, 빨리도 왔구나."와 같이 말하는 것이다. 이러한 반어는 문맥을 통하여 독자가 본래의 의도를 추론할 수 있는 조건과 상황에서 사용하기 때문에, 오히려 의미를 강조하는 효과를 거둔다. 작품 속에서 서 참의가 죽은 안 초시에게 하는 읊조림은 이런 반어적 표현을 통해 안 초시의 죽음이 지닌 비극성을 한층 더 부각하고 있다.

[채점기준]

(서) 참의 (8점)

수학[자연계]

07 [바른해설]

지수법칙에 의하여

$\left(a^{\frac{1}{6}}\right)^{\frac{3}{2}}=a^{\frac{1}{6}\times\frac{3}{2}}=a^{\frac{1}{4}}$

$a^{\frac{1}{4}}=N$이라 하자 $(N=1, 2, 3, \cdots)$

$a=N^4\leq 100$

$\therefore a=1, 16, 81$

[채점기준]

답안	배점	예상 소요 시간
지수법칙에 의하여 $\left(a^{\frac{1}{6}}\right)^{\frac{3}{2}}=a^{\frac{1}{6}\times\frac{3}{2}}=a^{\frac{1}{4}}$	4점	4분 / 전체 80분
$a^{\frac{1}{4}}=N$이라 하자 $(N=1, 2, 3, \cdots)$ $a=N^4\leq 100$ $\therefore a=1, 16, 81$	4점	

08 [바른해설]

$x-1>0$, $x-1\neq 1$이고 $-x^2+3x+10>0$이다.

즉, $x>1$, $x\neq 2$, $x^2-3x-10<0$

$(x-5)(x+2)<0$에서 $1<x<2$ 또는 $2<x<5$

$\therefore$ 정수 $x=3, 4$

[채점기준]

답안	배점	예상 소요 시간
$x-1>0$, $x-1\neq 1$이고 $-x^2+3x+10>0$이다.	4점	4분 / 전체 80분
$x^2-3x-10<0$에서 $(x-5)(x+2)<0$이다. $1<x<2$ 또는 $2<x<5$ $\therefore$ 정수 $x=3, 4$	4점	

09 [바른해설]

(풀이 1)

$\dfrac{\sin\theta(1+\sin\theta)-\sin\theta(1-\sin\theta)}{1-\sin^2\theta}$

$=\dfrac{2\sin^2\theta}{\cos^2\theta}==2\tan^2\theta=2$이므로

$\tan^2\theta=1$이다.

$\pi<\theta<\dfrac{3}{2}\pi$이므로 $\tan\theta=1$

$\therefore \theta=\dfrac{5}{4}\pi$

(풀이 2)

$\dfrac{\sin\theta(1+\sin\theta)-\sin\theta(1-\sin\theta)}{1-\sin^2\theta}=\dfrac{2\sin^2\theta}{1-\sin^2\theta}=2$

$2\sin^2\theta=2-2\sin^2\theta$이므로 $\sin^2\theta=\dfrac{1}{2}$

$\pi<\theta<\dfrac{3}{2}\pi$이므로 $\sin\theta=-\dfrac{1}{\sqrt{2}}$

$\therefore \theta=\dfrac{5}{4}\pi$

[채점기준]

답안	배점	예상 소요 시간
(풀이 1) $\tan^2\theta=1$ (풀이 2) $\sin^2\theta=\dfrac{1}{2}$	4점	4분 / 전체 80분
$\theta=\dfrac{5}{4}\pi$	4점	

10 [바른해설]

실수 전체의 집합에서 $f(x)$가 연속이고

$f(x)-x^2=4x-3$이 연속이므로

$\dfrac{f(x)-x^2}{f(x)-k}$이 실수 전체의 집합에서 연속이 되기 위해서는

모든 실수 x에 대하여 $f(x)-k\neq 0$

(또는 $x^2+4x-3-k\neq 0$)이어야 한다.

이차방정식 $f(x)-k=x^2+4x-3-k=0$의 판별식을 D라 하면

$\dfrac{D}{4}=7+k<0$ (또는 $D=28+4k<0$)이므로

$k<-7$이다.

따라서 정수 k의 최댓값은 -8이다.

[채점기준]

답안	배점	예상 소요 시간
모든 실수 x에 대하여 $f(x)-k\neq 0$ (또는 $x^2+4x-3-k\neq 0$)	4점	5분 / 전체 80분
정수 k의 최댓값은 -8이다.	4점	

11 [바른해설]

양수 x에 대하여

$\dfrac{(3x-7)(2x^2+1)}{x(x^2+7)}<\dfrac{f(x)}{x}<\dfrac{3x(2x^2+1)}{x(x^2+3)}$이다.

이때 $\lim\limits_{x\to\infty}\dfrac{(3x-7)(2x^2+1)}{x(x^2+7)}=6$,

$\lim\limits_{x\to\infty}\dfrac{3x(2x^2+1)}{x(x^2+3)}=6$이므로 함수의 극한의 대소 관계에 의하여

$\lim\limits_{x\to\infty}\dfrac{f(x)}{x}=6$이다.

따라서 $\lim_{x\to\infty}\frac{4x+2f(x)}{8x-f(x)}=\lim_{x\to\infty}\frac{4x+2\frac{f(x)}{x}}{8-\frac{f(x)}{x}}$

$=\frac{4+2\times6}{8-6}=8$이다.

[채점기준]

답안	배점	예상 소요 시간
(가)의 정답 6	4점	5분 / 전체 80분
(나)의 정답 8	4점	

12 [바른해설]

$x(t)$의 속도 $v(t)=x'(t)=-t^2+2t$이고

가속도 $a(t)=v'(t)=-2t+2$이다.

$a(t)=-2t+2=0$에서

P의 가속도가 0일 때 $t=1$이고

$x(1)=-\frac{1}{3}+1+k=\frac{11}{3}$이다.

$\therefore k=3$

[채점기준]

답안	배점	예상 소요 시간
가속도 $a(t)=v'(t)=-2t+2$이다.	4점	5분 / 전체 80분
$k=3$	4점	

13 [바른해설]

$\int_0^2|2x-1|dx=\int_0^{\frac{1}{2}}(-2x+1)dx+\int_{\frac{1}{2}}^2(2x-1)dx$

$\int_0^{\frac{1}{2}}(-2x+1)dx=[-x^2+x]_0^{\frac{1}{2}}=\frac{1}{4}$

$\int_{\frac{1}{2}}^2(2x-1)dx=[x^2-x]_{\frac{1}{2}}^2=\frac{9}{4}$

$\therefore \int_0^2|2x-1|dx=\frac{1}{4}+\frac{9}{4}=\frac{5}{2}$

[채점기준]

답안	배점	예상 소요 시간
$\int_0^2\|2x-1\|dx$ $=\int_0^{\frac{1}{2}}(-2x+1)dx$ $+\int_{\frac{1}{2}}^2(2x-1)dx$	4점	4분 / 전체 80분
$\int_0^2\|2x-1\|dx=\frac{5}{2}$	4점	

14 [바른해설]

$2\times{}_{23}C_{r+1}={}_{23}C_r+{}_{23}C_{r+2}$이므로

$\frac{2\times23!}{(r+1)!(22-r)!}=\frac{23!}{r!(23-r)!}$

$+\frac{23!}{(r+2)!(21-r)!}$이다.

$\frac{(r+2)!(22-r)!}{23!}$을 양변에 곱하면,

$2(23-r)(r+2)=(r+2)(r+1)+(23-r)(22-r)$

$r^2-21r+104=0$ $(r-8)(r-13)=0$

$\therefore r=8$ 또는 $r=13$

[채점기준]

답안	배점	예상 소요 시간
$\frac{2\times23!}{(r+1)!(22-r)!}$ $=\frac{23!}{r!(23-r)!}$ $+\frac{23!}{(r+2)!(21-r)!}$	4점	6분 / 전체 80분
$r=8$ 또는 $r=13$ 8과 13이 둘 다 제시되어야 함	4점	

15 [바른해설]

(풀이 1)

$a_{n+1}:a_n=S_n:S_{n-1}$에서

$\frac{a_{n+1}}{a_n}=\frac{S_n}{S_{n-1}}$로 나타낼 수 있다.

$a_n=S_n-S_{n-1}$이므로 $\frac{S_{n+1}-S_n}{S_n-S_{n-1}}=\frac{S_n}{S_{n-1}}$

$(S_{n+1}-S_n)S_{n-1}=S_n(S_n-S_{n-1})$

$\therefore S_n^2=S_{n-1}\times S_{n+1}$

그러므로 수열 $\{S_n\}$은 등비수열이다.

$a_1=1$, $a_2=3$, $S_1=1$, $S_2=4$

$a_3=a_2\times\frac{S_2}{S_1}=3\times4=12$, $S_3=S_2+a_3=16$이고

$\frac{S_3}{S_2}=\frac{16}{4}=4$이므로 수열 $\{S_n\}$의 공비는 4이다.

따라서 $S_n=S_1\times4^{n-1}=4^{n-1}$ $(n\geq1)$

$n\geq2$일 때 $a_n=S_n-S_{n-1}=4^{n-1}-4^{n-2}=3\times4^{n-2}$

$a_n=3\times4^{n-2}$ $(n\geq2)$

$a_{100}=3\times4^{100-2}=3\times2^{2(100-2)}=3\times2^{196}$

$\therefore N=196$

(풀이 2)

① $\frac{a_3}{a_2}=\frac{S_2}{S_1}=4$에서 $a_3=4a_2=4\times3$ (또는 $a_3=12$)

② $S_3=a_3+S_2=4\times3+4=4(3+1)=4\times4=4^2$

③ $\frac{a_4}{a_3}=\frac{S_3}{S_2}=\frac{4^2}{4}=4$에서 $a_4=4a_3=4(4\times3)$

$=4^2\times3$ (또는 $a_4=48$)

④ $S_4=a_4+S_3=4^2\times3+4^2(3+1)=4^3$

⑤ $a_5=4\times a_4=4(4^2\times3)=4^3\times3$

n	1	2	3	4	5	6	…
a_n	1	3	①	③	⑤	…	…
S_n	1	4	②	④	…	…	…

$a_n=4\times a_{n-1}$ $(n\geq3)$이므로

$a_n=4\times a_{n-1}=4(4\times a_{n-2})=4^2a_{n-2}$

$=\cdots=4^{n-2}\times a_2=4^{n-2}\times3$ $(n\geq3)$이다.

$a_1=1$, $a_2=3$이므로

$a_n=3\times4^{n-2}$ $(n\geq2)$

$\therefore a_{100}=3\times4^{100-2}=3\times2^{2(100-2)}=3\times2^{196}$

$\therefore N=196$

[채점기준]

답안	배점	예상 소요 시간
(풀이 1) $S_n^2=S_{n-1}\times S_{n+1}$ (풀이 2) $a_3=4a_2=4\times3$ (또는 $a_3=12$) $a_4=4a_3=4(4\times3)$ $=4^2\times3$ (또는 $a_4=48$)	4점	6분 / 전체 80분
$N=196$	4점	

2024학년도 모의고사

국어[인문계]

01 [모범답안]

답안	배점	예상 소요 시간
이렇듯, 작품이다	8점	4분 / 전체 80분

[바른해설]

이 글은 개념 미술의 특성과 형식을 설명하고 그 의의를 서술하고 있다. 개념 미술은 작업 구상을 담은 종이, 작업 스케치, 작품에 대한 설명을 담은 송장 등과 같이 언어를 재료로 하는 미술 형식이라고 할 수 있다. 따라서 개념 미술에서는 형식화, 시각화되지 않은 생각이나 관념도 완성된 사물 못지않은 작품일뿐더러, 실제 작품이 만들어지는 실행은 예술창작에 있어서 그다지 중요하지 않은 부차적 행위로 간주된다. 이러한 개념 미술은 언어를 비롯한 비물질성을 지닌 생각이나 관념도 예술이 될 수 있다는 새로운 인식을 통해 예술의 영역을 확대하고 있다.

한편 〈보기〉에 주어진 신문기사는 자신의 아이디어를 대작 작가를 통해 실현한 조 모씨의 '화투 그림 대작 사건'을 다루고 있다. 조 모씨에게 주어진 혐의는 다른 사람이 그린 그림을 자신의 이름으로 판매한 사기죄였다. 그러나 대작 작가의 진술처럼 '화투' 그림의 아이디어와 구상은 조 모씨에게서 나왔다. 개념 미술에 따르면 형식화, 시각화되지 않은 생각이나 관념도 예술이 될 수 있다. 따라서 조 모씨의 '화투' 그림은 이미 구상과 아이디어만으로도 작품이 되고, 그 실행은 솔 르윗의 경우처럼 누구에게 맡기든 큰 의미가 없다. 이처럼 개념 미술은 구체적으로 실재하는 작품이라는 전통적 인식에서 벗어나 있다. 따라서 개념 미술의 핵심 논리에 따르면, 조 모씨의 '화투 그림 대작 사건'의 무죄 판결은 자연스러운 결과인 셈이다.

[채점기준]

1. '이렇듯'과 '작품이다'가 순서대로 정확하게 기술된 경우에만 정답(8점)으로 인정한다.
2. 개념 미술의 핵심 논리는 아니지만, 아래의 세 문장은 개념 미술에 있어서 실행이 갖는 부차적 의미를 서술하고 있으므로, 조 모씨의 사건과 연결된다. 따라서 절반의 점수(4점)를 부여한다.
   1) 예술가가, 의미한다
   2) 실제로, 위탁했다
   3) 그는, 뿐이다

02 [모범답안]

답안	배점	예상 소요 시간
㉠ 건축(물)	3점	4분 / 전체 80분
㉡ (그리스) 조각	3점	
㉢ 회화(미술), 음악, 시(문학) 중 한 가지	2점	

[바른해설]

헤겔은 예술의 물질성에 대한 견해를 밝히고 있는데, 그에 따르면 예술은 필연적으로 물질성에서 정신성으로 이행한다. 초기의 예술에서는 정신이 아직 육중한 물질에 눌려 있고, 이때를 대표하는 예술 장르는 고대 오리엔트에서 나타나는 거대한 건축(물)이다. 이후 정신과 물질이 어느 쪽에도 치우치지 않고 적절한 조화를 이루어 '아름다움'이 완성된 시기로 이행하는데, 고대 그리스 조각이 이 시대를 대표한다. 이후 정신은 더 성장하여 서서히 물질을 압도하기 시작하는데, 르네상스 시기에 이런 예술을 대표하는 장르는 회화였다. 회화의 재료인 물감은 조각에 사용되는 돌에 비해 물질성이 한결 약화된다. 17세기에는 음악이 예술을 주도하게 되는데, 음악의 재료인 소리에는 물질성이 거의 존재하지 않는다. 19세기 예술의 주류는 시로 변화하는데, 이제 예술은 마침내 물질성을 벗고 학문과 똑같은 재료, 즉 개념을 사용한다.

한편 〈보기〉에서는 헤겔이 「미학 강의」에서 제시한 세 가지 예술 형식을 소개한다. 헤겔은 세 가지 예술 형식을 예술의 고유한 본질인 정신성과 물질성, 개념과 표현, 내용과 형식의 관계에 따라 상징적 예술 형식, 고전적 예술 형식, 낭만적 예술 형식으로 구분한다. 그에 따르면 세 가지 예술 형식은 아직 물질성이 정신성을 압도하는 시기, 양자가 적절한 조화를 이루어 '아름다움의 이념상'이 온전히 실현된 시기, 정신이 더 성장하면서 서서히 물질을 압도하여 예술의 물질성은 이제 더 이상 중요한 문제가 아닌 시기와 대응한다.

결국 헤겔이 제시한 세 가지 예술 형식은 물질성과 정신성의 관계에서 물질성의 우위(상징적 예술 형식), 양자의 완벽한 조화(고전적 예술 형식), 정신성의 우위(낭만적 예술 형식)라는 특징을 지니고 있다. 그리고 상징적 예술 형식은 고대 오리엔트의 건축(물)에서, 고전적 예술 형식은 고대 그리스의 조각에서, 낭만적 예술 형식은 르네상스의 회화, 17세기의 음악, 19세기의 시(문학)에서 잘 표현되고 있다고 보고 있다.

[채점기준]

1. ㉠, ㉡, ㉢을 본문에서 고르는 것인 만큼 유사한 답안은 나오기 어렵다.
2. 부분 점수로 구성함(㉠-3점, ㉡-3점, ㉢-2점)

3. 각 부분 점수의 합산으로 채점을 함. 다만 순서에 유의해야 함.

03 [모범답안]

답안	배점	예상 소요 시간
말을 하지 않았다, 말하지 않았다, 입을 열지 않았다, 말이 없었다.	8점	4분 / 전체 80분

[바른해설]

임철우의 소설 「사평역」은 곽재구의 시 「사평역에서」를 받아 쓴 것으로 소설로 바뀌었음에도 원 시의 주제 의식과 상황 등을 그대로 이어받고 있다. 이 작품에서는 시 · 공간적 배경이 매우 중요하여 결정적 구실을 수행한다. 많은 눈이 내리는 겨울 밤, 작은 간이역의 좁은 대합실이 작품의 배경이다.

밤인데다가 많은 눈까지 내리니 대합실 승객들의 내적인 시선은 자연스럽게 내부로 응집된다. 활동적인 행위는 당연히 어렵고 타인과의 대화도 특정한 계기가 주어졌을 때 의례적으로 잠깐 이어질 뿐 길게 이어지지 못한다. 기본적으로 침묵에 잠겨 있는 것이 자연스럽고 작품 내용도 그러함을 잘 보여준다.

더구나 장소도 작은 간이역의 대합실이다. 역은 기차를 타러 온 서로 낯선 사람들이 모이는 곳으로 타인과의 대화는 역시 드물 수밖에 없다. 또한 통학, 통근 등으로 이용하는 경우를 제외하고 역은 인생의 한 마디가 지어지는 곳이다. 특정한 목적이 있어 역으로 오거나 역에서 내리는 것이다. 따라서 역의 대합실에서 기차를 기다리며 자신이 지금까지 살아온 길과 앞으로 살아갈 길을 반추하고 고민하는 것은 자연스럽다.

이처럼 「사평역」의 배경은 등장인물들로 하여금 자연스럽게 자신의 삶을 되돌아보도록 하고 그것이 침묵을 수반하게 되는 것은 또한 자연스러운 일이다.

[채점기준]

1. '말을 하지 않았다'는 내용만 담아 내고 있으면 정답 처리한다.
2. 다만 ㉠앞에는 '누구도'가 있어 문장의 호응 관계상 부정(否定) 표현이 이어져야 한다. 이 점을 간과하였을 경우 '말을 하지 않았다'라는 내용을 담고 있어도 부분 점수를 부여할 수밖에 없다. 문장 성분의 호응은 매우 중요한 문제이고 국어 과목인 만큼 절반의 점수(4점)를 부여한다.
3. 부분 점수 구성
   1) 8점 : 말을 하지 않았다, 말하지 않았다, 입을 열지 않았다, 말이 없었다.
   2) 4점 : 침묵하였다, 묵묵부답이었다, 입을 다물고 있었다, 조용하였다.

04 [모범답안]

답안	배점	예상 소요 시간
인정	8점	4분 / 전체 80분

[바른해설]

소설 「사평역」은 3번 문항에서 보았듯 작은 간이역 대합실에 모인 등장 인물들이 주어진 시 · 공간적 상황에서 스스로에게 삶의 의미를 묻는 구조로 되어 있다. 물론 각 등장인물이 이 같은 형이상학적 질문에 답하는 것은 쉬운 일도 아니고 독자로서도 그리 재미있는 일은 아니다. 그 대신 각 등장 인물들이 살아온 삶의 모습을 보여준다. 그들이 어떤 삶을 살아왔을지 상상하는 것은 그리 어려운 일이 아니다. 이 작은 간이역에서 기차를 기다리는 사람들의 삶이 고단하고 힘들었으리라는 것은 충분히 짐작할 수 있다.

이 사실을 잘 보여주는 인물이 제시문에 집중적으로 드러나고 있는 중년 사내이다. 오랫동안 감옥에 갇혀 있다가 막 출옥한 사람이다. 그보다 더 고통스럽고 힘든 삶을 살았을 사람이 얼마나 있을까? 지문에서는 드러나지 않지만, 작품 전체를 읽어 보면 다른 등장인물들, 즉 대학생, 춘심이, 두 행상 아낙네, 서울 여자와 그가 찾아갔던 사평댁들 모두 그러한 삶을 살아왔다.

그러나 그들은 그 어렵고 힘든 삶 속에서도 나름대로 인간의 품위를 지키며 살고 있다. 그것은 중년 사내나 역장의 태도에서 보듯 주변의 자신과 비슷한 혹은 자신보다 힘든 사람들에게 보이는 자세이다. 이는 여러 가지 말로 표현할 수 있는데 인정, 인심, 선심, 선의, 배려, 동정, 연민, 공감 등을 들 수 있다.

다만 풀이가 너무 여러 갈래로 나뉘는 것을 막고 또 경우에 따라서는 합당한 표현을 떠올리는 데 도움이 될 수 있도록 위와 연관되는 '인정'이 들어가는 속담들을 같이 제시하였다.

[채점기준]

1. 소설의 내용과 속담의 표현을 같이 만족시켜야 하기 때문에 예시 답안 이외의 답안은 있을 수 없고 다만 의미가 상통하는 표현에는 절반의 점수(4점)를 부여한다.
2. 부분 점수 구성
   1) 8점 : 인정
   2) 4점 : 인심, 선심, 선의, 배려, 동정, 연민, 공감

수학[인문계]

01 [바른해설]

$(\sqrt[5]{5^3})^{\frac{1}{2}}=\left((5^3)^{\frac{1}{5}}\right)^{\frac{1}{2}}=5^{\frac{3}{10}}$

$\left(5^{\frac{3}{10}}\right)^n=5^{\frac{3n}{10}}$이 자연수

$\frac{3n}{10}=0$ 또는 자연수

n은 10의 배수

$2\le n\le 100$이므로 $n=10, 20, 30, \cdots, 100$

n의 개수는 10개

[채점기준]

답안	배점	예상 소요 시간
$(\sqrt[5]{5^3})^{\frac{1}{2}}=\left((5^3)^{\frac{1}{5}}\right)^{\frac{1}{2}}=5^{\frac{3}{10}}$	2점	4분 / 전체 80분
$\frac{3n}{10}=0$ 또는 자연수	2점	
n은 10의 배수	2점	
n의 개수는 10개	2점	

02 [바른해설]

등차수열 $\{a_n\}$의 공차를 d

$a_1+a_2+a_3+a_4+a_5=\frac{5(2a_1+4d)}{2}=5(a_1+2d)$

$a_4+a_5+a_6+\cdots+a_{13}=\frac{10\{(a_1+3d)+(a_1+12d)\}}{2}$

$=5(2a_1+15d)$

$(a_4+a_5+a_6+\cdots+a_{13})-(a_1+a_2+a_3+a_4+a_5)$

$=5(a_1+13d)$

$5(a_1+13d)=5a_{14}=5\times 13=65$

[채점기준]

답안	배점	예상 소요 시간
$a_1+a_2+a_3+a_4+a_5$ $=\frac{5(2a_1+4d)}{2}$ $=5(a_1+2d)$	2점	4분 / 전체 80분
$a_4+a_5+a_6+\cdots+a_{13}$ $=\frac{10\{(a_1+3d)+(a_1+12d)\}}{2}$ $=5(2a_1+15d)$	2점	
$(a_4+a_5+a_6+\cdots+a_{13})$ $-(a_1+a_2+a_3+a_4+a_5)$ $=5(a_1+13d)$	2점	
$5(a_1+13d)=5a_{14}$ $=5\times 13=65$	2점	

03 [바른해설]

함수 $f(x)$가 $x=2$에서 미분가능하므로 $x=2$에서 연속이다. 즉, $\lim_{x\to 2-}f(x)=\lim_{x\to 2+}f(x)=f(2)=4+2a$

$\lim_{x\to 2-}\frac{f(x)-f(2)}{x-2}=\lim_{x\to 2-}\frac{(x^2+ax)-(4+2a)}{x-2}$

$=\lim_{x\to 2-}\frac{(x-2)(x+a+2)}{x-2}=\lim_{x\to 2-}(x+a+2)=a+4$

$\lim_{x\to 2+}\frac{f(x)-f(2)}{x-2}=\lim_{x\to 2+}\frac{(2x+2a)-(4+2a)}{x-2}$

$=\lim_{x\to 2+}\frac{2(x-2)}{x-2}=\lim_{x\to 2+}2=2$

함수 $f(x)$가 $x=2$에서 미분가능하므로

$\lim_{x\to 2-}\frac{f(x)-f(2)}{x-2}=\lim_{x\to 2+}\frac{f(x)-f(2)}{x-2}$

$a+4=2$ 그러므로 $a=-2$

[채점기준]

답안	배점	예상 소요 시간
함수 $f(x)$가 $x=2$에서 미분가능하므로 $x=2$에서 연속이다. 즉, $\lim_{x\to 2-}f(x)=\lim_{x\to 2+}f(x)$ $=f(2)=4+2a$	2점	4분 / 전체 80분
$\lim_{x\to 2-}\frac{f(x)-f(2)}{x-2}$ $=\lim_{x\to 2-}\frac{(x^2+ax)-(4+2a)}{x-2}$ $=\lim_{x\to 2-}\frac{(x-2)(x+a+2)}{x-2}$ $=\lim_{x\to 2-}(x+a+2)=a+4$	2점	
$\lim_{x\to 2+}\frac{f(x)-f(2)}{x-2}$ $=\lim_{x\to 2+}\frac{(2x+2a)-(4+2a)}{x-2}$ $=\lim_{x\to 2+}\frac{2(x-2)}{x-2}$ $=\lim_{x\to 2+}2=2$	2점	
함수 $f(x)$가 $x=2$에서 미분가능하므로 $\lim_{x\to 2-}\frac{f(x)-f(2)}{x-2}$ $=\lim_{x\to 2+}\frac{f(x)-f(2)}{x-2}$ $a+4=2$ 그러므로 $a=-2$	2점	

04 [바른해설]

(가)$=-7$

(나)$=-6$

(다)$=-6$

[채점기준]

답안	배점	예상 소요 시간
(가)$=-7$	3점	4분 / 전체 80분
(나)$=-6$	2점	
(다)$=-6$	3점	

국어[자연계]

01 [모범답안]

답안	배점	예상 소요 시간
㉠ 자본금	2점	4분 / 전체 80분
㉡ 잉여금	2점	
㉢ 증가	2점	
㉣ 증가	2점	

[바른해설]

이 텍스트는 유상 증자와 무상 증자라는, 주식 시장에서는 많이 쓰이지만 보통 사람들은 잘 알지 못하는 개념을 설명하고 있다. 이를 이해하기 위하여서는 자산, 자본금, 잉여금 등 주식회사의 회계 구조의 주요 개념들을 먼저 알고 있어야 한다. 그 위에서 정확히 파악하고 있어야 하는 개념적 내용은 1) '증자'란 자본금의 증가이다, 2) 자본금의 증가를 위해서는 주식의 추가 발행이 필수적인데, 주식 추가 발행에는 당연히 자금이 필요하다, 3) 이 자금을 주식을 팔아서 구하는 것이 유상 증자이고 따라서 유상 증자를 하면 자본금이 늘어나고 따라서 회사의 자산도 늘어난다, 4) 무상 증자는 그 자금을 회사의 잉여금에서 가져오는 것이다. 따라서 무상 증자를 하면 자본금은 늘어나지만 회사의 자산은 변동이 없다. 자본금이 늘어난 만큼 잉여금이 줄었기 때문이다, 등이다.

다시 한번 정리하면 이렇다: 주식회사의 자산은 자기 자본과 부채로 구성되고 자기 자본은 자본금과 잉여금 등으로 구성된다. 유상 증자는 주주들에게 대가를 받고 주식을 발행하여 자본금을 키우는 것이다. 무상 증자는 잉여금을 자본금으로 이동하면서 그만큼 주식을 발행하는 것이다. 유상 증자에서는 자산의 증가를 가져오고 무상 증자에서는 자본금의 증가가 나타난다.

[채점기준]

1. ㉠~㉣을 〈보기〉에서 고르는 것인 만큼 유사한 표현이 나올 수 없다. ㉠~㉣에 대해서는 정확히 예시답안과 같은 풀이가 나와야 한다.
2. 부분 점수 구성
   1) 8점: ㉠~㉣ 모두 제대로 답한 경우.
   2) 6점: ㉠~㉣ 중 3개에 제대로 답한 경우.
   3) 4점: ㉠~㉣ 중 2개에 제대로 답한 경우.
   4) 2점: ㉠~㉣ 중 1개에 제대로 답한 경우.

02 [모범답안]

답안	배점	예상 소요 시간
회사의 잉여금이 많다는 것, 즉 재무 구조가 좋다는 것으로 생각될 수 있기 때문에 투자 심리에 긍정적 영향을 주게 된다.	8점	4분 / 전체 80분

[바른해설]

이 텍스트는 A-B-B′-C-C′와 같이 구조화되어 있다. A에서는 이 글의 최종 목적인 유상 증자와 무상 증자를 설명하기 위한 핵심적인 개념인 '자본금'을 둘러싼, 주식회사의 회계 구조를 설명하고 있다. B와 B′는 유상 증자에 관한, C와 C′는 무상 증자에 관한 내용이다. B와 C는 유 · 무상 증자의 방법과 과정을 말하고 있고, B′와 C′는 각각의 증자가 주주 및 회사에 미치는 직접적인 이해 관계를 말하고 이어 장기적인 안목에서의 효과를 말하고 있다. 그렇다면 ㉮의 내용은 B′의 마지막 부분("하지만~유발할 수도 있다")과 대응하는 부분이고 B′의 구성이 '유상 증자의 이점-' 하지만'-유상 증자의 장기적 문제점'으로 되어 있고 C′의 구성이 '무상 증자의 별다른 이점 없음-' 하지만'-㉮'로 되어 있다는 점을 감안한다면, ㉮에는 '무상 증자가 불러일으키는 장기적 긍정성'을 담는 내용이 들어갈 것이다.

[채점기준]

1. 예시답안은 4개의 구성 요소로 되어 있다. a. 잉여금이 많다. b. 재무 구조가 좋다. c. 투자 심리에 긍정적 영향을 준다. d. a, b와 c.가 인과율적 구조로 결합되어 있다는 것.
2. 부분 점수 구성
   1) 8점: a~d. 네 요소가 모두 나와 예시답안처럼 기술한 경우.
   2) 6점: a~d. 중 d.가 드러나지 않거나 a.나 b. 중에서 하나만 나타나는 경우.
   3) 4점: a~c. 중 2개가 드러나는 경우.
   4) 2점: a~c. 중 1개만 드러나는 경우.

03 [모범답안]

답안	배점	예상 소요 시간
죽음을 무릅쓰고 자신의 사명을 다하려 한다.	8점	4분 / 전체 80분

[바른해설]

「제3인간형」에는 제목 그대로 세 종류의 삶의 자세가 형상화되어 있다. 이들의 삶은 한국전쟁이라는 절박한 상황에 놓여 있어서 그 구별점이 선명히 드러난다. 그리고 삶의 자세를 잘 드러내기 위해 작가나 문학 지망생이라는 지식인을 등장시키고 있다. 이 세 종류의 삶을 대표하는 인물이 석, 조운, 미이 등이다. 미이는 전쟁 전과는 달리 전쟁을 겪으며 성숙해진 인물이며, 역사와 현실의 격랑을 마주하면서 현실에 굴복하거나 현실과 타협하거나 하지 않고 현실에 당당히 맞서는 인물이다. 그리하여 미이는 아직 전쟁이 끝나지 않은 상황에서 자칫하면 목숨을 내어놓을 수도 있고 늘 생사의 현장에 서 있는 간호장교 시험에 지원한다. 요컨대 미이는 죽음의 위험도 무릅쓰면서 자신에게 요구되는 역사적 사명을 다하려 하고 있는 것이다. 시 「껍데기는 가라」는 4 · 19 혁명(제1연), 갑오동학농민혁명(제2연), 분단 상황(제3연)이라는 우리 민족의 근대사의 중요 지점들을 거론하면서 역사를 헤쳐나가는 우리들의 올바른 자세를 말하고 있다. 시 제2연의 '동학년 곰나루'는 갑오동학농민혁명의 마지막 전투였던 우금치 전투가 있었던 공주를 가리킨다. 곰나루는 웅진(熊津)이고 웅진은 공주의 옛 이름이다. 이 전투에서 궤멸적 패배를 당하면서 갑오동학농민혁명과 그것이 내세웠던 반제반봉건의 가치는 미완성으로 끝나고 말았다.

[채점기준]

1. 예시답안은 세 가지 구성 요소를 갖고 있다. 즉 a. '죽음'을 무릅쓴다. b. 자신의 '사명'을 다하려 한다. c. 20±5자 길이의 한 문장.
2. 정답 인정: 1) '죽음'과 '사명'에는 수식어가 붙을 수도 있다.
   2) '죽음'과 '사명'은 '(갑오동학)농민혁명에서의 죽음', '반제반봉건'과 같이 구체적으로 표현될 수도 있다.
3. 부분 점수 구성
   1) 8점: a., b.를 모두 담고 c.를 준수함.
   2) 6점: a., b.를 모두 담고 c.를 과도히 어김. 양적으로 보아 10자 미만이거나 30자 이상.
   3) 4점: a., b. 중 한 가지만 거론함.

04 [모범답안]

답안	배점	예상 소요 시간
중간의 삶이란 있을 수 없는 것이니 시대적 요구에 부응하는 삶을 살아가기 바란다.	8점	4분 / 전체 80분

[바른해설]

앞의 3번 답안 '문항해설'에서도 말했듯 세 종류의 삶을 살아가고 있는 인물들 중 '석'은 중간자적 입장에 서 있다. '석'은 작가이고 작가의 '사명'이란 문학에 집중하면서 그로써 인간과 세계의 진리를 드러내는 것일 터이다. 그런데 그는 '조운'처럼 현실에 굴복하지는 않았지만, '미이'처럼 현실과 맞서지도 못하고 있다. 생계를 해결하기 위해 작가와는 전혀 다른 교사의 삶을 살아가고는 있지만 문학에 대한 욕망만은 또한 아직 버리지 못하고 있는 것이다. 사실 '석'과 같은 삶을 살아가는 사람들은 아주 많다. 하나를 얻기 위해 하나를 내어주어야 하는 것이 삶의 본질인지도 모른다. 따라서 세상의 대부분의 사람들은 '석'을 비판하거나 비난하지 않을 것이다. 오히려 그를 동정하면서 그를 위해 변호할 것이다. 그러나 아마도 원칙론자들은 그렇지 않을 것이다. 그들은 '석'에게 명백하게 어느 편을 선택할 것인지 정하라고 할 것이다. 「껍데기는 가라」는 역사로부터 나온, 역사를 올바로 살아갈 것을 선언하는 웅혼한 작품이다. 그러나 그 화자는, 그의 발언이 과장된 것이 아니라면, 과도한 이원론자이다. 이원론이란 세계 전체가 서로 대립하고 독립해 있는 두 개의 근본적인 부분이나 상태 혹은 원리로 이루어져 있다고 보는 견해이다. 「껍데기는 가라」의 화자는 온 세상을 '알맹이와 껍데기의 대립'으로 보는 이원론자이고 현실에 적극적으로 개입할 것을 요구하는 참여론자이다.

[채점기준]

1. 예시답안은 두 요소로 이루어져 있다. a. 중간적 삶이라는 것은 있을 수 없다, b. 시대적 요구에 부응하는 삶을 살아야 한다. 여기서 a, b.는 같은 뜻을 담는 여러 표현으로 쓸 수도 있고 모두 정답 처리한다. 물론 a.와 b.에는 반드시 '중간'과 '시대적 요구'가 들어 있어야 한다.
2. 부분 점수 구성
   1) 8점: a, b. 두 요소가 모두 들어가 있는 답안.
   2) 4점: a, b. 중 어느 하나만 들어가 있는 답안.

수학[자연계]

05 [바른해설]

로그함수 $y=\log_a x+m$과 그 역함수의 그래프의 교점은 $y=x$와 $y=\log_a x+m$의 그래프의 교점과 같으므로

$1=\log_a 1+m$에서 $m=1$

$3=\log_a 3+m$에서 $a^2=3$이므로 $a=\sqrt{3}$ ($\because a>0$)

[채점기준]

답안	배점	예상 소요 시간
(1) $y=x$	2점	4분 / 전체 80분
(2) 1	2점	
(3) 1	2점	
(4) 3	1점	
(5) $\sqrt{3}$	1점	

06 [바른해설]

정사각형 ABCD의 한 변의 길이를 $4k\,(k>0)$이라 하면,

$\overline{PQ}=\sqrt{10}k$, $\overline{QR}=3\sqrt{2}k$, $\overline{PR}=4k$

삼각형 PQR에서 코사인법칙에 의하여

$$\cos\theta=\frac{\overline{PQ}^2+\overline{QR}^2-\overline{PR}^2}{2\times\overline{PQ}\times\overline{QR}}=\frac{10k^2+18k^2-16k^2}{2\times\sqrt{10}k\times3\sqrt{2}k}$$

$$=\frac{1}{\sqrt{5}}$$

[채점기준]

답안	배점	예상 소요 시간
정사각형 $ABCD$의 한 변의 길이를 $4k\,(k>0)$이라 하면, $\overline{PQ}=\sqrt{10}k$, $\overline{QR}=3\sqrt{2}k$, $\overline{PR}=4k$	4점	4분 / 전체 80분
삼각형 PQR에서 코사인법칙에 의하여 $\cos\theta=\frac{\overline{PQ}^2+\overline{QR}^2-\overline{PR}^2}{2\times\overline{PQ}\times\overline{QR}}$ $=\frac{10k^2+18k^2-16k^2}{2\times\sqrt{10}k\times3\sqrt{2}k}$ $=\frac{1}{\sqrt{5}}$	4점	

07 [바른해설]

$f'(x)=3x^2-18x+24=3(x-2)(x-4)$이고

$f'(x)=0$에서 $x=2$ 또는 $x=4$

x	$\cdots$	2	$\cdots$	4	$\cdots$
$f'(x)$	+	0	−	0	+
$f(x)$	↗	3	↘	−1	↗

따라서 함수 $y=|f(x)|$의 그래프는 다음 그림과 같다.

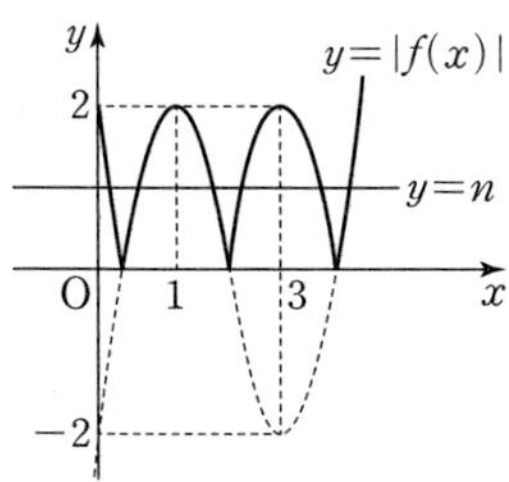

방정식 $|f(x)|=n$의 서로 다른 실근의 개수는 $y=|f(x)|$의 그래프와 직선 $y=n$의 교점의 개수와 같으므로 $a_1=5$, $a_2=4$, $a_3=3$이고, a_4부터 a_{100}까지의 값은 모두 2이다.

따라서 $\sum_{k=1}^{100} a_k = a_1+a_2+a_3+\sum_{k=4}^{100} 2$

$=5+4+3+2\times97=206$

[채점기준]

<table>
<tr><th>답안</th><th>배점</th><th>예상 소요 시간</th></tr>
<tr><td>$f'(x)=3x^2-18x+24$
$=3(x-2)(x-4)$이고
$f'(x)=0$에서
$x=2$ 또는 $x=4$</td><td>1점</td><td rowspan="5">4분 / 전체 80분</td></tr>
<tr><td><table><tr><td>x</td><td>…</td><td>2</td><td>…</td><td>4</td><td>…</td></tr><tr><td>$f'(x)$</td><td>+</td><td>0</td><td>−</td><td>0</td><td>+</td></tr><tr><td>$f(x)$</td><td>↗</td><td>3</td><td>↘</td><td>−1</td><td>↗</td></tr></table></td><td>2점</td></tr>
<tr><td>$y=|f(x)|$ 그래프 개형</td><td>2점</td></tr>
<tr><td>방정식 $|f(x)|=n$의 서로 다른 실근의 개수는 $y=|f(x)|$의 그래프와 직선 $y=n$의 교점의 개수와 같으므로 $a_1=5$, $a_2=4$, $a_3=3$이고, a_4부터 a_{100}까지의 값은 모두 2이다.</td><td>1점</td></tr>
<tr><td>따라서
$\sum_{k=1}^{100} a_k=a_1+a_2+a_3+\sum_{k=4}^{100} 2$
$=5+4+3+2\times97$
$=206$</td><td>2점</td></tr>
</table>

08 [바른해설]

함수 $f(x)$는 연속함수이므로 $\lim_{x\to1} f(x)=f(1)=0$

조건 (가)에서 함수 $f(x)$는 증가함수이므로

$x<1$이면 $f(x)<0$

$x>1$이면 $f(x)>0$

조건 (다)에서

$\int_{-3}^{4} f(x)dx=8$이므로

$\int_{-3}^{1} f(x)dx+\int_{1}^{4} f(x)dx=8$ …… ㉠

또한

$\int_{-3}^{4} |f(x)|dx=12$이므로

$\int_{-3}^{1} -\{f(x)\}dx+\int_{1}^{4} f(x)dx=12$

$-\int_{-3}^{1} f(x)dx+\int_{1}^{4} f(x)dx=12$ …… ㉡

㉠, ㉡을 연립하여 풀면,

$\int_{-3}^{1} f(x)dx=-2$, $\int_{1}^{4} f(x)dx=10$

[채점기준]

<table>
<tr><th>답안</th><th>배점</th><th>예상 소요 시간</th></tr>
<tr><td>함수 $f(x)$는 연속함수이므로
$\lim_{x\to1} f(x)=f(1)=0$</td><td>2점</td><td rowspan="5">4분 / 전체 80분</td></tr>
<tr><td>조건 (가)에서 함수
$f(x)$는 증가함수이므로
$x<1$이면 $f(x)<0$
$x>1$이면 $f(x)>0$</td><td>1점</td></tr>
<tr><td>조건 (다)에서
$\int_{-3}^{4} f(x)dx=8$이므로
$\int_{-3}^{1} f(x)dx+\int_{1}^{4} f(x)dx$
$=8$</td><td>2점</td></tr>
<tr><td>또한
$\int_{-3}^{4} |f(x)|dx=12$이므로
$\int_{-3}^{1} -\{f(x)\}dx$
$+\int_{1}^{4} f(x)dx=12$
$-\int_{-3}^{1} f(x)dx$
$+\int_{1}^{4} f(x)dx=12$</td><td>2점</td></tr>
<tr><td>㉠, ㉡을 연립하여 풀면,
$\int_{-3}^{1} f(x)dx=-2$,
$\int_{1}^{4} f(x)dx=10$</td><td>1점</td></tr>
</table>

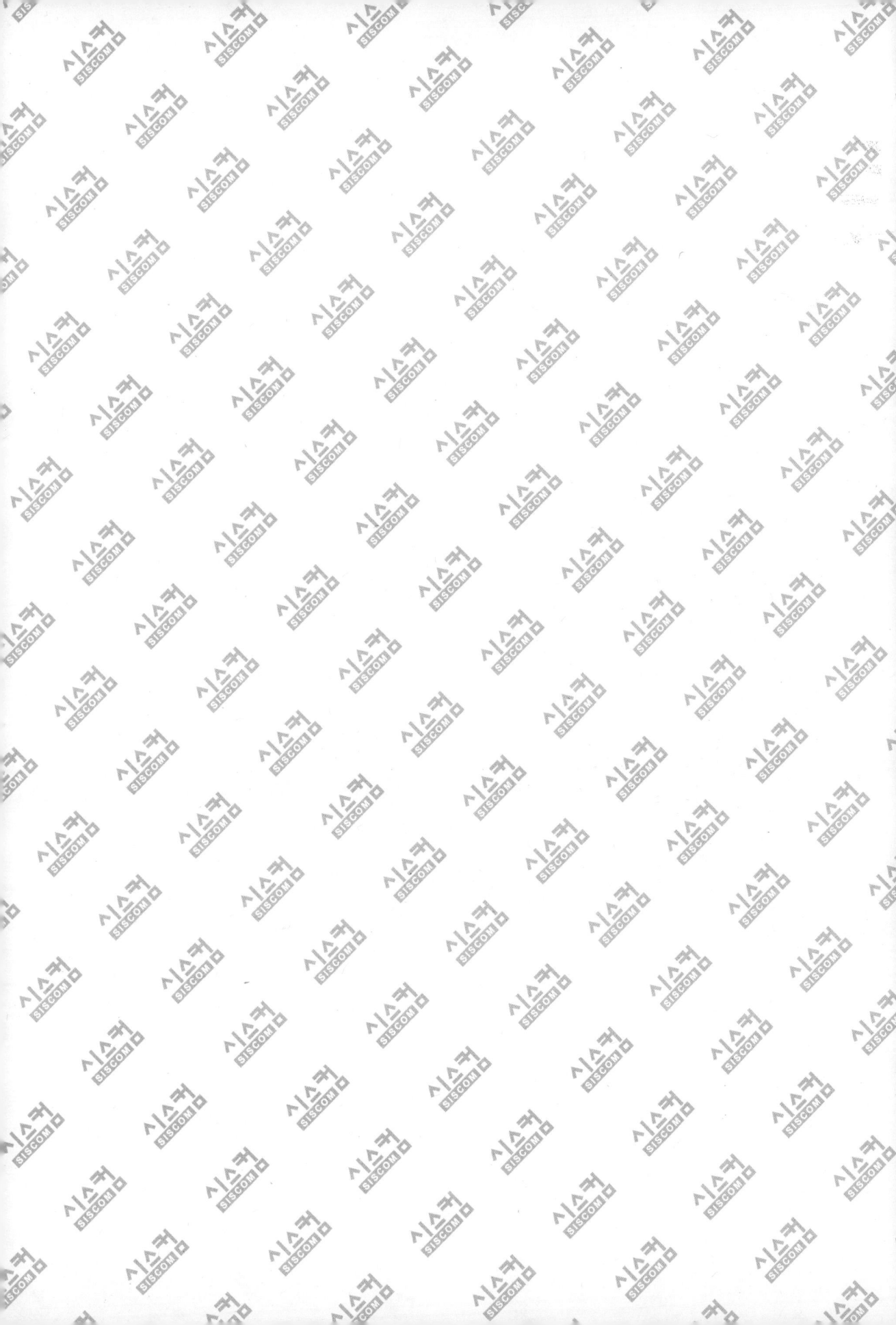